王晓玲 \ 著

谢幕

陕西新华出版
太白文艺出版社·西安

图书在版编目（CIP）数据

谢幕 / 王晓玲著. -- 西安：太白文艺出版社，2023.8
ISBN 978-7-5513-2434-2

Ⅰ.①谢… Ⅱ.①王… Ⅲ.①长篇小说－中国－当代 Ⅳ.①I247.5

中国国家版本馆CIP数据核字(2023)第157467号

谢 幕
XIE MU

作　　者	王晓玲
责任编辑	党晓绒
封面设计	哲　峰
版式设计	梁　涛
出版发行	太白文艺出版社
经　　销	新华书店
印　　刷	西安雁展印务有限公司
开　　本	787mm×1092mm　1/16
字　　数	460千字
印　　张	33.75
版　　次	2024年1月第1版
印　　次	2024年1月第1次印刷
书　　号	ISBN 978-7-5513-2434-2
定　　价	89.00元

版权所有　翻印必究
如有印装质量问题，可寄出版社印制部调换
联系电话：029-81206800
出版社地址：西安市曲江新区登高路1388号（邮编：710061）
营销中心电话：029-87277748　029-87217872

感恩父母
此生得以启幕
只身在旅途
四野茫茫
眼前一团迷雾
相依相偎的
只有孤独

风对旷野倾诉
小河对大山泣哭
一个人的世界
犹如一片雪花
随风飘舞

历经风霜雪雨
也不觉苦
从巅峰到低谷
柔弱的心
经受过无数次起伏
未曾改变的
是做人的风骨

蓦然回首
往事缥缈　似梦似幻
总虚无
待到从容谢幕
魂灵深处
心洁如初

——题记

知识女性书写的新收获

——读王晓玲长篇小说《谢幕》

《谢幕》是一部以书写知识女性为主要内容的女性命运之书，也是一部视野开阔、广泛涉猎当代中国城乡现实的时代生活画卷。

作者是一位人生经历丰富、饱经忧患的剧作家，自己浸润其中，以文艺界为主要背景，以女性的视觉观察女性、体味女性，用细腻的笔触、白描的手法，讲述了以萧雨荷为首的几代及各种类型的知识女性人到中年、到老年、到"谢幕"的生命历程及生存状态。作者通过"诗和远方"与"柴米油盐"日常世俗间的巨大落差、事业与家庭的两难抉择、风光背后的孤独、人到老年的无奈、面对"谢幕"的哀伤等一系列人生命题，剖析中老年女性复杂的内心活动及隐秘的情感世界，读后发人深省，引人共鸣。

纵观全书，人物关系设置巧妙，形象逼真，细致入微。以萧雨荷为首的志趣不同、性格各异的一群人物，聚集在某市文联机关这样的特殊环境中，每个人都在自己人生轨道上的"低谷"与"高峰"中颠簸着、行进着，每个人都有自己独特的人生经历和故事——萧雨荷事业上如日中天，情场上却遭遇重创，追求爱情而不得，倚重亲情，却被亲情撕裂而备受折磨；孟云灿把毕生的精力奉献给秦腔艺术，曾获得无数的荣誉与奖励，在家庭与事业的矛盾冲突中顾此失彼，结果导致她"三婚一死两离"；卢秀萍一生"机关算尽"，背着"小三"的骂名，又不得不忍受丈夫与前妻之间的"藕断丝连"，凡事争强好胜，到头来却落得个重病缠身，临死之前，把一切都看透了、想明白了，可一切都晚了……作者不仅熟悉这些人物，而且给予她们巨大的同情与悲悯。

这些人物之间，关系错综复杂——有姐妹般的依恋与守护，更有"女人式"的钩心斗角，惟妙惟肖的猜忌、排斥。作者笔下的萧雨荷清风高节、卓尔不群，孟云灿心无旁骛、执着追求，韩菊豆古道热肠、憨厚朴实，张迎春豁达开阔、沉稳干练，卢秀萍工于心计、不择手段……她们活灵活现，跃然纸上，构成了一幅色彩斑斓的当今社会的女性群像图。

小说采用城乡交替的表现形式，繁华都市与偏僻山区的生活场景轮番切换，相得益彰。萧雨荷从小在乡下的外婆家长大，舅舅去世后，母亲罗静芝义不容辞地承担起了外婆家的全部生活重担。母女俩与外婆一家有着割舍不断的爱恨交加的血缘关系。城市与乡村不同的风土人情、观念冲撞，不断引发出市井逸闻及乡村趣事。作者对城乡生活熟稔，信手拈来，使得城乡百态交替出现，无缝衔接，自然融合。

《谢幕》情节丰满，细节真实。作者以冷静的目光观察生活，把一切感人的东西尽收眼底，然后再真实地呈现出来。特别是大量的源自生活的细节的运用，使作品有血有肉，真实可信。如：萧雨荷外婆去世以及母亲患阿尔茨海默病等章节，让人有一种身临其境的感觉，读后久久不能释怀。

书中所采用的叙述、描写以及人物对话等语言形式，突出了语言的个性化、形象性和内在意蕴，极富感染力。文字朴实无华，张弛有度，收放自如；明快不失含蓄，简洁却能深表其意，读起来如行云流水，酣畅淋漓。

《谢幕》的作者以达观的人生态度，呈现出了女人世界柔弱背后的执着与坚强、责任与担当，在悲凉与凄美中，升华出奋发向上的精神力量与鲜明的时代特征，是当前文坛不多见的在思想和艺术上都取得了突出成就的优秀长篇新作。

李　星

癸卯年之暑夏于西安

第一章

夜已经很深了,萧雨荷辗转反侧,怎么也睡不着。她轻轻走到书房,取出稿纸,鬼使神差般写下"汪明辉"三个字,纷乱的思绪,像决了堤的洪水一般,四处肆虐。她被这肆虐的"洪水"吞噬着,心中五味杂陈,泪水渐渐模糊了双眼。

汪明辉是萧雨荷的初恋情人,他曾经给过她最美好的爱情,她为他终身未嫁。

她和他邂逅于兴庆湖畔,彼此一见钟情。汪明辉精通几国语言,是一家合资企业的高级翻译,长得高大帅气,一表人才。两人兴致高雅,志趣相投,在长达六年的热恋中,几乎把所有工作以外的时间,全部用来看画展、听音乐、讨论文学……在外人眼里,他们就是一对"不食人间烟火"的神仙眷侣,但他俩最终却因最世俗不过的原因而分道扬镳。

分手是雨荷提出来的，她原本只是想发发牢骚，宣泄一下内心的积怨，想不到汪明辉竟不假思索地答应了。这当头一棒，倒把雨荷自己给打蒙了。她想了无数种挽回的办法，结果都被自己一一否决了。女孩的矜持、强大的自尊心，使她觉得自己不能太主动，只能被动地等待汪明辉幡然悔悟，自己找上门来道歉，求和。然而，一年又一年，春去秋又来，雨荷始终没有等到自己所期望的结果！

起初，雨荷认为汪明辉不过是一时冲动，等他冷静下来，一定会回到自己身边的。直到几年后，雨荷听说汪明辉已结婚生女，并亲眼看到了他们一家三口的合影，才彻底死了心。

雨荷是家中独女，父亲萧伯栋是一位国画大师，母亲罗静芝是古城三甲医院业务副院长、著名心血管病专家。他们把雨荷视若掌上明珠，从小到大，锦衣玉食，从没让她受到过半点为难和委屈。雨荷也十分争气，她天资聪颖，学习刻苦，从小学到中学再到大学，各种奖状和证书，塞满了两大抽屉，读研究生时，已有多部作品问世。"诗人""作家""文学评论家"几顶帽子戴在头上，雨荷成了一颗耀眼的明星，研究生还未毕业，就被市文联当作人才"引入"，没几年工夫就任职文学创作研究室主任，才三十多岁，就一路顺风顺水地升职加薪，令许多人羡慕不已。

一朵温室里成长的娇嫩的花朵，如何经受得了狂风暴雨？雨荷陷入失恋的痛苦之中，整个人变得如痴如癫，行为异常。她开始给汪明辉写信，写好一封，装进信封，贴上邮票，放进书柜，再写第二封……渐渐地，偌大的书柜里，横七竖八地塞满了这些书信；她一个人在兴庆湖畔徘徊，一走就是整整一天；她坐在咖啡馆最隐秘的角落，手里端着一杯"卡布奇诺"，一动不动地坐着发呆，直到咖啡馆打烊，被服务员强行"清场"……

父母亲看在眼里，疼在心里，恨不能将宝贝女儿的身心痛苦，全部收揽到自己身上。父亲说："小雨呀，事情已经发生了，咱就要坦然面对，该吃吃，该喝喝……"

"吃吃吃……你光知道吃！"雨荷打断父亲的话，没好气地说，"你当我是酒囊饭袋，活着的意义就是为了吃？"

母亲声音哽咽地说："你现在这个样子，我们看着心疼……"

"放心吧，我死不了！"雨荷摔门走了出去。

父母亲无奈，一个唉声长叹，一个泪流满面。原本其乐融融的三口之家，变得乌云密布、天昏地暗。

身为知识分子的父母亲自然懂得，医治这种心灵创伤，别人再劝也没用，要靠自己想明白，走出阴影。他们了解自己的女儿，相信雨荷肯定会有重新振作起来的一天。他们能做的，就是默默守护着女儿，等待着那一天的到来。然而，当这一天真的来临时，父亲却已溘然长逝。也可以说，是父亲用他的生命，换来了这一天的到来。

萧伯栋平时身体很好，他的死，之前并无任何征兆。那天，他正在和一名心理医生通电话，咨询雨荷的病情（他一直认为雨荷患有严重的心理疾病），突然左手轻轻抖动了几下，手里握着的话筒掉在了沙发上，随即身子一歪，整个人从沙发上滑落下去，倒在了地上。罗静芝正好走过来看见了这一幕，她大声急呼："伯栋，你怎么了？"萧伯栋毫无反应。她一下慌了神，连忙拨通了"120"。

当雨荷像幽灵一样，披着一身暮色，跌跌撞撞走进家门时，父亲早已躺在了医院的太平间里。父亲死于心肌梗死。母亲这位心血管病专家，最终无力回天，没能从死神手里夺回丈夫的生命。

雨荷听到父亲的死讯，僵在一旁，半天没有任何反应，几分钟后，叫了一声"爸——"就晕了过去。幸好当时母亲单位的同事都在，这些医生、护士们将她抬进卧室，平放在床上，立马采取了把脉、掐人中、按压心脏等一系列急救措施，她才醒了过来。有人端来一杯糖水，递给她，她一把将水杯打翻在地，发了疯似的哭喊着向外跑："爸，你等等我，我要跟你一块儿走！爸，你等等我……"一群人硬将她拽了回来。雨荷疯狂地用头撞着墙壁，声音沙哑地哭喊着，"都别拦我，我要找我爸，我要跟他走……"

罗静芝这时倒显得异常冷静,平时温文尔雅的她,一把拽住雨荷,猝不及防地扇了她两个耳光,怒吼道:"你爸就在太平间躺着,你去找他,你跟他一块儿走,没人拦你!你走呀,你快走!"雨荷似乎被这两个耳光打清醒了,扑进母亲怀里,号啕大哭。

所有的人都长吁了一口气,悬着的心也都放下了。

没有人再劝雨荷,他们同情她失恋又失去父亲的双重痛苦,希望她以这种方式,好好宣泄一下。

办完父亲的丧事,雨荷痛定思痛,追悔莫及。她对母亲说:"妈,是我害死了爸爸。我犯了弥天大错,我一辈子都不能原谅自己。"

"小雨,你千万不要这么说,这事跟你没关系。"母亲说,"两年前,你爸就患了冠状动脉栓塞,当时在我们医院还住了半个多月院呢。这种病非常可怕,一旦心肌供血突然中断,持续时间过长,很容易导致心肌梗死。"

"怎么可能?"雨荷瞪大双眼说,"我爸平时身体那么好,从来都没听说过他有什么病,怎么可能突然就动脉血栓了?再说,我爸住院,我怎么一点都不知道?"

"当时,你正在秦岭山里体验生活,你爸不让告诉你。"母亲说。

雨荷一阵沉默,说:"我查过有关资料,情绪激动是诱发心肌梗死的重要原因之一……"

"别忘了你妈是干什么的,你这不是班门弄斧吗?"母亲肯定地说,"你不要太自责了,我说了,你爸的死,跟你没有关系。"

雨荷知道,母亲这是在宽慰自己。可是她无论如何也不能饶恕自己。她认为,自己陷入失恋的痛苦中不能自拔,给了父亲太大的压力,这才是他突发心肌梗死的直接原因。父亲和母亲一辈子鸾凤和鸣,从未拌过嘴、红过脸,父亲的突然离世,对母亲的打击可想而知。可母亲竭力把悲伤压在心底,从不在她面前表现出来。

雨荷扪心自问："父母亲一辈子为我活着，凡事都为我着想——可我，从小到大，除了撒娇、任性，还为他们做过什么？……萧雨荷呀萧雨荷，你知道你是多么自私、多么无知呀！……汪明辉算什么？为了他竟然搭上了父亲一条命和母亲余生的幸福，值得吗？"

"两个人能那么轻而易举地分手，说明你跟他的爱情是不堪一击的，分就分了，早分早解脱，有什么值得留恋的？"雨荷想，汪明辉不过是一个凡夫俗子，并没有什么过人之处，自己当时真是鬼迷心窍了，竟然要死要活地爱上了他。难怪人说，恋爱中的女人，智商都是"零"呢！

雨荷终于想明白了，她彻底走出了失恋的阴影。

"身体发肤，受之父母，为人之女，理应尽孝！"恢复了理智的雨荷，清醒地意识到，如山的父爱，此生再也无法报答，这种遗憾和伤痛将会伴随她一生。现在能做的，就是替父亲承担起呵护母亲的任务，尽"为人之女"应尽的孝道，给母亲一个幸福安康的晚年。

父亲走后，偌大的房间显得格外冷清，到了晚上，甚至有些阴森恐怖。雨荷首先想到，母亲肯定会有同样的感觉。于是，她抱着枕头来到了母亲的房间。母亲正在翻看一本影集，神情十分专注。

雨荷说："妈，我想跟你睡。"

母亲连忙合上手中的影集，下意识地用手揉了揉眼睛，张开双臂，把女儿揽在怀里，说："好，好，跟妈睡。"她说着，鼻子一酸，眼泪忍不住掉了下来。

雨荷掏出纸巾，给母亲擦去泪水，说："妈，你又想我爸了？"

"没有，"母亲说，"我不想他……妈妈有小雨，这辈子足矣，什么也不想了！"

雨荷想安慰母亲，可一时竟找不出合适的话来。

母女俩相拥而睡。母亲轻轻拍着雨荷，就像怀里抱着一个婴儿；躺在妈妈的怀抱里，雨荷似乎又回到了童年，刹那间，一股暖流在全身涌动着。

雨荷对母亲产生了强烈的依恋，母女俩朝夕相处，形影不离。她挽着母亲的胳膊，一起逛街，采买；母亲做饭，她帮着择菜、洗涮、打下手；母亲上班，她就坐在医院的后花园里，一边等她，一边构思着下一部作品。母亲有洁癖，每天下班回来的第一件事，就是钻进浴室洗澡。雨荷每次都陪着她。母亲平时很注意自己的仪容仪表，总是衣着得体，举止优雅。在雨荷的印象中，母亲永远那么年轻，那么漂亮！可在浴室里，雨荷望着她消瘦的裸体、松弛的肌肉、干瘪的乳房，突然意识到，母亲老了！虽说岁月催人老，是不可抗拒的自然规律，可母亲的老，似乎来得太快太突然。父亲的死，是母亲衰老的催化剂，而自己正是这一切的罪魁祸首！雨荷鼻子一酸，奔涌的泪珠，滚落在面颊上。幸好站在花洒下，满脸的水珠掩饰了大把泪水，母亲竟然一点儿没有察觉。雨荷突然产生了一种莫名的冲动，捧起母亲的一只乳房，拼命地吮吸起来。母亲一愣，本能地打了个趔趄，但她很快就恢复了平静，一动不动地站着，任凭女儿尽情地吮吸着。

　　按照弗洛伊德的"俄狄浦斯情结"学说，只有婴儿和男孩才会对母亲产生如此强大的依恋，而自己的恋母情结，该做何解释呢？是动物的本能，是人的本性，还是自己无形中已然发生了心理变态？雨荷想不明白，只是越来越觉得一刻也离不开母亲了。

　　雨荷对母亲的话，言听计从。母亲说："小雨，时间过得飞快，一眨眼，人就老了。"

　　雨荷说："是的。"

　　母亲说："人这一辈子，到什么年龄，就该干什么事情，你已经三十多岁了，不能再拖了。"

　　"我明白你的意思，"雨荷十分痛快地说，"明天我就去婚介所登记。"

　　"要不要我也托人帮你留意一下？"母亲说。

　　"要的！"雨荷停了一下又说，"除了医院的同事，还有那么多病人，你可以多托一些人，介绍的人多了，挑选的余地才大嘛。"

罗静芝为女儿的一反常态，感到既欣慰又担忧。欣慰的是，女儿放下了汪明辉，同意另找对象了；担忧的是，女儿的表现，有点急不可耐，担心她纯属为了应付自己，把婚姻大事当儿戏，敷衍了事。

不管怎么说，女儿能迈出这一步，实属不易，往后，只能是走一步看一步了。她想。

罗静芝托了不少人给雨荷介绍对象，雨荷谨遵母命，开始频繁地相亲。

第一个相亲对象叫马渊，留美医学博士，高大帅气，长相跟汪明辉颇有几分相似。初次见面，雨荷对他印象不错，希望能继续交往下去。可是，接触了几次，雨荷发现他不善言谈——准确地说，应该是不想言谈。雨荷觉得，马渊似乎对周围的一切都提不起兴趣。两个人在一起时，总是默默地静坐着，为了打破僵局，雨荷没话找话，问他："你喜欢古典诗词吗？"马渊摇了摇头。雨荷说："我喜欢唐诗宋词，特别是李白的诗和苏轼的词……"马渊打断她的话，说："对不起，我对这些不感兴趣。"话不投机半句多！雨荷不由打起了退堂鼓。想当初，和汪明辉在一起时，总有说不完的话题，即使争论得面红耳赤，也会让人感觉回味无穷，乐在其中。

第二个相亲对象叫周大方，是合资企业高管，据说收入不菲。可他的处事风格跟他的名字恰恰相反——吝啬得出奇！两个人一起去饭店吃饭，服务员问："你们谁点菜？"周大方说："女士优先！"雨荷翻开菜谱，点了一个素菜和一道清蒸鲈鱼，然后把菜谱推到周大方跟前说："你喜欢吃什么？自己点吧。"周大方看着菜谱上的价格，马上沉下了脸，说："我对海鲜过敏，还是另换一家吧。"结果挑来换去，进了一家最便宜的小吃店。汪明辉从来不这样，每次吃饭，总是依着雨荷，她想吃什么，他就点什么。

第三个相亲对象叫刘凯旋，是公务员，副厅级，性格开朗，说话夸夸其谈，唾沫星子乱溅，说到得意处，脏话连篇，让人不堪忍受。他给雨荷介绍他们单位组织的一次旅游时说："秦岭山里'流峪飞峡'那地方，你知道吗？那山真他妈高，路真他妈陡，我们单位那帮女的，真他妈'傻逼'，有好几个人居然穿着高跟鞋……"汪明辉举止高雅，谈吐不凡，说话从来不带脏字的。

第四个是土豪企业家，肥头大耳，大腹便便，一见面就问雨荷每月工资是多少，出一本书能赚多少钱？雨荷告诉了他，土豪企业家撇了撇嘴，说："才那么点钱？还不够我填牙缝的。等将来咱们结了婚，你就辞职，我来养你，你什么都不用干，给我生俩儿子就行了。"雨荷的自尊心受到了极大的伤害，对土豪企业家反感至极。土豪企业家掏出厚厚的一沓现金，递给雨荷，说："这些钱就算今天的见面礼，你拿着随便花，花完了吱一声，我再给你。"雨荷气得浑身发抖，转身就走。跟汪明辉相处六年，何曾受过这么大的屈辱？

第五个更奇葩。按照介绍人的安排，两人在公园里见面。那人买了两盒冷饮，递给雨荷一盒，雨荷婉言谢绝。那人就自顾自地大口吃了起来，两盒冷饮下肚，将空盒子顺手丢在一旁。园区保洁员走过来，捡起空盒子，扔进垃圾桶，小声嘟囔着："谁这么缺德，乱扔垃圾！"那人冲上前，不依不饶地说："你嘴巴放干净点，骂谁缺德呢？我不乱扔垃圾，要你有个屁用！"保洁员也不示弱，说："我还以为是哪个缺德孩子干的，原来是你？看你长得人模狗样的，怎么就一点不通人性！乱扔垃圾还有理了？"那人被激怒了，说："你骂谁不通人性？"说着推了保洁员一把，两人厮打起来。汪明辉作为环保志愿者，经常利用假期到秦岭山里沿着陡峭的山路捡拾垃圾，那人跟他相比，真是一个天上，一个地下。

……

一连相了二十几个对象，一个不如一个，个个都比不上汪明辉。雨荷彻底失望了。

看着女儿一次次乘兴而去，又一次次败兴而归，罗静芝的一颗心，又悬了起来。她说："小雨，你年龄不小了，不敢太挑剔。"

"妈,我没挑剔,"雨荷分辩着,"我知道自己已经到了十分尴尬的年龄,我不苛求什么志同道合、比翼双飞,我只想找一个人踏踏实实过日子。我的条件一降再降,可是,这样的人在哪里呢?"

雨荷把话说到这份上,罗静芝除了叹息,还能说什么?

"妈,我这心里老有一个疑问:当初汪明辉跟我已经开始筹备婚礼了,怎么说分就分了?"

"分手可是你先提出来的。"

"可他为什么那么痛快地同意了?我为了他……付出了多么惨痛的代价!汪明辉不是薄情寡义的人,我不相信他就那么轻而易举地能把我忘了。"

雨荷的疑问,何尝不是罗静芝压在心底的百思不得其解的谜团。以她对汪明辉的了解,可以断定,这其中另有隐情。可这隐情,究竟是什么呢?她曾经假设过种种可能,又都被自己一一否定了。她也曾听到过一些传言,有的还说得有鼻子有眼,可是这些捕风捉影的东西,毕竟查无实据,让人信也不是,不信也不是。过去,怕勾起女儿伤心的回忆,她从不敢在女儿面前提起此事。今天既然雨荷把话挑明了,她就想索性问个明白,她说:"我也一直在纳闷,你说,这里边是不是另有隐情呢?"

"不管是不是另有隐情,"雨荷说,"不管发生了什么,我都不相信汪明辉会把我忘了。"

罗静芝若有所思地说:"小雨,你跟妈说实话,你是不是从来都没有放下过汪明辉?"

"我以为自己放下了,可是……我也说不清楚……"这么多年,雨荷一直在努力忘掉汪明辉,可不知为什么,时间越久,记忆中汪明辉的形象却越来越清晰。每次相亲,他好像就陪伴在她的身旁。

"怪不得你相亲屡屡失败,"母亲一语道破天机,"你拿所有的人跟汪明辉比,比来比去,感觉谁都不如他。你眼里看到的,全是汪明辉的优点、别人的缺点……照这样下去,相亲还有什么意义呢?"

"妈，你放心，我今后再也不会去相亲了！"

"那你打算怎么办，就这样孤老终生？"

"我陪着你，咱们一起孤老终生。"

"咱们……一起？我的大小姐，"母亲以调侃的口气说，"你把事情搞清楚，咱们可是两代人，相差二十几岁呢！再说，我怎么会孤老终生？我还有你，你是我的小棉袄，我的精神支撑，有你相伴，妈妈此生无憾……可是，哪天我去找你爸爸了，丢下你一个人孤苦伶仃的，该怎么办呢？"

"那我就陪你，一起去找爸爸。"

"你呀，让我说什么好！"

"那就什么也不用说了。"雨荷挽着母亲的胳膊，笑嘻嘻地说，"你女儿是搞文学的，文学是人学，什么伦理道德、人情世故、生离死别、男婚女嫁……凡是跟人有关的，你女儿无所不知，无所不晓。"

"你的意思是，什么道理你都懂，你妈我，说什么都是多余的？"

雨荷笑道："知我者，老妈也！"

罗静芝明白，雨荷这是在暗示她，不想再谈论这个话题。她十分知趣，只好就此打住。

相亲的经历，让雨荷时常想起汪明辉。但一想起他就觉得心烦，心越烦就越想他。雨荷不得不承认，其实，汪明辉早已在她的心里深深地扎下了根。

第二章

　　周一是创研室例会日。吃完早餐,雨荷就骑上"小飞鸽"匆匆忙忙地赶到了单位。在楼下的车棚里,雨荷刚锁好自行车,一转身碰见了会计小何。小何把自行车停在她对面,冲她做了个鬼脸,然后神秘地笑了笑。雨荷感到小何的表现有点莫名其妙,不过,她也没多想,径自走进了办公大楼。刚上二楼,组联部的马燕不知从哪里跑过来,小声对她说:"雨荷姐,以后有什么好事,可别忘了我呀。"

　　"好事,我能有什么好事?"雨荷心想。

　　雨荷走进办公室,打开窗户,坐在办公桌前,从抽屉里取出工作日志翻看着,可思想怎么也集中不起来,心里不由得直犯嘀咕:今天这是咋了,一个个神神道道的?

　　这时,文联办公室主任韩菊豆走了进来。她转身关上门,说:"雨荷,你该请客了！"

"请客？"雨荷反问，"请什么客？"又问，"发生什么事儿了，今天你们几个人，怎么一个个都神秘兮兮的？"

"好事儿！"韩菊豆说，"全文联的人都知道了，就你一个人还蒙在鼓里！"

雨荷问："到底什么事儿？"

韩菊豆告诉她，上个星期二组织部派人来考察文联领导班子，挨个找人谈话，还搞了民意测验。结果，"四大美女"人人榜上有名，雨荷得票最多。

说到"四大美女"，需要先介绍一下古城的市文联机关。文联全名为"文学艺术界联合会"，下属有作家协会、戏剧家协会、音乐家协会、美术家协会、摄影家协会等十几个门类的协会组织，所谓文艺界的各路"诸候"。

古城的市文联以"三多"引人注目。三多，即：名人多，美女多，是非多。各界精英聚集的地方，名人多自然是顺理成章的事儿；美女多，是因为单位女性所占比例达到百分之六十以上。女性多倒也不足为奇，关键是"女人主政"——

孟云灿，女，六十三岁，著名戏曲表演艺术家，现任文联主席；

张迎春，女，四十五岁，复转军人，现任文联党组副书记兼秘书长；

萧雨荷，女，三十六岁，著名作家，文学评论家，现任文联创作研究室主任；

韩菊豆，女，三十八岁，行政干部，现任文联办公室主任；

卢秀萍，女，三十六岁，行政干部，现任文联组联部主任……

在这五人中，孟云灿年龄最大，职位最高，被戏称为"老大"，其余四人，被戏称为"四大美女"。当然，如果担任这几项重要职务的都是男性，也许会被戏称为"四大金刚"的。

若论长相，"四大美女"也都名副其实，只不过，各有各的美：

萧雨荷超凡脱俗——气质美；

张迎春端庄持重——成熟美；

韩菊豆不修边幅——自然美；

卢秀萍追风赶潮——时尚美。

若论性格和处事方式，"四大美女"可就大相径庭了。萧雨荷潜心创作，对单位的事儿基本不闻不问，给人感觉高高在上，太清高；张迎春为人正直，原则性强，工作认真负责，深得领导的信任和同事的敬重；韩菊豆头脑简单，快人快语，古道热肠，人缘极好；卢秀萍城府深，工于心计，常常让人看不清、摸不透。

"是非多"是市文联机关的一大特色。自古文人相轻，况且文联又是文人扎堆的地方；文人扎堆的文联不光女人多，而且是掌握实权的女人多，是非多也就在所难免了。不过，话说回来，凡是有人的地方，哪里会没有是非呢？可文联的是非着实与众不同——文联的人能"通天"，文联的是非也能通天。文联的文人，不管是真文人还是假文人，都喜欢跟市上领导交朋友，当然，"拉大旗扯虎皮"的也不乏其人；市上领导关心文化工作，关爱文艺工作者，当然也有"附庸风雅"者。这样上下融通，就有了"×××跟谁一条线""××是谁的人"等"通天是非"。这种"通天是非"有时事出有因，有时空穴来风，谁也搞不清真假虚实。搞不清真假虚实也没关系，饭后茶余总有取之不尽的谈资，给一帮闲人平添了不少的兴致和乐趣。

组织部来考察领导班子，"一石激起千层浪"，加之一帮闲人在一旁推波助澜，"四大美女"很快就被卷入旋涡中心。

"四大美女"个顶个的年富力强，各有各的优势，各有各的想法。

韩菊豆还告诉雨荷一系列"特大号外"——文联党组书记王江海将因病离职，新的党组书记不知是就地提拔还是从外边调入；文联主席孟云灿要升任市政协副主席；文联副主席周光明年事已高，即将卸任；文联党组和主席团将空出三名领导职位，等等。韩菊豆满以为雨荷听到这样的爆炸性新闻，会激动得跳起来，可令她失望的是，雨荷根本就无动于衷，甚至有点不屑地说："我还以为什么大不了的事儿呢！"

"这事儿还不大吗？"韩菊豆往雨荷身边凑了凑，一把抓住她的手说，"我的傻妹妹，这可是关乎你前途命运的大事呀！"

"我是一名作家，我的前途命运都在我的笔杆子上。"雨荷淡然一笑，说，"我不是当官的料，对当官也不感兴趣。"

"你让我说你什么好呢！"韩菊豆说，"这是多么好的一次机会，别人都削尖了脑袋往进钻，你倒好，像个没事人似的。"又说，"那个小妖精，这两天上蹿下跳的，刚才一到单位，就钻到老大办公室献殷勤，又是打扫卫生，又是端茶递水的。"

韩菊豆说的"小妖精"，指的是卢秀萍。她俩一直貌合神离，表面上客客气气，背后却互相倾轧，一个不服一个。韩菊豆拿雨荷当知己，什么话都愿意跟她说，可雨荷总觉得跟她话不投机，说多了太浪费时间。她怕韩菊豆没完没了地闲扯下去，就想拿话堵住她。

雨荷说："韩姐，我真的对当官不感兴趣，就现在这个副主席兼创研室主任，都快烦死我了，我早都不想干了。"

韩菊豆还想说什么，门外传来老何的声音。老何一边敲门一边喊："雨荷，雨荷！"

韩菊豆说："雨荷，我再叮咛你一句，你可千万不能犯傻！你再好好想想，我走了。"她说完，拉开门走了出去。

老何走进来，问："早上就剩下咱们两个人了，还开会吗？"

"咱们两个人，还开什么会？"雨荷说，"你一会儿给咱们的人逐个打电话，了解一下他们的创作进度，问问他们还有什么问题和困难，然后写个简单材料，上报市委宣传部，宣传部都催了好几次了。"

"好！"老何满口答应。老何是创研室副主任，对雨荷的话一贯言听计从。他平时主动承担了单位所有的闲杂事务，尽量不让雨荷为这些琐事分心，雨荷对此心知肚明，对他十分感激。

在文联机关，创研室这个部门比较特殊，除了老何，其他人全部都是从事文学创作和研究的专业人员。创研室平时不坐班，只留老何一个人值班，负责处理日常事务。每周一为例会日，一般都是学习文件，交流工作。这些专业人员，平时各忙各的，有的去农村或厂矿深入生活，有的去采风，有的在自己的创作室潜心写作……总之，周一的例会，人很少到齐过。

雨荷交代完几件事情，见老何还没有走的意思，问："还有事儿吗？"

老何说："上周二组织部派人来考察领导班子……"

雨荷打断他的话，说："我听说了。"

"你若能高升一级，创研室主任就空缺了，"老何有点吞吞吐吐的样子，说，"我知道，我是行政干部，没有专业优势，可是……我马上就五十岁了，恐怕以后就再也没有什么机会了。"

雨荷说："我明白你的意思。"

"雨荷，以你的影响力，说句话肯定是举足轻重的……我想请你、请你在适当的时机，能够、能够……推荐一下我……"老何鼓足勇气，说完了这句话。

"我会的。"雨荷说。

老何相信雨荷说的是真话。因为在此之前，雨荷曾几次要求辞去创研室主任，并推荐老何接替她的职务。

"那你忙，我就不打扰了。"老何千恩万谢地走了。

雨荷突然意识到，这次考察领导班子，并不是她想的那么简单。按照文联的编制，从正局、副局、正处、副处、正科到副科，领导职位共有六个层次，上面空一个，下面将会层层递进。牵一发动全局，不光牵扯几位中层干部，还将会涉及文联很多一般干部。

卢秀萍做事从来都不动声色、不留痕迹。她是不会像韩菊豆说的那样，赤裸裸地去巴结"老大"孟云灿的。不过今天也赶巧，她去孟云灿办公室汇报工作时，孟云灿正在拖地，忽然腰扭了一下，她忙把孟云灿扶到沙发上坐着，然后顺手捡起拖把，把没拖完的地拖干净。她问孟云灿感觉怎么样，孟云灿说不碍事。孟云灿说，你帮我把茶杯拿过来，她就帮孟云灿把早已沏好的茶端过来，递给她。韩菊豆来送文件，见卢秀萍也在，就没进去，而是站在不远处向里窥视，正好目睹了这一幕。韩菊豆愣了愣才走进去，她放下文件，转身就走了。

卢秀萍开始汇报"孟云灿荣获秦腔艺术终身成就奖"颁奖大会的筹备情况，孟云灿听得十分认真，所有的细节都要仔细过问。本来这项工作是由办公室主任韩菊豆挑头的，卢秀萍主动请缨，硬是把这项任务"抢"了过去。平时许多工作，办公室和组联部之间责任不清，互相推诿扯皮的现象时有发生，可这一次却一反常态，卢秀萍表现出少有的主动和热情。韩菊豆遇事不爱过脑子，人称"傻豆"。以"傻豆"的智商，只能看出卢秀萍是为了巴结领导，拍"老大"的马屁。可卢秀萍却在这"特殊的敏感时期"，巧妙地利用这件事，左右逢源，为自己的仕途之路，开辟了一条"绿色通道"。

"孟云灿荣获秦腔艺术终身成就奖"在本市尚属首例，其轰动效应自然可想而知。卢秀萍按照孟云灿的授意，起草了一份颁奖活动策划草案，然后以这份活动草案作为"敲门砖"，成功地拜见了主管文联的市委副书记周长山和市委常委、宣传部部长乔文浩。因工作需要接触了几次以后，她便跟两位领导不仅有了私下交往，还和两位领导的夫人成了好朋友。周副书记爱人生病住院，卢秀萍像亲姐妹一样，不分昼夜地侍奉床前；乔部长岳父过生日，卢秀萍打听到老人酷爱秦腔，就动用孟云灿的关系，为老人组织了一场家庭演唱会……总之，筹备"孟云灿荣获秦腔艺术终身成就奖"颁奖大会的过程中，卢秀萍忙碌着、辛苦着、"收获着"，也暗自得意着。

孟云灿听完卢秀萍的汇报，不得不对她刮目相看。颁奖大会的仪程，环环紧扣——领导讲话、荟萃演出、灯光布景、音响设备……事无巨细，一应俱全。除了颁奖大会，还有"孟云灿从艺五十周年"座谈会、图片展、画册出版等系列活动和事宜。

"这样做，会不会有点太过张扬？"孟云灿欣喜之余，有点忐忑不安。

卢秀萍说："孟老师，你不能把这次表彰活动看成是自己的事情。你代表的是秦腔界，对你的肯定，就是对秦腔艺术的肯定。目前，秦腔不景气，从上到下都在喊振兴秦腔，咱们这样做，也是振兴秦腔的一大举措。市上领导为什么对这次活动这么重视，他们看中的是秦腔事业，而不是你孟云灿个人。"

"你这么说，也有道理……"孟云灿被卢秀萍一席话说得心悦诚服。

几个月前，市上有关领导找孟云灿谈话，透露出让她担任市政协副主席的想法，并让她推荐市文联领导班子后备干部。孟云灿当时竭力推荐萧雨荷和张迎春。萧雨荷名气大，有影响力；张迎春资历老，能力强。两人在文联机关呼声最高，推荐她俩，顺民心、合民意。现在想想，卢秀萍才是最佳人选。她思维缜密，协调能力强，办事效率高——文联领导班子缺少的，不正是像她这样的人才吗？而以往，孟云灿对卢秀萍并没有多少好感，觉得她为人虚伪，阴一套阳一套的，还从未发现她竟有这么多优点。孟云灿后悔当时没有推荐卢秀萍，她想找个机会，弥补一下在这件事情上的失察。

最近一段日子，围绕着文联换届滋生出的各种传言和是是非非，像滚滚洪流一样，一波接着一波，高潮迭起。有人说，来文联考察领导班子的组织部干部处处长宋强是韩菊豆公公的徒弟，说韩菊豆这次升职早已是板上钉钉的事儿了。韩菊豆回家问公公，公公说，他确实有个徒弟叫宋强，可宋强早已从工厂辞职，下海做生意了，现在是深圳一家贸易公司的大老板。韩菊豆心里窝火，又不知该找谁说理去。再看看人家卢秀萍，同样也被各种传言和是非包围着，人家却能泰然处之，像个没事人似的。在文联机关，被韩菊豆看成"知己"的有两个人：萧雨荷和张迎春。雨荷不坐班，经常连个人影都不见，有时周一碰见，也总是来去匆匆，难得说上几句话。如果涉及文联的是是非非，雨荷压根不感兴趣，韩菊豆老有一种重锤砸在棉花上的感觉。韩菊豆是个心里搁不住事的人，此刻，她特别想找张迎春，好好跟她倾诉一番。

张迎春身为文联党组副书记兼秘书长，好像总有忙不完的工作。一个上午，来她办公室的人一拨接一拨。这些人，有本单位的，也有外边的，有谈工作的，有联系业务的，有拜访名人的，有上访的，有告状的……面对这些杂乱无章的事务，张迎春总是从容不迫，按照轻重缓急，把各类事情处理得有条不紊。文联党组书记王江海常年患病，文联主席孟云灿整天忙于各类演出，张迎春常常会身兼数职，主动替他们分担一些工作。两位领导心里都明白，如果没有张迎春这块"挡箭牌"，自己不定会忙成什么样子。韩菊豆来到秘书长办公室，见张迎春忙得根本抽不开身，只好跟她约定，中午一块儿出去吃饭，边吃边谈。

中午十二点，韩菊豆就准时站在文联大门外等张迎春，一直到十二点半，张迎春才拖着疲惫不堪的身体，从大门里走出来。韩菊豆忙迎上前，说："张姐，你怎么才出来？我都快急死了！"场面上，韩菊豆称张迎春"张书记"，私下就称她"张姐"。

"不好意思，让你久等了。"张迎春面带歉意说，"正准备走的时候，突然接到中国文联一个电话。"

"你也不看看，机关的人早都走光了！"韩菊豆不无抱怨地说，"全单位的人，好像就你一个人在忙？"

张迎春说："好了好了，为了表达歉意，今天中午我请客！"

"本来就应该你请嘛！"韩菊豆说，"你工资比我高，经济条件比我好，不宰你宰谁呀？"

两个人走进文联大楼旁边的一家小吃店，张迎春问韩菊豆："你想吃什么？"

韩菊豆拽了一把张迎春，转身就走，张迎春不明就里，忙问："怎么啦？"

"我看见卢秀萍和'老大'在里边呢!"韩菊豆拽着她向前走了几步,说,"那个小妖精,平时根本不把'老大'放在眼里,最近像变了个人似的,整天跟'老大'黏在一起。"

张迎春不以为然,说:"我还当什么事儿呢。"

韩菊豆把张迎春拉进一家咖啡馆,张迎春说:"小姐,咱们还没吃午饭呢,来咖啡馆干什么?"

韩菊豆说:"这儿安静,说话方便。"

张迎春不解地问:"那吃饭?"

韩菊豆说:"这家咖啡馆带简餐,来两份盒饭就行了。"

张迎春说:"你不是想'宰'我吗?"

"改天吧。"韩菊豆说,"我有一肚子话想跟你说,再不说,我都快憋死了!"她说完,点了两份盒饭、两杯咖啡。张迎春争着要去付款,韩菊豆拦住了她,说:"改天你请,今天算我的。"

两人找了个偏僻的角落坐下来,服务员很快就送上盒饭和咖啡,张迎春打开盒饭,说了句"我都快饿死了!",就大口吃了起来。韩菊豆顾不上吃饭,只顾拉开话匣子。她用极快的语速,把最近听到的、看到的所有"秘密",其中包括文联领导班子大变动、卢秀萍"巴"上市领导、孟云灿对卢秀萍态度一百八十度大转弯、自己被卷进莫名的是非等新闻一一讲给张迎春听。

张迎春军人出身,转业多年仍保留着雷厉风行的良好习惯。她三下两下吃完饭,一边用餐巾纸擦着嘴,一边说:"知道的还挺多呀!"

韩菊豆试探道:"你肯定知道得更多,对不对?"

张迎春笑了笑,不置可否。

两个人的消息来源不同,张迎春的消息多半来自官方,韩菊豆的消息大都来自民间。

韩菊豆说:"你这人嘴严,原则性强,不该说的话,坚决不说。不像我,心里搁不住事儿……不过,我也没到处乱说,这些话,我只对你一个人说。"又说,"文联的这些是是非非,搅得人心里烦……"

"你烦什么?"张迎春打断她的话,说,"无非两件事:第一,你被卷入是非中;第二,是关于卢秀萍的种种传言。其实,你最担心的是卢秀萍升职,担心她从原来的跟你平起平坐,会一下子变成你的领导。"

"一语中的!"韩菊豆竖起大拇指,说,"张姐,你太厉害了!"

"你心里那点'小九九',能瞒过谁呀?"

"说心里话,你跟雨荷,不管谁上,我都举双手通过!可是她……她卢秀萍凭什么呀?"

"先说你被卷入是非这事儿,"张迎春说,"你在文联工作这么多年,对这个单位又不是不了解。一帮长舌妇、长舌男,整天没事干,不说点是非还能干什么。前一阵子,有人说我们家老寇跟市委书记是省委党校同班同学。市委书记上没上过党校,我不了解,可我们家老寇,连省委党校的大门都没进去过。"

"这事儿我也听说了,"韩菊豆不以为然,"这种没边没沿的事儿,谁信呢?你们两口子的情况,我太了解了。听到这种荒唐话,我一笑了之,根本就没当回事儿。所以,就没跟你说。"

张迎春说:"说起我的事儿,你这么轻松,可同样的事,放到你身上,你为什么就深陷其中,不能自拔呢?"

"我……"韩菊豆一时语塞。

张迎春接着说:"这种事儿,你根本不用在意,清者自清嘛!再说领导班子调整和卢秀萍提拔不提拔,那都是组织考虑的事儿,你操那么大心,有用吗?组织部门来单位考察干部,又是找人谈话,又是搞民意测验,要相信组织上肯定是会从全局出发,慎重对待的。"

韩菊豆说:"组织是什么,还不是一个一个的人组成的?就说咱们老大吧,平时指使不动那个小妖精,把很多组联部的工作都交给办公室来做,她对那个小妖精没一点儿好感。可最近,不知怎么被那个小妖精迷得晕头转向了,那个小妖精……"

"打住打住!"张迎春做了个停止手势说,"你不要一口一个小妖精,我实在听不下去了。你好歹也是文联中层干部,这样说话,有失水准!"

"是是是,"韩菊豆见张迎春有点不高兴了,忙说,"张姐,你批评得对,我这人就是嘴贱。"

"嘴贱不过是表面现象。"张迎春郑重其事地说,"我比你虚长几岁,有些话,我就直说了……"

"姐,咱俩谁跟谁,有啥话,你尽管说!"

"你这人最大的缺点,就是思想不成熟,遇事不过脑子。"

"姐,你说得太对了!要不然,人家背后都叫我'傻豆'呢!"

张迎春忍不住笑了,说:"知道就好。"

韩菊豆说:"姐,你给我说实话,这次领导班子调整,你想不想再升一级?"

"想!"张迎春笑道,"凡是人都会想的。说好听点,人往高处走,能升一级,是组织上对自己工作的肯定;说庸俗一点,职位升了,工资待遇也能跟着往上升。这样的好事,谁能不想呢?"

韩菊豆说:"那也不一定,雨荷就不想。我听说,她专门给组织部打了一份报告,表明自己的态度。"

"雨荷是专业作家,目前创作势头正猛着呢。她不想因为行政事务分散精力,影响写作。可以理解,人各有志嘛!"张迎春看了一下腕上的手表,说:"哟,快到上班时间了,咱们走吧!"

两人一起走出咖啡店。

第三章

清晨六点，闹钟准时响了起来。

雨荷睁开眼睛，看着母亲正在做她每日雷打不动的"晨起六步走"——第一步：躺在床上，左右转动双眼，活动手指和脚趾；第二步：起身坐起，静坐一分钟，然后开始活动上臂；第三步：坐在床沿，双脚着地，用双手梳头；第四步：缓缓站起来，在屋内慢慢走动；第五步：走进卫生间，用热水洗个脸，然后，把双手泡在热水中；第六步：喝一杯温开水。母亲说，这是预防老年人突发心脑血管病的有效方法。

看着母亲做到第五步——走进卫生间，雨荷这才爬起来，还没来得及穿衣服，就听见楼下传来门卫老高的声音："罗静芝，电话！"

母亲从卫生间走出来，顾不得更衣换鞋，穿着睡衣和拖鞋就急匆匆地向外走去。雨荷两下穿好衣服，顺手抓起母亲的外衣，追了出去。

传达室里，雨荷给母亲披上外衣。母亲接着电话："喂……哪位？"

"大姑，是我，"电话另一端传来侄子玉田急促的声音，"我婆病重，你赶快回来！"

"玉田，你婆得的什么病？喂！喂……"罗静芝还想问个明白，玉田已经挂断了电话。

雨荷问："玉田说我婆生病了？"

"他说你婆病重……这不，话还没说完，电话就挂了。"罗静芝想了想，"我现在就给单位打电话请假，你回去帮我收拾几件换洗衣服，我马上就回去。"

雨荷说："我跟你一块儿回去。"

"那你赶快回去收拾东西。"罗静芝说完，开始拨电话。

罗静芝回到家时，雨荷已经收拾好了换洗衣服和洗漱用品。罗静芝从大衣柜的包袱里取出一沓现钞，两人就匆匆出发了。

汽车在蜿蜒的山路上行驶着。车窗外秋景如画——高天，淡云，远山，近树，像快镜头一般，一幕幕飞快地消失在视线以外。雨荷最喜欢大山里的秋天，可今天，她无心欣赏车窗外的美景，恨不能插上翅膀，立马飞到外婆身边。

罗静芝愁锁双眉，各种不祥之兆不时掠过心头。她想把这种感觉告诉雨荷，又怕吓到她。

几个小时以后，大巴车到了终点站——草籽镇。母女俩刚下车，就看见玉田从供销社大门口走过来。雨荷忙迎上前去，问外婆的病情。玉田却突然号哭起来，说婆没病，是自己欠了别人几千块钱的债，今天是还款期限的最后一天，要是再还不上钱，那帮人就要弄死他。雨荷问他干啥欠债了，他说打麻将输了。玉田说他实在没办法了，情急之中，想起了大姑和表姐。母女俩听了玉田的话，劈头盖脸将他臭骂一顿，玉田也不气恼，嬉皮笑脸地说："大姑，我知道你最疼我了，你不可能看着我被他们活活打死吧？"

"打死活该!"雨荷愠怒地说,"你这叫自作自受!"她转身对母亲说,"妈,这事咱不能管,让他自己想办法。"

玉田急了,说:"姐,大姑,你们不能见死不救呀!"

罗静芝气得浑身发抖,说:"怎样救你?……替你还赌债?我那样做,才是害了你,你还是好好吸取教训,长点记性吧!"

玉田愣了愣,嘴里嘟嘟囔囔说着什么,悻悻地走开了。

雨荷从小在外婆身边长大,跟舅舅一家人有着特殊的感情。在她看来,这个世界上,除了父母亲,舅舅家的每一个人,都是她最亲的亲人。她比玉田大十几岁,从小抱着他、牵着他、看着他一天天长大。刚才在气头上,跟着母亲狠狠地训斥了玉田几句,现在看着他远去的身影,不由得动了恻隐之心。抬头看看母亲,只见她早已是泪水盈眶了。她知道,母亲跟自己一样,生气归生气,可再生气也免不了心疼自己的亲侄子。

雨荷看看手表,已经下午一点多了。肚子饿得"咕咕"叫,这才想起来早上走得急,没顾上吃早饭。雨荷说:"妈,我肚子饿了,咱们先找个地方吃点饭吧。"

罗静芝点点头,说:"我也饿了,还有七八里路呢,不吃饭都走不动了。"又说,"知道你外婆没病,咱也不用那么着急了。"

母女俩走进一家小餐馆,随便吃了两碗面,就踏上了通往舅舅家的盘山小路。

雨荷舅舅家住在松树沟村,村子不大,但居住分散,几十户人家,稀稀拉拉地分别住在几道山沟里。村里人清一色全部姓罗,罗静芝排行老大,平辈人称她"大姐",下一辈称她"大姑",孙子辈称她"大姑婆",长辈们则称呼她"他大姑"。每次回来,总有不少人闻讯赶来,求医问病,罗静芝总是热情接待。因此,她在村里享有很高的声望。母女俩一进村,碰上的人都热情地打着招呼,有的还硬拉她们到家里吃饭。母女俩心里有事,只好随便敷衍几句,就急匆匆地赶回了家。

刚一进门,母女俩就被眼前的景象惊呆了——屋里像被土匪抢劫过一般，桌椅板凳横七竖八乱摆着，盛粮食的大瓦瓮摔成了两半儿，里边装的小麦，滚落得满地都是。锅碗瓢盆，全都成了一堆碎片……雨荷舅妈嘤嘤哭着，雨荷外婆不顾一帮人的劝阻，硬要向外扑，说是要去找玉田。罗静芝问："这是咋了，出了啥事？"她声音不大，但却似乎有一股震慑力，屋内立马安静下来了。雨荷的舅妈抹一把眼泪，说："姐，可把你给盼回来了。"从她的口中得知，后山的吴麻子带了几个人来找玉田要债，找不见玉田就把家里砸了。雨荷主张给镇上派出所打电话报案，罗静芝却顾虑重重，怕报案引起什么不良后果。母女俩争执不下。左邻右舍的人见状，一个个悄悄溜了出去。雨荷外婆和舅妈一声不吭，等着"他大姑"拿主意。

雨荷的舅舅，是罗静芝唯一的弟弟。玉田五岁那年，他给生产队盖仓库，不小心从脚手架上掉下来，当场摔死了。罗静芝按照当地风俗厚葬了弟弟，随之就接替弟弟担负起了"一家之主"的重任。在雨荷外婆和舅妈心里，"他大姑"就是这个家里的"定海神针"。

雨荷舅舅去世后，留下玉莲、玉田姐弟俩。"他大姑"将弟弟的两个孩子视若己出，一心想把他们培养成才。玉莲小时候聪明好学，刚念完小学，罗静芝就把她接到城里读中学，后来考进了省城重点大学的旅游管理系；玉田从小被婆和母亲惯坏了，上学从来不按时按点，想去就去，想回就回，在学校经常惹是生非，不是打了人，就是被人打，课堂上带头起哄，整得老师无法讲课，多次被学校劝退。"他大姑"为这个顽劣的混小子，不知受过多少委屈，流过多少眼泪。每次玉田惹了事，"他大姑"少不了长途颠簸跑回来，"求神拜佛"，给人说好话。好不容易挨到小学毕业前半个月，玉田却因逃学被老师批评了一顿，就使性子再也不去学校了，任"他大姑"磨破嘴皮子好说歹说，人家就俩字："不去！"果然不出村里人所料，玉田长大后，成了方圆十几里有名的"二流子"。"他大姑"对这个亲侄子失望至极。

罗静芝曾无数次对雨荷讲过，再也不管玉田的事了，任他自生自灭，顺从天意。可这一次，亲眼目睹家里被糟践成这样，玉田不知会面临什么样的危险,不管能行吗?可管,又该怎样去管呢?雨荷见母亲一筹莫展的样子,就说:"妈,咱们还是去找大顺哥商量一下吧。"母亲点点头,表示赞同。于是,母女俩就去了大顺家。

大顺叫罗玉顺,在罗家户里"玉"字辈男孩中排行老大,所以人称大顺。大顺是罗静芝堂兄的儿子,论血缘关系,是罗家户族里与雨荷舅舅家最近的一支。大顺比雨荷大半岁,两人从小一起长大,至今保持着很好的兄妹关系。罗静芝一直把大顺当亲侄子看,母女俩有事,总喜欢跟他商量。

大顺家在村东头,新盖起的三层小洋楼,格外引人注目。改革开放初期,镇上办起了水泥厂,大顺率先买了一台四轮拖拉机,给水泥厂运送石料;送完石料,再把厂里的水泥拉到山外的各个经销点,挣个双程运费。几年下来,挣了不少钱。后来,大顺干脆做起了水泥生意,很快就成了当地有名的"万元户"。大顺正在听收音机,秦腔《铡美案》是他百听不厌的剧目。罗静芝和雨荷走进门,大顺正眯着眼睛,用手打着节拍,跟着"包拯"唱:"龙国太为救驸马命,叫我卖法送人情,明知香莲有血性,岂能见银冤不明……"雨荷叫了声:"大顺哥!"大顺睁开眼睛,惊喜地问:"大姑,雨荷,你俩啥时回来的?快坐,快坐!"他说着,递上两个小板凳。罗静芝和雨荷坐下来,雨荷问:"怎么就你一个人在家,爱英嫂子呢?"大顺回答说:"一大早就带着四个孩子去了她娘家。"大顺递上两杯茶水,又张罗着要给她们做饭。雨荷忙拦住他,说下了车在镇上吃过饭了。罗静芝拉大顺坐在自己身旁,就把玉田欠债和家里被砸的事给他说了。

大顺听完,皱起了眉头,说:"玉田欠债并不是什么新鲜事儿,可后山的吴麻子……怎么会呢?我刚才在镇上还看见,玉田和吴麻子一伙在饭馆喝酒呢。"罗静芝也感到十分蹊跷。雨荷还是主张报警,说:"不管咋说,吴麻子带人把家里砸了,现场就在那儿摆着,这就是证据,让警察出面解决一下,有什么不好?"大顺笑道:"这里是偏僻农村,山高皇帝远,你以为在城里呢,一个电话,警察就上门了?"雨荷说:"照你这么说,镇上的警察,就什么事都不管了?"大顺说:"当然管呀!只要发生命案,警察随叫随到,一般的打架斗殴、鸡鸣狗盗,警察是不会管的。镇上派出所就那么几个人,管也管不过来呀。"雨荷一时无语。大顺低下头,盘算了好一阵,说:"大姑,雨荷,你们先回去,我现在就去镇上,先把情况搞清楚再说。"罗静芝说:"也好,我们在家等你的信儿。"

回到家,看着屋里一片狼藉,罗静芝不由得怒气填胸,抱怨起自己的老娘和弟媳:"早跟你们说,惯子如杀子,你们就是不听,看看你们把玉田惯成啥样了?二十几岁的大小伙子,整天东游西逛,简直成了一个败家子、二流子!……看你们今后的日子怎么过?"

雨荷舅妈不气也不恼,满脸堆笑,说:"姐,你也别生气,说句你不爱听的,你往世上看,谁家大人不惯娃?再说,咱家三代单传,不惯玉田还能惯谁呢?"

"人,都是出心性呢。从小我也没少惯你,你不照样有出息吗?"雨荷外婆不无抱怨地说,"二十几岁的大小伙子,又没个媳妇,不东游西逛,还能干啥?……你是娃的亲大姑,你咋就不操心给娃找个媳妇呢?"

"你们……"罗静芝被噎得说不出话来。这些年,她几乎包揽了娘家里里外外大大小小所有的事情,对娘家比对自己的小家付出的心血还要多。现在想起来,心里愧疚,只觉得对不起自己的女儿和丈夫。更何况,丈夫已去,连弥补的机会都没有了。可是娘家人,谁领你的情呢?就连自己的老娘,也从来都不体量自己的难处,认为你做什么都是应该的,好像自己上辈子欠了他们的似的。她越想越觉得委屈,眼泪就止不住流了下来,雨荷忙掏出自己的手绢递给她。

雨荷问外婆:"婆,你们还没吃饭吧?"

"锅都砸了,拿啥吃?"外婆一下子来劲了,说,"你妈个没良心的,一进门就知道数落我,哪里还管我的死活呢。"

雨荷舅妈说:"从早上到现在,水米没打牙,我都饿得前心贴后背了……雨荷，你们回来咋也没带点儿吃的？"

罗静芝没好气地说："你那个宝贝儿子打电话说妈病重，我的魂儿都快吓掉了，哪里还顾得上买东西？"

雨荷外婆撇了撇嘴，说："你巴不得我死了才好呢！"

罗静芝本想发作，可还是忍住了。

雨荷看着屋里乱糟糟的样子，根本没法做饭，再说，事情还没有个说法，暂时还需要保护现场。她突然想起来，今天回来时发现村口新开了一家小卖部，于是，连忙走了出去。不大一会儿，雨荷买回了几包方便面、几包榨菜和鸡蛋糕、面包等几样食品，几个人将就着，就算吃了顿饭。

掌灯时分，大顺来报信儿，说事情都摆平了。大顺说，他通过吴麻子的妻弟了解到，玉田分六次在吴麻子那里借了两千多元现金。他用这些钱，肥吃海喝，任意挥霍，还经常去地下赌场"耍钱"。吴麻子多次要债，玉田一拖再拖。按照他们之间的协议，"驴打滚"的利息让两千多元变成了四千多元。玉田不仅不还钱，还跟人家胡说八道，想赖账。吴麻子一气之下，就带人把家里给砸了。其实，吴麻子带人砸家的时候，玉田就在屋后的竹林里躲着。吴麻子等人从家里出来，玉田拦住他们，请他们到镇上喝酒，说是他大姑一会儿就回来了，他大姑有的是钱，求吴麻子再给他几天时间，吴麻子同意了，答应再宽限几天。

大顺找到吴麻子，对他"软硬兼施"，还把雨荷给"抬"出来了，说雨荷是城里的大作家、文化名人，她要是说一句话，别说镇上，县上领导也不敢马虎。吴麻子也不想把事情闹大，就同意了大顺的解决方案——由大顺替玉田还上三千元，其余的一千多，就算是砸坏家具的赔偿了。

大顺办事有板有眼，事情解决得合情合理，谁也无话可说。

罗静芝的一颗心刚放下，又悬起来了——她月薪八十多，在单位也算是最高工资级别了，可是要还上大顺的三千元，也不是一件容易的事情。何况，置办家具还得花一大笔钱。弟媳和老妈倒是一下子轻松了，反正，玉田安然无恙。至于还钱的事儿，有"他大姑"在，根本用不着她们操心。

  第二天一大早，罗静芝和雨荷去镇上购买了锅碗瓢勺米面油等一应生活用品，雇车拉了回来。母女俩回来带的钱，仅剩下几百块，就都给了大顺。罗静芝对大顺说，欠你两千多块钱，回去后通过邮局寄过来。大顺一再说，不用着急，他的生意做得大，也不差这点钱。

  雨荷每次回来，总想多待些日子。她喜欢松树沟的山山水水，更喜欢松树沟的乡亲们。她经常利用东家进西家出"串门儿"的机会，听"故事"，搜集"趣闻"，掌握了大量的生活素材。她不止一次地大发感慨，说松树沟是她取之不尽的"生活源泉"。最近因考察干部，单位成了是非之地，有许多躲之不及的烦心事，雨荷想以"深入生活"为由，在乡下躲躲清静。可是母亲却急着要走，她是医生，又是科主任，手头上尽是些"人命关天"的大事，一天也耽搁不起。

  罗静芝说："小雨，你留下来，我走！"

  雨荷说："妈，你一个人走，我不放心！"

  两人争执一番，最终达成一致——后天一大早，两人一起走。

  母女俩走的时候，雨荷外婆一直把她们送到村外，一再叮咛，让"他大姑"和雨荷操心玉田的婚事。

第四章

贾莲香：（唱）未开言来珠泪落，叫声相公小哥哥。

周天佑：你不要把我叫哥哥，我把你叫姐姐行不行？

贾莲香：（唱）空山寂静少人过，虎豹豺狼常出没……

啊呀，不好，周天佑打死的那只老虎，怎么又活过来了？它张牙舞爪，呼啸着直扑过来，前边是陡峭的悬崖，悬崖下面是黑黢黢望不到底的深谷……救命，小哥哥，救命！

唉，如此的声嘶力竭，怎么就发不出一点声音呢？

只见他身体直立，腾空向前探伸再向后翻滚一周——好漂亮的"云里翻"！

老虎早已不见踪影。他是谁呢，是周天佑还是郑元浩？……想起来了，郑元浩是演员，周天佑是他扮演的角色。

元浩，元浩！你怎么不理我，就这么头也不回地走了？这么多年过去了，你还是不能原谅我？

"昏沉沉只觉得天旋地转、天旋地转……"下边的词儿是什么呢？唱了一辈子戏，怎么会忘词呢？

好尴尬呀，恨不能找个地缝钻进去！

……

聚光灯下，她一袭紫红色丝绒旗袍，袅袅婷婷走到舞台中央，台下顿时响起雷鸣般的掌声："孟云灿！孟云灿！孟云灿！……"狂热的呼叫声此起彼伏。郑元浩、朱国栋、郭骏——前三任丈夫一起跑来献花……不好，三个男人怎么就打起来了？不对，郑元浩早都死了，朱国栋杳无音信，郭骏……他还有脸来吗？

……

这是第几次了，大幕合上又拉开？如此隆重的谢幕，是何等的光彩、何等的荣耀！……哎呀，整个人怎么就飘起来了？

"一缕幽魂在飘荡……"这是什么戏，飘起来的是孟云灿，还是李慧娘（剧中人）？

这究竟是演戏、是梦境、是幻觉，还是在现实中？

命悬一线的孟云灿，此时正躺在市中心医院重症监护室的病床上，支离破碎的记忆，虚无缥缈的臆想，若影若幻，一幕幕出现在脑海里。

几个小时前，经过精心筹划的"孟云灿荣获秦腔艺术终身成就奖"颁奖大会，在市中心的长安剧院隆重举行。偌大的剧场内，座无虚席。省市有关领导、文艺界名流、各大媒体、孟派弟子，还有数不清的戏迷观众都来了，可谓盛况空前。颁奖会上，主管文化工作的副市长致辞、中国戏剧家协会领导亲自为孟云灿颁奖、孟云灿发表获奖感言……这些既定议程完成之后，开始"孟派经典剧目荟萃"演出。

孟派人才济济，剧目繁多。孟云灿的得意门生们，将晚会推向一个又一个高潮。

孟云灿最后出场，她演出的是秦腔现代戏《红色娘子军》选段——吴琼花遭地主南霸天迫害，几经磨难，终于从地牢中逃出。孟云灿扮演吴琼花，唱："昏沉沉只觉得天旋地转，咬牙关挺胸站……"她挣扎着站起来又倒了下去，观众席里有人惊叹，有人唏嘘。大多数戏迷，对孟云灿的这出拿手好戏，早已耳熟能详。他们知道，吴琼花咬牙关挺胸站起来以后，就该唱"打不死的吴琼花，我还活在人间"了，可吴琼花为什么站起来又倒了下去？有人以为剧情有所改动，期待着新的惊喜；有人感觉情况不妙，开始紧张起来；也有少数小青年，等得不耐烦了，吹起了口哨……

大幕突然合上，高音喇叭中传来女报幕员的声音："观众朋友们，因突发状况，演出到此结束！"

剧场内一片哗然。

孟云灿再也没有站起来，她突发急症，被救护车送到了市中心医院。

手术室大门紧闭，门楣上反复滚动着"手术中"几个血红的大字。

手术室外边的走廊里，站满了孟云灿的亲朋好友、同事和戏迷们。医院的几个保安费了很长时间，才把乱哄哄的一群人"请"走，只留下单位的几个人，等待手术结果。

第二天凌晨两点多，手术室的门打开了，从里面走出一位穿着手术服的人，不知是医生还是护士，单位的几个人忙走上前，急切地问："手术怎么样？"

那人没有回答，却问："谁是家属？"

韩菊豆说："家属没来，有什么事儿，你跟我们说。"

"病人属于出血性脑梗塞，开颅手术过程中出现突发状况，继续手术会影响病人的声带；终止手术，病人有可能偏瘫。事关重大，必须由家属签字。"

确实是一道难题！

几个人面面相觑。

"影响声带总比偏瘫强，我主张继续手术。"韩菊豆问其他几个人，"你们说呢?"

雨荷说："我同意你的意见。"

张迎春面呈难色，说："孟老师是戏曲演员，如果声带出了问题唱不了戏，那不是要她的命吗?"

"咱们讨论这些有用吗?"卢秀萍显得极不耐烦，说，"签字是要负责任的，咱们没有必要承担这个风险，还是通知他儿子来吧。"

韩菊豆说："她那个儿子，你又不是不知道，电话打了几十个都联系不上他。"

卢秀萍说："那就等呗!"

"等什么?"穿手术服的人说，"病人还在手术台上，延误一分钟，就多一分危险，家属到底能不能签字?"

韩菊豆说："病人家里的情况有点特殊，三句两句也说不清……这样吧，还是我来签字。刚才手术前，也是我签的字。"

穿手术服的人将一份"知情同意书"递给韩菊豆，韩菊豆立马在上面签了字。

韩菊豆娘家婆家兄弟姐妹十几个，还有兄弟姐妹的孩子们，平时少不了这个生病，那个住院的，所以，她对医院的一套手续摸得门儿清。她知道，像这种紧急情况，家属到不了场，单位的人如果代替家属签了字，还需要院长或者"总值班"再签字的。韩菊豆快人快语，做事从来不拖泥带水，可这一次，她万万没有想到，由于自己的"贸然"签字，日后会落下埋怨。

直到清晨五点多，孟云灿的宝贝儿子郭小磊才出现在手术室外的走廊里。他一身酒气，醉眼惺忪，斜睨着现场的几位，说："四大美女都来了……出了什么事儿，你们不停地给我打电话?"

韩菊豆气得两眼冒火，怒吼道："你妈突发脑梗，现在还在手术室里躺着呢!"

"躺就躺着呗，"郭小磊像个没事人似的说，"这里有医生，有护士，你们干吗叫我来？"

雨荷说："郭小磊，你长没长点人心？你妈现在生死未卜，你怎么问都不问一句她的病情呢？"

张迎春说："你这孩子……你妈危在旦夕，你倒好，跑哪儿喝酒去了？"

"行了行了，跟他有什么好说的？"卢秀萍站起身，打着哈欠说，"折腾了一夜，眼睛都快睁不开了。郭小磊，你在这儿守着，我们也该回家休息了。"说完问其他三个人："你们走不走？"

郭小磊拦住她说："你不能走！"又对其他三人说，"你们单位的人，一个都不能走。你们都走了，万一有啥事，我找谁去？"

"你们都不走？"卢秀萍见其他几个人都没有要走的意思，说，"我头晕，我先走了。"她说完，径自走了。

韩菊豆望着卢秀萍的背影撇了撇嘴，说："这人真会来事儿，平时上杆子巴结老大，现在老大病了，她也原形毕露了。"

张迎春说："行了，你别说了，你们都回去吧，我一个人在这儿守着就行了。"

"我在这儿陪你。"韩菊豆对雨荷说，"雨荷，你回去吧，都守到这儿也没用。"

雨荷说："天快亮了，回去也睡不着，还是在这儿等手术结果吧。"

韩菊豆想跟郭小磊说几句话，却发现他躺在长椅上，已经打起了呼噜。

清晨六点，手术室的门打开了，医护人员推着孟云灿从里边走了出来。他们告诉韩菊豆等人，手术非常成功，病人需要转入重症监护室观察几天。

几个人终于松了口气。

两天以后，孟云灿被转入普通病房。她四肢麻木无力，大脑却异常清晰。孟云灿这辈子忙忙碌碌，不得闲暇。现在躺在病床上，有了大把的时间，不由得思前想后，许多陈年往事一幕幕浮现在脑海里，挥之不去。

孟云灿一生事业上成绩辉煌，感情上却一波三折；她在人前风光无限，但风光背后的酸辣苦甜，只有她自己知道。

孟云灿曾经有过三段婚姻。第一任丈夫郑元浩，是她的戏校同学。毕业后，两个人一起分配到了市秦腔剧团，没几年工夫，就都成了团里的台柱子，孟云灿还被提拔为主管业务的副团长。那一年，团里接到去北京参加全国戏曲调演的任务，演出剧目为《苏武牧羊》。郑元浩主动请缨出演苏武，文化局领导和团里的演员们，也都认为这一角色非他莫属。当时，孟云灿刚刚被局里任命为团长。孟团长以大局为重，以培养青年演员为由，决定让郑元浩的学生高翔换下郑元浩。郑元浩也是个视戏如命的人，况且进京演出又是个千载难逢的好机会，哪里肯轻易放手？夫妻俩为此争吵得不可开交，最终，"胳膊拧不过大腿"，郑元浩只得屈从。高翔不负众望，获得全国大奖，孟云灿率团凯旋。郑元浩却因心中郁闷，饮酒过量而命丧黄泉。

第二任丈夫朱国栋，是一家国有企业的技术员。他们结婚一年后，生下了女儿朱凌霄。朱凌霄四岁那年的一天，朱国栋去外地出差，朱凌霄因扁桃腺发炎引起高烧。偏偏在这个时候，孟云灿要去乡下演出，还不能请假，因为晚会主办方跟剧团签订的合同中规定，每晚的演出，孟云灿都必须出场。孟云灿没有办法，只好把生病的孩子留给保姆，然后千叮咛万嘱咐地安排好了怎样吃药、怎样看病、怎样吃饭、怎样喝水等一应事宜，才横下心带领剧团出发了。事情有时就那么凑巧，孟云灿刚走，保姆就接到家里的电报："母病重速回。"保姆不能不回家看老娘，更不能丢下孩子不管，于是反复权衡一番后，就带着朱凌霄回到了农村老家。保姆倒是尽心尽职，伺候老娘的同时，每天不忘带着孩子去村里的医疗站打针。结果，因庆大霉素注射过量，导致朱凌霄双耳失聪。朱国栋不能接受活泼可爱的女儿突然变成聋哑人的残酷事实，一气之下和孟云灿办了离婚手续，带着朱凌霄消失得无踪无影，好像人间蒸发了一样。

　　第三任丈夫郭骏，比孟云灿小八岁，风流倜傥，一表人才，是她的铁杆戏迷。郭骏能说会道，还经常在报纸上发表一些吹捧孟云灿的文章。孟云灿被他迷得神魂颠倒，两人认识不到半年就结了婚。孟云灿生下儿子郭小磊不久，郭骏就在她眼皮底下和剧团学员队的一名年轻演员搞在了一起，而且被孟云灿抓了个"现行"。不必说，这桩婚姻无疑以失败而告终。

　　关于三次婚姻和三任丈夫，在孟云灿的记忆中已经渐行渐远。爱恨情仇，也早已化作过眼烟云。可一双儿女却不同，他们是她心中永远难以愈合的伤疤。

　　郭小磊从小跟着父亲郭骏一起生活，后来郭骏再婚生子，郭小磊就回到了孟云灿的身边。孟云灿整天不是排练就是演出，根本没时间照顾郭小磊。郭小磊初中辍学后，不知怎么就跟剧团隔壁的老田混在了一起。老田是个老光棍，郭小磊喊他"干爹"。老田给他管吃管住，郭小磊帮老田做生意，开始卖些日用百货，后来倒贩家用电器。老田生病，郭小磊擦屎端尿，侍奉床前；老田去世，郭小磊披麻戴孝，为他送终。在外人眼里，郭小磊是个重情重义的好小伙，可他对自己的母亲却一直冷若冰霜，甚至怀有"敌意"。孟云灿觉得在儿子心里，自己连个"隔壁阿姨"都不如。

　　儿子对她愈冷漠，她就愈发思念女儿朱凌霄。每天晚上，只要一闭上眼睛，朱凌霄活泼可爱的样子，就会浮现在她的眼前。孟云灿几乎夜夜被噩梦惊醒，她经常梦见朱凌霄被怪兽追赶到悬崖边，或被坏人锁在黑房子里，梦醒自然少不了牵肠挂肚，辗转难眠。对女儿这种痛彻心扉的思念，折磨得她几近崩溃。

　　孟云灿生性刚强，一辈子很少流过眼泪。可现在，闯过一回"鬼门关"，人也变得脆弱不堪了，整天哭哭啼啼，以泪洗面。"人在病中倍思亲"，孟云灿病中思念的，自然是自己的一双儿女。郭小磊一连几天没出现，孟云灿三番五次地托韩菊豆帮忙找他，说自己有重要的话要对儿子说。孟云灿手术后，声带尚未恢复，嗓子里发不出声音，只能用手比画或者写字条。韩菊豆答应她，一定帮她找到郭小磊和朱凌霄。

韩菊豆费了很大的劲儿，才在"西北商城"的一家服装店里找到郭小磊。老田去世后，郭小磊就另起炉灶，做起了服装生意，几年下来，也赚了不少钱。郭小磊从小缺少父母的关爱，老觉得自己是个孤儿，内心十分自卑。"干爹"老田爱喝酒，郭小磊心里郁闷时，就陪着他喝，渐渐地跟老田一样，也嗜酒成性了。一大早，郭小磊坐在一批未拆包的服装堆里喝着啤酒，忽然听到有人问："老板，这件大衣多少钱？"郭小磊一抬头，却发现问话的竟是韩菊豆。"原来是韩姨！"郭小磊笑着说，"你喜欢哪件衣服随便拿好了，还问什么价钱呢？"

韩菊豆发现郭小磊正在喝酒，沉下脸，说："郭小磊，你的酒瘾怎么这么大，一大早就喝上了？"

郭小磊说："没办法，早上不喝酒，一天都打不起精神。"他说完，又自顾自地喝了起来。

韩菊豆用眼睛死死盯着他，半天没说话。郭小磊被她看得心里发毛，说话也变得结巴起来："韩姨，今天怎么有、有空逛、逛街呢？"

韩菊豆说："我哪有时间逛街？我是专门来找你的。"

郭小磊问："你找我……有啥事？"

韩菊豆说："郭小磊，你好像忘了，你妈还在住院！"她狠狠地训斥了郭小磊几句，又说，"不管过去发生过什么，你妈总归是你妈，是她给了你生命……"

郭小磊打断她的话，说："生命？……她给了我什么样的生命？我从小就像个没有父母的孤儿一样，她把我带到这个世界上是专门来受罪的。这样的贱命，我宁肯不要！"他说着，眼里盈满了泪水。

韩菊豆也是个刀子嘴豆腐心的人，看着郭小磊的样子，不由得产生了几分怜悯之情，语气也变得柔和起来，说："小磊呀，你现在还年轻，你不懂得当妈的人对儿女的一颗心。你妈年轻时，忙于工作，没时间管你，她也是迫于无奈呀！"

郭小磊说："你往世上看，忙于工作的人多了，哪个当妈的像她那样？她现在躺在病床上，想起我这个儿子了？我小时候得肺炎，差点死在医院里，她来看过我一次吗？"

韩菊豆说："过去的事儿，就不要再提了！"又说，"你姐姐朱凌霄杳无音信，你是你妈在这个世界上唯一的儿子、唯一的亲人。她现在病了，想见见你，你身为人子，连这点愿望都不能满足她吗？"

郭小磊无言以对，竟然抱头哭了起来。韩菊豆告诉他孟云灿的病床号和探视时间，又叮咛了他几句，就赶回医院去了。

孟云灿见到韩菊豆，就用手比画着问她见到郭小磊了没有。韩菊豆点了点头。孟云灿又比画着问，他怎么没跟你一块儿来？韩菊豆说他生意忙走不开，有空就来了。孟云灿感到很欣慰，脸上露出一丝不易察觉的笑容。

其实，郭小磊到底能不能来，韩菊豆没有一点把握。她怕孟云灿受刺激，没有把郭小磊说的那些绝情话原原本本告诉她。那些话暴露了郭小磊的真实心理，他对母亲的怨恨一直无法释怀，即便是母亲重病在身，他也不能原谅她。

晚上八点多了，孟云灿开始变得焦躁不安起来，不时用手指着门口，示意韩菊豆出去看看郭小磊来了没有。韩菊豆出出进进，走了十几个来回，始终没有看见郭小磊的身影。韩菊豆彻底失望了，她准备告诉孟云灿，郭小磊今晚不会来了。话到嘴边，好生犹豫，她实在不忍心看见孟云灿伤心落泪的样子。韩菊豆不知如何是好，趁着孟云灿再一次让她出去看郭小磊的机会，一直从病房走出住院部大楼，来到医院大门口。韩菊豆站在路灯下，漫无目的地打量着过往的行人和车辆。郭小磊像从天上掉下来一般，突然出现在她的面前，叫了声："韩姨！"

"小磊，你咋才来？"韩菊豆憋了一肚子火，本想好好宣泄几句，可转念一想，他能来就不错了，否则，她真的不知道咋给孟云灿交代了。她一边说"你妈一整天都在念叨你呢!"一边拉着郭小磊往病房跑。

当郭小磊站在孟云灿面前的那一刻,母子俩都愣住了。孟云灿半天才回过神来。她从枕头下取出一张小纸条,交给郭小磊。郭小磊看完纸条上面的字,抱着头蹲了下去。韩菊豆从郭小磊手上拿过纸条看了一眼,只见上面写的是"妈对不起你"几个字。从歪歪扭扭的字迹上不难看出,孟云灿写字时,手是颤抖着的。这是一个母亲发自肺腑的忏悔!韩菊豆一阵莫名的感动,忍不住流下了眼泪。

孟云灿把手伸向郭小磊,她想抚摸一下近在咫尺的儿子的头。可郭小磊始终抱头蹲着,孟云灿够不到他。韩菊豆拽起郭小磊,但郭小磊看也没看孟云灿一眼,径自向外走去。孟云灿伸出去的那只手,无力地垂落下去,霎时潸然泪下。韩菊豆跟了出去,只见郭小磊坐在病房外的长椅上,失声痛哭。韩菊豆坐在他身边,想劝他几句,可又不知说什么好,于是就陪着他默默地流着眼泪。

郭小磊哭了一阵儿,抬起胳膊擦了擦眼泪,又走回病房,坐到孟云灿身边,从牙缝里挤出一个"妈"字。孟云灿吃力地张开双臂,把儿子揽进了自己的怀里。

第五章

  晚上十一点多,罗静芝已在熟睡中。雨荷轻轻地走进卧室,借着小夜灯微弱的灯光,脱下衣服,躺在床上。正在这时,从门外传来一阵"咚咚咚"的敲门声,罗静芝被惊醒,惊慌地问:"谁?"
  "可能是找我的。妈,你不用管,接着睡吧。"雨荷说着,穿好衣服,走到客厅。
  雨荷拉开门,发现门外站着的,是门卫老高。老高小声说:"有你妈的电话。太晚了,不好在楼下喊你们。"
  "我妈已经睡了,我跟你去吧。"雨荷带上门,跟老高去了传达室。
  罗静芝再也无法入睡,她披上外衣,心神不安地在屋里来来回回地踱着步。
  不大一会儿,雨荷回到屋里,罗静芝忙问:"谁的电话?"

雨荷扶母亲坐在沙发上，说："妈，你别着急，听我慢慢给你说。"

罗静芝说："你快说呀，都快急死我了！"

"打电话的，是个陌生人，他说他是玉田的朋友。"雨荷满脸狐疑。

"玉田的朋友？"罗静芝追问，"他说什么了？玉田为什么让他打电话？"

雨荷说："他说、说我外婆快……快不行了。那人说，玉田正忙着给我外婆穿寿衣呢。"

"啊？"罗静芝吓得魂飞魄散。不过，她很快就冷静下来，说："不对呀！下午，你大顺哥打电话，咨询他小舅的病，我还问了你外婆的情况，他说你外婆好着呢，晌午还跟村里几个老太太到镇上看戏去了，咋能说不行就不行了？……这个玉田，不知又要出啥幺蛾子呢？"

雨荷说："肯定是玉田又闯祸了！上次骗咱们回去，花了那么多钱，这次怕他自个说话不灵，所以，就请了个人打电话。"

罗静芝说："你说得对，肯定是玉田又闯祸了！这次，咱不上他的当，不管他！"

雨荷说："不管不管，爱咋咋地！……妈，咱睡吧。"

母女俩躺在床上，谁也没有一星半点儿睡意。直到凌晨五点多，雨荷刚迷糊了一会儿，就被噩梦惊醒了。她一骨碌爬起来，用手按住胸口。罗静芝忙问："小雨，你怎么了？"

"我梦见外婆在山上采野果子，不知怎么就掉到一块大石头上，摔得浑身是血，那样子实在是太可怕了。妈，你摸摸，我的心都快蹦出来了！"

罗静芝摸了摸女儿的胸口，说："别怕别怕，没事的。"

雨荷说："妈，你说我外婆会不会真的……不行了？"

"唉……我一夜没合眼，不由得胡思乱想，这心里七上八下的。我跟你一样，总觉得要出事呢。"罗静芝说。

雨荷说："你不是说，大顺哥打电话说，我外婆好着呢吗？"

"可你外婆毕竟是八十多岁的人了，出什么状况都有可能。"罗静芝叹

41

息地说,"你爸当时,前一分钟还好好的,说不行就不行了。"

一句话触到雨荷的痛处,雨荷焦躁不安的心里,又多了几分沉重。

一阵沉默。

雨荷说:"妈,那你说咱们怎么办?"

罗静芝说:"在这待着,坐卧不安的,还不如回去一趟呢。"又说,"回去看一下,心里就踏实了。"

"我也这么想,与其在这儿待着受煎熬,还不如回去看看呢。妈,咱们天亮就走吧。"

"好,天亮就走。"

雨荷说:"如果真是玉田惹了事儿,需要用钱来摆平呢?"

"不管!"罗静芝说,"咱又不是印钞机,欠大顺的钱刚刚还上,家里的积蓄全都用光了,哪里还有钱?"

雨荷说:"我昨天刚领到一笔稿费,还是都带上吧,万一是外婆……"

罗静芝说:"那就都带上吧,以备不时之需。"

母女俩风尘仆仆地走进家门,只见雨荷外婆和雨荷舅妈一左一右坐在后门口"捶布"。两个棒槌一起一落,发出节奏感极强的"咣当"声。两个人神情专注,谁也没有发现她们的到来。雨荷喊了声"婆!"两个棒槌同时停了下来,雨荷舅妈忙站起来,打着招呼:"姐,小雨,你们回来了!"雨荷叫了声:"舅妈!"罗静芝铁青着脸,眼睛盯住自己的老娘,一动不动地站着。雨荷外婆忍不住笑了,说:"你看我干啥,我又没长出三头六臂来。"

"你没事儿就好……"罗静芝大声喊着,"玉田!玉田呢?为什么要把我们骗回来?"

"是玉田把你们骗回来的?"雨荷外婆即刻会意,忙为玉田掩饰着,说,"我想你们了,我想让你们回来的。"

雨荷说:"婆,你跟我们到城里去吧,咱们天天都能见面。"

"我才不想去呢,"外婆说,"城里那鸽子笼,比坐监狱还难受呢。"

罗静芝坐到炕边,说:"说吧,玉田又惹什么事儿了?"

"你想到哪儿去了。"雨荷外婆喜形于色,说,"这回是好事、天大的好事!"

母女俩一起问道:"啥好事儿?"

雨荷舅妈也高兴得合不拢嘴,说:"你侄子找下媳妇了!这不,我跟妈捶点布,准备给他结婚做被褥呢。"

母女俩一路上忐忑不安,猜想回家后将要面对的种种可能发生的事情,唯独没有想到这一点。虽说又一次被玉田骗了回来,可毕竟家里平安无事,玉田的婚事说到底也是件好事,母女俩的气也就消了一大半。罗静芝问玉田找了哪里的媳妇,雨荷舅妈告诉她,媳妇是槐花岭的,跟玉田同岁,各方面条件都不错。雨荷问,玉田呢?外婆说,一大早就找他媳妇去了,两个人好得整天黏在一起,谁也离不开谁了。

雨荷心里一放松,顿时觉得肚子饿得慌,问:"家里有吃的吗?"

雨荷舅妈说:"有!今儿个一大早,我就打好了糍粑。"

"太好了,吃糍粑,吃糍粑!"雨荷一听说舅妈做了她最喜欢吃的糍粑,高兴得像个孩子似的,蹦蹦跳跳跑进厨房,盛了两碗糍粑,浇上浆水,端了出来,一碗递给外婆,一碗递给母亲。

雨荷外婆大口吃了起来,罗静芝却把碗放在炕桌上,小声嘟囔着:"不洗手怎么吃饭?"说完走进厨房去洗手。

"用筷子吃,又不是用手抓,洗啥手呢?"雨荷外婆不无抱怨地说,"你这些年在城里待的,穷讲究太多了,一身的坏毛病!"

罗静芝分辨着:"我这是讲卫生,怎么是坏毛病呢?"

"不干不净,吃了没病!"雨荷外婆只顾吃着饭,头也没抬,说,"我这辈子,啥也不讲究,不也活了八十多岁?"

罗静芝摇着头说:"你呀,没文化,真可怕……"

"你有文化?当初,要不是我供你上学,你还不是跟我一样的'睁眼瞎'？现在'垢甲成了肉'，倒还嫌弃我了？"

"谁嫌弃你了？……"罗静芝还想说什么，雨荷舅妈用眼神制止了她。

雨荷舅妈说："姐，快吃饭吧。"

雨荷一边吃着饭，一边饶有兴趣地听着母亲和外婆"斗嘴"。这对老母女真有意思，几天不见想得慌，见了面说不上两句话就开始"打口水仗"。外婆说母亲是前世的冤家，母亲说外婆越老越糊涂，不明事理，"黏"（方言，音 rán，意为条理不清，糊涂）得跟浆糊一般。雨荷不同意母亲的看法，她认为外婆是农村妇女中少有的精明人，只不过观念陈旧，赶不上时代的步伐罢了。雨荷特别喜欢听外婆讲话，认为她语言精辟，充满了灰色幽默。她曾把外婆的许多"经典语录"写进了自己的作品中。

吃完饭，有人来请罗静芝去家里瞧病人，雨荷觉得无聊，就一个人去大顺家串门儿。

大顺和爱英两口子都不在家，四个孩子哭着闹着乱成了一团。两口子结婚十几年，一共生了五女一男六个孩子。其中两个女儿送了人，剩下三女一男，女孩名字依次叫招弟、引弟、来弟，最小的男孩叫宝柱，已经五岁了。

宝柱正躺在脚地撒泼打滚，雨荷走到他跟前，轻轻揪了一下他的耳朵，宝柱以为是爸爸或者妈妈回来了，一下子坐了起来，哭着说："她们欺负我！"

雨荷问："谁欺负你了？"

几个女孩看见雨荷，一个个止住了哭声，围拢着她喊"姑姑！"宝柱发现是雨荷，好像有点失望，哭得更凶了。

雨荷从包里掏出糖果，分给孩子们，问招弟："你爸你妈怎么都不在家？"

招弟说："他们有事去镇上了。"招弟刚满十三岁，不但心灵手巧，而且聪明懂事。

雨荷问他们为啥打架，招弟诉说了事情的经过。原来，招弟用"绣绷"绣一幅《鱼戏莲花》，两个妹妹引弟和来弟围坐在她身旁看着。不料宝柱也来凑热闹，抢过"绣绷"，用剪刀在上面胡乱戳了几个洞，即将绣成的图案，一下子被弄得面目全非。七岁的来弟气得"哇哇"大哭起来，十岁的引弟在他屁股上踹了一脚，一下子捅了"马蜂窝"——宝柱大声哭叫，招弟怎么也哄不下他。招弟怕爸妈回来责怪，一着急就打了他几下，宝柱哭闹得更凶了。招弟心里害怕，也哭了起来。

雨荷弄清缘由，问宝柱："宝柱，姑姑给你的糖好吃吗？"

宝柱说："好吃！"

雨荷说："姑姑给你讲个故事，你想不想听？"

宝柱说："想！"

雨荷模仿着幼儿园老师的腔调，给几个孩子讲了"孔融让梨"的故事，然后问宝柱："宝柱，你看人家孔融才四岁，就懂得让哥哥、让弟弟，你今年都五岁了，懂不懂得让姐姐呢？"

宝柱看了看三位姐姐，不好意思地低下了头，小声说："她们打我。"

"她们为什么打你呢？"雨荷和颜悦色地说，"是你犯错在先，你不该弄坏了姐姐的绣品。"停了一下又说，"当然，她们打你也不对，她们应该像姑姑一样，给你讲道理。"

聪明的招弟，立刻明白了姑姑的意思，说："宝柱，我打你不对，我给你道歉。"她说完，悄悄捅了一下引弟。

引弟接着说："我刚才踹了你一脚，我也给你道歉。"

来弟也不甘落后，说："我也要给你道歉。"

招弟说："你又没打他，道什么歉呢？"

几个孩子都笑了，雨荷眼睛盯着宝柱说："宝柱，几个姐姐都给你道歉了，你该怎么办呢？"

"我要给姐姐道歉，"宝柱对招弟说，"大姐，你绣花，我不该胡捣乱，对不起，我错了。"他说着，给招弟鞠了个躬。

姐弟几个搂抱在一起，事情就这样圆满解决了。雨荷油然生出一种成就感，甚至还有点小得意，心想，我要是有孩子，一定会把他（她）教育得品学兼优，人见人爱！她突然觉得，眼前的这几个孩子，个个都那么可爱，不禁对大顺产生了几分羡慕。人家比你大半岁，都有四个孩子了！可你呢，你的孩子在哪里呢？想孩子自然就想到了汪明辉，如果当时和他结了婚，孩子也该上小学了，可现在……一种淡淡的忧伤和失落感渐渐地涌上了她的心头。

这时，爱英的声音从门外传来："宝儿，快来看，妈给你买啥好吃的了！"

雨荷急忙收回乱纷纷的思绪。

几个孩子听到妈妈的声音，争先恐后地跑了出去。

爱英从胳膊上挎着的竹篮里取出一把麻花，抽出一根，递给宝柱。宝柱自己没吃，却把那根麻花给了来弟，然后，从妈妈手里抢过整把麻花，取出两根，分别给了引弟和招弟。爱英愣了愣，很快回过神来，从三个女儿手中夺回麻花，大声呵斥着："这是给你买的，给她们干啥？"

宝柱说："姑姑给我们讲了'孔融让梨'的故事，姑姑说……"

"姑姑，哪个姑姑？"爱英一抬头，发现雨荷倚着门框站着，正"哧哧"笑着望着她。

雨荷说："嫂子，都啥年代了，你咋还这么重男轻女呢！你家又不缺钱，几根麻花都舍不得给女儿吃？"

"重男轻女就对了！"爱英笑道，"几个女娃子，迟早要嫁人，吃得再好也没用。只有儿子才是顶梁柱！"

雨荷说："你的观念也太陈旧了，时代不同了，男女都一样……"

"能一样吗？"爱英反驳道，"种庄稼、过日子，耥、耙、犁、碾，哪样重活不得靠男人？女人能干啥？……不是我自己糟践女人，咱连一担水都挑不回来，你大顺哥要是不在家，吃饭都成了问题。"

雨荷不得不承认，爱英说的都是事实。在农村，特别是自然条件恶劣的偏远山区，生产生活样样都得靠体力，女人自然比不得男人。"社会存在决定社会意识"，严酷的现实，滋生了"重男轻女"的思想观念，并佐证着它存在的合理性。这绝不是几句空洞的大道理就能解决的问题。雨荷不想再说什么，于是就转移话题，问："大顺哥呢，怎么没跟你一块儿回来？"

"到外边收账去了，"爱英唠叨着，"别看生意做得大，收了一堆白条子。钱收不回来，等于白干了。你大顺哥一天忙得要死，早上起来给家里挑满一缸水，扒拉几口饭就出了门，有时半夜才回来。"

雨荷准备告辞，说："嫂子，你忙，我该回去了。"

爱英一把拉住她，说："别走别走，嫂子给你做搅团。"

雨荷说："我吃过饭了，舅妈打的糍粑。"

"那就做干槐花鸡蛋蒸饺，这也是你最爱吃的！"爱英吩咐招弟和面、引弟泡干槐花、来弟去鸡窝掏鸡蛋。

爱英的热情不可抵挡，雨荷只好留了下来。

别看几个孩子年龄不大，个个干活干净利索。不大一会儿，她们就和好了面、拌好了馅儿、擀好了饺子皮儿。

雨荷和爱英一边包饺子，一边拉着话。雨荷告诉爱英，玉田找了个对象，家是槐花岭村的。爱英说："我姨家就是槐花岭的，吃完饭，我就跑一趟，打听一下，看看到底是个啥情况。"

雨荷回到外婆家时，罗静芝已经回来了，玉田正在给她说自己的婚事。他说，女方要一千元彩礼，置办家具和婚礼还需要一千元，总共两千元就能把媳妇娶到家了。雨荷外婆说，不管花多少钱，媳妇总是要娶的。罗静芝瞅了一眼玉田，说："上次刚替你还了三千块钱的债，有那些钱，还愁娶媳妇吗？"

雨荷外婆噘着嘴，不高兴地说："都是些陈芝麻烂谷子了，还提它做什么？"

罗静芝说:"事情刚过去几天,怎么就成了陈芝麻烂谷子?我提这事,就是想让他长长记性……"

"我看你才应该长长记性呢!"雨荷外婆说,"你不要忘了你是娃的亲大姑。你兄弟不在了,他的事你不管谁管?"

"我管!可我总得把事情搞清楚吧?"罗静芝说完,走了出去。

雨荷也跟了出去,她知道,母亲是想在村里找人打听一下女方的情况,于是告诉她,爱英嫂子已经去了槐花岭。罗静芝心里好一阵感动——女儿总是这么贴心,她想到的,女儿已经派人去做了。

夜色降临,四周暮气沉沉,远山黑黢黢一片,近处的房屋、树木都变得影影绰绰。

母女俩正准备向大顺家走去,忽然从麦草垛后边窜出一个人。不等母女俩问话,那人不由分说地将她们拉到一旁的小树林中,压低声音说:"是我!"

原来是爱英!爱英说,她已经来了好一阵儿了,听见玉田在屋里说话,就没好意思进去。两人忙问,打听到什么了?爱英就把打听到的情况,一五一十全都告诉了她们。原来,玉田找的"对象"叫牛金花,是个有夫之妇。牛金花的丈夫是玉田的牌友,也是个四六不着调的货。他和玉田达成了一笔荒唐的交易:玉田给他两千块钱,他把牛金花"借"给玉田十八个月,也就是一年半时间。那牛金花是个水性杨花的女人,跟玉田刚见了一面,就"黏"上了他。牛金花丈夫急等着用钱,就三番五次地催玉田赶快拿钱,把人"领"走。

罗静芝听完,气得直摇头,嘴里不住地嚷嚷着:"你舅舅老老实实一个人,怎么就生下了这么一个混账东西!"又说,"明天得去祖坟看看,是不是哪里冒了气眼?"爱英安慰了她几句,就急急忙忙回家去了。

"妈,我知道你心里憋屈,要不,你痛痛快快地哭几声,好好宣泄一下。"雨荷特别能理解自己的母亲。这些年,舅舅家就像一个永远也填不满的无底洞,母亲始终背负着沉重的心理负担和经济负担。她把一切希望寄托在玉莲和玉田身上。玉莲倒是很优秀,一气儿读到大学毕业,工作也不错。可她从来都不顾家,请都请不回来。家里人指望不住她,也就习惯了不指望她,好像这个人根本就不存在似的。玉田从小就不省事,可谁家男孩子小时候不淘气呢?好不容易盼到他长大成人,想不到他竟然如此地不成器,除了惹事、闯祸,别的什么本事也没有。这个家还有什么希望呢?

"哭有啥用?"罗静芝竭力使自己的心情平静下来,说,"这么多年,我的眼泪早都流光了。"

"你千万不要生气,为了玉田,不值当!"

"可眼下,这事该怎样收场呢?"

"你不用管了,这事交给我来处理。外边天凉,咱们进屋去吧。"雨荷搀着母亲,走进屋里。

玉田正趴在婆的耳朵旁说着什么,见她们走进来,立刻打住了。

雨荷外婆好像兴致很高,说:"这是好事,为啥要瞒着你大姑呢?"于是对罗静芝和雨荷说,"玉田媳妇已经怀上了,这婚得赶紧结!"

雨荷问玉田:"你找的对象叫牛金花吧?"

"你、你咋、咋知道的?"玉田变得口吃起来。

雨荷说:"我不但知道她叫牛金花,我还知道她是个有夫之妇!"

玉田沉下脸,说:"谁在背后乱嚼舌根子呢?"

雨荷突然想起什么,问:"昨天夜里的电话,是牛金花丈夫打的吧?"

玉田一脸惊愕。

雨荷说:"你为了'借'人家媳妇,牛金花丈夫急等着用钱,你们俩就合起伙来,骗我们回来?"

雨荷外婆和雨荷舅妈听着不大对劲儿,忙问雨荷听到什么了?雨荷就把玉田和牛金花丈夫之间"借妻"的荒唐交易,以及牛金花丈夫打电话骗她们回来的事儿,全都告诉了她们。

雨荷外婆听完,不仅不生气,反而乐得呵呵笑了起来,说:"玉田,你崽娃子，盼我死呢？"又说，"我就说嘛，你们刚走没几天咋又回来了？原来听说我快要死了，跑回来给我奔丧的？"她说完，笑得更凶了。

"亏你还笑得出来！"罗静芝本来不打算说话，可看着母亲竟然这么无原则的迁就玉田，就忍不住想发火，说："你们还是好好想想，这事儿该怎么收场吧！"

雨荷舅妈迟疑地问："这事……恐怕办不得？"一边说，一边用眼神打量着"他大姑"，想听听她的意见。

"牛金花两口子正在闹离婚呢！"玉田憋了半天，终于想好了对策。

"离了婚，不就成了寡妇？"雨荷外婆一下子变得严肃起来，沉吟道，"我孙子好好的一个童男，说啥也不能娶个寡妇呀！……这事不成，绝对不成！"

外婆的这种态度，让雨荷感到有点意外。不过仔细一想，事情也在情理之中——以外婆这种封建思想和陈腐观念，认为寡妇是"不祥之物"，娶回一个寡妇，是会让村里人戳破脊梁骨的。

既然外婆也持反对态度，事情就好办得多了。雨荷准备趁此机会，好好给玉田讲讲道理教育教育他，也替母亲倒一倒心中的苦水，让玉田明白"他大姑"难言的苦衷。在外人眼里，雨荷不大爱说话，其实，她口才极好。上大学时，在学校组织的"辩论赛"中，她经常以"一辩"的身份，引经据典，口若悬河，辩得对方哑口无言，为自己的团队赢得荣誉。雨荷从舅舅的去世说起，讲到当时孤儿寡母的孤立无援，讲到母亲这些年的默默付出，讲到玉田身为男孩应该承担的责任与义务，讲到这个家的现状与未来……最后，从法律到乡规到民俗，层层剖析，讲了玉田和牛金花这桩"婚事"的不可能性。雨荷一口气讲了两个多小时，且没有一句重复话。她声音不大，语气柔和，动之以情，晓之以理。

罗静芝被女儿一席话说得泪流满面。

雨荷舅妈泣不成声。

"安安，你的心咋就这么狠，丢下一家人，说走就走了……妈想你呀，我的儿呀！……"雨荷外婆叫着雨荷舅舅的名字，抹一把眼泪，甩一把鼻涕，悲伤得不能自已。

玉田抱头蹲在脚地，一声不吭，不知心里在想什么。

罗静芝说："玉田呀，该说的话，你姐都说了，我也不想再啰嗦什么了。我只想告诉你，只要你找个正经女人好好过日子，结婚的事，就全包在我身上！你要是跟那个牛金花再纠缠不清，做出什么伤天害理的事情来，咱们就断绝姑侄关系，从今往后，你没有我这个姑，我也没有你这个侄儿！"

玉田没吭声，站起身，向外走去。

雨荷外婆大声喊着："玉田，这么晚了，你上哪儿去？"

玉田头也没回地走了。

第六章

　　令卢秀萍感到欣慰的是，孟云灿在发病前几天，亲自找到组织部有关领导，推荐她作为文联下一届副主席人选。这消息很快就在文联机关炸了锅，卢秀萍感到所有人看她的眼神都发生了变化，就连通讯员小侯，见了她也变得点头哈腰的。可是好景不长，没过几天风向又变了，卢秀萍从别人看她的眼神中看到的更多是讥讽和嘲笑。卢秀萍从宣传部乔部长夫人那里得知，雨荷竭力推荐音乐家协会主席赵恒山作为下一届文联副主席候选人。赵恒山是一位男高音歌唱家，获得过多项大奖，在本省享有很高声誉。乔部长夫人还告诉她，雨荷担任下一届文联主席，已经成为铁板上钉钉的事实，领导上对她的话，十分重视。

　　卢秀萍心里窝火，又无处发泄，只好回家向丈夫倾诉。卢秀萍的丈夫傅翔是一名大学教授，他两耳不闻窗外事，只顾专心做学问，对卢秀萍说的一套根本不感兴趣。卢秀萍说到动情处，涕泗涟涟，人家傅翔就一句话："不就是升个官嘛，至于吗？"卢秀萍被噎得一句话也反不上来，只好把一肚子委屈闷在心里，自己生着闷气。

卢秀萍生着闷气，自然就会迁怒于雨荷，恨不能立马找到雨荷，跟她干上一架。卢秀萍和雨荷的关系一直十分微妙，两个人从小学到中学一直都是同班同学，可雨荷各方面都比卢秀萍优秀，处处压着卢秀萍一头。卢秀萍从小就嫉妒雨荷，雨荷也不喜欢卢秀萍，两人基本上不来往，甚至连话都很少说。高中毕业后，雨荷考上了本地一所名牌大学，卢秀萍却上了一所不入流的高级职业学院。真应了"不是冤家不聚头"那句老话，雨荷被当作人才"挖"进市文联，卢秀萍紧随其后，凭借关系也调进了文联机关。

两个人由同学变成了同事，表面上客客气气，见面打个招呼，寒暄几句，开会时坐在一起，叙叙旧，拉几句家常。在外人眼里，她们是亲密无间的老同学，可实际上，两人的关系不但没有丝毫改善，反而隔阂更大了。雨荷瞧不上卢秀萍的人品，卢秀萍对雨荷的嫉妒心有增无减。雨荷事业上的成就，令卢秀萍望尘莫及。雨荷跟汪明辉的爱情，让卢秀萍由羡慕到嫉妒，以至于恨不能即刻和傅翔离婚。

卢秀萍开始反思自己的婚姻，只恨自己当初鬼迷心窍，爱上了有妇之夫傅翔。结婚后才发现傅翔不过就是一个书呆子，没有一点儿情趣。要命的是，傅翔跟自己的前妻藕断丝连，他的母亲在他离婚后，竟然跟他的前妻和女儿生活在一起。傅翔有两个家，时常两头奔波着，根本不可能把全部心思用在卢秀萍身上。卢秀萍也曾经动过离婚的念头，可权衡利弊，始终下不了决心。自从见到汪明辉，卢秀萍一下被他高大帅气的外表迷住了。她拿傅翔和汪明辉比，觉得傅翔样样都比不上汪明辉。卢秀萍感叹命运不公，为什么好事都让她萧雨荷碰上了？她试探着接触汪明辉，可汪明辉心无旁骛，始终不给她任何机会。

傅翔母亲过六十大寿时，傅翔在酒店包了几桌饭，宴请亲朋好友。他的前妻何凤梅和女儿傅甜甜一左一右坐在老寿星两旁，几个人谈笑风生，亲密无间。卢秀萍见状不由黯然伤神。当年顶着"小三"的骂名，嫁给傅翔，如今儿子傅翀都两岁多了，仍然摆脱不了这尴尬的地位，谁能受得了？卢秀萍准备领着儿子悄悄离开，走到酒店大门口时，正好碰上迎面而来的汪明辉的母亲。卢秀萍见过她两次，一次是在公园，雨荷和汪明辉陪着老太太散步，一次是汪明辉母亲去单位给雨荷送水果。卢秀萍感到好奇，不知汪明辉母亲和傅翔家是什么关系，上前一打问，方知汪明辉母亲是傅翔母亲的远房表妹。卢秀萍立刻改变了主意，陪着汪明辉母亲去跟老寿星打招呼，并在离老寿星不远的地方找了两个空位子，陪老太太坐了下来。席间，卢秀萍给老太太斟酒、夹菜，极尽巴结讨好之能事。酒过三巡，老太太的话渐渐多了起来，向卢秀萍打听起了雨荷的情况。卢秀萍借着酒劲儿，添油加醋地把雨荷说得一无是处，居然把新近看过的小说中的情节移植到雨荷身上，说她生活作风混乱，上大学时曾经做过两次"人流"。汪明辉的母亲听得目瞪口呆。

　　汪明辉母亲是个非常传统的人，岂能容儿子娶回一个不守"妇道"的媳妇。回到家就逼儿子和雨荷分手。汪明辉三岁丧父，母亲含辛茹苦把他拉扯大，他从小就懂得孝敬母亲，对母亲的话百依百从。汪明辉第一次把雨荷领回家，母亲喜得合不拢嘴，对这个准儿媳百分之百的满意，三番五次催他快点领证结婚。汪明辉不明白，母亲为什么突然对雨荷的态度来了个一百八十度大转弯。问其缘由，母亲谨守诺言，始终没有暴露卢秀萍。汪明辉陷入痛苦和煎熬之中。他不敢违背母命，更不可能离开雨荷，苦思冥想，无计可施！只有拖延时间，慢慢给母亲做工作，等待老人家回心转意。热恋中的雨荷根本不知道发生了什么，但她明显察觉到汪明辉对她的态度发生了变化：过去，他缠着她去领结婚证，她总是以各种理由一拖再拖，现在她想通了，同意领证了，他却含糊其辞，有意回避；过去两人每天至少要见一回面，现在一个星期也难得见上一次。雨荷一气之下，提出分手，想不到汪明辉竟然不假思索地同意了。雨荷哪里知道，汪明辉被母亲的"以死相逼"，已经折磨得几近崩溃了。

看着雨荷遭受接踵而来的失恋和丧父的沉重打击而痛不欲生，卢秀萍的心里才得到稍许的平衡。

十几年过去了，雨荷始终搞不清楚汪明辉跟她分手的真正原因。卢秀萍也一直暗自庆幸，这件事情做得天衣无缝。可这一次，雨荷竟然亲自出面，把她从即将到手的副主席的位子上拉下来。卢秀萍以自己的处事方式断定，雨荷是在打击报复。可雨荷是怎么知道事实真相的呢？卢秀萍想来想去，认为问题出在汪明辉母亲身上。她想找到老太太问个究竟。晚上，两口子躺在床上，卢秀萍故意装作漫不经心的样子问傅翔："你不是有个表姨嘛，这么多年怎么不见来往呢？"傅翔正在看书，头也没抬说："表姨？哪个表姨？"卢秀萍说："就是妈过六十大寿那天来的那个表姨。"傅翔合上书，说："都是十几年前的事儿了，谁能记得清呀！你怎么突然问这个？"卢秀萍说："没事儿，就是随便问问……听说，那个表姨的儿子叫汪明辉，挺有出息的？"傅翔说："你说汪明辉家的表姨呀？去世好几年了……"卢秀萍十分惊讶地说："表姨都去世好几年了？……我怎么一点儿都不知道？"傅翔小声嘟囔着："你什么时候对我家的事情上过心？"卢秀萍低声吼道："你们什么时候拿我当过自家人？"傅翔扭过头，打开书，懒得再跟她说话。

卢秀萍心中疑窦重重，不知当年说雨荷的那些话，怎么就传到了雨荷的耳朵里。她百思不得其解，一夜无眠。早上起床后觉得头昏脑涨，傅翔做好了早餐，她也没心情吃一口。不过，化妆是免不了的，她多年养成的习惯，不管发生了什么，不在镜子前捯饬上一个多钟头，是不会走出家门的。

卢秀萍恍恍惚惚走进文联办公大楼，不知怎么鬼使神差地就来到了雨荷的办公室门前。本来雨荷除了周一例会日，其他时间一般是不来单位的，可最近牵扯到文联换届，事情特别多，雨荷的时间节奏也被打乱了。门是关着的，卢秀萍不确定雨荷在不在里边，抬起手正要敲门，忽然打了个激灵，头脑立马清醒了，心里不由犯起了嘀咕：见面怎样开口，该说些什么？

正在犹豫着，门突然开了，雨荷从里边走出来，诧异地问："卢秀萍？……你找我吗？"

卢秀萍点点头。

雨荷问："有事吗？"

"有……"卢秀萍随即改口，"没，没有……"

"进来坐吧。"雨荷把卢秀萍让进来，问，"喝水吗？"

"不喝。"卢秀萍突然注意到雨荷身上新穿了一件藏蓝色呢子大衣，一下瞪大了眼睛，说："这件衣服真漂亮，在哪儿买的？"

雨荷说："前几天去北京开会，温度突然下降，冻得受不了，随便买的。"

"瞧这做工、这样式，再配上里边这件白色羊毛衫，还有这双黑色高腰靴子，"卢秀萍上下打量着雨荷，说，"绝了，真是绝了！"又说，"雨荷，瞧你这魔鬼身材，不当模特太可惜了！"她说这话，绝非刻意奉承或者逢场作戏，而是发自内心的赞叹。

雨荷乐得咯咯笑了起来，不无得意地说："说这话的，可不止你一个人呢。"

若论衣着打扮，雨荷和卢秀萍完全是两种风格。雨荷不喜欢花里胡哨，黑、白、蓝、灰是她四季衣着的主色调。她也从不化妆，给人一种"清水出芙蓉"的感觉。卢秀萍喜欢浓妆艳抹，穿衣服追风潮、赶时髦。

无论哪种风格，女人见女人，只要一聊上衣服，心灵即刻沟通，障碍立马消除。卢秀萍一下子变得轻松自然起来，单刀直入地问道："换届时间定了没有？"

雨荷说："还没有。不过，听说快了。"

卢秀萍说："真是烦死人了！"

"你烦什么呀？"雨荷问。

卢秀萍说："文联这单位，谣言满天飞，有人居然说、说……"

雨荷催问："说什么？"

卢秀萍鼓起勇气说:"说我是副主席人选?"

雨荷淡然一笑,不接话茬。

卢秀萍又说:"这两天又听说,有人竭力推荐音乐家协会主席赵恒山……"

这才是你来找我的真实目的吧?雨荷心想。

"我招谁惹谁了,"卢秀萍满腹委屈,说,"在这关键时刻,遭人暗算?"说着,眼泪忍不住流了下来。

"你刚才说了,文联这单位,谣言满天飞,既然是谣言,又何必当真呢?"

"可这不是谣言,是事实!"卢秀萍一气之下,脱口而出,"你不要再给我演戏了,在我背后捅刀子的人就是你,你分明是在打击报复,公报私仇!"

雨荷不气也不恼,说:"哪跟哪的事儿,怎么就扯上公报私仇了?我跟你有什么仇?既然你把话说到这个份儿上,我就实话告诉你,是我推荐的音乐家协会主席赵恒山。"

"你为什么这样做?"

"赵恒山比你更适合这个角色。"

"你听听群众是怎么议论的。"

"群众怎么议论跟我无关。组织上找我谈话,征求我对下一届文联主席团人选的意见,我不过实话实说罢了。"

雨荷的话直言不讳,卢秀萍无言以对。本来指望雨荷能说上几句安慰的话,比方说,这次不行,以后还有机会等,至少还能给人一线希望。可雨荷偏偏就这么直来直去,把话给说绝了。

升官无望,心情沮丧。卢秀萍意识到,只要雨荷当政,自己这辈子不可能再有出头之日了!她一刻也不想待在单位了,想一个人出去走走。穿过几条大街小巷,望着来去匆匆的芸芸众生,竟然生发出"活着真没劲"的想法。就连平时最喜欢逛的商场、服装店,也不想进去看一眼了。不知走了多长时间，只觉得浑身疲惫，双腿如灌铅，招手挡住了一辆出租车，司机问："去哪里？"她顺口说："市文联。"到了市文联楼下，司机提醒她下车，她才发现自己说错地方了，又说了回家的路线。出租车绕了几个圈，终于到了她家门口，车费竟然一百多块！要搁在平时，她准会心疼得像割身上的肉。可今天，她的身心都是麻木的，二话没说就付了钱。

回到家，卢秀萍一改洗漱干净才上床的习惯，蒙头就睡。可翻来覆去一个多小时，竟没有一星半点的睡意。她忽然想起傅翔曾经说过，饮酒能助眠，于是找来一瓶白酒，连饮三大杯，晕晕乎乎地就睡着了。傅翔外出讲学不在家，儿子傅翀上的是寄宿学校，周末才回来。她一觉睡了十几个小时，醒来时已经是第二天中午了。懒洋洋地爬起来，想想起床后该干些什么，单位不想去，逛街没兴趣，做美容没心情……既然什么都不想干，她索性又躺进被窝，想着心事。

傅翔风尘仆仆地走进来，发现卢秀萍还在床上躺着，忙问："你怎么没去上班？是不是哪儿不舒服？"

"我不想上班，"卢秀萍说，"那个破单位，累死累活顶个屁用！"

傅翔听出卢秀萍情绪不小，本想问个究竟，又怕落个自讨没趣，于是，就换了个话题，说："我一下飞机就接到妈的电话，老太太请咱们去东坡酒楼吃饭。"看了一眼墙上的挂钟，又说，"时间刚好，你收拾一下就该出发了。"

卢秀萍说："你妈请客，少不了你前妻作陪，我算什么？你妈不待见我，我也不想见她，不去！"翻过身，不再理傅翔。

傅翔坐在床边，掀开被子，把卢秀萍拽了起来，说："小懒虫，快起来吧，你不看都几点了。"又说，"妈说吃饭时要商量事情呢。"

"你家的事儿，跟我没关系！"

"咱们结婚多长时间了？翀儿都上中学了，你怎么还把自己当成局外人呢？"

"那你说，我该把自己当成什么……一家之主？你不觉得可笑吗？"

"行了行了，咱说正经的吧，甜甜快结婚了，妈想把临街的那套房子过户给她……"

"什么？"傅翔的话没说完，卢秀萍就咆哮如雷，说，"你妈也真敢想，这日子还过不过了？"

卢秀萍迅速穿好衣服，梳妆打扮一番，就跟着傅翔出发了。

东坡酒楼位于莲湖公园的湖岸边，依山傍水，环境十分优美。傅翔母亲出身于大户人家，一辈子锦衣玉食的，无论干啥，都特别讲究。正如卢秀萍所说的，傅翔的前妻何凤梅陪着傅翔的母亲老早就来到了"紫云阁"包间。傅翔的母亲跟何凤梅情同母女，傅翔离婚时，老太太就明确表示，宁肯不认儿子，也不舍弃儿媳妇！何凤梅要了一壶菊花茶，两人边喝茶边聊起了傅甜甜的婚事。傅甜甜学习不行，经商却有一套。高中毕业后，与人合作开饭馆，很快就赚了不少钱。傅甜甜谈的对象是厨师，两人合计着结婚后开一家川菜馆。老太太对这个未来的孙女婿特别满意，听说他们想开饭馆，当即表示要把临街的门面房过户给傅甜甜。

傅翔走进来，何凤梅忙站起来跟他打着招呼。卢秀萍紧随其后，两个女人，四目相对，空气顿时紧张起来。要是往常，卢秀萍肯定转身就走，可今天不行，一套临街房，那是多大的一笔财产？卢秀萍不可能"任人宰割"、拱手相让的。傅翔母亲狠狠瞪了傅翔一眼，傅翔读懂了母亲的潜台词：你怎么把她带来了？本来老太太只通知了傅翔，她想当着全家人（她一直把何凤梅当家人）的面，宣布这一重大决定。至于卢秀萍，老太太从来没拿正眼瞧过她，这么重要的事情，压根就不想让她知道。傅翔明知母亲的用意，可他还是把卢秀萍叫来了。他担心纸里包不住火，万一哪天让卢秀萍知道了，非跟他闹翻天了不可。他想让卢秀萍明白，这一切都是母亲的主意，跟他傅翔没有关系。

何凤梅不知该怎么办，用目光征询傅翔母亲的意见，傅翔母亲一声低吼："你给我坐下！"

何凤梅顺从地坐了下来。

卢秀萍眼睛盯住傅翔，说："傅翔，当着大家的面，我就问你一句话，傅翀是不是你亲生的？"

傅翔尴尬地笑了笑，说："这还用问，傅翀当然是我亲生的。"

卢秀萍说："傅翀既然是你亲生的，那套门面房自然也有他一份！我今天把话撂到这儿，如果把那套房子过户给傅甜甜，咱俩立马离婚！"说完，转身就走。

结婚这么多年，卢秀萍一直对婆婆的冷眼相待忍气吞声。可今天竟然像换了个人似的，根本无视老太太的存在。一番话分明是"打着窗户让门听"，傅翔母亲哪里受过这样的委屈？一时想不通，竟然呜呜哭了起来，说："这房子是祖上留给我的，房产证上写着我的名字，我想给谁就给谁！她算什么东西，竟然管起我的事儿来了？"

傅翔低头不语。何凤梅想不出合适的语言安慰老太太，只是重复着一句话："妈，你别难过，想开点儿……"

此时，傅甜甜和她的未婚夫毛家齐走进来，见状都愣住了。傅甜甜忙问何凤梅："妈，这是怎么了？"不等何凤梅开口，老太太就擦了一把眼泪，把事情的来龙去脉全都告诉了她。

"咳，我还当什么事儿呢。"傅甜甜搂住奶奶的肩膀，说，"人常说，好儿不在乎家当，好女不在乎嫁妆。你孙女我能挣来钱，什么也不在乎！"

老太太说："你不在乎我在乎，那套房子我还非要给你不可！"

毛家齐说："奶奶，我们已经找到了几间门面房，正在装修呢！哪天带你去看看，那地方两面临街，人流量大，最适合开饭馆了。"

傅翔半天没吭声，这时也说："妈，这件事还是先缓缓吧，事缓则圆嘛！"

老太太瞪他一眼，狠颠颠地从牙缝里蹦出几个字："看你那窝囊废的样子！"

卢秀萍一路抹着眼泪走到了城河边。她向四周看看，只见不远处有人打太极拳，有人学唱歌，也有聚在一起嘻嘻哈哈聊天的。卢秀萍钻进一堆灌木丛里，一屁股坐下来，哽咽着、啜泣着。傅翔母亲名下有两套单元房和一套临街的门面房。两套单元房一套给了何凤梅，一套自己住着，最值钱的就是那套两间两层的门面房了。卢秀萍曾经偷偷请人估算过，说是换三四套单元房不成问题。傅翀是傅翔唯一的儿子、老太太唯一的孙子。本以为他是这套房子的合法继承人，谁知老太太不知哪根神经搭错了，偏要把房子过户给孙女傅甜甜。凭什么呀？傅翔比卢秀萍大十几岁，卢秀萍对傅翔有诸多的不满，却为什么下不了决心离婚？其实，最让她放不下的就是这套门面房。卢秀萍想象着她走后老太太气得鼻青嘴歪的样子，竟有一种酣畅淋漓的痛快！不管怎么说，总算出了一口恶气，也算是"首战告捷"了！这样想着，心里的气儿也就消了一大半，肚子开始咕咕叫了起来。想想看，从昨天早上吃过早餐到现在，三十多个小时水米未进，早已饿得饥肠辘辘了。

今天得好好犒劳一下自己！卢秀萍一边想着，一边走进一家海鲜酒楼。服务员递上一本印刷精美的菜谱，她随便翻了几页，那上边昂贵的价格令她咋舌。卢秀萍平时除了买衣服和化妆品舍得大把花钱外，其他方面，却吝啬得出奇。她想走开，可实在经不起海鲜美味的诱惑，心里好一阵纠结，不知怎么突然就想起了书法家协会的古时风。古时风是一位崭露头角的青年书法家，她曾以组联部主任的名义，协助他办过一次个人书法展。卢秀萍出门找了个公用电话亭，拨通了古时风办公室的电话。十几分钟以后，古时风骑一辆摩托车赶到了海鲜酒楼，见面就嘻嘻哈哈打着招呼："姐姐，今天怎么有空请我吃海鲜呢？"

卢秀萍说："我喜欢吃海鲜，一个人吃饭没意思，这不就想到你了嘛？"

"你怎么就知道我最好这一口呢？知我者，姐姐也！"古时风说，"不过咱可说好了，这顿饭你请客，我买单！"

卢秀萍要的就是这效果，嘴上却说："那怎么行？我请客必须我买单!"说着翻开菜谱，点了"酱蒸鲍鱼""红焖大虾""蒜蓉粉丝蒸扇贝""香煎三文鱼"几样最爱吃的菜，然后把菜谱推到古时风跟前，说："你看看，还要点些什么？"古时风又点了"酱爆鱿鱼须"和"葱油蛏子"两样菜。卢秀萍说："够了够了，只有咱两个人，吃不了就浪费了。"抢过菜谱，递给服务员，说："就这些，下单吧。"服务员说了声："请稍等"就去了后厨。

卢秀萍给古时风打了声招呼，去了卫生间。

站在卫生间的大镜子前，卢秀萍被自己的"尊容"吓了一跳，这才想起刚才在城河边哭过，脸上黑一道白一道，头发也被风吹得乱七八糟的，忙用湿巾擦了脸，从包里取出化妆盒补了妆。当卢秀萍重新出现在古时风面前时，古时风故意夸张地瞪大了双眼，直呼："姐姐，你让我惊艳！"

卢秀萍笑道："是吗？刚才在卫生间补了一下妆。"

古时风说："女为悦己者容，姐姐是专门为我打扮的吧？"

卢秀萍用指头弹着他的额头，说："小屁孩，你胡说什么？"

一顿饭吃了两个多小时，吃完饭卢秀萍急着要去付款，古时风一把拉住她，说已经买过单了。卢秀萍佯怒："你这人不够意思，说好的我买单，你干吗跟我抢呀？"

古时风说："小弟初出茅庐，往后还要仰仗姐姐多多扶持呢！再说了，小弟不差钱，多写几个字，不就什么都有了！"

第七章

炒得沸沸扬扬的文联换届大会终于落下帷幕。萧雨荷以高票当选文联主席,赵恒山等人当选副主席。一周后,市委组织部发文任命张迎春任文联党组书记,韩菊豆任文联秘书长。至此,文联党政领导班子均已配备齐全。"四大美女"又一次被推进各种舆论的旋涡中心。四个人各有各的感受,各有各的反应。

张迎春接到任命文件的当天,儿子所在部队的立功喜报也同时寄到了文联,可谓双喜临门了!张迎春对自己的升迁并没有感到多大的惊喜,本来由副书记晋升为书记,也是顺理成章的事儿。况且,有关领导事先已跟她谈过话,一切皆在预料之中。儿子的情况就不同了,因获得一项"军队科学技术奖"而受到部队嘉奖,才二十几岁,已经荣升正团职了。张迎春看着儿子的立功喜报,按捺不住内心的喜悦,于是就拨通了丈夫老寇的电话，让他下午下班后来单位接她，一起去外边吃饭，说是有重要的事情要告诉他。老寇却说他下午不上班，让张迎春尽量早点回家来，有事就在家里说。

张迎春推开家门，立刻就被眼前的景象弄得目瞪口呆——客厅里，空中飘满了五颜六色的气球，地面上用璀璨的小彩灯铺就一条"星光大道"，餐桌上摆放着几根电光蜡烛，鲜红的火苗忽闪忽闪摆动着，竟像真的一样。张迎春沿着"星光大道"走到餐桌旁，高声喊着："老寇，你给我出来！"

老寇头戴厨师帽，腰系围裙，捧着一盒蛋糕从厨房走出来，一脸滑稽相，说："娘娘驾到，有失远迎！"

"怎么还有蛋糕？"张迎春问，"今天谁过生日？"

"回娘娘话，谁也不过生日，知道娘娘爱吃蛋糕，奴才就投其所好了！"

老寇比张迎春大几岁，已经年过半百了，可他性格开朗，童心不泯，经常在家里整出一些"意外"来逗张迎春开心。张迎春在单位是领导，不得不表现出性格中的另一面：严肃、认真、稳健、持重，可回到家里就完全不一样了，被老寇宠成了"公主"，女人的天性完全释放出来了——刁蛮、任性、耍泼、撒娇她都会。

张迎春突然大声吼道："大胆奴才，未经本宫允许，怎么把家里捯饬成这样了？"

老寇战战兢兢地站在张迎春面前，说："回娘娘话，咱家双喜临门，奴才想给娘娘一个惊喜。"

"此话怎讲？喜从何来？"

"娘娘升迁，此一喜；儿子立功，再一喜！"

张迎春回到本腔："你怎么知道的？本来约你到外边吃饭，是想给你一个惊喜的，没想到你倒抢了个先！"

老寇说："韩菊豆刚收到有关你的任命文件就给我打了电话，我知道得比你还早呢！儿子的事是他亲自打电话告诉我的。儿子说本来想下个月休探亲假，回来看咱们呢，可最近又接到新的科研任务，估计回不来了。"

"回不来就算了。"张迎春的语气中，多少有些失望。

老寇把张迎春摁在椅子上，说："娘娘请稍等，奴才这就给您上菜！"说完，走进厨房。

张迎春走进卧室换上家居服，又去卫生间洗了把脸。再回到餐桌旁时，老寇已经把三热三凉六道菜摆上了桌，又拿来一瓶红酒，坐在张迎春对面，说："娘娘，奴才今晚与您一醉方休！"

"大胆奴才，竟敢与本宫同餐共饮！"

"我还要与您同床共枕呢！"

"拉出去斩首！"

"谁敢？"老寇说着，倒了两杯红酒，递给张迎春一杯。

两只酒杯碰在一起，夫妻俩开怀大笑起来。老寇大发感慨，说自己上辈子烧了高香，这辈子娶了张迎春这么好的老婆。张迎春问："好什么呀？"老寇说："哪儿哪儿都好，这辈子爱你爱不够！"张迎春说："都多大年纪了，还能说出这么肉麻的话。"老寇说："这是真情流露，跟年龄没有关系的。"又说，"这么好的老婆，给我生了这么优秀的儿子，我老寇做梦都能笑醒来！"张迎春说："老婆也就一般般吧，不值得一提，儿子可是真的优秀！"老寇说："儿子是咱俩的骄傲！"两个人就把话题转移到儿子身上，从儿子的出生说到他的童年、少年、青年，再到现在，唯一对儿子不满意的是，都快二十八岁了，还不谈恋爱。两口子的亲朋好友和同事，给他介绍过不少对象，可他总是以工作忙为借口避而不见。老寇和张迎春心里着急，却也无能为力。

两人吃着喝着说着，不觉过了两个多小时，张迎春突然说："老寇，我想去嗨歌！"

"都十点多了，嗨什么歌？"

"不嘛，我就要去嗨歌！"

65

"好好好，嗨歌就嗨歌！"

他们出门挡了一辆出租车，直奔 KTV 歌厅。张迎春唱了首《黄土高坡》，老寇唱了首《小白杨》，两人合唱了《冬天里的一把火》《敖包相会》，还有黄梅戏《夫妻双双把家还》，等等，直到凌晨一点多才回到家。

萧雨荷对于当选文联主席是喜忧参半的，准确地说，应该是忧大于喜。换届大会后，市委副书记周长山、宣传部部长乔文浩都专门找雨荷谈过话。领导们从社会主义精神文明建设的高度，讲到狠抓意识形态的重要性，讲到文联工作的特殊性，鼓励雨荷勇挑重担，创造佳绩。雨荷首先感谢领导的信任与支持，接着就和盘托出了自己的担心和忧虑。其实说白了，就是怕担任行政职务耗费过多的时间和精力而影响创作。雨荷坦言自己过去当文联副主席，不过是挂了个虚名，从未干过实质性的工作。她说自己才疏学浅，不懂管理，根本不适合当文联主席，希望组织上能重新考虑。领导批评她不懂组织原则，说代表大会高票选出的文联主席，岂能说换就换。

张迎春见雨荷一连几天都闷闷不乐，问清缘由，少不了一通劝慰。韩菊豆看着她愁眉苦脸的模样，忍不住哑然失笑，说："雨荷，瞧你这样子，升官是好事，别人高兴还来不及呢，可你，倒像是被人打劫了一般。"雨荷不想多说什么，只管叫苦连天，说想想头都大了。张迎春表示，今后将从文联党组的角度，尽量多替雨荷分担一些行政事务，不到万不得已，绝对不会干扰她。韩菊豆也说，她现在是秘书长了，可以为雨荷"遮风挡雨"，让雨荷潜心创作。还说今后不管是单位的事还是个人的事，她全包了！雨荷除了感激，还能说什么。

晚上回到家，却见父亲画室里的灯亮着。父亲去世多年，画室依然原模原样地保留着，母亲每天把里边打扫得纤尘不染。母亲不管遇到什么事儿，总喜欢站在父亲的遗像前，絮絮叨叨地诉说，就好像父亲站在她面前一样。雨荷站在画室门口，母亲竟然毫无察觉，仍在柔声细语地诉说着:"……老萧,小雨她不想当这个文联主席呀!我理解咱们的女儿,就像当年我不想当那个业务副院长一样……你还记得吗,当时我找到卫生局一把手刘东局长,说我不想当领导,只想当个好医生。刘东局长把我批评了一通,我还哭了一鼻子。可是哭归哭,副院长这顶帽子,就像孙悟空头上的紧箍咒一样,不管你情愿不情愿,都要扣在你头上!这一辈子,我为此付出过多少心血?什么业务管理、专业培训,特别是医患纠纷,耗费了我多少时间呀?我敢说,要不是当这个副院长,我的专业水准肯定还会再上一个台阶!……唉,正说小雨呢,怎么就扯到我身上了?老萧,你是知道的,咱们女儿从小的理想,就是长大当作家。这些年,她积累了很多创作素材,准备写几部长篇小说,可这需要大量的时间呀!文联那种地方,领导不好当。现在木已成舟,不好当也得当,有什么办法呢?组织上定的事,不是你想当就能当,想不当就不当的!小雨为这事儿愁得整夜整夜睡不着觉,我不知道该怎么安慰她,我担心孩子想不开……"雨荷本想说"妈,你放心,我已经想开了!"但话到嘴边又咽了回去。她不想打扰母亲和父亲的对话,就静静地站在画室门口等待着。母亲抬起手腕,看了一眼手表,说:"哟!时候不早了,小雨也该回来了,先不跟你说了。"一转身,却发现雨荷就在眼前站着,问:"小雨,你什么时候回来的?"雨荷说:"我刚回来。妈,晚饭做了吗?"母亲说:"早都做好了,小米稀饭、素包子。"雨荷说:"都是我最爱吃的。"

吃饭时,雨荷对母亲说:"妈,你放心,我已经想开了。"

母亲问:"怎么突然就想开了?"

雨荷说:"既然事情已成定局,那就只能积极应对了。我是一名专业作家,首先得保证做好我的本职工作。至于文联主席这个角色,我想我挂个名就行了。单位的大事有党组,小事有秘书长,主席团有专职副主席主持日常工作,我完全可以跳出来呀!"

"你跳得出来吗?"

"孟云灿孟老师当文联主席时,整天忙于各种演出,单位的事儿基本上不管，文联不也日复一日地照常运转着？我算是看明白了，单位的事跟家里的事一样，你越管事情就越多，你越不管，就没人找你了。咱家不就有现成的例子吗？你把玉莲供到大学毕业，她本该承担起家里的重任，可人家啥事都不管，时间长了，谁还会指望她呀？"

"你真的就想开了？"母亲脸上的表情，像是一个大大的问号。

雨荷说："妈，我真的想开了，不信你等着看，晚上我肯定能睡个好觉！"

那一夜，雨荷睡得很香，一觉醒来就到了第二天早上。

韩菊豆最初看到自己的任命文件上加了个括号，即："……韩菊豆同志任市文联秘书长（正处级）……"不由心里凉了一大截儿。现在担任办公室主任，本身就是正处级，原想当上秘书长能升一级，那样的话，括号里就应该标明"副局级"，可现在，盼来盼去，不过是空欢喜一场。回家跟丈夫王天理一说，王天理几句话就说得她破涕为笑了。王天理说："老婆你知足吧，咱不跟别人比，就咱俩比比。我王天理满腹经纶，能说会写，到现在不过混了个正科长，而你就肚里那点墨水，能识几个字？你不过是运气好，正处级都当了几年了，还有什么想不通的，赶快偷着乐去吧！我要是你呀，早就喝口蜂蜜甜死了！"又说，"我们家人老几辈子，从没出过当官的，就连个保长甲长什么的小芝麻官都没有，你这个县团级，已经光宗耀祖了。人得知足，知足常乐！"韩菊豆想想也是，王天理兄弟姊妹七人，除了王天理在国防工厂当宣传科科长，其余六人，有三个当工人的，两个做厨师的，一个摆地摊的。娘家的弟弟妹妹也都在乡下当农民。比起他们，她是该知足了。再想想卢秀萍，换届前铆足了劲儿，结果落了个"竹篮打水一场空"，职务还在"原地踏步"呢。不管咋说，秘书长总比办公室主任显赫得多，不光好听，实际权力也大得多。更重要的是，秘书长这个职务离副主席、副书记更加靠近了一步。这样想着，就没有了烦恼，心情自然也就变得愉快起来。

韩菊豆平时孝敬公婆，公婆也十分看重这个当官的儿媳。听说韩菊豆当上文联秘书长了，老两口喜得合不拢嘴，当即就打电话通知了所有的亲朋好友。于是每到周末，家里就高朋满座。王天理当厨师的两个弟弟大显身手，韩菊豆一大早起来就得跑去采购，什么鸡鸭鱼肉、啤酒饮料、花生瓜子、时鲜水果，应买尽买，花钱如流水一般，人也累得够呛。直到晚上席散客走，收拾完"残局"，早已腰酸腿困，眼睛都睁不开了。婆家的客人没请完，娘家的亲戚又闻讯赶来了。他们不懂得文联秘书长是多大的官儿，只晓得"背靠大树好乘凉"，有人请韩秘书长帮忙找工作，有人请她帮忙打官司，有人需要申请宅基地，有人想买自行车……韩菊豆叫苦连天，想不到花着钱，请着客，倒给自己惹下一堆麻烦事儿。两口子一算账，多年的积蓄几乎全部花光了！韩菊豆抱怨王家人不该做事太张扬，王天理倒打一耙，说根子全在韩菊豆身上，说她是个"败家娘们儿"。

虽说这次干部调整的结果早在卢秀萍的预料之中，可预料毕竟是预料，当时她还是抱有一线希望的：毕竟结识了周副书记的夫人和乔部长的夫人，两位夫人都曾表示必要时会吹"枕边风"的。你萧雨荷说啥也没用，老话说得好，官大一级压死人！可当一切尘埃落定，卢秀萍无论如何也接受不了这样的现实。丈夫傅翔跟她话不投机，再想想，周围的人竟没有一个能说上几句知心话的，真是悲哀呀！她脑子里再次跳出一个熟悉的身影——古时风！就是他了！小伙子平时客客气气，见面总是姐长姐短的，就像是亲弟弟一样。卢秀萍拨通古时风办公室的电话，说是想请他出来坐一坐。古时风竟以工作忙推托了。卢秀萍大骂古时风"势利小人"，感叹世态炎凉，人心不古。

周末恰逢傅翔过生日，儿子傅翀闹着要到外边吃饭，傅翔却坚持要去母亲家与母亲一起吃长寿面。他说自己的生日，正是母亲的受难日，陪母亲吃长寿面，就是要告诉母亲，他没有忘记母亲的生育之恩。结婚这么多年，傅翔年年过生日都坚持这么做，卢秀萍拗不过他，也就由他去了。可今年情况不同，卢秀萍心里不爽，看啥都不顺眼，动不动就想发火。傅翔说："今年是我五十大寿，甜甜早就张罗着要给我好好庆贺一下。昨天她还专门跑到学校告诉我，不去外边聚餐，就在家里搞庆生宴会。毛家齐亲自掌勺，让我们好好尝尝未来女婿的手艺呢。"

"那好呀，"卢秀萍阴阳怪气地说，"你妈你前妻你女儿和女婿，你们一家人在一起，共享天伦之乐，多好的事儿呀！"遂拉了一把傅翀，说，"儿子，走，咱们到外边吃饭去！"

傅翀极不情愿，说："妈，我想给爸爸过生日……"

"过什么生日？"卢秀萍一下火了，说，"我告诉你，那就是个'鸿门宴'，当心吃死你！"转身走进了卧室。

傅翀一下愣住了，问父亲："我妈这是怎么了？"

傅翔说："你妈病了，病得还不轻呢！"

傅翀问："妈妈得的什么病？"

傅翔说："官场综合征。"

傅翀又问："官场综合征是什么病？"

不等傅翔回答，卢秀萍却又从卧室走出来，说："我跟你们一块儿去。"

傅翔不知道卢秀萍葫芦里装的什么药，不想让她去，却又想不出合适的理由阻挡她。卢秀萍压根就不想见傅翔家的人，上次为过户门面房的事冲撞了老太太，她心里一直不踏实，担心老太太背着她做什么手脚。她想趁这个机会，回去探个虚实。

一家三口回到傅翔母亲家，毛家齐和傅甜甜早已把几道凉菜摆上了桌。傅甜甜招呼大家就坐，说热菜马上就好。卢秀萍发现何凤梅并没有到场，猜想她是有意回避。傅翀叫了声"奶奶！"老太太却瞪大了眼睛上下打量着他，傅翀又叫："奶奶，我是傅翀，你怎么不认识我了？"老太太支支吾吾地说："坐……你坐吧。"热菜很快摆上桌，傅甜甜夹了各样菜放到老太太面前的盘子里，让老太太品尝，老太太对毛家齐的手艺赞不绝口。

傅甜甜告诉老太太说他们的小饭馆生意越来越好，还准备再招两个大厨和几个服务员呢！她还邀请卢秀萍到他们的小饭馆吃饭，并告诉她小饭馆具体的位置在东新街和光华路交会处的三岔路口。卢秀萍总觉得傅甜甜是在给她演戏呢，她想即使傅甜甜他们真的租了房子开饭馆，也不能证明老太太没有把门面房过户给她，这可是两码事呀！想想就心烦，准备回去好好问问傅翔。

吃完饭，傅翀要卢秀萍陪他去楼下的活动室打乒乓球，卢秀萍本来就不想在傅翔母亲家多待一分钟，就跟着儿子去了活动室。毛家齐和傅甜甜去了小饭馆。傅翔想出去透个气儿，却被母亲一把拽住，母亲说："儿呀，妈想跟你说个事儿。"

傅翔问："什么事儿？"

母亲稍一犹豫，说："傅翀不是你亲生的！"

傅翔一惊，说："妈，你为什么这样说？"

母亲说："自打这孩子一出生，我就觉得不大对劲儿，今天仔细瞧了他几眼，发现他越长越不像你了。"

傅翔不以为然，说："妈，你不是老说我长得不像我爸吗，难道我也不是我爸亲生的？"

"你胡说啥？"母亲愠怒，说，"你妈我是大家闺秀，懂得礼义廉耻，你当然是你爸亲生的！"又说，"你长得是像我，可你的性格，你的聪明劲儿，就连你说话的声音，走路的姿势，简直跟你爸是一个模子刻出来的。可是傅翀他，哪点像你？"

傅翔说："妈，你再不要胡思乱想了，我敢给你保证，傅翀就是我的儿子！"

卢秀萍跟傅翀正打乒乓球，忽然来了一个跟傅翀差不多大小的孩子，卢秀萍就把球拍交给了他，独自回家去了。她走到门外时，正好听到母子俩这一番对话，顿时气得头发都竖了起来，全身的血液也加快了流动。现在终于明白了老太太为什么非要把门面房过户给傅甜甜，原来她一直就不承认傅翀是傅家的血脉！卢秀萍走进门，正想和老太太理论一番，不想老太太已经躺在床上歇息了。

下午，傅翔把儿子送到学校，再回到自己家里，卢秀萍已经起草好了"离婚协议"，逼着他在上面签字。傅翔把"离婚协议"撕了个粉碎，哄了卢秀萍半天，他说："妈是老糊涂了，你千万不要跟她一般见识。"又说，"我心里明镜似的，傅翀就是我的种，别人说啥也没用。"傅翔还告诉她，门面房的事已经跟母亲谈妥了。母亲觉得自己年事已高，答应先把房子过户到傅翔名下，以后由傅翔全权处理。卢秀萍将信将疑。她不想再说什么，把自己的铺盖搬进了儿子的小屋里，与傅翔开始了分居生活。

在单位，卢秀萍郁郁寡欢，把自己关在办公室里，不想见任何人；回到家，不想跟傅翔说一句话，什么也不想干，一个人独坐着，只是莫名地想哭。她怀疑自己得了抑郁症，就去看医生，医生给开了药，吃了也不见好。她又觉得四肢乏力，食欲减退，精神萎靡，恶心，想吐，不知从哪里听说"怒则伤肝"，疑心自己得了肝癌，就去医院检查。化验结果出来，排除了肝癌，确诊为"急性肝炎"，需要住院治疗。

住院倒不怕，可怕的是急性肝炎是人人躲之不及的传染病。张迎春、萧雨荷、韩菊豆等几个人在她住院后的第三天，就专程到医院看望了她。卢秀萍知道，她们是代表单位"公事公办"的，其余的同事包括组联部她的那些下属们，竟没有一个人来看她。傅翔倒是不离不弃，每天做好了饭菜送到病房，只要一有空，就来医院陪她。傅翔还真的把那套门面房过户到了自己名下，并把房产证拿给卢秀萍看。傅翔说："这下你该放心了吧，我的就是你的，再过几年，等儿子到了十八岁，我就把房子过户给他。"卢秀萍心里的一块石头总算落了地，夫妻俩重归于好。

卢秀萍生病住院的事儿，自然也成了单位一帮人津津乐道的话题。不少人说她官迷心窍，升不了官，人都气病了。

第八章

  孟云灿在医院住了几个月，身体渐渐恢复，吃喝拉撒已经完全能够自理，只是声带严重受损，说话声音沙哑。作为戏曲名家，她最担心的是，以后唱不了戏，登不了舞台。咨询过几位专家，回答都是一致的：根据她的病情，能够发出声音，已经是奇迹了，想要重新登上舞台，基本上没有什么可能了。孟云灿痛不欲生。出院那天，韩菊豆来接她，一见面，孟云灿就忍不住抱怨起她来，说："韩菊豆，你凭什么给医院的'知情同意书'上签字？我嗓子哑了，唱不了戏，你负得起责任吗？"韩菊豆满腹委屈。不过，她完全理解孟云灿的心情，耐着性子解释道："当时情况紧急，我不签字，医院无法实施抢救，你会有生命危险的。"孟云灿说："大不了是个死，总比这样活着强！韩菊豆，你毁了我呀……"韩菊豆泪花在眼眶里直打转，硬忍着，没有流出来。

孟云灿的家在市中心的新民街安馨苑小区。几年前，孟云灿代表市里参加全国会演，获得最高奖项，市里奖励了她一套三室一厅一百多平方米的房子。安馨园小区闹中取静，环境优美，新建的住宅楼高端大气，是古城居住条件最好的小区。孟云灿倾尽多年的积蓄，按照自己的意愿，将房子装修好，又精心装扮了一番。阳台摆放了二十几盆形状各异的名贵花草，客厅四周的墙壁上，是孟云灿各个时期的演出剧照。三间卧房，一间自己住着，一间留给女儿朱凌霄，一间留给儿子郭小磊。孟云灿没事时就喜欢待在家里侍弄花草，观看剧照。那些剧照记录了她一生的艰辛和荣耀，让她百看不厌。

韩菊豆将孟云灿送回家，孟云灿打开门，只见屋内一片狼藉——阳台上的花草早已枯萎衰败，落了满地黄叶；餐桌上，两只碗里的剩饭剩菜长满了白色和绿色长毛，半个腐烂的苹果，发出刺鼻的腥臭味儿；卧室的床上，凌乱不堪地摆放着一大堆衣物……那天，是隆重的"孟云灿荣获秦腔艺术终身成就奖"颁奖大会举行的日子，孟云灿走得急，没顾上收拾家里。发病后住了几个月医院，更是无心顾及这些。昔日干净整洁的家，竟变成了眼前这副模样。

孟云灿坐在沙发上，一脸茫然。韩菊豆二话没说，挽起袖子，很快先把卧室收拾干净，扶孟云灿躺到床上，然后用了将近三个小时，把屋里屋外整个打扫了一遍。一边干活，还一边找出了一袋小米，就手熬好了稀饭。临走时，韩菊豆告诉孟云灿，她现在就去找郭小磊，让他搬回来住，也好有个照应。她一再叮咛，让孟云灿有事只管告诉她。

韩菊豆走后，孟云灿来到阳台，看着枯死的花草，触景生情，潸然泪下。这场病来得真不是时候，本来从文联主席的位子上退下来，是要竞选政协副主席的，可因为身体原因而被搁浅。住院的几个月，明显感觉到看望的人越来越少，就连"紧跟"自己的卢秀萍，也只在开始看过她两次，后来几个月就再也没有闪过一次面。要说韩菊豆真是不错，一有空就来医院陪护，有时还专门做了可口的饭菜送过来。韩菊豆不仅劝说郭小磊原谅了她这个亲妈，还一直在帮她四处寻找朱凌霄。本来一直对韩菊豆是心存感激的，可今天不知为什么情绪失控，居然对人家发了那么大的火，想想真是后悔！

晚上，韩菊豆领着郭小磊回到孟云灿家中。孟云灿搬进这套房子后，郭小磊这还是头一次踏进母亲的家门。郭小磊走进自己的房间，看着衣柜里母亲不知什么时候为自己准备好的四季衣服和睡衣睡裤，床上崭新的被褥，相框里儿时和母亲的合影……不觉鼻子一酸。这些年，母亲不知托了多少人劝他回家，可他故意跟母亲置气，不仅不回家，还说了不少绝情话刺激她。今日回到家中，郭小磊感觉自己被一种浓浓的温情包围着。他一遍遍问自己："难道，这就是传说中的母爱？"看来，母亲并不是生病时才想起了他，他一直在母亲的心里占有重要的位置，这个家的大门其实一直都为他敞开着。"我再也不会离开这个家，离开母亲了！"郭小磊想。

对于儿子的"失而复得"，孟云灿是喜出望外的。母子俩头一次面对面坐着，孟云灿问了儿子许多问题：这些年是怎么过来的，如今的生意怎么样，交到女朋友了没有，等等。郭小磊一一回答着，说到动情处，好几次泣不成声。孟云灿心如刀绞般地疼，平添了几分愧疚与自责。夜深了，郭小磊扶母亲回房间休息，可孟云灿却怎么也睡不着。她悄悄下了床，扶着墙壁走到了儿子房间。郭小磊已在熟睡中，从窗外透进来的一缕朦胧的月光，正好照在他的脸上。孟云灿看见，儿子的眼角旁，挂着几滴晶莹的泪珠。她想擦掉那几滴泪珠，又怕惊醒他，索性坐在儿子的身旁，静静地看着他。孟云灿不知是什么时候回到自己房间的，躺在床上，好一阵辗转，方才朦胧入睡。

第二天早上，孟云灿睁开眼睛，却发现郭小磊正坐在床边看着她，就像昨晚她坐在儿子的床边深情地看着他一样。孟云灿问郭小磊怎么不多睡一会儿，郭小磊说这么多年早上从来没睡过懒觉，已经习惯了。孟云灿连忙爬起来，洗漱完毕走到客厅，郭小磊已经把早餐摆上桌了。郭小磊说："本来是想给你做早餐的，可家里除了小米，啥都没有，就下楼买了牛奶和面包，也不知合不合你的口味？"孟云灿说："好着呢！我经常下乡演出，吃饭从来不讲究。"孟云灿问郭小磊："小磊，你还会做饭？"郭小磊说："会。"吃完饭，孟云灿催郭小磊赶快去上班，郭小磊说他把生意交给别人打理，最近一段时间不用去上班，专门在家陪母亲。孟云灿心里感动，嘴唇颤抖着，却说不出话来。

郭小磊跟干爹老田一起生活了多年，洗衣服做饭一类的家务活儿，根本不在话下。他拿着母亲的粮本，去粮站买回米面油，又去菜市场买了猪肉、鸡蛋和新鲜蔬菜。他问母亲："妈，你中午想吃什么？"孟云灿说："你随便做，你做什么我就吃什么。"郭小磊又问："你出院时，医生有没有说饮食方面要注意些什么？"孟云灿说："哦，医生说过，饮食方面要注意吃清淡一点。"郭小磊做了土豆饼、皮蛋青菜粥、蒜蓉生菜、家常豆腐几样饭菜。多年了，这是母子俩头一次共进午餐。郭小磊问母亲："妈，你觉得味道怎么样？"孟云灿说："这是我这辈子吃过的最香的一顿饭。"郭小磊重新整理了阳台和客厅，买回一些母亲喜欢的花草，错落有致地摆放在各个角落，一进门就有一种清风扑面、花香醉人的感觉。孟云灿惊喜地发现，儿子不但勤快，会过日子，还特别善解人意。

没过几天，孟云灿发现儿子的烟瘾和酒瘾大得出奇，经常把家里弄得烟尘雾罩，酒气冲天。她几次想说郭小磊，可又实在张不开口。孟云灿十分珍惜眼前这种温馨和谐的母子关系。她不想给儿子过多的约束，怕得罪儿子，怕儿子离开她。郭小磊却越来越放肆，隔三岔五地就把整条的烟、整扎的啤酒往家里搬。小区收破烂的老孙头，几乎每天都要来家里收走一大堆空酒瓶子。孟云灿想到第一任丈夫郑元浩当年嗜酒如命，最终死于饮酒过量，不由得担心起儿子的身体，她决定跟他好好谈一谈。一天晚饭后，郭小磊准备收拾碗筷，孟云灿一把拉住他，说："小磊，妈有话对你说。"

郭小磊早已猜出母亲想跟他说什么，却故意问："你想对我说什么？"

"儿子，你已经是个成年人了！本来抽烟喝酒，也不是什么大问题……"孟云灿斟酌着字句,"可是,凡事都有个度,过度的抽烟喝酒,会伤害身体的。"

郭小磊说:"妈,我懂你的意思。我知道这两样都是坏毛病,我明天就改……不,今天就改!"

孟云灿说:"妈知道,戒烟戒酒说起来容易做起来难,有的人说了一辈子,也戒不了。你可以尝试着慢慢来……"

"不,我说戒就戒!"郭小磊说完,把剩下的几盒烟装进衣兜,拎起剩下的多半扎啤酒,向外走去。

孟云灿愣了愣,追到门口问:"小磊,你干啥去?"

郭小磊头也没回,说:"我扔了这些害人的东西。"

孟云灿将信将疑。

郭小磊一下楼,就把烟和啤酒扔进了垃圾箱。他何尝不知道烟酒伤害身体?两年前,他身体不适去医院做了全面检查,结果被诊断为"酒精依赖症"。他的肝脏已经严重受损,肺部变黑且出现瘢痕组织,医生郑重警告他,再不戒烟酒,后果不堪设想。这些年,他已经是饱受其苦了。他也曾多次发誓要戒烟戒酒,可每次都坚持不了几天,就又"破戒"了。

这次搬回来跟母亲一起生活,开始他还小心翼翼,犯了烟酒瘾,就一个人偷偷跑到外边"解解馋"。有时实在忍不住,就把自己关在小房子里过过瘾。后来发现母亲并不介意,胆子就慢慢大了起来,完全恢复了过去的生活状态。母亲郑重其事地跟他谈话,郭小磊完全是一种矛盾心理:一方面,他明白母亲都是为他好,希望母亲能够采取强制措施,帮他戒掉烟酒瘾;另一方面,他也希望母亲不要太严苛,最好给他留下一个自由的生活空间。母亲发了话,郭小磊想戒烟酒的愿望即刻被勾起,他毫不犹豫地把剩下的烟酒扔进了垃圾堆,并在心里暗暗发誓:这辈子再也不碰烟和酒,若管不住自己,出门就叫车撞死!

几个小时以后,郭小磊"双瘾齐发",开始尚可忍受,他一遍遍告诫自己:"忍住,坚持就是胜利!"可是他越来越焦躁不安,就咬紧牙关,握紧双拳，浑身战栗着，想要努力扛过去。他怕母亲看见，就跑到小区院子里的草坪上躺下来，打了几个滚。突然冒出一身冷汗，紧接着心慌气短，恶心呕吐……实在忍不住了！他发了疯一般向垃圾箱跑去，想要找出那些被自己扔掉的烟和酒，可翻来翻去，什么也没找到，便跑到小区外边的商店，买了一扎啤酒和一条烟，刚走出商店门，就迫不及待地坐在台阶上，抽出两瓶啤酒，灌了下去，又点燃一支烟抽着。过了一把瘾，郭小磊顿觉神清气爽，浑身舒坦。他把剩下的烟酒存放在老孙头堆放废品的小库房里，老孙头交给他一把钥匙，告诉他想抽烟想喝酒就随时过来。郭小磊掌握了母亲的生活规律，总能找出适当的时间去老孙头那里过把瘾，孟云灿竟然毫无察觉。

  接下来的日子里，郭小磊每天买菜做饭洗衣服，陪母亲散步聊天。孟云灿心情愉悦，身体很快康复，重登舞台的愿望也就愈来愈强烈。郭小磊每天清晨陪着母亲去城河边"吊嗓子"，坚持了一段时间，孟云灿的声带不见丝毫好转，倒添了嗓子干痒、疼痛难忍的新毛病。去医院做了个全面检查，医生批评她不该违背医学规律瞎折腾，说她幸亏及时来就医，否则，就有可能完全失声，变成哑巴。孟云灿吓出一身冷汗，不过冷静下来，又觉得医生不过是危言耸听。听韩菊豆说，手术前，医生就曾预言她以后极有可能变成植物人，最好的结果也是坐在轮椅上度过后半生，但她现在不是好好的嘛？当时开颅手术中出现突发状况，影响到了声带，但既然身体能够痊愈，声带为什么就不能恢复呢？医生说孟云灿创造了奇迹，并根据她的病案整理、撰写成论文予以发表，在医学界引起了强烈反响。既然创造了一次奇迹，为什么不能再创造一次奇迹呢？孟云灿坚信，只要坚持，只要努力，一切皆有可能！她准备听医生的话，先治好眼前的急性咽炎，今后再做打算。

  晚上九点半，孟云灿躺在床上听广播。这个时间段，是本市综艺台的地方戏曲节目，正在播放的是孟云灿领衔主演的秦腔经典剧目《铡美案》。

"秦香莲跪轿前心惊胆战，包相爷坐上边细听民言，提起我家乡路途遥远，湖广均州有家园……"优美的唱段，让孟云灿如痴如醉，仿佛自己此刻站在舞台上，面对台下的观众正在演出一样。门外传来一阵急促的敲门声，孟云灿沉浸在"戏"中，无动于衷。

郭小磊拉开门，只见门外站着的是韩菊豆和一位陌生女子。韩菊豆问："小磊，你妈睡了吗？"

郭小磊朝孟云灿的房间喊着"妈，有人找你！"把韩菊豆和陌生女子让进来，说，"韩姨，你们坐，我去泡茶。"

韩菊豆说："晚上不敢喝茶，喝茶睡不着觉。"

郭小磊倒了两杯白开水，分别递给两个人，又朝孟云灿的房间喊道："妈，有人找你！"

孟云灿从房间走出来，见是韩菊豆，忙问："这么晚了，有事吗？"

韩菊豆没吱声，把陌生女子推到她面前，说："你看，这是谁？"

孟云灿上下打量着眼前的女子，一下惊呆了，半天才说："朱凌霄？霄霄，我的女儿……"张开双臂，把朱凌霄揽进怀里。虽然骨肉分离已三十余载，但孟云灿见到朱凌霄，还是一眼就认出了她。

朱凌霄抚摸着母亲的面颊，嘴巴张了几下，发不出声音，眼泪竟像断了线的珠子，一滴一滴滚落下来。

郭小磊站在一旁，痴痴地看着她们。韩菊豆问他："小磊，你看她俩像吗？"

"像，像，像极了！"郭小磊说，"跟我妈年轻时的照片简直一模一样！"又说，"我又多了一个姐姐？"

韩菊豆说："什么叫你又多了一个姐姐？她本来就是你同母异父的姐姐！"

郭小磊说："我怎么感觉像做梦一样。"

韩菊豆过去当办公室主任时，曾按照孟云灿提供的线索，给很多地方的公安机关发函寻找朱凌霄。可发出去的信函，一件件都石沉大海。接任秘书长以后,她把这件事情交代给新任办公室主任苟强,并和苟强一起跑到朱国栋原来的单位,走访了几个朱国栋当年的老同事,这些人提供了一些新线索。她亲自督促苟强按照这些新线索重新发函,结果还是没有一点消息。孟云灿问韩菊豆是怎么找到朱凌霄的,韩菊豆说:"这次找到朱凌霄,不,应该说,是朱凌霄通过自己的努力找到咱们的。"孟云灿如坠五里雾中,欲问朱凌霄这到底是咋回事,猛然想起朱凌霄不会说话,就把目光转向韩菊豆,说:"韩菊豆,你快说,这到底是怎么一回事呀?"

韩菊豆告诉她,几天前,收到朱凌霄发给文联的一封信,主要内容是寻找母亲孟云灿。韩菊豆按照信上留下的联系方式,很快就联系上了朱凌霄。朱凌霄思母心切,收到韩菊豆的回信,立马就买了火车票,赶回古城。韩菊豆在火车站接到朱凌霄,陪她吃了晚餐,就把她送回家来了。孟云灿有太多的问题想问朱凌霄,可又不知道该怎样和女儿交流。朱凌霄看出了母亲的心思,忙从包里掏出几张信纸交给孟云灿。孟云灿打开一看,只见上面写着——

妈妈:

我知道你对女儿牵肠挂肚,急于知道女儿这些年是怎么过来的,女儿也有一肚子的话想对你说。在火车上,我回忆了这几十年的所有经历,草草写了几页纸。你看完后,就会对女儿的情况有个大概的了解。

我四岁那年,离开妈妈,跟着爸爸回到爸爸的老家四川德阳。爸爸在成都附近一家军工企业上班,我和爷爷奶奶生活在一起。我六岁那年,爷爷送我到村子里的小学读书,但因我是聋哑人,经常受到一帮坏小孩的欺负。班主任苗青艳老师像妈妈一样关心我、爱护我,经常接送我回家。后来,爸爸和苗老师结了婚,老师成了我的继母。妈妈,我想对你说,我的继母是世界上最好的女人、最好的母亲!不知什么原因,继母没有生过孩子,她一直把我当作亲生女儿。我最感激她的是，她教我学文化，我的成绩在班上一直名列前茅。可想而知，苗妈妈为我付出了多少心血。

后来，爷爷奶奶相继去世，爸爸把我和苗妈妈接到了成都，我们跟爸爸生活在了一起。苗妈妈在我们家附近的一所小学教书。几年后，国家开始搞"三线建设"，爸爸随单位迁到了两百公里外的大山里，我和苗妈妈留在了成都。初中毕业后，苗妈妈送我进了一所中专学校，学的是财会专业。苗妈妈主要是为我的前途着想，可这个专业实在不好学，整天和一些复杂的计算公式打交道，对于我这个聋哑人来说，无异于读天书！苗妈妈提前办了退休手续，陪我一起去读书。白天我俩一块上课，晚上回家，她一遍遍地帮我弄懂白天学过的内容。就这样，我中专的所有课程都顺利通过考试。两年后，我考取了会计资格证书。

1984年，爸爸辞职去了深圳，在一家合资企业当工程师，很快就升职为总工程师。爸爸在那里发挥了他的专业技能，也积累了不少资金。后来，他就自己创办了一家电子公司。我现在在爸爸的公司任财务总监。我爱人是我上中专时的同班同学，名叫李腾。他上学时对我帮助很大，现在是我手下一名会计师。我们的女儿已经快五岁了，爸爸说她跟我小时候长得一模一样。

爸爸在深圳买了一座独栋别墅，我们一家人生活得很幸福。

孟云灿一边看，一边流着眼泪。她怕泪珠滴在信纸上，就停下来啜泣一阵子，再接着看。读完女儿写下的几页纸，她悲喜交加，悲的是骨肉分离几十年，喜的是女儿遇上了那么好一个苗妈妈。孟云灿泪眼婆婆地望着朱凌霄，朱凌霄立马从兜里掏出一个小小的留言簿，撕下一张，写上一句"妈妈还想问什么？"递给了孟云灿。朱凌霄多年养成的习惯，随身携带留言簿，以便与人书面交流。孟云灿写了句"你的苗妈妈真好！"给她看，朱凌霄点了点头。孟云灿又写了一句："为什么现在才来找我?"朱凌霄写道："这个问题有点复杂，我以后会慢慢告诉你的。"孟云灿想了想，写道："我这个妈妈不合格，你恨我吗?"朱凌霄摇了摇头。

韩菊豆和郭小磊一直站在一旁，看母女俩用纸条交流着。韩菊豆看了看表，说："时候不早了，你们也该休息了。霄霄说这次来想多住些日子，有什么话明天再说吧。"孟云灿说："好，好，坐了那么长时间的火车，霄霄一定累了，早点休息吧。"韩菊豆和郭小磊帮朱凌霄收拾好床铺，招呼朱凌霄躺下休息，韩菊豆这才告辞，回家去了。

走出孟云灿家，韩菊豆抑制不住内心的激动，一个人在小区花园里嘤嘤哭了起来。她了解孟云灿这些年为寻找女儿付出的艰辛，为她们母女重逢感到由衷的高兴。她哭了一阵儿，用衣袖擦干眼泪，自语自语道："韩菊豆，你神经病，这是好事，你哭什么?"继而破涕为笑。她走出小区大门，坐上一辆通宵车，回到家已经是凌晨一点钟了。

那一夜，孟云灿手捧女儿的几页信纸，看了一遍又一遍。

第九章

雨荷刚走进文联办公大楼,就碰上迎面走来的韩菊豆。韩菊豆从传达室那边走过来,手里拿着一大沓报纸和几封信件,边走边翻看着。雨荷走上前,用胳膊肘撞了她一下,笑着说:"看什么呢,这么认真?"韩菊豆一抬头,发现是雨荷,惊喜道:"雨荷,你跑哪儿去了,几个月都不见个人影?"雨荷说:"我去兰溪县深入生活,在大山里住了几个月。"韩菊豆说:"你真行!今儿个怎么有空回来?"雨荷说:"回来领工资。"韩菊豆说:"我陪你去。"就陪着雨荷去了二楼的财务室。

会计小何正在噼里啪啦地打着算盘,出纳小袁低着头正在对账。

"都忙着呢!"雨荷跟他们打着招呼。

"领导来了!"会计小何跟她们开玩笑说,"欢迎领导来财务室视察工作!"

雨荷说:"什么视察工作,我是来领工资的。"

出纳小袁说:"领导,你都小半年没领工资了,真是个大富婆……"话一出口,马上意识到雨荷还没结婚,随即改口道:"真是个大富姐!"

雨荷倒也不介意,说:"什么富婆富姐的,我身上只剩下几毛钱了,都快成叫花子了。"

会计小何说:"你要成叫花子,我们早都饿死了!"

出纳小袁一边随声附和:"我们可都是'月光族',恨不得'寅吃卯粮'呢!"一边从保险柜取出一大摞现钞,推到雨荷面前,说,"你数一下。"

"不用数了。"雨荷把钱装进包里,跟韩菊豆走了出去。

韩菊豆说:"一会儿我送你回家去吧。"

雨荷不解地说:"送什么,我又不是不认得路。"

韩菊豆说:"当心被人劫了财又劫了色!"

"你胡说什么?"雨荷咯吱着韩菊豆的腋窝,韩菊豆咯咯笑着,反过来咯吱她,两人就嬉闹着走进雨荷办公室。雨荷心里高兴,一改往日的矜持状,变得像个小姑娘一样活泼可爱。文联换届大会结束后,雨荷就一头扎在兰溪县深入生活。几个月时间,做了两件大事:一是完成了长篇小说《惊蛰》的初稿;二是在省报上发表了一篇纪实文学《艰难的腾飞》。这篇文章客观描述了"蓝山木器厂"从创办、兴盛到衰败的全过程,总结出几条发人深省的经验教训。文章一见报,即刻引起轰动。兰溪县成立了专门调查组,深入企业了解情况,协助企业制定切实可行的整改方案,使得濒临倒闭的"蓝山木器厂"起死回生。发表一篇文章,对雨荷来说,不过是"小菜一碟",根本算不得什么。可这篇文章不一样,它拯救了一个企业,解决了上百人的就业问题,还给无数人带来了新的希望。雨荷感到无比欣慰。通过这件事,让她进一步认识到了一个作家应有的社会责任。

雨荷打量四周,到处纤尘不染,激动地对韩菊豆说:"韩姐,谢谢你,帮我把办公室打扫得这么干净!"

"你怎么知道是我干的？"

"我把钥匙留给了你，不是你还能是谁？"

韩菊豆说："告诉你一个小秘密，这里是我的'避难所'。"

"什么意思？"雨荷问。

"秘书长这工作，简直就不是人干的！"韩菊豆大发牢骚，说，"每天一走进办公室，就有干不完的事情。今天上午两个多小时，已经接待了几拨人，组织部来考察后备干部，文化局来人谈合作，计生委检查节育措施落实情况，街道办事处布置国庆前卫生大检查，忙得我连上厕所的时间都没有。有时候实在受不了了，我就跑到你这儿来躲清闲。"

"瞧你那点儿出息！"雨荷说，"人家张迎春书记任秘书长时，从来没像你这样叫苦连天。"

"张姐比我本事大，要不然人家咋能升书记呢！"

"哟，看样子你这情绪还不小呢！"

"我可不是闹情绪。"韩菊豆说，"你这文联主席，当成了'甩手掌柜的'，我这一天累死累活的，为谁辛苦为谁忙？"

雨荷笑道："韩菊豆同志，你是党的干部，为党辛苦为党忙。"

韩菊豆说："好哇，说了半天，你居然一点都不领情。那这样，一会儿还有人要来单位找领导谈事情，我就把人直接领到你这儿，请萧主席亲自接待。"

"韩姐，姑奶奶，你就饶了我吧！"雨荷说完，两人开怀大笑。

韩菊豆说还有好多事情等着处理呢，就跟雨荷告辞，走了出去。刚拉开门，却发现组联部的夏丹阳站在门外。韩菊豆说："夏丹阳？你怎么不进去呢？"夏丹阳说："听见你俩说得正高兴，不想扫你们的兴。"韩菊豆开玩笑说："幸好没说你的坏话。"说完，急匆匆地走了。

夏丹阳原是歌舞剧院的歌唱演员，嫁了个大款老公，老公嫌她当演员太辛苦，就设法把她调到了市文联。夏丹阳日子过得滋润，出手也特别大方。平时中午回不了家，大家一起吃饭，几乎每次都是她请客。同事中谁家有困难，她总是慷慨解囊。逢年过节，单位发些米面油和床单、被罩一类的福利，她从来没往家拿过，全都送了人。夏丹阳性格开朗，口无遮拦，跟谁都爱开个玩笑，别人说啥，她也从不忌讳。有一次开完会，一帮人聚在会议室里"神聊"，古时风问她："夏丹阳，你这么年轻、这么漂亮，为什么嫁了一个糟老头子？"夏丹阳说："糟老头子怎么了？糟老头子有钱，还知道疼人。"古时风说："鲜花插在了牛粪上，你不觉得可惜吗？"夏丹阳说："鲜花需要阳光雨露，也需要牛粪呀！"古时风一时接不上话，脸都涨红了，惹得众人哄堂大笑。

　　夏丹阳在组联部虽然只是个一般干事，可她却有一呼百应的号召力。卢秀萍当组联部主任，总觉得夏丹阳对她构成了潜在的威胁，一直对她耿耿于怀。换届前，组织部来考察干部，组联部所有人都推荐夏丹阳担任组联部副主任，只有卢秀萍一个人投了反对票。卢秀萍宁肯自己辛苦，宁愿职位空缺，也不同意提拔夏丹阳担任组联部副主任。不过，卢秀萍表面上跟夏丹阳关系十分要好，夏丹阳经常送她一些高档化妆品，卢秀萍也暗示她今后若有机会，一定向组织上推荐她。

　　卢秀萍住院后，文联党组决定组联部暂时由秘书长韩菊豆代管，韩菊豆事情多忙不过来，就把很多工作直接交给了夏丹阳。夏丹阳不辞劳苦，把样样事情处理得有条不紊。组联部的人都说，跟夏丹阳干工作，心情舒畅，比跟卢秀萍强多了，有几个人还跑到张迎春那儿反映，说论德论才，夏丹阳都在卢秀萍之上，说她当主任都绰绰有余，为什么连个副主任都不给她。张迎春婉言批评了那几个人，其实她心里完全赞同他们的看法。

　　夏丹阳走进门，跟雨荷开着玩笑，说："领导，几个月不见，我还以为谁把你这大美女拐跑了呢。"

　　雨荷说："都快成老太婆了，没人要了！"

　　夏丹阳说："胡说什么，青春期还没过呢，怎么就老了？"

　　雨荷说："不跟你贫了，说吧，找我什么事儿？"

　　夏丹阳告诉雨荷，国庆节期间，市上准备搞市级机关文艺会演，要求各单位准备好节目。演出结束后,要进行评比,还要给获奖单位和获奖节目颁发奖品和奖状。文联决定这件工作由韩菊豆牵头,夏丹阳负责具体落实。雨荷说:"这是好事,我支持!"夏丹阳说:"领导,光嘴上说支持可不行,你得有实际行动!"雨荷说:"没问题,你说,我要有什么实际行动?"夏丹阳说:"你得带头表演节目!"雨荷连连摇头,说:"不行不行,我不会唱不会跳的,能表演什么节目?"夏丹阳说:"我都替你想好了,你写一首诗,来一个诗歌朗诵。你是文联主席,又是知名作家,你只要一上台,准会赢得满堂彩!"雨荷面呈难色,说:"我真的不行,咱们单位不缺这方面的人才,你还是找别人吧。"夏丹阳说:"文联党组对这件事情很重视,张书记在大会上专门做了动员,大家热情很高,几乎是人人参与。你是领导,可不能落在群众的后边呀。"雨荷说:"那,我就勉为其难吧。"夏丹阳高兴地跳起来,说:"领导,你答应了!"

经过二十多天的紧张排练,夏丹阳初步统计了一下,文联机关总共排练出二十几个节目,差不多够一台晚会了,这可把夏丹阳难住了。她请示主办方,得到的答复是:市级机关单位多,要照顾到方方面面,考虑到文联的特殊性,最多也只能上三个节目。夏丹阳当时没想那么多,动员大家积极参与,想不到大家积极性那么高,争相排练,节目一下就多出来了。夏丹阳把这个情况向党组书记张迎春做了汇报,张迎春当即表示,文联机关自己搞一次"迎国庆联谊会",一方面自娱自乐,同时也能从中挑出几个最好的节目,参加市上的会演。"好主意!"夏丹阳喜形于色,拍着自己的脑袋说,"我怎么就没想到呢?"

"联谊会"定在星期六下午。夏丹阳领着组联部几个人,老早就把会议室布置成了临时剧场。舞台正中悬挂着大红横幅,上面写着"文联机关迎国庆联谊会"十个醒目的大字,舞台左侧摆放着音响设备,右侧是一架电子琴。舞台对面,几排长条桌上,摆放着水果、花生和瓜子,长条桌后边,便是观众席位。

夏丹阳担任节目主持人。午饭后，她专门去理发店盘了头，又精心化了妆。节目一开始，只见她身着白色长纱裙，飘飘若仙，走到舞台中央，向大家深鞠一躬，然后郑重宣布："文联机关迎国庆联谊会现在开始——"

第一个节目是大合唱，全体人员参加，唱了《我的祖国》《山丹丹开花红艳艳》《少年壮志不言愁》等几首歌。

第二个节目是古时风表演的哑剧《李白斗酒诗百篇》。古时风表演的"醉汉"李白太过夸张，有丑化人物之嫌。不过他一边表演，一边挥洒笔墨，用草书写下李白《将进酒》中的"君不见黄河之水天上来，奔流到海不复回"的诗句。其狂草线条奔放，动感强烈，实在令人拍案叫绝！

第三个节目是两个年轻人表演的小品《相亲》。该剧通过一个女孩相亲的经历，批判了社会上普遍存在的图慕虚荣的爱情观。节目短小精悍，寓意深刻。

张迎春表演的二胡独奏《二泉映月》，赢得一片掌声。

演了几个节目以后，夏丹阳给雨荷来了个突然袭击，为她报幕说："下面请文联主席萧雨荷表演诗朗诵——"

雨荷一下愣住了！那天见过夏丹阳以后，她应邀去外地给一帮文学爱好者讲了几天课，早把准备节目的事忘得一干二净了。热烈的掌声把她请上台，她实在无法推辞，沉吟片刻，说："我给大家讲个笑话吧。"众人鼓掌。雨荷首先卖了个关子，问大伙儿："你们有谁知道，关中农村为什么把已婚妇女叫'婆娘'吗？"台下回答："不知道！"雨荷说："女人的一生分为三个阶段：未出嫁时，姑且在娘家，所以叫姑娘；结婚后的时光，一半在婆家，一半在娘家，所以叫婆娘；年纪大了，就不太去娘家了，老是住在婆家，所以就叫老婆。"韩菊豆说："有点意思。领导，你接着往下讲呀！"雨荷却说："讲完了。"众人起哄，有人说："这叫什么笑话，一点儿都不好笑。"有人提议："这个不算，再来一个！"众人齐声喊着："再来一个！"雨荷说："好，再来一个。话说有一对小青年去看戏，散场以后，发现前面走着一位光头中年人。女孩问男孩，说你敢不敢在前面那个人的光头上摸一下？男孩说，摸一下算什么？我敢在他的头上摸三下。女孩不信，男孩说你等着瞧。说完以后，男孩快步追上光头，摸着他的头顶，热情地打招呼说，老梁，我这几年到处找你，没想到在这儿碰上你了。光头打量着男孩说，你认错人了。男孩说对不起、对不起！女孩在一旁嗤嗤笑着，伸出两个手指头，意思是说，还有两次呢。男孩再次追上光头，在他头上摸了一下，说，老梁，刚才碰到个人，跟你长得一模一样，我跟人家打招呼，人家说我认错人了。光头有点不耐烦了，说，我给你说了，我不认识你！男孩装作一脸茫然的样子。女孩伸出一个手指头，在男孩面前晃了两下，意思是说，还有一次呢。这时候，光头已经走远了，男孩跑步追上他，摸着他的光头，说，老梁呀，你这人真不够意思，明明是你，非要说我认错人了！光头生气地说了句'神经病！'就走开了。女孩被逗乐了，对男孩竖起了大拇指。"雨荷见台下毫无反应，大声问，"怎么样，这个段子有意思吗？"有人说："不行，领导这是糊弄人呢！大伙说，再来一个要不要？"众人齐声说："要！"雨荷再也拿不出什么能表演的节目了，只好用求救的眼神望着夏丹阳。夏丹阳小声对她说："你不是学过拉丁舞吗？"雨荷说："学过几次，早都忘光了。"夏丹阳说："没关系，我带着你跳，你跟我走就行了。"雨荷无奈，只好点头允诺。夏丹阳报了节目，音乐起，两人就跳起了双人拉丁舞。夏丹阳动作娴熟，舞姿轻盈，时而摆荡，时而旋转。雨荷掌握不了音乐节奏，老是踩不到点上，不是踩了夏丹阳的脚，就是差点被夏丹阳"拽"倒。看着雨荷洋相百出，台下的观众都被逗笑了。虽然雨荷的表演不甚入流，可现场的气氛一下子变得活跃起来。

最后的"压轴戏"是歌剧《白毛女》选段《扎红头绳》。文联副主席赵恒山扮演杨白劳，夏丹阳扮演喜儿。两个人表现出了很高的专业水准，一下子就把联谊会的气氛推向了高潮。演出结束，观众掌声雷动，两人又合唱了一首陕北民歌《走西口》。观众们还是觉得不过瘾，高呼着："再来一个！"幸好两人早有准备，赵恒山新创作了一首《爱情是什么》，事先练了两遍，就仓促上阵了。没有音乐伴奏，两个人就"飚"着高音清唱起来。

赵恒山唱：爱情就像一把火，

夏丹阳唱：燃烧了你和我。

赵恒山一紧张，突然忘了词，就胡乱唱了一句：你是我心中的白天鹅，

夏丹阳以为赵恒山故意出洋相，就跟他开起了玩笑，接着唱：我可不想给你当老婆！

赵恒山将错就错，唱：不想当老婆？你为何抛个媚眼勾引我？

夏丹阳反应极快，唱：我与你，做一对露水夫妻也快活。

赵恒山唱：可惜你早已变成了黄脸婆，

夏丹阳唱：白天鹅咋就变成了黄脸婆？你让奴家怎么活？

夏丹阳扭捏作态，边唱边噘起小嘴，真的向赵恒山抛了个媚眼。

观众席里，有人笑得前仰后合，有人笑得肚子疼，有人直呼过瘾！韩菊豆说，这个节目最精彩，应该推荐到市里去参加会演。大伙也跟着起哄，说，必须得推荐这个节目！这个节目代表了市文联的最高水准。经过一阵玩笑嬉闹，大家言归正传，一致同意推荐歌剧《扎红头绳》、哑剧《李白斗酒诗百篇》和小品《相亲》三个节目参加市上的会演。不过，哑剧《李白斗酒诗百篇》还需要进一步修改加工，这个任务自然而然就落在了夏丹阳的头上。夏丹阳放弃了周末休息时间，帮古时风排练节目。最终，市文联推荐的三个节目中，有两个获得金奖，一个获得银奖；文联获得单位组织奖。

第十章

  一连几天,母女俩得闲就用纸条交流着,孟云灿感觉不到任何语言障碍,竟忘了女儿是个聋哑人。朱凌霄告诉母亲,这么多年,父亲一直不能原谅母亲。她记得小时候母亲到四川德阳老家去找她,正好父亲也在家,他就把她藏在亲戚家,不让她们母女相见。父亲早就料到这一点,所以提前就作了周密安排。那个叫三叉口的小村子,清一色都是姓朱的本家人,大家众口一词,都说从来没有见过朱凌霄。朱凌霄后来从大人的议论中得知此事,就哭闹着要妈妈,父亲却告诉她,妈妈已经死了。渐渐地,朱凌霄就断了这个念想。直到半个月前的一天,朱凌霄帮父亲整理书房,无意中发现了母亲写给父亲的十几封信,才知道母亲仍然健在,并且一直在苦苦地寻找自己。朱凌霄思母心切,但她不想惹父亲生气,就把这个想法告诉了苗妈妈。苗妈妈深明大义,就帮着朱凌霄劝说她的父亲朱国栋。其实朱国栋早已放下前嫌，希望她们母女相认，只是因当年骗了女儿，一时不知该怎样向女儿解释。朱国栋把压在箱底多年的信件放在书房，看似无意，实则故意所为。朱凌霄跟父亲一番书面沟通，彻底放下了心里的包袱，立即给母亲所在单位写了封信。孟云灿告诉女儿，她是不幸的，但又是幸运的。不幸的是遇上自己这个不负责任的妈妈，导致她双耳失聪；幸运的是，遇上了苗妈妈那么好的人。若不是她的无私奉献，朱凌霄不会变得这么优秀。孟云灿坦言，女儿要是跟着自己，还不知道会变成什么样子呢，儿子郭小磊就是现实的例子。朱凌霄认为弟弟是个好人，他身上有很多优点，当务之急，是帮他戒掉烟瘾和酒瘾。孟云灿完全同意女儿的说法。

朱凌霄陪着母亲去看病，医生说孟云灿的咽炎病变加重，若再不引起重视，就有发展成鼻咽癌的可能。朱凌霄写了长长的一段话劝告母亲相信医生，面对现实，彻底放下"重登舞台"的幻想。她说对于母亲来说，身体比什么都重要，她希望母亲好好活着。孟云灿经过一番痛苦的心理挣扎，终于大彻大悟。孟云灿想，自己这辈子为戏而生，为戏而活，如今年过六旬，事业已达巅峰，即使不生病，一直唱到老、唱到死，又能怎样呢？上天是公平的，让你闯过一回鬼门关，却把一双儿女送到了你的身边。上天让你安度晚年，你就该顺从天意，尽享天伦之乐，又何苦向命运抗争呢？如果继续一意孤行，任咽炎发展成鼻咽癌，命都保不住了，还谈什么"重登舞台"？孟云灿彻底想通了，人一下就变得轻松起来。她开始"回归"生活，像大多数退休老人一样，白天和女儿一起买菜，做饭，逛街，游公园；晚上一双儿女一左一右围坐在身旁，一边嗑瓜子，一边看电视。这台四十多吋的大彩电是朱凌霄找韩菊豆帮忙，通过市长特批，才买来的。安装大彩电的当天，整个一栋楼都轰动了，邻居们络绎不绝地来家里参观。当然也有人"醉翁之意不在酒"，是专门借着看大彩电来近距离看大明星。孟云灿的一生颇有传奇色彩，就连"谢幕"演出时突发疾病，也被演绎得神乎其神。而此时的孟云灿卸下了头上的诸多光环，没有了昔日的浓妆艳抹，完全以一个退休老人的真实形象出现在邻居们面前。有人唏嘘，有人同情，也有人不屑……总之，说啥的都有。孟云灿却心如止水，再也泛不起任何波澜。她对眼下的日子非常满足，时常情不自禁地哼唱起"天伦之乐乐无边"的戏词来。

转眼已近年关，朱凌霄接到爱人发来的电报，说是公司有急事，催她快速回去。朱凌霄邀请母亲和弟弟与她一起去深圳，但郭小磊服装店生意忙走不开。孟云灿跟朱凌霄朝夕相处了一段日子，对女儿产生了深深的依恋，一刻也离不开她了。她想跟女儿一起去深圳，亲眼看看女儿的家庭和她的生活。特别是那个还未曾谋面的小外孙女，早已"驻"进了她的心里，她做梦都想见到她。可孟云灿也有自己的难言之隐：以她对朱国栋的了解，她觉得朱国栋永远都不可能原谅自己。她不想自讨没趣。朱凌霄看透了母亲的心思，一再表示父亲早已原谅了母亲，可孟云灿仍是顾虑重重。朱凌霄告诉母亲，家里有好几套住房，母亲要是实在不愿意看到父亲，就安排她住在另外的地方，保证不让他们见面。孟云灿经不住女儿的软磨硬缠，只好答应她一同去深圳。

到了深圳，朱凌霄安排母亲住进自己的小家——市中心一套三室两厅两卫的单元房里。朱凌霄告诉母亲，这是她和李腾结婚时，父亲专门给他们买的婚房。结婚后他们一直住在这里，直到生下女儿李可心，才搬进别墅跟父亲和苗妈妈一起生活。晚上，李腾领着女儿李可心来看孟云灿。一见面，可心就扑进姥姥怀里，搂着她的脖子，亲个不够。孟云灿看着活泼可爱的小可心，不由想起了女儿小时候的模样，霎时间泪水模糊了双眼。

可心像个小人精似的说："姥姥，你怎么哭了，是想起什么不开心的事儿了吗？"孟云灿抹了一把眼泪，说："没有，姥姥这是高兴的。"可心问："姥姥为什么高兴呢？"孟云灿说："姥姥看见了可心呀。"可心说："那姥姥就别走了，以后天天都能看到可心。"孟云灿说："好，好，姥姥舍不得可心，姥姥不走了！"可心高兴得跳了起来。孟云灿问李腾："能不能让可心在这儿住几天呢?"李腾说:"妈,我们跟爸爸说好了,这段日子,我们一家三口搬过来住,白天可心要上幼儿园,晚上就回来了。"

朱凌霄坚持要给母亲请个保姆,孟云灿不同意,说自己能行能走,一个人自由自在的,不需要别人照顾。

北方正值寒冬腊月,深圳却是满目苍翠,温暖如春。孟云灿特别喜欢南方的气候,白天女儿女婿去上班,可心去上幼儿园,她就一个人在小区院子散步。没几天工夫,她竟然碰上了好几个古城乡党,其中有一位名叫焦凤莲的,过去曾是她的铁杆戏迷。两人一见如故,很快就以姐妹相称。焦凤莲来深圳看孙子,如今孙子上了小学,她基本上无事可干,整日闲得心慌。焦凤莲陪孟云灿散步聊天,形影不离,孟云灿一点都感觉不到寂寞和孤独。

晚上,女儿一家三口回到家,可心黏着姥姥,让姥姥陪她做手工、画画,还让姥姥给她讲故事。爸爸告诉她,姥姥嗓子有病,不能长时间说话,可心就把从幼儿园学来的故事讲给姥姥听。孟云灿被强大的幸福感包围着,她活了六十多岁,似乎才发现生活原来竟是如此美好。

周末,朱凌霄的继母苗青艳来看孟云灿。孟云灿看着眼前这位替自己把女儿养大并培养成才的瘦小女人,感激之情,溢于言表。苗青艳叫了声"大姐",孟云灿拉着她的手,哽咽着说不出话来。苗青艳邀请孟云灿回别墅那边一块过年,还说这是朱国栋的意思。孟云灿面呈难色,说不想麻烦大家。

可心在一旁听奶奶和姥姥说话,见姥姥推辞着不想去别墅,就央求姥姥,说:"姥姥,我们家的别墅可大了,你一定要过去看一看。"又说,"大家在一起过年多热闹呀!你要不去别墅,我们陪你在这儿过年,谁陪爷爷奶奶呢?"孩子把话说到这份儿上,孟云灿再也不好说什么,只得点头应允。

除夕那天,吃过早饭后,李腾开车来接她们祖孙二人回别墅过年。孟云灿望着眼前的三层小洋楼、院子里的停车场和小花园,便知道女儿一家的生活是多么的富足和幸福。朱凌霄安排母亲住进一楼的主卧。偌大的房间里，席梦思床、沙发、彩电、电话机、吹风机、挂烫机等，应有尽有。墙角还放着一台冰箱，里面装满了各种水果和小食品。孟云灿好奇地这里看看，那里摸摸，感觉自己好像刘姥姥进了大观园一样。

苗青艳陪着朱国栋来看孟云灿，寒暄几句后，苗青艳借故走开，屋子里只剩下孟云灿和朱国栋两个人，气氛顿时显得有些尴尬。朱国栋为了打破僵局，没话找话地问："这么多年过去了，你还好吧？"孟云灿说："好。"停了一下又说，"嗓子有病，说话不太方便。"朱国栋听出她是在下逐客令，便起身告辞。他走到门口又转回身来，对孟云灿说："过去的事儿，就让它过去吧！我们都老了，现在都是为孩子活着。你是我女儿的亲妈，也是我的亲人，咱们都是一家人！往后，这儿就是你的家，欢迎你随时回来看孩子。"

朱国栋几句话，说得孟云灿心里暖暖的，不知怎么就想起以前在一起时朱国栋的千般好来。她沉浸在往事之中，回不过神来。突然心里一阵酸痛，眼泪也忍不住流了出来。孟云灿连忙去卫生间洗了把脸，对着镜子里的自己，自言自语道："孟云灿呀孟云灿，瞧你这辈子都干了些什么？现在后悔还有用吗？是你对不起他们父女俩！现在，你亲眼看到了，他们过得很好，你应该高兴才是呀！"

孟云灿这几十年，一直对女儿牵肠挂肚，如今那颗悬着的心，总算放下来了。可是不知怎么搞的，思绪乱纷纷，心里慌慌的，不想女儿又开始想儿子。今天是大年三十了，不知儿子是在忙服装店的事情，还是在置办年货准备过年呢，他会不会一个人在家喝闷酒？万一喝出事儿来……孟云灿想着，不由得打了个寒战，恨不能即刻飞到儿子身旁。这时，电话铃响了，孟云灿拿起听筒，竟是韩菊豆。孟云灿说："菊豆，你怎么知道这个电话的？"韩菊豆说："你女儿告诉我的，她说这是苗妈妈房间的电话，让我有事就打这个电话，说苗妈妈会转告她的。现在好了，不用别人转来转去了，直接跟你说就行了。"孟云灿告诉韩菊豆，她现在就住在这间屋子里，打电话很方便。两人就在电话里聊了一会儿。韩菊豆问孟云灿身体怎么样，孟云灿顾不上回答，只管诉说着自己对儿子的思念与担忧。韩菊豆告诉她，昨天单位发了春节福利，有带鱼、大米、罐头等，她晚上把东西送到孟云灿家里，还跟郭小磊聊了半天。韩菊豆说郭小磊一切都好，让孟云灿不要挂念。孟云灿这才得到些许安慰，心也渐渐静了下来。

  女儿家的保姆回家过年了，一家人都忙着准备年夜饭。孟云灿想帮忙，女儿却不让她动手。孟云灿闲得无聊，就一个人在屋外的小花园里转悠。可心拿着一大堆新买的玩具，要跟姥姥一起玩儿。祖孙二人就坐在小石桌旁玩积木，不大一会儿，便搭起了一座漂亮的小宫殿。可心说，这是给白雪公主盖的新房子。孟云灿跟孩子在一起，忘掉了一切烦恼，感觉到一种从未体验过的欢乐和愉悦，情不自禁地哼起了秦腔《白蛇传》里的两句词："西湖山水还依旧，憔悴难对满眼秋……"没想到可心无意中听了一遍就学会了，而且唱得有模有样。她硬缠着姥姥再往下唱，孟云灿又唱了两句："霜染丹枫寒林瘦，不堪回首忆旧游。"可心立马一字不差地唱了出来，而且把快慢节奏、抑阳顿挫，甚至连句中的拖腔都表现得恰到好处。孟云灿惊喜地把可心搂进怀里，说："可心，我的小宝贝，你是个唱戏的小天才，你应该去上艺校，将来肯定能成个'角儿'的！"可心却说："姥姥，你知道吗，爷爷和奶奶都说我有唱戏的天赋……对了，爷爷说，天赋就是生来就有的。可他们都不想让我学唱戏。"孟云灿问："为什么呀？"可心说："她们都说唱戏太辛苦了。"孟云灿问："那你长大想干什么呀？"可心说："我想当医生，治好妈妈的聋哑病。"孩子无意中的一句话，勾起了孟云灿的心事，孟云灿不觉陷入痛苦的回忆之中。

  晚上，一家人围坐在大圆桌旁吃年夜饭。孟云灿的面前摆放着几盘古城特色小吃"油炸元宵""小笼包""葱花饼"；还有她平时最喜欢吃的几样菜"清蒸鲈鱼""糖醋里脊""西红柿炒鸡蛋""干锅菜花"……孟云灿心里明白，这是朱国栋亲自为她准备的。想不到这么多年过去了，朱国栋竟然还记得她的饮食爱好。女儿一家都是四川人，餐桌上其他的饭菜，自然都是四川风味了。可心坐在奶奶和姥姥中间,奶奶和姥姥轮番给她夹菜、喂饭。孟云灿问可心:"可心,你说姥姥家乡的饭好吃,还是你们四川的饭好吃?"可心想了想说:"都好吃。"停了一下又说,"爷爷说了,饮食是一种文化,餐桌上的每一道菜都是一个故事,每道汤都是一种文化。"她说完,跑到爷爷身边,说,"爷爷,可心想听故事了,你能不能给可心讲讲这些菜的故事呀?"爷爷笑道:"小宝贝,你可把爷爷难住了。爷爷需要学习一下,再给可心讲这些菜的故事。"可心说:"那,可心就跟爷爷一块学习。"爷爷连声说:"好!好!好!"李腾对孟云灿说:"妈,你是不知道,可心这孩子求知欲太强了,无论什么事儿,都爱打破砂锅问到底。"孟云灿说:"这是好事儿。"

吃完年夜饭,女儿一家三口来到孟云灿的房间,陪她守岁。孟云灿催他们回自己房间休息,可心说:"姥姥,大年三十晚上不能睡觉,大家都要守岁。"

孟云灿明知故问:"为什么要守岁呀?"

可心说:"爷爷说,这是你们老家的风俗。"

孟云灿说:"你爷爷真有心,还能记得我们老家的风俗。"见女儿女婿都没有要走的意思,孟云灿就让李腾打开电视机,几个人一起看春节晚会。

几天来,孟云灿和女儿一家人一起生活,竟然感觉不到任何的隔膜与生分。有好几次与朱国栋单独相处,也没有初次见面时的那种局促与尴尬了。两人在一起谈论最多的自然是女儿与孙女了。朱国栋邀请孟云灿来深圳养老,说这样的话,女儿就不用两头牵挂了。孟云灿推说家里还有儿子,走不开。朱国栋说可以把儿子带过来,在他们公司找一份合适的工作,孟云灿婉言谢绝了。不过,她明显感觉到了朱国栋的真诚,觉得他是经过深思熟虑才这样说的,绝不是随便说说而已。她想他对自己应该已经尽释前嫌了。

初五,朱凌霄带孟云灿去逛街。她不顾母亲的劝阻,给她买了名牌衣服和化妆品。孟云灿感觉有点疲惫，晚饭后，洗漱一番就早早入睡了。凌晨一点多，熟睡中的孟云灿，突然被惊醒，一种不祥之感，掠过她的心头。孟云灿仔细想了一下，压根没做什么噩梦，活动了一下肢体，也并无什么异常。奇怪，怎么会有这种莫名其妙的感觉呢？孟云灿重新躺下，翻来覆去几个小时，竟然没有一点儿睡意。看看时间还早，她就拿出女儿白天买的衣服，一件件试穿，衣服吊牌上的价格令她吃惊，她草草算了一下，几件衣服竟然花了一万多，抵得上她一年的工资了。

好不容易挨到早上六点，电话铃声突然响了。孟云灿心慌气短，不知怎么就预感到肯定是儿子郭小磊出事了。

她抓起话筒，急切地问："是菊豆吗？"

电话另一端传来韩菊豆的声音："是我。"

孟云灿声音颤抖着，问："小磊他……出事了？"

"孟老师，你千万不要着急，"韩菊豆说，"小磊昨晚突然心功能衰竭，抢救了几个小时，现在已经脱离危险了。"

孟云灿一紧张，差点从椅子上溜下来。她稳定了一下情绪，问："小磊他、他怎么突然就心功能衰竭了？"

韩菊豆说："前几天，家里人多事儿多，没顾上去看小磊。直到昨天下午，我才抽出空来去看他。小磊一个人在家，喝得醉醺醺的。我说了他几句，他耷拉着脑袋不吭声，我觉得不大对劲儿，就问他怎么了，小磊说他心里难受。我发现他的脸色煞白，就赶快拨打了'120'。一到医院就开始抢救，直到凌晨两点多才脱离危险。"

孟云灿问："你为什么才给我打电话？"

"深更半夜的，我怕搅得四邻不安。再说了，离得这么远，你知道了也赶不回来。"韩菊豆说。

尽管韩菊豆一再说，郭小磊已经完全脱离危险了，可孟云灿的心里还是七上八下的。她决定即刻就回古城。

女儿一家人还在沉睡之中。孟云灿顾不了许多，径自走到女儿卧室门外，轻轻叩了几下门。女婿李腾拉开门，见是孟云灿，不由一惊，问道："妈，有事吗？"孟云灿说："我想回去了。"朱凌霄似乎意识到什么，忙写了一张纸条递给母亲，纸条上写着："为什么急着回去？小磊有事吗？"孟云灿摇了摇头，她让李腾告诉朱凌霄，啥事都没有，就是想回家了。不大一会儿，朱国栋两口子也来了，问清缘由，都劝孟云灿不必急着回去。孟云灿急得流下了眼泪，不过，她始终没有把郭小磊生病住院的事情告诉大家。大过年的，她不想扫大家的兴，更不想让大家跟着操心。朱国栋见实在留不住她，就吩咐李腾赶快去买飞机票。

第十一章

  孟云灿下了飞机,刚走出候机大厅,就看见韩菊豆和单位的司机来接她。韩菊豆问孟云灿先回家还是先去医院,孟云灿说先去医院。司机就开着车直奔市中心医院。韩菊豆把孟云灿介绍给郭小磊的主治医生,就不见了踪影。医生告诉孟云灿,郭小磊因酒精中毒,心、肝、肺等脏器都严重受损,若不立即戒酒,随时都有生命危险。孟云灿没想到,儿子的状况竟然到了如此严重的地步。她拖着沉重的双腿走进病房,本想狠狠批评他几句,但看着儿子躺在病床上,身上插着氧气瓶、导尿管、输液管,顿时心疼得像插进了一把尖刀。儿子看见她,眼眶里盈满了泪水。孟云灿坐在儿子身边,攥住他的一只手,小声说:"儿子,对不起,妈来晚了。"郭小磊摇了摇头,嘴角蠕动着说不出话来。孟云灿说:"儿子,你什么都不用说。我刚才见了你的主治医生,他说你只要戒掉烟酒,身体很快就会好起来的。"郭小磊吃力地点了点头。孟云灿感觉心里堵得慌，在儿子面前，她一直克制着自己，努力装作十分平静的样子。过了一会儿，郭小磊沉沉入睡了。孟云灿想出去透透气儿，她走出病房，沿着一条小路，走到医院后花园，找了个石凳，坐了下来。

忽然从身后传来一阵男人的哭号声，间或夹杂着女人的说话声。孟云灿开始并没有在意，后来那女人的声音渐渐大了起来，孟云灿一下就听出那是韩菊豆的声音。她循着声音走过去，发现哭号的男人竟是夏丹阳的丈夫老于。韩菊豆和单位的几个人正在一旁安慰着他。孟云灿问发生什么事儿了，韩菊豆把她拉到一旁，小声告诉她，夏丹阳患了急性白血病，人快不行了。孟云灿一下惊呆了，她简直不敢相信自己的耳朵。那么年轻的生命，那么鲜活的一个人，怎么说不行就不行了！其实，这个春节假期，韩菊豆根本没顾上休假，她两头奔忙，照顾着郭小磊和夏丹阳。好在两人在同一家医院、同一栋楼里住着。在机场见到孟云灿时，她本想把夏丹阳病危的消息告诉她，可转念一想，郭小磊的病情也不容乐观，她不想给孟云灿增加过多的心理负担。

孟云灿认识夏丹阳的丈夫老于，这个煤老板过去曾出巨资赞助文联机关举办过几次大型活动。她想劝老于几句，可是站在他面前，却如鲠在喉，难过得一句话也说不出来。老于第一任老婆死于乳腺癌，留下两个女儿，大女儿叫于绵，小女儿叫于慧。于绵比夏丹阳小三岁，于慧比夏丹阳小五岁。夏丹阳跟老于结婚后，生了个儿子取名于鹏，才两岁多。夏丹阳跟年龄相当的两个继女相处得像亲姐妹一样，给老于省去了很多麻烦。老于打心眼里感激夏丹阳，对这个"小媳妇"更是疼爱有加。不料，天有不测风云，"小媳妇"得了不治之症，竟要先他而去。老于肝肠寸断，哭得头都抬不起来。

韩菊豆让孟云灿过去招呼郭小磊，孟云灿这才想起出来的时间不短了，连忙向病房走去。郭小磊仍在沉睡，孟云灿坐在他身旁，夏丹阳的身影却像短镜头一般在她的眼前一幕幕闪现。夏丹阳为人正直，单纯善良，在单位深得领导和同事的喜爱，孟云灿一直拿她当孩子看。前段日子住在医院，夏丹阳和老于还一起看过她两次。孟云灿想，无论如何，都要见上她一面。她走出病房，按照电梯旁的病区分布图，乘坐电梯向血液病区走去。走出电梯时，却发现走廊里站满了文联的人，萧雨荷和张迎春也在其中。孟云灿一紧张，心脏也"突突突"狂跳不止。萧雨荷拉着孟云灿的手，眼泪汪汪地说不出话来。张迎春告诉她，夏丹阳已经不行了，现在等她的父母来见最后一面。话音刚落，夏丹阳的娘家人搀扶着她的父母，从电梯里走了出来，众人忙让出一条道，目送着夏丹阳的父母向病房走去。

夏丹阳的父亲走进病房，还没顾上看女儿最后一眼，心脏病就突然发作了；夏丹阳的母亲坐在女儿身旁，叫了声"阳阳……"也一下子昏死过去了。病房里顿时乱做一团。护士拔掉夏丹阳身上插的氧气管和输液管，把她推了出去，几名医生开始分别抢救两位老人。孟云灿亲眼目睹了白发人送黑发人的惨烈场面，自然而然就联想到病榻上的儿子，意识到这种厄运随时都会降临到自己头上。巨大的悲痛和莫名的恐慌折磨着她。孟云灿无力支撑自己的身体，萧雨荷和张迎春扶着她，回到了郭小磊的病房里。

殡仪馆的遗体告别大厅里，白花环绕，哀乐低回。正厅的上方，悬挂着黑底白字的横幅——"夏丹阳同志遗体告别仪式"。横幅下方，是夏丹阳的遗像。夏丹阳的遗体安卧在铺满白菊花的灵柩中。大厅内站满了前来送别的亲朋好友和文联机关的人。夏丹阳的父母因身体原因未能到场。老于和他的儿女们站在灵柩一侧，于绵抱着弟弟于鹏，于慧搀扶着羸弱的父亲。老于目光呆滞，面无血色。才几天工夫，老于一下老了十几岁，整个人瘦得变了形，头发胡子全白了。党组书记张迎春主持遗体告别仪式，秘书长韩菊豆介绍亡者生平，她几次哽咽着说不出话来。会场的气氛，压抑得令人喘不过气来。两岁多的于鹏，完全是一种懵懂无知的样子。他东瞅瞅西看看，似乎对周围的一切都感到新奇。于鹏看到大厅站着黑压压的一群人，问于绵："姐姐，他们是不是在看电影？"于绵摇了摇头，调整了一下姿势，让弟弟的目光直视灵柩。于鹏哪里懂得"死亡"的概念，他望着灵柩里躺着的夏丹阳，突然从姐姐怀里挣脱，哭闹着要和妈妈一起睡。几个人上前拦挡他，那孩子竟像疯魔了一般，一边喊"妈妈"，一边用头撞击着灵柩上的玻璃。生老病死是自然规律，每个人都免不了要经历生离死别的哀痛。也许是夏丹阳太过年轻，也许是孩子的举动刺痛了人们的心。此时的遗体告别仪式，悲哀的情绪相互传染着，现场的每一个人无不伤心落泪。站在人群中的雨荷，自从看到夏丹阳灵柩的那一刻起，眼泪就止不住一直流淌着。这一刻，她再也控制不了自己的情绪，竟然号啕大哭起来。

遗体告别仪式结束，夏丹阳的遗体被送入焚尸炉。卢秀萍久久不愿离去，她站在殡仪馆一个偏僻的角落，目光凝视着高耸的焚尸炉，想以这种方式，送夏丹阳最后一程。文联换届后，卢秀萍"升官"的愿望落空，一直情绪不佳，因"急性肝炎"住院治疗了一段时间，出院后就一直赖在家里不去上班。夏丹阳住院后，曾几次托人给她带话，说是特别想见她一面。夏丹阳一直拿卢秀萍当好朋友，可卢秀萍却一直将夏丹阳看作潜在的竞争对手而提防着她。因此，压根就不想见她。后来，听说夏丹阳生命垂危，卢秀萍不禁动了恻隐之心。她想去看夏丹阳，可一直顾虑重重：其一，她和夏丹阳长相有几分相似，况且都属于"老夫少妻"的婚姻状况，可谓惺惺相惜，她不想身临其境，去感受那种"兔死狐悲"的悲哀和伤痛；其二，卢秀萍觉得自己已经够倒霉的了，她不想在夏丹阳那里再染上一身的晦气。就这样，拖了一天又一天。谁料想，夏丹阳的生命竟是如此地脆弱，从发病到去世，总共不到两个月。没能见上夏丹阳最后一面，让卢秀萍感到十分内疚。

焚尸炉里冒出的缕缕青烟，袅袅地升腾着，一阵风吹过，倏然间就消散得无影无踪了。这里是人生的终点站，无论什么人，无论你一生做过什么，最终在这里"殊途同归"。想到总有一天，自己也会像夏丹阳一样，化作一缕青烟，卢秀萍不寒而栗。人生竟是这样的虚无，什么荣誉、职务、金钱、地位，等等，不过都是过眼烟云。夏丹阳走了，儿子很快就会忘记她，煤老板还会娶一个更漂亮、更年轻的。别看今天的遗体告别仪式上，那么多人为夏丹阳伤心落泪，要不了多久，这一切将会被人们尘封在记忆中，没有人会再想起她。现实就是这么残酷。卢秀萍过去老是暗中嫉妒夏丹阳，嫉妒她比自己年轻漂亮，嫉妒她比自己有钱，当然，最嫉妒的，是她比自己人缘好。现在想想，自己比夏丹阳幸运多了！前路茫茫，谁也不知道明天会发生什么。跟生命相比，官场失意算得了什么？人生千难万险，活着就好！瞬间的顿悟，让卢秀萍一下打开了心结。她决定明天就去上班。

孟云灿实在没有勇气去参加夏丹阳的遗体告别仪式。整整一个上午，她坐在郭小磊身边，痴痴呆呆地看着输液管里的药水一点一滴地跌落着，然后再悄无声息地流进儿子的身体里。夏丹阳父母年迈苍苍的身影，像是刻在了孟云灿的脑海里挥之不去，病床上的郭小磊不知怎么就变成了夏丹阳。孟云灿倒抽一口冷气，再定睛一看，郭小磊还是郭小磊，只不过他苍白的面颊，安详的睡姿，竟像死尸一般。孟云灿伸出一只手，去抚摸儿子的额头，声音颤抖着呼唤他："小磊——小磊——"

郭小磊被惊醒，看着母亲惶恐不安的样子，问："妈，你怎么了？"

"我想起了夏丹阳。"孟云灿说，"今天是她的追悼会。"

郭小磊坐起来，问："你怎么没去参加？"

"我无法面对那样的场合，白发人送黑发人，我这心里……"

"我明白你的意思，你是在担心我的身体。"郭小磊说，"妈，你放心，医生说了，我只要戒掉烟酒，身体很快就会康复。"

孟云灿轻轻摇了摇头，说："可你……你能下决心戒掉烟酒吗？"

郭小磊信誓旦旦地说："能，一定能！为了保命，我必须戒掉烟酒。"停了一下又说，"这么多年，我老觉得自己是个孤儿，好不容易母子团聚，我才有了妈，有了家。我还没好好孝敬你呢，怎么能让你白发人送黑发人呢？妈，我向你保证，这种事情绝对不会发生！"

孟云灿将信将疑地看着儿子。

晚上，韩菊豆来看郭小磊，她告诉孟云灿，朱凌霄的爱人李腾下午给她办公室打过电话。孟云灿一紧张，忙问："你告诉他小磊生病住院的事儿了吗？"韩菊豆说："没有，我啥都没说。他让你抽时间给他回个电话。"孟云灿连声说："那就好，那就好！"郭小磊说："韩姨，多亏你及时把我送进医院。我现在已经好多了，完全能够自理了。你工作忙，就不用过来看我了。"孟云灿也说："小磊生病，给你添了不少的麻烦。现在好了，这儿有我呢，你就不用往医院跑了。"韩菊豆坐了一会儿，起身告辞。孟云灿说要出去打电话，就跟她一块儿走了出去。

两人走到医院大门外，韩菊豆坐上一辆公交车回家去了。孟云灿找到一个公用电话亭，拨通了女儿家的电话。电话是苗青艳接的，两人随便寒暄了几句。苗青艳问孟云灿，家里有事吗？孟云灿说，一切都好，啥事儿也没有。苗青艳说，孟云灿走后，大家都不放心，还准备让李腾过去看看呢。正说着，李腾走了过来，他接过话筒，对孟云灿说，朱凌霄根本不相信家里没事，一直催他过去看看呢。孟云灿一再说，家里真的没事，还说自己人老了，没出息，出来几天就想家了。回到家，心里就踏实了。李腾问郭小磊情况咋样，孟云灿故作轻松地说，别提了，小磊跟他一帮朋友，整天到处游逛，今天一大早，几个人一块儿相约着爬山去了。李腾说，没事就好，我也就不用过去了。放下话筒，孟云灿的心里好一阵子忐忑不安。这是她平生第一次说假话，竟然就那么轻而易举地"骗"过了好心的苗青艳和女婿李腾。孟云灿安慰自己，这是"善意的谎言"，是无奈之举。

孟云灿从医生的谈话中，已经意识到郭小磊病情的严重性，她也做了最坏的打算。既然这辈子欠儿子的，就应该在有生之年去补偿他，无论付出什么样的代价，她都心甘情愿。孟云灿不想拖累女儿。这次深圳之行，她亲眼看到女儿家庭和谐，生活美满。虽然相处时间不长，可她明显感受到，女儿是一个重情重义之人。她要是知道这个同母异父的弟弟的真实情况，定会不

105

惜一切代价去帮助他。可是，凭什么呢？你孟云灿亏欠女儿的，这辈子都无法弥补；儿子的事情，是老天对你的惩罚，不管今后发生什么，你都应该自己承受、自己面对，凭什么把女儿牵扯进来让她替你分担？

　　孟云灿决定把郭小磊的事情一直对女儿隐瞒下去。

　　郭小磊出院后，孟云灿认真跟他谈了一次话，郭小磊对天发誓，今后一定戒掉烟酒。母子俩还反复讨论，制定了一套切实可行的执行方案。按照这个方案，郭小磊把存款和做生意用的流动资金全部交给母亲管理。郭小磊每花一分钱，都要从母亲那里支取。这样就严格限制了郭小磊，郭小磊没钱买烟酒，自然就达到了强行戒烟酒的目的。孟云灿托人找到一个老中医，给儿子开了药方，每天为儿子熬汤药。坚持了几个月，去医院复查，几项重要指标都恢复正常了。医生说，药物治疗固然重要，但最主要的原因是郭小磊这段时间戒掉了烟酒。孟云灿从中看到了希望，鼓励儿子一定要坚持下去。

　　郭小磊生病住院的这段日子，服装店的生意一直交给别人打理。转眼到了春末夏初，服装店的生意忙不过来，郭小磊不顾母亲的劝阻，坚持每日早出晚归，去服装店上班。孟云灿打扫郭小磊的房间时，无意中从床下的旧纸箱里发现了七八个啤酒瓶盖和十几个烟头，气得差点晕了过去，忍不住骂道："郭小磊，你个不争气的东西，还有没有一点人性？你想气死老娘就直说，何苦这样折磨我呢？"她猛然想起医生曾经告诫自己的话："心脑血管病人身上埋着一颗定时炸弹，随时都有可能爆炸。你的情绪就是引起爆炸的导火索，所以，一定要注意控制情绪。"孟云灿心里默念着"控制情绪，控制情绪，控制情绪……"心头窜起的一股怒火，果然就渐渐平息了下来。她想，这件事儿不能就这么算了，必须找郭小磊问个明白，然后再狠狠敲打他一下。否则，后果不堪设想。孟云灿下了楼，漫无目的地在院子里转了几圈儿，心里还是慌乱不安的，就决定立马去找郭小磊。

　　走到大街上，拦了一辆出租车，转念一想，服装店那么嘈杂的环境，不适合谈这么严肃的话题。司机问："去哪儿？"孟云灿说："随便。"司机又问："随便是哪儿？"孟云灿想了想，说："那就沿着东西南北四条大街走一圈儿吧。"司机以为她是外地人，边走边介绍着沿途的名胜古迹，孟云灿一句也没听进去。转完四条大街，又让司机送到了小区大门外。

  回到家里，看看时间还早，干啥都没心情，不知怎么就拿出了郭小磊床下的旧纸箱，望着里边的啤酒瓶盖儿和一堆废烟头发楞。过了一会儿，郭小磊回来了，刚进门就喊了声"妈！"孟云灿吓了一跳，忙问："你怎么这么早就回来了？"郭小磊说："西北商城那一片停电，啥也干不了，就提前回来了。"见母亲手里捧着旧纸箱，不由得心里发虚，说话也不利索了，"妈，你这、这是干、干啥呢？"孟云灿扔下旧纸箱，厉声道："我还想问你呢，你说，这到底是咋回事？"她说完，坐在床边，大口喘着粗气儿。郭小磊从来没见过母亲发这么大的火，一时手足无措。但毕竟"铁证如山"，还有什么好说的。他"扑通"一声，跪倒在母亲面前，哭着说："妈，对不起，我错了……"说完，抡起双手，对着自己的面颊"左右开弓"。孟云灿问："你错在哪里？"郭小磊说："我不该拿自己的生命开玩笑。"孟云灿又问："你为什么这么做？"郭小磊说："我实在受不了了……"孟云灿问："你哪来的钱？"郭小磊说："借的。"孟云灿说："从明天开始，你去哪儿，我跟到哪儿。"郭小磊连声说："好，好。"

  孟云灿说到做到，每天寸步不离地跟着郭小磊。郭小磊上班时，她就坐在服装店里听广播，听烦了，就店里店外转悠着。很快，就有戏迷发现了她，主动与她搭讪。开始，孟云灿乐此不疲，渐渐地，嗓子干燥发炎，整个人疲惫不堪。郭小磊担心长此以往，母体的身体会吃不消，就对她说："妈，从明天开始，你不用这么陪着我了，你放心，我一定能管住自己！"

  "管住自己？"孟云灿冷笑一声，说，"说这话，你自己相信吗？"

  "我……"郭小磊嗫嚅着，不知说什么好。母亲说得对，郭小磊说出的话，连自己都不敢相信。

孟云灿经过一番深思熟虑，劝郭小磊把服装店转让出去。郭小磊坚决不同意，说戒不戒烟酒，跟开服装店没有任何关系。孟云灿解释说，只要开服装店，就免不了跟钱打交道；只要一沾上钱，你就管不了自己。郭小磊说："妈，我知道你都是为我好。可是，我得靠服装店赚钱养活自己呀！没有了服装店，我怎么生存呢？"

"我养你！"孟云灿说，"我算了一下，我的退休工资，足够养活咱娘儿俩了。"

郭小磊说："妈，你总不能养我一辈子吧？"

孟云灿说："那你就另找一份工作。"

郭小磊说："我没上几天学，也没什么特长，能干什么呀？"

孟云灿说："不着急，慢慢找。现在这社会，只要人勤快，不愁养活不了自己。"

其实，郭小磊自己心里明镜似的，只要开服装店，母亲就无法限制他花钱，这对自己是有百害而无一利的。事到如今，为了活命，也只能忍痛割爱了。

几天后，郭小磊把服装店转让了出去，收到的所有款项，全部如数交给了母亲。

第十二章

孟云灿托人给郭小磊找了给市秦腔团看大门的工作,郭小磊心里一百个不愿意,可当着母亲的面,无法说出一个"不"字。他知道,这份工作来之不易。一生从不求人的母亲,拉下脸找到自己的学生、现任秦腔团团长,哭哭啼啼诉说了他们母子目前的困境,求团长帮忙给郭小磊找一份工作。团长跟团里其他几位领导商量,辞退了现任看门师傅老袁,留出空位,让郭小磊来上班。

剧团本来就是个是非之地,孟云灿的儿子来看大门,必然引起种种议论和猜疑,一些好事之徒,居然翻出了孟云灿的"风流情史",津津乐道。

郭小磊硬着头皮上了五天班,就以身体不适为由,向团长提出了辞职。郭小磊回到家,孟云灿追问他辞职的缘由,他自然不能实话实说,就编出一个理由,竟让母亲无法反驳。郭小磊说:"剧团那地方,熟人太多,出出进进的人，都少不了给我递上一根烟，还有人拉我出去喝酒，我怕时间长了，抵挡不住。"孟云灿听了，拍着自己的脑门，说："都怪我，怎么没想到这一层。为了让你戒烟酒，居然把你送到了'烟酒窝'里。妈真是老糊涂了。"她安慰儿子，"小磊，咱不着急，妈再托人，给你找一份合适的工作。"孟云灿找到曾经的得意门生董腊梅，希望她能帮忙给郭小磊介绍一份工作。董腊梅满口答应，让郭小磊明天就来上班。董腊梅原是秦腔团的"当红小旦"，结婚生子后，考虑到要照顾家庭，就调到了保险公司工作，现任人力资源部经理。她安排郭小磊去市场部跑业务，说白了，就是"卖保险"。孟云灿如实介绍了郭小磊的具体情况，希望董腊梅能对他严加管束。董腊梅让孟云灿只管放心，说她会像对待自己的亲弟弟一样严格管理郭小磊的。

　　经过短短几天的业务培训，郭小磊就欣然上岗了。他开始信心满满，劲头十足，可是半个月下来，竟然没有卖出一份保险。郭小磊意识到，这份工作并不是他想象的那样简单。尽管你费尽口舌，说得天花乱坠，就是没人买账。有的人特别忌讳"意外""伤亡"一类的字眼，不等你的话说完，人家扭身就走。有的人还出言不逊，骂骂咧咧。有一天，郭小磊在人行天桥上遇到一位慈眉善眼的老太太。老太太主动跟他搭讪，向他宣传伊斯兰教，动员他信奉"真主安拉"。郭小磊耐心听完她的话，搀扶着她走下天桥。老太太说走累了，想坐下歇一会儿，郭小磊给他擦干净路边的长椅，扶她坐了下来。郭小磊认为"铺垫"得差不多了，就动员她购买一份"人身意外险"，不承想老太太脸色陡变，骂道："你个小王八羔子，想咒我死呀？"

　　郭小磊忙说："奶奶，您误会了。我这都是为您好。花点钱，给自己买一份保险，万一发生什么天灾人祸……"

　　"呸！呸！呸！"老太太吐了几口唾沫，说，"有真主保佑，我什么也不怕！小伙子，咱俩无冤无仇的，你能不能盼我点好？"又说，"你要是真有这份孝心，就回家去劝你妈买保险，别在这儿恶心我了。"

郭小磊一脸沮丧地回到家，孟云灿问他怎么了，是不是工作不顺心，郭小磊就对她说了入职以来从未"开单"的尴尬境况，还特别列举了遇见老太太的事例。没想到，孟云灿竟从这件事中受到启发，灵机一动，说："这事好办。你明天就给妈买一份保险，不行的话，再给你自己也买一份。半个月开两单，业绩还算不错吧？"郭小磊脸上露出一丝苦笑，说："可这总不是个长久之计呀！这个月应付过去，下个月怎么办呢？"孟云灿说："下个月再说下个月的话，妈认识那么多的人，求到谁，都会帮这点小忙的。"别看嘴上说得轻松，其实，她心里根本就没底儿。

在孟云灿的记忆中，这一辈子从来都没有"求"过谁。自从唱戏出了名，除了婚姻不顺，其他方面，要风得风，要雨得雨。她不仅有头上的各种光环，还有别人望尘莫及的"文联主席"的正厅级职务和超大豪华的三居室住房。这一路走来，似乎还没遇到过什么自己办不了的事情。可现在的情况不同了，她孟云灿什么都没有了，什么都不是了。通过给郭小磊找工作，她深深体会到：求人难，难于上青天！可是又有什么办法呢？面子再金贵，也没有儿子的生命贵重。为了儿子，孟云灿豁出去了——不想看的脸得看，不想求的人得求！她考虑了一下，理出一个名单，上面都是一些以往关系比较好、容易说上话的人。孟云灿亲自出马，领着儿子逐个登门拜访。想不到，不到一周时间，居然"游说"成功了三单。郭小磊重新振作起来。他把第一个月的工资和提成全部交给母亲，孟云灿喜极而泣。当然，她高兴的不是儿子挣了钱，而是从渺茫的希望中，看到了光亮，看到了未来。孟云灿留了个心眼，她不想一下子用尽自己的人脉资源，因为这些资源是不可再生的，用完就不会再有了。她把名单上的人做了合理安排，让郭小磊每月去找两个人。她大概计算了一下，至少一年之内，郭小磊都不会为没有业绩而发愁的。

韩菊豆本来就是个热心肠的人，郭小磊开始在保险公司上班，她就当起了业余推销员，一有机会，就帮郭小磊拉单子。她拉来的头一个买保险的人，是自家小姑子的婆婆尤阿姨。尤阿姨是孟云灿的铁杆戏迷，听说了孟云灿的不幸遭遇，老想帮她做点什么。听了韩菊豆宣传买保险的种种好处，得知卖保险的是孟云灿的儿子，尤阿姨不假思索就答应了，而且一次买了两份，给自己和老伴儿一人一份。尤阿姨多年来有一个愿望，就是能亲眼目睹日常生活中的孟云灿的风采。韩菊豆准备领着她去孟云灿家，一边等郭小磊，一边陪她和孟云灿聊聊天，以满足尤阿姨的愿望。

两人下了公交车，沿着一条偏僻的小巷子向孟云灿居住的小区走去。

韩菊豆无意中发现，郭小磊坐在一家烟酒专卖店门口，手里举着啤酒瓶子，一口接一口地喝着。她大声呵斥道："郭小磊，你在干什么？"

郭小磊被她"镇"住了，右手剧烈地抖动着，却怎么也不能把举着的啤酒瓶子送进嘴里去。韩菊豆怒气冲冲地跑过去，真想狠狠地抽他两个大嘴巴子，可是碍于尤阿姨在当面，她不能这么做。

郭小磊扔掉啤酒瓶，小声说："韩姨，你到这儿……"

韩菊豆指着尤阿姨，说："这位尤奶奶，是专门来找你买保险的。"

郭小磊一激动，向韩菊豆深鞠一躬，说："韩姨，谢谢你！不管什么时候，你都是替我着想。"

韩菊豆瞪了他一眼。郭小磊小声问："公司最近推出了几样新的保险产品，不知尤奶奶想买哪一种呢？"

韩菊豆说："咱们去你家吧，到家慢慢说。"

郭小磊怕韩菊豆把自己喝酒的事情告诉母亲，不敢回家去，说："不用去家里，合同我都随身带着呢，找个地方签上名就可以了。"

韩菊豆不理他，领着尤阿姨走了。郭小磊无奈，只好跟在她们身后回到家。

韩菊豆把尤阿姨介绍给孟云灿，孟云灿热情地端茶让座。郭小磊很快就给尤阿姨办妥了两份保险。之后，尤阿姨和孟云灿就坐在客厅闲聊起来。

郭小磊把韩菊豆拉到自己房间，小声说："韩姨，求求你，千万不要把今天的事情告诉我妈。"

韩菊豆绷着脸，说："男子汉大丈夫，就应该敢作敢当。你做都做了，怕什么呢？"

郭小磊说："怕我妈生气。"

韩菊豆不无讥讽地说："难得你一片孝心，还知道替你妈着想。"

郭小磊说："韩姨，我向你保证，今天这是最后一次喝酒，以后再也不敢了。"

韩菊豆说："你不想要你的小命，就随便喝去，我才懒得管你呢。"

郭小磊说："这么说，你不会告诉我妈了？"

韩菊豆把嘴附在他耳旁说："郭小磊，你想多了，今天的事儿，我必须告诉你妈。"

她说完，走了出去。郭小磊愣在一旁，不知如何是好。

尤阿姨跟孟云灿聊了一会儿，便起身告辞。来以前韩菊豆曾提醒过她，孟云灿身体不好，不能聊得太久。尤阿姨很知趣，见到了自己的偶像，还面对面跟她聊了会儿天，她已经很知足了。韩菊豆说她找孟云灿还有别的事儿，让郭小磊去送送尤阿姨。郭小磊断定韩菊豆有意将自己支走，就是想把今天的事情告诉母亲。他不想走，又不能说什么，只好硬着头皮去送客人。

郭小磊和尤阿姨走后，韩菊豆从包里掏出一张汇款单交给孟云灿。孟云灿问："这是什么？"

韩菊豆说："你女儿寄来了一万块钱，汇款单上写着我的名字，寄到了单位，让我转给你。她让你用这些钱，给家里安一部电话机。"

孟云灿盯着汇款单，说："我虽然钱不多，安一部电话机还是绰绰有余的。这个钱我不能要。菊豆，麻烦你按上面的地址原路退回去吧。"

韩菊豆说："这是你女儿的一片孝心，你就收下吧。"

孟云灿说："我这辈子欠女儿的太多了，心里老有一种负罪感。如果收了她的钱，就会加重这种负罪感，我会寝食难安的……我不想折磨自己。"

韩菊豆似乎不能理解孟云灿的话，还想劝她几句，就说："要不，这次的钱就先收下，咱再写信告诉她，下不为例。"

孟云灿坚决不同意,说:"不行!不能开这个先例。麻烦你写信告诉霄霄,就说她这么做,我很生气。如果她还想认我这个妈,以后就不要再寄钱了。"又说,"本来,我可以直接给她写信,可是我怕有些话掌握不好分寸,会伤害霄霄的感情。所以,只好麻烦你代劳了。"

韩菊豆不好再说什么。孟云灿取来一沓现金交给韩菊豆,让她去电信局申请给家里安一部电话机。

韩菊豆刚走,郭小磊就回到家中,他"做贼心虚",进门来先察言观色,见母亲静坐在沙发上,以为她是在生闷气,不由心里发毛。他战战兢兢走过来,坐到母亲身旁,说:"妈,对不起,我错了。"

孟云灿一愣,说:"什么错了?"

郭小磊说:"我不该背着你去喝酒。不过,我刚喝了两口,就被韩姨发现了,剩下的酒全都倒掉了。"

"什么时候的事儿?"

"就刚才,她们来的时候。"

"哦?"

郭小磊从母亲的语气中,发现母亲压根就不知道他今天喝酒的事情,心里不禁暗暗叫苦,抱怨韩姨不该跟他开这么大的玩笑。可是,现在怎么办呢?说出来的话,泼出去的水,想收也收不回来了,只能硬着头皮等候母亲发落。孟云灿觉得事有蹊跷。最近一段时间,郭小磊跑业务,全都是她给介绍的熟人。郭小磊到过的所有地方,她都寸步不离地相跟着,往返的公交车票,全都是她掏钱买的。郭小磊想买一瓶汽水,也得张口问她要钱。前几天保险公司开会,她把郭小磊送到公司大门口,开完会又把他接回来。她像管理三岁孩童一样管理郭小磊,没有给过他一分钱,也没有给他留下任何单独活动的时间和空间。她不知道问题究竟出在哪里了。孟云灿想得头痛,突然想起来,韩菊豆她们来之前,郭小磊出去扔过一次垃圾,不由得自言自语道:"怪不得总要出去扔垃圾呢!"

郭小磊忙说:"妈,我错了。"

孟云灿问："你哪儿来的钱？"

"赊的账。"

"在哪儿赊的账？"

"小区外边的烟酒店。"郭小磊声音小得像蚊子叫，孟云灿却听得真真切切。

孟云灿找来一大堆郭小磊的病例和诊断结果，说："走，你领我去，我想见见那个烟酒店的老板。"

郭小磊站着不动，说："妈，能不能给我留点面子？咱别去找人家，行吗？"

"你不去我去！小区外边就那几个烟酒店，我挨个打听，不信就找不到！"孟云灿说完，径自走了。

郭小磊愣了愣，追了出去。

烟酒店的老板，原本也是个秦腔爱好者，自以为对秦腔界的人和事了如指掌。可他万万没有想到，郭小磊是孟云灿的儿子。郭小磊过去是店里的常客，一来二往的，两人渐渐熟悉起来。老板姓李，郭小磊称他"李哥"。郭小磊"销声匿迹"一段时间后，再次出现在烟酒店，老板几乎认不出他了。那时，郭小磊刚出院，整个人瘦了一圈儿，病怏怏的，说话也都有气无力。老板问他怎么变成这般模样了，郭小磊说生病住院了。又说自己无力经营，只好把服装店转让出去了，现在是身无分文，就连买一包烟、一瓶啤酒的钱也拿不出来了。老板拿出两包烟、两瓶啤酒送给郭小磊。郭小磊坚决不要，老板硬要给，推辞一番后，郭小磊让老板先把账记上，说以后一定还给他。郭小磊自己也说不清楚，在母亲严加管束的这段时间里，一共在烟酒店赊了多少次账。

孟云灿说明了情况，又拿出郭小磊的病例和诊断结果让烟酒店老板看，老板一下看得目瞪口呆。孟云灿问他郭小磊一共赊过多少账、欠了多少钱，老板拿出账本看了看，说钱不多，不到四百块。孟云灿掏出四百块钱递给他，老板说啥也不肯收下，还一个劲儿检讨自己，不该好心办了坏事。毕竟不知者不为过，孟云灿也不好埋怨人家，只是反复强调，以后再也不敢赊账或者用别的方式卖给郭小磊烟和酒了，那样，只会害了他。老板让孟云灿只管放心，说以后再也不会发生这样的事情了。孟云灿硬把四百块钱塞进老板衣兜，就匆匆离开了。在孟云灿和烟酒店老板说话的过程中，郭小磊一直像根木棍一样杵在一旁，一言未发。孟云灿走后，老板感慨道："可怜天下父母心呀！"又把郭小磊狠狠数落了一番。

孟云灿不知自己是怎么走回家的。进了门坐在沙发上，浑身像抽了筋一般软绵无力。她想去卧室躺一会儿，两条腿却沉重得像是灌了铅，怎么也抬不起来，索性就势躺在了沙发上。她两眼直勾勾望着天花板，脑子里一片空白。

此时的孟云灿万念俱灰。

郭小磊站在她身旁，孟云灿竟然毫无察觉。郭小磊双膝跪下，声音颤抖着，说："妈，我知道，现在说啥也没有用。我只想求你千万别生气。为了我这个不争气的儿子，气坏了身体不值当！"见母亲不理他，仍是一动不动地躺着，又说，"妈，自从咱们母子团聚，我没有尽过一天孝心，反倒成了你的负担。妈，我还这么年轻，我不想死，我想活！我想戒掉烟酒瘾……可我，做不到呀！妈，我不想骗你，真的是做不到呀！我不想让你一次又一次为我失望，更不想让你承受白发人送黑发人的痛苦……所以，我想离开你。妈，你就让我自生自灭吧，权当这辈子没有生过我……"

孟云灿挣扎着坐起来，"哇"的一声号哭起来："儿呀，说什么傻话呢，你要是活不了，妈就陪你一块死！你千万不能把我一个人留在这世上……"

郭小磊扑进母亲怀里，母子俩相拥着，抱头痛哭。

第十三章

　　给蓝山木器厂汇去两万三千块钱,雨荷心里的一块石头总算落了地。走出邮政局营业大厅,她忍不住掏出包里的"大哥大",仔细端详着。这部沉甸甸、状如黑色砖头的移动电话,是当下一个人身份、地位、财富的象征。雨荷认识的一个暴发户曾经对她说过"大哥大"的神奇"功能",他说生意场上,无论是吃饭、喝茶、谈判,只要亮出它,就像押上了一注金钱的筹码,立刻就会赢得一份尊重,再难办的事情,都会迎刃而解。这时,"大哥大"铃声响了,雨荷看了半天才找到"接听键",忙按了一下。电话另一头传来蓝山木器厂厂长老金的声音。老金说,入网费已经交过了,还预存了几千块电话费,让她放心使用。不等雨荷答话,电话那头已经挂断了。雨荷傻愣了一会儿,一抬头却发现手中的"黑砖头"竟引来大街上无数惊羡的目光。这才相信,暴发户的话肯定不是空穴来风。

"大哥大"是老金代表蓝山木器厂全体人员送给雨荷的一份礼物。老金说，雨荷的纪实文学《艰难的腾飞》，拯救了他们厂，现在厂里生产经营状况良好。大家都说，吃水不忘挖井人，一定要送一份礼物给雨荷，表达一下大伙的心意。雨荷坚决不接受这份礼物，两人就在她的办公室里拉扯了半天。雨荷实在拗不过老金，只好收下这份厚礼。原想按照老金留下的发票上的钱数汇给厂里，这事儿就算了结，没想到还有什么入网费、预存电话费，不知又是多大一笔钱。于是，她急急忙忙跑到电信营业厅，一查看不由得倒抽一口凉气：入网费六千元，预存话费四千元，加上已经汇出去的"大哥大"本身的两万三，总共三万三！雨荷心头一颤。虽然她有不菲的稿费收入，可是花这么多钱去买一块"黑砖头"，难免还是觉得心疼。思来想去好一阵子，也想不出更好的办法，她只好又跑到银行，取出一万元，再给蓝山木器厂寄去。

　　这样跑来跑去的，浪费了大半天时间，才算把事情办完，她心里憋了一肚子怨气，越想越觉得窝囊，回到家，唉声叹气，叫苦不迭。母亲问她发生了什么事情，雨荷就把"大哥大"的来龙去脉向母亲倾诉了一番，还拿出实物让她看。母亲说："小雨，你做得对。既然钱已经退给了人家，'大哥大'就算你自己买的。花自己的钱，心里踏实。"

　　雨荷说："我才舍不得花几万块钱，买这么个破玩意儿呢！"

　　"买都买了，你就别想那么多了。"母亲说，"家里没有电话，你外婆离得又那么远，联系起来多不方便的。这下好了，咱们随时随地都能跟她说话了。"她说着，顺手拨通了大顺家的电话，告诉她这是雨荷新买的"大哥大"，又问了问雨荷外婆的身体状况。聊了几句，就把电话交给雨荷。雨荷对大顺说她想外婆了，叮咛大顺方便的话，就让外婆来接电话。

　　没过多大工夫，"大哥大"铃声响了。雨荷接通电话，刚"喂"了一声，听筒里就传来了外婆的声音。雨荷喜出望外，说："婆，你还好吗？我和我妈可想你了！"

　　电话另一端，外婆生硬地说："想我……咋不回来看我呢？！"

雨荷说："我妈最近很忙，过几天我们就回去看你。"

外婆说："你妈一辈子都忙！她早都忘了，还有我这个老不死的妈。她不想我，我也不想她。小雨，你一个人回来吧，婆想你了！"

"好，过两天我就回去！婆，我妈就在我旁边坐着，你跟她说几句吧。"雨荷说完，把"大哥大"交给母亲。

罗静芝叫了声"妈！"，母亲就开始连珠炮似的发问："你还知道你有个妈?！你爸死得早，我一个寡妇把你们拉扯大我容易吗？你兄弟狠心撇下我走了，你也不管我了，你的良心让狗掏了？你是不是打算这辈子都不回来见我了？……"

罗静芝打断她，说："妈，你听我说，我才三个月没回家……"

母亲说："三个月还短吗？我可给你说，我活不了几天了！你爸托了几次梦，让我过去陪他呢。你再不回来，我就不等你了！我去找你爸和你兄弟，让你永远都见不到我！"说完，就气咻咻挂断了电话。

罗静芝觉得又好气又好笑，对雨荷说："你外婆说我是前世的冤家，我看这话一点不假。想跟她好好说几句话吧，可是她……数落了我半天，她倒还生气了。"

雨荷说："外婆是想你了。"

"想我？"罗静芝说，"想我不能好好说吗？"

"好好说就不是我外婆了！"雨荷说，"人常说，打是亲，骂是爱，这是她老人家表达爱的方式。妈，外婆真的是想咱们了，咱们应该尽快回去一趟。"

罗静芝想了想，说："那，咱们这个周末就回去。"

雨荷说："好！"

晚饭后，母女俩正准备下楼去散步，雨荷外婆又打来了电话。雨荷打开"免提"，话筒里传来外婆的声音："小雨，我刚才看见你外公了，你外公催我快点过去呢，他都给我发脾气了。你们明天就回来，晚了，就见不到我了。"

雨荷说："婆，你不要胡思乱想了，你身体那么好，能活一百岁呢！"

电话那头却传来大顺的声音。大顺说，婆放下电话就走了。还说婆这两天行为怪异，经常跑到坟地去，一个人嘟嘟囔囔不知说些什么，村里人都说她好像中了邪。

母女俩有点惶恐不安了，两人商量着，明天一大早就回去看看。

母女俩回到家时，雨荷外婆正在整理她的寿衣。寿衣是当地时兴的"七件套"：贴身的是一身白色的粗布衣裤，算是衬衣吧。衬衣上面是一身蓝色碎花棉袄和棉裤，再上面是一身咖啡色夹袄和夹裤。夹袄夹裤上面是黑色罩衫和罩裤，罩衫罩裤上面是一件大团花丝绸中式大褂和一件同样花色的百褶裙，最上面是一件鲜红的呢子大衣。可谓"中西结合"了。外婆一辈子省吃俭用，经常说"新三年，旧三年，缝缝补补再三年"，可实际上，身上的衣服不知都穿了多少年了。在雨荷的记忆中，外婆最好的衣服是一件蓝色暗花夹袄。平时舍不得穿，只是在走亲戚或逢年过节时穿一下。多少年过去了，那件衣服还像新的一样。雨荷小时候曾经问过母亲，为何不给外婆添置几件像样的衣服，罗静芝回答女儿："我不想挨骂，更不想惹她生气。"雨荷琢磨着母亲的话，百思不得其解。后来，雨荷用自己的压岁钱给外婆买了一身秋衣秋裤，外婆舍不得骂雨荷，可还是忍不住嘟囔了好几天。外婆坚决不穿那身崭新的秋衣，愣是让舅妈改小了给玉田穿。母女俩拿她没辙，只好由着她去。但外婆在置办寿衣这件事儿上，从来不吝惜花钱。邻村一个老太太去世，身上穿着件紫红色呢子外衣，村里人都说好看，外婆立刻动了心，第二天早上到镇上卖了家里的奶山羊，下午就搭车去县城，买回了一件鲜红的呢子大衣。

外婆四十多岁就开始给自己准备棺木和寿衣。雨荷听母亲讲过，她刚参加工作那年，外婆相中了一副"十二圆"的柏木棺板。这在当地人眼中，属于各种棺木中的"顶配"。当时家中生活困难，经常吃了上顿没下顿，可外婆不管不顾地非要买回那副棺板。舅舅无奈，只好把准备修缮房屋的木材和砖瓦全部卖掉，母亲还借了不少同学和同事的钱，总算满足了外婆的心愿。那些寿衣和寿鞋，都是外婆亲自一针一线缝制而成的。外婆把这些东西视若珍宝，平时就压在堂屋脚地的棺材里，每年农历六月六都要取出来晾晒一番。雨荷不理解，外婆为何把死后的穿戴看得如此重要。

罗静芝坐在炕边，看着母亲把寿衣一件件套在一起，又一件件脱下，叠得平平整整，摆成一长溜儿，问道："妈，你这是干什么呢？"

"你长眼睛出气呢？"雨荷外婆没好气地说。

罗静芝被戗得反不上话来。雨荷忍不住"哧哧"笑了，她想逗一逗外婆，明知故问："婆，这些衣服都是你做的？"

外婆说："我不做谁做？你妈那双手，笨得像猪蹄子，我能指望上她？"

罗静芝也被逗乐了，朝雨荷挤挤眼。雨荷立即会意，说："婆，你好好的，捣鼓这些寿衣做什么？"

外婆说："你外公催得紧，我这两天就走呀。"

"走……走哪儿去？"雨荷问。

"回老屋。"外婆说。

"老屋在哪里？"

"屋后，老坟里。"

雨荷吓得一吐舌头，和母亲交换了一下眼色。

这时，雨荷舅妈手里拎着个大约直径一尺左右的蓝色瓦盆走了进来。雨荷忙问："舅妈，你上哪儿去了？"

舅妈把雨荷拉到一旁，小声说："到镇上买'孝子盆'去了，都跑了三趟，买了三个盆了。"

雨荷不解，问道："买那么多干啥？"

"唉，你别提了！"舅妈叹着气，说，"头一个，嫌不圆，不好看；第二个盆沿上掉了一块，不过就米粒大一个小豁口，弹嫌了一大堆，嫌不'浑全'；这第三个，还不知道怎么样呢？"她说完，赶紧拎着瓦盆走到雨荷外婆跟前，递上瓦盆说："妈，你看这个咋样？"

雨荷外婆接过瓦盆，仔仔细细地端详了半天，突然发现盆底有核桃大小一块颜色略发白，愣说是残次品，不结实。雨荷舅妈说，镇上就那一家卖瓦盆的，挑来挑去，人家都不耐烦了，再说也实在挑不出来了。雨荷外婆说："我不管，反正这个不能用。"雨荷舅妈嘴噘脸吊，不知该怎么办了。

罗静芝说："妈，我和雨荷跑了那么多路，肚子早就饿了，要不，咱先做饭，吃完饭再说……"

她的话没说完，雨荷外婆就火了，说："吃吃吃，你是猪呀，光知道吃？"

"你……"罗静芝话没出口，就被雨荷拉到了门外，雨荷舅妈也跟了出来。

雨荷说："妈，我看外婆不大对劲儿。"

雨荷舅妈说："胡折腾了好些日子了，白天老往坟地跑，一个人嘟嘟囔囔不知说些什么。晚上不睡觉，整夜翻箱倒柜的，精神大得很。"

"还有什么不对劲儿的？"罗静芝问。

"还有……就是脾气大得很，一开口就骂人，不光骂我，连我娘家祖宗八代都捎带着骂。我听村里的老人说，这是跟咱们'分情'呢。"雨荷舅妈说。

雨荷问："啥叫'分情'？"

不等雨荷舅妈开口，雨荷外婆哭号的声音从屋内传了出来："唉呀，我的老屋呀！咋就破成这样了……让我咋住呀？"

几个人忙跑回屋里。

雨荷外婆俯下身，眼睛盯着那副黑漆柏木棺材，四处打量着。

雨荷问："婆，你看啥呢？"

外婆抚摸着棺材盖上裂开的一道细细的口子，喃喃自语："屋顶破了，下雨天能把人淹死。"她用手抠下一块翘起的漆皮，没想到一大块漆皮跟着脱落了。

雨荷舅妈说:"这副棺材有年头了,比我到这屋的时间还长呢。"

雨荷外婆又开始哭号:"我的老屋呀……"

雨荷忙说:"婆,你别难过,这副棺材太旧了,我给你买一副新的。"

"你胡咧咧啥呀!"外婆抹一把眼泪,甩一把鼻涕,说,"金屋银屋,都不如我的老屋,我就要我的老屋!"

雨荷说:"那咱就请人把你的老屋修一修,再重新油漆一遍。"

"那你还不赶快去呀?"外婆把雨荷推了一把,说,"再晚就来不及了。"

"哦……"雨荷怔了怔,走了出去。

大顺蹲在场畔的碌碡上,端着一大碗"浆水鱼鱼",一边吃着,一边听着收音机里播放的秦腔经典唱段:"呼喊一声绑帐外,不由得豪杰笑开怀……"

雨荷走过来,老远就喊着:"大顺哥!"

大顺看见雨荷,忙把收音机的声音拧小,对屋内喊着:"爱英!……雨荷来了!"

话音刚落,爱英就走了出来,笑呵呵地跟雨荷打着招呼:"雨荷,好久不见,我都想你了!"

雨荷说:"我才三个月没回来,快别说想不想的了,家里有没有吃的,我都快饿死了。"

爱英说:"有,有,你等着,我给你端饭去。"她说着很快端出一碗"浆水鱼鱼",双手递给雨荷。

雨荷看着碗里洋芋粉做成的雪白的"鱼鱼",翠绿的山野菜,还有浆水汁上漂着的一层油泼辣椒,馋得都快流出口水了,狼吞虎咽地吃了几口,辣得感觉满嘴都在冒火,眼泪也跟着流了下来。

爱英在一旁看得直乐,说:"你慢点儿吃,没人跟你抢。"

雨荷问："锅里还有吗，我还要吃一碗。"

爱英笑道："还有大半锅呢，管饱管够！"

此时的雨荷，没有了文人的儒雅，没有了淑女的矜持，完全一副村妇的做派，边吃边吸溜，风卷残云般很快两碗饭下肚。爱英问："要不要再盛一碗？"

雨荷打着饱嗝说，"够了够了，肚子都快撑破了。"

吃完饭，雨荷对大顺两口子讲了外婆的怪异行为。爱英说，婆是中了邪，是被恶鬼缠了身。她问雨荷要不要请个神婆子给婆看一下，雨荷说，那都是封建迷信，是骗人的把戏，婆就是老糊涂了，哪来的恶鬼缠身呢。雨荷问大顺，附近哪儿有专门油漆棺木的匠人，大顺说邻村就有一个姓张的匠人。雨荷让大顺尽快把那人请到家里来，说婆的"老屋"确实有点年久失修了。大顺说他一会儿还要出去送水泥，顺路给那人打个招呼，让人家尽快过来。

雨荷走的时候，爱英盛了一瓦罐"浆水鱼鱼"，让她给大姑带回去。雨荷开玩笑说，我咋好意思连吃带拿呢？爱英佯怒说，你说这话就见外了，再不拿，我就生气了。雨荷说，孩子们快放学了，我带走了，他们吃啥？爱英说，锅里还多着呢！你们城里人吃稀罕呢，山里娃谁稀罕吃这玩意儿呢。雨荷也不知道锅里究竟还剩了多少饭，见爱英盛情难却，想着母亲也确实好吃这一口，就不再推辞了。

雨荷走到门外，就听见外婆骂骂咧咧的声音从屋内传来。雨荷停下脚步，竖起耳朵听了一阵子，只听外婆骂道："……成辈子就知道忙，公家的事情能忙完？你兄弟走了，留下玉田一根独苗，他可是咱罗家的顶梁柱呀！快三十的人了，还没娶下媳妇，你让我怎么有脸去见你大和你兄弟？"雨荷听得出，这些话是抱怨母亲的，也是母亲最不能容忍的。雨荷害怕母亲和外婆顶嘴，忙快步走了进去。

爱英真够实在的，一瓦罐"浆水鱼鱼"居然盛了三大碗。雨荷双手递给外婆一碗，说："婆，你快尝尝，爱英嫂子做的'浆水鱼鱼'，味道香得很！"

外婆头一扭，说："我不吃！"

舅妈走过来，劝道："妈，你从昨黑（昨天晚上）到现在，水米没打牙了，好歹吃上一口，万一饿坏了身子……"

"饿死才好呢！"外婆没好气地说，"早死早安宁，省得一天到晚看你的驴脸。"

"妈……"舅妈嘴角颤抖了几下，什么也没说出来。

雨荷了解外婆的秉性，知道这会儿再劝也没用，就把剩下的两碗饭分别递给母亲和舅妈，说："妈、舅妈，你们先吃吧，我来哄我婆。"

罗静芝说，可能饿过头了，胃里不舒服，一口也不想吃。雨荷就劝舅妈吃，舅妈二话不说，端起碗就大口吃起来。外婆瞪了她一眼，骂道："一辈子光知道吃，你是'饿死鬼'托生的？你大你妈不知怎么就弄出你个没心没肺的东西来？"

罗静芝实在听不下去了，就说："妈，你嘴困不困，咱能不能少说两句？"

"驴槽里多出你个马嘴？"母亲立即迁怒于她，"自家的儿媳妇，还说不得骂不得了？"

雨荷舅妈倒是不太在意，对罗静芝说："姐，没事儿，妈这就是跟咱'分情'呢，我不跟她计较。"

雨荷又小声问母亲："啥叫'分情'呀？"

罗静芝趴在她耳旁说："应该就是人在将死之前断情绝爱的一种表现，就是有意得罪跟自己最亲近的人，让他们怨自己、恨自己。"

雨荷问："为什么要让亲人们怨自己、恨自己呢？"

"为的是死后能减轻亲人们的痛苦吧。"罗静芝说。

"是这样……有点意思。"雨荷若有所思地说，"你说这世上有没有人能够先知先觉，预测出自己哪天死呢？妈，以你们医生的专业角度，你认为这种说法有道理吗?"

罗静芝说:"我认为你外婆是得了阿尔茨海默病,或者是脑萎缩。"

雨荷说:"咱应该把外婆接到城里,好好检查一下。"

罗静芝轻轻摇了摇头。

外婆盯着雨荷说:"小雨,你跟你妈咕咕哝哝,是不是说我坏话呢?"

雨荷说:"没有。我跟我妈担心你的身体呢。"

外婆说:"担心什么?人活百岁,总有一死,婆都九十多了,也该死了。"

雨荷发现,外婆跟自己说话时,总是和颜悦色,语气也显得十分温和。她不由得就想起了儿时跟外婆朝夕相处,外婆对自己百般呵护的情景来,鼻子一酸,眼睛也潮湿了。她赶忙走进厨房,悄悄抹了一把眼泪,顺手拿着一个小勺子走了出来。她把碗端到外婆嘴边,舀了一勺"鱼鱼",说:"婆,张开嘴,我给你喂。"

外婆的头摇得像个拨浪鼓似的说:"不吃不吃不吃!"

"为什么不吃饭,是不是哪里不舒服?"雨荷问。

外婆说:"婆走呀,得把肚子腾空了,干干净净地走。"

雨荷说:"婆,你再不要胡思乱想了,成天走走走的,走哪儿去呀?"又说:"你身子骨这么硬朗,能活一百岁呢!我们这次回来,就是要把你接到城里去享清福呢。"

"我才不去呢!"外婆说,"我怕死到外头,变成孤魂野鬼。"她问雨荷:"我让你找人修'老屋',你找到没有?"

雨荷说:"我托了大顺哥,他已经去找那个姓张的匠人了。"

外婆脸上露出满意的微笑,说:"婆没白疼你。婆知道,小雨最孝顺了。"

晚上,大顺两口子来家里,爱英一进门就大声嚷嚷着:"婆,我们来看你和大姑!"

婆和她开着玩笑,说:"看你大姑就说看你大姑,我一个没用的老婆子，谁还能把我放在心上呀？"

大顺忙说："婆，你可不敢这么说，你是咱老罗家辈分最高、年纪最大的老祖宗，谁敢不把你放在心上？你永远都在我们的心尖尖上呢！"

婆笑道："你就会逗我开心。"

大顺说已经跟姓张的匠人说好了，人家明天一大早就来了。几个人拉了几句家常话，爱英就催大顺快点儿回家，说大人不在家，那几个孩子能闹翻天。

雨荷把他们两口子送出门，几个人又站在场畔说了会儿话。大顺说，我看婆没事儿，咱不要自己吓唬自己。爱英却说，婆到底是九十多岁的人了，还是早点儿有个思想准备，省得到时候手忙脚乱的。

第十四章

　　更深夜静，雨荷外婆早已进入熟睡中。她嘴里叫着玉田的名字，含混不清地不知说些什么。雨荷和母亲一边一个坐在她身旁。雨荷舅妈叫她们娘儿俩早点休息，罗静芝说心里慌慌乱乱的，还是坐在妈跟前心里踏实。雨荷也说没瞌睡，睡不着，她让舅妈早点歇着，舅妈说她再等等玉田，玉田已经两天没回家了。罗静芝这才想起回来这长时间了，还没见玉田的人影呢。她对这个亲侄子越来越失望，对他的心思也越来越淡薄，自从踏进家门，竟然想都没想到家里还有这么一个人。听到弟媳说玉田，她就顺口问道："玉田干啥去了？"雨荷舅妈叹口气儿，说："一言难尽呀！"遂向罗静芝和雨荷招招手，示意她们坐到炕沿来。

　　罗静芝和雨荷坐到炕沿，雨荷舅妈也搬来一把破椅子坐下。几个人挨得很近，小声说着话。雨荷舅妈告诉她们，玉田在离家十几里外的大河峪沙石场干活时，认识了老板的女儿黄仙慧。老板经常在外边跑生意，沙石场的事情就交给黄仙慧打理。那黄仙慧厉害得出奇，训工人就像训孙子一样，只要她在场，谁都不敢偷懒。黄仙慧长得又黑又壮，那些人背后都叫她"黑豆虫"。她比玉田大三岁，不知怎么就看上玉田了。黄仙慧是家中独女，人家想要招赘玉田当上门女婿。

罗静芝问："那，玉田啥意思？"

雨荷舅妈说："玉田当然乐意！人家有钱，家庭条件比咱家好得多。"

雨荷问："舅妈，那你的意见呢？"

雨荷舅妈说："我不同意。我就玉田一个宝贝儿子，怎么能给人家当上门女婿呢？"

罗静芝问："这事儿妈知道吗？"

雨荷舅妈说："玉田没敢给他婆说，找了邻村的刘媒婆来家里探口风，刘媒婆刚说了两句，就被妈拿笤帚撵出去了。"

雨荷外婆好像听见了她们说的话，突然翻了个身，几个人吓得屏声息气。还好，雨荷外婆嘴里嘟囔着，不知说了句什么，就又睡着了。

雨荷舅妈说："阿弥陀佛！但愿今晚能好好睡一夜。"

晚上十一点多，玉田回到家。他跟大姑和表姐打过招呼，就准备回自己房间去睡觉。熟睡中的雨荷外婆不知怎么就一骨碌翻身坐了起来，问玉田怎么才回来。玉田说跟老板去县城送沙子，没想到车坏到半路上了，折腾了大半夜才回来。雨荷外婆就让雨荷舅妈赶快去给玉田做饭，玉田说他已经吃过饭了。雨荷外婆说："他吃过了，我还没吃呢！"雨荷问她想吃啥，外婆说："臊子面。"雨荷舅妈立刻洗手和面，并吩咐玉田去菜地里割一把韭菜，再拔几棵菠菜。罗静芝说："我去烧水。"她走进厨房，给锅里添了两瓢水，用麦秸引着了火，缓缓地拉着风箱。做饭本就不是雨荷的强项，所以此时显得有点被动，见几个人都在分头忙着，她就陪外婆有一搭没一搭地拉着家常。

几个人三下五除二，很快就把一碗热气腾腾的臊子面端到了雨荷外婆跟前。雨荷外婆却喊玉田快来吃饭，罗静芝说玉田已经睡了。雨荷外婆说："他不吃我也不吃！"雨荷只好把玉田叫起来，玉田满脸恼怒，不耐烦地说："给你说我吃过了吃过了！忙了一天，我都快累死了，你烦不烦呀，能不能让人安生一会儿？"

罗静芝瞪了玉田一眼，责怪地说："玉田，咋跟你婆说话呢？"

让雨荷想不到的是，外婆不仅不生气，反而开心地"咯咯咯"笑了起来，说："你崽娃子，还嫌婆烦？婆也烦不了你几天了，你爷和你爸都叫我呢……"

"叫你你就赶快走，没人拦着你！"玉田说着，气咻咻地走进自己房间，"咣"的一声关上了门。

罗静芝气呼呼地走到他门外，雨荷忙跳下炕，拦住她说："妈，你忍着点儿，不要跟他一般见识。"

罗静芝有火没处撒，对弟媳一声低吼："看你养的好儿子！"

雨荷舅妈说："咱妈不同意这门亲事，娃心里有邪火。"

雨荷坐到外婆身边，一边轻轻地给她揉着胸口，一边说："婆，饭都做好了，你好歹吃上一口。"

雨荷外婆说："婆给你说过了，婆要干干净净地走，不能吃了。"

罗静芝没好气地说："你不吃，为啥要折腾人做饭呢？"

雨荷外婆说："我怕玉田饿了。"

"你……"罗静芝本来想说"你好糊涂"，可她咽下了后半截话，坐在炕边生闷气。她了解自己的母亲，凡事只要牵扯到玉田，母亲就总是变着法儿为他开脱。她认为玉田不管说什么、做什么都是对的，并以种种"歪理邪说"护着他。自打玉田一出生，他们母女俩围绕孩子的教育问题，不知争辩过多少次，可母亲听得进去吗？罗静芝不想再跟她白费口舌了。

雨荷困得睁不开眼睛了，打着哈欠说："时候不早了，咱们都睡吧。"

雨荷外婆说："我不睡了。"说完，穿好外衣，下了炕，向门口走去。

雨荷舅妈以为她要去撒尿，说："我给你取尿盆去。"

"一天没吃没喝的,拿什么尿呢?"雨荷外婆嘟囔着,拉开门,向外走去。

雨荷舅妈自言自语道:"完了完了,今晚谁都别想睡了。"

雨荷这时倒没有一丝睡意了,对罗静芝说:"妈,咱们出去看看。"

几个人就一块儿跟了出去。

四野苍茫,月色阴沉。大地像被轻纱笼罩着,到处朦朦胧胧,混沌不清。时值盛夏,山区的夜晚,仍有几分寒意。一阵风刮过,树上的叶子被吹得沙沙作响。雨荷外婆走在最前边,九十多岁的人了,一天没吃饭,走起路来,双腿竟像生了风一般,把雨荷她们远远地甩在了身后。雨荷跑了几步,追上外婆,气喘吁吁地问:"婆,深更半夜的,你这是要干什么呀?"外婆说:"你外公回来了,我去跟他说几句话。"雨荷问:"外公在哪儿呢?"外婆指着不远处田埂上的一块大石头说:"那不,就在那块石头上坐着呢。"雨荷顺着她手指的方向望去,只见山影树影重叠在一起,那块大石头影影绰绰,像一只巨兽横卧在那里。

又一阵风刮来,风声中夹杂着从坟地方向传来的猫头鹰"嗷、嗷——"一短一长凄厉的哀叫声。雨荷吓得打了个寒战,稍一愣神,外婆已经走出好长一截路。她想追过去,可是两腿发软,怎么也迈不开步了。转身一看,舅妈一个人正往这边走着,于是问她:"舅妈,怎么就你一个人,我妈呢?"雨荷舅妈说:"你妈胃疼,刚走出门就吐了。"雨荷说:"那你去陪我婆,我回去看看我妈。"雨荷舅妈说:"你婆要跟你外公说话,不希望别人打扰,我只能在这儿等她。"

雨荷回到家,见母亲蜷成一团躺在炕上,忙问她感觉怎么样,罗静芝说已经吃过药了,没事的。雨荷脱掉鞋上了炕,坐在母亲脚下。不知是刚才在外边受了凉,还是被外婆的怪异行为吓得惊魂未定,身体不住地瑟瑟发抖。罗静芝问雨荷怎么了,雨荷就把刚才看到的情景讲给她听,罗静芝不以为然,认为母亲是神经系统出了问题。

不知过了多久，雨荷外婆和雨荷舅妈一前一后走进屋。

雨荷舅妈一边说"困死我了！"，一边坐在了炕沿，雨荷外婆却径直走进了储藏粮食和杂物的小屋里。

罗静芝问："妈，你这又要干什么？"

雨荷舅妈说："管不了，由她去吧！"

雨荷问舅妈："我婆是不是每天晚上都要出去和我外公说话呀？"

雨荷舅妈说："就这两天……"她突然又想起什么，说，"对了，半年前也有过一次。那一次两人说了很长时间话，好像为啥事儿还吵起来了。"

雨荷问："你听见我外公说话了吗？"

雨荷舅妈说："没有！你外公早就成了神，人怎么能听见神说话呢？"

雨荷又问："那你听见我婆和我外公都说了些什么话？"

雨荷舅妈说："你婆不让我到跟前去，我站得远远的，你婆说的啥，我一句也没听到。"两人正说着，猫头鹰的叫声从屋外传了进来。雨荷舅妈一下变得大惊失色，说，"神猫鹰（猫头鹰）在咱家屋顶上叫呢，你婆怕是真的要走了呢。"

罗静芝睡得迷迷糊糊的，听见弟媳的话，坐了起来，说："你呀，年纪不大，怎么跟咱妈一样，神神道道的？我小时候，猫头鹰每天晚上都在咱家屋顶上叫呢，那得死多少人呀？这都是迷信，没有一点科学依据，你再不要自己吓自己了。"雨荷舅妈噘起了嘴，看那神情，根本不相信罗静芝说的话。

"娥！娥——"雨荷外婆叫着雨荷舅妈的小名，从小屋里走出来。

"来了！"雨荷舅妈答应着，走到她跟前。

雨荷外婆说："你这个人，一天到晚啥事都不操心。你知道不知道，该磨面了？"

雨荷舅妈说："面？……才磨了没几天，还多着呢。"

雨荷外婆说："多什么呀？到时候村里人来帮忙，还有那么多的亲戚，拿啥待客呀？"

雨荷故意问:"婆,你说到时候,到啥时候呀?"

雨荷外婆嗔怪地说:"你个瓜女子,啥都不懂。"她有意抬高了声音,说,"到我死的时候!"

雨荷说:"婆,你……"

舅妈冲她挤挤眼,她只好打住,不再吭声。雨荷外婆继续对雨荷舅妈说:"瓮里还有几斗稻子呢,明个都拿去碾成米。"

"好,好。"雨荷舅妈答应着,"明个一大早,我就去磨面、碾米。"雨荷外婆让雨荷舅妈早点休息,嘱咐她明早一定要早起,不然的话,去晚了要排队等半天呢。雨荷舅妈如释重负地回到自己房间。雨荷外婆又开始翻箱倒柜,不知从哪里翻出几件手工缝制的白孝衫,还有整匹自织的白孝布。

很显然,雨荷外婆这是在为自己准备后事。

罗静芝不相信,这世上有谁能够预知自己死亡的日期。她感到这一切是多么地不可思议,甚至有些荒诞。

身为医生的她,从不相信什么鬼神之事和迷信传言,可母亲种种出格的行为,仍使她感到惶恐不安,心如一团乱麻,越理越乱。她想跟雨荷说会儿话,却发现雨荷已经睡着了。

从堂屋传来"咣当、咣当"的木板撞击声,罗静芝不知母亲又在捣鼓什么,急忙跑了过去,想看个究竟。原来,母亲用力掀开了大板柜上面的木盖子,一不小心,木盖子摔在了一旁。

罗静芝问:"妈,你翻腾啥呢?"

母亲说:"你来得正好,我给你交代一下。这柜子里的布,都是给玉田结婚用的。白色的做被里,鲜红格子的做被面,蓝色的做褥里子,暗红色格子的做褥面子……"

罗静芝探头一看,只见偌大的柜子里,整匹整匹的各种自织的老粗布,摆放得满满当当,不由得惊叹道:"天哪,这些布得织多长时间呀!"

母亲说:"自从生下玉田,就开始给他准备了。"

"够用几辈子了！"罗静芝说，"我结婚那阵儿，也没见你这么上心。"

母亲毫不掩饰地说："你是嫁出去的女子，泼出去的水，玉田可是咱们老罗家的顶梁柱呢！"又叮嘱着，"你记清楚，白色的做被里，蓝色的做褥里……"

罗静芝有点不耐烦了，说："这些事儿，你给玉田她妈说去。我可是嫁出去的女子，你给我说不着。"

母亲说："你别把自己择得那么干净！嫁出去的女子，你也姓罗。你是娃的亲大姑，他的事儿，你不管谁管？"又说，"你又不是不知道，玉田他妈那个人，一辈子没心没肺的，这么重要的事情，我咋能放心交给她呢？"

罗静芝从跟母亲的交谈中，发现母亲脑子清晰，思维缜密，说话也有条有理的，根本看不出有什么异常。

母亲把那些布一匹一匹拿出来，一段一段展开了仔细查看。罗静芝问她看什么呢，母亲说："这些布放得时间久了，看有没有损坏的。"罗静芝说："压在柜子里，怎么就能损坏了呢？"母亲说："就怕老鼠钻进柜子里。"正说着，真的就在一匹布的边角发现了一颗老鼠屎。罗静芝本来想劝母亲早点歇着，不要瞎费力气再做那些无用功了。此时也不好说出口了，只好由着她去折腾。罗静芝实在撑不住了，给母亲打了声招呼，就爬上炕，和衣躺在了雨荷脚下。母亲把那些查看过的布匹，又逐一放回柜子里，一直忙活到天亮。

第二天早上吃饭时，雨荷舅妈让玉田陪她一块去磨面、碾米。玉田却说，老板早就安排好了，今天还要去县城送沙子呢。罗静芝懒得再理他，吩咐雨荷陪舅妈去。几个人吃完饭，就分头忙去了。罗静芝一边刷锅洗碗，一边催促母亲赶快躺到炕上休息一会儿。

母亲说："以后躺进'老屋'里，有的是时间，想躺多久躺多久。现在不行，还有一摊子事情没干完呢。"

罗静芝问:"还有啥事儿没干完呢?"

母亲瞅了她一眼,什么也没说。

不大一会儿,大顺领着邻村姓张的匠人来了。匠人绕着那副黑漆柏木棺材看了一圈儿,说屋里地方狭窄,还是抬到外边,干活畅快。大顺找来两个小伙子把棺材抬到门外,又给匠人嘱咐了几句,扔下两盒烟,就匆匆走了。匠人开始和泥子,修补棺材盖儿上面的裂缝。

雨荷外婆站在一旁,目不转睛地盯着姓张的匠人看了一会儿,问:"小伙子,你认识一个跟你同行的'疙瘩张'吗?"

匠人说:"那是我爷爷。"

雨荷外婆指着罗静芝对他说:"你爷爷给她爷爷做过枋(棺材)呢!"又说,"还有一个'胡子张',给她大做过枋。"

匠人说:"'胡子张'是我大。"

雨荷外婆又惊又喜,说:"缘分呀,真是缘分!你家三代人都给我家做过枋,这是多大的缘分呀!"

匠人却不以为然,说:"其实,这也没啥。咱这儿方圆几十里,就我们一家干这种活的。营生还不错,这手艺就世代传下来了。"

雨荷外婆说:"这个枋是给我做的。我这个人挑剔,你可得用点儿心,把活儿干仔细些。"

匠人说:"你只管放心,我不能坏了老张家几代人的名声呀!"

罗静芝站在一旁,听着母亲跟匠人的对话,心想母亲绕了多大的圈子跟人家套近乎,就是想让人家把活儿干细些。这说明老娘一点儿都不糊涂,还像往常一样,精明着呢。

雨荷外婆把针线笸箩拿来,取出一顶虎头帽,戴上老花镜,一针一线地刺绣老虎嘴边的几根胡须。罗静芝问,谁家娃娃要过满月了?母亲笑而不答,从笸箩里取出一沓刺绣品,递给罗静芝。罗静芝一样一样端详着,其中有虎头鞋、小斗篷、"五毒裹肚"等男婴用品。大多绣的是些奇珍异兽,鱼虫花鸟,其形态活灵活现,栩栩如生。

罗静芝惊叹母亲竟有如此高超的刺绣技艺，又问："这是给谁家娃娃做的？"

雨荷外婆说："给玉田的娃娃做的。"

罗静芝小声嘀咕着："玉田的媳妇还不知道在哪里呢。"

雨荷外婆显得有些心不在焉，时不时被绣花针刺破了手指头。罗静芝仔细观察母亲，发现她的目光始终盯着正在干活的匠人。她明白母亲心系她的"老屋"，生怕哪里出了差错。因此，一边刺绣，一边在监工。

匠人忙了整整一天，给那副柏木棺材刮了两遍泥子，又重新刷了两遍黑色油漆。棺材的大头和小头，分别用红色油漆写着"福""寿"二字；两帮是用彩色油漆画的金童玉女和摇钱树；树下的草丛里落满了金光闪闪、大小不等的金元宝。罗静芝问母亲："可还满意？"母亲布满皱纹的脸，笑成了一朵菊花，对匠人伸出了大拇指，说："小伙子，你真行，比你大和你爷的手艺都高呢！"罗静芝当即付了工钱。为了表示感谢，雨荷外婆拿出一大盒未曾启封的麦乳精，塞到匠人怀里。匠人走后，罗静芝问，送给匠人的麦乳精是什么时候买的，母亲说去年夏天她过生日时，雨荷拿回来的，一直没舍得吃。罗静芝算了算，说整整一年多了，弄不好已经过了保质期了，怎么好送人呢？她想去追姓张的匠人，却被母亲一把拉住，母亲说："送给人的东西，咋好意思要回来呢？再说了，农村人吃东西，谁管过期不过期的，一辈子不也这么过来了。"罗静芝心里无论如何也放不下这件事儿，就去找大顺，让他想办法解决。

罗静芝做好了晚饭，任她好说歹说，母亲还是不肯吃一口。罗静芝急了，跟母亲嚷嚷起来，说："晌午招待匠人，做的米饭炒菜，你就没动筷子，说是晚上再吃。晚上我熬了红豆稀饭，你又不吃了！……你不吃我也不吃，干脆一块饿死算了！"

母亲却不气也不恼，笑着说："想死也没那么容易，得问阎王爷同意不同意呢。"

罗静芝不想再跟她掰扯，她知道再掰扯下去也不会有啥好结果。母女俩坐在火炕的两头，谁也不理谁。

雨荷和舅妈回到家，雨荷舅妈忙着收拾磨好的面粉和碾好的大米，还有一大堆麸皮和稻糠。雨荷坐到炕边，看着母亲和外婆的架势，便猜想出之前发生了什么。外婆问雨荷怎么才回来，雨荷说，磨面的、碾米的人都多，排队排了好长时间。

罗静芝故意大声对雨荷说："小雨，咱们明早就走，我后天还要上班呢。"

外婆不接罗静芝的话茬，对雨荷说："小雨，你明个要是走了，这辈子都见不着婆了。"

"为什么？"雨荷问。

"我六月初六就走呀！"雨荷外婆说。

雨荷忙看了一眼墙上的挂历，惊呼道："明天就是六月初六了！婆，你要去哪里？"

外婆说："我要去找你外公和你舅。"

"又糊涂了。"罗静芝小声嘀咕着。不料这话偏偏被雨荷外婆听到了，她怒吼道："谁糊涂了？我一辈子都没糊涂过！你才是个糊涂虫呢，我咋说你都不明白，到时候后悔去吧！"

罗静芝还想说什么，雨荷用手势制止了她。

雨荷坐到外婆身边，给她揉了揉肩，又轻轻地捶着背，小声说："我妈就是个糊涂虫，你不要理她。有什么事儿，你只管给我说，我保证给你办得妥妥帖帖的。"

外婆说："你给大顺说一声，明天在家等着，这边要有什么事儿，让他过来招呼着。"

雨荷答应着："好，我一会儿就去大顺哥家。"

外婆又说："还有玉田，你得看着他，明天哪也不能去。"

雨荷说："好！"

"还有玉莲……"外婆似乎犹豫不决，说，"算了算了，那个白眼狼，她不想我，我也不想她。"

外婆又叮咛了一些乡间风俗方面的事情，雨荷不管听懂没听懂，也不管办到办不到，全部应承下来。她相信母亲的判断，外婆是得了脑萎缩或阿尔茨海默病，一阵明白一阵糊涂的。她不想太过较真，只想哄老人开心。

第十五章

　　罗静芝母女俩回来的第三天,正好是农历六月初六。雨荷舅妈说,按照往年的习惯,雨荷外婆会在日头升到半墙高的时候,在场畔的树下拴一条长长的绳子,把所有的寿衣一件一件晾晒上去。可今年的情况却不同,一大早,她按照里外顺序,把全部寿衣穿在了自己身上,还举着镜子,前后左右仔细打量了一番。她突然想起什么似的,又把那些衣服一件件脱了下来,吩咐雨荷舅妈赶快去烧热水,说是要洗头洗脚。雨荷舅妈很快烧好了一大锅热水,和罗静芝一块给她洗了头,又洗了脚。雨荷舅妈问她:"今儿个是六月六,还要不要把那些寿衣拿出去晾晒?"雨荷外婆没理她,又把那些寿衣一件件穿在了身上。罗静芝轻轻叹息一声,对雨荷说:"我明天还有事儿,可你外婆这样子,怎么能走呢?"雨荷说:"你给单位打个电话说一声,咱们今天就不走了。"于是拿了"大哥大",跟母亲一块出去打电话。

让雨荷意想不到的是，山区根本就没有信号。转了几个山包，"大哥大"仍跟一块废铁一样，没有任何显示，母女俩只好又去大顺家用座机打。罗静芝给医院请了假，雨荷又给玉莲打电话说了婆的情况，希望她能回来看看她老人家。打完电话，罗静芝问爱英："大顺呢？"爱英说："大顺本来打算今天不出工，过去陪陪婆，看看情况。没想到二仙桥那边昨黑大半夜的打来电话，说是工地上停工待料，急需几车水泥。大顺一夜没睡，给二仙桥工地上送水泥，估计也快回来了。"爱英话音刚落，大顺就进了门。

大顺告诉罗静芝，刚才顺路去了姓张的匠人家，亲眼看到那盒麦乳精外包装上印的生产日期和保质期，还有两个月才到期呢。

罗静芝说："那就好，那就好！我心里的一块石头总算落地了。"

爱英笑道："大姑，你太认真了，农村人哪有那么多的讲究呢！"

大顺打着哈欠说，困得眼睛都睁不开了，得先去眯一会儿。罗静芝和雨荷都催他快去歇着，说有事再让人来喊他。

罗静芝母女俩刚走出大顺家，就发现雨荷舅妈正失急慌忙地向这边跑来。两人忙快步迎上前去，问她出了什么事儿，雨荷舅妈对罗静芝说："妈不见了，穿着寿衣走了！房前屋后找了半天，也不见个人影儿。"

雨荷联想到外婆夜里和外公"说话"的情景，说："我婆会不会去了坟地？"

罗静芝说："有可能。"

几个人就一起向坟地跑去。

雨荷外公和舅舅并排葬在村子北面的半山腰上。墓地背靠大山，面向开阔的河川，周围松柏环绕。山坡上，几眼清泉汇聚成汩汩溪流，滋润着大片竹林。风水先生曾经说，这是一块风水宝地。当年罗静芝考上大学，后来罗玉莲又考上大学，一次又一次印证了这一说法。当然，村里也有人拿玉田来说事，说先人埋在风水宝地，后世不也照样出了不着四六的败家子儿？

几个人围绕着墓地找了半天，就连树丛里、竹林间都找了个遍，仍然不见雨荷外婆的踪影，只好又回到家中。

罗静芝心神不宁，一会儿从屋里走到场畔，一会儿又从场畔走到屋里，来来回回踱着步。她走到堂屋，突然发现油漆一新的柏木棺材里，绣着一对金凤凰的红色寿被下面轻轻蠕动了几下，忙走上前，掀开被子，发现母亲正躺在棺材里。只见她头戴寿帽，脚穿寿袜和寿鞋，身上"七件套"寿衣也穿戴得齐齐整整。

罗静芝一声惊呼："妈，你咋躺到这儿了？赶快起来！"雨荷和舅妈闻声赶来。罗静芝给她们使了个眼色，两人立刻会意。雨荷抬起外婆的头，雨荷舅妈抬腰，罗静芝抬双腿，想一起把她抬出来。雨荷外婆拼命挣扎，三个人折腾了半天，也奈何不了她。

正在这时，大顺走了进来。大顺说："刚睡着就做了个噩梦，担心婆这边有事，就过来看一眼。"

罗静芝把他拉到一旁，说了雨荷外婆的情况。大顺说："婆愿意躺在枋里，就依着她吧。婆要是真的走了，那也是天意，咱就认命吧；婆要是没事儿，躺在那里休息一下也好。"

雨荷和舅妈都认为大顺说得有道理。罗静芝说："你婆一辈子就是个犟脾气，谁也拿她没办法。爱躺那里就躺着吧，管不了，由她去吧。"

雨荷催大顺再回去歇一会儿，大顺说，不用了，过点了，睡也睡不着了。几个人就坐在一边拉着闲话。罗静芝问起大河峪沙石场黄老板的女儿黄仙慧的情况，大顺说："黄老板一家三口在方圆几十里都挺有名的。黄老板生意做得大，周围很多人在他的沙石场打工。黄老板的老婆，也就是黄仙慧的妈，蛮横不讲理，是出了名的人见人怕的母老虎。黄仙慧人厉害，但是讲道理，本事也大，把个沙石场打理得井井有条。那些工人虽然背后骂她'周扒皮'，但也不得不承认她在沙石场的经营管理上确实有一套。"大顺又说，"不知黄仙慧怎么就看上玉田了，若不是对方坚持要招赘玉田当上门女婿，这桩婚事倒是没啥可弹嫌的。"

罗静芝突然感觉到一阵心慌气短，马上就联想到"心灵感应"的说法，急忙走到棺材旁，掀开寿被，见母亲纹丝不动，伸手试了试她的鼻孔，摸了摸脉搏，不由得失声痛哭："妈……妈！你咋说走就走了……"雨荷舅妈还没走到棺材跟前，脚下被什么东西绊了一下，索性就坐在脚地，呜呜咽咽地哭了起来："我的妈呀，你好好的咋就……"一句话没说完，忽然想起此时不能哭，忙爬起来，去拉"他大姑"。罗静芝抱着母亲，怎么也不肯松手。大顺见状，忙走上前，和雨荷舅妈一左一右，硬把罗静芝从棺材旁拉走。大顺小声说："大姑，我婆还没走远，她的魂儿会跟着哭声回来的。这个时候千万不能哭，还是让她老人家安心地走吧。"罗静芝止住了哭声，眼泪却像泉水一般涌流出来。

　　雨荷舅妈朝玉田的房间大声喊着："玉田！玉田！"玉田睡眼惺忪地走出来，小声嘟囔着："有啥事嘛，睡个觉都不得安宁。昨黑忙了一夜，天快亮了才躺下的。"大顺说："婆走了！"玉田四处打量一番，终于明白眼前发生了什么，一下子惊呆了。大顺安排玉田赶快到场畔的十字路口烧几张纸，送婆上路。玉田这才回过神儿来，慌乱地到处寻找纸钱。大顺一眼瞅见枋盖上放着一沓纸钱，忙递给了玉田。不由得惊叹婆对自己的身后事，竟然考虑得如此周到。

　　雨荷看着外婆安静慈祥得像熟睡了一般的面孔，无论如何也不能相信，婆永远地离开了自己的亲人们，去了另一个世界。她轻轻抚摸着婆的脸庞，脑子里一片空白。当年父亲去世时，她不在现场。这一次，亲眼目睹了婆走向死亡的全过程，竟有一种似梦似幻的感觉。

　　玉田烧纸回来，大顺立马布置了安灵堂、报丧、请执事等一系列丧葬事宜。罗静芝虽然从小生长在农村，可在外工作多年，对当地的风土人情早都忘得差不多了，幸亏有大顺在，什么也不用操心，一切都听他的安排。雨荷舅妈自幼丧母，嫁到罗家三十多年，与婆婆朝夕相处，情同母女。她一辈子没有走出过大山，没见过世面，遇事也没多少主意，可对种种迷信的传言，却深信不疑。虽然婆婆的死，她早有预感，可当真的与老人阴阳两隔时，她还是接受不了。她得空就坐在婆婆棺材旁，用一只手托住下巴，放声大哭。如果有人找她说事儿，她会立马止住哭声，待事情说完，再接着絮叨着号哭。

　　大顺忙前忙后好一阵子，待一切基本安排就绪，扶着棺材，突然发出一声："我的婆呀……难见的婆！"那声音如晴天霹雳，震耳欲聋。雨荷打了个激灵，一下子清醒过来，叫了声"婆——"小声啜泣着。罗静芝喊着"妈——"呜咽着。这两个城里女人，不会像乡下女人那样放声哭，只能以这种方式，表达自己的悲痛与哀思。

　　大顺吼了几声，用手掌抹了一把眼泪，说："行了，都别哭了，赶快穿孝衣、戴孝布，村里的乡党客马上就要到了。"雨荷舅妈说："咋把这事儿给忘了。"就忙着去找孝衣孝布，罗静芝一把拉住她，说："妈早都准备好了。"她转身从一旁的柜盖上抱来一沓白色粗布褂子和自织的白孝布，抖开一看，有六件孝衣，六节跟棺盖一样长的白孝布。在场的五个人——罗静芝母女俩、雨荷舅妈、玉田和大顺，一人一件孝衣、一头孝布，几个人很快穿戴起来。还剩下一件孝衣和一头孝布，雨荷舅妈说，那一定是给玉莲准备的。雨荷说，我婆说了，她走后，不让通知玉莲。罗静芝稍一思量，说："对了，这是给爱英的。"大顺是婆最亲的侄孙，雨荷外婆曾不止一次说过，玉田和大顺都是她的心尖尖。爱屋及乌，爱英自然也就是她最喜欢的侄孙媳妇了。

　　爱英在门外看见屋里的人一个个披麻戴孝的，立刻意识到婆已经走了，一只脚刚跨进门，就叫着"婆——"号啕大哭着走到棺材旁，掀开婆身上的寿被，看着婆的模样，哭着说："婆，你咋说走就走了？……婆呀，你快醒醒，再看你娃一眼吧……"罗静芝把剩下的孝衣和孝布塞到她怀里。爱英穿好孝衣，戴好孝布，挽起袖子就进了厨房，说得赶快烧水泡茶，准备招呼前来"吊丧"的乡党和亲戚。

　　紧接着，一群女人的哭声从场畔传来。大顺站在门口一看，来的都是村里的乡党客，有罗家本户的，也有外姓的。来人络绎不绝地走进门，围着棺材，或坐或站，扯开嗓门，哭得涕泪俱下，哭得酣畅淋漓。罗姓人在

143

村里辈分最高，在一片乱糟糟的哭声中，除极少数人把雨荷外婆叫"婶儿"或叫"大妈"外，其余人几乎都是叫"婆"或是"太婆"的。雨荷被这纷乱的哭声吵得头昏脑涨，仔细一听，发现年长的女人们的哭腔，像谱了曲的唱腔一般，抑扬顿挫，拖腔带调，有板有眼，有韵有味。大顺招呼雨荷赶紧裁孝布，说罗家本户的人不论大小，每人都是五尺长的孝布，外姓人就不用发了。罗静芝抱来老娘早已准备好的两匹白孝布，跟雨荷两个人一边量尺寸，一边裁剪着。雨荷舅妈把裁好的孝布，分别披在姓罗的"孝子"头上。

女人们哭过一阵后，便互相招呼着、劝慰着，然后一个个擦干眼泪，收起哭声，三五成群，扎堆儿站在屋里或屋外，议论着雨荷外婆接连几日的怪异行为。乡下女人大都迷信，把这件事说得神乎其神。与女人们不同的是，前来"吊丧"的男人们，干号两声，就自动住口，纷纷围着大顺，等待着他分配活路。大顺像个战地指挥官一样，安排几个身强力壮的年轻人轮班挖墓道，其余的人有搭棚的，有垒灶台的，有去村里挨家挨户借桌椅板凳和锅碗瓢勺的。村人们各司其职，立刻忙碌了起来。请来的"执事头儿"，站在一旁，倒像个没事儿人似的。其实所有的人都明白，这些年村里不管谁家过红白喜事儿，大顺都是理所当然的"执事头儿"，只不过这次是罗家"过事"，大顺又是重孝在身，只好请个人来"应卯"，其实所有的事情，还都得大顺操心。

玉田好容易瞅个空儿，把大顺拽到没人的角落，小声问："这事儿要不要通知黄仙慧家呢？"

"这……你倒把我给问住了。"大顺挠着头说，"婆都九十多岁了，是'老丧'中的'老丧'了。按照咱这儿的规矩，没过门的媳妇，不管是儿媳妇还是孙媳妇，都要来送葬的。可你跟黄仙慧并没有订婚，这算什么呢？黄仙慧该不该来，我真的还没经过这样的事情。要不，问一下大姑？"

玉田说："还是别问大姑了。婆不同意这门婚事，大姑肯定也不会同意的。"

144

"那你的意思呢？"

"我想请她来呢。"

大顺低头沉吟了一阵儿，说："这样吧，你给黄老板请个假，就说婆去世了，你要在家里料理后事，不能去上班了。"

玉田疑惑不解，问："为啥不能直接请人家来呢？"

大顺解释说："黄家万一有顾忌，不想来，你直接请他们，就怕人家作难。你给黄老板请假，等于把婆去世的消息告诉了他们。黄家父女都是精明人，该不该来，什么时候来，以什么样的名义来，他们自己就会斟酌的。"

玉田似懂非懂地说："我现在就去沙石场请假。"

大顺说："你去我家，打个电话不就行了。"

"那好，我现在就去打电话。"玉田说完，就去大顺家打电话。

老人去世后第三天挂"名旌"，这是当地丧葬习俗中一个重要环节。所谓"名旌"，就是把老人的生平及功德写在白纸上，贴在大门外最醒目的墙壁上，供过往的人们观看。这一天，女婿、外甥、娘家、舅家等重要亲属都要拿着四样重礼来"出门"（到现场），主家也要备好了酒席盛情款待。

玉田爬上一座小山峁，目光直视通往沙石场的那条小路。自从给黄仙慧打过电话，他不止一次来到这里，向远处眺望，希望黄家父女突然出现在自己的视线里。可是，黄家父女始终没来。这让玉田有点忐忑不安了，猜想着种种不祥的"可能"。大顺的两个女儿招弟和引弟来叫玉田，说是客人都到了，让他赶快回去准备开席呢。

玉田怎么也没想到，黄家父女不仅到了，而且已经坐在了贵宾席位上。大顺悄悄告诉他，他们去二仙桥工地上送完一车沙子，就直接开着车绕公路过来了。大顺还告诉他，黄家父女以沙石场单位的名义，送来了花圈和五百块钱的礼金。玉田过去跟黄老板打招呼，刚叫了声"黄叔"，脸就红了。黄仙慧倒是大大方方的，一点都不拘谨，说："玉田，你该忙啥就去忙吧，不用招呼我们。"玉田唯唯诺诺地说："好，好……"

吃完饭，散了席，客人们陆续离开。黄老板对大顺说，想见见玉田他大姑。大顺明白他的意图，跟罗静芝小声嘀咕了几句，就把他们带到自己家，说这里安静，有啥话可以敞开了说。黄老板是个直性子人，一张口就开门见山，说玉田和黄仙慧的婚事，他们没有意见，只要玉田同意当上门女婿，随时都可以领证结婚。罗静芝说："家母在世时，是坚决反对玉田当上门女婿的。如今老人刚去世，怎么这么着急重提此事呢？"黄老板说了他们不得已的理由。

黄老板名叫黄继轩，兄弟五人，上有两个哥哥，下有两个弟弟。四兄弟家家人丁兴旺，共生了九男五女十四个孩子，唯独老三黄继轩这一支只守了黄仙慧一个宝贝女儿。眼看沙石场的生意越来越好，黄继轩的兄弟们，个个垂涎欲滴，都想把自己的儿子过继给他。这些人软硬兼施，无所不用其极，踏破了门槛，磨破了嘴皮，大有不达目的决不罢休之架势。黄继轩家正常的生活秩序完全被打乱了，黄继轩的老婆，也就是黄仙慧的妈连气带吓的，落下了病根，白天吃不下饭，夜晚睡不着觉。黄老板想快刀斩乱麻，尽快招一个上门女婿，也好断了那些人的念想。罗静芝问，怎么就看上玉田了呢？话外之意，不言而喻。黄老板直言，他们也了解玉田"恶名在外"，确实有一身的坏毛病。可玉田自从在沙石场上班后，完全就像变了个人似的，每天起早贪黑，任劳任怨，一个人能干几个人的活儿。

"浪子回头金不换！"黄老板说，"男人嘛，谁年轻时不干几件荒唐事？我像玉田那么大的时候，可没少给家里惹事儿。有一次打牌输了钱，把隔壁我三爷家的羊偷去抵了债，后来事情'烂包'了，我爸和我两个哥差点没把我打死……"他说着，哈哈大笑起来。

罗静芝一时不知道该怎样接他的话茬。

黄老板又说："婚姻这事儿讲缘分。之前别人给我们家仙慧介绍过不少对象，可她一个也相不中，偏偏就看上玉田了。女儿愿意，我跟她妈也没意见。我们今天来呢，就是想要个准话，你们如果同意这门亲事，就让仙慧来给老人送葬；不同意的话，也请直说，我们也好另做打算。"

罗静芝说："我听玉田他妈提起过这件事，她好像有一些顾虑。这几天一直忙老人的丧事，还没顾上跟她细说呢。不过，这毕竟是玉田的婚姻大事，得玉田自己拿主意。"

玉田一直默不作声地坐在黄仙慧身旁，听他大姑和黄老板谈他的婚事。这时突然冒出一句："我愿意！"

黄仙慧用胳膊肘捅了他一下，小声说："瞧你那没出息的样儿！这事儿得大姑说了算，你逞啥能呢？"

玉田一下就涨红了脸，再也不敢吭声了。

这一切，自然瞒不过罗静芝的眼睛。通过这个小细节，竟让罗静芝对黄仙慧产生了些许莫名的好感。罗静芝说："这样吧，我抽空再跟玉田他妈沟通一下，尽快给你们一个答复。"

黄老板父女俩走后，罗静芝想找个时间跟弟媳好好说说玉田的婚事，可家里人来人往，乱糟糟的。况且，这种事也不是三言两语能说清的。她想，只能等到晚上了。

不料，晚上家里来的人比白天还要多。按照当地的风俗，年长的老人去世，灵柩至少要在家里停放七天以后才下葬。下葬前的这几天，每天晚上，都有人来守灵。"老丧"是"喜丧"，现场气氛比较轻松。而斯时的偏远山区，文化生活匮乏，除了几个月放映一次电影，几乎再没有别的娱乐消遣方式。守灵给了人们一个聚集的由头。于是，姓罗的自家人、远近亲戚们、本村的还有隔着几座山的邻村乡党们，几乎每天晚上成群结队地赶过来。这些守灵的人们，有的抽烟喝茶谝闲传，有的打牌，有的打情骂俏开着玩笑。罗静芝从屋里走到场畔临时搭起的席棚下，只见到处都是叽叽喳喳熙来攘往的人们，竟然找不到一块能安安静静说几句话的地方，只好悄悄叫上雨荷、雨荷舅妈和玉田几个人去了大顺家。

雨荷舅妈说来说去，就那几句车轱辘话，概括起来有两点：一是怕玉田当了上门女婿，日后在黄家受欺负；二是怕自己老了没人管。因此，坚决不同意这门婚事。罗静芝毕竟在外边工作了几十年，况且又是高级知识分子，自然有自己独到的看法。她认为，玉田正需要有一个厉害媳妇管教着，否则，不定会变成啥样呢，甚至有走上犯罪道路的可能。他能找到黄仙慧那样的女孩，实在是值得庆幸的好事。让罗静芝纠结的是，老娘坚决反对玉田当上门女婿，她跟村里大多数人一样，认为当上门女婿低人一等，是一件极不光彩的事情。倘若老娘在世，尚可给她讲道理，分析玉田的现状和未来，权衡利弊，没准老人家还会改变看法。可现在，老娘尸骨未寒，就要违背她的遗愿，罗静芝总感觉对不起老娘，心里愧疚不安。

　　大顺经过一番深思熟虑，想出一个主意来——罗家和黄家都大张旗鼓地筹办婚事，两家都准备好结婚用的新房。罗家的人对外宣称，要给玉田娶媳妇了，黄家的人就说要给黄仙慧招上门女婿了。领证后，让玉田和黄仙慧出去旅行结婚，这样就淡化了传统的婚礼过程，谁也不好说究竟是罗玉田把黄仙慧娶进了门，还是黄仙慧把罗玉田招进了门。旅行回来后，两边都有婚房，小两口可以两边跑、两边住。这样既可以照顾双方家庭和老人，也可以掩人耳目。罗静芝听完大顺的话，说："我看这个办法可行。"问弟媳："你的意见呢？"

　　雨荷舅妈说："你说行就行，我没意见。"

　　雨荷对大顺竖起了大拇指，说："大顺哥，你真了不起！这么复杂的问题，让你几句话就解决了。"

　　大顺说："现在还不好说问题就解决了，还不知道黄仙慧家同意不同意呢。"于是，就给沙石场挂了电话。

　　电话那头，黄老板说："事关重大，我要跟仙慧她妈商量一下。"

　　玉田在屋里来回踱步，显得有点焦躁不安。

　　雨荷小声问罗静芝："妈，你说黄家人会同意吗？"

　　罗静芝不假思索地说："会的。"

不大一会儿，黄老板打来了电话。大顺一边接电话，一边"嗯、嗯……哦？……好，好"地应答着。大顺放下话筒，对大家说："黄老板原则上同意这么办，可是，他还有自己的想法。"

几个人异口同声问："啥想法？"

大顺说："黄老板说，仙慧她妈说了，他们就仙慧一个宝贝女儿，再说，黄家还有他们不得已的'特殊理由'，不能就这么悄无声息地把事情办了。等两个娃旅行结婚回来，黄家还是要大摆酒席，宴请宾客的。"

罗静芝说："那不等于又回到老路上了，旅行结婚不是多此一举吗？"

"那可不一样！"大顺说，"玉田和黄仙慧旅行回来，等于已经结过婚了，也就绕过了最为敏感的婚礼环节。黄家人爱怎么折腾由他去，咱们罗家也可以大摆酒席，待咱们自己的客，两边互不影响。至于以后的事情，比方生下娃跟谁姓，是姓罗还是姓黄，户口报到哪边，是罗家还是黄家，也只能到时候再说了。"

罗静芝想了想，说："也只能这样了，走一步看一步吧。"

雨荷发现舅妈满脸愁云密布，就坐到她身边，攥住她一只手，说："舅妈，你有啥话就说出来，千万别闷在心里。"

雨荷舅妈嘤嘤哭了起来，说："就怕玉田不管我了……"

"你咋又来了？"罗静芝有点不耐烦了，说，"跟你说了多少遍了，咱们讨论的是玉田和黄仙慧结婚的形式问题，跟玉田管不管你是两码事儿。玉田要是懂道理呢，不管走到哪儿，都不会不管你的；玉田要是个不着四六的浪子，他连自己都管不了，还怎么管你呢？即便是整天守在你跟前，又有何用呢？"她说完，瞅了玉田一眼。

玉田当即表态，说："妈，你只管放心，我以后一定好好孝敬你。我要是不管你，黄仙慧还不答应呢。"

雨荷说："那好，等黄仙慧来了，我当面跟她说，我要让她给舅妈一个保证，最好是写一份书面保证。"她问舅妈，"舅妈，你看这样行吗？"

雨荷舅妈还是满脸疑惑，雨荷又说："舅妈，你不用担心，他们不管你，还有我呢，我给你养老送终。"

雨荷舅妈擦干眼泪，说："舅妈有儿有女的，为啥要拖累你呢？"

她这么一说，倒提醒了大家，几个人不约而同地想到了玉莲。大顺问："玉莲怎么还不回来呢？"

罗静芝让雨荷再打个电话催问一下，雨荷就去打电话。电话另一端，玉莲支支吾吾说有事走不开。雨荷告诉她婆出殡的具体日子，让她一定赶回来，玉莲说尽量争取。雨荷追问，究竟哪天能回来？玉莲始终没给个准话。

雨荷外婆出殡的前一天，黄仙慧以孙媳妇的名义，披麻戴孝，前来"出门"。

黄仙慧坐在灵堂前，扯开嗓门号哭着："婆呀，我那还没见过面的婆呀！……你娃还没好好孝敬你，你咋说走就走了！……婆呀，难见的婆呀……"

罗家户里一帮跟玉田平辈儿的大姑娘小媳妇，站在一旁交头接耳，叽叽啾啾地说着什么。一个年轻媳妇拉着爱英，走到黄仙慧身后，一人拽着她一条胳膊，死死按住她，嘴里却说着"玉田媳妇，快别哭了，婆都那么大年纪了，也是该走的人了。"黄仙慧想站起来，可怎么也挣脱不了。旁边看热闹的人，先是小声笑，后来就开怀大笑起来。

黄仙慧小声对爱英说："爱英嫂子，咱俩早就认识了。差不多就行了，别太过分了。"见两人仍不松手，又说，"大家以后都是妯娌了，抬头不见低头见的，犯不上为这点小事儿闹得不愉快吧？"

听她这么一说，两人就同时放开了黄仙慧。年轻媳妇小声对爱英说："这黄仙慧果然名不虚传，是个厉害角色。"

爱英点了点头，说："这姑娘跟一般人不一样。"

玉田把黄仙慧叫到一旁，告诉她雨荷表姐让她写一份书面保证，保证今后一定要孝敬老人。没想到黄仙慧满口答应，让玉田找来纸笔，立马写下几行字：

保证书

　　我保证，结婚后一定孝敬婆婆，把婆婆当亲妈看，绝不让婆婆受丁点儿委屈。说得再好不顶用，请看我的实际行动。

　　　　　　　　　　　　　　　　　　　　　　　　黄仙慧

　　玉田看后把"保证书"交给了雨荷。雨荷本来是为了安慰舅妈，也就那么随口一说的，没想到黄仙慧真的就写了。于是她半开玩笑半认真地对玉田说："那好，'保证书'先放在我这儿，以后舅妈要是受了委屈，我可饶不了你们！"

　　午夜，守灵的人们陆续走了。玉田坐在灵堂旁的长椅上打着盹儿，黄仙慧揪着他的耳朵，把他拽了起来，说："趁人都走了，赶快把里里外外的脚地都打扫一下。"玉田二话没说，就跟她干了起来。两人扫完地，又把一大堆垃圾装进大竹筐，抬出去倒掉，再把所有的桌椅板凳摆放整齐，擦干净。忙活了几个小时，眼看天快亮了，玉田说困得受不了了，想去睡一会儿。黄仙慧说，再困也得忍着，明早出殡，客人肯定来得早，得赶快烧好开水，泡好茶。还有，出殡时每个人要吃一小块馍馍，得赶快切好了，放在木盘里。玉田就按她的吩咐，坐在灶台前烧着开水。黄仙慧取出几个面盆大的礼馍，切成一块块一寸宽两寸长的小薄片，整整齐齐地放进木盘里。

　　天刚蒙蒙亮，大顺两口子就来了。大顺见屋里屋外收拾得干干净净，出殡所需的大小事项，也都准备得停停当当，不由得对黄仙慧竖起了大拇指，说："弟妹，你辛苦了！"

　　黄仙慧莞尔一笑，说："不辛苦，应该的。"

　　爱英说："弟妹，昨儿个你在灵堂哭婆的时候，嫂子不该跟你开玩笑，你千万别往心里去。"

　　黄仙慧说："嫂子，你想多了。入乡随俗，我怎么能跟你计较呢？"

　　罗静芝躺在母亲生前睡过的火炕上，一夜无眠。她亲眼目睹了黄仙慧所做的一切，对这个未来的侄媳妇，感到由衷的满意。玉田在黄仙慧面前，像个小绵羊一样，百依百顺。罗静芝认为老话说得对，这就叫"一物降一物"。像玉田这样的"海兽"（浪荡子），正需要黄仙慧这样的厉害角色来降服呢。她似乎从黄仙慧的身上看到了希望。

出殡是整个葬礼中最为关键的环节。一大早，参加送葬的亲朋和乡邻，就三三两两地赶过来，屋里、院里、场畔和门前的小路上到处都站满了人。前来送葬的人多，主要有两个原因：一是亡者在周围几个村子里，算是年岁最大的，且辈分又高，几乎所有的人，都算得上是晚辈了，晚辈多，送葬的人自然也多；二是厉害得出了名的黄仙慧，要以孙媳妇的名义出席葬礼。按照当地风俗，这种"老丧"的葬礼上，是可以"耍媳妇"的。而"耍媳妇"的狂野程度，比起结婚闹洞房，有过之而无不及。黄仙慧对此早有准备。从"起灵"开始，就寸步不离地搀扶着未来的婆婆。婆婆号哭，她也跟着掉眼泪。"下葬"的那一刻，婆婆哭得悲天怆地，差点昏死过去。黄仙慧跪在地上，把婆婆抱在怀里，一边帮她擦眼泪，一边哭着劝她想开些，要保重自己的身体。年长的人们看到这一幕，无不为之动容。那些想"使坏"的大姑娘小媳妇和一帮半大小子们，始终找不到"下手"的机会。当然，这些人是不会善罢甘休的。

纵观葬礼全过程，雨荷认为真正伤心难过的只有两个人——自己的母亲和舅妈。母亲表面上十分冷静，甚至在人面前从未流过一滴眼泪。可她明白，母亲的眼泪是流在心里的。舅妈从不掩饰自己的感情，哭起来就控制不了自己，可那是真实情感的表露，没有任何虚假做作的成分。村里那些"哭丧"的男人和女人们，尽管哭得擂天倒地，可那都是为了遵从礼仪，做样子给人看的，有的人哭着哭着，竟然能笑出声来。至于黄仙慧的哭，多半是逢场作戏，当然也有受婆婆情绪感染的成分在其中。

棺材下葬后，所有的"孝子"把披在身后的白孝布盘在头上，葬礼就算完成了。剩下的事情，就是坐两次席，吃两顿"丧宴"了。从墓地回来，紧接着坐席吃"早宴"。"早宴"结束后，开始准备"午宴"。"午宴"

是整个葬礼过程中最后一顿饭,也是最隆重、最讲究、最关键的一顿饭。大厨和帮忙的罗姓自家人,一个个忙得不亦乐乎。这时,请来的民间戏班子,开始吹拉弹唱,女婿外甥们轮番点戏。一般点的都是《祭灵》一类的悲情戏,名为唱给亡者听,实际上都是点一些自己喜欢听的经典唱段。不爱听戏的年轻人,自然会给自己找乐子。那些在墓地没能得手的小子们,早就谋划好了此时的行动。他们伺机把玉田和黄仙慧围拢在人群中间,黄仙慧推说要去厨房帮忙,却怎么也走不出这里三层外三层的人墙。有人大声喊着:"亲一下!"其他人也跟着起哄,齐声喊着:"亲一下!亲一下!亲一下!"玉田登时羞红了脸,傻愣着不知所措。黄仙慧小声说:"让你亲,你就亲嘛。"玉田鼓起勇气,在黄仙慧脸上亲了一口。有人喊着:"不行!让黄仙慧亲玉田!"黄仙慧立马在玉田脸上亲了一口。那人又喊:"不行,亲嘴嘴!"黄仙慧就抱着玉田的头,在他嘴唇上亲了两下。接下来,那帮人让干啥,黄仙慧就干啥。有人问:"你跟玉田谁追的谁?"黄仙慧说:"是我追的罗玉田。"再问:"你咋就看上玉田了?"答曰:"王八看绿豆,对上眼了!"黄仙慧的大方应对,反倒让那帮人觉得没意思了。几个人咕哝了一阵儿,找来一条绳子,把玉田和黄仙慧绑在一起,抬到麦草垛里,抛起来又扔下去。玉田妈心疼儿子和未来的儿媳妇,过来替他们求情,一帮人就把她拉进厨房里,给她脸上额头上抹满了锅底的黑灰。他们像围观非洲黑人一样看着她,开心地嬉笑着、打闹着。

雨荷实在不能忍受这种"耍"法儿,几次想冲出去制止,都被母亲拦住了。母亲说:"这是乡俗,咱们不好说什么的。"

"什么乡俗?我看这就是陈规陋俗!"雨荷气呼呼地说,"咱们办的是丧事,他们当娶媳妇呢,'耍'得那么开心!"

母亲说:"你外婆都九十多岁了,在乡下这是'喜丧',可不就是喜事儿吗?"

雨荷想不通,外婆的去世,怎么就成了"喜丧"?"喜"在哪里呢?不知怎么就想到了夏丹阳的死,参加遗体告别仪式的人,无不伤心欲绝。事情过去那么久，至今议论起来，仍然让人扼腕痛惜。外婆的命也是命，她无非就是比夏丹阳年长几十岁嘛。外婆就该死吗？不管对谁而言，生命只有一次。一个鲜活的生命就这样永远地消失了，难道不值得悲伤而值得庆贺吗？

　　雨荷心里窝着一股子无名火无处宣泄，感觉都快憋疯了。她一个人走到外婆的墓地，望着墓堆口新垒砌的石门、潮湿的泥土和一堆纸钱燃烧过的灰烬，想着外婆从此便要长眠于此了，不觉悲从中来。于是，放开嗓门，号叫着："婆——"，却戛然而止，没有了下文。本想痛痛快快哭几声，无奈却怎么也发不出声音来了。心想，原来这哭也是有"技巧"的。胸口堵得难受，就扯开嗓门胡乱喊叫着："吆——嗷——"

第十六章

　　当雨荷和母亲带着一身泥土和满脸的疲惫,走到家属院大门口时,却发现韩菊豆正从院子里走出来。雨荷忙迎上前,说:"韩姐,你咋来了?"韩菊豆说:"我找你。给你打电话,一直打不通。我都跑了两趟了,今天总算见到你了。"见母女俩风尘仆仆的样子,又问:"你跟阿姨这是上哪儿去了?"雨荷就说了回老家,外婆去世的事情。韩菊豆抱怨雨荷,说外婆去世这么大的事情,应该告诉大家一声,单位和同事们也该有所表示的。雨荷说,路太远,不想麻烦大家。韩菊豆说:"雨荷你不够意思,不想麻烦大家,总该告诉我一声吧?"

　　雨荷还想解释,罗静芝让她们有话到家里慢慢说,几个人就一起回到了家里。

　　罗静芝说自己晕车了,有点难受,洗了把脸,就到卧室躺下休息了。

雨荷招呼韩菊豆坐在客厅，问："你跑了几趟来找我，出啥事了？找别的领导不行吗？"

韩菊豆压低嗓门说："你的事，不找你找谁？"

雨荷说："我能有什么事？"

韩菊豆告诉雨荷，有人向市纪委反映她收受蓝山木器厂的巨额贿赂，市纪委派专人来文联了解情况。市纪委的人想见雨荷，可怎么也联系不上她。

雨荷从包里掏出"大哥大"，说："就这个破玩意儿，花了我三万多，拿到乡下没一点信号，跟一块废铁一样！现在居然还有人告我收受贿赂，我真的比窦娥还要冤呢！"她向韩菊豆说明原委，韩菊豆愤愤不平地说："既然是这样，咱啥都不怕。你现在就去单位，跟组织上澄清事实。"

雨荷说："急什么？饭菜能放凉，事情是不怕放凉的。今天太累了，我明天再去单位。"

韩菊豆说："其实大家心里都明白，是谁在背后搞的鬼。"

雨荷说："身正不怕影子斜，管他谁搞的鬼呢。"

第二天早上单位开大会，党组书记张迎春传达有关文件，秘书长韩菊豆强调了有关文联机关的几项规章制度，之后问雨荷还有什么要说的，雨荷清了清嗓子，说："我个人有些情况，需要向大家说明一下。"然后就把蓝山木器厂送"大哥大"，自己通过邮局先后两次一共向厂里汇去三万三千元的整个事件全过程，说明了一番。同时提交了两次汇款的有关凭证。不知怎么搞的，有不少人把目光一起投向了坐在墙角的卢秀萍。卢秀萍想质问又想分辩，可是又觉得此时说什么都不合适，只好硬着头皮，板着脸，一言不发。

本来，夏丹阳的死，对卢秀萍刺激很大。卢秀萍自认为看透了世事，看透了人生。很长一段时间，她摒除了一切杂念，专心练书法。卢秀萍把"心如止水，与世无争"几个字作为自己的座右铭，每天用毛笔书写几十遍，甚至上百遍。本打算书法练得能拿出手时，就把这八个字写成六尺横幅，装裱好了挂在卧室最醒目的地方，以便时刻提醒自己、约束自己。可是几个月过去，书法不见长进，她渐渐地没有了信心，也没有了兴趣。她对自己居然喜欢上枯燥无味的书法而感到匪夷所思，一气之下，就把毛笔、宣纸和字帖统统扔进了垃圾桶。书写过不知有几百遍的"心如止水，与世无争"的八个字的座右铭，自然也就忘在了脑后。

那天，蓝山木器厂的金厂长把"大哥大"送到雨荷办公室，雨荷坚决不接受，两人在办公室推来让去的，正好被卢秀萍撞见。卢秀萍跟雨荷说了几句话后借故走开。金厂长从雨荷办公室走出来时，恰巧又被她撞见。金厂长是空着手出来的，卢秀萍据此断定，雨荷肯定收下了"大哥大"。

卢秀萍由羡慕到嫉妒，以至于心里完全失衡。她想，你萧雨荷拿着国家的工资，平时不用坐班，想干什么就干什么，写出作品，既能出名又能赚稿费，还有这些不为人知的灰色收入。价值几万元的"大哥大"，别人想都不敢想，你萧雨荷就轻而易举地得到了？凭什么呀？霎时间，她怒火中烧，脑子里突然闪现出"心如止水，与世无争"八个字的座右铭，又一想，遇上这么不公平的事情，怎能无动于衷？……心如止水？谁能做得到？大凡有正常思维的人，谁的心里不是浪涛翻滚呢？……与世无争，可能吗？物竞天择，适者生存。竞争是自然界的生存法则，世间万物皆如此，何况是人？人是高级动物，不争不抢，活着还有什么意思？

经过一番心理较量，八个字的座右铭被自己彻底否定，卢秀萍随即写下一封反映信，花钱请人抄了十几份，分别寄给了纪检委、宣传部和市上分管文联工作的相关领导。

可她万万没有想到，事情会是这样的结局。

不练书法，一下就有了大把的空闲时间，卢秀萍整日无所事事，感到百无聊赖。

周末，丈夫傅翔说要参加研究生的论文答辩，刚吃过早饭就去了学校。儿子说快要考试了，要复习功课，就不回家了。卢秀萍一个人在家，干啥也提不起兴趣，就溜达着去了离家不远的莲湖公园。她沿着湖边的小路，漫无目的地走着。忽然，一个熟悉的身影闯入了她的视线。卢秀萍赶忙躲进树丛里，眼看着傅翔和他的前妻何凤梅从不远处的小路上走过来。傅翔谈笑风生，十分开心的样子。何凤梅的脚崴了一下，差点跌倒，傅翔忙扶起她，搀着她的胳膊向前走着。卢秀萍顿时感到一股怒火在胸中升腾，准备快步冲上前，堵住他们，转念一想，又怕闹腾起来引起围观，万一遇上熟人，岂不是太丢人现眼？于是就远远地跟在他们身后，直到傅翔和何凤梅双双走进东坡酒楼。

晚上，傅翔刚走进家门，卢秀萍就把她堵在门口，疾言厉色地问："你今天上哪儿去了？"

傅翔说："不是跟你说过了，今天研究生论文答辩。"

卢秀萍说："你看着我的眼睛，回答我的问题。"

"你这是干什么，像审犯人一样？"傅翔表面上故作平静，其实心里七上八下的，猜测着种种可能发生的事情。

"今天一整天，都是研究生论文答辩？"

"前半天论文答辩，后半天……"

"后半天你去了哪里？"

"后半天去了莲湖公园，妈在东坡酒楼请客，让我们过去商量甜甜的婚事。"

"我们？"卢秀萍一丝冷笑，说，"'我们'是谁？"

"我和甜甜她妈何凤梅。"看着卢秀萍咄咄逼人的架势，傅翔认定她肯定是看到或者听到自己和前妻在公园碰面的事儿了。于是就干脆来了个"供认不讳"。

卢秀萍原以为傅翔会编造个理由搪塞一下，想不到他倒理直气壮地招认了。她想跟他理论，又觉得人家商量女儿的婚事，本来就是件堂而皇之的事情，如果再不依不饶地闹下去，倒显得自己小家子气了。可是，就这么善罢甘休，又怎么能咽下这口气呢？卢秀萍傻愣在一旁，不知所措。

傅翔推说准备参加全国的学术交流活动，还需要查阅一大堆参考资料，就钻进了书房。这是他对付卢秀萍的妙招。结婚多年，傅翔对卢秀萍的秉性自然是了如指掌。每当发生争执，或是感觉"暴风雨即将来临"时，傅翔就随便找个理由，把自己关在书房里。晚上，支起折叠床，就睡在书房里，任凭卢秀萍哭也罢，闹也罢，他总是充耳不闻。过上几天，眼看着卢秀萍的气儿消得差不多了，再说上几句好话哄哄她，事情也就过去了。他这一招，百试不爽。

可这一次，情况有点不妙。眼看事情都过去三四天了，卢秀萍对他一直横眉怒视，大有剑拔弩张之势。傅翔有点害怕了，想赶快和解。第五天早上，做好了早点，坐在餐桌旁等卢秀萍。没想到，卢秀萍从卧室出来，摔门走了。傅翔追到门外，大声喊着："早餐都做好了，你上哪儿去？"卢秀萍头也没回，径自走了。晚上，卢秀萍刚躺下，傅翔悄悄推开门走进来，坐到她身旁，柔声细语道："宝贝儿，对不起，这两天忙，冷落你了。"卢秀萍转过身去，没理他。傅翔掀开被子，钻了进去，说："宝贝儿，你想死老公了……"卢秀萍仍不理他，卷起被子，走进儿子的小屋，反身把门锁上。傅翔站在门外，好话说了一箩筐，卢秀萍就是不开门，也不理他。傅翔无奈，只好又回到了书房里。折叠床还没来得及拆除，就势躺了上去，可翻来覆去的，却怎么也睡不着。

凌晨一点多，从门外传来几下叩门声。傅翔以为耳朵出现了幻听，并没有在意。紧接着，傅甜甜的声音从门外传来："爸，你开一下门。"傅翔大吃一惊，连忙开了门，傅甜甜和她的未婚夫毛家齐走了进来。傅翔惶恐不安，问："这么晚了，你们怎么来了？"

傅甜甜说："我奶住院了，现在还在抢救室。"

傅翔忙问："你奶啥病？啥时候住的院？"

"晚上八点多，我奶突然就晕倒了。"傅甜甜说，"还好，我们当时都在家，马上就把她送到了医院。医生说我奶可能是心肌梗死，这会儿还在抢救室里，我妈在医院招呼着呢。"

"你们稍等一下,咱们马上去医院。"傅翔换好衣服,走到儿子的房子外,拍了几下门,说:"卢秀萍,妈病了,我现在就去医院,你明天早上……"

傅翔的话没说完,卢秀萍就拉开门,穿戴得整整齐齐地站在他面前了。卢秀萍说:"我跟你们一块儿去医院。"

傅甜甜头一次敲门的时候,卢秀萍就被惊醒了。她听说老太太生病住院,立马就做好了出发的准备。尽管老太太的死活,不关她的痛痒,尽管她压根就不想看见她,可是,当着傅甜甜的面,心里再不情愿,面子上的文章总得做足了才是。

几个人坐出租车到了医院,老太太已经从抢救室转到了重症监护室。何凤梅告诉他们,医生说老太太已经基本脱离危险,不过还需要在重症监护室观察一段时间,才能转入普通病房。傅翔让何凤梅、傅甜甜、毛家齐回去休息,可几个人都不肯走。卢秀萍想走,又没法说出口,索性坐在走廊的连椅上,闭目养神。傅甜甜坐在父亲身边,抱怨父亲不给家里装电话,有事没法联系。傅甜甜说:"爸,你要是舍不得花钱,我给你装电话,明天我就去电信局办手续。"傅翔说:"这不是钱的问题,我是怕装上电话事情多,受干扰,浪费我的时间。"卢秀萍听见父女俩在说装电话的事情,一下来了兴趣,凑过来说:"我早都想给家里装电话呢,可你爸就是不同意。"傅翔还想分辩什么,傅甜甜说:"行了行了,这件事交给我来办,你们不用管了。"

傅甜甜果然说到做到,几天后就给傅翔家装上了电话。老太太也由重症监护室转入普通病房。何凤梅每天二十四小时守候在老人身旁,她让傅翔安心上班,说有事会随时给他打电话的。其他人各忙各的,有空就去医院看老太太。这件事让卢秀萍心里好生为难:不看老太太吧,于情于理都说不过去;去看老太太吧,必然会碰到何凤梅。那女人像狗皮膏药一样,整天黏在老太太身旁,俨然以家庭主妇自居,卢秀萍一看到她,就有一种误食苍蝇而吐不出来的感觉。要是别的事儿，卢秀萍定会跟她争个高低，可这照顾老太太，毕竟是卢秀萍最不愿意干的事情，不管心里咋想，表面上还得感谢人家。

老太太身体逐渐恢复。这场大病，使她清醒地意识到，阎王爷随时都会召见自己。她催傅甜甜赶快办喜事儿，说自己剩下的时间不多了，现在最大的心愿就是能亲眼看见孙女出嫁。在住院前她就跟傅翔和何凤梅在东坡酒楼商量过傅甜甜的婚事，就是恰巧被卢秀萍碰上的那一次。当时，傅甜甜和毛家齐并没有到场，他们也就随便议了一下。其实，老太太的本意，不过是创造个机会，让傅翔和何凤梅见上一面罢了。在她潜意识里，这两个人才是真正的夫妻，不管眼前发生了什么，以后迟早还会走到一起的。

傅甜甜和毛家齐本来早就把结婚的事情列入了议事日程，见奶奶催得紧，就答应奶奶，等她一出院，马上操办婚事。一天下午，傅甜甜和毛家齐刚走进病房，老太太就让何凤梅打电话叫傅翔过来，一家人聚在一起讨论傅甜甜的婚姻大事。傅甜甜主张婚事简办，说领了证，他俩去南方转一圈就行了。老太太却坚决不同意，她主张把孙女的婚事往大了办，还说能办多大就办多大。何凤梅听老太太的，毛家齐一切都看傅甜甜的眼色行事。四个人，二比二，意见严重分歧，一齐把目光投向了傅翔。傅翔从内心是支持傅甜甜的，刚说了句："甜甜的话有道理……"，只见老太太一时涨红了脸，呼吸也变得急促起来，忙改口道，"不过，你们也得站在你奶的角度，为她想一想。你奶一辈子争强好胜的，她希望把你们的婚事办得风风光光体体面面的，你们就听奶奶的吧。"傅甜甜毕竟是个聪明人，现场的察言观色，使她完全明白父亲的良苦用心。奶奶那么大年纪了，况且还在病中，怎么能忍心驳回她的意见呢？她当即表态："奶奶，这件事，我都听你的，你说咋办就咋办。"老太太脸上露出了笑容，说："实话告诉你吧，奶奶有的是钱！这些钱，死了也带不走，不给你花给谁花。"傅甜甜就搂住奶奶的脖子，撒着娇问："奶奶，你到底有多少钱呀？"奶奶刮着她的鼻子，说："你个小财迷，想打我钱的主意？我就不告诉你。"几个人就"咯咯咯"笑了起来。

卢秀萍冷不丁走进来，随口问："遇上啥好事儿了，这么高兴呀？"傅翔说："妈的身体恢复得不错，医生说，再过几天就能出院了。"卢秀萍打量着老太太，说："妈的气色真不错。"坐下来，接着说，"妈，我来跟你说一声，单位派我出趟差，这两天就不能过来看你了。"老太太说："我早都跟你说了，你忙你的，不用管我。"其他的人，一时无话可说。卢秀萍非常知趣，推说要回家收拾东西，就匆匆告辞了。

卢秀萍刚走出门，傅甜甜向门口努了一下嘴，问奶奶："奶奶，我结婚的事儿，要不要告诉她一声？"

"告诉她？她算什么东西？"老太太一下来了气，抬高了声音说，"那个狐狸精，我看见她就来气儿！"

傅翔怕卢秀萍听见老太太的话，想要追到门外看一眼，老太太厉声喝道："你给我回来！我既然说了，就不怕她听见。"

傅翔只好停下脚步。本来，他和卢秀萍之间的关系正处于"冷战"状态。他担心继续僵持下去，事情会变得越来越糟糕。母亲生病，给了他一个绝好的机会，两口子的关系也渐渐得到和解。傅翔非常珍惜眼前这来之不易的和谐状态，生怕哪里出了差错，卢秀萍又不理他了。可母亲的话又不能不听，母亲不让他出门，他就不敢迈出一步。傅翔坐在母亲身边，心神不宁，一遍又一遍地猜测着：卢秀萍会不会听到母亲那些伤人的话？听到了会是什么样的反应？

卢秀萍确实听到了老太太那几句恶狠狠的话。可是，她又能怎样呢？她心里明镜儿似的，老太太不待见她，这种话又不是头一次听到。她嘴角蠕动了几下，咬牙切齿地用极小的声音骂道："疯婆子，你不得好死！"

晚上，傅翔回到家，小心翼翼地问卢秀萍："你明天要去哪儿出差？"

卢秀萍没好气地说："我哪儿也不去！"

"你不是说单位派你……"

"我不想见你妈,不过找个托辞罢了。"

"不想见就不见,只要你不生气就行。"

"瞧你妈那德行,这事儿搁到谁身上,谁能不生气?"

"老太太年纪大了,老糊涂了,你千万不要跟她一般见识。"傅翔哄着卢秀萍,说,"我妈那人太强势,有时候蛮横不讲理,像个泼妇一样。咱惹不起就躲着点儿,以后尽量少见面,不就行了?"

傅翔为了哄妻子开心,不惜贬损自己的母亲。反正母亲又不在当面,说什么她也听不见,为了安抚妻子,他也只能这么做了。自从把卢秀萍娶回家,他作为儿子、丈夫,夹在婆媳中间两头受气,为了两头讨好,不知受了多少委屈,做了多少违心的事儿。他不止一次后悔自己当初一时冲动酿成的弥天大错!现在又有什么办法呢?傅翔也曾动过跟卢秀萍离婚的念头,可是,只要一想起跟何凤梅离婚的过程,就会不寒而栗。母亲的以死相逼,何凤梅的苦苦哀求,女儿哭得红肿的一双大眼睛……这一切,永远地留在了他的记忆中,像一道难以愈合的伤疤,只要触及,马上痛彻心骨。现在有了儿子傅翀,再离婚将会给他造成多大的伤害?他真的是离婚离怕了!他不想让这种自酿的人生悲剧,在自己身上再一次重演了。

第十七章

　　老太太出院的当天晚上,傅甜甜就把两份婚礼请柬送到了傅翔家里,傅翔和卢秀萍一人一份。傅翔猜不透女儿心里到底是咋想的,就问傅甜甜:"事情我都知道,你何必多此一举?你给老爸送请柬,是把老爸当成客人了?"傅甜甜笑道:"送请柬,以示郑重嘛。老爸,你想多了!"傅翔冲女儿做个鬼脸,傅甜甜读懂了其中的潜台词:"你那点小心思,以为我看不出来?"傅甜甜确实动了点小心思。她好容易说服了奶奶,同意邀请卢秀萍参加婚礼。她想打电话通知卢秀萍,又觉得那样不够庄重。考虑再三,觉得还是发请柬好。但又怕卢秀萍弹嫌,说把她当成了外人,就给老爸也发了一份同样的请柬。

　　傅甜甜从小跟着奶奶和母亲长大,可她的性格既不像奶奶那么强势、固执,又不像母亲那样软弱、无主见。傅甜甜为人豪爽,做事大气,虽为女儿身，却颇有几分男子汉大丈夫的气度。她高中毕业后，开始摆地摊，后来卖熟食，再后来开饭馆。一路走来，干啥成啥，据说赚了不少钱，年收入是傅翔的好几倍呢。她认为不管咋说，卢秀萍是长辈，自己结婚这么大的事情，无论如何都应该通知她一声。至于卢秀萍愿不愿意来，那是她的事情。她傅甜甜做事，首先要占住理儿。

卢秀萍对这个继女儿说不上喜欢，也说不上反感，倒是有一种莫名其妙的惧怕感觉。傅甜甜有钱，出手也特别大方。家里的沙发、洗衣机，还有傅翔骑的摩托车，都是她花钱买的。傅甜甜还经常送给她一些高档化妆品。两人只要见了面，傅甜甜总是客客气气的，开口就叫姨。可是，卢秀萍在傅甜甜面前总感到局促不安，好像偷了人家的东西一般。

傅甜甜双手把请柬递给卢秀萍，说："姨，到时候你可一定要来呀！"

"我一定去。"卢秀萍说。

虽然嘴上答应得痛快，可她心里却不由得犯起了嘀咕：到底该不该去呢？

卢秀萍参加过无数次婚礼，她自然了解，每次的婚礼仪式中，都有一个重要的环节：新郎新娘向双方父母敬茶，同时改口称对方的父母为爸、妈。被称作爸妈的公公婆婆或是岳父岳母，此刻就会拿出早已准备好的大红包，发给儿媳或女婿。毫无疑问，傅甜甜的婚礼上，何凤梅必然会以新娘母亲的身份，和新娘的父亲傅翔并肩坐在醒目的主宾位上，接受众人的祝福和一对新人的敬茶和改口。那么，你卢秀萍以什么身份出席婚礼呢？去了又该坐在什么位置上呢？你卢秀萍只能以女方宾客的名义，坐在娘家人的席位上。老太太从来都不待见你，在傅家所有的亲朋好友面前，你早已被污名化。难道，你要头顶"小三""狐狸精"等不光彩的称谓，被人指指点点，自取其辱吗？……想到此，卢秀萍便下定决心，不去参加傅甜甜的婚礼！

傅甜甜的婚礼定在周六中午十一点半，地址是桃花源湿地公园的湖心岛上。

傅翔起了个大早，催卢秀萍早点出发，说是傅甜甜在湖心岛上的"情缘阁"准备了早餐，让大家早点过去呢。卢秀萍说今天有事，可能去不了，傅翔窃喜。他生怕卢秀萍去了节外生枝，没事找事，巴不得她不去呢。但他表面上却装作十分诚恳的样子，说："甜甜专门来请你，不去怕是不好吧？你还是把别的事情推一推，尽量去参加她的婚礼吧。"

卢秀萍说："她请我不过是做做样子，我可不想人家给个麦秸杆儿就当拐杖拄起来。"

傅翔不悦，说："瞧你这话说的，甜甜诚心诚意来请你，还专门送了请柬……"

不等他的话说完，卢秀萍就火了，说："行了行了，你别说了！你女儿的婚礼，你和你前妻唱主角，我去了算什么？"

傅翔马上顺水推舟，说："好好好，不去就不去，你千万不要生气……那，我跟傅翀就先走了。"他说完，就带着傅翀出发了。

父子俩走后，卢秀萍拿起傅甜甜送来的请柬，仔细看了两遍，突然疑窦重重。"情缘阁"是全市最昂贵的婚礼专用饭店，一场婚礼动辄上万，甚至十几万，一般人想都不敢想。傅甜甜在那里举办婚礼，得花多少钱呀？女儿结婚那么大的事情，傅翔能不"表示"吗？可是家里的存折都是自己保管着，傅翔的钱是从哪儿来的呢？……

卢秀萍再也坐不住了，决定到婚礼现场看个究竟。

尽管早有思想准备，可是到了桃花源，她还是被眼前的景象惊呆了。踏着红地毯走进湖心岛，首先映入眼帘的是湖岸边一排巨幅彩色照片。照片上记录着新郎新娘从小到大各个时期的精彩瞬间。通往露天会场的小路上，摆放着大红喜字路引。路引的指向，便是几十米长的鲜花拱门。军乐队激情澎湃的演奏，使得现场的气氛更加喜庆浓烈。司仪宣布婚礼开始，对岸响起了迎亲的唢呐声，新郎新娘和六个伴郎、六个伴娘，一起登上一条用红绸子扎起的小船。小船环湖一周，停泊在会场旁边。新郎抱起新娘，在伴郎伴娘们的簇拥下走到舞台中央。鼓乐齐鸣，掌声沸腾。湖心岛上的人，拥挤得水泄不通，还有人不断从对岸走来。这些人当中有的是前来参加婚礼的宾客，也有来看热闹的游人。卢秀萍急于知道请来的宾客有多少，就跑进"情缘阁"去打听。大堂经理告诉她，中午的喜宴是最高档的海鲜套餐席，一共定了一百二十桌，还有十桌备用。卢秀萍一下子傻了眼，大概估算了一下，光酒席就得十几万，加上外边那些烧钱的铺排，咋说也都上二十万了，不知傅翔掏了多少钱？傅甜甜是老太太的心头肉，她结婚老太太肯定不惜花钱的。那么，老太太花了多少钱呢？要知道，老太太的钱有一半应该是傅翀的。不，全部都是傅翀的！不管老太太承认不承认，傅翀都是傅家的顶梁柱，傅家的财产应该由他来继承，凭什么把本来属于他的东西，随便就给了别人呢？一时钻了牛角尖，卢秀萍越想越生气，不知怎么就稀里糊涂地离开了湖心岛，一个人在公园里转悠着。

傅翔和傅翀晚上十一点多才回到家。傅翀一进门就大声喊着："妈，快来帮帮忙！"

卢秀萍从卧室出来，见傅翔喝得醉醺醺的，半个身子趴在儿子身上，压得儿子气喘吁吁的，气就不打一处来，问："咋喝成这样了？"

傅翀喘着粗气儿说："你想累死我呀……赶快搭把手！"

卢秀萍愣了愣，推开书房门，和儿子把傅翔搀扶进去，让他躺在折叠床上。傅翔嘴里含混不清地说："我没醉……酒、酒，满上，满上……"

卢秀萍气咻咻说："咋不喝死你？！"

傅翀不高兴了，说："你咋能这样说我爸？他可是你老公！"

卢秀萍问："他跟谁喝酒了，喝成这样？"

傅翀说："喝了好几场呢！有咱家的亲戚，有姐夫家的人，还有我爸单位的同事。"

卢秀萍心疼儿子，催他赶快洗洗睡觉。

傅翀说了句"我爸就交给你了。"走了出去。

卢秀萍看着傅翔的醉鬼样子——眼角的眼屎、嘴角的口水、衣襟上的菜屑……像一只大虾一样蜷曲在小床上，不觉心里泛起阵阵恶心。这个老男人，有什么好？想不通自己当初怎么就看上他了，豆蔻年华嫁给他，几乎没过过一天好日子。除了烦恼和委屈，还有什么呢？可是现在……门面房还没有过户到傅翀名下，老太太手上不知还有多少暗财。只要婚姻关系在，自己就有发言权，总还能为儿子，当然也是为自己拼力争上一争。倘若此时离婚，一切都是未知数。老太太本来就不承认傅翀是她的亲孙子，一气之下让她净身出户，也不是没有可能。所以，眼下没有别的办法，只能忍。

第二天吃过早餐，傅翀就要回学校去。卢秀萍说，今天不是礼拜天嘛，下午走还不行吗？傅翀说还有一大堆作业没做完呢，就匆匆忙忙走了。其实，傅翀说作业完全是托词。昨天晚上一进门，看母亲那气势汹汹的架势，他料定父亲酒醒后，必然有一场大战在等着他。从小到大，他不知经历过多少次这种"疾风暴雨"，每次都亲眼看着父亲以"战败方"的姿态，唯唯诺诺地向母亲认错、求饶。他同情父亲，怜悯父亲，却没有办法帮助他。因此，他想趁早躲开，落个眼不见为净。

果然不出傅翀所料，傅翔醒来后，感觉头疼得厉害，浑身没有一点力气，喊卢秀萍帮他找找感冒药，说是昨夜睡觉没盖被子，可能冻感冒了。

卢秀萍说："你又不是没长手，凭什么让我伺候你？"

傅翔听出了卢秀萍口气中的火药味儿，不敢指使她，自己找来几片感冒药，吃完又躺在折叠床上，一动也不想动了。

卢秀萍一脚踹开书房门，说："傅翔，你起来，我有话问你。"

傅翔说："我身体不舒服，能不能让我先躺一会儿？"

"身体不舒服？说几句话，也不至于累死你吧？"卢秀萍紧绷着脸，大声喝道，"你给我起来！"

傅翔无奈，只好坐了起来。

卢秀萍开门见山地问："傅甜甜的婚礼，一共花了多少钱？"

"这个……我真的不知道。"傅翔说，"甜甜一直想旅行结婚，我也不主张大操大办。可是妈坚决不同意,她的脾气你也知道,我们拗不过她。是她请的婚庆公司,钱也是她出的。"

"你妈到底有多少钱?"

"我不知道。"

"我问你,你妈的钱,有没有我儿子傅翀的一份?你妈不想承认我没关系,可儿子是你们傅家的种,难道,你也想赖账?"

"瞧你,扯到哪儿去了?傅翀就是我儿子,我赖什么账?……妈是老糊涂了,看傅翀长得不像我,就胡说八道。我已经说服妈了,她现在也承认傅翀就是她的亲孙子。"

"亲孙子?"卢秀萍冷笑道,"她给傅甜甜大把花钱的时候,想过她的亲孙子吗?"

傅翔说:"她不是把门面房已经过户到我的名下了吗?我给你说过了,等儿子年满十八周岁,我就把房子过户到他的名下。"

"你也说过,你的就是我的。"卢秀萍说,"我要你现在就把房子过户到我的名下,这样我心里才踏实。"

傅翔说:"房产证已经在我的名下了,你还有什么不踏实的?"

卢秀萍脱口而出:"你要是死在儿子十八岁以前……"自觉失口,赶忙打住。

傅翔的心,好像让人用刀捅了一下。以前只知道这个女人刁蛮、任性,想不到她有如此的蛇蝎心肠,竟能说出这么歹毒的话来。

卢秀萍骂骂咧咧诉说着嫁给傅翔后遭遇的种种不公平待遇,越说越生气,竟然破口大骂起来:"你妈那个老东西,这辈子不得好死!"傅翔气得牙根发痒,却一句话也说不出来。说,又能说些什么?这些鸡毛蒜皮的家务事,永远也掰扯不清。再说了,哪一次的口舌大战,不是以他的失败而告终呢?

尽管病体难支,可傅翔一分钟也不想在家里待下去了。他挣扎着走出去,拦了一辆出租车,直奔母亲家。

老太太正在跟何凤梅议论着傅甜甜的婚礼，颇有几分成就感，说婚礼办得像模像样，花多少钱都值了！傅翔冷不丁走进来，两人见他双眼深陷，胡子拉碴的样子，一下子都愣住了。

何凤梅问："你是不是病了？"

傅翔点了点头。

母亲伸手摸了一下他的额头，惊呼道："这么烫！"又说，"你不去医院，跑到这儿干啥？"

傅翔说："刚才吃过药了。"他走进母亲的卧室，拉开被子躺在了床上。

老太太忍不住抱怨起来："生病了就想起你妈了？那个小狐狸精呢，她怎么不管你？"说着就来了气儿，"当初，谁的话你都不听，非要娶了那个狐狸精！现在倒好，整天吵吵闹闹的，那是人过的日子吗？我看你就是自作自受，活该！"

傅翔说："妈，求求你，别说了，让我安静一会儿吧！"他说完，用双手捂住了两只耳朵。

傅翔一觉醒来，已是下午五点多。何凤梅端来一碗手擀的酸汤细面，碗里飘着一层葱末和生姜末。过去在一起时，但凡感冒发烧，何凤梅总是用这种坊上流传的土办法，治愈他的病。今天，品尝着这久违的前妻的味道，不由得百感交集，眼泪也不由自主地流了下来。

傅翔走后，卢秀萍满肚子邪火没处撒，顺手抓起茶壶茶杯乱摔了一通。她似乎还不解气，像个没头苍蝇一样，在屋里转来转去的，不知该干什么。这时，电话铃响了。她心烦，不想接，可电话铃声却不依不饶的一直响着。她气咻咻地拿起话筒，问："谁？"电话那头传来苏大夫的声音："哟，怎么像吃了炸弹一样，你这是又跟谁生气了？"卢秀萍忙说："没有没有，我没生气。"

苏大夫是卢秀萍上次住院时的主治医生，两人关系处得不错。前几天卢秀萍打电话询问自己的病情，苏大夫向她推荐了进口药"拉米夫定"，说这种药很紧俏，医院暂时没货。卢秀萍留下了自己的联系方式，让苏大夫一有货就通知她。苏大夫今天打电话，就是通知她"拉米夫定"到货了，让她赶快去医院一趟。

卢秀萍一刻也不敢耽误，马上去了医院。苏大夫给她开了药，一再叮咛她，遇事一定要冷静，千万不敢生气。"怒则伤肝"，生气是肝炎病人之大忌。回来的路上，卢秀萍反思自己的行为，后悔不该为了傅甜甜的婚事生这么大的气。身体是自己的，万一气出个好歹来，像夏丹阳一样，早早地撒手人寰，傅翔毫无悬念地必然要回到何凤梅身边。人家夫妻团聚，一家人和和美美过日子，老太太不知会高兴成什么样子呢。傅翀怎么办呢？老太太真的承认了他这个亲孙子吗？鬼才相信呢。傅翔在他妈面前，大气也不敢出一口，他有什么本事呵护儿子健康成长呢？到时候，儿子还不是像没爹的孩子一样，忍气吞声，备受欺凌？她一遍遍告诫自己，为了儿子，今后不管遇到什么事，都坚决不能生气。

回到家，她服了药，美美地睡了一觉。醒来后，气消了，人也冷静下来了，却又开始心疼那些被摔坏的东西。那套茶具是傅翔的学生送来的，是景德镇出产的稀有珍品。她曾请行家看过，据说至少价值几千元呢。那些散落一地的碎瓷片，像一把把尖刀一样插在她的心上，心疼得恨不能抽上自己几巴掌。这是傅翔的心爱之物，他要是看见自己的宝贝碎了一地的残骸，会是什么样的反应呢？卢秀萍忙去书房看了一眼，傅翔还没回来。他还病着，除了去他妈家，还能去哪里呢？如果他真的去了老太太那里，事情就糟了！用脚趾头都能想出来，老太太肯定大骂狐狸精，心如蛇蝎。骂倒还是小事，老太太能不利用这件事大做文章，逼他离婚吗？万一傅翔听了他妈的话，动了离婚的心思，那你卢秀萍不就是搬起石头砸了自己的脚，白当了一回"小三"吗？你得到了什么？现在能离婚吗？别看她平时把离婚挂在嘴上，那不过都是吓唬傅翔的，明知傅翔不想离，才敢那么说的。

卢秀萍想给老太太家打个电话问一下傅翔的病情，再说几句好话把他请回来，可抓起话筒，却又觉得打电话不妥，决定亲自跑一趟，那样显得更有诚意。

到了老太太家，敲了几下门，老太太探出半个身子，把她堵在门外，问："你来干什么？"

卢秀萍说："我来接傅翔。"

老太太说："傅翔没来我这儿。"

"那，他去哪儿了？"卢秀萍问。

"他是你男人，你问我，我问谁去？"老太太说完，"咔"的一声关上了门。

卢秀萍一下僵在了门外。

第十八章

从乡下回来,罗静芝一直缓不过劲儿来。她感觉自己一下老了几十岁,从身体到心理,全方位衰退,对周围的一切都不感兴趣,干啥都提不起精神。她对女儿说:"小雨,你外婆走了,好像把我的魂儿也带走了。这些天我满脑子都是你外婆的影子,挥之不去。"

雨荷一声叹息,说:"妈,你想开点儿。我外婆九十岁的人了,她走得那么安详、自如,一切都在她的掌控之中,丧事也是完全按照她的意愿办的。好在咱们回去得及时,外婆最后的日子,一直守在她的身边,为她老人家尽了孝、送了终,也没啥可遗憾的。"

罗静芝说:"我是医生,一辈子看惯了生离死别,没啥想不开的。"

雨荷问:"那你为啥一直走不出外婆去世的阴影呢?"

罗静芝说:"我也不知哪里出了问题,一下子变得精神脆弱,胆小怕事。身体也大不如从前了，好像死神已经开始向我招手了。"

雨荷说："妈，我想跟你探讨一下这个问题。我认为，从精神层面讲，外婆是你遮风挡雨的墙、生命的屏障。外婆走了，你就变成了我的墙。你为我遮风挡雨，可你自己却不得不直接面对风雨的侵袭，难免会出现一些惶恐感和别的心理问题。所谓老人是个'宝'，'宝'的价值就在于此。"

罗静芝说："你说的有道理。我女儿不愧是当作家的，真是一语中的呀！"

雨荷说："妈，我看你别在家里待了，还是去上班吧。人一旦忙起来，就会活得充实，也就没有时间胡思乱想了。"

罗静芝说："我不想上班了。注意力老是不集中，万一出点什么差错，岂不是得不偿失？再过几天，就是我的六十五岁生日，我已经'超期服役'这么多年了，也该退下来了。"母亲的话，让雨荷感到十分诧异。作为医生，母亲一辈子不知拯救了多少人的生命。那是她挚爱的事业，怎么能说不干就不干了？外婆的死让母亲变颓废了，还是她身体出了问题，抑或是别的原因？

罗静芝很快向医院递交了退休申请。院领导集体研究，一致驳回了她的申请。院长亲自登门拜访，告诉罗静芝，她不上班的这些日子，病人托各种关系，把院长办公室和院长家里的电话都快打爆了。院长说："罗老师，你是著名的心血管病专家、学科带头人，正因为有你这面旗帜，咱们医院才闻名省内外的。你要是不干了，心血管病科室就垮了，医院也没法经营下去，我这个院长也只好辞职回家去卖红薯了。"院长的话说得罗静芝心里很是受用，嘴上却说："瞧你说的，我个人哪有那么大的作用。"

院长走后，罗静芝想了很多。一个医生，能得到那么多病人的信任，甚至是依赖，那是对自己的专业才能的肯定，也是自己人生价值的体现。心头的阴霾渐渐散去，人也变得开朗了许多。经与院领导协商，最终达成一致意见：罗静芝辞去副院长和科主任职务，办理退休手续，此后每周二和周四上午上两次专家门诊。没有了行政职务，罗静芝把全身心投入业务中，原定的两个半天专家门诊，却因病人多，而常常忙到下午四五点才能脱下白大褂。其余时间，还要翻阅资料，研究病例，总是忙忙碌碌的。其实，这正是罗静芝想要的最佳结果。

雨荷明白母亲的心思，她厌倦了行政事务，不想当官，只想当个好医生。自己又何尝不是这样的心境呢？

玉田打来电话，说是要和黄仙慧来古城旅行结婚。罗静芝为安排他们的住处犯了愁。她有洁癖，黄仙慧讲不讲卫生，她不了解，可对玉田的邋遢劲儿，她可是了然于心的。罗静芝主张让玉田两口子住宾馆，雨荷却坚决不同意，说人家旅行结婚，为什么不选择去别的地方，偏偏来了古城，说明小两口就是为了来看他大姑的。你倒好，安排人家住宾馆，你就不怕黄仙慧多心，说咱瞧不起乡下人。再说了，传出去也不好听，村里人也会说三道四的。罗静芝还是愁锁双眉，一筹莫展的样子。

周一雨荷去单位，中午和韩菊豆一块吃饭。两人天南地北地闲聊，不知怎么就聊到了玉田要来古城旅行结婚这档子事儿上。韩菊豆是从农村出来的，对农村的风土人情了如指掌，自然以行家自居了。她说你家房子那么大，让你表弟两口子住到外边肯定不合适。她当即给雨荷出了个主意，让她把家里那间小房子布置成婚房：墙上贴上大红喜字，屋顶吊满彩色气球，再挂几条喜字拉花。床上换一套大红色的被罩和床单，一下就有了浪漫喜庆的气氛。这样花不了多少钱，还显得隆重大气。雨荷说："看你说得天花乱坠的，我听得头都大了，难不成还得请个婚庆公司来操办？"韩菊豆说："没那么复杂。你负责出钱，其他的事儿交给我来办就行了。"雨荷伸出手掌，说："一言为定！"韩菊豆与她击掌，说："一言为定！"

雨荷把韩菊豆的话告诉母亲，罗静芝说："我也觉得让玉田他们住到外边不合适，纠结了好长时间，也没想出个啥好办法来。既然韩菊豆说了，就让她来操办吧。"

雨荷从银行取了三千块钱交给韩菊豆，让她看着办。韩菊豆说："你真的想当甩手掌柜的?"

雨荷说:"当然了!你办事,我放心嘛。"

韩菊豆用了半天时间,采购齐了所有的东西。周日,她拽上丈夫王天理,用了一个下午就把婚房布置得妥妥帖帖。一算账,总共花了不到八百块钱,就把剩下的钱和账单,一起给了雨荷。

雨荷惊讶得不敢相信自己的耳朵,说:"不会吧,怎么才花了这点钱?"

韩菊豆说:"瞧你这口气,财大气粗的。我告诉你,八百已经不少了。知道你萧雨荷爱面子,买的都是好东西。要是图便宜,四五百块钱就足够了。"

雨荷要请韩菊豆两口子出去吃饭,韩菊豆笑道:"吃饭就免了,算你欠我一个人情,往后我有事求你,你可不许推辞。"

雨荷也开着玩笑说:"那也要看什么事儿了,办不了的事儿,你求我也没用,这个人情就算白欠了。"

韩菊豆说:"那怎么行?……"

王天理急忙打断韩菊豆的话,说:"你俩的事儿,你俩慢慢掰扯去。雨荷,我现在就有事求你。"

雨荷问:"什么事儿?"

王天理说:"听说你新出了一本散文集,能不能送我一本?"

雨荷说:"当然没问题!"当即拿出新出版的散文集《山魂》,签了名,双手递给王天理。

王天理说:"回去一定好好拜读。"

当雨荷把玉田和黄仙慧领进婚房时,小两口立刻被眼前的景象所惊艳。黄仙慧不无夸张地啧啧称赞道:"真好!农村人结婚,没见过谁家把婚房布置成这样的。"

玉田说:"就这,来的路上还跟我犟呢,说大姑和表姐肯定不会让我们住到家里的。"他问黄仙慧,"你看咋样?"

黄仙慧拽了一下他的衣角,小声说:"就你话多。"

罗静芝和雨荷相视一笑,其间的潜台词,只有她俩知道。罗静芝张罗着要给他们做饭,雨荷说:"干脆叫上韩菊豆两口子,在外边包一桌饭,大家好好热闹一下。"

黄仙慧说:"哪也不用去!这几天,做饭的事儿就包在我身上,我给大姑和表姐做几顿咱家乡的饭,让你们也好好解解馋。"当天下午她就做了"洋芋糍粑"。

黄仙慧的厨艺还真不错,她早有准备,专门从老家带来了各种所需要的食材。后来的几天,每顿饭都变着花样,做了"干槐花鸡蛋饺子""搅团""浆水鱼鱼""马齿苋菜煎饼"等大姑和表姐最爱吃的饭菜。罗静芝每次吃完饭,都忍不住要夸赞侄媳妇几句。她问黄仙慧:"仙慧,你咋知道我们爱吃这些呢?"

玉田说:"我们来之前,仙慧专门问了我妈的。"

罗静芝说:"这孩子,真有心!"

黄仙慧人勤快,爱干净,还特别有眼色。她每天早早起床,做好了早餐,就开始擦窗户、拖地板地忙活着。来了几天,把每间房子都打扫得窗明几净,还把窗帘、被罩、床单全都洗了一遍。

罗静芝对雨荷说:"仙慧这娃真不错!你外婆在世时,整天念叨着给玉田娶媳妇呢。可惜呀,她早走了一步,没见上孙媳妇,也没能享上她的福。"

雨荷叹息着,说:"这是没办法的事儿了。但愿仙慧以后能好好孝顺我舅妈,咱们也就不用操心了。"

罗静芝母女俩陪玉田和黄仙慧逛了闹市中心东南西北四条大街,还登上了钟楼和大雁塔。黄仙慧从小生长在小山村,最远也就只到过县城。头一次来到这繁华的大都市,看啥都新鲜,嘴里不住地喃喃着:"城里真好!……"晚上,两口子躺在被窝里,黄仙慧问玉田:"你想不想当个城里人?"

玉田说："想有用吗？"

黄仙慧说："咋没用？咱们可以来城里做生意呀！"

玉田摸着黄仙慧的额头，说："你也没发烧呀，怎么尽说胡话呢？"

黄仙慧说："我清醒得很，咋就说胡话了？"

玉田说："你家开的是沙石场，城里人谁买那些沙子石头？就是有人买，离得那么远，光运费就把豆腐搅成肉价钱了，划得来吗？"

黄仙慧说："城里盖高楼大厦，肯定要用沙子石头的，咱们可以牵线搭桥。至于运输问题，让买家自己解决。再说了，咱们也可以做别的生意呀！比方卖土特产，比方开农家饭馆。你看大姑和表姐多喜欢吃咱们老家的饭菜……"黄仙慧说得兴致勃勃，不想玉田已经发出了鼾声。黄仙慧满脑子想着做生意的事情，一夜辗转难眠。

在城里待了四五天，黄仙慧就急着要回去，说沙石场事情多，怕她爸一个人忙不过来。大姑和表姐留他们再待几天，说进了一趟城，还没逛过大商场，也没进过一个公园呢。玉田也赖着不想走，说大姑和表姐费了那么大的劲儿，还专门布置了婚房，这才住了几天就要走，岂不是太折腾了？黄仙慧拗不过他们几个人，就答应再待一天，逛逛公园，说逛商场就免了，留个念想，等下一次来的时候再去吧。

周二是罗静芝上专家门诊的时间，雨荷带着玉田和黄仙慧去逛兴庆宫公园。不知为什么，雨荷对这个公园一直情有独钟。走进大门，黄仙慧就感觉眼睛不够用了，什么都想看，什么都想问。雨荷干脆当起了义务讲解员，向他们介绍说，这里是唐玄宗李隆基的旧宅，开元二年改为兴庆宫。唐代的兴庆宫历经扩建，占地2016亩，现在的兴庆宫公园占地780亩，比唐代可小多了。

黄仙慧问："李隆基是谁，他家的老宅咋这么大呀？"

雨荷不由得瞪大双眼盯着黄仙慧的脸，说："李隆基是唐代的一个皇帝。"这才意识到，这个黄仙慧并没有念过多少书。对她讲这些，不过是白费口舌，她也未必喜欢听。

雨荷以为，悠久的历史文化渊源，是兴庆宫的灵魂所在。每次走进这座公园，总能感觉到大唐的盛世雄风扑面而来。她喜欢漫步在兴庆湖畔，张开想象的翅膀，穿梭于历史和现实之间。过去和汪明辉在一起时，他俩经常在这一带吟诗散步，你一句我一句的，把个《长恨歌》背得滚瓜烂熟。雨荷触景生情，沉浸于往事之中，仿佛又回到了十几年前。恍惚中，汪明辉的身影突然出现在不远处的一棵柳树下。汪明辉喜欢看随风飘动的垂柳，更喜欢看阳光下湖水中垂柳的倒影。雨荷忙停下脚步，目光痴呆地望着那个熟悉的身影。

黄仙慧好奇地问："姐，你看到什么了？"

雨荷支吾着，说："一只小鸟……好漂亮呀！"

黄仙慧问："鸟在哪儿呢？"

雨荷用手指着汪明辉出现的地方说："就在那儿。"恰好有一只水鸟从湖面飞到了柳树上，汪明辉却不见踪影了。雨荷一时心慌意乱，兴致索然，人也变得无精打采。她不好扫别人的兴，只好硬撑着，领着表弟两口子划了船，又坐了一回"摩天轮"。

晚上回到家，罗静芝问侄子和侄媳玩得怎么样，黄仙慧兴致勃勃地向大姑汇报了游园的收获。雨荷却满腹心事，浑身疲惫不堪，晚饭也不想吃。

黄仙慧问："姐，你这是咋了？"

雨荷说："跑累了。"

黄仙慧开玩笑说："你们城里人可真娇气，走了这点路就人困马乏的。哪像我们乡下人，整天背石头爬坡的，走这点路根本就不在话下。"

雨荷说："我真羡慕你，身体像铁打的一样。下辈子我也要托生成乡下人。"

黄仙慧说："你想当乡下人，我想当城里人。下辈子咱俩换了，我让大姑生我。"她抱起罗静芝一条胳膊，撒娇道，"大姑，咱可说好了，下辈子你来生我。"

罗静芝被她的一脸憨相惹笑了，说："瞧你这话说的，好像这事儿能商量似的。"几个人都笑了。

雨荷的强装笑颜，瞒过了玉田两口子，却瞒不过母亲的眼睛。晚饭后，雨荷刚走进卧室，罗静芝就跟了进来，问雨荷到底发生了什么事，雨荷照实说在兴庆湖畔看见汪明辉了。雨荷父亲去世后，母女俩相依为命，就像一对无话不谈的忘年挚友。母亲问，你会不会出现了幻觉或是认错了人？雨荷说，那个人肯定就是汪明辉。不过他像一颗流星一样，一闪而过。罗静芝一时找不到合适的话来安慰女儿。雨荷陷入痛苦的回忆之中，难以自拔。母亲心疼女儿，担心她那颗渐渐平复的心，又一次被撕裂得伤痕累累。那一夜，母女俩各想各的心事，谁也没有一丝睡意。

玉田两口子刚走了两天，玉田的姐姐玉莲就不期而至。罗静芝一见到侄女就忍不住抱怨道："玉莲，你这孩子，让我说你什么好！一走多年不见个踪影，你婆去世给你打了几次电话，你都不回来，我都不知道你的心是肉长的还是一块石头……"

玉莲叫了声"姑"就抽抽搭搭地哭起来，再也说不出一句话。雨荷把母亲拉到一旁，小声说："妈，看玉莲那样子，也不知遇到啥事儿了。你就别说她了，让她先缓一缓。"罗静芝点了点头，不再吭声。

玉莲小学刚毕业，罗静芝就把她接到城里，一直供到了大学毕业。玉莲来的时候，雨荷已经上大学了，平时住校，只有节假日才回来。姑父和大姑待玉莲像亲生女儿一般，吃穿用度一切都先尽着她。玉莲无忧无虑地生活在大姑家，自然而然地把大姑家当成了自己家，而把生她养她的大山深处的那个家，早已抛在了九霄云外。每年寒暑假，大姑要带她回去看看，她都噘嘴吊脸地闹情绪，压根就不想回去。雨荷多次提醒母亲，玉莲身上已经被惯出好多坏毛病了。罗静芝也认识到问题的严重性，开始对玉莲严加管教。每当发现她身上暴露出缺点和过错，都要及时批评教育。玉莲嘴上表示今后一定改正，可转过身就把自己关进小房子里，呜呜咽咽地哭上老半天。罗静芝生怕侄女受了委屈，就检讨自己不该态度生硬，说话太直。长此以往，玉莲变得越来越任性、越来越自私了。玉莲大学毕业后，应聘到一家合资企业工作。半年以后，爱上了企业高管——比她大二十几岁的德国男子丹尼尔。罗静芝坚决反对这桩婚事，玉莲来了个不辞而别，和丹尼尔"私奔"去了德国。刚开始还给罗静芝写过一两封信，后来就杳无音信了。几年前，玉莲突然从广西柳州打来电话，说她在那里盘下了一家规模不小的饭店。罗静芝让她赶快回来，说家里人都想她了。玉莲说生意忙，走不开，一推再推的，推了几年都没回来过一次。

　　罗静芝对玉莲，就像当初对玉田一样失望。她想不通弟弟和弟媳两口子那么敦厚善良的人，怎么就生下这么不争气的一双儿女。要说玉田从小被母亲和弟媳惯坏了，可玉莲刚念完小学就到了城里，是自己一手抚养成人的。难道是自己的教育方法出了问题？平心而论，自己对侄女付出的心血和精力远比对女儿付出的要多得多。为什么雨荷那么懂事，玉莲却不堪一提呢？

　　毕竟是血肉至亲。怨也罢，恨也罢，一见面全被亲情融化了。罗静芝见侄女哭得泪人一般，也忍不住伤心落泪。雨荷劝完表妹劝母亲，好不容易让两个人平静下来。玉莲告诉她们，她跟丹尼尔到德国后，才发现他不仅有老婆，还有两个孩子。人家压根就没有离婚的打算。玉莲哑巴吃黄连，只好离开了丹尼尔。想回国，觉得无法面对家人，况且，心也不甘。后来去了法国、荷兰、比利时几个国家，居无定所的，吃了不少苦。在比利时结识了中国小伙林大卫，两人一起打拼，后来一起回到了林大卫的故乡广西柳州，经营一家饭店。两个月前，林大卫携巨款潜逃，致使饭店倒闭，还欠下不少债务。因当初办理营业执照时，企业法人用的是罗玉莲的名字，债主们每天追着她要债。玉莲没有办法，只好向公安部门报了案。婆去世的那些日子，玉莲正在配合调查，无法抽身。直到现在，案件毫无进展。罗静芝问玉莲："你打算怎么办？"玉莲低下头，不吭声。罗静芝又问："你这么一走了之，债主们能善罢甘休吗，他们会不会追过来呢？"玉莲还是缄口不语。雨荷急了,说:"那你跑来干什么?是专门来给我们添堵的吗?不管发生了什么事儿,总得想办法解决,你这样不哼不哈的,我们怎么帮你?"玉莲"哇"的一声又哭了,说:"我也不知道……"

罗静芝盯着侄女,半天说不出一句话来。雨荷给母亲使了个眼色,两人一起下了楼,在小区院子里散着步。罗静芝不停地小声嘟囔着:"不管不管,爱咋咋的!她要不是捅了这么大的篓子,也许一辈子都不回来呢……没有金刚钻,别揽瓷器活。自己惹下的事儿,自己解决,谁也帮不了她……"

雨荷搀扶着母亲,默默地走着,听她唠叨着。见母亲有点气喘,忙扶她坐到石凳上。罗静芝问女儿:"也不知玉莲到底能欠多少债?"

雨荷说:"你不是说不管吗?不想管就别问,省得心烦。"

罗静芝叹息道:"玉莲毕竟是你舅舅的孩子,她也是没办法了,才来找咱们的。不管她,怎么对得起你死去的舅舅?"

雨荷说:"我就知道你不会不管她的。"

罗静芝说:"玉莲啥都不说,咱们啥都不了解,咋管她呢?"

雨荷说:"我想陪玉莲去一趟柳州,先把情况搞清楚再做打算。"

罗静芝说:"也只能这样了。要不,我跟你们一块儿去?"

雨荷说:"你就别去了,有什么情况,我会随时给你打电话的。"

雨荷和玉莲到柳州后,直接找到办案人员。办案人员一见到玉莲,就训斥道:"罗玉莲,这几天你跑到哪儿去了?离开柳州,为什么连个招呼都不打?你知道不知道,那些债主几天不见你的面,还以为你跟他们玩失踪呢。有人已经报了案,说你和林大卫是同案犯,要求公安部门发你的通缉令呢。"

玉莲立刻紧张起来,张口结舌地说道:"我、我……怎么会、会……"半天说不出一句完整话来。

雨荷忙替她打圆场,说:"警察同志,这完全是个误会。罗玉莲为了筹款还债，这几天回了一趟老家。我是罗玉莲的表姐，我代表罗玉莲的家人郑重承诺，罗玉莲欠下的所有债务，我们一定会如数还清的。"

办案人员说："罗玉莲能回来，并且有积极还款的态度，事情就好办了。否则，后果不堪设想。"

雨荷询问了案件进展情况和玉莲欠款的数字，办案人员一一作了回答——据分析，林大卫已经逃到了欧洲，具体地址，目前还不得而知。罗玉莲的债务，包括所欠饭店承包费、欠供货商的各种货款和员工的工资等，总计人民币二十三万六千五百元。

雨荷找到当地文学界一位名叫涂远的朋友。此人神通广大，认识很多政界和商界的人。他请来几个"智多星"，运筹帷幄一番，很快就摆平了这件事儿。其实，事情也并不复杂，玉莲将饭店转包给另一个人，所有的债务也就一并转给了他。剩下的物品折了价，有供货商收了钱还没发货的，还有单位和个人欠饭店钱的，相互抵债后，玉莲还欠新的承包人十二万元。由涂远担保，双方签订了还款协议，三个月内还清所有欠款。

雨荷问玉莲："你有多少钱？"

玉莲说："我身无分文，连吃饭都成了问题。我也是实在没办法了，才去找大姑和表姐的。"

雨荷一时气得恨不能抽上玉莲几巴掌。但她很快冷静下来，说："我可以先替你把账还上，你必须答应我两个条件。"

玉莲说："姐，你说。"

雨荷说："第一，这笔钱算是我借给你的，今后一定要还给我；第二，通过这件事，你要好好总结一下教训。今后的路还长，你要好好规划一下你的人生，一切从头开始，今后老老实实做人、做事。"玉莲满口答应。雨荷当即让她写下了借条，叮嘱她这件事先不要告诉她大姑。

回到家，罗静芝问事情办得怎么样了，雨荷说，问题不大，都是经营过程中的三角债，互相抵消后，玉莲的饭店也就欠了几万块钱，三个月内还给人家就行了。尽管她说得轻描淡写，罗静芝还是心里不踏实。她拿出自己的几万存款，全部交给了雨荷。雨荷开始不想要母亲存的那点养老钱，可一盘算，自己所有的积蓄加上母亲的钱，还不足八万块，剩下四万多的缺口，还不知怎样凑齐呢，于是就不再推辞。雨荷请韩菊豆帮忙，用房产证做抵押，在银行贷款。韩菊豆问她贷款的用途，雨荷就说了玉莲的事情。韩菊豆把这件事告诉了张迎春，张迎春二话没说，拿出了三万块钱。韩菊豆又动员婆家和娘家的兄弟姐妹们，倒腾出了几千块钱，加上自己的存款，很快就帮雨荷把问题解决了。雨荷说，等缓过这一阵子，一定按高于银行利息的数字，还给大家。韩菊豆一听就火了，说："萧雨荷，你把我们都当成啥人了？你是当作家的，难道不懂得这世上比金钱更重的是人的情义吗？"几句话说得雨荷心里暖暖的，感激之情，溢于言表。

雨荷很快就把十二万元寄到了柳州，这件事情才算了结。

第十九章

  人间的悲喜剧,几乎同时在张迎春家里上演。悲的是丈夫老寇被确诊为肝癌;喜的是,儿子寇钧跟媳妇马茜茜在部队举行完婚礼,要回家度蜜月。悲喜交加!两件事情形成的强大冲击波,像两股飓风一般,一会儿把张迎春抛到高空,一会儿又把她重重地摔到地面。两件事情有一个共同特点——事先毫无征兆,让人始料不及。老寇平时身体强壮得像一头牛,就连感冒咳嗽一类的小毛病都没有过,他经常调侃自己是正处于青春期的老小伙子。前几天感觉肝区隐隐作疼,到医院一检查,当即被确诊为肝癌。老寇压根不相信这样的诊断结果,又跑了两家大医院,检查结果都是一致的。儿子整天埋头搞科研,三十多岁的人了,从来没谈过恋爱,老寇和张迎春托了不少人给他介绍对象,可儿子总是找各种理由来搪塞,弄得两口子疑神疑鬼，还以为儿子有什么生理或心理问题呢。就在老寇查出肝癌的当天，儿子打来电话说，要带新婚妻子马茜茜回来度蜜月。马茜茜是个什么情况？寇钧跟她怎么认识的？两人为什么事前不打个招呼，就闪电式结婚了？……一切都不得而知。

平日里遇事镇定自若的张迎春，一下子变得毫无头绪，不知所措。她约了雨荷和韩菊豆晚上到"雀登枝"茶楼见面，两人按时赴约。一坐定，韩菊豆就说："张姐，有啥事不能在单位说，非把我们请到这儿来？"张迎春先说了老寇的病情，说着就泣不成声。韩菊豆也悲从中来，搂着张迎春的脖子，唏嘘不已。雨荷倒是冷静，擦了擦眼泪，叫了声"张书记！"

韩菊豆说："这种场合，叫什么书记呢，听起来多别扭的。"

雨荷忙改口道："张姐，你听我说，现在的医疗技术已经很先进了，肝癌早已不是什么不治之症了。我同学的父亲患肝癌，西医几家医院都给判了死刑，不收治了，家里人没办法，就把他送进了市中医医院。没想到吃了两年多中药，癌症竟奇迹般消失了，老爷子现在还活得好好的。"

张迎春说："老寇也打算过了这一阵子，就去看中医呢。"

韩菊豆疑惑不解："有病不抓紧治疗，为什么还要过了这一阵子呢？"

张迎春就说了儿子的事情。

韩菊豆说："这事儿好办！雨荷表弟来城里旅行结婚，那新房就是我和我家王天理给布置的。张姐，这事儿你就交给我吧。"

雨荷问张迎春："你打算把老寇生病的事情告诉孩子吗？"

张迎春说："我和老寇商量了，这件事儿坚决不能让寇钧知道。孩子工作忙，又是那么高强度的脑力劳动，我们不想让他分心。再者说了，小两口高高兴兴地回来度蜜月，我们也不想让孩子扫兴。"

雨荷说："这就对了！那，要是这样的话，就不能安排小两口住到家里。"

韩菊豆问："为什么呀？"

雨荷说："如果让他们住到家里，老寇生病的事情就很难瞒过他们的眼睛。不如就在家附近找一个适中的宾馆，简单布置一下，就当他们的婚房。这样也不耽误老寇住院治疗。孩子要是问起来，就说他爸单位工作忙，每天加班加点的，他们也不会起疑心的。"

张迎春想了想，说："也只能这么办了。"

三个人当下分了工，雨荷陪张迎春去中医医院联系老寇看病的事情，韩菊豆负责联系宾馆。

第二天上班，三个人不动声色，处理好手头的紧要工作，就分头行动了。雨荷通过母亲的关系，很快就帮老寇联系上了市中医医院专治肝病的袁旭光老先生。老先生看了老寇的检查结果，给他把了脉，开了几副中药，劝他放下思想包袱，积极配合治疗，说肝癌并不是什么不治之症，他看过的病人中，有和老寇症状相同的，已经存活了二十几年。考虑到老寇家里的实际情况，同意他暂时先不住院，每周看一次门诊。韩菊豆虽联系好了宾馆，但她却想到一个问题：张迎春家里房子那么大，为什么要让儿子和媳妇住到宾馆去？她对张迎春说："张姐，你想想看，这样既不合情，也不合理。岂不是'此地无银三百两'，更容易引起寇钧他们的注意。"张迎春想了想，说："也是呀！我这几天晕头转向的，怎么就没想到这一茬呢？"两人合计着，找出一个理由，来圆这个"谎"。想来想去，也想不出个好办法。

韩菊豆说："雨荷脑子好使，鬼点子也多，干脆把她也叫过来吧。"

张迎春说："雨荷最近好像又开始写一部长篇小说了，咱们就不要打扰她了。"

韩菊豆说："张姐，你没有我了解雨荷。雨荷写作的最佳时间是前半天，午饭后主要是看书、翻阅资料。用她的话说，下午四五点以后，脑子就不来电了，跟个死陀螺似的，根本就转不动了。"她抬腕看了一眼手表，又说，"现在快五点了，她也该休息了。"

张迎春说："那就叫她来吧。"

雨荷接到韩菊豆的电话，打了个出租车就往过赶。一路上她绞尽脑汁，也没想出个啥好办法来。下了车，她没有直接去张迎春家，而是先在院子里转了两圈。她一边走，一边四处张望着，突然一则红纸黑字的"安民告示"，吸引了她的目光。驻足观看了几行，雨荷立马就来了"灵感"。

走到张迎春家门外，忽然听到从屋里传来老寇的笑声。雨荷敲开门，只见老寇和韩菊豆正在嘻嘻哈哈的说着什么。雨荷说："你们聊什么呢，这么热闹？"

老寇说："我说，这韩菊豆要是放在唐代，就是标准的大美女。若是被唐玄宗发现了，一准被封为韩贵妃，那杨玉环杨贵妃，也只能望尘莫及了！"

韩菊豆说："你什么意思？我韩菊豆放到现代，就不是大美女了？"

老寇说："唐代盛行以胖为美，现代人的审美观念是多元化的。有人喜欢苗条型的，也有人喜欢富态型的，我个人就特别喜欢像你韩菊豆这种肥胖型的。"

韩菊豆在老寇胳膊上拧了一把，说："老寇，你个老不正经的，胡说八道些什么？张姐还在当面呢，你就不怕她吃醋？"

老寇说："吃醋好呀，说明你张姐在乎我。"说完，又笑了起来。老寇从来都是个乐天派，不知是性格使然，还是故意在张迎春面前强装笑颜。他自从查出肝癌以后，不仅没有丝毫的悲观丧气，反倒比以前更加地爱说爱笑了。

雨荷说："瞧你们一个个有说有笑的，一定是想到什么好办法了。"

张迎春一脸无奈，说："我们是没辙了，才请你过来的。"

韩菊豆说："这个主意是你出的，办法也得你来想。"

雨荷笑道："这还赖上我了。不过，我还真想出一个办法了。"

几个人忙问，什么办法？

雨荷说："我看到你们楼下的'安民告示'里写着，小区要改造自来水管道，到时候院子里挖得乱七八糟的，住户家里要更换水管子，还得停水，正常生活必然要受到影响。怎么能让孩子住到家里呢？"

韩菊豆拍手叫好，说："这是个很好的理由……我怎么就没想到呢？"停了一下又说，"不对呀！我压根就没看见什么'安民告示'，这可不能说明我脑子反应迟钝呀。"

老寇说："我倒是看见了，可我无论如何也不可能把自来水改造和儿子回来度蜜月的事情联系在一起呀。"遂对雨荷竖起大拇指，说，"雨荷，你不愧是当作家的，观察生活细致入微，想象力丰富，联想力也强。"

雨荷说："行了行了，先别拍马屁了。刚才来的路上，看见这儿附近新开了一家自助火锅店，咱们要不要去品尝一下呢？"

韩菊豆说："那必须的呀！"

雨荷说："那咱先说好了，今天我买单。"

老寇摇着头说："不行不行，寇钧结婚了，这是我们家的大喜事，怎么能让你请客呢？"

张迎春说："老寇说得对，儿子结婚了，我们应该有所表示。要不，咱换一个地方，吃大餐去？"

韩菊豆说："你们都别争了，听我的安排，今天就听雨荷的，吃火锅，雨荷买单。周末，你们两口子请客，找个环境好的酒店，好好搓一顿。"

雨荷做了个鬼脸，眼睛眯缝着看着韩菊豆的脸。

韩菊豆说："你看我干啥，我脸上长花了？"

雨荷说："我看你就像一个屠夫，手里拎着一把杀猪刀，左宰一刀，右宰一刀……"

韩菊豆说："你等等，我像一个屠夫，手里拎着杀猪刀……那你们成了什么？"

雨荷自知口误，忙"呸呸呸"了几下，用手拍打着自己的嘴巴，说："说错了，说错了……打嘴，打嘴！"

晚上九点多钟，老寇感觉肝区疼痛，头上冒出一层细汗。张迎春找来止痛药，老寇却不肯服用，说止痛药有副作用，吃多了是会上瘾的，忍一阵儿就过去了。可这一次他的情况不比往常，十几分钟过去了，疼痛没有丝毫减弱，反而越来越剧烈。老寇右手握拳，顶住肝区，额头上黄豆大的汗珠一颗一颗地滚落下来。

张迎春说："咱们去医院吧，不要硬扛着了。"

老寇坚决不去，说："我倒要看看，它还能疼到什么程度。我还就不信了，我一个钢铁硬汉，还能战胜不了它！"又说，"幸亏听了雨荷的话，给儿子联系好了宾馆。否则，我现在这个样子，怎么能瞒过他们？"

张迎春哽咽着说："老寇，你这是何苦呢？……咱们现在就去住院，儿子回来，咱就实话实说。钧儿已经过了而立之年，该承受的就得承受。"

老寇说："不行，绝对不行！张迎春，你怎么能想一出是一出呢？定好的原则不能改变，这件事儿，绝对不能告诉儿子。"看着老寇疼得龇牙咧嘴的样子，张迎春心如刀绞。她再也控制不了自己的情绪，"呜呜"哭了起来。

老寇说："张迎春，瞧你那点儿出息，我还没死呢，你就哭成这样了。我告诉你，真正到了那一天，你可不许哭，要笑着送我走。像你现在这个样子，我到了那边心也不甘，还得牵挂你……老婆，别哭了，笑一笑！笑比哭好看。"

张迎春止住哭声，抹着眼泪说："你胡说八道什么！你病成这样，我能笑得出来吗？"

老寇说："你多想想开心的事情，心情就好了。心情好了，自然就能笑出来了。"

张迎春说："我满脑子都是你的病，哪有什么开心的事情？"

老寇说："你就想咱俩谈恋爱的时候……我是真心的喜欢你，才给你写了求爱信。可你倒好，直接把信交给了团政委，还给那些向你示爱的语言下边画上红线，说那些都是流氓话。让你意想不到的是，团政委后来还给咱俩当了红娘。张迎春，你说你这辈子多幸运呀！要不是遇见我，谁会要你这个大傻妞呢……"

张迎春说:"老寇,你快别说了……"她没有被他的话逗笑,反而哭得更厉害了。

……

疼痛终于缓解,老寇也被折磨得筋疲力尽。张迎春扶他躺到床上,老寇很快就沉沉入睡了。张迎春却没有一丝睡意,她坐在老寇身旁,紧紧拽着他的一只手,好像生怕死神从她手里把他抢走一样。自从老寇被查出肝癌以后,她的心总是被这突如其来的恐惧吞噬着、撕咬着,食不甘味,夜不能寐。今晚,注定又是张迎春的一个不眠之夜。

往事如云烟。时光倒流几十年——

那时,张迎春刚满二十一岁,是某军区文工团的话剧演员。星期天,她和几个战友请了假,一同出去采买生活用品。回来的时候,乘坐了一辆老掉牙的大巴车,张迎春招呼几个战友坐好了座位,自己却落在了最后一排。她身旁坐着的,是一位身穿军装的年轻小伙子。大巴车在崎岖的道路上颠簸,张迎春努力和小伙子保持一定的距离。可是有好几次急转弯,还是让两个人你碰我、我撞你的紧紧地挨在了一起。

张迎春勃然变色,怒斥小伙子:"你干什么?离远点儿!"

小伙子看着她怒目圆睁的样子,连忙道歉,说:"对不起,对不起!"

汽车仍在颠簸,张迎春索性站了起来。小伙子说:"你坐下,我站着就行了。"他说着,就真的站了起来,一直站了一个多小时,直到汽车开到终点站。

回去以后,张迎春一连几天闷闷不乐,一副心事重重的样子。同寝室的战友问她到底怎么了,她什么也不说。文工团政委是一位四十多岁的女同志,姓秦。秦政委发现张迎春的情绪反常,就找她谈话,耐心地开导她,说不管遇到什么事儿,都要向组织上如实交代,要相信组织,一定能帮她解决的。张迎春哭着向秦政委"交代"了在大巴车上和一位小伙子被颠簸得紧挨在一起的状况。秦政委听了,不以为然地说:"这很正常,没什么问题呀!"

张迎春吞吞吐吐地说："我担心，担心会、会怀孕……"

"你这个孩子，怎么这么幼稚……简直是无知！"秦政委哭笑不得，说，"看来，我得给你科普一下有关性的知识了。"于是，就给她讲了精子和卵子怎么结合变成受精卵，受精卵的几次分裂，以及胚胎发育的过程等等人类生育常识。

张迎春听着，羞得满脸通红。

几天后，张迎春在军区大院里突然碰到了那个小伙子。她想躲避一下，可小伙子径直迎面走了过来，跟她打着招呼："张迎春，你好！"他说着，伸出右手。

张迎春慌乱中，将自己的右手藏在了背后，说："你怎么知道我的名字？"

"你们文工团的，谁的名字不是如雷贯耳。自我介绍一下，我叫寇东峰，是军区政治部宣传处的。"小伙子说，"那天在车上相遇，本来想跟你好好聊一聊，可你……好像心情不大好，是不是遇上什么……"

他的话没说完，张迎春就低着头跑了。她隐隐约约听他说了句："大傻妞！"

回到宿舍，张迎春感到一阵莫名的烦躁不安。想想那天在大巴车上，自己是多么的蛮横无理，刚才相遇，人家不计前嫌，还主动和你打招呼。你本该向人家道歉，诚心诚意地说声"对不起！"可你倒好，扭扭捏捏，连个手都不敢握。人家的话还没说完，你就跑了……没有一点礼貌！难怪人家叫你"大傻妞"呢。

再一次见面时，张迎春有了足够的心理准备，正要向他道歉时，寇东峰却将一封信塞到她手里，用很小的声音说："给你的，回去再看。"说完，扭头就走了。

张迎春受好奇心的驱使，等不及回宿舍，找了个僻静的角落，迫不及待地拆开信。信上写着：

亲爱的张迎春：

你好！

过去在连队时，就看过你的演出。那时，爱情的种子就在我心里发了芽。在大巴车上相遇，是天赐良机！那么近距离的接触，让我感受到了你的心跳和呼吸。我在心里不知说了多少遍：张迎春，我爱你！

当兵的说话直来直去，今天写信，就想告诉你，我想和你处对象。

我向你保证，今后一定对你好，好一辈子！

希望早日与你喜结连理！

寇东峰

张迎春的父亲去世早，这是她平生第一次收到一个异性的信，况且信中又都是些火辣辣的充满"挑逗性"的语言。她不由得心惊肉跳，紧张得喘不过气来。

回到宿舍，几位室友都不在，她忍不住翻开信，又看了几遍。还在"爱情的种子就在我心里发了芽""张迎春，我爱你！""与你喜结连理"几句话下面画上了红线。她不知该怎么处理这件事儿。慌乱中想起了秦政委说过的"不管遇到什么事儿，都要向组织上如实交代"的话，于是就把这封信交给了秦政委。

秦政委看完信，打量着张迎春，目光高深莫测。张迎春说："秦政委，你说寇东峰是不是在耍流氓？"

"他怎么就耍流氓了？"

"我画上红线的那几句话，那不就是流氓语言吗？"

"傻丫头，那些话是向你表达爱情的，怎么就成了流氓语言？"秦政委说，"你们年龄都不小了，谈婚论嫁是人之常情。寇东峰喜欢你是他的权利。

你要是喜欢人家，就跟他好好相处。你要是不喜欢他，就直接告诉他。"

张迎春嗫嚅道："我又不了解他，怎么知道喜欢不喜欢呢。"

"相处一段时间，不就了解了？"秦政委说。

周末，秦政委邀请张迎春到她家里去玩。一路上，张迎春心里一直在嘀咕，文工团那么多演员，为什么单单请了我呢？还以为自己犯了什么错误，政委要对她"单兵训练"呢。到了政委家，才发现寇东峰也在那里。寇东峰热情地端茶倒水，还端来瓜子和水果招待张迎春，俨然是这家里的主人，弄得张迎春一头雾水。秦政委告诉她，寇东峰是她爱人的老乡，来过家里几次，他们已经很熟悉了。秦政委说："你们两个已经认识了，就不用我再做介绍了。今天请你们来，就是想让你们相互了解一下，希望你们坦诚相见，有什么问题就直接提出来，有什么话就当面说清楚。我有事先出去一下，你们俩聊吧。"她说完，走了出去。

寇东峰早有准备，滔滔不绝地向张迎春介绍了自己的情况。张迎春这才了解到，寇东峰是陕北榆林人，比她大五岁，参军已经七年了，三年前提了干，两个月前从基层调到军区政治部，现在是政治部宣传处的一名干事。

张迎春心慌意乱，低着头，不知说什么好。

一阵沉默后，寇东峰说："张迎春，你也说说你的情况嘛。"

"说什么？"张迎春说，"你不是都了解了吗？"

寇东峰说："我只知道你叫张迎春，别的什么也不了解呀？"

"那你就去问秦政委。"张迎春望着窗外，喃喃自语，"秦政委怎么还不回来？"

寇东峰很知趣，说："我还有事，先走了。咱们回头再聊。"

寇东峰刚走，秦政委就回来了。她问张迎春，对寇东峰印象怎么样。张迎春说："不知道。说不上好，也说不上不好。"秦政委："据我了解，这个寇东峰，思想进步，各方面表现都很优秀。这个年轻人特别爱学习，写得一手好文章，现在是政治部宣传处有名的笔杆子。"又说，"这小伙子人品没得说，性格也好，是个标准的暖男，嫁给他，你绝对不会后悔的。"

张迎春忸怩不安，脸上泛起一层红晕。

后来的事情就变得顺理成章了。两个人接触过一段时间后，确定了恋爱关系。张迎春二十四岁那年，两人喜结连理。

结婚后，寇东峰如父如兄般呵护着张迎春。张迎春每次下连队演出回来，寇东峰总是变着法儿做一些她喜欢吃的饭菜，为她改善生活。他每次都把张迎春带回来的一大包脏衣服洗得干干净净，熨烫得平平整整。有一次演出时，舞台坍塌，张迎春受了伤。寇东峰日夜守护在她的身旁，直到她的伤痊愈。日常生活中，他总是无微不至地关心她、照顾她。结婚几十年，两口子从未吵过架、红过脸。但凡有点小摩擦，寇东峰总是忍让、包容着她。张迎春感到，自己就是这世界上最幸福的那个女人。

……

望着熟睡中的丈夫那日渐消瘦的脸庞，张迎春意识到，死神正在一步步逼近他。想到这个相守了大半辈子的最亲最爱的心上人，即将离她而去，张迎春怎能不肝肠寸断、痛彻心扉呢？她实在忍不住啜泣了几声，怕影响到老寇，忙下了床，躲到了卫生间里。不知怎么还是吵醒了老寇，老寇说："你回来吧，夜里天凉，别冻感冒了。"

张迎春躺到老寇身旁，不等她开口，老寇就先安慰起她来了。老寇说："老婆，你不用担心，我不可能丢下你，一个人跑到阎王爷那儿去报到的。我这两天吃中药，效果挺好的，疼痛发作的次数明显减少。相信我是一定会战胜病魔的。"

张迎春说："我还是希望你尽快住院治疗。"

老寇说："在家里吃中药，跟住院是一样的。等儿子走了以后，我立马就去住院。"

两口子掐着指头计算着儿子到家的日子，可等来的却是一封加急电报："因执行重要任务，推迟回家，望父母谅解！"空欢喜一场！难免失望甚至沮丧。不过，两口子都是当兵的出身，自然懂得"军令如山倒"的道理，也没有什么想不通的。为了儿子和老寇的事儿，张迎春一连几天累得心力交瘁，此时倒有了一种如释重负般的轻松。她对老寇说："这样也好，咱们再也不用顾虑重重了，明天你就去住院。"

老寇说："好，听你的，明天就去住院。"

第二天一大早，张迎春陪着老寇去了市中医医院，很快就办好了住院手续。

第二十章

每年高考过后,总是几家欢喜几家愁。卢秀萍的儿子傅翀以全校理科第一名的成绩,考入上海复旦大学。韩菊豆的双胞胎儿子王前和王进,却双双名落孙山。

傅翀的录取通知书是寄到文联机关的。卢秀萍抑制不住内心的激动,楼上楼下地敲开所有办公室的门,逢人就夸儿子,还拿出上海复旦大学的录取通知书让所有的人看。单位的同事,有夸赞的,有羡慕的,有嫉妒的,大多数人都是逢场作戏,随便敷衍几句。当然,也有在背后说风凉话的。卢秀萍顾不了许多,她被这巨大的喜悦冲昏了头脑,整个人都"飘"起来了。

回到家,她把儿子揽进怀里,左亲一口,右亲一口,弄得儿子很不习惯,甚至有些反感地说:"妈,你咋了,发啥神经呢?"

卢秀萍说:"我儿子考得好,妈心里高兴!"

儿子却说:"好什么好!要不是粗心大意,丢分太多,我是能考进北大的。"

卢秀萍说:"这已经很不错了。我们单位韩菊豆的两个儿子,一个也没考上。你是不知道,那人平时嘚瑟的那样。这一回,也该你妈嘚瑟了。"

傅翀皱起了眉头,说:"妈,咱能不能低调一点儿?"

卢秀萍说:"我为什么要低调?……别人想高调,也得有资本呀!"

傅翀说了句:"简直不可理喻!"走了出去。

卢秀萍大声喊着:"翀儿,你上哪儿去?"

傅翀没理她,径自走了。

卢秀萍在儿子这儿碰了个软钉子,心里有些不得劲。不过,跟塞满脑子里的喜悦相比,这点不愉快也就算不得什么了。她推开书房门,见傅翔站在窗口,向远处眺望着,问他:"你在看什么?"

傅翔说:"我正在写一篇文章,有一个问题没想清楚……卢秀萍,能不能给我点儿时间,有啥事,一会儿再说。"

卢秀萍立马沉下脸,说:"有什么事情比儿子的事情更重要?你还是好好想想,儿子的事儿该咋办吧!"说着,把傅翀的录取通知书递到了他手上。

傅翔看也没看,说:"通知书到了?这是预料中的事情。你问问儿子,还需要什么东西,你就趁早给他准备着。"

卢秀萍说:"你说了个轻松……事情就这么简单?"

傅翔说:"不就上个大学吗,有什么复杂的?"

卢秀萍说:"儿子考上复旦大学,这是大喜事,怎么也得摆上几桌,庆贺一下吧?还有,儿子再过几天就要过十八岁生日了,你得赶快把门面房过户到他的名下,就算是给他一个奖励吧。"

傅翔不耐烦了,抬高了声音说:"我现在正忙着呢,这些事,以后再说。"他说完,坐到写字台旁,打开一本书翻阅着,一副拒人于千里之外的模样。

卢秀萍嘟囔了一句："德性！"悻悻地走了出去。

卢秀萍想不通，遇上这么大的喜事，父子俩居然一个比一个淡定，一个比一个不以为然。"是我太肤浅了吗？"脑子里闪现出这样的想法，立马就被自己给否定了。卢秀萍回顾了自己的人生历程，大半辈子都是在平淡无奇中活着的，只有这件事，值得庆贺，值得炫耀。"有粉干吗不擦在脸上，我为什么不能扬眉吐气一回呢？"卢秀萍打定主意，要按自己的方式处理这件事情。

她拿着傅翀的录取通知书，去找傅翔的母亲，老太太的惊喜交集，让她感到十分意外。

老太太说："翀儿不愧是老傅家的子孙，给先人长脸了！"又说，"傅翀上大学的所有花销，我全包了，不用你们管。"

老太太曾经怀疑傅翀不是傅家的血脉，尽管傅翔一再保证，傅翀就是自己的亲儿子，但老太太说啥也不肯相信。傅翔就捡了傅翀几根头发，偷偷去做了亲子鉴定。老太太看到鉴定结果，才默认了这个事实。"爱屋及乌，恶其余胥"。老太太不喜欢卢秀萍，因此，对这个亲孙子也喜欢不起来。可不管咋说，老太太是个明白人，在大是大非面前，掂得来轻重。孙子考上名牌大学，毕竟是件大喜事。老太太发自内心地喜悦，自然也在情理之中。

卢秀萍说："妈，你说咱们要不要摆上几桌，请亲朋好友过来聚一聚？"

老太太说："这个事儿我来安排……这个礼拜天中午，就去莲湖公园的东坡酒楼吧。"她问卢秀萍，"你那边能来几个人？"

卢秀萍想了想说："也就四五桌吧。"见老太太心情不错，卢秀萍想趁机提出来把门面房过户给傅翀，可是摸不透老太太的心思，又怕引起她反感，权衡再三，还是不敢贸然开口。老太太问她还有什么事儿？卢秀萍听出她是在下逐客令，就连忙起身告辞。走到门口，又折转回身，叮嘱老太太:"妈,你告诉凤梅姐,到时候一块儿去。"

老太太说:"我知道。"

卢秀萍走了以后,何凤梅从卧室走了出来。她在给老太太缝制寿衣,听见卢秀萍跟老太太说话,就屏住呼吸,悄无声息地坐了一会儿。不知为什么,这么多年来每次见到卢秀萍,她都有一种"自知理亏"的感觉,好像自己亏欠了她似的。她问老太太:"妈,为翀儿的事请客,我到底该不该去呢?"

老太太说:"你必须得去。那小妖精专门说了,要请你一块儿去呢。"

何凤梅说:"她也就顺口一说,我要是真的去了,就怕讨人嫌。"

老太太说:"你难道看不出来,她为什么请你去?"

何凤梅疑惑不解道:"为什么?"

老太太说:"她就是想在你面前显摆呢。"

傅翔写完那篇文章,一下子变得轻松愉悦起来。他大声喊着:"卢秀萍!"不见回音,又屋里屋外地找了一圈儿,仍不见她的踪影。正在疑惑着,忽然听到门外传来熟悉的脚步声,忙拉开门,卢秀萍正好走了进来。

傅翔问:"你去哪儿了?"

卢秀萍说:"我去妈那里了。"看着她一副和颜悦色的模样,好像全然忘记了之前发生的不愉快。傅翔一颗悬着的心,也就放了下来。

傅翔说:"老婆,对不起,那篇文章催得紧,我也是没办法了……"

卢秀萍说:"你不用解释。翀儿的事,我已经跟妈说好了。"

傅翔问:"你跟妈是咋说的?"

卢秀萍就说了见到老太太的经过。傅翔满心不悦,嘴上却说:"那就按你跟妈说的办。我有事,得赶快去学校一趟。"说完,把那篇刚写好的文章装进提包里,匆匆走了。

傅翔没有去学校,而是直接去了母亲那里。

卢秀萍走后,老太太大概匡算了一下,该请的亲戚朋友和街坊邻居,少说也得四五十桌。傅翔坚决反对母亲这样做。母亲说："你妈我一辈子好面子，见不得人小家寒气的。这事情要办就办排场些，要么干脆就不办！"

傅翔说："不办最好。"

母亲问："为什么？"

傅翔说："这么跟你说吧，在农村，特别是偏远的山区，如果有人考上了大学，肯定会轰动方圆几十里，全村的人都会来祝贺的。你知道为什么？物以稀为贵呀！在厂矿企业，谁家孩子考上大学，肯定也会大摆宴席的。因为工人家庭能培养出一个大学生，实属不易。可是在我们学校，知识分子成堆，教授的孩子考上博士、硕士的大有人在。傅翀考上大学，那不是很正常的事儿吗？你让我大摆筵席，别人会怎么想？"

老太太想了想，说："你说的有道理。如果太张扬，倒显得咱们没见过世面似的，反倒让人小瞧了咱。再说了，咱们家又不是就出了傅翀一个大学生。你考大学那会儿，比他们现在可难多了！我记得，咱家附近的几道巷子，就考上了你一个。街坊邻居嘈嘈着要喝喜酒，你爸把人家都谢绝了。他还一再给咱娘儿俩说，做人要低调。事情过后，谁不夸咱老傅家的人有格局……对了，我到现在都没弄明白，格局到底是个啥，有格局是啥意思。"

傅翔说："简单说，有格局就是有人格、有气度、有胸怀。"

老太太不无得意地说："要不，人都说你爸有本事，能成大器呢！"

傅翔说："妈，我看这样吧，咱不请别人了，就咱一家人，在一起聚一下。"

老太太说："行。"

傅翔把这一决定告诉卢秀萍时，卢秀萍一下就气炸了，追问道："这是你妈的意思，还是你的意思？"

傅翔说："当然是我妈的意思。你也知道，我在我妈跟前，向来都是百依百顺的。"

卢秀萍说:"你妈这人咋搞的?跟我说得好好的,到了你那儿,全都翻版了?这不是两面三刀,阳奉阴违吗?"

傅翔说:"老太太年纪大了,身体又不好,你就别跟她较真了。咱就听她的,好吗?"

卢秀萍说:"不行!这事儿,我就不听她的,她不让办,我偏要办!"

傅翔知道,再跟她争执下去,一定没有啥好结果,说道:"行行行,你想办就办。不过,这是儿子的事情,你得跟他商量一下。"他说完,推说要修改文章,把自己关进了书房里。

韩菊豆的一对双胞胎儿子王前和王进,长得高高帅帅。两个人的性格极为相似,善良,厚道,特别讲义气。用王天理的话讲,这小哥俩,除了学习,啥都好。王前和王进从小学习都很刻苦,可成绩一直不尽如人意。上了高中以后,韩菊豆压缩家里的一切开支,花大价钱请了最好的老师当家教,两个孩子的成绩渐渐有了提高。全家人对两个孩子寄托了很大的希望,可高考成绩一出来,全都傻了眼——王前离录取线差了165分,王进差了89分。

韩菊豆气得一连几个晚上睡不着觉,说:"咱们付出了那么大的代价,两个孩子平时也都很用功,为什么成绩就那么差呢?"

王天理说:"还能为什么?人不聪明呗,不是读书的料。"

韩菊豆说:"你说这话,我就不爱听了。要说儿子不聪明,那也只能怪你。"

王天理说:"怪我什么?"

韩菊豆说:"怪你……笨种!遗传基因不好。"

王天理说:"孩子是咱俩生的,至少有你一半基因,也不知咱俩到底谁笨?"

韩菊豆说:"我笨,你聪明,行了吧?"说着,居然掉了眼泪。

王天理把她揽进怀里,哄劝着:"媳妇,你这是何苦呢?不就是没考好吗，多大点事儿嘛！让他们复读一年，明年再考。"

韩菊豆抹了一把眼泪，说："我也是这么想的。今年考不上，明年考，明年考不上，还有后年呢。咱俩就豁出去，再过几年苦日子。我还就不信了，咱们孩子永远都进不了大学的门？"

可是，韩菊豆两口子万万没有想到，一向听话的王前和王进，在复读的问题上，表现出强烈的反抗。王前说他喜欢当厨师，要去上"烹饪技能培训班"；王进从小就表现出了机械维修方面的兴趣和特长，经常把飞机、汽车一类的玩具，拆开了再重新组装，还别出心裁地让飞机和汽车"混搭"，结果飞机变得能跑了，汽车变得会飞了。他不顾父母的反对，报考了"机械维修技术学院"。韩菊豆拗不过两个儿子，却又心不甘，整天拿王天理当出气筒，动不动就给他发火。王天理好说歹说的，韩菊豆就是打不开这个心结。王天理无奈，只好给雨荷打了电话，让她帮忙劝劝韩菊豆。雨荷满口答应。

雨荷打开办公室的门，发现韩菊豆一边擦桌子，一边抹着眼泪。雨荷故意干咳了两下，韩菊豆一抬头，发现是雨荷，忙说："你今天怎么来了？"

雨荷说："今天没事，过来看看你。"

韩菊豆说："我有什么好看的？你要是没啥事儿，就赶快回去，我还想在你这里'避难'呢。"

雨荷笑道："姐们儿，你有没有搞错，这是我的办公室，你倒想赶我走呢。说说看，遇到什么事儿了，要躲到我这里'避难'呢？"韩菊豆就说了儿子的事情。她说，本来就心烦，再加上卢秀萍到处显摆，居然当着众人的面问她，孩子考了多少分，弄得她很尴尬，恨不能找个地缝钻进去。单位的人知道了王前和王进双双落榜，说啥的都有。她不想见人，也不想回答别人的任何问题，哪怕是那些善意的询问。

雨荷说："你又不是不知道，文联这单位，本来就是个是非窝。一帮闲人，对任何事情，不管是好事还是坏事，总喜欢说三道四。爱说就让他们说去，你管不了，也不必介意。至于卢秀萍，她儿子考得好，本应该低调些、内敛些，可她恰恰相反，恨不能让全世界的人都知道她儿子考上了大学。这只能说明她浅薄无知，在别人的眼里，早都成了一个大笑话，你何必跟她一般见识呢？"

韩菊豆说："人说'话是开心的钥匙'。你萧雨荷的话，简直就是灵丹妙药。听你这么一说，我心里好受多了。王前、王进那俩小兔崽子，不想复读，一个想上'烹饪技能培训班'，一个想上'机械维修技术学院'。我和王天理咋说，人家就是不听，你能不能帮我劝劝他们？"

雨荷说："我倒觉得，孩子的想法，也没什么错。人生也不只是上大学一条路，学好一门技术，至少有了立身之本。三百六十行，行行出状元，不管是当厨师，还是搞机械维修，只要技术拔尖，照样有出息。"

韩菊豆说："理是这个理。可我跟他爸，还是希望他们考大学。两个孩子，哪怕考上一个也好。"

雨荷说："那只是你们的想法。孩子大了，有自己的理想和追求，做父母的，不好把自己的意愿强加在他们头上。那样，只会适得其反。"

韩菊豆说："也是的。那俩孩子，平时都很听话，可最近跟我们杠上劲儿了，人家干脆住到了同学家，连我们的面都不见了……"

两人正说着，卢秀萍推开门走了进来，说："刚好，你俩都在。"

雨荷问："有事吗？"

"孩子的事儿。"卢秀萍说，"这个星期天中午十二点，请你们去莲湖公园的东坡酒楼，一块儿吃个饭。"

"好，一定去！"雨荷回答得很干脆。

卢秀萍把目光投向韩菊豆，说："韩姐，你也一定要来呀。"

不等韩菊豆开口，雨荷就抢先回答："没问题，我俩一块儿去。"

卢秀萍走后，韩菊豆就抱怨雨荷："就你嘴快，凭什么替我做主？我才不想去给她捧场呢！"

"小家子气了不是?"雨荷说,"你什么时候见卢秀萍请过客?不吃白不吃,白吃谁不吃?"

卢秀萍本来打算,如果傅翔他妈答应请客,她就请全文联的人,反正又不用花她的钱,何乐而不为呢?老太太突然变卦,她跟傅翔置气,非得要自己办酒席,花自己的钱,那就得精打细算了。结果算来算去的,觉得请谁都没有必要,只有两个人是必须要请的,那就是雨荷和韩菊豆。

雨荷和韩菊豆来到东坡酒楼,发现到场的只有卢秀萍和她的儿子傅翀。四个人坐了靠窗的一个小吧台,抬眼望去,湖边的景色一览无余。雨荷首先祝贺傅翀考上复旦大学,并送他一支派克钢笔和一个笔记本,笔记本上写着:"梅花香自苦寒来",落款是萧雨荷。

傅翀高兴地说:"阿姨,你送我的礼物太珍贵了,我一定好好珍藏。"

卢秀萍对雨荷和韩菊豆说:"臭小子,这会儿高兴了,刚才还死活都不想来呢。"

傅翀说:"妈,我早都跟你说过了,所谓的庆祝活动,我是一概不会参加的。今天主要是想见雨荷阿姨。"他对雨荷说,"阿姨,能跟你这个大作家共进午餐,真是三生有幸呀!"

雨荷有点不好意思了,说:"你这孩子,说什么呢?我跟你妈一个单位,从小看着你长大的,跟阿姨还说这些客套话?"

傅翀说:"阿姨,我今天还有事求你呢。"

雨荷问:"什么事儿?"

傅翀从衣兜里掏出一沓稿纸,说:"我写了一篇小说,想请你指正一下。"

雨荷说:"没问题。"说完,打开稿纸,认真阅读起来。

饭菜很快上齐了,雨荷边吃边和傅翀讨论着他的小说。傅翀是有备而来的,他掏出随身携带的小本子,把雨荷的话全部认真记录下来。韩菊豆和卢秀萍坐在一起,两个人本来就没有什么共同语言,卢秀萍怕冷落了韩菊豆，便有一搭没一搭的找些无关痛痒的话题，韩菊豆总是爱答不理的，气氛显得不太和谐。

吃完饭，傅翀要送雨荷回家，雨荷说："不用了，我跟你韩姨还要在公园转一会儿，散散步呢。"

傅翀说："今天当面聆听阿姨点评我的小说，真是受益匪浅呀！以后再写了新作品，还要请阿姨批评指正呢。"

雨荷说："没问题，阿姨等着欣赏你的大作呢。"

卢秀萍和傅翀刚走不远，韩菊豆就开始抱怨雨荷，说："我就说不来不来，你非得要来，这顿饭吃得……"

雨荷说："这不挺好的吗？"

"好什么呀？"韩菊豆说，"你遇上一个崇拜者，那小嘴儿甜的，几句恭维话，都快把你捧上天了，连东南西北都分不清了。"

雨荷"哧哧"笑着，站定了，说："我现在面向正南方，左手是东，右手是西，背后是北，怎么就分不清东南西北了？"

韩菊豆说："你不想想，文联那么多人，卢秀萍为什么单单请了咱俩？"

"你说为什么？"雨荷问。

"那不是秃子头上的虱子，明摆着吗？"韩菊豆说，"她就是想在咱俩跟前显摆呢。"

雨荷说："王前、王进没考好，她在你面前显摆一下，完全有可能。那你说，她在我面前显摆什么呢？"

韩菊豆说："别看你是大作家，根本不懂人情世故。你想想看，人家的儿子考上复旦大学了，你的孩子在哪里呢？她用这种方式刺激你，不是更阴险、更歹毒吗？"

雨荷心里不由得"咯噔"了一下，说："卢秀萍真是这样想的？"

韩菊豆说："跟她一起共事了这么多年，我还能不了解她？这个女人，天生一副蛇蝎心肠。她一直把咱俩当作竞争对手，可事事处处都占不了上风。唯独儿子考上大学，是咱俩无法企及的。她能不用这件事情大做文章吗？"

"行了，别想那么多了。就按你说的，她想刺激咱，想让咱心里难受，咱们偏偏不中她的招，不上她的当，不生她的气……她这顿饭不就白请了？"雨荷的语气中，略带调侃。

韩菊豆仍是满脸阴云。

雨荷搂着她的脖子，说："我的好姐姐，你千万别生气。今天这事儿都怪我考虑不周，下次再也不敢了。"

韩菊豆脸上终于露出一丝笑容，伸出两个手指头，在雨荷额头上弹了一下。雨荷明白，这事儿就算翻篇了。

两人沿着湖滨小路，边走边说着话，汪明辉突然迎面走了过来。雨荷停下脚步，傻愣着不知所措。汪明辉嘴角抽搐了几下，说："雨荷，你好……"

雨荷有些慌乱地说："你好。"

韩菊豆想走开，把时间留给他们，雨荷却一把拽住了她。

汪明辉说："这些年，我一直在国外，才回来不到一年。"

雨荷一阵迟疑，说了声："哦……"

汪明辉说："能不能找个地方，坐一会儿？"

"不……不必了。"雨荷说完，拽着韩菊豆的胳膊走了。

汪明辉愣在了原地，他清楚地看见，雨荷抹了一把眼泪。

韩菊豆说："你就不想问问他，当年为什么说分就分了？"

雨荷说："现在说这些，还有意义吗？"

"他可把你害惨了……不行，我得问个明白。"韩菊豆说着，就想挣脱雨荷的手，雨荷死死拽住了她。

此时，雨荷的心里一阵翻江倒海。往事历历在目，说不出的酸甜苦辣。她何尝不想搞清楚，当年问题究竟出在哪里。汪明辉说他去了国外，难怪这么多年杳无音信呢。这些年他过得可好？前一段日子陪玉田两口子逛兴庆宫公园的时候，曾看见汪明辉站在兴庆湖畔的柳树下，想不到今天又在莲湖公园的湖滨小路上遇到了他。过去在一起时，他们经常一起去这两个地方，一边散步，一边海阔天空地神聊着。汪明辉故地重游，是怀念那段岁月，还是巧合？他想找个地方坐一会儿，是什么意思？想说些什么——是叙旧，是忏悔，还是别的什么？……满脑子的问号，想弄个明白，压抑许久的满腹委屈，想向他倾诉……可那一刻，理智告诉她：汪明辉现在是别人的老公，他跟你萧雨荷没有任何关系。如今，各自安好，何必打扰彼此呢？

雨荷努力克制着自己。

第二十一章

　　傅翀回到家,一头扎进自己的小屋里,重新审视让雨荷指点过的那篇小说。雨荷夸他想象力丰富,思维超前,语言有张力,说他是块当作家的料,他受到鼓舞,对自己信心满满。雨荷指出,他的小说主要问题是结构松散,按他的人物设置和故事情节,应该采取复式线状结构,主线和副线交叉推进。傅翀一下子感到醍醐灌顶,茅塞顿开。他理顺思路,摊开稿纸,刚写下几行字,卢秀萍就急三火四地推门进来,说:"翀儿,你出来一下。"

　　傅翀头也没抬,说:"你没看我正忙着呢。"

　　卢秀萍不由分说地将他拉到客厅。

　　傅翀怏怏不乐,问:"干什么呀?"

　　卢秀萍说:"明天是你十八岁生日,妈准备好好给你过一下……"

　　她的话没说完,傅翀就不耐烦了,说:"生日有什么好过的?年年都是那一套，烦死人了！从明天开始，我就是法律规定的成年人了，我的事情我做主，我宣布：今年的生日不过了。"

卢秀萍愣了愣，说："不过就不过了。反正，过不过的，你都十八周岁了。明天，还要给你办一件大事情呢。"

傅翀问："什么事情？"

卢秀萍说："就是门面房过户的事情。"

卢秀萍没想到傅翀听完反应居然那么强烈。由于激动，他的脸都涨红了，说："那套门面房，千万不要过户到我的名下！我不想当啃老族，更不想当寄生虫。我认为人生的乐趣在奋斗中，我要靠自己的努力，创造自己想要的生活。门面房是祖上的产业，你们咋处理都行，反正我不稀罕！"

卢秀萍僵在一旁，半天反不上话来。

书房里，傅翔竖起耳朵听完母子俩的对话，心里松了一口气。母亲把门面房过户给他的时候，一再叮咛，以后无论遇到什么情况，房子都不能过户到卢秀萍名下。傅翔答应了母亲，母亲还是不放心，她咨询了律师，跟傅翔签订了一份合同。合同上强调了两点：第一，傅甜甜享有门面房一半的产权；第二，任何时候，门面房都不能过户到卢秀萍名下。卢秀萍只看到房产证上写的是傅翔的名字，并不知道这些背后的"秘密"。傅翔答应过把房产证过户到儿子名下，眼看着儿子的十八岁生日临近，他的心里越来越烦乱。傅翔无数次地领教了卢秀萍的贪得无厌，不得不佩服母亲的做法具有先见之明。可纸里终究包不住火，一旦办理房产过户手续，就怎么都瞒不住卢秀萍的。他闭着眼睛都能想象出来，家里肯定会闹得鸡犬不宁的。这下可好了，儿子不同意过户，傅翔心里的一块石头总算落了地。

傅翔走到客厅，见母子俩还在僵持着，装模作样地问："你们娘儿俩这是怎么了？"

卢秀萍没好气儿地说："问你儿子！"

傅翔把目光投向傅翀，傅翀说："我妈要把那套门面房过户到我的名下，我坚决不要。当着你们俩的面，我再重申一遍，家里的任何东西，我都不会要。"

傅翔在心里说道：傅翀，好样的，不愧是我的好儿子！嘴上却说："你这孩子，你妈都是为你好，你怎么就不能理解她的一番苦心呢？"

傅翀说："为我好，就应该支持我的想法，就应该鼓励我胸怀大志，而不是把目光盯在家里的那些财产上。"

傅翔说："你这孩子……"

傅翀用手势制止了他，说："关于这个话题，请你免开尊口。说多了，有损你这个大教授在我心目中的形象。"说完，走进自己的小屋，"咔"的一声，把门关上了。

傅翔对卢秀萍耸了耸肩，摊开双手，做出一副无可奈何的表情。

韩菊豆把一摞报纸和信件放到雨荷的办公桌上，正要往外走时，却发现一位女孩站在了门口。

韩菊豆问："你找谁？"

女孩说："找萧雨荷。"她说话的声音，有些颤抖。

韩菊豆问："你找萧雨荷有什么事情？"

女孩支吾着："我，我……"

韩菊豆以为又是一位文学爱好者慕名前来拜访大作家的。最近一段时间，几乎每天都会碰上这种不速之客，雨荷不来坐班，都是韩菊豆替她接待的。

韩菊豆说："萧雨荷今天没来，有什么事儿，你可以告诉我，我会转告她的。"

女孩一听雨荷不在，差点急哭了，央求韩菊豆告诉她雨荷家的地址，说她一定要找到雨荷。韩菊豆问她叫什么名字，跟雨荷是啥关系，女孩告诉韩菊豆，她叫罗招弟，雨荷是她表姑。

韩菊豆立刻给雨荷打了电话。半个小时后，雨荷来到单位。招弟看见雨荷，一下扑进她怀里"呜呜"哭了起来。雨荷哄了半天，招弟才止住哭声。她告诉雨荷,她是从家里"逃"出来的,两天了,还没吃一口饭呢。雨荷把她领进附近的一家餐馆,问服务员啥饭上得最快,服务员说,当然是快餐最快了。雨荷要了一份米饭,外加两荤两素四个菜。招弟狼吞虎咽,很快就吃得干干净净了。她眼巴巴地看着雨荷,好像没吃够的样子。雨荷告诉她,饿过头的人,不能一下子吃得太饱,那样对肠胃不好,招弟懂事地点了点头。

招弟告诉雨荷,高考前的几个月,水泥生意好,她爸和她妈整天忙着送货,把家里的事儿全部交给她打理。她既要上学,又要给弟弟妹妹们做饭、洗衣服。后来,她妈卸水泥时,不小心扭伤了腰,她爸一个人忙不过来,就让她请了假,跟他运送水泥。因耽误了不少功课,她高考成绩差了11分。她想复读一年,明年再考,可她爸妈却让她回家打理生意,她妈居然以死相逼。她一气之下,离家出走,可身上带的钱,只够买车票。下了车,天已经黑了,她就在汽车站的候车室里坐了一夜。今天早上起来,一路打听着,步行了几十里路,才走到了文联机关。招弟说,她只知道姑姑在市文联工作,别的什么都不知道。还好,总算找到了姑姑。雨荷说:"你这孩子,胆子也太大了!古城这么大,你要是找不到姑姑,怎么办呢?"

招弟说:"姑姑是名人,不会找不到的。"

雨荷说:"你爸妈找不到你,不知都急成啥样了。"

"我爸妈眼里,只有他们的宝贝儿子,哪管我们几个丫头片子的死活?"招弟气呼呼地说,"高考前,时间多宝贵呀!这事儿要是放到宝柱身上,他们肯定舍不得让他耽误哪怕是一晌时间的。"

雨荷也为招弟感到愤愤不平,可事情已然这样了,还能怎么办呢?她问招弟今后有什么打算。招弟说她想找个工作,一边打工,一边复习功课,明年再考。雨荷说:"你的想法很好,姑姑支持你。可这事儿总得打个电话,给你爸妈说一声呀。"

"不能打电话。"招弟说,"他们要是知道我在你这里,肯定会赶过来,把我弄回去的。"

雨荷说:"这个电话我来打,我想办法说服他们。"

招弟说:"他们要是不听你的,怎么办呢?"

"这……"雨荷一时语塞。她对大顺两口子,特别是爱英的重男轻女思想,是深有感触的。仔细想了一下,还真没有把握能说服他们。可是不打电话肯定是不行的,于情于理都说不过去。

招弟见雨荷左右为难的样子,就说:"姑姑,你还是别打电话了。你帮我找一份工作,我能养活我自己,我也一定能考上大学的。"

雨荷说:"电话还是要打的……这样吧,咱们先回家,在家里打电话。我要是说服不了他们,就让你大姑婆跟他们说。你大姑婆的话,他们不敢不听的。"

"那……好吧。"招弟回答得犹犹豫豫的。

回到家,雨荷说了招弟的遭遇,罗静芝气得不住地抱怨大顺和爱英,说:"不知这两口子心里到底是咋想的,耽误几天生意,无非少挣点钱,可娃的前途命运,不比那点钱重要?……大顺那么精明的一个人,怎么能犯这么低级的错误?……这个爱英,咋就这么糊涂!不管男娃女娃,都是自己身上掉下来的肉……她居然能这么对待招弟?你外婆要是像她一样,我也上不了大学,这会儿还在乡下待着呢……"

雨荷说:"妈,你怎么也成了我外婆,'提起笸箩斗动弹',唠叨起来就没完没了了?"

"人老了,容易激动,越说越生气了。"罗静芝说。

雨荷拨通了大顺家的电话,电话是爱英接的。雨荷装作什么都没发生一样,问招弟考得怎么样,爱英回答说差了11分。爱英又说,考多少分都一样,从来没想过要供她上大学。一个女娃子,念到高中毕业,已经很不错了,早都想让她回来打理家里的生意呢。雨荷让招弟接电话,电话那头,大呼小叫地喊了半天,才发现招弟不在家。爱英说,找不见招弟,可能去了她舅家。雨荷不由得心头一震,女儿离家出走两天了,当妈的居然毫无察觉，真是让人无语了！雨荷说招弟此刻就在她身边呢，说招弟基础不错，娃想复读一年，明年再考，当父母的，应该支持娃的想法……她的话没说完，爱英那头就气急败坏地骂开招弟了，还说她想补习，门都没有！雨荷劝了半个小时，感觉是"对牛弹琴"，只好把电话交给了母亲。

罗静芝又劝了半个多小时，爱英还是不松口。罗静芝生气地说："真没见过你这种人，油盐不进的……耽误了娃的前程，娃会恨你一辈子的！"

招弟提心吊胆地站在一旁，听着姑姑和姑婆跟自己的母亲通电话。姑姑把电话交给姑婆，她就知道姑姑准是碰了一鼻子灰。她能想象出来，母亲在电话那头说了些什么。看见姑婆动了怒，心里的一丝希望完全破灭了。她凭着一时的血气之勇，从姑婆手里夺过电话，大声说："妈，我要在城里打工，自己养活自己，我不会花你们一分钱的！……我明年还要考大学，你们要是敢反对，我就去省妇联'维护妇女儿童权益投诉中心'去反映，他们会给我提供法律援助的，记者也会采访我的。到时候，你们就会成为闻名全省的反面典型……我说到做到，不信咱们走着瞧！"

罗静芝和雨荷面面相觑。她们谁也没有想到，平时一个柔弱的小女子，竟有如此大的勇气，一下子对自己的母亲说出那么厉害的话来。可能由于过分紧张，招弟打完电话，浑身颤抖着，眼眶里盈满了泪水。雨荷把她搂在怀里，说："招弟，不怕，不怕……"

罗静芝说："招弟，姑婆以前从来没发现你这么厉害，竟然敢跟你妈这样说话。"

招弟说："我妈那人我知道，她认准的事儿，九头牛都拉不回来。我看你们都说服不了她，心里一着急，就啥也不怕了。"

"那些话都是谁教给你的？"雨荷说，"姑姑怎么都没想到呢？"

"政治课上，老师讲过维护妇女儿童权益方面的案例，那些话，正好给我妈用上了。"招弟说。

雨荷看了看墙上的挂钟，时间还早，就提议一块儿出去逛街，给招弟买几件衣服和生活用品，顺便在外边吃个晚饭。招弟怕花姑姑的钱，不想去。可她马上想到，姑姑和姑婆都是极爱干净的人，自己从家里"逃"出来时，什么也没顾上带，身上的衣服脏兮兮的，晚上要住在这里，只怕弄脏了姑姑家的被褥。她不再推辞，跟着姑姑和姑婆一起走出家门。

雨荷给招弟买了一身外衣，一身睡衣，还有短裤、袜子、球鞋以及毛巾、牙刷、牙缸、水杯等生活用品。招弟还让姑姑给她买了所有的高考复习资料和学习用具。细心的招弟，把姑姑花的每一笔钱，记得清清楚楚。她打算等自己以后挣了钱，一定如数还给姑姑。

晚上回到家里，雨荷安排招弟洗了澡，让她早点儿休息。招弟躺在床上，回想两天来的经历，感觉像做梦一样。给母亲打完电话，她压抑许久的心情，得到暂时的舒缓。可母亲那人，能善罢甘休吗？招弟最担心母亲让她回去，在当地复读。如果真是那样的话，复读就成了走形式，家里的七事八事，会搅得她一刻也不得安宁，还怎么安心学习呢？今年高考前，不就是最好的例子吗？她越想越心烦，翻来覆去的，怎么也睡不着了。

一连几天，风平浪静。雨荷猜不透大顺两口子心里到底是咋想的，她也是余怒未消，不想主动跟他们联系。招弟一再表示，想留在城里一边打工，一边复习。雨荷说："只要你爸妈同意你留在城里，姑姑帮你联系一个最好的补习班，你安心学习，别的事儿你就不用管了。"招弟说："不用上补习班。高考考的都是平时学过的课程，自己复习就行了。经过今年的高考，我对自己更有信心了。"

几天后，大顺来到雨荷家。他是来买汽车配件的，办完事，想顺便把招弟领回去。罗静芝毫不客气地把这个平时最为看重的大侄子劈头盖脸地批评了一通，说得大顺面红耳赤的，无言以对。

雨荷见母亲喋喋不休，说个不停，笑着说："妈，你快别说了，大顺哥啥道理不懂？他们家的事儿由不得他，真正的掌柜的，是我爱英嫂子，大顺哥啥事儿不得听她的？"

招弟也说："别看我爸在外边人五人六的，见了我妈，就像老鼠见了猫。"

大顺冲着招弟说:"大人说话,你一个小孩子家家的,插什么嘴?"

招弟说:"正说我的事儿呢,我为什么不能插嘴?"

大顺说:"你个小丫头片子,几天不见,长本事了,敢跟我顶嘴了?"

招弟还想反驳,雨荷用眼神制止了她。

雨荷说:"大顺哥,咱还是说正事吧。招弟想补习一年,明年再考大学,你跟我嫂子是啥意思?"

大顺说:"招弟,你想复读,爸没意见。你跟爸回去,咱明天就到县上去,给你报一个最好的补习班。"

招弟说:"你让我跟你回去……我妈同意我上补习班吗?"

大顺没有正面回答女儿的问题,却说:"咱可以慢慢给你妈做工作嘛!"

招弟一听就急了,说:"你把我骗回去,我妈肯定不会同意我上补习班的!到时候,你还不都得听我妈的。"

大顺说:"招弟,听话,跟爸先回去……"

"我才不跟你回去呢!"招弟哭喊着说,"你要是硬把我弄回去,我还会跑出来的,让你们永远都找不到我!……还有,我记住了省妇联'维护妇女儿童权益投诉中心'的电话,你们要是把我逼急了,我就投诉你们!"

"你……"大顺不知说什么好。

雨荷给招弟使个眼色,招弟立刻会意,一边抹眼泪,一边走进小房子里。雨荷说:"大顺哥,招弟的态度很坚决,她是铁了心要考大学的。这娃主意正得很,你要是把她逼急了,不一定会发生什么事情呢。"

罗静芝半天没吭声,这时也说:"这娃的性子随了她妈,甚至比她妈还要拗。我看你也不用在这儿瞎耽误工夫了,就让她住到我这儿,回头让雨荷给她找一个补习班,别的事儿,你就不用管了。"

大顺闷着头,思考了好一阵儿,说:"也只好这样了。"他从提包里取出一沓钱,交给雨荷,说:"给你这儿留点钱,上补习班要交学费呢,如果不够,你就先垫上。"

"不用不用。"雨荷说,"上补习班要不了多少钱的。"

两人正在推让着,招弟从小房子里走出来,从大顺手里夺过那一沓钱,塞进他的包里,说:"你把钱拿回去。我能养活自己,不会用家里一分钱的。"

罗静芝说:"大顺,你快走吧,一会儿赶不上车了。孩子在我这儿,你只管放心好了。"

"好好好,我不管了,我就把招弟交给你们了。"大顺对招弟说,"招弟,你一定要听姑婆和姑姑的话,过一段时间,我再来看你。"

招弟说:"家里事情多,你千万不要来看我,有事我会给家里打电话的。"

雨荷给招弟报了全市最好的"鸿雁"补习班。"鸿雁"每年的高考录取率在百分之九十五以上,入学门槛也很高,必须经过严格考试。雨荷让招弟在家好好复习功课,做好考试的准备。招弟把时间做了合理安排,每天早上在家学习,午饭后出去找工作。她去过周围几乎所有的"人市"和劳务中介机构,发现用人单位倒是不少,可是很难找到适合自己的工作。头一天遇到一家饭店招聘洗碗工,她嫌工作时间太长,根本没法复习功课;第二天又找到一份农贸市场打扫卫生的工作,用人单位要求每天早上四点钟上班,她担心自己一个女娃,太早了路上不安全;第三天是"洗浴中心"招聘勤杂工,管吃管住,工资还给得很高。招弟心里直纳闷,自己又没有啥技术,对方凭什么开出了这么优惠的条件?她跟着老板到了现场,看了他们的用工合同,才意识到这是一家"黑店"。他们打着洗浴的幌子,其实是提供色情服务的。招弟长了个心眼,在合同上随便写了一个假名字,推说回去拿东西,才从那里"逃"了出来。回到家里,心里还"咚咚咚"跳个不停,越想越后怕……

一天,雨荷兴冲冲地告诉她,接到了"鸿雁"入学考试的通知。招弟却说她已经找到了合适的工作,可以边打工边自学,不用去上补习班了。

招弟给姑姑讲述了找工作过程中的种种遭遇，雨荷听得心惊胆战，说："你这孩子，胆子也太大了，要是碰上坏人，再出点什么事儿，我怎么给你爸妈交代？"

招弟说："不会的，我相信这世上还是好人多。再说了，我有自我保护意识的。"她说她碰了几个钉子，都有点心灰意冷了，但是又实在不甘心。昨天下午，又去了丰庆路十字口的"人市"上，想再碰碰运气，结果碰上一对老夫妻，想给家里找个小保姆，家里活不多，主要是打扫卫生和做一日三餐。招弟见两位老人慈眉善眼的，不像什么坏人，就跟他们去家里看了一下。原来老两口都是退休的中学老师，女儿在国外工作。招弟看了他们为自己准备的"保姆间"，一下喜欢得不得了。大约十平方米的房间，里面有书柜和书桌，窗明几净，正好适合自己居住和学习。老两口询问了招弟的情况，招弟如实说了。老两口同情她的境遇，一再表示，他们日后会多承担一些家务活儿，尽量给招弟多留出些时间，以保证她复习功课。

雨荷劝招弟放弃打工的念头，好好备考"鸿雁"。她说只要考进"鸿雁"，等于已经跨进了大学的门槛。招弟也有自己的一套说辞，她说她相信自己的实力，不上补习班，也一定能考上大学。再说了，她准备去的那家，蔡爷爷是教语文的，马奶奶是教数学的，有不懂的题，还可以向他们请教。又说她已经向家里承诺了要自己养活自己，就一定得说到做到。罗静芝也好说歹说地劝了招弟好长时间，还是无济于事。她让雨荷抽空去看一下，那家人到底是个什么情况。

招弟领着雨荷去了蔡爷爷家，一见面蔡爷爷就热情地招呼着雨荷。原来，蔡爷爷名叫蔡晟，是一位散文大家，跟雨荷是多年的朋友了。互相寒暄了几句后，就说到招弟身上了。蔡家各方面条件都不错，也算是知根知底的了。蔡爷爷说他们老两口跟招弟有缘分，一见面就喜欢上这孩子了。雨荷拗不过招弟，只好同意她先留下来，适应几天再看情况。

一周后，雨荷去蔡家看招弟，老两口对招弟赞不绝口，说这孩子勤快，懂事，饭也做得特别可口。招弟夸爷爷奶奶人好，对她就像对待自家的孩子一样，还说家里活儿不多，每天有大量的时间复习功课。看着双方对彼此都十分满意，雨荷也没啥可说的了。

雨荷给大顺打电话，说了招弟的情况，大顺在电话那头说："这娃跟她妈一样，犟起来谁都挡不住，你别管了，由她去吧……"

爱英从大顺手里抢过话筒，气咻咻地说："雨荷，你告诉那个死女子，她有本事跑出去，一辈子都别回这个家，我权当没生过她！"

雨荷不想跟她多说什么，就挂了电话。雨荷跟爱英平时关系很不错，但她知道，在这个问题上，两人永远也达成不了共识。

……

一年后，招弟如愿考上了师范大学。填写志愿时，是蔡爷爷帮她参谋的。因为她喜欢当教师，加之师范院校是免收学费的，正好能满足她"自己养活自己"的愿望。消息传到招弟的母校——草籽镇中学，引起了不小的轰动。这所大山里的全日制中学，已经连续好多年高考"剃了光头"。去年，学校上下全都把宝"押"在招弟身上，希望她能给学校打个翻身仗。招弟高考失误，校领导和相关的代课老师无不为之痛惜。今年，招弟如愿以偿，所有人为之振奋，为之欢欣鼓舞。校长亲自带队，敲锣打鼓地把大红喜报送到了大顺家。村里人又开始议论罗家祖坟风水好，过上几年，就会出一名大学生。人们纷纷猜测着，下一个金榜题名的，会是哪一位罗家的子孙。

前来祝贺的人络绎不绝，大顺家一连几天都是高朋满座。爱英不管走到哪儿，都会有人投来羡慕的眼光。她享受着别人近乎夸张的恭维，虚荣心得到极大的满足。可是这种表面上的喜悦，无论如何也抵消不了她对女儿的怨恨。每当夜深人静，她总是干啼湿哭的，对大顺诉说着自己的满腹委屈。这种时候，招弟如果能及时回到家中，扑到母亲怀里大哭一场，母女俩心中的恩怨也许早就一笔勾销了。可招弟偏偏不回来。对母亲的仇恨，像一粒种子，深深地埋在了她的心里。后来的大学四年，以至于工作后的几年，招弟从未踏进过家门一步。

第二十二章

  有人给儿子介绍对象，对于一个母亲来说，应该是件大喜事。可孟云灿不但高兴不起来，反而忧心忡忡。
  那天，陪儿子郭小磊去市中医医院复诊，正巧碰上一位多年不见的老领导齐大姐。齐大姐原是省文化厅分管文化艺术工作的副厅长，退休后一直跟女儿在北京生活，最近才回到古城。两人寒暄了几句，齐大姐把注意力集中在了郭小磊身上，简单询问了他的基本情况，就张罗着给他介绍对象。女方是齐大姐的远房亲戚，在一家小超市当收银员。孟云灿开始并没有在意，谁知几天后齐大姐打来电话，让孟云灿约个时间，安排郭小磊和女孩正式见上一面。孟云灿如实说了郭小磊的病情，齐大姐也如实转告给了女方。女方说只要两人成了亲，她可以帮助郭小磊戒掉酒瘾。
  两人首次见面安排在齐大姐家附近的咖啡馆里，孟云灿简单跟姑娘聊了几句，就被齐大姐叫到她家去了。齐大姐问孟云灿对姑娘印象如何，孟云灿说，姑娘长得端端正正，也挺有礼貌，没啥可弹嫌的，就怕小磊配不上人家。齐大姐告诉她，姑娘原来谈过一个对象，正在准备筹办婚礼时，男方突然提出分手。姑娘感情受到伤害，好多年都没有交过男朋友。她父母心里着急，托了不少人给她介绍对象，可她一个也不想见。不知为什么，齐大姐介绍了郭小磊，她竟然表现出少有的热情。不知是彻底想通了，还是被父母逼急了，想敷衍一下。

大约两个小时以后，姑娘和郭小磊一块儿回到了齐大姐家。齐大姐把姑娘叫到小房子里嘀咕了半天。孟云灿母子俩走的时候，齐大姐把他们一直送到小区大门外。她告诉郭小磊，姑娘同意这门亲事，问郭小磊啥意见，郭小磊不假思索地回答："我没意见！"一路上，郭小磊显得十分激动和兴奋，居然哼起了秦腔经典唱段"祖籍陕西韩城县……"孟云灿笑道："难听死了！……小磊，求你不要糟践秦腔了，行吗？"郭小磊央求母亲教他几句唱腔，孟云灿就随便哼了几句，郭小磊五音不全，一句也学不会。孟云灿说他不是唱戏的料，郭小磊乐得开怀大笑。儿子的情不自禁，让孟云灿感觉到，他对人家姑娘是百分百的满意。

回到家，郭小磊沏了一杯茶，双手递给母亲。他突然满头大汗，双手剧烈地抖动着，杯里的茶水溢出来撒在了母亲的衣襟上。孟云灿忙接过茶杯，惊呼道："小磊，你咋了？"郭小磊坐在沙发上，捂住胸口，说："酒瘾犯了。"孟云灿还是头一次看见儿子这种状况，一时慌了手脚，问："这咋办，要不要去医院？"郭小磊说："不用，喝口酒就好了。"家里啥酒都没有，孟云灿懵里懵懂地想出去买，刚走到门口，脑子一下清醒过来，心里想，我怎么能给他买酒，这不是害了他吗？情急之中，想到茶能解酒，就把刚才那杯茶递给了郭小磊，说："小磊，你先喝口茶，忍一忍。"郭小磊喝了几口热茶，孟云灿给他轻轻地掊掙着胸口。时间一分一秒地过去了，儿子慢慢缓过了劲儿，母亲却一下软瘫在了沙发上。

郭小磊知道，自己酒瘾发作的那一刻，有点近似癫痫症。他暗自庆幸，跟姑娘见面时，老天帮忙，一切完美无瑕，几乎无可挑剔。倘若被姑娘发现自己的狼狈相，这桩婚事还有希望吗？活到三十多岁，还是第一次相亲，首次见面，郭小磊就被对方所吸引。他渴望爱情，渴望婚姻，只要一闭上眼睛，那姑娘的身影就会出现在他的眼前。他如痴如醉，沉浸在巨大的幸福之中，难以自拔。孟云灿把这一切看在眼里，急在心里。毕竟六十多奔七十的人了，身体状况不容乐观，她何尝不盼望儿子早日成家立业？那样的话，自己离开这个世界的时候，也就无牵无挂了。她心里明镜似的，郭小磊的情况，根本不适合结婚，又有哪个姑娘愿意往火坑里跳呢？孟云灿认为，齐大姐介绍的女孩，一定是被郭小磊一时的假象所蒙蔽。当她了解到郭小磊酒精依赖的严重程度后，是绝对不会一条道走到黑的。眼看着儿子陷入爱河，她担心陷得越深，伤得越重。她多次直言相劝，儿子却不管不顾，好像全然忘记了自己是个重病缠身的人。

　　第二次见面时，郭小磊"防患于未然"，提前买了几瓶啤酒和一包花生米。他给姑娘要了一杯咖啡和几样茶点。平时母亲管得紧，一般情况下，他都是身无分文的。可要去与姑娘约会，身上总得带些零花钱，这也正是母亲最担心的地方。这段时间一直坚持服中药，再加上母亲的严格管控，基本上断绝了烟酒，郭小磊的身体奇迹般地恢复着。可他要去跟姑娘约会，母亲总不能寸步不离地相跟着。郭小磊一旦处于失控状态，必然会重新开戒。那前边做出的所有努力，都将付诸东流。郭小磊自然也懂得戒不戒烟酒，是性命攸关的大事。可爱情也同样重要呀！假若不喝酒，万一病情发作，姑娘提出分手，那不等于要了他的命？这样自我安慰一番，喝酒便没有了任何的心理负担，自然也就喝得心安理得了。

　　第三次见面，两人意气相投，郭小磊有点得意忘形。一瓶接一瓶，一气儿喝了十几瓶啤酒。姑娘几次提醒他，酒喝多了，对身体有害。可此时的郭小磊，已经完全身不由己了。临分别时，郭小磊邀请姑娘两天后再见面，姑娘却婉言谢绝了。郭小磊不相信事情就这样结束了，缠着母亲去找介绍人问个清楚。孟云灿就带着郭小磊去了齐大姐家。齐大姐说，人家姑娘头一次见面就看上了郭小磊,可她根本没想到郭小磊会有那么大的酒瘾。人家专门咨询了有关专家,专家告诉她酒精依赖的严重后果,姑娘害怕了,果断提出了终止交往。齐大姐对此事表示遗憾,她让郭小磊不要再抱任何幻想,说人家姑娘已经把话说绝了。

郭小磊回到家,一下就病倒了。原本就羸弱的病残之躯,加之失恋的沉痛打击,使他一连几天沉睡不起。孟云灿要带他上医院,他坚决不去,说活着没劲,不如死了算了。孟云灿忍不住抱怨道:"妈是个快奔七十的人了,妈也希望你能早日娶个媳妇,哪天妈不在了,也有个人能照顾你。可你……既然那么喜欢人家姑娘,为什么就不能克制一下自己呢?这下可好,愣是把人给吓跑了。哪天你妈不在了……"

郭小磊一骨碌坐起来,冲着孟云灿怒吼道:"你叨叨叨,叨叨叨,还有完没完?你那些担心都是多余的,我肯定比你死得早!"他心里烦,口无遮拦,把一腔怒火都发泄在了母亲身上。

孟云灿怎么受得了这当头一棒?儿子的话,像一把尖刀戳在了她的胸口上,令她疼痛不已。她下了楼,怅然若失地走到大街上,也不知怎么就走到了城河边上。从齐大姐给郭小磊介绍对象一开始,她就料定这件事情不会有好结果的。早知今日,何必当初?一团怨气堵在胸口,又不知道该怨谁……怨齐大姐?人家也是一番好意,只怪郭小磊自己不争气……怨郭小磊?他都三十好几的人了,想女人,想成个家,皆是人性使然,有什么错呢?……相亲本身没有错,错就错在他不该在跟姑娘见面时大开酒戒。可换一种方式思考问题,郭小磊暴露了酒精依赖的病症,尽早结束了和姑娘的交往,长痛不如短痛,又何尝不是一件好事呢?……怨自己?也许压根就不应该找回郭小磊?如果当初没有找回郭小磊,哪来这么多的烦心事?这个儿子,简直就是个祸害……这种念头一闪而过,孟云灿马上就有了一种负罪感——孟云灿,你欠儿子的,他变成今天这个样子,是你这个当母亲的失职造成的!你应该加倍地偿还儿子,哪怕是搭上这条老命,也是应该的。自己酿的苦酒自己饮,何必怨天尤人呢?孟云灿失魂落魄,像

223

一缕孤魂一般，在城河边上游荡着。

秦腔自乐班的几个人，在一旁自娱自乐地吹拉弹唱着。他们当中有人注意到孟云灿行为异常，就互相打了个招呼，有两个人还悄悄地跟在她的身后，密切注视着她。前几天刚从城河里打捞出一具尸体，他们担心眼前的这位老人遇上了什么烦心事儿，想跳城河自寻解脱。孟云灿走累了，坐在路旁的石椅上歇息着，跟踪她的女戏迷主动跟她搭讪，问她家住在哪里，为什么走到了城河边上，有什么事情需要帮忙吗？孟云灿随话搭话，作了简要回答。女戏迷突然认出，站在眼前的，竟是自己崇拜的偶像——秦腔大师孟云灿！她喊了声："这是孟云灿孟老师！"自乐班的人，还有在城河边散步的人，一下蜂拥而来，把孟云灿团团围住。几个女人竟然"呜呜咽咽"地哭了起来，还有人惊呼道："孟老师怎么变成了这样？"是啊，谁能把眼前这位两鬓斑白、目光呆滞、身材佝偻的瘦弱老人，和当年舞台上熠熠生辉的大明星联系在一起呢？

戏迷们把孟云灿送回家，孟云灿硬把一帮人挡在了单元门外，说家里不方便，就不请他们进去了。戏迷们久久不愿离去，议论着亲爱的孟老师曾经的辉煌，感叹着时光荏苒，世事弄人！

孟云灿刚进门，郭小磊的声音就从小房子里传了出来："妈，你来一下……"

孟云灿急忙走到郭小磊的房间，只见郭小磊站在床边，一只手扶着墙，一只手抓着床头，脚下却怎么也迈不开步，就问："小磊，你咋了？"

郭小磊说："我想上厕所，可是左腿却动弹不了。"

孟云灿费了九牛二虎之力，才把儿子扶进厕所里。郭小磊也顾不得害臊，让母亲搀扶着，撒了一泡尿。

孟云灿打了"120"，救护车很快把郭小磊拉到了医院。做完各项检查，诊断结果为"脑梗"。孟云灿一下傻了眼，郭小磊才三十多岁，怎么会是"脑梗"呢？医生解释说，郭小磊长期过度饮酒，造成内分泌系统紊乱，心脑血管及其他脏体严重受损。"脑梗"还算是轻的，他的五脏六腑随时都有可能发生病变，出现肾衰竭、肝硬化、心肌梗死什么的，都是极有可能的。

郭小磊住了十几天医院，病情得到控制。不过，他左腿没有知觉，无法行走，孟云灿只好给他买了一辆轮椅。每次带郭小磊去医院，孟云灿推着轮椅，顾不了儿子，扶着儿子，又推不了轮椅。让儿子坐在轮椅上，又无法走下楼梯和单元门口的台阶路。小区物业办和左邻右舍的好心人，得知这种情况，自发组织起来，轮流帮忙接送郭小磊。孟云灿感激涕零，无以言表。孟云灿本来就不会做饭，也不会料理家务，现在，每天要照顾儿子的饮食起居，从早到晚忙乱不堪，日子过成了一团乱麻。女婿李腾隔三岔五地打来电话，孟云灿总是报喜不报忧。郭小磊担心天长日久，母亲的身体吃不消，想把实情告诉姐夫。孟云灿坚决不同意，说先这样扛着，扛过一天是一天。儿子心疼母亲，想替母亲分担，自己推着轮椅，在屋里练习走步。刚开始不习惯，跌倒了再爬起来，弄得满身伤疤。坚持了几天，推着轮椅，竟能行走自如了。

一天夜里，孟云灿感觉嗓子疼痛，去客厅倒了一杯水，吃了几粒消炎药，返回房间的时候，不小心绊了一下腿，摔倒在地。她挣扎了几下，想站起来，可腰部疼痛，动弹不得。不知是摔伤了腰，还是"脑梗"发作，偏瘫了？孟云灿又急又怕，却又无能为力。郭小磊听到响动，推着轮椅出来，见状忙俯下身去扶母亲。扶了几下，没有扶起母亲，自己也摔倒了。轮椅被碰了一下，滑出了一米开外。

郭小磊说："妈，你不要着急，我去打电话。"他说完，向电话机旁边爬去。

孟云灿一把拽住他，说："深更半夜的，给谁打电话？"

郭小磊说："给物业办。得先把你送到医院检查一下，看看到底伤到哪儿了？"

孟云灿说："咱已经给人家添了不少麻烦，不要轻易去打扰他们了，再坚持一下，等天亮再说吧。"

郭小磊鼻子一酸，哽咽道："妈，都是我害了你……"

孟云灿说："我自己摔倒的，跟你有什么关系？"见郭小磊哭个不停，又说，"你看你，三十多岁的大小伙子了，又不是吃奶的娃娃，哭啥呢？"

郭小磊说："妈呀，我好害怕，要是哪天离开了你，我一个人咋活呢？……"

这句话刺痛了当妈的最为敏感的那根神经，孟云灿悲从中来，哭着说："小磊呀，这也是妈最担心的事情。你姐姐家里条件好，有人疼有人爱的……可是你，你是妈在这个世界上唯一的牵挂，你让妈死不瞑目呀……"

郭小磊说："妈，我想好了，咱俩一块儿去死。"

孟云灿脸上露出一丝苦笑，说："傻孩子，这又不是逛街，能一块儿去吗？"

郭小磊说："能！咱俩一块儿卧轨自杀，黄泉路上母子相伴，也不寂寞。"

孟云灿说："咱两个老弱病残，连家门都出不了，怎么能去卧轨自杀？……儿呀，咱娘俩连自杀的力气都没有，你说，咱还能干什么？……"她说完，又哭了。

郭小磊也动了真感情，哭得眼泪一把鼻涕一把的。

孟云灿哭了一阵儿，心里想，儿子不止一次动了死的念头，这是多么可怕的事情！"哀大莫过于心死"，为了儿子，自己首先得振作起来，坚强地活下去！还得要好好地开导儿子，让他保持良好的心态，放弃自杀的念头，树立活下去的勇气和信心。

孟云灿说："儿呀，人的生命是宝贵的，来到这个世界上，是上天的恩赐。以后，咱们都要好好地活下去，再也不许动不动就死呀活呀的把死挂在嘴上，更不能有自杀的念头，想都不要想！妈老了，可你还年轻，你还得给妈养老送终。这是你身为人子的责任和义务。"

郭小磊说:"妈,这些道理我都懂,可我的身体……"

孟云灿说:"说到你的身体,我就一肚子的火!前段时间吃中药,效果多好的?可你为什么就管不住自己?你不知道对你来说喝酒等于喝毒药吗?这下可好,年纪轻轻的,又得了'脑梗',你这不是自己作死吗?……呸呸呸,刚说了,不许把这个字挂在嘴边,你这不是自己作践自己吗?"

郭小磊说:"妈,你千万别生气,我知道错了,今后再也不会了。"

孟云灿说:"你记着医生说过的话,只要能戒掉烟酒,你就有可能恢复健康。"其实,医生的原话是:郭小磊已经病入膏肓,无可救药了。可孟云灿作为母亲,怎么能对儿子说出那么残忍的话来……

母子俩就这样哭一阵儿、说一阵儿,不觉天就亮了。郭小磊给韩菊豆打了电话,韩菊豆派了一辆车,带着文联几个年轻小伙子,把母子俩一起送进了医院。经过各项检查,排除了孟云灿最为担心的"脑梗"引起偏瘫的可能,确诊为腰部肌肉拉伤。

第二十三章

电话中,雨荷问舅妈家里都好吗,舅妈说,好。问舅妈身体好不好,舅妈说,好。又问舅妈,玉田和黄仙慧好吗,电话那头突然没有了声音,雨荷以为信号不好,"喂!喂……"了几声,听到的却是舅妈的抽泣声。雨荷忙问:"舅妈,你咋了?"舅妈鼻子齉齉的,说:"没事,都好着呢。"可是,雨荷明显感觉到舅妈一定是遇到了伤心事。罗静芝本来就想最近抽时间回去一趟,听雨荷一说,再也坐不住了。母女俩当即决定,回老家一趟。

到了草籽镇,母女俩正准备换乘去松树沟的中巴车,忽然从背后传来一个熟悉的声音:"大姑婆,姑姑!"罗静芝一回头,只见一位姑娘站在眼前,笑嘻嘻地看着她,却一时想不起这是村里谁家的孩子。雨荷一眼认出了引弟,问:"引弟,你咋来了,今天不上课吗?"

引弟说:"我已经退学了,现在跟我爸跑生意呢。"

罗静芝这才认出是引弟,说:"姑婆真是老眼昏花了,连引弟都认不出来了。"

引弟说:"退学以后,我长高了,也长胖了,难怪姑婆认不出呢。"

雨荷说:"引弟,你才多大呀,怎么就不上学了?你爸妈是咋想的?"

引弟说:"我妈的腰扭伤以后,落下了病根,动不动就疼得走不了路,根本没办法跟我爸一块儿跑生意。我爸妈原打算让我姐回来帮我爸的,我姐不回来,他们就让我退了学。我本来就不爱上学,跑生意挺好的。"

看着引弟笑嘻嘻的样子,雨荷皱起了眉头。

引弟要去何家村送水泥,正好路过松树沟,她热情地邀请姑婆和姑姑坐顺车。雨荷见驾驶室除了司机只能坐两个人,问:"引弟,你让我跟你姑婆坐副驾驶的位置,你坐哪里呢?"

引弟笑着说:"放心吧,还能没有我的位置?"见姑婆和姑姑还在犹豫,就把她们连拖带拽的,推进了驾驶室。

引弟坐上驾驶台,罗静芝惊怔地问:"引弟,你怎么坐在驾驶台上,司机呢?"

引弟说:"我就是司机。"

雨荷问:"你有驾照吗?"

引弟动作熟练地系好安全带,一边启动汽车一边说:"我才十六岁,考不了驾照。不过,你们放心,我经常一个人开车送水泥呢,我爸说我开车的技术比他还老练呢。"

雨荷说:"你这是无照驾驶,快停下,让我们下去!"

引弟咯咯笑了起来,说:"姑姑,快坐好,没事的。"

罗静芝也说:"你这孩子,这可不是闹着玩的,快停下,让我们下去!"

引弟笑得更猛了,不仅没停车,反而加快了速度。

汽车在蜿蜒的山路上快速行驶。罗静芝紧张地紧紧抓住车门上的扶手,雨荷坐在中间,看了看左右都没有啥可抓的,于是就紧紧抱住了母亲的左胳膊。一路惊心动魄,好不容易回到松树沟村。

汽车开到公路的尽头,也就是大顺家门口停了下来。引弟跳下车,朝屋里喊着:"爸,妈,你们看,谁回来了!"

大顺和爱英一起从屋里跑出来,引弟和雨荷扶着罗静芝走出驾驶室。罗静芝脸色蜡黄,一下车就大口呕吐起来。大顺和爱英把罗静芝扶进屋里,招呼她躺在炕上休息。

雨荷坐在炕边,不住声地抱怨着大顺两口子,说:"真不知你们两口子是咋想的,引弟才十六岁,就让她辍学回家,帮你们做生意。引弟是未成年人,你们使用童工,这是违法行为……"

引弟在一旁"嗤嗤"笑着,说:"给自己家干活,犯什么法?再说,我自个乐意!"

大顺说:"引弟就不是念书的料,做生意倒是一把好手,她现在可是我的左膀右臂呢。"

爱英说:"虽然是一母所生,引弟跟招弟性格完全不一样。引弟是个阳性子,坐不住,喜欢到处跑,跟她爸干这事合适得很。"

雨荷不想再跟他们说什么。上次为招弟的事情,她已经领教了大顺两口子的冥顽不化。她知道,思想观念上的差异,不是几句话就能掰扯清楚的,说多了,有伤感情,不如就此打住。可她还是忍不住又说了一句:"这么小的孩子,又是无照驾驶,你就一点儿都不担心吗?"

大顺说:"平时都是我开车,有时候实在忙不过来,就让引弟跑一趟。咱这儿是乡下,不像城里有警察盯着,没事的。"

罗静芝躺了一会儿,感觉好些了。她挣扎着坐起来,想立马回到雨荷舅舅家去。大顺和爱英堵在炕边,不许她下炕,让她们吃完饭再走。爱英喊引弟赶快做饭,引弟举着一只沾满面絮儿的手从厨房走出来,说:"我正在和面呢。"

爱英说:"你这孩子,主意正得很,也不问问大姑婆和姑姑想吃啥饭,就把面和上了?"

引弟说:"姑婆和姑姑跑了那么多路,一定是又渴又累的。我想做浆水面,清凉爽口还下火,姑姑和姑婆肯定喜欢吃。"

罗静芝说:"好好好,就做浆水面。"

雨荷说:"引弟,你一说浆水面,姑姑都流口水呢。"

引弟有点儿小得意,冲爱英做了个鬼脸,转身走进厨房。

爱英系上围裙,也进了厨房。

大顺坐在炕边,问大姑和雨荷,不逢年不过节的,怎么这个时候回来了,雨荷说跟舅妈通电话时,舅妈哭得很伤心,问大顺知道不知道舅妈那边发生了什么事情,是不是玉田又惹舅妈生气了?大顺说,玉田结婚后,人变勤快了,也懂事了。小两口有时回这边,有时住在黄仙慧家。听说黄仙慧她妈来过一次。具体什么情况,他也说不清楚。

罗静芝问大顺去学校看过招弟没有,大顺一边挠着头,一边支吾着:"一直忙,没顾上去……"雨荷告诉他,招弟在学校一切都好。由于学习刻苦,各门功课成绩都名列前茅,拿到了全年级的最高奖学金。大顺只是淡淡地说了一句"那就好。"就把话题转到了二女儿引弟身上。大顺说:"引弟这娃,除了学习,啥都好。原来以为她脑子蠢笨,啥都学不会,可谁知,人家看啥会啥。就像这开车,我从来都没教过她,可人家跟车送了两趟水泥,自个就看会了。这女子性格开朗,胆子也大,像个野小子似的。我做生意这么多年,别人欠我不少钱,一分都要不回来。引弟出马,几天工夫,就帮我讨回来十几笔陈年老账……只可惜,引弟是个女娃,她要是个男孩就好了!"

罗静芝白了他一眼,说:"大顺呀,你这么精明一个人,思想观念咋就这么落后呢?都什么年代了,还这么重男轻女的?女孩咋了,哪样不如男孩?"

雨荷接过母亲的话,说:"对呀!咱不说别人,就说你家的两个女子——全草籽镇这么多年就出了招弟一个大学生,孩子多争气的,你们也觉得脸上有光吧？引弟也不错，听你说这些，她哪点不比你这个大男人强？"

大顺也不反驳，挠着头，嘿嘿笑着。

爱英和引弟很快端上饭来，爱英让大姑坐在炕上吃，罗静芝坚持要下炕去洗把脸，漱漱口。爱英笑道："你们城里人，讲究就是多！"雨荷饿了，顾不了许多，端起碗大口吸溜着。引弟问："味道咋样？"雨荷对她竖起了大拇指，说："太好吃了！"

回到舅妈家，只见门虚掩着，雨荷喊了两声"舅妈！舅妈……"无人应答。罗静芝说，门都没锁，估计人也走不远。雨荷让母亲在家里休息，自己出去找找。

雨荷庄前屋后、场畔、小河边……找了个遍，到处不见舅妈的身影。她突然想到，舅妈可能去了菜地，就沿着屋后的小路，向菜地走去。走到半道儿，隐约听到有哭声，雨荷竖起耳朵，听了一会儿，断定哭声是从墓地方向传来的，就三步并作两步，向墓地跑去。她老远就看见，舅妈坐在外婆的墓堆旁，一把鼻涕一把泪，哭得声嘶力竭的。雨荷扶起她，叫了声："舅妈！"舅妈一抬头，见是雨荷，立马止住了哭声，甩了一把鼻涕，说："小雨，你咋跑回来了？我没事，就是想你婆了。"舅妈和外婆情同母女，舅妈想外婆，自然也在情理之中。可联想到电话里的哭声，事情就不是那么简单了。

罗静芝见到弟媳，目光怔怔地打量着她——只见她脸色蜡黄，眼眶浮肿，人也消瘦了许多。雨荷舅妈张罗着要去做饭，罗静芝一把拉住了她，说已经在大顺家吃过饭了。问她是不是生病了，感觉哪里不舒服，雨荷舅妈嘴里说"我好着呢，啥事也没有……"，眼泪却不由自主地滚落下来。在罗静芝和雨荷的再三追问下，雨荷舅妈才道出了实情——

玉田和黄仙慧结婚后，两头兼顾，大约一半时间住在玉田家。黄仙慧她妈不高兴了，跑到玉田家兴师问罪，说玉田妈老寡妇，没本事，给儿子婆不起媳妇，让玉田当了黄家的上门女婿，现在又霸着儿子不放手；骂玉田是个大骗子，说话跟放屁一样，当初说好的"倒插门"，为什么却把黄仙慧拐骗到了婆家。黄仙慧怕村里人笑话，连哄带劝地把她妈送回了家。雨荷舅妈后悔给儿子办了这么窝囊的一桩婚事，可现在还能怎么办？好在黄仙慧人不错，通情达理，背过她妈，又是赔情又是道歉的，给婆婆说了不少宽心话。雨荷舅妈生了几天闷气，终于想明白了：自己已是半截子入土的人了，还图个什么？只要儿子过得好，别的什么都无所谓。她对儿子说，以后好好跟媳妇过日子，就住在丈母娘家，轻易别回来。玉田听了母亲的话，很长一段时间没有回过家。

雨荷舅妈感觉腹部疼痛，本来想打电话让儿子回来，陪她去趟医院，可是思来想去的，又怕给儿子惹麻烦，就自个儿去了草籽镇医院。医生怀疑她得了胆结石，鉴于镇医院条件简陋，诊疗手段落后，建议她去县医院作进一步检查。她怀疑自己得了不治之症，感觉头晕目眩。昏昏沉沉地走出镇医院，稀里糊涂地不知怎么就走到了供销社门外。这里位于草籽镇中心，也是最繁华最热闹的地方。她坐在供销社门外的台阶上，望着南来北往熙熙攘攘的人流，联想到自己的种种不幸——儿子成了黄家的上门女婿，啥事儿也指望不上；女儿更是蚂蚁穿豆腐，提不起串，从柳州回来后，仅仅回过一次家，待了不到两个小时，就急急忙忙地又走了；自己已是六十多岁的人了，而今又是重病缠身，能指谁靠谁呢？既然活着这么难，还不如一头撞死呢……越想越伤心，竟然忍不住哭了起来。

黄仙慧来镇上办事儿，正好路过供销社门口，见状忙扶起婆婆，问她发生了什么事情，雨荷舅妈轻描淡写地说，肚子不舒服。她不想让儿媳知道实情，怕黄仙慧把她送到县医院，万一死在外边，岂不成了孤魂野鬼？在乡下人的观念里，"死得好"比"活得好"更为重要。"死得好"包含很多内容，比方"寿终正寝""入土为安""隆重的送葬仪式"等。这其中，"死在哪里"也是极有讲究的。一般来讲，死在外边被认为不吉利，尸体是不允许进村子的。因此，雨荷舅妈的担心，自有她的道理。

黄仙慧说草籽镇东头的偏僻小巷里，有一个老中医，专治各种疑难杂症，名气挺大的。雨荷舅妈想，这样也好，先吃几副中药，调理一下。若是有效果，就继续看中医；若是没效果，那也是命该如此。黄仙慧领婆婆去了中医诊所，让老中医给她把了脉，开了几副中药。黄仙慧给她买了药，说她爸一会儿要在镇上设宴，招待几位老客户，邀请婆婆一块儿去吃饭。雨荷舅妈推三阻四的，说啥也不肯跟儿媳去赴宴。自从黄仙慧她妈去家里吵闹过以后，雨荷舅妈心里落下了很深的阴影，至今仍心有余悸。她不想见黄家的人。跟儿媳待在一起，也总感觉心里惶恐不安，好像随时会发生什么意外一样。黄仙慧明白婆婆的心思，一再解释说，她妈一大早就去了她舅家，根本不可能来草籽镇。大庭广众之下，黄仙慧恨不得跪下来求婆婆。围观的人群中，有认识雨荷舅妈的，也都劝她，不过吃顿饭，何必让儿媳妇受那么大的难场呢。雨荷舅妈架不住众人七嘴八舌的劝说，只好跟黄仙慧去了镇上的小酒馆。

真是"怕怕处有鬼"。午宴结束时，黄仙慧他爸黄继轩去前台结账，黄仙慧出去送客人。一位老客户提出想买草籽镇本地出产的蜂蜜，黄仙慧就陪他去了农贸市场。黄继轩结完账，要了一壶绿茶，陪亲家母边喝边聊天。黄继轩对自己老婆的恶劣行为，一再表示道歉，说他这辈子最大的不幸，就是娶了这样一个蛮横不讲理的麻迷婆娘；说黄仙慧她妈整天无事生非，把所有的亲戚和乡邻全都得罪完了，他回到村子里，不敢跟人说话，特别是不敢跟女人说话，如果被她发现，准会闹得鸡犬不宁。现在弄得他和黄仙慧都成了孤家寡人，回到村子里，理都没人理。黄继轩说着，竟然流下了眼泪。雨荷舅妈本来就心软，见亲家公一个大男人，伤心落泪的，不由得动了恻隐之心，劝他想开些，不要跟仙慧妈一般见识。两人正说着话，黄仙慧她妈冷不丁闯了进来。黄仙慧说得没错，她妈一大早就去了她舅舅家。黄仙慧的外婆大病初愈，不想吃饭，偏偏想吃一碗"神仙粉"。仙慧妈二话没说，就跑到草籽镇给老娘买"神仙粉"。有人告诉她，看见黄老板和几个人在小酒馆吃饭，她就赶了过来。见自家男人跟亲家母亲密无间的样子,她不由得怒火中烧,端起一杯茶水泼在黄继轩脸上。黄继轩恼羞成怒,上前打了她一巴掌,骂道:"你个疯婆娘,丢人不知轻重!"

仙慧她妈立刻迁怒于雨荷舅妈,说:"你个老寡妇,想男人想疯了,竟敢勾引亲家公?"转过脸又骂黄继轩,"你想'打野食',也该找一个年轻漂亮的,找一个猪都不拱的老白菜帮子,不嫌恶心?"她骂着,伸手去抓黄继轩的脸,两人扭打在一起。雨荷舅妈站在一旁,连气带吓的,浑身哆嗦着,不知如何是好。

黄仙慧走进来,大声喝道:"都给我住手!"黄继轩两口子都被镇住了。黄继轩愣了愣,走了出去。仙慧妈想追出去,黄仙慧一把拽住了她,把她摁在了椅子上,低声吼道:"你给我安生点儿!"黄仙慧走到婆婆跟前,说:"妈,我送你回家。"她搀扶着婆婆,走出了小酒馆。仙慧妈追出来,大声喊着:"黄仙慧,你个吃里扒外的东西,你跟她走了,我咋办呢?"黄仙慧头都没回,调整了一下姿势,搂着婆婆的肩膀,向前走去。

婆媳俩一路走着,各自想着难言的心事——

雨荷舅妈再一次领教了"母老虎"的威力,后悔自己今天不该来镇上看病。对于她而言,受多大的委屈都无所谓,她都能忍,只盼儿子过得好……可是,儿子跟那个"母老虎"同在一个屋檐下,能不"遍体鳞伤"吗?一想到儿子忍气吞声、唯唯诺诺的样子,她心里不由得涌起一阵酸楚。

黄仙慧摊上那样一个妈,从小到大吃尽了苦头。打她记事起,"那个妈"除了跟人打架斗殴,似乎再没干过别的事情。黄仙慧记得,上小学时,所有同学的家长都不允许自家的孩子跟她玩儿,就连黄家户族里的兄弟姐妹们,也像躲瘟神一样躲着她。黄仙慧的童年和青少年时代,没有玩伴,没有朋友,没有闺蜜,只有孤独和寂寞陪伴着她。到了谈婚论嫁的年龄,也曾遇到过两个情投意合的对象,可人家一打听到她妈的德性,立马提出分手,害得她成了远近闻名的嫁不出去的"老姑娘"。黄仙慧也曾多次试图劝说母亲改改自己的禀性,跟周围的人和睦相处。可她妈不但不思悔改，反而变本加厉——骂黄仙慧翅膀长硬了，竟敢教训自己的老娘了；骂村里人看上了她家的钱财，有意挑唆她们母女关系。黄仙慧拿她没辙，只恨自己投错了娘胎。

跟玉田结婚后，虽然在婆家待的日子并不多，却让黄仙慧感觉到了不一样的生活状态。婆婆敦厚善良，对她这个儿媳妇百般呵护，说起话来，柔声细语，总是那么入耳中听。婆婆跟村里人的关系，也都十分融洽。左邻右舍，更是亲如一家人。几家人的菜园子，好像都是公用的，谁家需要什么菜，可以随便到邻居家菜地里采摘，连个招呼都不用打。谁家做了好吃的饭菜，少不了给她这个新媳妇送来一些，或者干脆把她请到家里去吃。黄仙慧被浓浓的亲情和乡情包围着，很快就喜欢上了婆婆家，来了就不想走……

婆媳俩刚到家，玉田也回来了。玉田去镇上收账，听人议论小酒馆发生的一幕，不过，事实真相已经被演绎得面目全非。议论最多的一个版本是：男女亲家在小酒馆幽会，被"正宫娘娘"抓了个正着，于是上演了一出"二女争夫"的荒唐闹剧。草籽镇本来就很小，人也不多，黄继轩又是当地人尽皆知的大名人，其新闻效应可想而知。玉田了解自己的母亲，自然不会相信别人的胡说八道。他也无数次领教过丈母娘的蛮横无理，担心母亲受委屈，想回来看看她。

雨荷舅妈担心仙慧妈找上门来，催儿子和儿媳赶快回黄仙慧家去。黄仙慧说："这样躲来躲去的，也不是个长久之计，得想个妥帖的办法。"玉田问她："你想出啥办法了？"黄仙慧说："自打旅行结婚回来，我就盘算着去城里做生意，可一直下不了决心：一是沙石场确实走不开，二是担心我妈不同意。我妈把人都得罪完了，能说上几句话的，就剩下外婆和我了，她肯定不会同意我去城里的。最近发生了这么多事情，我也彻底想明白了。沙石场有我爸呢，他要是忙不过来，可以雇个人帮忙打理。至于我妈……说白了，我想进城其实就是想摆脱她。从小到大，我已经受得够够的了！我想离她远一点儿，过上几天安宁日子。"她说着，流下了眼泪。

婆婆心疼儿媳，把她揽进怀里，说："可怜的娃呀……"黄仙慧说："妈，你也跟我们一块儿走，到了城里，离大姑和表姐近，大家也好互相照应。"婆婆却说："妈老了，哪儿也不想去。"雨荷舅妈以为黄仙慧不过是在气头上说气话，并没有太在意。一连几天，黄仙慧和玉田早出晚归，不知忙些什么……半个月后，黄仙慧告诉她，一切筹备妥当，过几天就要进城去，让她做好准备。

儿子儿媳两口子进城做生意，至少能远离"母老虎"，何尝不是一件好事？雨荷舅妈自幼生在大山里，长在大山里，成年后又嫁到大山里，活了六十多岁，从来没离开过大山一步。今后还要老在大山里，死在大山里，葬在大山里。因此，不管黄仙慧再怎么软磨硬缠，她就两个字"不去！"黄仙慧拗不过她，急得像个孩子一样，"哇哇"大哭起来，说："妈，你咋就这么犟呢？你不去，我们也就不去了。我们不可能把你一个人放在家里，万一有个头疼脑热的，谁来管你呢？"儿媳的话刺痛了她的心。自己眼下正在病着，只是没敢告诉他们罢了。吃了几副中药，病情有所缓解，原以为没事了。谁知道这两天腹部又开始疼痛，而且发作的次数越来越多，疼痛的程度也有所增加。她不想死在外边，又没法把这一切告诉儿子和儿媳。可是，话不说透，又怕黄仙慧真的放弃了进城的打算。她不想拖累他们。

雨荷舅妈纠结着、痛苦着，常常一个人跑到坟地，坐在雨荷舅舅和外婆两座坟头的中间，哭着号着，一会儿抱怨丈夫不该过早地撒手人寰，一会儿向婆婆诉说着满腹委屈。雨荷打电话时，舅妈刚从坟地回来，沉浸在悲伤的情绪里难以平复，听到雨荷的声音，一时感情失控，以至于在电话里忍不住抽泣着……

听完弟媳的诉说，罗静芝以大姐和医生的双重身份教训她，说："有病就要及时看，扛来扛去的，把小病都扛成大病了，真不知你是咋想的！胆结石，不是什么大病，手术也很简单。现在一般都采取微创治疗方法，就是在腹腔上打几个小洞，取出石头就好了。你怎么就悲观丧气的，居然想到了死？我还没听说过，得了胆结石就会死人的。"

雨荷说："舅妈，你干脆跟我们一块儿走。城里的大医院，医疗条件好，做完手术，你就无病一身轻了。"

雨荷舅妈低下头，半晌没吭声。罗静芝是个急性子，见弟媳不吭不哈的，急得在脚地转着圈儿，气咻咻地说："玉田两口子不想让你一个人留在家里，你不去，等于拖住了他们的后腿。你跟我们一块儿走，也好让他们抓紧时间筹备自己的事情。咱去城里先把病看好，能待就多待几天，待不住就把你送回来……这么简单的事情，有什么好作难的？"雨荷说："舅妈，看把我妈急成啥样了，你倒是给句话呀！"雨荷舅妈这才点了点头，小声说："我跟你们去。"

第二十四章

　　舅妈进城的当天晚上,雨荷就给玉莲打了电话,让她来家里一趟。舅妈嘴上说,不理她,爱来不来,可急于见到女儿的心情,却明显地写在了脸上,表现在了行动上。她坐卧不宁,不时站在窗口向远处眺望,还让雨荷陪她到小区大门口转悠了两次。雨荷明白她的心思,悄悄打电话催玉莲快点儿过来。玉莲不知忙些什么,直到第四天下午,才匆匆忙忙地赶到大姑家。她敲了几下门,发现屋里没人,到传达室一问,才知道大姑和表姐带着一个"乡下老太太"去了医院。表姐打电话没细说,她也没细问,压根不知道自己的母亲到城里看病来了。

　　玉莲赶到医院的时候,大姑和表姐已经陪她母亲做了全面检查,办好了住院手续。玉莲问母亲:"你平时身体那么好,怎么说病就病了?"母亲无言以对。她又问大姑,"大姑,我妈得的是啥病?"罗静芝说:"胆结石,需要做手术。"玉莲跟母亲闲聊了几句，说单位还有事，就急急忙忙走了。雨荷舅妈望着她的背影，说了句："没良心的东西！"哽咽着，再也说不出一句话了。玉莲对自己的母亲十分冷漠，好像病床上躺着的，是毫不相干的陌生人一样。

　　雨荷心里窝火，可还不得不在舅妈跟前替玉莲开脱。雨荷说："舅妈，你别生玉莲的气，玉莲能找到一份满意的工作也不容易。她才上班几天，可不敢把工作弄丢了。这里有我呢，你啥都不用担心。"雨荷从小在舅舅家长大，待舅妈就像自己的亲妈一样。可雨荷越是待她好，舅妈心里越是过意不去。舅妈骨子里是个硬气人，虽然没见过多大的世面，可心里啥道理都明白。"他大姑"一辈子都在为娘家付出，雨荷这个外甥女，比亲女儿孝顺多了。可自己有儿有女的，为什么要拖累外甥女呢？儿子儿媳两口子跟她同一天进了城，她让雨荷打电话通知儿子和媳妇来医院，说她想问一下他们在城里做生意的事情筹备得怎么样了。其实她真实的想法是在做手术的时候，让儿子和媳妇来医院照顾自己，觉得那样更合适一些。

　　晚上八点多，玉田两口子来到病房。黄仙慧高兴地告诉大家，草籽镇的一位乡党，在城南的农贸市场做了几年山货土特产批发生意，赚了不少钱。在那位乡党的帮助下，他们租到了店面，目前正在办理工商登记，等拿到营业执照，就可以开张做生意了。几个人都为他们感到高兴。雨荷舅妈说时候不早了，让大家都回去休息。说现在也没啥事儿，她一个人没问题的，等做手术的时候，有人陪着就行了。罗静芝不放心把她一个人留在医院，雨荷说她晚上在这儿陪舅妈，让玉田两口子回去休息。黄仙慧说，现在等营业执照，也没啥事可干的，正好在医院陪婆婆。她让大姑和表姐都去忙自己的事情，等做手术的时候过来就行了。几个人争来争去的，相持不下。最后"他大姑"发话，让雨荷、玉田和黄仙慧轮流值班，轮流休息。

　　雨荷舅妈做手术的那天，罗静芝母女俩和黄仙慧早早赶到了医院。玉田先一天晚上值夜班，本来就在医院陪着母亲。雨荷舅妈被推进手术室后，几个人就坐在手术室门外的大厅里等候着。手术时间确定以后，雨荷就打电话告诉了玉莲，可玉莲一直没来。从柳州回来后，玉莲很长时间找不到合适的工作。她心安理得地吃住在大姑家，罗静芝看着她整日无所事事的样子，心里着急，让雨荷托熟人帮忙给她介绍工作。可玉莲总是以"海归"自居，挑三拣四，高不成低不就的一直拖延着。直到半个月前，才应聘到一家合资企业——金珠饭店，任总经理助理，具体工作是帮总经理处理各种繁杂事务。雨荷理解她，初到一个新的单位，一切从头做起，必须以工作为重。可再怎么说，老妈做手术也是件大事，再忙也应该请上半天假，哪怕是两个小时，来医院一趟，至少对老人也是个安慰。可是她……一次又一次让人失望。

手术结束后，几个人把雨荷舅妈抬到病床上，她睁开眼睛，打量着围在身旁的亲人们，问了句："玉莲呢？"雨荷支吾着说："玉莲可能……出差了，电话打不通。"雨荷舅妈不再吭声，顿时珠泪滚落。黄仙慧安慰着婆婆，说："我姐工作忙，可能抽不出时间。妈，你只管放宽心，我们都在你身边呢，我姐要是有时间，也一定会来看你的。"母亲想见女儿一面，可一直等到出院的那一天，玉莲始终没来过。

雨荷舅妈出院后，闹着要回老家松树沟去，说城里这地方，她一天也待不下去。罗静芝说："你身体还没有完全恢复，需要好好调养一段时间。回到乡下，缺医少药的，万一出现什么状况，可怎么办呢？"

雨荷说："玉莲和玉田两口子都在城里，乡下还有什么牵挂的？"

舅妈却说："我想你婆了，这两天晚上做梦，老梦见她呢。"

罗静芝白了她一眼，说："你想妈，回去也见不了她，在这儿也是一样的。"

雨荷灵机一动，取出一本厚厚的相册，递给舅妈，说："我婆的照片都在相册里，你想我婆，就翻翻相册。"

舅妈愣了愣，不知说什么好。

黄仙慧坐在一旁，听大姑和表姐你一言我一语的挽留婆婆，想说话也插不上嘴。好不容易逮个机会，立马说："妈，我们不可能把你一个人留在家里。你要是执意想回去，我们就跟你一块儿回。城里的生意也不做了，前期的投入也就打了水漂，就当是生意做烂了，赔钱了。"

玉田一贯看媳妇的脸色行事，听黄仙慧这么一说，接过话茬，劝母亲说："妈，你看这么多人跟着你着急上火的，咱能不能别犟了？你就好好在城里待几天，等我们先把生意做起来，你要是实在待不住，我再陪你回去。"雨荷舅妈噘着嘴吊着脸，东瞅瞅西看看。雨荷太熟悉她的这副表情了——虽然心里不情愿，可拗不过大伙儿，只好勉强同意留下了。

雨荷给玉莲打电话，告诉她舅妈已经出院，让她来家里一趟。玉莲支支吾吾，推说工作忙，来不了。

雨荷说："来不了没关系，我带着舅妈去单位找你。"

玉莲一听急了，说："姐，你们千万不要来单位找我，还是我回去吧。"

晚饭后，玉莲回到大姑家。罗静芝见到侄女，一股怒火在胸中窜起，可当着弟媳和玉田两口子的面，她还是克制住了自己。玉莲叫了声："大姑！"她装作没听见，径自走进卧室里。

雨荷早就窝了一肚子火，她对玉莲的所作所为，早已是忍无可忍了！她不想给玉莲留面子，当着几个人的面，单刀直入地问："玉莲，你是咋搞的？舅妈做手术，你都不来医院看看？"

玉莲哭着说："姐，你是不知道，总经理助理这工作，简直就不是人干的！一天起早贪黑，事无巨细，老总随时叫，你得随时到，稍不留神，就有可能丢了饭碗。我们老总……那简直就是个工作狂、变态狂！我向她请假，说我妈做手术，我需要去医院照顾她，她却说，你又不是医生，去了又能咋的？她给我安排了一大堆工作，愣是不让我走。"

雨荷问："你们老总是男的还是女的？"

玉莲说："是个四十多岁的老女人，我们背后都叫她'灭绝师太'。"话一出口，自觉失言——因为表姐雨荷也是个四十多岁快五十岁的老女人了。她想解释，又怕"越描越黑"。

还是女人最了解女人。雨荷确实被她"四十多岁的老女人"这句话刺激得不轻。以往老觉得自己风华正茂，从来没有意识到自己已经老了。后来很长一段时间里，这句话经常萦绕在雨荷的耳旁，时时提醒她："萧雨荷，你是个快五十岁的老女人了！……"她当时看得很清楚，玉莲说完这句话的时候，下意识地吐了一下舌头。她不认为玉莲是"含沙射影"，有意针对自己。因此，装作根本不在意的样子，说："这个四十多岁的老女人，真的有点儿变态了。说话这么不近情理，还有没有一点人性了？"

玉莲说："姐，我早都想辞职不干了……可是，不干咋办呢？我总得挣钱养活自己呀……"说着，又哭了。她这一哭，舅妈也跟着哭，黄仙慧也忍不住抹着眼泪。雨荷的心软了，气儿也消了。她深有感触：原来这"哭"，竟有如此强大的功能，难怪历史上就有"刘备的江山是哭出来的"一说呢。玉莲的哭，是真情的流露，还是"演技"的展示？可能两种因素都在其中吧？——雨荷想。

雨荷舅妈安慰着女儿，说："玉莲，你别难过了。你大姑说了，妈这是个小手术，你没顾上来医院，妈不怪你。妈原本想着，你念了大学，还留过洋，一定能过上好日子。谁承想……我娃命不好，受了这么大的委屈……"

黄仙慧说："姐，你要是干得不顺心，干脆辞了职，跟我们一起做生意吧。我跟玉田都没文化，啥都不懂，要是姐跟我们一块儿干，我们心里才踏实呢。"

玉莲擦干眼泪，脸上绽开一丝笑容，说："谢谢你们的好意！不过，姐现在还没到走投无路的地步呢。哪天我抽时间去你们那儿看看，实地考察考察，帮你们好好策划一下。"

黄仙慧说："那可太好了！姐，你可要早点儿来呢。"

黄仙慧来城里做生意，她的父亲黄继轩黄老板是举双手赞成的。原因有两个：一是沙石场开办了十几年，渐渐地已呈颓势，沙石资源毕竟有限，黄老板早有改弦更张的打算；二是女儿和女婿在城里做生意，自己得闲也能去城里逛几天，也免得天天跟那个"母老虎"待在一起。仙慧妈坚决反对女儿的做法，暗中叮嘱黄老板，不能任由女儿"胡闹"，一分钱也不许给她。黄老板有自己的打算，哪里肯听她的？他明里暗里的，给了黄仙慧不少钱。

黄仙慧的店铺开业那天，雨荷舅妈、罗静芝母女俩和玉莲都赶去给他们捧场。开业仪式很简单——玉田把写有"草籽镇山货土特产"字样的牌匾，悬挂在门楣上，再把营业执照悬挂在店铺中央。雨荷带来两个花篮，分别摆在柜台的两侧。黄仙慧把木耳、核桃、山野菜等各种草籽镇的土特产分别装进柜台里。小店就算正式开张营业了。

黄仙慧在附近的城中村租了一座独家小院，用作住宿和仓储。她搀扶着婆婆楼上楼下地转了一圈儿，问婆婆感觉怎么样，婆婆连连称赞，说："好，好，像个过日子的样子！"黄仙慧让婆婆别走了，留下来跟他们一块儿过。婆婆却说："我还是回你大姑那儿去，她答应抽空送我回松树沟呢。"黄仙慧听大姑说，婆婆急着想回老家去，动不动就哭天抹泪的。大姑怕她急出毛病来，答应她等玉田他们的店铺开张后，就送她回去。

黄仙慧趴在婆婆的耳朵旁嘀咕了几句，问："妈，你还要回去吗？"

婆婆的脸上即刻笑开了花，说："不回了，不回了，我得留下来好好照顾你呢！"

雨荷走过来，看着婆媳俩喜笑颜开的样子，说："舅妈，仙慧跟你说啥了，你们笑得这么开心的？"

舅妈说："舅妈要当婆了！"

雨荷稍一迟疑，立马反应过来，说："恭喜舅妈，恭喜弟妹！这是天大的喜事，咱们可得好好庆贺一下呢。"

黄仙慧把婆婆领进早已为她准备好的房间里，婆婆高兴得躺在席梦思床上，翻滚了几下，说："这床真舒服，比老家的土炕软和多了！"

雨荷故意逗她，说："舅妈，咱可是说好的，等玉田他们的店铺一开张，就送你回松树沟呢。"

舅妈却说："舅妈改主意了！一家人都在城里，我一个孤老婆子住到乡下有啥意思呢？"

雨荷和黄仙慧相视一笑。

罗静芝母女俩走的时候，雨荷舅妈和玉田两口子一直把她们送出村外。雨荷给舅妈叮咛，有事就让玉田或者黄仙慧打电话，她会随时赶过来。舅妈笑道："你们只管放心，我的身体已经完全恢复了，不会有啥事的。"雨荷原以为玉莲会跟她们一起返回城里，谁知玉莲却不走了，说她想留下来陪母亲住几天。罗静芝和雨荷面面相觑，目光里充满了疑虑和猜测：玉莲究竟搞的什么名堂？她不是碰上了一个"变态老总"吗？母亲做手术，都请不来哪怕是几个小时的假，现在怎么突然就有了大把的时间？……

大约过了一个多月，雨荷陪母亲来看舅妈。她们先去了城中村的小院里。雨荷舅妈刚刚做好了一大盆"酸菜鱼鱼"，说城里没有"浆水菜"，只好买了"酸菜鱼"的料来代替，又说黄仙慧顿顿想吃酸的，肯定怀的是个男孩。

罗静芝说："你怎么知道怀的是个男孩呢？"

雨荷舅妈说："酸儿辣女。咱们老家的人都是这么说的。"

罗静芝说："这种说法没有一点科学依据。生男生女主要是由染色体决定的，跟孕妇吃酸吃辣没有关系。"

雨荷自己盛了一碗"酸菜鱼鱼"，边吃边说："舅妈，不管男孩女孩都是你的亲孙子，你可不能重男轻女哦。"

雨荷舅妈说："话虽这么说，可舅妈心里，还是盼着玉田他们能生个'带把的'呢。"

罗静芝问："你在这儿住得还习惯吧？"

雨荷舅妈说："都好着呢！一天到晚，忙忙碌碌的，除了做好三顿饭，还得帮玉田他们照看店铺呢。"

雨荷问："怎么还要你帮忙照看店铺？"

舅妈说："前几天，玉田回草籽镇进货，仙慧要看店铺，还要出去送货，一个人根本顾不过来。要不是我帮忙，她连吃饭的时间都没有。"

几个人正说着话，黄仙慧走进来，见大姑和表姐都来了，高兴地跟她们打着招呼。

雨荷舅妈说："饭做好了，正要给你们送过去呢。"

黄仙慧说："今儿个事不多，玉田一个人忙得过来。我一会儿给他带点饭过去，你就不用跑了。"又对大姑和表姐说，"店铺刚开业，杂七杂八的事情太多了，要不是有我妈帮忙，我俩都不知会狼狈成啥样呢！不过，这两天才理出一点头绪了。"

罗静芝说："万事开头难，慢慢就好了。"

黄仙慧说："我正考虑再雇一个人呢，省得我妈一天到晚跑来跑去的。"

雨荷舅妈一听急了，说："千万不要雇人，花那冤枉钱干啥？要不是忙忙碌碌有事可干，我还在这儿待不住呢。"

雨荷说："舅妈说的是实话。你给她怀了大孙子，她呀，心劲儿大着呢！再忙再累，心里都是甜的。"她问舅妈，"舅妈，我说的对吗？"

舅妈笑道："你这个'鬼'女子，好像是舅妈肚里的蛔虫，舅妈想啥，你都知道。"

黄仙慧吃完饭，用饭盒盛了"浆水鱼鱼"，说要给玉田带到店里去。临走时她对雨荷说："姐，你跟我一块儿去店里吧，我还有事儿要请教你呢。"雨荷就跟黄仙慧一起走了。

路不远，步行也就十分钟的样子。俩人边走边说着话，黄仙慧说："姐，有个事儿，我也不知当讲不当讲？"雨荷说："有啥事你就说嘛，跟我还有啥当讲不当讲的？"黄仙慧就说了他们跟玉莲之间发生的事情。

店铺开业那天，玉莲留下来住了两天。她告诉黄仙慧，说可以帮他们打开销路，把草籽镇的土特产推销到她供职的金珠饭店。黄仙慧大喜过望，又把她介绍给那位草籽镇乡党。黄仙慧开店的过程中，乡党帮了不少忙，黄仙慧想以这种方式报答一下乡党。玉莲找来饭店的货运车，从黄仙慧那里拉走不少山货，又从乡党那里拉走价值上万元的高档食材，然后，就不见了踪影。黄仙慧打了几次电话，都没有联系上她。乡党最近需要进货，资金短缺，让黄仙慧催玉莲赶快结清货款。黄仙慧着急上火的，不知该怎么办。黄仙慧不想让婆婆和大姑知道这件事儿，所以才把雨荷叫出来告诉了她。

一周前，雨荷去金珠饭店看望一位台湾来的作家朋友，正好在大厅里碰见玉莲。玉莲浓妆艳抹，浑身上下焕然一新。她戴一副宽边墨镜，背着一款价值不菲的"香奈儿"黑色斜挎包，雨荷差点儿没认出她来。她当时感到十分惊奇：玉莲怎么突然就有了那么多的钱呢？现在，答案已经揭晓。雨荷沉默了一阵儿，她不知该怎样给黄仙慧说这件事。关于玉莲的所作所为，包括在广西柳州发生的一切，雨荷从来没有告诉过舅妈和黄仙慧他们。

黄仙慧见雨荷半天不吭声，催问道："姐，你说我该怎么办呢？"

雨荷说："你要是有钱，就替你姐先把欠乡党的账还了。"

黄仙慧说："行。我一会儿就把钱还给乡党。可是我姐她……"

雨荷说："你继续跟她联系，最好抽时间去单位找一下她。"停了一下，她抬高了声音，说，"仙慧，你记着我的话，以后再不许你姐从你们那里拿走一分钱的东西！她要是向你们借钱，一分钱也不许给！"

黄仙慧不解其中含义，一头雾水。

第二十五章

　　住了几个月院，孟云灿腰部肌肉拉伤的症状基本消失，郭小磊的病情也渐渐好转，孟云灿又一次从绝望中看到了光明。医生曾经断言，孟云灿会变成植物人，最好的结果也是坐在轮椅上。可孟云灿现在不是能行能走了吗？医生给郭小磊判了"死刑"，可郭小磊已经恢复得跟正常人差不多了。郭小磊由于坚持锻炼，"脑梗"没有留下任何后遗症，走路也不用借助轮椅了。他现在不仅生活完全能够自理，还能帮母亲分担很多家务活了，比方洗衣服、做饭等。医生说孟云灿创造了奇迹，在孟云灿看来，郭小磊也正在创造着奇迹。几经磨难，孟云灿对生活没有了任何奢望。她现在唯一的心愿，就是让儿子好好活着。

　　天不遂人愿！命运的帆船，载着这一对不幸的母子，经过了一段风平浪静的日子，突然遭遇狂风暴雨，浪打船翻——

郭小磊感觉舌根干痒疼痛，开始以为是炎症，吃了几天消炎药，病情有增无减，喝口水都会疼得吸溜半天。他找来一本《常见病诊断案例》，对症查找，把自己的病诊断为舌根溃疡，买了"维生素 B_2""罗红霉素胶囊""泼尼松片"等一大堆药物和外用口腔溃疡"易可贴"。人说久病成医，郭小磊自从生病住院后，买了大量的医药书籍——《人体解剖学》《中西医结合诊断治疗学》《疑难病实录》等，没事时，就翻着看看，慢慢地对这些书产生了浓厚的兴趣，也学到了不少的医学常识。郭小磊自诩自己已经成了"半个大夫"。孟云灿几次催他去医院检查一下，郭小磊说他按书上的办法治疗，去不去医院都是一样的。孟云灿劝他不要自以为是，看了几本医药书，就真把自己当成医生了。郭小磊说他心里有数，让母亲不要操心。按照书上说的，连续服药五天，病情就会得到缓解或者基本痊愈，可是过了快十天了，内服的、外贴的，郭小磊用了那么多药，病情不见好转，反而连吞咽食物都越来越困难了。

李腾来古城出差，住在孟云灿家里。正好他有一个亲戚得过与郭小磊症状类似的病，人已经去世好几年了。李腾有一种不祥之感，他告诉孟云灿，千万不敢掉以轻心，要尽快送郭小磊去医院检查。

孟云灿托人找到一位口腔科专家，专家摸了摸郭小磊脖子上的肿块，立马皱起了眉头，当即让郭小磊拍了片子，诊断结论为"舌癌"。孟云灿一夜之间头发全白了，反反复复叨叨着一句话："怎么会这样？怎么会这样？怎么会这样？……"李腾给岳父朱国栋打电话说了这边的情况。翁婿二人商量，先不把这件事告诉朱凌霄。他们编了个理由，说李腾四川老家有事，需要耽搁一段时间。朱凌霄派人接替了李腾的工作，李腾专门在医院照顾郭小磊。大夫告诉李腾，根据郭小磊的病情，可以采取手术治疗，也可以采取放疗和化疗。手术治疗就是切除病灶，切除病灶就要摘掉下颌骨，俗称"下巴"。手术治疗相对存活率高，但会影响到今后的语言功能和人的面相，风险也大。郭小磊坚决不同意手术治疗，说摘掉"下巴"，人就变成了"丑八怪"，那样的话，即使活着，也是生不如死。孟云灿听说做手术保命的几率最高,竭力动员儿子手术治疗,说她只想让儿子活着。母不嫌子丑,儿子不管变成什么样子,只要活着就好。母子俩相持不下,郭小磊不吃不喝,以死抗争。李腾其实心里是支持郭小磊的,但鉴于自己的特殊身份,又不好明说什么。医生找孟云灿谈话,明确告知了手术的风险性——郭小磊半年前得过"脑梗",其实"脑梗"和"舌癌"是有直接关联,如果手术过程中产生凝血,会直接导致病人死亡。医生希望她能尊重病人的意愿,以便尽快确定治疗方案。孟云灿最终放弃了自己的想法,同意采取放疗和化疗。

院方经过专家会诊,确定放、化疗交替进行。放疗几天后,出现水肿,郭小磊吞咽困难,无法进食。李腾买了料理机,将苹果、酥梨、甜瓜等各种水果打成汁儿,让郭小磊用吸管慢慢吮吸。他又把各种新鲜蔬菜和五谷杂粮搅拌成沫糊状,煮熟了用勺子喂郭小磊喝。化疗所产生的恶心、呕吐、脱发、过敏等不良反应,使郭小磊饱受痛苦和折磨,整个人瘦得变了形,浑身上下,没有一丝力气,有时连呼吸都感到困难。孟云灿和李腾轮换着搂抱着他,让他坐得舒服些。没几天工夫,孟云灿就累得病倒了。李腾一个人照顾两个病人,有时忙得饭都顾不上吃。孟云灿心疼女婿,打电话给韩菊豆,托她给家里找个保姆。韩菊豆娘家表妹正好来城里找工作,韩菊豆就把她送到了孟云灿家。

三个疗程过后,郭小磊的病情有了明显好转,身体也恢复得基本上能自理了。李腾把家里的事托付给韩菊豆表妹,就急急忙忙回到了深圳。他担心时间久了,没法瞒过妻子朱凌霄。李腾临走的时候一再叮咛,有事第一时间给他打电话,他会立马飞过来的。

李腾回到深圳的家里,朱凌霄拿出几封四川老家发来的加急电报,让他解释清楚。原来,朱凌霄听说李腾家里有事,就发了电报询问情况。老家的父母和兄弟根本没见过李腾的人影,担心他出了什么事情,连着发了几封加急电报寻找李腾的下落。李腾后悔自己忙糊涂了,说谎居然说出了这么大的纰漏。朱凌霄本来就敏感，再不如实相告，恐怕就更加解释不清了。李腾只好说了郭小磊生病的事情，又连忙给老家打电话，说明了情况。朱凌霄抱怨李腾，这么大的事情不该瞒着她。朱国栋出面解释，说这一切都是他的主意。朱凌霄心急如焚，恨不能立刻飞到母亲和弟弟身边。李腾一再说母亲和弟弟已经没事了，两个人的身体状况也很平稳，劝她过一段时间再回去看看。可朱凌霄哪里听得进去，她非得要亲眼见到他们，心里才踏实。朱国栋不放心女儿一个人去，可又觉得自己陪女儿过去有诸多不便。李腾刚回来，手头有一大堆的事情亟待处理……朱国栋思来想去，想不出一个好办法来。苗青艳明白丈夫的心思，主动提出陪女儿一起去，还说如果有必要，她可以留在古城，照顾孟云灿母子俩。朱国栋当然求之不得了，当即让李腾给两人买了飞机票。

当朱凌霄站在孟云灿面前时，一下子惊呆了！她简直不敢相信，才几个月不见，母亲竟然变成了这样——满头白发，弓腰驼背，步履蹒跚！可想而知，母亲经历了多么严酷的煎熬！朱凌霄嘴角蠕动了两下，就泪如涌泉了。孟云灿把女儿紧紧地搂在怀里，嘴里机械地重复叫着女儿的名字："霄霄，霄霄，霄霄……"

母女、姐弟又一次团聚，却没有了共享天伦的喜悦和快乐。毕竟每个人的心里都阴云密布，充满了焦虑和不安。虽然郭小磊的病情得到暂时的控制，可大家心里都明白，死神随时都在召唤着他。郭小磊被病痛折磨得苦不堪言，只是在母亲面前硬撑着。有时实在扛不住了，甚至盼望着"早死早解脱"。孟云灿唱了一辈子戏，她觉得自家的日子就像是一台苦情戏，无论剧情怎么跌宕起伏，人物总是摆脱不了悲惨命运的结局。前路茫茫，荆棘遍布，既然结局无法改变，硬着头皮也得往前走，是崖是井都得往下跳。孟云灿做了最坏的打算，一颗心悬在半空，好像儿子随时都会离她而去。朱凌霄在养母苗青艳的陪同下，找到郭小磊的主治医生，询问郭小磊的病情，医生告诉她，郭小磊已经进入生命倒计时。朱凌霄是个极重感情的人，好不容易与母亲和弟弟相认，想到弟弟年纪轻轻，竟然得了绝症，年迈苍苍的母亲，即将面临失子之痛，朱凌霄悲不自已。

韩菊豆的表妹本来就不喜欢窝在家里当保姆，碍于表姐的面子，勉强答应给孟云灿帮几天忙。她看到孟云灿家里一下来了两个女人，找个借口就辞工不干了。孟云灿想给韩菊豆打电话，让她劝表妹留下来。苗青艳阻止了她，说家里这点活儿，她和霄霄两个人完全干得过来。苗青艳俨然以家庭主妇的身份，每天打扫卫生、洗衣服、做饭，把所有的事情料理得妥妥帖帖。她还按照郭小磊的特殊需要，变着花样，每日六餐——什么小米南瓜粥、黑芝麻青菜糊、江米大枣沫湖、百合莲子羹……精心照顾他的饮食。孟云灿拉着她的手，说："妹子，你让我说什么好呢！这辈子欠你的情，只有来世再报了……"

苗青艳说："大姐，快别这么说，这辈子相遇是缘分。你是霄霄的亲妈，也是我和国栋的亲人，咱们都是一家人。你和小磊有难，我们理应相帮。"

孟云灿哽咽着，说不出话来。

朱凌霄接到几封李腾发来的电报，说公司财务方面遇到一些棘手的问题，希望她最好能回去处理一下。苗青艳也催她赶快回去一趟。朱凌霄对养母说，这是母亲和弟弟最为艰难的日子，她一定要守候在他们身旁，否则会遗憾终生的。至于公司财务上的事情，她可以发电报遥控指挥李腾，有李腾把关，所有问题都会得到妥善处理的。

孟云灿担心的事情终于发生了——晚饭后，几个人围坐在电视机旁看综艺节目。这是一天当中最为消停的时刻。郭小磊突然呼吸困难，喘不上气儿来。朱凌霄咨询过医生，她知道，弟弟的大限已到，忙用手势给母亲比画着，不等孟云灿反应过来，苗青艳就大声喊道："快打120！"孟云灿立刻拨打了"120"，十几分钟后，救护车把郭小磊拉到了医院。

医生给郭小磊做了全面检查，认为他由于肺纤维化导致呼吸衰竭，当即下了"病危通知书"。孟云灿双手抖得厉害，无法签字。她把"病危通知书"推给朱凌霄，朱凌霄代表家属在上面签了字。孟云灿跪倒在大夫面前，说郭小磊才三十几岁，求大夫一定要挽救他的生命。大夫说，目前唯一的办法，是采取"气管切开术"，可以延长几天寿命。朱凌霄给母亲写了长长的一段话，大体意思是，让弟弟承受那么大的痛苦，做了"气管切开术"，不过延长几天时间，没有任何意义，不如顺其自然，让弟弟走得安详些。朱凌霄问母亲，弟弟还有没有特别想见的人，比如他的父亲，应该抓紧时间，让他们见上最后一面。孟云灿这才想起郭小磊的父亲郭骏。虽然在同一座城市里生活，郭骏这么多年从未看过一次儿子，郭小磊也从来没有提起过自己的父亲。可不管怎么说，他们毕竟是亲生父子，生死离别之际，无论如何也应该见上一面。

几十年从未照面，孟云灿早已忘记了这个人的存在，怎么才能找到他呢？孟云灿想了想，郭骏是市作家协会会员，经常发表一些小文章，雨荷一定知道他。于是给雨荷打了电话，让她帮忙找到郭骏，通知他来医院一趟，跟儿子作最后的告别。雨荷拉着韩菊豆，两人一块找到郭骏，说明了来意，可郭骏态度冷漠的程度，超出一般人的想象。他说："我现在有家庭，有妻子儿女，不想再跟'那边'有任何的瓜葛。"

韩菊豆说："这叫什么话？你儿子都快死了，你跟他还能有什么瓜葛？除非你跟他一块儿走……"

郭骏被她的话激怒了，额角的青筋暴起，一鼓一张的，说："他死不死的，跟我有什么关系？……我不去！"

韩菊豆也火了，说："郭骏，你还有没有一点人性了？"

雨荷怕两人吵起来，忙说："你俩都冷静一点儿。"又对郭骏说，"郭老师，小磊毕竟是你的亲儿子，无论从哪个角度讲，你都应该去医院看看他。否则，于情于理都说不过去。"

郭骏沉吟了好一阵子，说："我也没有回天术，去了也没用。我想，我还是……不去了。"

韩菊豆还想跟他理论，雨荷拽了拽她的衣角，韩菊豆瞪了郭骏一眼，把想说的话咽了回去。

253

两人走出郭骏家，韩菊豆忍不住骂道："这个郭骏，什么玩意儿？简直禽兽不如！你说咱们老大，当初怎么就看上他了？"

"大千世界，啥人都有。"雨荷说，"孟老师想得对。小磊这个情况，必须通知他一声，咱们把理儿做到，省得到时候落下埋怨。至于他去不去，真的无所谓。小磊深度昏迷，什么都不知道。"

"你说这小磊，命咋这么苦？……"韩菊豆说着，忍不住哭了。

两人赶到医院时，只见孟云灿、朱凌霄、苗青艳三个女人已哭成了一团，立马意识到郭小磊已经走了。文联机关老干部多，韩菊豆身为秘书长，经常协助家属处理老同志的丧葬事宜，因此，显得十分有经验。她问孟云灿，给郭小磊换上寿衣了没有，孟云灿哭得上气不接下气，哪里听得见她的话。苗青艳说："刚刚接到小磊的死亡通知，还没顾上呢。"韩菊豆立马分了个工，让雨荷和朱凌霄招呼孟云灿，自己和苗青艳出去买寿衣。好在医院旁边的小巷子里，各种殡葬用品应有尽有，韩菊豆和苗青艳很快买齐了衣帽鞋袜等所需的一切物品。

情急之中，韩菊豆顾不得什么忌讳，亲自为郭小磊换好衣服。雨荷跟朱凌霄把孟云灿搀扶到郭小磊遗体旁，让她再看儿子最后一眼。这时的孟云灿显得出奇地平静，端详了一阵儿子的面孔，又把他身上的衣服鞋袜上上下下、里里外外翻来复去地仔细看了一遍。她像是跟儿子交谈，又像是自言自语地说："小磊，你平时穿衣服挺讲究的，在妈眼里，你穿啥都好看。今天穿这身中山装，像个领导干部似的，是不是太老气了？你要是不喜欢，妈给你重买一身……小磊，你怎么不吭声？快跟妈说句话呀……"刚刚止住了哭声的几个女人，看到孟云灿这个样子，忍不住又哭了起来。雨荷觉得孟云灿精神反常，忙去咨询医生。医生解释说，孟云灿由于过度悲伤，出现精神恍惚，其表现像做梦一样，完全沉浸在自己的世界和幻想之中。这种状况常常突然发生，突然好转，也有可能持续几分钟或者持续很长时间。

郭小磊的遗体被送到了太平间。雨荷和韩菊豆陪孟云灿她们一起回到了孟云灿的家里。韩菊豆问要不要在家里设灵堂，几个人都认为，家里设灵堂，容易刺激孟云灿，不利于她的身心恢复，还是不设为好。孟云灿问苗青艳下午给郭小磊煲什么粥，苗青艳捂着嘴跑进卧室里，一个人抽抽搭搭哭了老半天。朱凌霄考虑最多的是母亲今后怎么办。自己工作忙，不可能留下来陪母亲，可把母亲一个人留在古城，又怎么能让人放心呢？最好的办法是把母亲带回深圳，一家人在一起，也好有个照应。可是以母亲的脾气，能跟她一块儿走吗……朱凌霄愁绪如麻。她推开卧室门，坐在苗青艳身旁。苗青艳擦了一把眼泪，用手势告诉她，带着孟云灿一起回深圳。母女俩多年朝夕相处，形成了她们之间的默契和独特的交流方式，有时只需一个眼神，一个手势，彼此就能读懂对方的所思所想。朱凌霄让苗青艳把这里的情况告诉父亲和李腾，苗青艳点了点头，走了出去。

　　朱国栋接到苗青艳的电话，安排李腾在家里照顾孩子，管理公司财务，自己一个人飞了过来。料理完郭小磊的后事，朱国栋和苗青艳就动员孟云灿跟他们一起去深圳。雨荷和韩菊豆也轮番劝她，韩菊豆还请来齐大姐和几位孟云灿多年的老朋友，一起给孟云灿做工作。孟云灿反反复复就一句话："儿子在这儿，我哪里也不去，我要在这儿陪儿子。"所有人都感到十分无奈。朱凌霄苦思冥想，终于想出一个好办法——她抱着弟弟的遗像，用纸条对母亲说，弟弟要出远门了，要母亲陪着一块儿去。孟云灿果然答应了。

　　孟云灿走的那天，文联的人还有不少戏迷朋友前来送行。

　　朱凌霄抱着弟弟的遗像，朱国栋和苗青艳一左一右搀扶着孟云灿，一起登上了飞机。

第二十六章

　　收到市委组织部"关于张迎春同志免职退休的通知",韩菊豆一刻也没耽误,立马送给张迎春本人。一般人退休时,总有诸多的恋恋不舍,巴不得有机会留任,继续发挥余热。张迎春却不同,刚过完五十五岁生日,就向组织上递交了退休申请。之后的六年中,几乎每半年一次,递交的退休申请不下十几份。组织上多次跟她谈话,高度评价了她任职内的工作成就,说文联的领导不好当,要找到一个像张迎春这样既能统揽全局,协调各方关系,又善于和文艺界各类专业人士打交道的德才兼备的领导干部,实属不易。主管领导让她服从大局,坚持站好最后一班岗,说一旦有了合适人选,就会考虑批准她的退休申请。张迎春只好耐心等待。谁知,这一等就是六年多!一周前她刚过完六十一岁生日,今天终于收到了"免职退休"的通知。

　　张迎春急于退休,主要还是考虑到老寇的身体。老寇患肝癌这么多年，一直坚持吃中药，虽说身体状况一直很平稳，可毕竟是快奔七十岁的人了，剩下的时间，还能有多少呢？老寇刚满六十岁就办理了退休手续，他最大的心愿，就是能在有生之年，跟张迎春一起游遍祖国的名胜古迹，最好再去世界各地转一转。张迎春从来不认为自己在单位有多么重要，觉得比自己更优秀更适合担任党组书记的大有人在。她也曾向组织上推荐过好几个合适的人选。可是老寇的情况就不同了，儿子儿媳忙事业，根本无暇顾及他。别说陪他出去旅游，就连回家看望他一次，也都"难于上青天"。老寇倒是深明大义，说儿子是部队培养出的高级人才，他担负着重要的科研任务，无论遇到什么事情，都不要拖儿子的后腿。他得肝癌，始终没有告诉儿子，还说即使他死了，也不必通知儿子回来。见不见最后一面，自己也浑然不知，耽误儿子的工作，就得不偿失了。既然儿子靠不住……不能说靠不住，是压根就没想靠他，那么，能帮老寇实现愿望的，只能是张迎春自己了。趁现在两个人都能行能走的，不出去走走看看，待到何时呢？——这也正是张迎春急于退下来的主要原因。

按照韩菊豆想象的，张迎春拿到"免职退休"通知，一定会喜出望外，甚至会高兴得跳起来呢。可是，完全出乎她的预料——短短几十个字的"通知"，张迎春连着看了好几遍。从她的脸上看不出丝毫的激动和兴奋，反倒是泪水挂满了眼眶。韩菊豆大感不解，说："张姐，这份'退休通知'，可是你盼了六年才得到的，你哭个什么劲儿呀？"

张迎春抹了一把眼泪，说："不哭了，不哭了，应该高兴才对呢。"此刻，她百感交集——喜悦、伤感、失落、迷茫……复杂的心境，无法用语言表达。

韩菊豆说："张姐，你在位多年，文联各方面的工作有目共睹。你要走了，无论如何要搞一个隆重的欢送仪式。"

张迎春说："韩菊豆，你千万不敢胡来。我不过就是正常的退休，搞什么欢送仪式呢？咱们单位从来没有这方面的先例，我可不想带头破坏规矩。"

韩菊豆觉得自己说服不了张迎春，就找来雨荷，希望她能帮忙一起劝劝张迎春。雨荷对张迎春的退休尽管早有思想准备，可当她真的看到组织部门的正式文件时，还是感到有些意外和突然。她俩搭档多年，配合默契。工作中，张迎春勇挑重担，给雨荷腾出了大量的宝贵时间，雨荷心存感激，她敬重张迎春的人品，佩服她的领导艺术；生活中，两人私交不错，情同姐妹。一旦张迎春真的要离开工作岗位了，雨荷心里难免起伏难平。组织部门发了文，张迎春退休，已经成了铁板上钉钉子的事实。更何况，对于张迎春本人来说，总算是如愿以偿了，何尝不是一件好事呢？……雨荷努力使自己平静下来。

在搞不搞欢送仪式的问题上，雨荷完全同意张迎春的意见。她说："张姐在任时，一贯是严于律己的，起到了很好的表率作用。既然单位没有这方面的先例，为什么要让张姐带这个不好的头呢？留下话把儿，让别人说三道四的，不值当！"

韩菊豆说："张姐这么多年，为单位付出了多少心血？没有功劳还有苦劳呢，不能就这么悄无声息地走了。"

雨荷说："搞不搞欢送仪式，张姐的功劳和苦劳都在那儿摆着呢，谁也抹杀不了。"

韩菊豆还想反驳，又找不出合适的理由，只好说："行行行，二位领导说得有道理，我听你们的。"

雨荷说："在单位，咱们得按规矩办；私底下，倒是可以找几个人，小范围的聚一下。"

韩菊豆一听来了兴趣，说："这个主意好！小范围是多小的范围？叫谁不叫谁呢？"

张迎春说："叫谁不叫谁都不合适，无形中把人分出了亲疏远近，干脆就咱们三个人吧。"

雨荷说："还是张姐想得周到，咱们三个人也好，人不多，玩得尽兴。"

韩菊豆问:"上哪儿去玩呢?"

张迎春说:"哪也不用去,就上我家吧。你俩定时间,别的事儿让老寇来安排。"

雨荷跟韩菊豆商量了一下,把聚会的时间定在了周六下午。

张迎春回到家,告诉老寇,她已经接到组织部门的"免职退休通知",明天就不用去上班了。不料他却反应平平,说:"退了好。"

张迎春说:"你不是老想出去旅游吗?咱们好好规划一下,先去哪里好呢?"

老寇说:"我哪里也不想去,还是待在家里好。"

张迎春说:"雨荷、韩菊豆她们周六下午要来家里聚一下。"

老寇双眉紧皱,说:"你们整天在一起,有什么好聚的?"

老寇态度反常,让张迎春感到十分纳闷。

按照老寇的"人来疯"性格,要是往常,一听说家里要来客人,特别是像雨荷韩菊豆这样的老朋友,一准会像打了鸡血一样亢奋。可今天为什么一反常态,甚至有点冷若冰霜?张迎春心里不爽,说:"怎么,你不欢迎她们?"

老寇说:"哪里话?你的朋友,就是我的朋友,平时请都请不到呢,我怎么会不欢迎呢?"

凭直觉,张迎春意识到老寇一定有什么事情瞒着她。

晚饭时,老寇喝了几口小米粥,推说这两天胃不舒服,就躺到床上休息了。张迎春联想到他的"肝癌",不由倒抽一口冷气,心跳也不由加快了。

——半个月前,老寇感觉肝区疼痛,食欲减退,腹胀恶心,便意识到有可能癌症复发了。他没有惊动张迎春,一个人到医院做了检查,结果是癌细胞多处转移。西医断定他的生命不会超过三个月,老寇不甘心,又去看中医。这么多年吃中药,早已和中医医院的几位看肝病的医生成了老朋友。过去经常给他看病的袁老先生已经离岗,老寇找了另一位专家于大夫。于大夫看了他的片子,说了和当年袁老先生相同的话,劝他不要悲观丧气,要树立战胜病魔的信心。于大夫给他把了脉,开了几副中药。老寇去中药房抓了药,走出医院大门,突然想起来需要问大夫一件事情,折转身,又去了医生办公室。于大夫跟几个医生正在议论老寇的病情,于大夫说:"老寇患肝癌这么多年了,病情一直控制得不错,想不到,癌细胞突然大面积扩散了。"张大夫说:"会不会诊断错了?"于大夫说:"不会的,老寇去了两家医院,结论都是一样的。"王大夫说:"老寇这人心态好,性格也开朗。当初患肝癌,几家医院都不收治了,他是抱着'死马当作活马医'的想法,才来看中医的。这些年都扛过去了,说不定这一次也没事儿的。"于大夫说:"我看了他的 CT 片子,这一次的情况不容乐观,扛不了几个月的……"

老寇听到他们的议论,双腿发软。他扶着墙壁,无力地跌坐在医生办公室门外的椅子上,心里不住地骂自己:"寇东峰,你个大男人,就这点儿出息?大不了就是个死,有什么可怕的?医生早都给你'判了死刑',你又多活了这么多年,已经赚大发了!……你可不能贪得无厌,还想长生不老?……人生自古谁无死?你应该坦然面对……"

大约过了半个多小时,老寇的心情渐渐平复下来。也许是被病痛折磨得身体虚弱,也许是听到医生们的议论,陷入了绝望——老寇回到家里,一直萎靡不振。张迎春忙着"站好最后一班岗",对老寇身上发生的巨大变化,竟然丝毫没有察觉。

张迎春悄悄走到卧室门外,看见老寇躺在床上,右手按着肝区,身体蜷曲着,反过来倒过去地挣扎着。他的表现证实了张迎春的猜测。张迎春捂着嘴跑到卫生间,稀里哗啦地哭了一鼻子,然后擦干眼泪,洗了一把脸,照了照镜子,确定没有了刚才哭过的痕迹,这才走进卧室里。老寇坐起来,强忍疼痛,故作轻松地说:"人吃五谷得百病,我也不知咋搞的,一不小心,又得上胃病了。"张迎春满脸严肃地说:"老寇,你别装了,跟我说实话,是不是你的肝病……"老寇低头不语,他还没有想好怎么跟妻子说。张迎春说:"老寇,你倒是说话呀……你想急死我吗?"老寇说:"你得向我保证,不管听到什么都不许哭。"张迎春说:"我保证不哭。"老寇如实对妻子说了自己的身体状况。

张迎春说:"老寇,你一定要对自己有信心。上一次躲过了一劫,这次肯定也能躲过这一劫。"

老寇说:"这次情况不一样,我感觉这一次是'在劫难逃'了!"

张迎春说:"医生说过,所有的病都跟人的情绪有直接关系。老寇,你千万不能灰心丧气,你要多想想我和孩子,为了我们,你也得好好活着。"

"我倒是想活,可老天爷不让呀!"

"我现在退休了,有大把的时间,我陪你一块儿参加'抗癌俱乐部'。听说那里边的癌症患者,有的人病情反反复复好几次,人家照样存活了几十年,现在还好好的。"

"我……"老寇不知想说什么,话没出口,肝区又开始疼痛。

"老寇,你坚持一下,我打电话叫'120'!"张迎春说着,就要去打电话。

老寇一把拉住她,说:"张迎春,你给我听着,我不去医院,坚决不去!"

张迎春心急火燎,可怎么也挣脱不了。僵持了几分钟,老寇的疼痛渐渐缓解。他松开张迎春的手,让她坐在自己身旁,对她说:"老婆,我有些话,想对你说。本来一直想陪你出去走走,可你看我现在这个样子,旅游就别想了……"

张迎春鼻子一酸,咬了几下嘴唇,忍住了眼泪。此刻,她悔恨交加——明知老寇身患绝症,他最大的愿望就是两人一块儿出去走走看看……可你为什么一再拖延,非要等到退休呢?即使每年休一次年假,也能陪他出去玩几次,你为什么就做不到呢?……工作就那么重要?世界上的事情，离开谁地球不照样转呢？单位也是一样的，离开你张迎春，各项工作照样运转，啥事也耽误不了。可老寇，生命中留下这么大的遗憾，此生再也无法弥补。他的遗憾，难道就不是你的遗憾吗？还有，老寇这一次肝癌复发，病情一下严重到这种程度，你竟然毫无察觉，你这个妻子到底是怎么当的？……

老寇似乎看透了她的心思，劝慰道："老婆，你听我说，旅游不旅游的，对我来说，真的无所谓。过去上班时，经常出公差，国内的大多地方，我基本上都去过。倒是你，成辈子忙工作，很少出去过。我说想出去走走，其实就是想陪你弥补一下这方面的缺憾。说句真心话，我这一辈子挺满足的，要说有遗憾，就是不能陪你白头到老了……"

张迎春终于忍不住，眼泪滚落下来，哽咽着说："老寇，你啥都不要说了，咱们赶快去医院……"

老寇说："老婆，你就别逼我了！我不想把最后的这点时间，浪费到医院里。"

"那你……还想干什么？"张迎春问。

"我想去部队看看儿子他们，还想……还想回我的老家陕北榆林，在那里度过我人生最后的时光。"老寇见张迎春表情凝重，半晌不吭声，又说，"希望你能理解我、成全我。"

张迎春还是缄口不言。她根本就不同意老寇的想法。认为有病不去医院，等于放弃生命。可又不想跟他争辩，只好保持沉默。

张迎春背着老寇，去找了中医医院的于大夫。他经常陪老寇去看病，跟于大夫也很熟悉。于大夫如实谈了老寇的病情，让她趁早做好心理准备。张迎春说了老寇想去部队看儿子和回老家的心愿，问于大夫是否可行，于大夫说："根据老寇的身体状况，应该还能支撑一阵子。如果想去部队看儿子，就要抓紧时间，最好这几天就动身。至于他想回榆林老家……也许是件好事儿呢。我的一个病人，到了肝癌晚期，本人已经完全放弃了治疗，他最后的愿望，就是想到南方转一圈儿。他儿子陪着他一路南下，去了武汉的黄鹤楼，去了杭州西湖，最后到了广西桂林……没想到，回来后一复查，癌症竟然消失了。这种状况无法用医学解释，但事情却是真实存在的。老寇有故乡情结，没准回到农村老家，情况还会出现逆转呢。"

于大夫的话，给了张迎春很大的安慰。她相信别人身上发生的奇迹，也同样能发生在老寇身上。晚上，两口子躺在床上，老寇问她："张迎春，我说的话，你考虑得咋样了？"

张迎春说："没问题，我支持你。"

"真的吗？"老寇不敢相信自己的耳朵。他没想到张迎春这么爽快地就答应了自己的"不情之请"。

张迎春说："咱们说走就走，先去部队看儿子，从部队回来，马上回榆林老家。明天，我就联系买机票，买到哪天的就哪天出发。"

老寇一高兴，把张迎春揽进怀里，用食指刮着她的鼻尖，说："我的大傻妞，你终于开窍了！"问张迎春，"你说，咱们事先打个电话呢，还是来个突然袭击，给他们一个惊喜？"

张迎春想起于大夫的话，不敢耽误时间，就说："不用打电话，直接去吧。到了部队看情况，儿子要是不太忙，咱们就多住几天，他如果忙的话，咱们看一眼就走。"

老寇说，"好，好，都听你的。"

老寇激动得睡不着觉，盘算着给儿子和儿媳带些什么好吃的。张迎春说："瞧你那点儿出息，光能想到吃，就不能想点别的事情？"

老寇问："什么事情？"

张迎春说："儿子结婚这么长时间了，媳妇一直没怀上孩子，不知是身体原因还是别的什么原因，咱们总得问个明白呀。"

老寇说："哟！这还真是个事情。不过，这种事我当公公的不好过问，你这个当婆婆的，要好好跟儿媳妇谈一谈。"

张迎春说："那是必须的。"又说，"老寇，你再去找于大夫开点药……"老寇说："开啥药呢？……你就饶了我吧，一听到那个'药'字，我的头皮直发麻。得病这些年，药已经吃得够够的了。"张迎春说："总得带些止疼药吧，万一疼痛难忍，也好应个急。"老寇说："你说得对，止疼药是少不了的。我明天早上就去医院。"张迎春说："别的事儿你就不用管了，我自有安排。"

　　周六的聚会照常进行，只不过地点改在了茶楼。韩菊豆问张迎春："不是说好了在你家聚吗，怎么又改到了茶楼？"张迎春说："情况有点变化。"韩菊豆问："什么情况？"张迎春学着老寇的样子，说："你得向我保证，不管听到什么都不哭，我才能告诉你。"韩菊豆说："我保证不哭。"张迎春又把目光转向雨荷，雨荷说："看我干什么？我又不像韩某人那样，动不动就哭鼻子。"韩菊豆冲雨荷做了个鬼脸，对张迎春说："张姐，你就别卖关子了，赶快说吧。"张迎春沉默片刻，说出了这几天发生的一切。韩菊豆尽管早有心理准备，可还是忍不住哭了。雨荷用胳膊肘捅了她一下，小声说："你忍着点儿，不要影响了张姐的情绪。"她又对张迎春说："张姐，劝你的话，我也不想多说了，相信你一定能够自己想开的。有什么需要帮忙的，你只管告诉我们一声。"张迎春说："机票已经买好了，下周二下午三点的飞机。"韩菊豆说："好，到时候我派车把你们送到机场。"张迎春说："我们想给儿子他们带点东西，又不知带什么好。"韩菊豆说："他们应该什么也不缺，带点咱们本地的特色食品就行了。"雨荷说："你这当婆婆的，应该给儿媳妇买几件时髦衣服。"张迎春说："这个我倒想到了，可是又不知该买什么样的衣服。"雨荷说："寇钧媳妇个子有多高，身材咋样？"张迎春说："个头身材都和你差不多。"雨荷说："那就好办。买东西的事情包在我俩身上，你就不用管了。"

　　第二天，两人分头行动。韩菊豆负责采购本地的特色食品，雨荷负责给寇钧媳妇马茜茜买礼物。下午四点多，她俩一前一后赶到了张迎春家。韩菊豆把买来的一大堆食品摆放在餐桌上，有"石头馍""琼锅糖""罐装肉臊子""腊牛肉""油泼辣子"等。雨荷给马茜茜买了一件真丝连衣裙、一件风衣，一身纯棉睡衣和一套化妆品。张迎春连连夸赞雨荷眼光不俗，买的东西有品位。

韩菊豆佯装不高兴，说："她买的东西有品位，我买的东西就没品位了？"

张迎春说："你买的都是吃的东西，要什么品位呢，只要爽口就行。不过，还真得夸夸你，买的都是寇钧平时最爱吃的东西。"

韩菊豆说："这还差不多。"

飞机上，老寇妙语连珠，说个不停——说记忆中的童年趣事，说家乡的山山水水、风土人情，说军旅生涯中难忘的经历，说与张迎春的相识相爱，说儿子的立功喜报……他心情激动，精神抖擞，竟然看不出一丝病态和倦意。受他的情绪感染，张迎春许久压抑着的心情，也变得开朗起来。

下午六点半，飞机准时降落在儿子所在的城市。下了飞机，老寇望着改建后的机场，触景生情，大发感慨，说："上一次来看儿子他们，这机场又小又乱，这一次的变化可真大呀！……哎哟，这时间过得可真快呀，一转眼，都过去了五年！"

张迎春说："老寇，瞧你说得口干舌燥的，咱能不能别说话了？幸亏这张嘴是肉长的，要是泥瓦做的，叨叨了一路，早都变成碎片了。"

老寇说："一想到马上就要见到儿子，我这心里高兴呀！"

张迎春说："别忘了，你还是个病人。"

老寇说："医生说过，肝病由情志所致，我心情愉快，病全好了！"

儿子儿媳两口子早已在航站大楼的大厅里等候着。按照事先说好的，老两口去部队的事情一直对儿子保密。直到飞机起飞后，韩菊豆才给寇钧打了电话，让他去机场接父母。一见面，父子、婆媳紧紧拥抱在一起。寇钧结婚后，张迎春和老寇去部队看过他们一次，马茜茜出差路过古城，匆匆忙忙回家看公婆，总共待了不到两个小时。虽然几年时间里仅仅见过两

265

次面，但婆媳间一直保持电话联系，张迎春心里早把马茜茜当成了亲生闺女。寇钧见到父亲，只顾着高兴，竟然丝毫没有察觉到他的任何变化。倒是老寇和张迎春一眼就看到儿子的头发白了不少，并且已出现了"谢顶"。可想而知，儿子的工作是多么的艰辛！作为父母亲，难免感到既欣慰又心疼。欣慰的是，儿子肩负重任，他是为民族为国家而努力拼搏的；心疼的是儿子年纪轻轻，竟然未老先衰。

寇钧和马茜茜在同一个单位工作。部队首长亲自来家里看望了老寇和张迎春，并给寇钧两口子特批了几天假，让他们好好陪陪父母亲。一家人其乐融融，朝夕相处。寇钧陪父亲下棋，时而争得面红耳赤，却也"乐在棋中，棋乐无穷"。马茜茜陪婆婆买菜做饭，闲暇时总有说不完的话题。马茜茜对婆婆送她的衣服和化妆品爱不释手，张迎春告诉儿媳，以后需要什么东西打个电话，她会买好了邮寄过来。张迎春悄悄问儿媳，结婚几年了为什么不要孩子？马茜茜告诉她，主要是工作太忙。不过，这件事已经列入计划，估计明年可以开始实施。张迎春问为什么要等到明年，马茜茜说，寇钧目前正在进行一个重要项目的科研攻关。按照惯例，任务完成后，部队会安排他休息疗养一段时间。他们想利用这个机会，让寇钧好好调养一下身体，等寇钧身体恢复得差不多了，就开始筹备要孩子。张迎春从儿媳的话里听出，儿子所从事的工作，对身体有一定的伤害。她懂得部队的保密规定，不好多问，也不好多说什么。不过，她终于明白了小两口迟迟不要孩子的真实原因。

美好的日子总是稍纵即逝的。一家人相依相伴了五天后，寇钧告诉父母亲，他有重要任务，必须马上赶往试验基地。虽然难舍难分，老两口心里还是很满足的。儿子走后，他们立刻买了返回古城的飞机票。

第二十七章

晚上十点多，傅翔从医院打来电话，说老太太抢救无效，已经过世了。卢秀萍并没有感到震惊和意外。老太太患心肌梗死，这些年多次发作，一次比一次严重。这次住院后，医院曾经发过三次病危通知。医生专门找傅翔谈话，告诉他老太太危在旦夕，医生也无力回天，让他做好后事准备。

卢秀萍没有急着去医院，他首先想到的是给儿子傅翀打电话，让他回来给奶奶送葬。傅翀上大学的头两年，每逢寒暑假回到家里，总喜欢把自己关进小房子里写小说。小说写完后，就跑到文联机关找雨荷。他还在雨荷的帮助下，发表过两篇小说。傅翀上大学的后两年，因忙于考托福和出国留学的各种准备，基本上很少回家，直到去美国留学的前夕，才匆匆忙忙回来待了几天。卢秀萍很少有跟儿子单独相处的时间，因此门面房过户的问题，一直悬而未决。尽管傅翀明确表示，包括门面房在内的家里的任何东西他都不会要，可卢秀萍岂能任由他"口出狂言""胡说八道"？她打算好好跟儿子谈一谈，陈明利弊，说服他放弃过去的"愚蠢"想法，尽快办理房产过户手续。老太太去世，是天赐良机，傅翀没有理由不回来。

卢秀萍拨通儿子的电话，叫了声"翀儿！"便听到电话另一端儿子的啜泣声。傅翀说："爸爸已经打过电话了，事情我都知道了。我这边学习紧张，走不开，再说飞机票也不好买，爸爸说不让我回去了。"卢秀萍一听急了，说："他说不让你回你就不回了？奶奶去世这么大的事情，你居然心安理得地待在美国……傅翀，你还有没有一点人心了？……"傅翀说："以后有机会，我再给你解释。"卢秀萍还想劝他几句，傅翀那头已经挂上了电话。卢秀萍手握话筒，痴愣了半天。

卢秀萍赶到医院时，老太太已经被送去了太平间。老太太住院期间，傅翔的前妻何凤梅日夜陪护着她。卢秀萍想象不出，老太太咽气的那一刻，何凤梅是怎样的伤心欲绝。可此刻，在病房门外的走廊里，她亲眼看到的一幕是：何凤梅跟傅翔拥抱在一起，何凤梅的眼泪浸透了傅翔的胸襟，傅翔泪眼婆娑，轻轻抚摸着她的面颊。俨然一对恩爱的老夫妻，面对伤痛时，互相慰藉着。卢秀萍醋意大发，转身就走，走到电梯口，忽又转念，觉得就这么走了不合适，于情于理都说不过去。正在犹豫着，傅甜甜和丈夫毛家齐从电梯里走了出来。小两口跟护士一块把奶奶的遗体送到了太平间，就急着赶过来照看父母亲。

傅甜甜抹了一把眼泪，说："姨，你这是……要上哪儿去？"

卢秀萍声泪俱下，哭着说："你奶奶咋说走就走了……我心里难过，想找个没人的地方哭几声呢……"她说完，立刻被自己高超的"演技"所折服——要说表情是装出来的，眼泪也如此地配合，刹那间夺眶而出，涕泗滂沱。

傅甜甜安慰她说："姨，人死不能复生，大家都要节哀顺变。时候不早了，咱们回家去吧，还有许多事情要商量呢。"

几个人回到老太太生前居住的房子里，何凤梅睹物思人，又是一阵伤心流泪。傅甜甜和毛家齐一左一右坐在她身旁，劝慰着她。傅翔说，老太太生前嘱咐过，她想一个人清清静静地走，丧事要简办，不要惊动街坊邻居，请几个要紧的亲戚就行了。卢秀萍说，请不请亲戚都无关紧要，傅翀是奶奶的亲孙子，无论如何都应该回来送葬的。傅翔说，已经给傅翀打过电话了，傅翀学业紧张，就不必回来了。卢秀萍不答应，逼着傅翔再给儿子打电话，傅翔不打，两个人就争执起来。

傅甜甜走过来，一声低吼："行了，别吵了！奶奶临终前说过，傅翀离得太远，不必让他专门请假跑回来一趟。就这么点事儿，有什么可争吵的？"卢秀萍一时哑口无言。在这个继女儿面前，她一向不敢放肆。傅甜甜的几句话，无意中给傅翔撑了腰，傅翔不再瞻前顾后，畏手畏脚，很快就把老太太的后事安排妥当。

这时，已是凌晨三点钟了。傅甜甜说她和毛家齐留下来陪母亲，让傅翔和卢秀萍回去休息一会儿。傅翔实在不想跟卢秀萍一块回自己家去。他太了解这个女人了，她在傅甜甜面前碰了钉子，心里一定窝着一团火，回到家里，自己必然就成了她的出气筒。傅翔心里明白，她口口声声说要傅翀赶回来给奶奶送葬，其真实目的，无非就是要把门面房过户给他。不达目的，她岂能善罢甘休？若此时回到家里，肯定是免不了一场"恶战"的。可他又实在找不出留下来的任何理由。过去老太太在世，还可以说留下来陪老娘，现在，你总不能说留下来陪前妻吧？傅甜甜见父亲磨磨蹭蹭半天不肯动身，催促道："爸，你赶快回去，抓紧时间休息一会儿，明天还有很多事情呢。"傅翔无奈，只得跟卢秀萍走了。

一路上，傅翔满脑子想的都是怎样应对卢秀萍的盘问和刁难，可是直到走进小区院子里，还没想出一个好办法。傅翔一着急，脑子里一片空白，心里竟有些恐慌了。回到家里，赶忙躲进卫生间，不大一会儿，就听到卢秀萍在门外喊着："傅翔，你咋回事，躲到卫生间算什么本事？"

傅翔只好从卫生间走出来，捂着肚子说："可能着凉了，有点拉肚子——哎哟，肚子好疼呀……"一边说着，一边捂着肚子向书房走去。

卢秀萍抢先几步，堵在书房门口，气咻咻地说："躲过初一，躲不过十五，今天这事儿，你必须得给我说清楚。"

傅翔揣着明白装糊涂，说："什么事儿，必须得给你说清楚？"

卢秀萍说："老太太过世，这么大的事情，为什么不让傅翀回来？你们是不是商量好了的？"

傅翔说："什么商量好了的？是翀儿自己不想回来……不信，你打电话问他。"

卢秀萍说："你们早都串通好了，我还问什么问？你妈那个老不死的……"突然意识到此话不妥，急忙打住。

傅翔听卢秀萍这么说自己的母亲，不由怒火中烧。母亲溘然长逝，尸骨未寒，自己本应沉浸在哀伤和悲痛中，却被眼前这个女人搅得心智不清，乱了阵脚。这个自私透顶的女人，从来都不考虑别人的感受，自己为什么要对她一而再、再而三地忍让和迁就呢？与其这么躲躲藏藏，整日提心吊胆，倒不如"捅破脓包"，把话挑明了，横竖来得痛快点儿。

卢秀萍也不想再绕圈子，直截了当地说："你们不想让傅翀回来，其实就是不想把门面房过户给他。"

傅翔说："卢秀萍，你醒醒吧，不要再做你的黄粱美梦了！那套门面房是我们傅家的祖产，无论过户给谁，跟你都没有任何关系。"

卢秀萍一怔，说："傅翔，你什么意思？"

傅翔一把推开她，走进书房，打开抽屉，取出那份跟母亲签订的合同交给卢秀萍。

卢秀萍看到合同上写着"一、傅甜甜享有门面房一半的产权；二、任何时候，门面房都不能过户到卢秀萍名下"几句话时，一下涨红了脸，怒吼道："傅翔，你个大骗子，为什么要一直瞒着我？你妈那个老妖婆……"傅翔再也无法忍受，一巴掌抡过去，打得卢秀萍站立不稳，险些跌倒。卢秀萍捂着挨了打的左脸庞，"呜呜"哭了起来。傅翔躲进书房里，插上了门，任凭卢秀萍在书房外一边踹着门，一边哭着喊着叫着骂着，就是不理睬。结婚这么多年，傅翔还是头一回动手打了卢秀萍。人在气头上，容易情绪失控。现在冷静下来，想想也没啥可怕的，大不了是个"离"！傅翀已经长大成人，离婚没有任何后顾之忧。对双方来说，也许离婚都是最好的选择。奇怪的是，卢秀萍哭闹得声嘶力竭，却始终没有提到"离婚"二字。

天亮后，当傅翔再回到母亲生前的住处时，傅甜甜已经在客厅布置好了灵堂。望着菊花环绕着的母亲的遗像，傅翔不禁潸然泪下。傅甜甜扶他坐到沙发上，告诉他该通知的人都通知到了，火葬场那边也都联系好了。傅翔心里好一阵感动。女儿替他安排好了所有的丧葬事宜，有些自己一时没想到的，女儿都已经替她办到了——比方在家里设灵堂。女儿让父亲回去休息，自己却彻夜未眠。这世上除了老娘，还有谁比女儿更贴心呢？不知怎么突然想到了跟何凤梅离婚时，女儿一双哭得又红又肿的大眼睛。每当这幅画面在脑海里浮现，傅翔的心也跟着颤抖。他觉得对不起女儿，亏欠女儿的，此生再也无法弥补。儿子傅翀远在异国他乡，那小子心高志远，不知今后还会怎样折腾呢！跟卢秀萍的婚姻关系前景未卜，即使不离婚，你能指望她跟你相互帮扶，白头偕老？傅翔越来越觉得，真正到了需要人照顾的时候，只有女儿靠得住。

傅甜甜问父亲："我姨怎么没跟你一块来？"

傅翔支吾着说："她有事儿……哦，可能去单位了吧。"其实，他根本不知道卢秀萍去了哪里。凌晨，吵闹过后，他在书房里，听到大门开开合合的，不知卢秀萍出去了几次，也不知她在干些什么。至于她现在究竟是在屋里，还是去了哪里，傅翔一概不知，也不想知道。

晚上回到家，房子里空空荡荡，卢秀萍不见踪影。傅翔如释重负，紧绷着的神经一下松弛了。自从母亲病危到去世，他已经三天两夜没合一眼了。现在，浑身像散了架一样，没有一丝力气。他取来一瓶白酒，从冰箱里找出一包榨菜丝，自斟自饮了几杯，不知怎么就头晕目眩地栽倒在沙发上。他懒得动,就势躺着,不大一会儿,就呼呼大睡了。不知过了多长时间,电闪雷鸣,狂风大作,暴雨倾盆而下。雨点滴落在脸上,流进嘴里……忽然,一声炸响,傅翔从梦中惊醒。睁眼一看,自己不知怎么躺到了沙发旁的地面上,酒瓶摔得粉碎,衣服也弄湿了一大片。头还是有点晕,腰酸,背也疼。他挣扎着站起来,活动了一下僵硬的肢体,感觉好多了。拉开窗帘,屋外早已是艳阳高照了。看着被自己"祸害"得一片狼藉的客厅,他不禁打了个寒战——若是卢秀萍在家,看到这一切,不定会闹成什么样子呢。转念一想,豁出去了,怕什么呢?大不了是个"离",早离早解脱!一旦有了豁出去的想法,便有了几分男子汉的豪情与自信,心里一下踏实了许多。此刻的傅翔,一反常态——不仅不惧怕,反而盼望着卢秀萍立刻出现在自己面前,酣畅淋漓地跟她干上一架!

可是,卢秀萍却始终没有出现。

老太太的葬礼,由傅甜甜一手操办。简朴,却不失庄重。小型吊唁厅里,鲜花翠柏,哀乐低回。老太太躺在玻璃棺罩内,化过妆的容颜显得光鲜而生动,衣着雍容华贵,酷似影视剧中的皇太后一般。参加葬礼的,除了姓傅的嫡亲,还有傅翔舅舅家和姑姑家的表哥表弟表姐表妹等,总共六十多人。到了预定的时间,除了卢秀萍,所有该到的人全都到齐了。

傅甜甜小声问父亲:"我姨怎么还没到?"

傅翔说:"不用等她了,开始吧!"

傅翔断定卢秀萍是不会来送老太太最后一程的。她恨老太太,什么事儿都干得出来。

傅甜甜给主持葬礼的司仪使了个眼色,司仪走上台,清了清嗓子,对着麦克风,声音低沉地说:"尊敬的各位来宾……"令所有人都没有想到的是,卢秀萍这时一身缟素走进来,号啕大哭着扑向玻璃棺罩:"……我的妈呀!你咋说走就走了……你的亲孙子都没见你最后一面呀!……你为什么不等等你的翀儿呀?你的心咋就这么狠呀?……妈,你睁开眼睛说句话,为什么这样对待你的亲孙子?为什么呀……"她哭着,竟然用头碰撞着棺罩。现场的人们，大多流露出鄙夷的神情，认为"狐狸精"的戏，演得太过了。因为他们熟悉老太太，也了解她们婆媳间的关系。也有少数听出点端倪的，互相交头接耳，小声议论起来。庄严肃穆的会场上，顿时显得有些骚动不安了。

傅翔站在一旁，气得脸上青一阵白一阵的，他断定卢秀萍是因为没有达到目的，心里憋气，故意来搅局的。

傅甜甜当机立断，让几个人把卢秀萍拉到了门外，葬礼才得以正常进行。

后来的一段日子，傅翔和卢秀萍重启"冷战模式"。傅翔住进书房里，卢秀萍独霸主卧室。虽然同在一个屋檐下，却像两个陌生的"合租人"。大有"鸡犬之声相闻，老死不相往来"之势。傅翔根本不相信在门面房问题上，卢秀萍能这么不吭不哈，不了了之。他不止一次地想象着两个人之间，各式各样的"一触即发"，各式各样的"疾风暴雨"。可出乎预料的是，卢秀萍像变了个人似的，表现出极大的宽容和忍耐。她对他和他的所作所为，完全视而不见。事情并没有按照预定的方向发展，傅翔有些不甘心，甚至有些失落了。他想试探一下卢秀萍，故意在客厅里抽烟喝酒，还把瓜子皮纸屑烟头酒瓶一堆东西胡乱丢弃，把客厅瞬间变成了垃圾场。卢秀萍还是不理不睬。她每天早出晚归，回到家就一头扎进卧室里，除了上厕所，基本上很少出门。傅翔倒有些惶惶然，不知所措了。

卢秀萍表面上看似平静，内心却波涛汹涌。她做梦也想不到，老太太就门面房的分配问题，专门和傅翔签订了一份合同。她对老太太恨之入骨，恨不能从棺材里扶起她，将孰是孰非辩论个清清楚楚！她满腔怒火，无处宣泄——于是，就上演了葬礼上的那一幕。她无数次地想到了离婚，可是冷静想了想，离婚对自己有什么好处呢？老太太的遗产，自然少不了傅甜甜的一份，傅翔能分到多少，眼下还是未知数。属于夫妻共同财产的，只有现在居住的这套房子。以往闹矛盾，都是自己提出离婚，傅翔坚决不同意。这一次的情况却不同，傅翔一次次地找茬，甚至故意挑衅，其实就是逼着你卢秀萍提出离婚的。毫无悬念,傅翔今天扯了离婚证,明天就会跟何凤梅去领结婚证。你卢秀萍怎么办呢?五十多岁的人了,即就是你想改嫁,还有人要你吗?无法治愈的"乙型肝炎",将会伴随你的一生,一旦病情加重,谁来照顾你?……指望傅翀?——笑话!这小子上大学后就开始跟你离心离德,母子俩缺少共同语言,根本说不到一块去。出国后,他被西方的一套思想观念洗了脑,变得越来越不讲亲情,似乎早都忘了你这个亲妈的存在。刚开始,每个月还能通上一次电话,现在倒好,几个月甚至半年都不见音信。你想儿子了,主动跟人家联系,人家每次都说忙,敷衍几句就挂了电话。这小子心比天高,出了国就没打算再回来。要说儿子确实优秀,可他再怎么成绩斐然,除了能满足你的虚荣心,还有什么实际意义呢?你能漂洋过海地投奔他,跟他生活在一起,最终客死他乡?……简直不可思议!

过去卢秀萍把离婚挂在嘴上,不过是吓唬傅翔的。现在,傅翔动了离婚的念头,卢秀萍怎么可能让他如愿以偿呢?

反正,你又不想再婚再嫁了,离不离婚又有什么关系呢?不如就这么维持现状,走一步看一步——卢秀萍想。

第二十八章

　　用电脑写作,给雨荷带来很多方便。过去趴在桌子上,吭哧吭哧地用钢笔在稿纸上一个字一个字地划拉,一天下来,头昏脑涨,腰酸背疼,脖子都成了僵硬的。最麻烦的,当属修改了,有时稿纸上画得乱七八糟,连自己都分辨不清,直接影响到人的心情和工作效率。现在好了,坐在电脑前,双手敲击键盘,感觉像弹钢琴一样,屏幕上出现的字迹,工工整整,让人赏心悦目。修改时可以随心所欲,任意增减,还可以把一句话或者整段话移前挪后。有时改来改去,折腾了半天,又觉得还不如不改,给一个指令,书稿马上又可以恢复原样。雨荷觉得,有了电脑,如虎添翼,人变轻松了,写作速度也提升了不少。

　　可是,今天的情况却不一样。汪明辉的身影牢牢地盘踞在脑海,挥之不去。整整一个上午,她坐在电脑旁,思绪乱纷纷的,竟然写不出一个字来。

不知什么原因，最近一段时间里，在不同的场合，已几次与汪明辉相遇。第一次是在商场的自动扶梯上，雨荷是下行，汪明辉是上行，正好在半道碰见。四目相对的一瞬间，两人擦肩而过。雨荷记不清当时自己是什么反应，只记得下了扶梯以后，抬头向楼上望去时，汪明辉正站在扶梯旁向她招手。她表情冷漠，转身就走。第二次是在兴庆湖畔，过去和汪明辉经常散步、背诵《长恨歌》的地方。老远看见汪明辉，本来想躲开他，可一双脚像被钉在了原地，怎么也迈不开步。汪明辉热情地和她打招呼，邀请她去附近的茶舍喝茶，她半推半就，最终还是拒绝了他。第三次有点鬼使神差。她选择了同样的时间、同样的路段去了兴庆湖畔。其实潜意识里是希望能再次遇见汪明辉。可当汪明辉真的出现在她的面前时，她简直不敢相信自己的眼睛——出乎预料，却又在预料之中！两人简单寒暄了几句，她急忙告辞。她担心感情的汹涌波涛，冲破理智的堤坝，让自己再次陷入爱情的旋涡里。

雨荷原本以为，自己有良好的心理素质，只要进入创作状态，便可做到心无旁骛。可这一次，竟然像着了魔一样，她满脑子都是汪明辉，思绪像一匹脱缰的野马，拽都拽不回来。她关掉电脑，想找个人聊天。找谁呢？……想想也是够悲哀的，大千世界，芸芸众生，称得上知己、且又无话不谈的，又有几个人呢？过去跟汪明辉在一起时，总有说不完的话题，一颗心永远被他占得满满的，从来没有感觉到寂寞和孤独。可是，两人终究有缘无分。跟自己的母亲既是忘年交，又是"老闺蜜"，可这么敏感的话题，怎么敢对她说呢？说了也只能增添她的忧虑和担心。再下来就是张迎春了，她俩工作上是搭档，生活中是挚友，找她倾诉再合适不过了。可张迎春陪老寇去了陕北榆林，算来算去，也只能找韩菊豆了。

在韩菊豆的办公室里，雨荷像竹筒倒豆子一样，毫无保留地把满腹心事"倒"给韩菊豆听。韩菊豆第一感觉是，虽然这么多年过去了，雨荷心里其实从未放下过这个男人。身为女人，韩菊豆完全理解雨荷此时的心境和她的所有想法。

韩菊豆说:"雨荷,人生苦短。你这一辈子,为这个男人耗去了多少宝贵的年华?一眨眼,我们都五十多岁了,剩下的日子还有多少呢?你何苦再这么折磨自己呢?"

雨荷轻轻叹息着,说:"不折磨自己,我还能怎么办呢?"

韩菊豆说:"只要你放下身段去找他,两个人就一定能重归于好的。"

"重归于好?"雨荷苦笑着说,"人家有妻儿、有家室,你让我当第三者?"

韩菊豆说:"我认为,根据你们俩目前的情况,最适合做一对'地下情人'……"

雨荷顿时愠怒,说:"韩菊豆,你把我当成什么人了?"说完,竟然气急败坏地转身就走。

韩菊豆立马意识到自己的话表述不准确。本来想说,他俩最适合做一对精神上的情人,不料话一出口却变成了"地下情人"。雨荷骨子里是个很传统的人,自尊心又极强,她哪里受得了这般"羞辱"?韩菊豆追悔莫及,恨不能抽上自己几巴掌。她想找到雨荷,当面给她道歉。可在办公楼里转了一圈儿,到处不见雨荷的人影。

下班后,韩菊豆挡了一辆出租车,急三火四地赶到雨荷家。雨荷不在家,韩菊豆东拉西扯地和雨荷母亲罗静芝闲聊着。

罗静芝说:"雨荷今天去了单位,你没见到她吗?"

韩菊豆说:"见了。"

罗静芝感到奇怪,追问道:"到底发生了什么事儿,在单位不能说,还要跑到家里来?"

韩菊豆差点就说出了她跟雨荷之间发生摩擦的来龙去脉,突然想起雨荷说过,这件事儿不想让母亲知道,急忙调转话头,说:"是我自己的事情,在单位说话不方便。"

罗静芝说:"哦,原来是这样。"

不大一会儿,雨荷回来了。她看到韩菊豆有些惊讶,说:"你怎么来了?"韩菊豆给她使了个眼色,说:"有事找你。"两人便一块走进雨荷的书房。韩菊豆说:"我来给你道歉……"雨荷抢过话头,说:"应该道歉的人是我。我知道你不管说什么,都是真心为我好。我不该自己心情不好,就拿你撒气,给你难堪。"韩菊豆说:"你真的不生我的气了?"雨荷说:"再生你的气,我不就成了不识好人心了?"韩菊豆一高兴,眼泪就流了出来。雨荷说:"瞧你这点儿出息,怎么还哭了?"韩菊豆说:"我怕失去你这个好朋友。"雨荷说:"我的傻大姐,咱们是永远的朋友,这辈子谁也离不开谁了。怎么能因为几句话,就断了友情呢?"韩菊豆擦干眼泪,说:"这还差不多……雨荷,你不用管了,这件事就包在我身上了。"雨荷说:"什么事包在你身上?你到底想干什么?"韩菊豆说:"到时候你就知道了。"

几天后。雨荷处理完一大堆文件和信函,正准备离开办公室时,韩菊豆领着一位年轻姑娘走了进来。韩菊豆对雨荷说:"这姑娘找你有点事……你们聊,我先走了。"她说完,急忙走了出去。雨荷以为来的是一位文学爱好者,心里抱怨韩菊豆做事欠考虑,事先也不打个招呼,冷不丁把人领到了办公室。姑娘彬彬有礼地叫了声:"雨荷阿姨!"雨荷仔细打量着她,觉得好生面熟,一时又想不起在哪里见过她。

姑娘说:"我叫汪欣然,是汪明辉的女儿。"

雨荷恍然大悟。几天前,韩菊豆曾给她卖关子,原来,这一切都是她"设的局"——也不知韩菊豆究竟做了些什么,她又是怎么联系上汪欣然的?

汪欣然说:"阿姨,我知道冒昧打扰你很不礼貌。可是,为了我父亲,我不得不这样做。希望你能在百忙中抽出点时间,听我讲一个凄美的爱情故事。"

雨荷怔住了,她没想到姑娘会这么说。

汪欣然又说:"阿姨,你是搞创作的,权当是积累生活素材呢!"姑娘说完，满怀期望地看着她。

雨荷再也无法推辞，其实下意识里也压根不想推辞。她淡然一笑，说："好吧。"

汪欣然说："阿姨，听说你喜欢喝茶，刚才来的时候，我在'四季青'茶楼定好了包间。"

雨荷笑着问："听你韩菊豆阿姨说我爱喝茶？"

汪欣然说："不，听我爸说的。"

两人到了"四季青"，汪欣然领着雨荷，端直走进事先预定好的包间里。服务生送来一壶"碧螺春"和几样小茶点，汪欣然说："阿姨，不知这些合不合你的口味？"

雨荷说："很好。听你爸说我有这些喜好？"

汪欣然笑着点了点头。

汪欣然倒了一杯茶，双手递给雨荷。然后，给自己倒了一杯，呷了一口，闷头坐着。

一阵静默。

雨荷问："孩子，你想对我说什么？"

汪欣然打开了话匣子——

"阿姨，你跟我爸爸的事情，我从小就听妈妈和奶奶讲过。爸爸倒是从来没有主动提起过你。我那时什么都不懂，总爱缠着爸爸问长问短：'雨荷阿姨长啥样？''她家住什么地方？''你为什么那么喜欢她？'……爸爸回答最多的一句话就是：大人的事儿，小孩子不懂……

"奶奶强行拆散了你和爸爸，逼着他娶了我妈妈。可他从来就不喜欢我妈妈。两人结婚后，爸爸陷入了巨大的痛苦之中。他大病一场，不吃不喝地躺在床上，整整五天五夜。奶奶吓坏了，跪下来求爸爸。爸爸为了摆脱妈妈，索性搬到单位去住。奶奶意识到自己不该棒打鸳鸯，悔之不及……

"最不幸的人自然是我的妈妈了。她抱着美好的愿望嫁给我爸爸，结婚后，才发现爸爸另有所爱，他的心里再也装不下别的女人了。妈妈被残酷的现实折磨得痛不欲生，她想寻求解脱。她割过腕，服过毒，还一个人在家里打开煤气罐，企图造成液化气中毒的假象。可她命不该死，每次都被人发现，送去医院抢救过来……

"家里三个人活得都不轻松，每个人都在痛苦中挣扎着。爸爸后来从单位搬回来住，不是他接受了妈妈，而是出于一种男子汉的责任——他曾经伤害了无辜的你，不想再伤害另一个无辜的女人；他不忍心眼看着日渐衰老的奶奶，每天愁眉苦脸地煎熬着……

"我的出生，挽救了一个风雨飘摇的家庭。奶奶和爸爸妈妈脸上露出了久违的笑容。我让他们看到了未来和希望，我给了他们活下去的信心……当然，这些都是后来听他们讲的。他们把我视若珍宝，对我备加呵护。在我的记忆中，好像从来都没有感觉到父母的婚姻不幸。现在想起来，其实他们一直都是在我面前演戏的……

"我小时候，爸爸经常带我去兴庆宫公园的湖畔散步，我问爸爸，为什么老来这里散步？爸爸说，这里是仙女出没的地方。我说我怎么看不到仙女呢？爸爸说，仙女在人的心里边，你得用'心'看，才能看到她。以后再去兴庆湖畔散步，我就瞪大了眼睛，用目光在周围的人群中搜寻着，可是仙女一次也没有出现过。后来我才明白，爸爸心中的仙女，就是你——雨荷阿姨。他还喜欢带我去莲湖公园看荷花。每年夏天，荷花盛开时，荷塘畔总有很多喜欢画画的人在写生。爸爸喜欢看别人画荷花，结识了不少画家朋友。有一次，我们刚到公园，天上突然下起了大雨。他领着我在半山腰的亭子里躲雨，无意中发现有一个人打着伞，在荷塘边走走停停。后来，雨小了，那人就把伞撑到路边的树枝上，自己坐到伞下边写生。爸爸领着我走过去，问那人为什么下雨天还要来写生，那人说，他想画雨中的荷花，说只有亲临其境，才能感受真切。我们站在那人身后看他画画，爸爸被他手中的画笔锁住了目光，一站就是几个小时。后来爸爸出高价买下了那幅名曰'雨荷'的水墨画，珍藏在他的书房里……

"奶奶去世后,他把那幅画装裱好,挂在书房最醒目的地方。好像从那时开始,他跟我妈妈之间就'战火不断',三天两头的吵吵闹闹。爸爸提出离婚,妈妈坚决不同意。爸爸怕逼急了,妈妈做出什么过激的行为,只好作罢……

"我上高中后,搬到学校去住。爸爸的单位承包了一项大型援外工程,本来出国人员名单上没有他的名字,可爸爸为了摆脱妈妈,主动申请,去了非洲,一待就是好几年。爸爸回国后,两人的关系有所好转。可是好景不长,妈妈查出了子宫癌,没几个月就去世了……"

汪欣然哽咽着说不下去了,雨荷抽了几张餐巾纸递到她手里。汪欣然擦了擦眼泪,接着说:"妈妈去世后,爸爸又恢复了在兴庆湖畔散步和在荷塘畔看别人画荷花的习惯。我理解,他这样做有两层意思:一是追忆跟你在一起的那些难忘的岁月;二是希望与你不期而遇。阿姨,这么多年,你一直都在我爸的心里占有无可替代的位置。"

汪欣然说话不紧不慢,言语中充满了柔情和理智。雨荷一直默默地听她讲述,这时突然问道:"孩子,你恨我吗?"

汪欣然说:"过去恨过,现在不恨了。"

雨荷将信将疑地看着她。汪欣然说:"阿姨,我说的都是真话。小时候不能理解大人之间的事情,每当看到妈妈伤心落泪,就认为是你害了妈妈,因为你和妈妈抢爸爸,你就是世界上最坏的女人。后来长大了,懂事了,知道这件事儿全是奶奶一个人的错。你是无辜的,也是受伤害最深最重的人。现在,我谈恋爱了,更加理解了两个深深相爱的人被活活拆散,是怎样的痛彻心骨……我还有什么理由再去恨你呢?阿姨,我替奶奶、替爸爸真诚地向你道歉!也希望你能给我爸爸一个当面解释的机会。"

雨荷打量着汪欣然,霎时间,往事如云烟,千头万绪一起涌上心头。不知怎么就突发奇想:"当初若是我和汪明辉结了婚,汪欣然就是我的女儿……她要是我的女儿,该有多好呀!"说不清这姑娘哪里像自己,总觉得她跟自己十分投缘。

雨荷心里好几次产生一种莫名的冲动。

汪欣然见雨荷默默无语，只是目不转睛地盯着自己，忙问："阿姨，你在想什么呢？"

雨荷支吾着，说："我在想、想……我想抱抱你。"

汪欣然扑进雨荷怀里，两人紧紧拥抱在一起。

重新回到座位上时，两人眼里都盈满了泪水。汪欣然说："奶奶和妈妈都走了，在这个世界上，我就剩下爸爸一个亲人了！我希望爸爸幸福快乐，高高兴兴地过好每一天。可是，他整天忧心忡忡，愁眉不展。阿姨，希望你能帮我，一起打开他的心结。"

雨荷说："我能怎样帮你？"

汪欣然说："其实也很简单，只要给他一个机会，听他倾诉就行了。就像今天，你能听我倾诉一样。这些年，爸爸心里压了很多话，无法说出来，慢慢地形成了无法打开的心结。随着时间的推移，这个'结'越来越大，成了他生命中无法承受的重负。"

雨荷沉吟良久，说："我的心里也有'结'，我的心结也无法打开……孩子，这需要时间。恕我直言，我现在还没有做好心理准备，我不想面对你父亲，也不想听他解释什么。"

汪欣然说："阿姨，我理解你。不管你做什么样的决定，我都支持你。"

雨荷说："孩子，谢谢你……"

汪欣然说："阿姨，我还有一个请求，也不知当讲不当讲？"

雨荷说："你说。"

汪欣然说："我想跟你保持联系，在不影响你工作的前提下，经常来看看你。"

雨荷说："没问题，欢迎你常来。"

离开"四季青"茶楼时，两人又一次拥抱在一起，汪欣然说："阿姨，我今天真高兴，这世上除了爸爸，我又多了你这个亲人。"

雨荷说:"认识你,阿姨也很高兴。"

分别的那一刻,雨荷竟有些依依不舍。汪欣然走出几步,又转回身,对雨荷大声喊道:"阿姨,你多保重!"

雨荷冲她摆摆手,说:"以后多联系!"话音刚落,立马意识到自己有些不可思议。以往,从未对任何人说过此类话。搞创作的人,时间宝贵,最怕别人打扰。"场面上"的迎来送往,多半都是迫不得已而为之。很多人,很多事,都是躲之不及的,哪里还敢主动相邀?为什么偏偏对汪欣然网开一面呢?个中原因,雨荷自己也说不清楚。

第二十九章

　　最近,韩菊豆家好事连连。大儿子王前参加全国烹饪大赛,获得金奖,被破格晋升为金华饭店厨师长;二儿子王进就读于"机械维修技术学院",学的是飞机维修专业,毕业后正赶上机场扩建,大量招人,王进顺利通过笔试、面试、实际操作等环节,如愿当上了一名飞机维修工。因业务技术拔尖,工作成绩显著,短短几年时间,已经从技师晋升为工程师。王进发明的一项技术专利,获国家级专利证书,并获得十万元奖金。

　　韩菊豆生日这天,正好是个星期六。一大早起来,王前带着王进,出去采买了各种食材。韩菊豆说:"不就过个生日嘛?一家人在一起吃顿饭,怎么买了这么多的东西?"王前诡秘地一笑,说:"今天有贵客。"韩菊豆问:"什么贵客?"王进冲王前眨巴了一下眼睛,王前回敬他一个鬼脸。韩菊豆说:"看你们两个神神道道的样子,到底什么贵客?"兄弟俩同时说:

"来了你就知道了。"韩菊豆说:"还不告诉我?……那好,你们在家招待贵客,我昨天就安排好了的,今天要跟几个朋友一块去逛街呢。我走了……"说着,佯装要走的样子。王前急忙拦住她,说:"妈,今天你过生日,我这个厨师长还准备好好露一手呢!老寿星怎么能缺席呢?实话告诉你吧,我请了同事,过来帮忙一块做饭呢。"王进也说:"我也请了同事,一块给你过生日。"

韩菊豆又问:"什么同事……男同事还是女同事?"

王前故意卖关子,说:"有男……也有女。"

王进说:"妈,你咋那么多问题呢?今天我哥主厨,我给他打下手,你什么都不用管,当好老寿星就行了……哦,对了,你最好化个妆,穿一身漂亮衣服。到时候,可别怪我没提醒你。"

韩菊豆被儿子云里雾里的一番话,弄得有点儿晕头转向。她让王天理陪她出去走走,说是有话对他说。两人出了门,王天理问她:"向哪儿走?"韩菊豆说:"随便,向哪儿走都行。"王天理小声嘟囔了一句:"神经病!"两人信马由缰地走到太白立交下边的花园里。

这是全市最大的一座复式立交桥,桥上道路纵横交错,车水马龙;桥下绿树成荫,繁花似锦。王天理说:"想不到咱家附近还有这么一块闹中取静的好地方,不错,真不错!"

韩菊豆说:"你知道什么呀?一天到晚,除了上班,就把自己关进房子里,不是看书,就是写作。几十年过去了,也没见你写出点啥名堂来。"

王天理说:"老婆,你想要啥名堂呢?我正准备写一本书,书名我都想好了,就叫《古城记忆》。出版社对这个选题非常感兴趣,已经列入了重点项目。有专家预测,这本书一经出版,肯定会轰动古城的。"

韩菊豆不无讥讽地说:"照这么说,我们家王天理也快成大名人了!王天理,你告诉我,万一哪天你一不小心出了名,最想干的一件事情是什么?"

王天理煞有介事地想了想,说:"我说了,你可不许生气。"

韩菊豆说:"我不生气,你说!"

王天理说:"我最想干的事情,就是、换老婆……"

韩菊豆在他胳膊上狠狠拧了一把,说:"我让你换!……有本事,你现在就换。"

王天理捂着胳膊,说:"你让我说的,怎么还急了?"

韩菊豆佯怒,一边撕打着王天理,一边说:"王天理,想不到你还是个花心大萝卜!不给点颜色,你就不知道马王爷有几只眼!"

王天理夸张地躲闪着,说:"老婆饶命,你就是借我一个胆儿,我也不敢呀!"

韩菊豆仍不住手,气喘吁吁地说:"我得让你长点儿记性!"

王天理招架不住了,抱着头说:"行了行了,别闹了……你不是有话对我说吗,到底什么话呀?"

韩菊豆这才停下来,说让王天理猜一下,两个儿子会把什么样的贵客领到家里来。王天理想了想,说:"可能是女朋友吧?"

韩菊豆说:"我也是这么想的。那你说,王前还是王进的女朋友?还是俩儿子一人领一个回来?"

王天理说:"这我哪知道?韩菊豆,你把我叫出来,就是为这事儿?"

韩菊豆说:"这事儿还小吗?咱俩都快当公公婆婆了,你不高兴吗?王天理,你还没回答我的问题呢,你说,他们俩会不会一人领一个回来?"

王天理说:"再过一会儿,答案自然就揭晓了,咱能不能沉住点气?"

韩菊豆说:"能沉住气,就不是我韩菊豆了。"

王天理说:"韩菊豆,难道你不知道,星期六的时间,对我是多么的宝贵?我看你呀,吃饱了撑的,无聊透顶!"他说完,转身就走。

韩菊豆大声喝道:"王天理,你给我回来!"

王天理转过身,说:"客人应该快到了,咱俩都不在家,显得不礼貌。"

韩菊豆看看腕上的手表,已经转悠了近一个小时,不敢再磨蹭,急忙追上了王天理。

两人走到家门口，就听见屋里传出嘻嘻哈哈的说笑声。韩菊豆用钥匙开了门，两个人一块走进去。王前笑嘻嘻迎上前，说："爸妈，你们回来了。"这时有一男一女两个年轻人从厨房走出来，跟他们打招呼："叔叔好！阿姨好！"王前指着小伙子说："这是我徒弟小乔。"又指着姑娘说，"这是我同事何娟。"王天理说："欢迎欢迎！"韩菊豆下意识瞟了一眼何娟，说："快坐快坐，阿姨给你们沏茶去。"何娟拦住她，说："阿姨，都是自己人，不用客气。"韩菊豆问王前："王进呢？他不是说要给你打下手吗，怎么不见人影了？"王前说："你别听他瞎说。王进是修飞机的，又不会做饭，他打下手……那不是添乱吗？"韩菊豆问："他人呢？"王前说："出去订蛋糕，马上就回来……"话音未落，王进推开门，走了进来，身后还跟着一位年轻姑娘。王进把姑娘推到韩菊豆面前，说："妈，我给你介绍一下，这是我同事蒋雨菲。"韩菊豆打量着蒋雨菲，说："这姑娘好面熟呀……咱们好像在哪里见过？"蒋雨菲一眼认出了韩菊豆，惊喜地说："阿姨，是你呀！"王进一下懵住了，说："怎么，你们认识？"韩菊豆介绍了她与蒋雨菲邂逅于飞机上的经过。

原来，蒋雨菲是一名空姐。几个月前，韩菊豆乘飞机去广州开会，突然胃病发作，疼痛难忍。正在当班的蒋雨菲询问情况后，不仅给她送来了白开水和治疗胃病的药品，还用平时掌握的中医知识给韩菊豆按天枢、中脘、足三里等几个穴位。韩菊豆的病情很快得到缓解，她对这位空姐非常感激，下飞机时，韩菊豆要将随身携带的一块丝巾送给她，蒋雨菲婉言谢绝了。

韩菊豆拉着蒋雨菲的手，说："上次的事儿，多亏了你，阿姨真不知该怎样感谢你呢！"

蒋雨菲说："阿姨，你不用客气，那都是我工作份内的事情。"

韩菊豆说："想不到咱们又见面了，真是缘分不浅呀！"

王前说："爸、妈，你们出去买点儿饮料，顺便再转一会儿，到饭点回来就行了。"

王天理说："好，我们这就去。"

韩菊豆却说："你早上不是已经买过饮料了？"

王天理说："早上买的不够。"拽着她走了出去。

一出门，王天理就抱怨道："韩菊豆，你是猪脑子？孩子想把咱俩'撵'出来，你就一点儿看不出来？"

韩菊豆疑惑不解，说："为什么要把咱俩'撵'出来？"

王天理说："年轻人在一起热闹，嫌咱们在家碍手碍脚。"

韩菊豆说："那你说，咱们还买不买饮料了？"

王天理说："随便买两瓶就行了。"

两人信步走到东风商场大门外，王天理买了几份报纸，就势坐在一旁的台阶上翻阅着。韩菊豆说："王天理，咱俩好长时间都没一块逛商场了，你陪我进去转转？"

王天理说："逛商场那是女人的事情，你就饶了我吧。"

韩菊豆气得瞪了他一眼，她知道说啥都没用。王天理像大多数男人一样，天生不爱逛商场。年轻时为这事儿没少生气，后来也渐渐习惯了。韩菊豆走进商场，首先去了二楼的女装部。一个人走走看看，碰见一身喜欢的衣服，拿去试衣间，穿在身上，对着镜子左顾右盼，试了半天，越看越喜欢，觉得像是给自己量身定做的。想买，又没带那么多的钱，跟导购小姐讨价还价了几个回合，人家给打了九五折，钱还是不够，只好忍疼割爱。女人打发时间的最好方式就是逛街买衣服，不经意间，就过了一个多小时。

韩菊豆走出商场时，王天理正在焦急地踱步。一看见韩菊豆，就大声嚷嚷着："韩菊豆，那商场有什么好逛的？你也不看看时间，都几点了？我说你……"韩菊豆一点儿也不生气，笑嘻嘻说："王天理，今天我是老寿星，你可不能给我添堵，要哄我开心才对。"王天理瞪她一眼，大步流星地走了。韩菊豆追了几步，突然想起来还没买饮料，折转身又进了商场。

韩菊豆买了饮料走进家门时，只见客厅的餐桌上，摆放着一个大蛋糕和几盘凉菜。王前几个人还在厨房里忙活着，听见门响，王前从厨房走出来，对韩菊豆说："妈，你先歇一会儿，饭马上就好。"

韩菊豆问："王进呢？"

王前挤眉弄眼地冲着小房子努了努嘴，韩菊豆会意地点了点头。

王前小声说："妈，你偏心眼，从小就偏向你小儿子。一进门就问他，怎么不问我呢？"

韩菊豆用食指刮着他的鼻子，说："你不就在我眼前站着嘛……怎么，还跟你弟吃醋了？"说完，走进卧室里。

家里住房条件还算不错，八十多平方米，两室一厅。韩菊豆两口子住主卧，两个儿子住次卧。主卧不大，还兼有书房的功能，地方显得有点狭小。王天理坐在书桌旁翻阅资料，韩菊豆说："王天理，我看你是出名心切呀，连这点儿时间都不肯放过。"

王天理说："我是搞业余创作的，时间都是挤出来的，哪像人家雨荷……"

韩菊豆揶揄地说："你知道天有多高，地有多厚吗？居然还大言不惭地跟人家雨荷比？"

王天理说："我哪敢跟雨荷比？人家已经站在了高山顶上，我才走到山脚下。"

韩菊豆说："不错，还有点儿自知之明。"随即话题一转，小声问王天理，"哎，你觉得今天来的这俩女孩咋样？"

王天理说："人不可貌相，我又不了解人家，不好妄加评论。"

韩菊豆说："那你说，哪个更像女朋友？"

王天理摇着头，说："我哪知道？"

韩菊豆凑近王天理，嘴对着他的耳朵，说："我看王进领的那个女孩，叫什么……对，蒋雨菲！他俩关系不一般。"又说，"一眨眼，两个儿子都该娶媳妇了！可咱家就这点儿房子，想想都发愁。"

王天理说:"车到山前必有路。你想那么多干啥?怪不得老得那么快……"

韩菊豆揪着他的耳朵,说:"我老了,你年轻?怪不得你一天到晚,心里五花六花糖麻花的……"她的话没说完,就听见王前的声音从客厅传来:"开饭了!老寿星请入席——"

韩菊豆走出卧室门,几个年轻人一起唱起了《生日歌》。王前和王进一左一右,挽着她的胳膊,走到餐桌旁。王前扶她坐下,把"寿星帽"给她戴在头上。王进把蛋糕放到她面前,点燃蜡烛,说:"妈,你许个愿吧!"

韩菊豆双手合十,心里默默念叨着:"愿两个儿子好事成双!"许完愿,吹了蜡烛,开始切分蛋糕。韩菊豆活了大半辈子,从来没有正儿八经的过过生日。今年的生日是两个儿子张罗的,看似随意,却是精心安排,且充满了仪式感,确实给了她一个很大的惊喜。一转眼,两个儿子已经长大成人。当年高考,兄弟俩双双落榜,自己觉得没脸见人,硬逼着他俩去复读,结果逼得他们住进了同学家。现在想想,挺对不住他们的。还是雨荷说得对,人生也不只上大学一条路,"三百六十行,行行出狀元"。如今两个儿子,一个比一个优秀!自己还有什么不满足的?韩菊豆被这种巨大的幸福感包围着,心里一高兴,眼睛也湿润了。

王前他们几个很快把几道热菜摆上桌,一共是八凉八热十六道菜。其中"鸿运当头"(剁椒鲈鱼)、"凤凰展翅"(葫芦鸡)、翡翠白玉(菠菜杏仁)、"前程似锦"(素炒什锦)等几样菜品,光是精美的造型和红、黄、绿、白色泽的搭配,就足以让人垂涎欲滴了。王前和王进一起给父母亲敬酒,王前说:"祝爸妈健康长寿,越活越年轻!"王进说:"祝爸妈开心每一天!"接下来,所有的人共同举杯,齐声道:"生日快乐!"

王天理看着满桌子的美味佳肴,不忍动筷子,说:"王前,你们把每道菜都做成了工艺品,还怎么让人吃呀?"

王前的徒弟小乔说:"这是我师傅最近推出来的生日套餐,按照儿童、少年、青年、中年到老年，一共分了五个年龄段，可受欢迎了！师傅还带领我们推出了婚礼套餐和满月套餐，现在我们饭店，每天都是顾客盈门，营业额翻了一番呢！"

王前白了徒弟一眼，说："就你话多。"又对大伙儿说，"欢迎大家品尝，多提宝贵意见。"

王进说："刚才大饱了眼福，现在该咱们大饱口福了！"

兄弟俩分别给父母夹菜，招呼大家动筷子。

韩菊豆尝了几样菜，大加赞赏："不错不错，色、香、味俱全。"

王天理诗意大发，说："此物只应天上有，人间能得几回尝？"对王前竖起大拇指，说，"好！"王前提议行酒令，王进说，干脆"打老虎杠子！"几个年轻人吃着喝着玩着，现场气氛一下热闹起来。不知为什么，韩菊豆认定蒋雨菲就是王进的女朋友。至于何娟是不是王前的女朋友，还真的不好说。这姑娘一直在厨房忙活着，说不定还真是王前请来帮忙的同事呢。越是说不准就越是好奇，恨不能立刻问个明白。何娟正好坐在她对面，韩菊豆不由得悄悄打量着她，何娟无意中一抬头，正好与韩菊豆的目光相遇，脸一下全红了，局促不安地低下了头。坐在何娟旁边的王前，把这一切看在眼里，倒了一杯酒，走到韩菊豆身旁，说："妈，儿子敬您一杯！"

韩菊豆说："都是一家人，没那么多讲究，不用敬来敬去的。"示意王前回到自己座位上去。

王前凑近她耳朵旁，小声说："妈，你别老盯着人家看，把人都看得不好意思了。"韩菊豆立马从王前的口气中，判断出何娟就是他的女朋友，冲着儿子，诡秘地一笑。

午饭后，王前说单位还有事儿，跟何娟、小乔一块儿走了。

韩菊豆走进卧室，正准备小憩一会儿，小儿子王进推门走了进来。王进送给母亲一个精美的礼盒，说："妈，我哥给你做了一顿丰盛的生日午餐，我也送你一份生日礼物。"

韩菊豆问："什么礼物？"

王进说："你打开看呀。"

韩菊豆打开礼品盒，原来是一款"三星"手机。不由得眼前一亮，情不自禁地"哇！"了一声。手机刚兴起不久，雨荷就把她的"大哥大"换成了小巧玲珑的"诺基亚"，她嫌太扎眼，从来没有在公开场合使用过。在文联机关，除了雨荷，韩菊豆就是唯一有手机的人了。况且，儿子送的这款"三星"，外形精美绝伦，把雨荷的"诺基亚"，远远地甩了几条街呢！

王进问："喜欢吗？"

韩菊豆说："喜欢！从来没见过这么漂亮的手机，在哪儿买的？"

王进说："托同事从韩国带回来的。"

韩菊豆说："同事？哪个同事……该不会是蒋雨菲吧？"

王进说："妈，你太敏感了。"

娘儿俩说话时，尽管把声音压得很低，但还是不小心吵醒了床上躺着的王天理。王天理坐起来，点燃一支烟。

王进说："爸，对不起，吵醒你了。"

王天理说："没事，躺了一会儿，也该起床了。"

韩菊豆把手机举到他面前，不无得意地说："你看，儿子送我的生日礼物！"

王天理说："瞧你这生日过的，赚大发了！"

王进说："爸，等你过生日的时候，我也会送你一份礼物的。"

王天理说："千万别，我啥都不缺，你可不敢乱花钱。"

韩菊豆接着王天理的话说："爸妈知道你有钱，平时工资奖金也不少，这次又得了那么大一笔专利奖。可咱家今后花钱的事儿多着呢，你跟你哥要娶媳妇，咱家就这点房子……"

王进打断她的话，说："爸、妈，我跟我哥都商量好了，这些事不用你们操心，我们自己会解决好的。"又说，"爸妈把我们养大，已经完成任务了，剩下的时间，就该享清福了。"

两口子被儿子几句话，说得心里暖洋洋的。

接下来，韩菊豆以为儿子该告诉他们女朋友的事了，可王进左一句右一句的扯闲篇，就是不往正题上说。韩菊豆急了，直截了当地问："那个蒋雨菲是个什么情况？"

王进说："你不是都了解嘛，我的同事，乘务员。"

韩菊豆说："这姑娘各方面条件都不错，你妈我是百分之百的满意。你看能不能尽快约个时间，让双方家长见见面，也好商量一下你们的婚事。"

王进说："妈，八字还没见一撇呢，你想多了。"

韩菊豆瞪大双眼，说："你说什么？难道你们俩的关系……"

王进说："我不是给你说了嘛，我们俩现在是同事关系，至于今后怎么发展，那得看缘分，谁也说不准。"

韩菊豆抬高了声音说："小兔崽子，跟你妈还打埋伏呢？你以为我看不出来，蒋雨菲看你的眼神，早都暴露了你们的关系。"

王进朝小房子努了一下嘴，说："妈，你小声点，别让人家听见了。"

韩菊豆这才意识到，此时蒋雨菲正在小房子里呢。她推了一把儿子，小声说："快去陪人家，别在爸妈这儿磨叽了。"

儿子走出去后，王天理望着韩菊豆"嗤嗤"笑了。

韩菊豆说："你笑什么？"

王天理说："我说操心多了容易老，你还不爱听。怎么样，碰钉子了吧？"

韩菊豆白了他一眼。

第三十章

　　周一上午,文联机关召开全体干部大会。文联主席萧雨荷主持会议,市委组织部副部长吴明宣布市委常委会决定:任命喻胜杰同志为市文联党组书记。吴明强调,市文联全体干部要统一思想,统一行动,全力支持喻胜杰同志的工作;要求市文联新的党组领导班子,要围绕全市工作中心,服务大局,带领广大文艺工作者,牢牢把握政治方向,出精品,出人才,努力推动文艺事业繁荣发展。接下来,喻胜杰做就职发言。喻胜杰原是市委宣传部文艺处处长,对文联的情况了如指掌,因此,讲话极具针对性。他对文联机关未来的工作设想,谈了几点意见,突出强调了"转变机关作风"和"加强团结"两个问题。喻书记的话刚讲完,全场就响起了热烈的掌声。最后,萧雨荷强调了几件事情,宣布散会。

　　韩菊豆站起身,正准备离开,手机突然响了。韩菊豆从包里取出手机，按下接听键。电话是小儿子王进打来的，王进告诉她，手机里预存了三百元话费，让她放心使用。韩菊豆接电话的那一刻，在场的所有人把目光都集中在她的手上。她接完电话，正准备收起手机，几个女同事围拢上来，争相欣赏她的手机。卢秀萍也在其中。一帮人惊艳的目光，让韩菊豆显得有几分得意。有人问她在哪儿买的，韩菊豆说，儿子托人从国外带回来的，语气和表情都洋溢着掩饰不住的沾沾自喜。雨荷走到她身旁，郑重其事道："秘书长，请到我办公室来一下。"

韩菊豆说："好！"

到了雨荷办公室，韩菊豆说："领导，有什么指示？"

雨荷板起面孔，佯装很严肃的样子，说："你……显摆够了？"

韩菊豆说："我哪儿显摆了？本来是不想让别人知道的，可王进偏偏那个时候打进电话来，这不就暴露了……"

看着她一脸憨相，雨荷忍不住笑了，说："手机是儿子送给你的，又不是偷来的，怕什么呢？"

韩菊豆说："既然这样，你的手机都买了好几个月了，为什么不拿出来？为什么要藏着掖着呢？"

雨荷说："我不想成为文联机关第一个使用手机的人。现在好了，你开了个头，用不了多长时间，咱们单位就会人手一机的。"

韩菊豆说："你这人一贯做事低调，不过，我可没想那么多。"

雨荷从抽屉里取出"诺基亚"，说："看看我这破手机，还没怎么用呢，就该被淘汰了。"

韩菊豆把自己的"三星"递给她，说："你要是喜欢，就送给你了！这么好的手机，我拿着它就糟践了。你拿着它，才能相得益彰呢！"

雨荷连连摆手，说："不行不行，君子不夺他人所爱。"

韩菊豆说："什么'他人所爱'，咱俩谁跟谁？我是诚心送给你的。"

雨荷说："知道你是诚心的。可你也不想想，这样做的后果是什么？"

韩菊豆满脸狐疑，说："这是咱俩之间的事情，能有什么后果？"

雨荷说:"文联这地方,本来就复杂,无风还起浪呢!你这样做,等于授人以柄。别人会说你巴结领导,给领导行贿,我还得落下一个收受贿赂的坏名声呢!别忘了,我可是有前车之鉴的。"

韩菊豆恍然大悟,说:"也是的。几年前'大哥大'的风波,闹得够大的。雨荷,还是你想得周到,怪不得我们家王天理老说我是四肢发达,头脑简单呢。"

两个人都笑了。

雨荷说:"知道我为什么请你来吗?"

韩菊豆说:"当然知道。领导,你不用说了,我知道自己错了。"

雨荷一怔,说:"哦?……你什么错了?"

韩菊豆说:"我不该在众目睽睽之下胡显摆,我不该成为单位第一个使用手机的人。说明自己太肤浅,没城府。"

雨荷说:"我的傻大姐,你想到哪儿去了?我可没有指责你的意思。"

韩菊豆愣住了,说:"怎么,你不是想批评我爱显摆?"

雨荷说:"我是想问你,最近跟张姐联系了没有?"

韩菊豆释然,笑道:"吓我一跳。最近忙,没顾上跟张姐联系。要不,咱们现在就给她打电话?"

雨荷说:"不用了。我昨天晚上跟她通了电话,感觉她说话的声音怪怪的,断断续续,也不知是信号不好,还是别的什么原因……"

韩菊豆大惊失色,说:"呀!会不会老寇他……"

雨荷说:"你先不要一惊一乍的。我想抽时间去看一下他们。"

韩菊豆说:"我跟你一块去。"

雨荷说:"那好,先不要惊动别人,就咱俩去。"

张迎春陪老寇回到老家后,老寇的弟弟、堂兄弟和侄子们,争相邀请他们两口子住到自己家里。老寇不想给别人添麻烦,坚持要住到父母生前住过的老屋里。老寇的弟弟原来一直跟老人一块生活,两位老人相继去世后，弟弟一家搬进了新房子，老屋一直闲置着。房子年久失修，院子里杂草丛生。寇家户族里男女老少几十口人一起动手，用了不到一周时间，把老屋里里外外收拾得焕然一新。

老寇和张迎春住进老屋里，寇家人和村里的乡党们，还有周围十里八乡的亲戚们，轮番来看望他们。人们得知老寇的身体状况，纷纷介绍当地有名的医生和民间流传的单方验方。老寇本来是放弃了任何治疗，抱着"必死无疑"的心态回到老家的。可是经不住乡亲们的热情劝说，于是选择了最简单易行的一种单方，即：茵陈泡水喝。村里人一传十，十传百，每天都有人采集了茵陈送到家里来。老寇被浓浓的乡情和亲情包围着，心情愉悦，身体状况也大有好转。过去肝区疼痛时有发作，回到老家后，疼痛的程度有所减弱，发作的次数也越来越少。老寇认为是"茵陈泡水喝"的单方起了作用，民间早就有"单方气死人"的说法。他又一次从绝望中看到了希望。求生的本能和欲望，让他重新树立起了好好活下去的信念，人一下子变得振作起来了。

张迎春陪着老寇，每天迎来送往的，忙得不亦乐乎。两口子还利用空闲时间，把庄前屋后的空地整理出来，种上各种蔬菜。浇水，施肥，锄草，喷药，每天精心侍弄着。满园青翠欲滴的菜苗，让人赏心悦目。享受着自己的劳动成果，一日三餐，顿顿饭都吃得有滋有味。自家种的菜吃不完，就送给左邻右舍，与大家分享。没过多久，两个人就完全融入当地人的生活当中。张迎春一改城里女人的生活习惯，变得不修边幅。老寇晒得皮肤黝黑，满脸胡子拉碴，活脱脱一个农村老汉！

两口子人缘极好，深得村里人的敬重和爱戴。不管谁家遇上大小事情，男人们总喜欢找老寇，请他帮忙出主意；女人们就喜欢找张迎春，向她倾诉。诸如邻里纠纷、婆媳矛盾、兄弟分家等棘手事，也少不了请他们帮忙解决。两口子无形中成了村里的"义务调解员"，经常走东家跑西家，劝了婆婆劝媳妇——被人信任甚至是依赖，让他们体味着"老有所为"的成就感。忙碌着，也欣慰着，日子过得充实而快乐。张迎春暗自庆幸，当初多亏听了老寇的话,果断地回到老家来。

　　日子过得飞快,转眼就是一年多。老寇感觉自己的身体状况良好,已经完全恢复了健康。他说:"当初,那些医生都说我活不了几个月,现在都一年多了,我不还活得好好的?可见,医生的话不能不信,也不能全信。"

　　张迎春说:"我陪你去地区医院,做个全面复查,也好搞清情况,做到心中有数。"

　　老寇坚决不同意,说:"搞清不搞清的,最终都难免一死,不如就这样稀里糊涂活着,活一天算一天。"

　　张迎春想了想,觉得他的话也有道理。稀里糊涂活着,哪怕是活在梦里,总还有个盼头,就算是自欺欺人,至少还能得到一些自我安慰。万一查清楚了,癌症依然存在,除了增加人的思想负担,还能有什么好处呢?不如依着他,就这样维持现状呢。

　　对于老寇的病,张迎春是心知肚明的。她对医生的话深信不疑,随着时间的推移,她内心的惶恐感也日趋加重。老寇每天能吃能喝能睡的,自我感觉良好,张迎春自然也期盼着能有奇迹出现。传说中也确实有过奇迹出现的个例,可这种情况能有多大的概率呢?医学是科学,张迎春不会盲目乐观,她始终保持着客观冷静的头脑。

　　回到老家以后,张迎春遵照医生的嘱咐,精心照顾着老寇的饮食起居。特别是在饮食方面,为了让老寇每顿饭都能吃得舒适可口,张迎春虚心向村里的妇女请教,学会了不少当地特色饭菜的做法。她还针对老寇的身体状况,本着既要避免"辛辣刺激",又要保证营养充足的原则,煞费苦心地每周制定一份食谱。老寇喜欢吃"洋芋擦擦",食谱中除了每周两次"洋芋擦擦"外,其余的一日三餐,一周内基本上没有重样饭。

　　一日,张迎春做了"洋芋擦擦"和南瓜小米稀饭,外加一盘肉末豆腐炖粉条,老寇一下吃了两碗"洋芋擦擦",闹着还要吃。

　　张迎春说:"往常你只吃一碗,今天已经超出定量的一倍了,不能再吃了。"

老寇说:"今天跟几个老伙计村里村外地转了一圈,跑累了,胃口大开,你就让我破一回例吧。"说完,把剩下的大半碗"洋芋擦擦"全部倒进自己碗里。

张迎春拦不住他,又不好从他手里把碗夺过来,只好由着他。看着他狼吞虎咽的样子,忍不住嘟囔起来,说:"老寇,你几十岁的人了,怎么就这点儿出息,连自个儿的嘴都管不住?别忘了,你还是个病人,像你这样不管不顾的,早晚会吃出问题的!"

老寇有点儿不耐烦了,边吃边说:"张迎春,你烦不烦?大不了就是个死,我怕什么呀?你不要没完没了地叨叨个不停,吃完这碗饭我就去死……"

张迎春气得瞪了他一眼,不再吭声。

想不到老寇竟然一语成谶。吃完饭,老寇坐在门口的藤椅上,双眉紧皱,一脸苦愁相。张迎春问他怎么了,老寇说,感觉胃不舒服。张迎春说:"让你少吃点,你就是不听……"见老寇脸色煞白,赶紧打住。老寇一只手捂着胸口,一只手指着门外。张迎春不明白他的意思,忙问:"老寇,你想说什么?"老寇一张嘴,却吐出一大口血来。张迎春手忙脚乱地端来一杯水递给他,老寇接过水杯,来不及送到嘴边,大口的血从嘴里喷涌而出。情急之中,张迎春跑到门外,大声喊着:"快来人呀——"乡亲们闻讯赶来,老寇的侄子开来一辆农用三轮车,人们火速把老寇送到了地区医院。

医生经过全力抢救后,宣布老寇已经死亡。死亡原因是:肿瘤破裂引起肝内大出血。应该说,这一切都在张迎春的预料之中。一年多来,每天战战兢兢过日子,就是因为她心里明白,这一天的到来是不可避免的。说白了,当初决定回老家,其实也都是为这一天的到来做准备的。可当这一天真的到来之时,张迎春还是接受不了这个残酷的事实。她把老寇的死因,完全归罪于自己,认为她不该给老寇做了他最爱吃的"洋芋擦擦"。如果不做"洋芋擦擦",老寇也不会饮食过量……如果当时能严格控制他,老寇也不至于吃得太饱,以至于"撑破"肿瘤,引起肝内大出血……总之,这一切都是自己的错!医生一再劝慰她,说老寇的死是肝癌发展的必然结果,跟吃不吃"洋芋擦擦"没有任何关系,可她就是听不进去。她拉着老寇一只手,反反复复说着一句话:"老寇,对不起,都是我害了你……"村里人硬把她从老寇的尸体旁拉走,她就一个人喃喃自语:"我好傻呀,为什么给他做了'洋芋擦擦'?为什么不拦着他,让他少吃一点?……"那情形,像极了鲁迅笔下的祥林嫂。

老寇去世以后,他的弟弟和侄子遵照老寇生前的嘱咐,没有通知寇钧。他们父子俩本着一切从简的原则,操办了老寇的丧事。

老寇回到老家的当天晚上,就对弟弟一家人说明了自己的身体状况,并对身后事做了具体安排。他特别强调,自己死了以后,不要通知儿子寇钧。他说,寇钧是国家的栋梁之才,好钢要用在刀刃上,如果因为家里的事情而耽误他的工作,那就得不偿失了。弟弟一家人表示理解。

老寇在父母坟墓旁边的空地上,为自己选好了墓址。他问张迎春,百年以后,愿不愿意跟自己一起葬在老家的土地上,张迎春点了点头,表示同意。老寇的弟弟和侄子用了几天时间,为老寇两口子修好了一座合葬墓。修墓的过程,老寇和张迎春也过来帮忙干活,老寇说:"张迎春,你知道吗,咱俩这就叫'自掘坟墓'。"他说完,竟然开怀大笑起来。张迎春说:"这是什么好事情?……亏你还能笑得出来。"老寇说:"瞧你这话说的,咱俩是给自己造房子,难道不算好事吗?再者说了,哭也一天,笑也一天,为什么不高高兴兴活好每一天呢?"现在,老寇说过的话,还有他爽朗的笑声,不时萦绕在张迎春的耳旁,而老寇却长眠于"自掘的坟墓"里。

送走老寇以后,张迎春沉湎于过去跟老寇在一起时的二人世界里,无法自拔。她按照以前设定好的食谱,做好一日三餐,还像过去一样,给老寇盛好了饭,摆在他的位置上。但她却不肯端碗,有时一饿就是一整天。老寇的弟弟一家人,担心长此以往会出问题,就把她接到自己家中。张迎春在弟弟家一刻也待不住，家里人稍不留神，她就一个人跑出去，直奔墓地。她坐在老寇的坟头，迟眉钝眼地望着远方，木雕泥塑一般，一坐就是好几个小时，几个人拉都拉不起来。浑身上下被蚊虫叮咬得起了不少血包，她竟然毫无知觉。弟媳多次劝她，想哭就哭出来，可张迎春却从来没有哭过，甚至连一滴眼泪都没有。

一眨眼，到了老寇的"头七"。弟媳陪张迎春先一天晚上就回到了老屋里。弟媳按照当地风俗，给老寇做了"献饭"和贡果。"头七"的当天，姓寇的本家人，按照当地风俗，陪着张迎春，一块儿给老寇烧了纸。一行人刚从墓地回来，张迎春就接到了雨荷打来的电话。雨荷说："张姐，许久没联系了，好想你们呀！……你和老寇都好吗？老寇身体怎么样？……"张迎春表情木讷，反应也很迟钝，只是"嗯、嗯、哦、哦……"地应答着。她放下电话后，大颗的泪珠一滴一滴地从眼眶里掉落下来。弟媳见状，取来毛巾，正想递给她，却被弟弟一把拉住。寇家的一群人悄悄地站在一旁，注视着她。张迎春看着老寇的遗像，突然"哇"的一声，号哭起来。哭了一阵儿，人好像一下清醒过来了。她对站在一旁的寇家的亲人们深鞠一躬，说："谢谢大家！"寇家的亲人们，终于放下了一颗久久悬着的心。

雨荷和韩菊豆走到老寇家老屋大门外，首先映入眼帘的是门框上的白色对联。两人立刻意识到一路上的猜测是正确的。

韩菊豆忍不住眼泪"哗哗"地直往下流，雨荷把她拉到一旁，让她先稳定一下情绪。

雨荷说："韩姐，你冷静一点儿，一会儿见到张姐，可不许你哭哭啼啼的。"

韩菊豆说："好，我尽量克制。"话音刚落，眼泪又流了出来。

雨荷说："不行的话，你就先在这儿哭一会儿，哭够了再进去。"

韩菊豆抽搭了一阵子，擦干眼泪，说："没事儿，咱们进去吧。"

两人走进屋，韩菊豆叫了声"张姐……"忍不住又哭了起来。

张迎春倒是冷静，抹了一把眼泪，说："你们怎么来了？"

雨荷说："跟你通了电话，感觉不太好，我们不放心，过来看看你。"

韩菊豆说："张姐，老寇走了，为什么不告诉我们一声？"

张迎春说："事情发生得太突然，那些日子我像丢了魂儿似的，整天迷迷瞪瞪的，连自己是谁都想不起来了，哪里顾得上通知你们？"几个人正说着话，老寇的弟媳走了进来。她是来请张迎春去她家吃饭的。张迎春给弟媳和雨荷、韩菊豆她们相互作了介绍，老寇弟媳热情地邀请雨荷和韩菊豆一块儿去家里吃饭。韩菊豆还想推辞，老寇弟媳不容分说地拉着她们就往外走。

吃完饭，老寇的弟弟和弟媳向雨荷和韩菊豆介绍了老寇去世以及丧葬的情况。老寇弟弟说："我哥走了以后，我们最担心的，就是嫂子。怕她一时想不开，钻了牛角尖。"老寇弟媳说："嫂子当时的样子，可把我们吓坏了！她简直就像疯了一样，不吃不喝的，得空就往我哥坟上跑，一坐就是大半晌，拽都拽不回来。你们来了就好，可要好好劝劝她呢。"

雨荷听了他们的话，心里好一阵酸楚。她对韩菊豆说："张姐平时那么坚强的一个人，当时完全失去了理智，可见她承受了多么大的痛苦和压力……可惜呀，在她最需要我们的时候，我们都不在她身边。"

韩菊豆说："都怪我，一天到晚不知道瞎忙些什么？要是早点儿给张姐打个电话，也不至于……"

雨荷说："行了，世上没有后悔药。现在得想办法，动员张姐跟咱们回城里去。"

韩菊豆说："是呀，得让她赶快离开这个环境。"

雨荷提出想去老寇的坟上祭奠一下，张迎春就陪她们去了墓地。老寇的弟弟和弟媳担心张迎春触景生情，再一次"走火入魔"，也跟着她们一块到了墓地。雨荷和韩菊豆一人采了一把野菊花，摆放在老寇的坟头，然后恭恭敬敬行了鞠躬礼。老寇的弟弟给雨荷和韩菊豆使了个眼色，雨荷立即会意，韩菊豆却一脸懵懂。

雨荷小声对她说："赶快离开这儿。"

韩菊豆这才明白了，跟雨荷一左一右搀扶着张迎春，离开了墓地。

回家的路上，韩菊豆劝张迎春一块回古城去。车轱辘话说了几个来回，张迎春就一句话："不，我哪儿也不去，就在这儿陪老寇。"

韩菊豆实在没辙了，问雨荷怎么办。

雨荷说："这条路走不通，就得另辟蹊径了。"

韩菊豆问："怎样另辟蹊径呢?"

雨荷说："你让我再想想。到时候，你好好配合我就行了。"

晚上，三个人一起挤在老屋的大炕上，各自想着心事，谁都睡不着，又都怕打扰了别人，就一动不动地躺着，装作安然入睡的样子。过了一会儿，张迎春觉得浑身难受，悄悄爬起来，下了炕，在脚地走了几步，又回到炕边，坐到炕沿上。雨荷用胳膊肘轻轻捅了一下韩菊豆，两个人一起坐了起来。韩菊豆拽了一下灯绳，屋内霎时雪亮。张迎春说："对不起，把你俩都吵醒了。"

雨荷说："没有。我这人心里一有事儿，就睡不着觉。"

韩菊豆说："我也睡不着，怕影响你俩，躺着没敢动。"

雨荷说："既然都睡不着，不如一块儿聊聊吧。"

张迎春说："深更半夜的，聊啥呢?你俩快睡吧，别像我一样。"又说，"自从老寇走了以后，我就落下了这病根，整夜整夜的睡不着觉。"

雨荷说："张姐，我在想一件重要的事情……哦，是工作上的事儿，本来想跟你说的，可看你现在这个样子，实在是张不开口呀!"

张迎春说："工作上的事儿，有什么张不开口的?"

韩菊豆说："雨荷，张姐又不是外人，有什么事儿，你就直说嘛!"

雨荷说："那好，我就直说了……咱们文联党组会上研究决定，要给全市那些延安时期参加革命的老艺术家，每人建立一份艺术档案，全面记录这些人的成长经历、艺术成就以及他们的传奇人生。张姐，你也知道，咱们市上文艺界的老同志多，这项工作涉及面广，难度也大。我跟新上任的喻胜杰书记商量，考虑到你熟悉这方面的情况，身体条件也还不错，想让你发挥余热，挑个头，具体负责这项工作。"她说完，用期待的目光打量着张迎春。想不到张迎春慷慨应允，说："既然是工作需要，我个人没有什么可说的，服从组织安排就是了！"

　　雨荷和韩菊豆相视一笑。韩菊豆对雨荷竖起大拇指，雨荷狠狠地剜了她一眼。

第三十一章

回到古城,天已经快黑了。雨荷没有回自己家,而是直接去了张迎春家。张迎春说:"熟门熟路的,你还怕我走丢了不成?"雨荷说:"我想陪你住几天,怎么,你不欢迎?"张迎春说:"怎么会呢?我求之不得呢,只是你母亲她……"雨荷说:"我经常外出,有时一走就是好几个月,我妈早都习惯了。"张迎春走了一年多,屋子里到处都蒙上了一层灰尘,拐角处的墙上竟然出现了蜘蛛网。雨荷二话没说,脱掉外衣就开始干活。张迎春拦住她,说:"要不,咱们先出去吃点东西?"雨荷说:"不用了。刚才我跟韩菊豆分了工,我负责打扫卫生,她负责解决咱们的晚饭。"张迎春不再说什么,转身取来笤帚。

不大一会儿,两个人就把客厅打扫干净,雨荷让张迎春坐下休息一会儿,张迎春说:"我不累,这么多的活儿,你一个人要干到啥时候呢?"

这时,突然从外边传来一阵急促的敲门声。雨荷知道是韩菊豆来了,故意大声说:"这个韩菊豆,一回来就窜得没影了!明知道我在这儿干活呢,她这不是故意逃避吗?"

韩菊豆在门外大声嚷嚷着:"萧雨荷,你胡说八道什么呢?谁故意逃避了?你忘了咱俩可是有分工的……快开门,让我进去!"

雨荷拉开门,看见韩菊豆,故作惊讶状,说:"呀……怎么是你?我可什么都没说。"

韩菊豆冲她撇了一下嘴,把一大堆吃的东西摆在茶几上。有几块葱花饼和"红烧排骨""家常豆腐""凉拌菠菜粉丝""洋葱木耳"两热两凉四个菜。"红烧排骨"和"家常豆腐"是放在保温饭盒里的,取出来时还冒着热气。保温饭盒的下层,是八宝稀饭。

张迎春说:"你上哪儿买了这么多吃的?"

韩菊豆说:"我从家里拿来的。"

雨荷说:"你家王天理做的?"

韩菊豆说:"王天理哪有这本事?是我们家王前做的。大巴车刚进城,我就给王前打了电话,他今天正好休息,我就让他给咱们做好了晚饭。"

张迎春取来碗筷,盛了三碗粥,三个人风卷残云般,很快把所有的饭菜一扫而光。雨荷用筷子敲着碗,说:"韩菊豆,你也太小气了,带了这么点儿吃的,还不够填牙缝的。"

韩菊豆不理她,把目光转向张迎春,说:"张姐,你说我带的东西少吗?"

张迎春说:"一点儿都不少。是你们家王前厨艺高,做的饭菜太好吃了。"

韩菊豆言不由衷地说:"不过就是些家常饭菜,有什么好的?"

雨荷说:"看把你能的?有本事,你做一个试试!"

韩菊豆说:"我做就我做,从明天开始,做饭的事儿我全包了!"

雨荷瞪大了双眼看着韩菊豆,说:"你什么意思?说好了我搬过来陪张姐的,你来凑什么热闹?不怕你们家王天理有意见?"

韩菊豆说："王天理巴不得我不回去呢。"

张迎春说："怎么……你们闹矛盾了？"

韩菊豆说："也不是闹矛盾，我看，王天理属于'更年期综合征'或者是'老年狂妄征'。"

雨荷说："这是你的结论还是医生的结论？"

韩菊豆说："当然是我的结论。王天理想写一本书，名叫《古城记忆》。现在才开始搜集资料呢，就以为他已经成了大作家。一回家就把自己关进屋子里，油瓶子倒了都不去扶。想跟他说句话吧，人家嫌我烦，怕我耽误他的时间，还动不动对我吹胡子瞪眼的。"

雨荷说："我听出版社的人说过，他这个选题不错，已经被列入了重点扶持项目。王天理这些年也不容易，你应该好好支持他。"

韩菊豆说："我支持他？人家说了几次，如果真的干出点名堂，最想干的事情就是换老婆。"

张迎春说："王天理是啥样的人，你还不了解吗？你怎么就这么不自信呢？"

雨荷说："怕什么？他换你也换，他要是不换，你就给他戴绿帽子！"

张迎春被她的话逗笑了，说："这是你萧雨荷说的话吗？在别人眼里，你可是一本正经，不苟言笑的。"

韩菊豆说："张姐，你都看到了吧，她就会欺负我。"咯吱着雨荷，说，"我让你胡说八道！我让你胡说八道……"

张迎春见她俩打闹着，就把一大堆空盘子空碗端进厨房，洗了起来。韩菊豆忙放下雨荷，走进厨房把张迎春推了出来，说："张姐，你快歇着，这点活儿，我俩干就行了。"

张迎春说："确实有点累了。"坐在沙发上，不大一会儿，就打起了盹儿。

雨荷和韩菊豆一边干活一边小声说着话。雨荷说："你发现了吗，张姐回到家里，情绪好多了，跟咱们有说有笑的。"

韩菊豆说:"还是你有办法,把张姐给'骗'回来了……雨荷,我发现你的'骗术'真高明,那假话说得是天衣无缝,没有一点儿破绽。"

雨荷说:"注意你的用词。什么骗术?什么假话?我说的那件事可不是空穴来风,喻胜杰跟我说过几次了,只是没有找到合适的人选。"

韩菊豆说:"那你怎么就想到张姐了?"

雨荷说:"咱们不是想让张姐换个环境嘛?可张姐说她要在那儿陪老寇,哪里也不想去。当时我就想,张姐这人一辈子把工作看得比什么都重要,对于她而言,工作就是医治心灵创伤的灵丹妙药。所以就用了这一招,没想到还真的奏效了!"

韩菊豆说:"那下来怎么办?"

雨荷说:"马上启动这项工作,你再从资料室抽调一个年轻人,配合张姐。"

韩菊豆说:"没问题。"

晚上,张迎春安排雨荷住到小房间里,说小房间里边有电脑,不耽误雨荷写作。

韩菊豆问:"我住哪儿呢?"

张迎春说:"咱俩住大房子。"

韩菊豆说:"我晚上打呼噜,怕吵到你。"

张迎春说:"老寇在的时候,睡觉也打呼噜。那呼噜声还有节奏感呢,一声长一声短的,隔一阵就突然没有了声息,怪吓人的。"轻轻叹息一声,又说,"你说这人的生命咋就这么脆弱,说没就没了?"

雨荷怕她又陷入往事之中,忙岔开话题,说:"韩姐,你不是说你们家王天理属于'更年期综合征吗'?我听说,男人到了更年期,心理变化挺大的。特别敏感,小心眼,想问题容易钻牛角尖。你说你一个有夫之妇,夜不归宿,就不怕王天理胡思乱想吗?"

韩菊豆说:"老说我和王天理那点事儿,有意思吗?还是说说你自己吧。"

雨荷说:"我有什么好说的?"

韩菊豆说:"就说说你和汪明辉见了几次面,爱情的死灰又复燃……那才有意思呢!"

想不到韩菊豆几句话,立刻把谈论的焦点指向了雨荷。张迎春表现出极大的兴趣,问韩菊豆:"这到底是咋回事儿?"

韩菊豆就把自己掌握的情况,一五一十地说了个"底儿掉"。

张迎春说:"想不到我不在的这段日子,发生了这么多的事情。"她问雨荷,"雨荷,你是咋想的?"

在两个挚友面前,雨荷敞开心扉,来了个一吐为快!她说:"韩姐说得对。自从见到汪明辉,我好像又找到了恋爱时的感觉,满脑子想的都是他。在商场那一次算是偶遇,可在兴庆湖畔相遇,那完全就是有'预谋'的。"

张迎春问:"谁有'预谋',是你还是他?"

雨荷说:"两个人都有吧。过去我俩喜欢在兴庆湖畔散步,两个人分手以后,我经常鬼使神差地就又走到了那儿。我也不怕你俩笑话,其实说白了,就是希望见到他。我想他也一样吧?"

张迎春说:"雨荷,我比你虚长几岁,作为大姐,我想劝你几句。你为了汪明辉终身未嫁,他为了你,一辈子饱受折磨。这份情义有多重,我想你比谁都清楚。现在,你俩都单着,为什么不能重归于好呢?"

韩菊豆说:"咱们已经年过半百,人老了,需要有人陪伴。老妈总不能陪你一辈子,她老人家百年以后,你一个人孤苦伶仃的,日子怎么过?"

雨荷说:"什么道理我都懂,可就是过不了心里这道坎儿。"

韩菊豆一时语塞。

张迎春轻轻叹息着。

雨荷一到单位,就跟喻胜杰讲了让张迎春负责为老同志建立艺术档案的事情,喻胜杰非常高兴,说:"萧老师,太好了!市上领导催了几次,我正为这件事儿发愁呢。让张书记负责这项工作，再合适不过了。"喻胜杰比雨荷年龄小，是雨荷的忠实崇拜者，不管工作上还是生活中，一直对雨荷恭恭敬敬。雨荷也很注意这方面的关系，该请示汇报的，从来都不马虎。

张迎春很快投入工作之中。她每天翻阅资料，走访当事人，召开座谈会……忙得不亦乐乎。晚上回到家，韩菊豆做饭，雨荷打下手，张迎春想帮忙却插不上手。她开玩笑说："这是在我家，你们俩成了主人，我倒成了客人。"

韩菊豆说："你是大姐，我们俩照顾你是应该的。"

张迎春不再坚持，一头扎在一堆资料中。

晚饭后，三个人一块儿散步聊天。雨荷说："咱们几个女人一起生活，感觉挺好的。"

韩菊豆说："我现在终于理解世界上为什么有那么多的'同性恋'了。"

雨荷说："你胡说什么呢，咱们是纯真的姐妹之情，怎么能跟'同性恋'扯到一起去？"又说，"你懂什么叫'同性恋'吗？"

韩菊豆说："我不懂，你懂，你告诉我！"

雨荷说："我凭什么告诉你，你不会查资料去？"

张迎春说："你俩凑到一块儿就爱'掐'，两人加起来都一百多岁了，怎么老长不大呢？"

韩菊豆说："我这叫'童心未泯'，雨荷呢……纯属变态！"

雨荷说："我正常得很，怎么就变态了？"

韩菊豆说："你没听人说，一个人过得久了，就容易变态。你得赶快跟汪明辉结婚，只有他才能拯救你。"

雨荷突然一阵沉默。

韩菊豆悄悄问张迎春："我是不是又说错什么了？"

张迎春说："没有。雨荷让汪明辉搅得心神不宁的，你刚才的话，又勾起了她的心思。"

韩菊豆说："那，咱们要不要想办法促成一下？"

张迎春说："不要！雨荷可不是一般人，任何事情她都有自己独到的想法。咱们说服不了她，说多了，还会起副作用的。"

周末，雨荷要回去看母亲，让韩菊豆留下来陪张迎春。张迎春说："你们都走吧，不用管我，我一个人可以的。"

韩菊豆说："雨荷回去看老娘，我又没啥事儿。王天理正在忙着写他的《古城记忆》，我回去还怕打扰人家呢。"

张迎春说："你别给自己找借口了，王天理这会儿正在望眼欲穿地等着你呢，你快走吧！我一个人也想图个清净呢。"

韩菊豆说："张姐，你就别想着撵我走了。"

张迎春笑道："怎么，还赖上我了？"

韩菊豆说："对，就是赖上你了。不管你咋说，反正，我就是不走！"

张迎春明白好友的一片苦心。嘴上赶她们走，其实内心深处，她比任何时候都害怕孤独，巴不得她们留下来，与她朝夕相伴呢。

星期日晚上八点多，雨荷回到张迎春家。周一早上，三个人一起上班去。有人跟韩菊豆开玩笑，说："瞧你们几个如胶似漆的样子，是不是在搞'同性恋'呢？"韩菊豆学着雨荷的口气，说："你懂什么叫'同性恋'吗？赶快回去查资料，先把概念搞清楚了再说。"那人"嘿嘿"笑着说："听说你们几个人同吃同住，这是一种什么样的相处模式？"韩菊豆顺口说道："我们这叫抱团养老！"那人说："什么？抱团养老？那你们家王天理咋办？"韩菊豆说："离了！他爱咋办，跟我没关系。"那人惊怔，说："这是啥时候的事情，我怎么一点儿都不知道？"韩菊豆说："我们离婚，关你什么事儿，难不成还要向你请示汇报？"那人原本就是个"长舌男"，不到两个小时，全文联的人都知道了"韩菊豆离婚"和"三人抱团养老"的事情。

311

对于这种"新闻",一般人都会置若罔闻。在文联机关,这样的"新闻"时有发生,没有人探究它是真还是假。卢秀萍却不同,她听到这条"新闻",不禁怦然心动。她立马去了张迎春的临时办公室,直言道:"听说你们几个人要抱团养老,能不能带上我一个?"张迎春丈二和尚摸不着头脑,说:"什么抱团养老?……卢秀萍,你什么意思?"卢秀萍就说了刚才听到的"新闻"。张迎春淡然一笑,说:"哪有的事儿?你别听他们瞎说。"见卢秀萍满脸疑惑的样子,又说,"你也不想想,雨荷和韩菊豆才五十多岁,正是年富力强的时候,怎么能扯到养老呢?"卢秀萍说:"也是的,她俩还年轻,扯不到养老……张姐,干脆咱俩搭伴儿,我跟你一起养老!"张迎春说:"你跟雨荷同岁,韩菊豆比你俩还大两岁,她们还年轻,怎么你就老了?"卢秀萍说:"我怎么能跟她们比?我身体有病,未老先衰,说不定哪天……"说着,竟抽搭起来。张迎春意识到,卢秀萍一定遇到了什么伤心事,忙说:"你别哭了,有啥事,慢慢说。"

卢秀萍刚说了句:"傅翔那个王八蛋……"韩菊豆就走了进来。韩菊豆是叫张迎春一块出去吃饭的,见卢秀萍也在,什么也没说,转身就想走。卢秀萍说:"韩姐,你别走,一会儿我请你们吃午餐。"韩菊豆本来就觉得不可思议:卢秀萍怎么会找张迎春?张迎春现在就是一个无职无权的退休干部,对卢秀萍这样的势利小人来说,已经没有了任何的利用价值。又听到她骂"傅翔那个王八蛋",就更加好奇了。她想弄个明白,索性坐了下来。卢秀萍说:"我满肚子委屈,正好跟你俩说说。"说着又哭了。卢秀萍一改以往"直奔主题"的叙事风格,说话东拉西扯,语无伦次。大概意思是:傅翔搬回他母亲生前住过的那套房子里,跟他的前妻何凤梅公开生活在一起了。她的儿子傅翀对她越来越冷淡,经常几个月也不打个电话。她想儿子了,主动跟人家联系,可傅翀极不耐烦,说不了几句话,就挂断了电话。她卢秀萍现在成了孤家寡人,活着没有一点儿意思……

卢秀萍说着,抬起胳膊看了一下手表,惊呼道:"呀……都十二点多了!走走走,我请你俩吃饭。"韩菊豆给张迎春使了个眼色,没想到却被卢秀萍看在眼里。卢秀萍说:"韩姐,我明白你的意思。自从得了这个讨人嫌的病,我就自备了一套碗筷,随身带着。你们大可不必担心。"韩菊豆有点儿尴尬了,支吾着:"不是,我跟张姐约好了……"卢秀萍说:"我知道,平时都是你俩和雨荷,你们三个人一块儿吃饭。今天雨荷去市上开会,就剩你俩了。我跟你们一块去,说好了我请客!"韩菊豆表现出犹豫不决的样子。张迎春说:"走吧,我肚子都饿得'咕咕'叫呢。"不由分说地拉着韩菊豆走了出去。

　　文联对面就是一家清真牛羊肉泡馍馆。卢秀萍说:"张姐、韩姐,咱们吃羊肉泡馍,可以吗?"张迎春说:"行,不用走远了,就吃泡馍。"进了泡馍馆,韩菊豆和卢秀萍抢着要排队买票,张迎春说:"行了,你俩别争了!不就一顿饭吗,就让卢秀萍买吧。"说完,拉着韩菊豆去找空座位。这家泡馍馆生意好,正值饭点,餐厅里人来人往,座无虚席。两人只好站在一旁等待着。韩菊豆小声问张迎春:"张姐,我觉得卢秀萍今天的行为有点儿反常,你说她会不会是神经系统出了问题?"张迎春说:"别瞎说,她正常得很。只不过受了点刺激,心里憋屈,想找人倾诉一下。"韩菊豆说:"卢秀萍人缘不好,你扳指头算一下,整个文联机关也找不出一个知心朋友来……不过,我就想不明白了,张姐你德高望重,她找你也在情理之中。可我跟她一直都不对付,她为什么要把家里那些破事儿跟我说呢,就不怕我笑话她?"张迎春说:"她可能想跟你改善关系,有意向你示好吧?我劝你呀,得饶人处且饶人。"韩菊豆说:"其实,我跟她之间原本也没有什么大不了的矛盾,我就是看不惯她的为人。"张迎春说:"大千世界,相遇就是缘分。你们都到了快要退休的年龄,多个朋友多个伴儿,大家都要互相包容一些。"

　　终于等到了空位子,她俩忙走过去坐下来。不大一会儿,卢秀萍端着一个凉菜拼盘和三只摞在一起的大老碗走了过来,最上边的碗里放着几个"饦饦馍"。卢秀萍说:"你们一人俩馍,够不够?"两人都说,一个半就够了。卢秀萍说:"我就不动手了,你们自己拿。"韩菊豆明白,卢秀萍怕别人忌讳她的病，有意做样子给她们看。意思是说：你们不必介意，我卢秀萍知道自己有病，我会注意的。果不其然，卢秀萍从包里取出自己带来的筷子和碗，还有一只小碟子。她用公筷给小碟子拨出一小部分凉菜，其余的放在张迎春和韩菊豆中间，又用公筷夹出一个"饦饦馍"，放进自己带来的碗里。韩菊豆看着卢秀萍小心翼翼的样子，不知怎么忽然对她产生了几分同情。

吃泡馍是有讲究的，馍掰得越碎越好。张迎春是老吃家了，每块馍都掰成了黄豆颗粒大小。韩菊豆本来就是个急性子人，掰的馍块差不多像鹌鹑蛋大小。张迎春说："韩菊豆，你这可不行，馍块掰得这么大，吃不出味道的。"韩菊豆说："管他呢，只要填饱肚子就行。"卢秀萍只给自己碗里掰了半个馍，韩菊豆问她："怎么就吃这么一点儿？"卢秀萍说："这几天一直没有食欲。"三个人掰好馍，给碗上夹上号牌，交给服务员。

服务员很快就把三碗煮好的泡馍端了过来，卢秀萍刚吃了两口，就把碗推到了一旁。韩菊豆问："你咋了？"卢秀萍说："感觉不大舒服。"张迎春说："有病就去医院，千万不敢硬扛着。"卢秀萍说："身体情况就那样，主要是心情不好。大夫说了，怒则伤肝，我也不想生气，可是由不得我呀！"

韩菊豆很快扒拉完碗里的饭，劝卢秀萍说："卢秀萍，我想劝你几句，凡事都要想开点儿，身体才是最重要的，实在不行就离婚！……咱们有工作，自己能养活自己，离开男人，照样能活得很好。"

"韩姐，你是不知道……"卢秀萍哽咽着说不出话来。

第三十二章

　　玉田的老丈人黄继轩五十五岁生日那天,黄仙慧生下一个大胖小子,取名牛牛。一眨眼,牛牛快满五岁了,也就是说,黄继轩快满六十岁了。黄仙慧跟玉田商量,准备回老家给父亲和儿子合办一个隆重的生日宴。玉田自然举双手赞成。黄仙慧打电话把这一想法告诉父亲,父亲高兴地说:"好好好,我和你妈成天想你们呢,你们可一定要早点回来!"

　　黄仙慧主要基于几个方面的考虑:一是看望父母亲。两口子在城里的生意越做越大,人也整天忙得焦头烂额的。算起来,已经有半年多没顾上回家了。黄仙慧思念父母亲,父母亲更是挂牵自己的宝贝女儿和外孙。二是搞土特产批发,很多食材都是从老家进的货,这些年结识了不少生意上的合作伙伴,正好借此机会向大伙表示一下谢意,联络联络感情。三是在封建意识极为严重的偏远山区,黄仙慧身为家中独女,从小看惯了别人的眉高眼低。父母亲也常常遭人欺侮,以至于母亲后来性格变异,成了人人躲之不及的"母老虎"。黄仙慧现在有钱了,"谁说女子不如男"?事实证明,黄仙慧不比村里任何一个男人差!黄仙慧不仅会赚钱,还生了个虎头虎脑的"牛牛娃"!黄家后继有人了,也好让那些觊觎她家财产的族人们,趁早死了心。当然,这第三条才是她真正的用意。

对于这次目的性很强的"衣锦还乡",黄仙慧自然是做足了准备的。这些年做生意,辛苦是辛苦,可也积累了不少的财富。为了能给父母和自己争一口气,不管花多少钱,黄仙慧都不在乎。

她草草算了一下,需要邀请的客人和姓黄的"自家人",大概有二百多位。也就是说,需要摆近三十桌酒席。黄仙慧让父亲请了当地最好的厨师,待客的食材大多从本地购买。其他的诸如鱿鱼、海参、竹荪、羊肚菌等山珍海味,由黄仙慧在城里买好了带回去。这些东西价格昂贵,当地人别说吃,见都很少见过,甚至都没听说过。黄仙慧嘴上说想让乡党们开个洋荤,其实内心深处是想炫耀一番。她还给父母亲和外婆,还有需要走动的几家亲戚买了好些礼品。玉田雇了一辆客货两用车,说好了把他们一家三口和这些东西运回老家,回来时再从老家捎回一车当地的土特产。

玉田妈这几年一直跟儿子一家待在城里,帮他们带孩子、做家务,有时也帮忙打理生意,一开始听到要回老家的消息,激动得几个晚上都没有睡好觉。可临走的前一天晚上,黄仙慧突然告诉她,让她留下来看店铺。尽管她心里极不情愿,可还是答应了儿媳。跟黄仙慧相处了几年,她早把这个儿媳当成了亲生女儿,也习惯了对她言听计从。因为黄仙慧不管考虑任何问题,总是十分周全,让人无可挑剔。她相信儿媳这样安排,自有她的道理。

黄仙慧本来是要带婆婆一块回去的,可一想到自己的母亲,心里不由得犯怵。前面提到过,黄仙慧母亲人品不好,黄仙慧从小深受其苦。她执意要来城里做生意,有很大因素是为了摆脱自己的母亲。分开一段时间后,黄仙慧对母亲的感情悄然发生了变化——她不再憎恨她、厌恶她,而更多的是怜悯、同情和思念。其实这也不难理解，毕竟血浓于水嘛！黄仙慧知道，母亲对婆婆跟他们待在城里一事，一直耿耿于怀。她曾经多次质问黄仙慧："玉田是咱家的上门女婿，他妈为什么要赖在咱们家呢？"黄仙慧不想跟她理论，因为母亲是不可理喻的。她想用事实教育她。她把婆婆送到大姑家，把母亲接到城里，把婆婆平时干的活儿全部交给母亲，还把本该属于她和玉田的活儿，也"强加"在母亲头上，比如装车、卸货，等等。母亲叫苦连天，在城里待了不到三天，就闹着要回乡下去。她哪里懂得女儿的良苦用心？原以为玉田妈在城里享福呢，现在看来，她不过就是女儿雇佣的保姆——这样想着，心里一下平衡了许多。

这一次，黄仙慧计划宴请的客人中，有不少是玉田他们松树沟村的。让黄仙慧为难的是：带婆婆一起去赴宴吧，母亲肯定会吃醋，说不定还会生出什么意想不到的事端来；让婆婆一个人待在松树沟自己的家里，又怕村里人说三道四。黄仙慧左思右想，反复权衡利弊，最终决定不带婆婆回乡下。婆婆竟是那么的善解人意，二话没说就答应了她。这让黄仙慧感到十分愧疚，她给婆婆许诺，忙完这一阵子，一定带她老人家回去好好住几天。

一家三口刚坐上车，黄仙慧的手机就响了。电话是她父亲黄继轩打来的。接通电话，黄仙慧听到父亲急促的声音问："仙慧，你们什么时候回来？"黄仙慧说："已经坐上车了。"电话那头突然挂断了。黄仙慧当时也没多想，以为父母亲急于见到他们，打电话催他们早点儿出发呢。黄仙慧做梦也想不到，等待他们的，将是一场始料不及的"人祸"——

黄仙慧和玉田进城后，黄继轩的二哥见缝插针，托了几个兄弟说情，要把自己的儿子黄登峰安排到沙石场工作。黄继轩抹不开面子，再加上沙石场确实人手不够，就答应了他。黄登峰进了沙石场，刚开始表现还不错，替黄继轩分担了不少工作。黄继轩渐渐放松了戒备心，把很多事情包括财务都交给黄登峰打理，他自己也想图个逍遥自在。不久，黄继轩发现，虽然每月的账表做得天衣无缝，可沙石场的收入却是每况愈下。他不敢声张，一个人搭车到城里跟黄仙慧商量。黄仙慧劝他干脆把沙石场转让给黄登峰，可黄继轩觉得，不管咋说，自己不用劳神不用费心，月月总还有些收入，拱手转让岂不太可惜？他没有听女儿的劝告，沙石场的事儿就一直拖了下来。

村里人对黄继轩二哥家里发生的巨大变化有目共睹——先是盖起了三层小洋楼，紧接着黄登峰兄弟俩先后娶了媳妇，再后来黄登峰买了摩托车，黄登峰的弟弟在草籽镇承包了一家规模不小的饭店……村里人议论纷纷，说黄登峰"黑"了沙石场的钱，说黄继轩被亲侄子捉了"冤大头"。这些话不时会传到黄继轩耳朵里，黄继轩除了装聋作哑，还能怎么办呢？怀疑归怀疑，捕风捉影的事情，也拿不到桌面上。自己年龄大了，力不从心，沙石场早已成了黄登峰的"一统天下"。好在黄仙慧城里的生意越做越大，家里也不在乎沙石场那点收入。何况，毕竟是自己的亲侄子，肥水也没有流入外人田。黄继轩自己想开了，也就没有了那么多的烦恼，他最担心的，就是自己的老婆听到这些是是非非的闲言碎语。

仙慧妈没德行，人缘极差，所以村里很多人津津乐道的大小新闻，很少能传到她的耳朵里。黄仙慧要在村里大办宴席，给父亲和儿子庆贺生日这件事在村里炒得沸沸扬扬，仙慧妈财大气粗，到处显摆，村里有人看不惯她，故意加盐加醋地对她说了黄登峰在沙石场"大发横财"之事。仙慧妈哪里受得了这种窝囊气！她回家就寻死觅活地跟黄继轩大闹了一通，黄继轩连气带吓的，躲进沙石场，几天都不敢回家。

仙慧妈没有了"出气筒"，满肚子邪火无处宣泄，人都快要气疯了。她跑到黄继轩二哥家，又哭又闹，说他们一家都是白眼狼，恩将仇报，侵占了她家的钱财。黄继轩二嫂开始还耐心地劝她不要听信谗言，说这里边一定有什么误会。可是仙慧妈一开口就管不了自己的嘴，越说越狠毒。竟然说黄登峰做了亏心事，出门就会被汽车撞死，还说黄登峰两口子这一辈子要断子绝孙！黄登峰媳妇正好挺着大肚子从外边走进来，仙慧妈随机应变，说黄登峰媳妇生下娃，不是缺胳膊少腿就是没屁眼！黄继轩二嫂本就不是什么善茬，不过看在黄继轩脸上一忍再忍。仙慧妈骂自己也就算了，她居然用那么恶毒的话咒骂自己的儿子，连尚未出生的孙子都捎带上了。是可忍，孰不可忍！黄继轩二嫂冲上前，抡圆了胳膊，给了仙慧妈一巴掌，骂道："你个'村盖子''婆娘霸'，别人怕你，我可不怕！你嘴上缺德，会遭报应的。老天爷会惩罚你，让你这辈子生不出儿子，下辈子还生不出儿子！"仙慧妈气得浑身哆嗦着，扑上去撕扯黄继轩二嫂，两个女人扭打在一起。黄登峰媳妇身怀六甲，她想把婆婆和三娘拉开，又怕伤到肚子里的孩子，急得站在一旁大声喊叫着："别打了！你们别打了……"

可是，此时急红了眼的妯娌俩，谁能听她的？黄继轩二嫂人高马大，仙慧妈渐渐败下阵来，被摔倒在地上，口里吐出一滩白沫儿。黄登峰媳妇接连叫了几声："三娘，三娘，你快醒醒……"仙慧妈却一动不动。黄登峰媳妇吓傻了眼，哭着对婆婆说："妈，不得了了，你闯祸了！……"黄继轩二嫂吓得魂飞魄散，拔腿就向外跑。黄登峰媳妇顾不上婆婆，情急之中给沙石场打了电话。

黄登峰开来一辆运送沙石的大卡车，把仙慧妈拉到了草籽镇医院。医生说镇医院条件太差，无法抢救这样的危重病人。黄登峰又把仙慧妈拉到了县医院。

就在村里人三个一堆两个一伙，鸡一嘴鹅一嘴，把黄家妯娌俩打架斗殴的事情都快演绎成"恐怖片"的时候，噩耗突然传来——黄继轩的二嫂，也就是黄登峰的妈，从悬崖上跌落下来，不幸身亡。被人发现时，她爬在一块大石头上，脸上血肉模糊，周围血迹斑斑。有人说她以为自己打死了仙慧妈，吓得跳崖自尽；有人说她是想抄小路去沙石场找黄登峰父子俩，因为走得急，不小心失足摔死的。至于事实真相，谁也无法知晓。

汽车在盘山公路上行驶着，牛牛显得很兴奋，不停地问妈妈："妈妈，怎么还没到家呀？"黄仙慧告诉儿子："快了，再翻过几道山梁就到了。"问儿子，"回家你想干什么呀？"牛牛说："想捉蛐蛐、逮蚂蚱，还想上树掏鸟窝！"黄仙慧说："好！回到家就让爸爸陪你玩……"话音刚落，黄继轩又打来电话，黄仙慧说："爸，你着什么急呀？我们一会儿就到了。"黄继轩说："你们先不要回家，直接把车开到县医院。"黄仙慧大吃一惊，忙问："爸，谁生病了？我妈她……"黄继轩说："你回来就知道了。"他说完，挂断了电话。

黄仙慧赶到县医院时，母亲还在抢救中，父亲一个人呆坐在抢救室门外。黄登峰接到家里的电话，得知母亲去世的消息，已经赶回去了。黄继轩跟女儿说了事情的经过，黄仙慧急火攻心，差点儿没晕过去。不过，她很快使自己平静下来。摆在她面前的一大堆事情——母亲还在抢救之中；老父亲心力交瘁，身体状况令人担忧；家里请了执事正在帮忙筹办祖孙二人的生日宴；二妈意外离世，二伯一家岂能善罢甘休？……这些棘手事摆在面前，需要她去面对、去处理，谁也帮不了她。黄仙慧好一阵沉思，理清了思路，想好了解决方案。

仙慧妈被从抢救室推出来时，还处于昏迷状态。医生告诉黄仙慧，她母亲属于情绪激动引起血压急剧上升，导致脑血管破裂，经过抢救，虽然保住了性命，但有可能变成植物人，最好的结果，也会落下偏瘫的后遗症。黄仙慧望着母亲苍白的面容，心里像打翻了五味瓶，百味杂陈。她恨母亲，无端惹下这么大的祸事；她心疼母亲，特殊的环境造就了母亲特殊的性格。她一辈子只会活在自己狭小的世界里，以敌意的目光和心态看待周围的一切，她的人生是多么的可怜又可悲呀！今后，等待她的，将是生不如死的病痛折磨。黄仙慧鼻子酸酸的，可她硬忍着，没让眼泪流出来。她清醒地认识到，此时此刻，眼泪救不了自己，只有内心强大，才能迈过这纵横交错的沟沟坎坎。她相信，风雨过后又是一重天！

黄仙慧在医院附近的小旅馆登记了房间，安排父亲和玉田轮流休息，轮流陪护母亲。她自己带着儿子牛牛回到了那个让她魂牵梦绕的小山村。下了车，她带着牛牛直奔二伯家，一进门就跪倒在二妈的灵堂前，号啕大哭。她一边哭，一边抱怨着自己的母亲，一辈子惹是生非，临到老了，恶习难改，害了二妈也害了她自己。她哭道："二妈，难见的二妈……你睁开眼睛再看你的慧儿一眼呀！二妈，慧儿命不好，摊上一个那样的妈，从小到大受尽了人的欺辱，慧儿心里苦，满肚子委屈没处说呀……二妈，我的亲二妈，你是看着我长大的，你比我的亲妈还要亲呀！……二妈，想不到，你就这样离开了人世，我想替我妈说声对不起，可是你再也听不到了呀……二妈，你是个明白人，慧儿求求你，不要跟我妈那个糊涂人计较，你跟她有理也说不清呀！二妈，你放心，老天爷已经惩罚了她，让她变成了植物人，她现在也是生不如死呀……"

黄仙慧的一通号哭，收到了意想不到的效果，在场的所有人无不为之动容。黄仙慧的二伯心一软，眼泪"哗哗"地流了出来。这位六十多岁的山里汉子，自己老伴儿坠崖身亡都没有流过一滴眼泪，却被侄女发自肺腑的哭声，感动得不能自已。他看见牛牛站在黄仙慧身旁，吓得"哇哇"大哭着，忙把孩子揽进怀里，又对黄登峰说："快去，把你姐扶起来！"黄登峰一直傻愣着站在一旁，不知所措，得到父亲的指令，走上前扶起黄仙慧，说："姐，你也不要太难过了，这都是命，谁也没有办法……"

晚上，黄仙慧留下来给二妈守灵。夜深人静时，村里的乡党客陆续离开，灵堂前只剩下黄仙慧和二伯一家人。黄仙慧提出，二妈出殡的所有费用，全部由她来承担。黄仙慧知道，几年前二伯就张罗着给他们老两口修好了合葬墓，棺材寿衣也都预备得停停当当。剩下需要支出的，也就是招待宾客了。黄仙慧原计划给父亲和儿子大办"庆生宴"的想法，显然已经无法实现。备好的食材包括各种肉类和时鲜蔬菜等也不好处理，事先约好的厨师和乡村鼓乐队都已经预付了定金，也不可能退回来。黄仙慧想，不如把这些东西全部用于二妈的葬礼。这不仅能给二伯家省下一大笔钱，还显得自己做事大气。更重要的是，可以缓和一下与二伯一家的矛盾。可谓"一举三得"。黄仙慧还提出把沙石场转让给黄登峰。她主要考虑到父亲年事已高，母亲的身体需要有人照顾，自己又是鞭长莫及，无暇顾及。黄仙慧的这些安排，让二伯一家人感激涕零，他们与黄仙慧之间，一下拉近了感情距离。

　　本来，关于黄家妯娌打架斗殴一事，在村里人的议论中，都是偏向黄仙慧二妈一边的。人们习惯同情弱者，毕竟黄仙慧二妈人死了，仙慧妈又是恶名在外，不得人心。几乎所有人都认为，仙慧妈就是这起人命案的始作俑者。说如果她不去人家屋里闹事，就不会发生后来的事情。黄仙慧的两大举措，即：出钱葬二妈和转让沙石场，完全颠覆了村里人的看法，各种舆论立马倒向黄仙慧一边。有人说，明明是黄登峰占了人家的便宜，仙慧妈气不过跑去质问也在情理之中，有人说仙慧妈根本就不是她二嫂的对手，要不是挨了打吃了哑巴亏，怎么能把人气得脑血管破裂呢？有人说黄仙慧二妈死因不明，无论是自杀还是失足，都是她自己的责任，凭什么要赖到黄仙慧一家头上，让他们付出如此惨重的代价呢？……村人们说来道去的，把这一切归结为一个原因——黄继轩没有儿子，只能任人欺负。黄仙慧再厉害也不过是一个丫头片子，得罪不起二伯一家，也只能委曲求全！

　　听到这些议论，黄仙慧心里很不是滋味。在她看来，那些貌似抚慰的话，无异是在撕破她心里的伤疤。黄仙慧从小就因为自己是个女娃，而感到自卑。自打懂事起，她就暗下决心：一定要争口气，活出个人样来，用事实证明，自己不比男人差！她帮父亲打理沙石场，在城里做生意，样样事干得风生水起，方圆几十里，几乎是无人不知，无人不晓。这一次，虽说事发突然，但出钱葬二妈和转让沙石场，都是黄仙慧经过慎重考虑做出的决定。黄仙慧原以为，她近乎霸气的两大举措，会给自己挣足面子。村里人会说，别看人家一个女娃子，做出的事情，比男人还气派！她想要的，正是这样的结果。可是偏偏事与愿违，她得到的，只是同情与怜悯。这让黄仙慧感到十分悲哀。也难怪，在一个封建意识延续了几千年的偏远山村，"女不如男"早已成为人们的思维定势，岂是一朝一夕就能够改变的？

　　黄仙慧一直守在二伯家，直到二妈下葬以后，才简单收拾了一下自己的家，带了些当用的物品，准备返回县医院。临走的时候，她把家里的钥匙交给二伯，说她准备把母亲接到城里去，不一定什么时候才能回来，让二伯帮忙照看家里。二伯欣然答应。

　　黄仙慧走出村，只见沙石场的大卡车停在路边，黄登峰兄弟俩站在车旁，看见黄仙慧，忙迎上前来。黄登峰说："姐，我们送你去县医院，顺便再看看三娘。"黄仙慧觉得一股暖流涌上心头，眼睛也湿润了。

第三十三章

　　黄仙慧把母亲接到城里,在罗静芝所在的医院住了半个多月院。母亲的病情有了明显的好转,语言功能渐渐恢复,已经可以用简单的字句与人交流了。身体状况也不错,在别人的搀扶下,可以在房间里慢慢地走动几步。母亲住院的这段时间,父亲守护在病房,玉田打理生意,黄仙慧两边奔跑,两头兼顾。半个月后,黄仙慧按照大姑的安排,给母亲办理了出院手续,一家人回到了在城南租住的那座小院里。临走的时候,罗静芝给黄仙慧母亲带了一大包药品,嘱咐黄仙慧找个离家近的医院或者诊所,给她母亲每天按时打点滴,按时服药,特别强调了要坚持康复锻炼。

　　得知儿媳家中变故,玉田妈不知流了多少眼泪。自从黄仙慧父母搬回小院,她默默承担了几乎所有家务,每天起早贪黑,累得腰酸背痛,人也眼看着日渐消瘦。再苦再累,她也心甘情愿,这些都不在话下。让她感到为难的是，仙慧妈只要一看见她，就会咧鼻子瞪眼睛，一副怒不可遏的模样。仙慧妈是病人，心思多，不能跟她计较，玉田妈忍气吞声，小心翼翼，尽量避免见到她。她每天除了做好大家的一日三餐，还要变着花样给仙慧妈做她喜欢吃的病号饭。黄继轩把这一切看在眼里，背过仙慧妈对她说："亲家母，真是难为你了，我这心里过意不去……"玉田妈说："亲家公，你啥都不用说。仙慧是你的女儿，也是我的儿媳妇，为了她，我做啥都是心甘情愿的。"黄仙慧体恤婆婆，想送她去大姑家或者老家松树沟休息一段时间。婆婆心疼儿媳，想尽自己所能，替她多做一些事情，说啥也不肯走。

玉莲来看母亲，见到母亲的现状，去找黄仙慧理论。两人各自心怀芥蒂，开口就争吵起来。玉莲欠黄仙慧的货款，几年不还，黄仙慧催过几次，玉莲恼羞成怒，跟她撕破了脸皮。玉莲说："黄仙慧，你还讲不讲理了？为了你妈，就不顾我妈的死活了？我妈都多大年纪了，还要伺候你们一家老小？"

黄仙慧说："姐，求求你，小声一点，千万不要让我妈听见。我妈是病人，医生说了，她不能生气，不能情绪激动。"

玉莲哪里肯听她的劝阻？故意抬高了声音，怒吼道："你妈是人，我妈就不是人了？……你妈就是个扫帚星、害人精！刚害死了你二妈，又跑来害我妈……黄仙慧，你别忘了，这里是我弟弟罗玉田的家，你妈凭什么赖在这里？你让她赶快走，走得越远越好！"

她的话触碰了黄仙慧的底线，把黄仙慧彻底激怒了。黄仙慧说："不管这里是我的家还是罗玉田的家，都跟你没有关系。别的话我不想跟你多说，我只问你一句话，你欠我的货款啥时候还？"又说，"这笔账都几年了，你一拖再拖，我可警告你，再不还钱，我就去法院告你！我黄仙慧说到做到！"

玉莲一下没辙了，嘴里支吾着："黄仙慧，你……"

这时，黄继轩的声音从屋里传来："慧儿，你快来呀！"黄仙慧意识到大事不好，转身就往父母住的房间里跑。

黄继轩正在给仙慧妈喂饭，突然听到玉莲和黄仙慧的吵闹声从院子里传来，他的第一反应是赶忙把门窗关严实了。可玉莲的声音还是传了进来。仙慧妈当时坐在床边，她一把推开黄继轩的手，抡胳膊伸腿地想要下床去。黄继轩放下手里的碗，过来搀扶她。仙慧妈头一歪，晕倒在丈夫的怀抱里。

事发时，玉田妈去幼儿园接牛牛，婆孙俩回来时，救护车已经拉走了仙慧妈。

玉莲早已不见了踪影。

仙慧妈住了几天"ICU"，在昏迷中离开了人世。黄仙慧费尽周折，花大价钱雇车将母亲的遗体运回老家安葬。如果就地火化，把骨灰盒运回老家，要省事得多。可黄仙慧不能那样做，她怕村里人借此大做文章，说她黄仙慧到底是个女娃子，没本事，把老娘烧成了一把灰，临死连个浑全的尸首都没留下。黄仙慧处理任何事情，都忘不了"要争一口气！"母亲的丧事，自然也不能例外。

黄仙慧二伯一家人知恩图报，全力以赴地帮助她安葬了母亲。两家人从此亲密无间。这件事后来被演绎成多种版本，在方圆几十里传为佳话。

处理完母亲的后事，黄仙慧回到城里，大病一场。一连几天，持续高烧，昏迷不醒，嘴里一直含混不清地说着呓语。一家人吓得六神无主，玉田只好给大姑打了电话，罗静芝和雨荷及时赶了过来。罗静芝询问了病情，排除了其他可能，判断黄仙慧是因精神紧张、疲劳过度，造成免疫功能低下，而引起病毒感染导致发烧的。罗静芝同时采用药物治疗和物理降温的方法，黄仙慧很快退了烧，只是感觉四肢无力，没有食欲。罗静芝说，这是高烧过后的正常反应，休息几天就会好的。

雨荷同情黄仙慧，两人同为家中独女，自然有一种同命相怜的亲近感。黄仙慧虽然没读几年书，可她深明大义，性格豪爽，为人处世颇有男子汉的气度。特别是在处理与二伯一家的关系问题上，让雨荷由衷地感到敬佩，自愧不如。

雨荷想帮助黄仙慧尽快从母亲去世的痛苦中解脱出来，给她讲了自己当年失去父亲时的切身经历。雨荷说："弟妹，你现在的心情我完全理解。人生无常，谁也无法预料明天会发生什么。生老病死是自然规律，人是无法抗拒的。你老娘走了，从此再也不会受到病痛的折磨了。对于她来说，这也许是一种解脱。你应该想开一点儿，多想想你的老爸，你的儿子牛牛，还有玉田……他们都离不开你。你要是有个三长两短，这个家就散了！所以，你得打起精神，好好活着。"又说，"弟妹，咱俩这辈子有缘相逢，命中注定谁也离不开谁了。你不要老是觉得自己一个女娃势单力薄，不要忘了，还有我呢！你记着，今后不管遇上什么困难，千万不要硬扛着，一定要第一时间告诉我，我一定会想办法帮你解决！我知道你心里憋屈，满肚子的话不知跟谁说去，你要是愿意把我当姐姐，你就跟我说，说出来心里就好受了。"

雨荷的话像一股暖流，霎时间流遍了黄仙慧的全身。黄仙慧忍不住眼泪夺眶而出，抽抽搭搭地道出了自己的一腔苦水——

黄仙慧从小就不喜欢自己的母亲，甚至有些厌恶她。母亲突然离世，她追悔莫及。细想起来，作为女儿，自己除了怨恨，几乎从来没有替母亲想过什么，更别提为她做点什么。母亲在县医院住院时，黄仙慧忙着处理二妈的后事，根本无暇顾及她。这一次母亲住进"ICU"，黄仙慧"良心发现"，想弥补自己的过错。她在心里默默祈祷母亲能够躲过这一劫。黄仙慧发誓，要把母亲曾经对自己付出的爱，加倍地偿还给她。她要好好地陪伴她、孝顺她，让她过上幸福温暖的晚年生活。可是老天没有给她这个机会。黄仙慧悔恨交加——她恨玉莲，不该故意寻衅挑事，事发后竟像没事人似的，逃之夭夭；她恨自己当时情绪失控，忍不住和玉莲大吵大闹，导致母亲病情复发。接二连三发生的几件事，花了不少的钱，加之无暇打理生意，造成严重亏损，无法正常营业……总之，黄仙慧现在是心力交瘁，茫然无措！

雨荷理了一下思路，认为当务之急是帮他们先把生意做起来。只要生意能照常运转，就能很快摆脱经济上的困境。黄仙慧只要忙碌起来，就会慢慢从痛苦中解脱出来。张迎春就是一个很好的例子。

雨荷问黄仙慧："需要多少钱能把生意运作起来？"

黄仙慧说："大概三四万。"

雨荷说："你不用发愁，姐给你五万。"

黄仙慧拉着雨荷的手，激动地说："姐，你真是雪中送炭呀！"鼻子一酸，又说，"玉莲是玉田的亲姐，可你跟她比起来，简直是一个天上，一个地下。"

雨荷说："咱不提她。这个人没救了，谁能想到，她会变成这个样子！……既然没有了亲情，就权当是一个熟人吧。往后各走各的路，咱不理她就是了。"

雨荷嘴上劝黄仙慧，其实也是在劝自己。她对玉莲早已是失望至极，甚至觉得她哪天走上犯罪道路，也不是没有可能。

黄仙慧很快振作了起来。有了雨荷的支持，她的生意和生活也都渐渐步入正轨。

黄仙慧母亲下葬以后，黄继轩本来是不打算去城里的，黄登峰兄弟俩也一再表示，他们一定会照顾好三大（三叔）的，让黄仙慧只管放心。黄仙慧没有机会给母亲尽孝心，已经是抱憾终生了，说啥也不肯让父亲一个人住到乡下。她对父亲说："我妈走了，我只剩下一个老爸了。从今往后，我再也不想跟你分开。你若不想去城里，我就回来陪你。"父亲说："城里的生意咋办？"黄仙慧说："生意没有老爸重要，我不能只顾生意，不顾老爸。"黄继轩拗不过女儿，只好跟她一块进了城。

玉田和黄仙慧整天忙得不沾家，黄继轩闲得无聊，就跟玉田妈一块儿聊天，帮她干家务，有时两人还一块儿接送孩子。街坊邻居们看到两人经常出双入对的,就传出了不少闲话。有人竟然找上门给他们撮合,说:"你们两亲家,知根知底的,干脆领了证,名正言顺地一块儿过日子,孩子们照顾起来也方便。"玉田妈当时害臊得脸都红到了脖子根,一连几天躲进自己的房间不敢出门。

黄继轩却真的动了这方面的心思。他趁玉田和黄仙慧都不在家时,去敲玉田妈的房门。玉田妈不肯开门,他就站在窗外,对玉田妈说:"亲家母,你不要不好意思。这是在城里,又不是在乡下,老年人再婚,就像吃饭穿衣一样,再正常不过了……咱俩都是苦命人,你年纪轻轻就守寡,一个人把玉莲、玉田两个孩子拉扯大不容易。我这一辈子也不好过,逢见仙慧妈那样一个女人……唉,人都死了,咱不说她。咱俩相处了这么长时间,我感觉你这人性情温和,待人实诚,慧儿这辈子能遇上你,是娃的福分。我这一辈子能遇上你,也是我的福分……咱们到了这把年纪,黄土都壅到下巴底下了,还能有几天蹦跶呢?……人老了,害怕孤单,咱们在一起,互相做个伴儿,有啥不好呢?……既然有人捅破了这层窗户纸,我看倒不如把话挑明了对娃们说……"玉田妈说:"亲家公,你快别说了,这事儿根本就不可能……"黄继轩还想说什么,玉田妈却"咔"的一声,关上了窗户。

玉田妈人厚道,待谁都诚心诚意。黄继轩家中接连出事,难免情绪低落,郁郁寡欢。玉田妈理解亲家公的心情,没事时就陪他聊聊天,给他说说宽心话;怕他在城里待不惯,就陪他四处走走,让他熟悉周围的环境。有时候上街买菜或者接送孩子,也带着他一块儿去……原本是一番好意,想尽自己的力量,帮亲家一把,没想到竟然惹下这么大的麻烦。玉田妈后悔无意中热心过度,引起了亲家公的误会。她觉得自己就像乡下那些不守妇道的坏女人一样,干了一件偷情养汉的龌龊事,太丢人了!……自然而然地想起了自己死去的丈夫,不觉泪流满面。

玉田妈思前想后,认为自己没有必要再在城里待下去了。刚进城时,她也是一天也待不住的。后来得知黄仙慧怀了身孕,为了孙子,她才愿意留下来的。一眨眼，孙子都五岁多了。现在有亲家公接送孩子，她也没有什么放心不下的。她对儿媳说："慧儿，妈在城里待了几年，想回乡下了。"黄仙慧想起儿子过五岁生日前，就答应过婆婆，要送她回乡下住几天，说："行！这两天正准备回草籽镇进货呢，到时候送你回松树沟，好好住几天。"玉田妈说："不，我明天就要回去。知道你俩忙，我坐公共汽车回去，让玉田把我送上车就行了。"黄仙慧只当是婆婆思乡心切，说："行，明早就让玉田去送你……妈，你准备回去待几天？我们去草籽镇进了货，再把你接回来。"玉田妈嗫嚅道："回去……就、就不来了。"黄仙慧不觉大惊，说："妈，发生啥事了？你为啥急着要回去，回去还不想来了呢？"玉田妈说："啥事儿也没有，就是出来时间长了，老想家。"黄仙慧仔细端详婆婆，发现她眼睛红肿，脸上还有一道不易察觉的泪痕。

　　黄仙慧猜想事情绝对不会那么简单，可问题到底出在哪里呢？她百思不得其解。晚饭后，黄仙慧问父亲："爸，你发现我妈这两天有啥不对劲儿吗？"黄继轩说："没有，你妈好好的。"黄仙慧说："那她为啥闹着明天就要回乡下去，还说再也不想来城里了？"黄继轩心头一震，立马猜到了个中原因。可这种事情怎么能对女儿讲呢？只好揣着明白装糊涂，说："你妈可能就是想家了。"黄仙慧又去问玉田，玉田也是一头雾水。玉田去找母亲，想问出个究竟，母亲不说话，只是个哭。

　　玉田只好给雨荷打电话，让她和大姑想办法劝劝母亲。雨荷说："刚才大顺哥打来电话，说下个月初六要给他的宝贝儿子娶媳妇，让我们都回去呢。你明天把舅妈送过来，我和你大姑带着她一块儿回去。"又说，"好长时间没回去，我都想松树沟了，正好回去待几天。"玉田说："那可太好了！姐，你跟大姑来的时候，一定要带上我妈，千万不要把她一个人留在家里。"雨荷说："我知道。"

　　第二天一大早，玉田就把母亲送到了大姑家。雨荷要去市上开会，着急忙慌地跟舅妈打了声招呼，就出了门。罗静芝开门见山地问弟媳："到底发生什么事儿了？"玉田妈鼻一把泪一把地诉说了事情的经过。罗静芝凝思良久，问："除了你说的这些，黄继轩还有没有在你面前说过什么放肆的话，或者有什么轻浮的举动？"玉田妈说："那倒没有。"罗静芝说："你说的这些情况都很正常，黄继轩想找个老伴儿，也没什么问题。"又问，"你觉得黄继轩这个人咋样？"玉田妈说："人还不错，大大咧咧的，没啥坏心眼……不过，这也不好说。人心隔肚皮，你说他是个好人吧，为啥就对我动了歪心思呢？"罗静芝说："我看你呀，是钻了牛角尖……我倒觉得，这是件好事儿。我兄弟走得早，你这么多年吃了不少的苦，现在老了，也该享几天清福了。你要是跟了他……"罗静芝话没说完，玉田妈就忿然作色，说："姐，你把我当成啥人了！我要是跟了他……那还不让人戳破脊梁骨了。我以后还怎么回松树沟村？你让我怎么对得起你死去的兄弟……"竟然哽咽着说不下去。罗静芝没想到弟媳的反应居然会这么强烈，一时不知说什么好，只好劝慰道："好了好了，你不同意就算了，权当我什么都没说。"

　　玉田妈一再强调，这件事不能跟雨荷说，不能让任何一个晚辈知道。说她丢不起那人。罗静芝向她保证，不会告诉任何人。

第三十四章

　　雨荷她们三人在草籽镇刚下车，就碰见早已等候在那里的大顺。大顺是算好了时间，开着新买的面包车，专门来接她们的。大顺问她们饿不饿，说要是饿了，就先在镇上随便吃点东西，打个尖；要是不饿，就直接回家去，爱英正在家里"打糍粑"呢。几个人都说不饿，想回去吃"糍粑"。

　　大顺招呼她们上了车，雨荷坐在副驾驶的位置，母亲和舅妈坐在第二排。

　　雨荷说："大顺哥，看来生意不错嘛，又买了一辆面包车？"

　　大顺系好安全带，一边发动汽车一边说："你那个二侄女引弟，厉害得很，这几年可没少挣钱。"

　　罗静芝说："三个姐姐都还没结婚呢，怎么这么着急给宝柱娶媳妇呢？"

雨荷也说:"是呀,宝柱才多大呀?"

大顺说:"宝柱虚岁都快十八了,也不小了。"

雨荷说:"虚岁快十八了?还不够结婚年龄……"

大顺说:"先办事,等年龄到了,再去领证。"

罗静芝说:"给宝柱娶媳妇,通知招弟了没有,她回来吗?"

大顺长长地叹息了一声,说:"别提了!打了几次电话,人家都说工作忙,顾不上。爱英一着急,就在电话里撂了一句狠话,说你弟娶媳妇这么大的事情,你要是敢不回来,以后就永远别进这个家门,我们就当没有你这个女子。人家也没说回,也没说不回,就挂了电话……"他问雨荷,"雨荷,她没给你说,到底回不回来?"

雨荷支吾着,说:"招弟最近确实忙,能不能回来……真不好说。"

这么多年过去了,招弟跟父母亲的关系一直没有丝毫的改善,她几乎从来没有主动给他们打过电话。不过,招弟跟雨荷和两个妹妹引弟和来弟却一直保持着密切联系。雨荷对她的情况了如指掌。招弟上大学以后,就给自己改名叫罗一凡。雨荷去学校看她,费了好大的劲儿才找到她。问她为啥要改名,是不是嫌招弟的名字太俗气?罗一凡说,俗气只是一个方面,重要的是招弟是父母给起的名字,她不想跟那个家再有任何瓜葛,身上也不想有那个家的任何痕迹。上大学的四年里,罗一凡靠学校的补贴和当家教获得的收入供养自己,没有花家里一分钱。大顺通过邮局汇来的钱,都被她全额退回。大顺托雨荷把钱转交给她,她也一次又一次地拒绝了。

大学毕业后,按照省上对免费师范毕业生的有关规定,罗一凡应该回到家乡去任教。可她为了摆脱家庭,申请去了省内条件最差的H县的贫困山区,当了一名中学老师。由于表现突出,两年后被调入县教育局工作。经人介绍,罗一凡跟县政府一位年轻的中层领导干部确定了恋爱关系。事业和爱情上的顺风顺水,让罗一凡感到十分幸福和满足。渐渐地淡化了跟父母特别是跟母亲的矛盾,变得不再怨恨他们,甚至有了想回家去看看的念头。

在男朋友的催促下,罗一凡主动给家里打了电话。爱英也是思女心切,接到电话的那一刻,悲喜交加,差点哭出声来。可不知怎么就说出了一些自己原本不想说、也不该说、说了又后悔不已的话。罗一凡说:"妈……你还好吗?"爱英说:"你还知道你有个妈?我还以为你是石头缝里蹦出来的……"罗一凡说:"妈,你别生气,我最近抽时间回去一趟,有些事儿你容我当面给你解释……"爱英说:"有本事你一辈子都不要回来,权当没有这个家,没有我这个妈!"罗一凡还想说什么,母亲那头已经挂断了电话。罗一凡哪里知道,母亲早已哭成了泪人。她不想在女儿面前示弱,她要在女儿面前维持一种不可侵犯的强势的母亲形象。罗一凡想不通,哭了一鼻子,又给雨荷挂了电话,诉说了满腹委屈。雨荷劝她冷静一点儿,先沉淀一段时间再跟家里联系。

母亲的反应比女儿更为强烈。爱英一连几天茶饭不思,夜不能眠。大顺好说歹说,总算安抚下来。此后很长一段时间,罗一凡再没有跟父母亲联系过。不过,她对家里的情况并不陌生,引弟和来弟经常打电话告诉她家里发生的一切,姐妹俩还专门跑到她工作的 H 县,看过她两次。

宝柱结婚的日子定下来以后,大顺第一时间就通知了大女儿招弟。他想先做个铺垫,跟招弟沟通好以后,再让母女俩联系。不承想却弄巧成拙,招弟也就是罗一凡,接到电话大发雷霆,把大顺狠狠地数落了一番。

罗一凡说:"爸,你还没老,怎么就糊涂了?宝柱还没到法定的结婚年龄,为什么那么着急给他操办婚礼?你知道不知道,这样的婚姻是不受法律保护的,就算把媳妇娶到家,那也是非法同居!爸,真不知你跟我妈是咋想的?"

大顺说:"你妈说了,我们前半辈子的任务,是把你们养大成人。后半辈子的任务,就是给宝柱娶媳妇。早点儿办好这件事儿,我俩就是死了也心甘了。"

罗一凡说:"爸,你是不是忘了,宝柱上边还有三个姐姐?你的三个女儿一个都还没成家呢,你们从来不管不问的……难道,女儿的事就不叫事了?可见你们心里只有宝柱,根本就没有我们姐妹三个。"

大顺连忙说："招弟，爸不是那个意思……"

罗一凡说："我不管你是什么意思，我只想告诉你，宝柱的事情不能这么办，请你们三思而后行。你们若是一意孤行，不听劝阻，我也没办法。但我是不会掺和这件事儿的，我不能眼看着你们胡闹！"她说完，挂断了电话。

后来，大顺又跟罗一凡通了几次电话，告诉她该通知的人全都通知到了，宝柱结婚的日子已经无法改变了，希望她这个当大姐的，到时候一定回来参加弟弟的婚礼。罗一凡每次都说，工作忙，回不了。其实，大顺心里明镜似的，知道她肯定是不会回来的。爱英不停地问大顺，招弟是咋说的，到底能不能回来？大顺不敢说实话，只好打马虎眼，说招弟工作忙，到时候再看情况。爱英大为恼火，直接拨通了女儿的电话，母女俩没说几句话就争吵起来，爱英不管不顾地撂了几句狠话。本来就紧张的母女关系，一下变得剑拔弩张。

……

这么多年，招弟已经成了大顺两口子的一块心病。一谈到招弟，大顺收敛了满脸的笑容，即刻变得表情凝重。车厢内的气氛，也一下子变得沉闷起来。

为了打破僵局，雨荷有意绕开这个敏感话题，说："大顺哥，引弟年龄也不小了，有人给她介绍对象吗？"

大顺说："引弟那女子，主意正得很，周围有不少提亲的，人家一个也看不上。"

雨荷说："那你跟爱英嫂子也不问问，她想找个啥样的。"

大顺说："问了，人家不让我俩管。"

雨荷说："来弟呢，我回来了几次，怎么都没碰见她？"

大顺说："来弟跟一个南方人学裁缝呢，吃住都在师傅家，我们都难得见上人家一面，别说你了。"又说，"这三个丫头片子，没一个让人省心的。"

雨荷说:"宝柱就让你省心了?"

大顺说:"这几个娃,就宝柱听话,就连娶媳妇这么大的事情,也都听他妈的。周围村子,有好几个人给他介绍对象,他妈问他看上谁家姑娘了,宝柱说,我不管,都听你的……这姑娘,还是爱英给相中的。"

雨荷说:"大顺哥,你们这不是包办婚姻嘛?"

大顺不以为然,说:"农村的事情,就是这个样子……"

雨荷发现舅妈一路上阴沉着脸,心事重重的样子。几个人说大顺家的事情,她一言不发,不知想些什么。雨荷说:"舅妈,快到家门口了,你怎么一点都不高兴呢?"

舅妈脸上挤出一丝僵硬的笑容,说:"高兴,高兴。"

雨荷说:"是不是想你的宝贝孙子了?"

舅妈说:"不、不想他。"

雨荷说:"那你想什么呢?"

罗静芝给雨荷使了个眼色,雨荷意识到这其中肯定另有隐情,忙岔开话题,说:"大顺哥,宝柱媳妇是哪个村的?"

大顺说:"二仙桥村的,姑娘叫赵腊梅。"

一眨眼的工夫,面包车停在了大顺家门前。爱英早已站在场畔等候着。她笑盈盈地走上前,跟几个人打着招呼,说:"饭早都准备好了,就等你们回来呢。"几个人进了屋,只见餐桌上摆着一大盆浆水汁、一盘葱花饼、两盘凉菜、几碗糁粑和几样调味品。

爱英大声喊着:"宝柱,吃饭了!"

宝柱从自己的房间走出来,看见雨荷等人一下愣住了,傻站着,手脚无措。爱英说:"这孩子,越长越没出息了!大姑婆、'台台婆'、雨荷姑姑都回来了,赶快招呼人呀!"宝柱小声叫着:"大姑婆、'台台婆'、姑姑……"雨荷舅舅家地势高,当地人习惯把他们家叫做"台台上"。孩子们从小称呼雨荷舅妈为"台台上婆",后来图省事,干脆叫成了"台台婆"。宝柱端起一碗糁粑,浇上浆水汁,逃也似的躲进自己房间,再也没有出来。

爱英说："我家这几个娃娃，三个丫头片子，一个比一个有主意，一个比一个厉害。倒是这宝柱，一个大小伙子，像个姑娘一样腼腆，跟人说句话脸都红呢……这个娃，不像他三个姐姐，没心眼没本事，啥都不懂，不知哪天才能长大……唉，愁死人了！"

罗静芝说："宝柱本来就是个孩子嘛！你也知道他还没长大，怎么就那么着急给他娶媳妇呢？"

爱英说："就这一个宝贝儿子，想趁我和大顺都还年轻，早点把媳妇娶到家，还能多帮衬他们几年。"

雨荷看见糍粑就没命了，顾不上说话，呼噜呼噜地两大碗下了肚。爱英还要给她再盛一碗，雨荷站起来揉着肚子说："不行了，肚子都快撑破了，留着晚上再吃吧。"

吃完饭，雨荷舅妈就想回自己家去。爱英说："娘，那边的房子好久没住人了。你们回来，也住不了几天，划不来收拾。干脆就住我家里，房子都给你们准备好了。"雨荷说："舅妈，干脆别回去了，那边冰锅冷灶的，这边人多热闹。"舅妈不同意，说啥也要回自己家去。爱英见拦不住她，就说："娘，你要实在想回去，就等引弟他们回来，让她们帮你把屋里打扫一下再过去。"又说，"引弟一大早就去接来弟了，可能也快回来了。"

爱英话音刚落，引弟、来弟，还有一个年轻小伙子一起走进门来。大家互相寒暄一阵儿，爱英端来几碗糍粑，招呼几个孩子吃饭。引弟把小伙子拽到饭桌旁，递给他一碗糍粑，给他碗里倒了几勺浆水汁，又把盐罐儿和辣子罐儿推到他面前，小声说："需要什么，你自己调。"小伙子有点儿不好意思，脸都涨红了，捉筷子的右手竟有些颤抖。雨荷看出些端倪，小声问爱英："那个小伙子是谁？"爱英说："是引弟找来帮忙的装卸工。"雨荷狡黠地笑了笑，说："装卸工……怕没有那么简单吧？"爱英追问："雨荷，你啥意思？"雨荷笑而不答。爱英急了，佯怒，说："雨荷，你不够意思，我生气了！"雨荷说："你急什么？等我问清楚了再告诉你。"爱英说：

337

"你知道，我心里搁不住事儿，你抓紧时间问引弟，别让我在这儿干着急。"转身对几个孩子说，"引弟、来弟，你俩吃完饭就去台台上，帮你婆把屋里打扫干净。"引弟和来弟齐声答道："好！"

雨荷安排母亲和舅妈在大顺家休息，自己带着几个孩子去舅舅家打扫卫生。一进门，雨荷首先打开所有门窗，让屋内通风透气。引弟像个领导似的给几个人分了工："装卸工"负责干一些重体力活儿，比如挑水、打扫前后院落、清理茅厕；引弟负责打扫屋内，擦洗门窗，扫炕铺床；来弟专门收拾厨房，清洗灶台、锅碗瓢勺等。雨荷问："我干什么呀？"引弟说："姑姑是大作家，怎么能干这些粗活儿呢？这些事情交给我们，你出去走走转转就行了。"

雨荷好长时间没回来，确实也想出去走走转转。刚走到场畔，她突然想起来被褥都放在柜子里，也该取出来晾晒一下。还有，几个孩子都忙着干活，万一谁渴了累了，家里连口热水都没有。于是，便折转身又往回走，一抬头，却见引弟抱着一摞被褥从屋里走出来，手里还拿着一条长绳。她忙跑过去，从引弟手里接过被褥。引弟把绳子一头拴在树上，一头拴在电线杆上，然后把被褥搭上去晾晒。雨荷走进屋，来弟提着暖水瓶从厨房里走出来，说："姑姑，我烧好了开水，只是没有茶叶。"雨荷说："我带茶叶了。"从包里取出茶叶，沏了一壶茶。雨荷心里热流涌动——引弟和来弟已经长成了大姑娘，两个孩子精明能干，心思缜密，你想到的事情，人家已经替你做好了。不知怎么就想到了汪明辉的女儿汪欣然，莫名其妙的，竟有几分想要即刻见到她的冲动。

喜欢孩子是女人的天性。像雨荷这种一辈子没结过婚的女人，年纪越大，内心越孤独。她渴望家庭，渴望孩子，渴望人世间的天伦之乐——这是一根敏感的神经，一经触动，就身不由己，情难自禁。

后院里，杂草丛生，院墙倒塌，到处都是横七竖八的砖头瓦片。"装卸工"用一把铁锨清理散落一地的杂物，累得满头大汗。雨荷让来弟请他进来休息一会儿。来弟小声说:"那是我姐请来的客人,让我姐招待,我可不敢献殷勤。"雨荷就让引弟招呼客人回来喝茶,引弟说:"才干了多大一会儿,就回来喝茶?不用管他,渴了他自己会回来的。"雨荷从姊妹俩的话语中,更加证实了自己的猜想。她小声问引弟:"引弟,告诉姑姑,小伙子是个什么情况,他是不是你男朋友?"引弟说:"他叫贺北斗,是大峪河人。他家兄弟多,条件很差……不过,他人好,挺实在的。"雨荷说:"他喜欢你?"引弟点了点头。雨荷说:"那你呢,你喜欢他吗?"引弟说:"我还没考虑好呢,需要再观察一段时间。"又说,"我爸妈肯定不会同意这门亲事的。他们看上的,都是有钱的主,像贺北斗这种家庭条件不好的,想都别想。"雨荷问:"那你咋办,怎么跟你爸妈说呢?"引弟说:"我的婚事我做主!我看中的是人品,而不是钱财。只要我想好了,就跟他们摊牌。"雨荷说:"他们要是坚决不同意呢?"引弟想了想,说:"那我就像我姐一样,一辈子不回这个家。"

雨荷意识到发生在招弟身上的悲剧,也许不久就会在引弟身上重演,不由得心头一震。她想劝引弟几句,一时又找不到合适的话来。不管从哪个角度讲,孩子都没有错——雨荷想。

几个小时以后,孩子们把庄前屋后、里里外外打扫得干干净净。贺北斗洗了一把脸,就急匆匆地赶回草籽镇引弟新开的水泥经销点去了。雨荷要去大顺家接母亲和舅妈,引弟和来弟躺在炕上,丝毫没有要走的意思。雨荷催她俩回去,引弟说:"我妈见不得我,一见面就叨叨个不停,都快烦死人了,我不想回去!"来弟说:"我妈老看我不顺眼,她不想见我,我也不想见她。"雨荷没想到,爱英跟两个女儿之间,竟有如此大的隔阂。她明白,这都是爱英"自酿的苦酒"。可当着孩子的面,她不能"挑火",只能"灭火"。她半开玩笑半认真地说:"你俩长大了,翅膀硬了是不是?你妈说你们几句都不行了,还跟她记上仇了?……你弟要娶媳妇了,家里一摊子事情,你妈一个人忙不过来,你俩倒好,不回去帮忙,还想在这儿躲清闲。……躲过初一,躲不过十五,你俩今天不回去,明天咋办?还能永远不回去？"引弟跟来弟交换了一下眼神，说："那好吧，我们跟你一块儿回去。"

姐妹俩勉为其难地跟在雨荷身后，回到了自己家。

果然不出雨荷所料，她一只脚刚踏进门，就被站在门口的爱英又拽了出来。雨荷见爱英急不可耐的样子，故意逗她，说："你干啥呀？干了一晌活儿，我又渴又饿的，不能等我吃碗糍粑再说事儿……"爱英说："你问清楚了吗？"雨荷明知故问："问清楚什么了？"爱英说："你装什么装？那小伙子跟引弟是咋回事儿？"雨荷说："那小伙子……你说得没错，他就是引弟找来帮忙的装卸工。"爱英说："真的？"雨荷说："千真万确！"雨荷哪敢实话实说？她明知这件事儿就像一颗定时炸弹，一经引爆，大顺哥家里准会闹得天翻地覆。爱英说："我就说嘛，那小伙子家里穷得叮当响，癞蛤蟆还想吃天鹅肉？"雨荷说："嫂子你这话不对，穷人家的孩子就是癞蛤蟆？看一个人首先要看品德……"爱英打断她，抢过话头，说："结婚找对象讲究的就是门当户对，别人给引弟介绍的对象，家里条件都不错，可她一个也看不上。她要真敢跟那个穷小子好，看我不打断她的腿！"雨荷一时语塞。

雨荷把母亲和舅妈接回家，舅妈躺在炕上，大发感慨，说："躺在自家炕上，肠子都伸直了！"雨荷被她的话逗笑了，说："舅妈，在哪儿睡觉肠子伸不直呢？"舅妈说："哪儿都没有自个儿家里好，金窝银窝不如自家的土窝！"

不大一会儿，大顺和爱英送来一大堆吃的东西。大顺说："还需要啥东西，就给我打电话，我让人给你们送过来。"爱英说："这两天人来客往的，我跟引弟和来弟专门在家支应着，你们想吃啥就随时过来。"雨荷说："你们要是做了啥好吃的，可别忘了叫我们。"爱英说："那还用说？"

第三十五章

宝柱的婚礼,在松树沟方圆几十里,可谓盛况空前……"绝后"不敢说,时代在发展,往后的事情谁也不好说。

几十辆汽车组成的迎亲队伍,在蜿蜒的山路上盘旋了几里长。最前边的几辆小轿车依次为:新娘新郎、伴娘伴郎、媒人和女方家的长辈(男方家的长辈是不去迎亲的);接下来是十几辆装载着嫁妆的大卡车,车上衣物、被褥、暖水壶、洗脸盆等各种生活用品琳琅满目,应有尽有,活脱脱一个流动商场;嫁妆车后边,是男女双方迎亲的和送亲的亲朋们乘坐的各种小轿车和面包车。

大顺家门外,搭了几顶帐篷,用做临时餐厅。早餐是臊子面,午餐是当地红白喜事最为盛行的"八大碗"。不过,宝柱婚宴上的"八大碗",比寻常人家招待客人的"八大碗"要丰盛得多。大顺是远近闻名的"暴发户",宝柱的婚礼惊动了周围几道山川。大顺两口子又是极要面子的人,自然是要在宴席上大做文章、出尽风头的。

迎亲的车队一到,场畔的空地上就热闹起来。霎时间锣鼓喧天,唢呐声声。妇女们自发组成的秧歌队,人人浓妆艳抹,穿红戴绿,手舞长绸,跳着扭着。看热闹的人有本村的,也有从外村赶来的。人们吃着喜糖,嗑着瓜子,议论着大顺家日子的阔绰。雨荷站在人群中,一边看热闹,一边跟身边的女人们闲聊着。遇到感兴趣的话题,便要刨根问底,弄个明白。作为一名专业作家,她任何时候都会以敏锐的目光洞察生活,感悟时代风尚的变迁。通过眼前的景象,让她深切感受到了改革开放以来农村生活发生的巨大变化,同时也体味着物质上的富裕与精神上的贫穷落后所形成的强烈反差。

一阵嬉闹声夹杂着呼哨声传来,锣鼓声、唢呐声戛然而止,人们的目光一齐向大门口望去——

大顺和爱英被打扮成丑角模样,被一帮人簇拥着走过来。两口子脸上黑一道红一道的被抹成了大花脸,大顺头上扎着一根朝天辫,肩膀上挎着用雪碧瓶子做成的巨大的奶瓶。他一只手举着奶瓶,把奶嘴送进嘴里,另一只手牵着一根木棍,木棍的另一头是爱英。爱英头上扎着两个"小揪揪",身上穿着春节耍社火时,"大头和尚戏柳翠"的柳翠的服饰。按照当地的风俗,儿子结婚耍公婆,不仅是大顺和爱英,公婆辈的大大、婶婶们一个也不能"幸免"。若论血缘关系,玉田家是离大顺家最近的一支。玉田和黄仙慧因生意忙,回不来。这让那些"耍"兴大发的村人们,只好把目光全部盯在了大顺两口子身上。他们让爱英介绍当年是怎么"勾搭上"大顺的,爱英倒是大方,说是媒人介绍的,两人都没意见,就结婚了。又让两口子表演"大头和尚戏柳翠",大顺一脸憨相,在大庭广众之下,怎么也做不出"调戏"自己老婆的动作来。众人不依不饶,齐声喊着:"亲一个,亲一个,亲一个……"大顺挠头抓耳,说:"老夫老妻的,亲个什么劲儿呀……要不,我给大伙学驴叫?"说着就扯开嗓子,学了几声驴叫。

有人说:"学狗叫!"有人说:"学猪叫!"还有人说:"不要公狗叫,要母狗叫!"众人起哄,一起喊:"公狗母狗一起叫!"大顺小声对爱英说:"你跟着我,胡乱叫两声……"爱英面呈难色,说:"我不会……这不是糟践人嘛?"大顺说:"别胡说,今儿是大喜的日子,千万不能让乡党们扫兴……"

两人正在嘀咕着,"执事头儿"跑过来对大顺说:"快到十二点了,婚礼要不要按时开始?"大顺好像抓住了一根救命的稻草,迫不及待地说:"要!要!你快告诉他们,婚礼马上开始!""执事头儿"对大伙儿喊着:"婚礼马上开始,请帮忙的乡党们各就各位!"看热闹的人们意犹未尽,一个个极不情愿地走开了。

婚礼倒没什么特别的,不过是些约定俗成的"过场戏"。若把乡下人娶媳妇的全过程比作一台大戏,那么,真正的高潮部分,当属晚上的"耍媳妇"(闹洞房)了。大顺两口子万万没有想到,晚上的"戏",全让新媳妇赵腊梅给演砸了。

"耍媳妇"是"娶媳妇"不可或缺的一个重要环节。大顺两口子老早就给村里那些好热闹的人打了招呼,让他们晚上早点儿来家里。爱英事先准备好了烟茶、瓜子、花生和水果糖。天刚麻麻黑就来了一帮半大孩子。孩子们吵吵嚷嚷地挤在新房里,让新媳妇表演节目。赵腊梅心情烦躁,让宝柱赶快把那些孩子撵走。宝柱好说歹说,那些孩子就是不肯走。赵腊梅一边骂宝柱:"尿包货!连这点事儿都干不了?!"一边把几个孩子推出门。由于用力过猛,把一个孩子推倒在地上,孩子哭叫着:"新媳妇打人了!……"爱英见状,心里很不痛快,又不好责怪新媳妇,忙扶起倒在地上的孩子,给他兜里塞了一把花生和一把糖,又给其他孩子一人发了几颗糖,把他们打发走了。

第二拨来的是几个"耍家子",为首的叫五全。五全年龄不大,在村里辈分最高。这帮人一进门就把赵腊梅推来搡去的,在屋里转了几个圈儿。赵腊梅大声喊着:"干什么?干什么?你们简直就是一帮土匪……流氓！放开我，快放开我！"这帮人啥样的烈倔媳妇没见过，根本不在乎赵腊梅的大呼小叫。五全问大伙儿："你们说，要文的还是要武的？"有人说："老规矩，先文后武！"五全把一颗苹果吊在半空，让宝柱和赵腊梅同时用嘴去叼。宝柱顺从地站在苹果下面，赵腊梅使性拌气的就是不配合。五全说："新娘子，你识相点儿，不要耽搁时间，后边还有好节目呢！"赵腊梅气咻咻地扯断丝线，抓起苹果向五全脸上砸去。五全"哇"了一声，捂着脸，跑了出去。其他人也一哄而散。

大顺两口子见势不妙，一起去了新房里。赵腊梅气呼呼地坐在床边，宝柱垂头丧气地站在一旁。大顺说："腊梅，今天是大喜的日子，人家能来，是看得起咱们。咱心里再不情愿，也得忍着点儿。"又说，"刚才那个光头叫五全，我们把人家叫叔，你和宝柱把人家叫爷呢……"赵腊梅说："叫爷咋了？谁让他为老不尊，不自重呢？"爱英说："娃呀，你不懂，按咱这儿的乡俗，新房里没大小，谁都能'耍媳妇'的……也怪我，事先没给你说清楚。一不小心，就把人给得罪下了。"赵腊梅说："得罪就得罪了，有啥了不起的！"爱英被呛得反不上话来。

正在这时，又一拨人鱼贯而入。来的都是女人，多是些大姑娘小媳妇，也有几个年纪大的老婆婆。这帮人当中，有不少人是听前边来的人说宝柱媳妇厉害，想过来一探究竟的。爱英耐着性子劝赵腊梅，说："腊梅，不管你心里是咋想的，表面上也得应付着……走，出去把人招呼一下。"赵腊梅噘着嘴，吊着脸，坐着一动不动。

几个年轻女人簇拥着年长的老婆婆走进新房来，爱英上前打招呼，说："六婆来了，快坐快坐！"搀扶老婆婆坐下来，对赵腊梅说："腊梅，这是你六太婆。"赵腊梅说："六太婆？这么大年纪了，也来'耍媳妇'？外边天黑了，路不好走，你就不怕脚下打滑，摔折了腿？要是落下个半身不遂，划得来吗？"老婆婆气得嘴唇哆嗦着说："你这娃，咋说话呢？"爱英陪着笑脸，说："六婆，娃年轻，不会说话，你别往心里去。"老婆婆说："人老了，咋就这么贱？你说你在家待得好好的，跑这儿来干啥呢？……走走走，回家睡觉去！"爱英把老婆婆送出门，小声说："六婆，那就是个吃屎的娃娃，你大人大量，千万不要跟她一般见识。"老婆婆说："爱英呀，你啥都不用说，我跟她八竿子都打不着，犯不上生她的气。倒是你，可得小心点，这个婆婆不好当呀！"

此后的很多日子里，宝柱媳妇赵腊梅成了村里人的谈论中心。有人说她"二"，有人说她"歪"（厉害）得离了谱，有人说她们婆媳俩是"铜锤遇上了铁刷子"，总有一天，会闹翻了天……

爱英哑巴吃黄连，有苦难言！

赵腊梅比宝柱大三岁，是爱英费尽心机，用了几年工夫，经过反复比较，从几十个备选姑娘当中挑选出来的。她还花大价钱，专门请草籽镇的"朱半仙"给宝柱和赵腊梅测了生辰八字。"朱半仙"说："女大三，抱金砖。这俩娃是一对金童玉女，前世有缘，今生相见，天作之合，婚姻美满！"爱英当时被说得心花怒放，认定了宝柱的媳妇非赵腊梅莫属。爱英做梦也想不到，赵腊梅竟是如此的刁蛮、任性、目无尊长。想想往后的日子，她不由得心里发煞煎。

参加完宝柱的婚礼，雨荷急着要回城里去，可舅妈说啥也不肯走。雨荷没办法，只好让母亲劝说舅妈。罗静芝一脸苦愁，说："她不去，我也没办法。"雨荷说："到底为什么呀，舅妈在城里待得好好的，怎么突然就不想去了？"看着女儿着急上火的样子，罗静芝几次想把此前发生的一切告诉她，可是话到嘴边还是忍住了。她既然答应了弟媳，就一定要守住这个秘密。罗静芝说："她不想去就算了，待在家里也挺好的。"雨荷说："那怎么行？我答应过玉田，一定要把舅妈带回去的。再说，她一个人待在家里，谁能放心得下？"罗静芝摇了摇头，不再吭声。

雨荷又去找大顺两口子，希望他们帮忙劝舅妈。正好引弟和来弟也在家，姐妹俩一听说"台台婆"不想去城里，高兴得跳了起来。引弟说："太好了！我跟来弟搬过去给婆做伴儿。姑姑，你只管放心，我俩一定听婆的话，不会惹婆生气的。"来弟说："姑姑，你要是不放心，我俩每天给你打电话，汇报婆的情况。"大顺说："这样也好，就让引弟和来弟陪老人住一段时间，没准要不了几天，她想孙子了，自个儿就想回去了。"雨荷说："好吧，反正我也想不出别的办法了，就让引弟和来弟搬过去，先试几天吧。"问爱英，"嫂子，你舍得两个宝贝女儿吗？"爱英说："又不是离了十万八千里，有啥舍不得的？"又说，"这俩鬼女子嫌我爱唠叨，早都想搬出去呢，以为我看不出来？"引弟嘻嘻笑着说："老妈，你还有点自知之明嘛！"

　　雨荷对大顺两口子说："我把舅妈就交给你俩了，麻烦你俩多费点心……"爱英打断她，说："雨荷，你说这话就见外了。罗家户里没出五服的，就剩下这一个老人了，你只管放心，我们一定会照顾好她的。"雨荷说："多余的话我就不说了，明天一大早，我们就回城里了。"爱英说："你急啥呢，我还想托你办件事儿呢。"雨荷说："啥事儿？"爱英说："我知道招弟跟你关系好，我想让你问问她，宝柱结婚这么大的事情，她为啥不回来？你问她还要不要这个家，要不要她爸妈了！你问她良心叫狗吃了，还是从来就没长过人心，你问她……"雨荷说："行了！嫂子，你这是念台词呢？……跟自家的孩子，何必生这么大的气呢？招弟确实忙……"爱英说："你别跟我说她忙，再忙也得分个轻重缓急，有啥事比宝柱娶媳妇更重要？我算是把这个白眼狼看透了，哪天我跟她爸病了，死了……她忙她的，也不会看我们一眼的……"她说着，几度哽咽。

　　雨荷安慰了爱英几句，说："嫂子，你放心，招弟说最近要来省上开会，我肯定能见到她的。到时候，我一定好好劝劝她，让她回来看你们。"爱英说："雨荷，我可没让你劝她回来。她爱回不回，我这一辈子都不想见到她！"雨荷笑道："我看你就是煮熟的鸭子——嘴硬！"

　　罗静芝和雨荷刚回到家里，黄仙慧就急三火四地赶来了。雨荷在返城的大巴车上，就接到黄仙慧的电话，黄仙慧说有事儿急着要见表姐和大姑。雨荷问她什么事儿，黄仙慧说，一会儿见面再说。母女俩一路猜测着，也想不出个所以然。罗静芝说："仙慧，你这么着急见我们，到底发生了什么事情？"雨荷说："是不是跟玉田吵架了？"黄仙慧说："不是！我知道我妈不想来城里的原因了。"罗静芝和雨荷同时说："哦？"

黄仙慧告诉她们，她一直对婆婆突然想回乡下的事情，感到十分蹊跷。平时只有两个老人在家，她怀疑自己的父亲无意中得罪了婆婆。几次问父亲，父亲总是矢口否认。直到雨荷打电话告诉她，婆婆决定不来城里了，她跟玉田打算亲自回去接婆婆，父亲却说，你们回去也没用，你妈肯定不会来的。黄仙慧再三追问，父亲才道出了实情。黄仙慧说："我爸现在也后悔了，说他不该对我妈说那些话。他知道我妈不想见他，主动提出来他回乡下去，让我们把我妈接到城里来。"

罗静芝说："你妈跟我说过这件事儿，她一再叮咛，不让我告诉你们。既然话都说破了，也没啥可保密的了。我问过你妈，她对你爸印象还不错。我觉得这是一件好事儿，可你妈却钻了牛角尖，把事情想歪了。"

雨荷说："怪不得舅妈在乡下这些天，一直闷闷不乐的，原来'病根'在这儿呢。我也觉得这是一件好事儿，可舅妈怎么就想不开呢？"

罗静芝说："你舅妈思想太保守了，她觉得这样做对不起你舅舅。"

黄仙慧说："我爸说他在城里待不惯，闹着要回乡下去。大姑，你说我该怎么办呢？"

罗静芝说："我的意思，不要折腾了，先这样维持现状吧！"

雨荷说："我们把舅妈都安顿好了，有引弟和来弟陪着她，你只管放心好了。"又说，"其实乡下挺好的，要不是单位有事儿，我都不想回来呢。"

"那就先这样吧，我和玉田过几天再回去看她。"黄仙慧说店铺那边还有事，就急急忙忙走了。

黄仙慧前脚刚走，招弟后脚就进了门。雨荷说："你怎么知道我们今天回来？事先也不联系一下，万一扑个空呢？"招弟说："你们刚走，引弟就给我打了电话,咋会扑了空呢?"雨荷说:"你不是说过几天才来省上开会吗,怎么提前到了?"招弟说:"我请了几天假,来看看姑婆和姑姑,再去蔡爷爷家住两天。"雨荷说:"招弟,既然有时间,就应该回去看一下你爸妈。"招弟说:"看什么?他们又不听我的,我回去了能咋地?"又说,"我听引弟说,我妈自以为找了一个百里挑一的好儿媳,没想到赵腊梅却是个蛮不讲理的厉害角色。现在倒好,两人的关系完全颠倒了,赵腊梅是婆婆,她倒成了忍气吞声的小媳妇……她活该,自作自受!……我不想回去,眼不见心不烦!"雨荷说:"你这孩子,那可是你亲妈!"招弟说:"她做的那些事情,还像个亲妈的样子吗?……不,她是宝柱一个人的妈,对我们姐妹三个,连村里的乡党都不如。"雨荷说:"那你……还真打算一辈子都不原谅你妈了?"招弟低下头,沉默片刻,说:"姑姑,你是不是觉得我是一个无情无义、不懂得感恩的人?"雨荷说:"恰恰相反,姑姑认为你是一个重情重义、知恩图报的人。你跟蔡爷爷老两口的关系,就说明了这一点。可我就不明白了,你跟你爸妈,特别是跟你妈的关系,为什么就一直那么僵持着?"招弟突然"嘤嘤"哭了起来。

第三十六章

  韩菊豆的双胞胎儿子王前和王进，同一天举行了婚礼。王前和王进的媳妇——何娟和蒋雨菲，同一个月怀上了孩子。韩菊豆每逢周末就两边奔忙，不是去王前家帮何娟缝制婴儿衣物，就是去王进家给蒋雨菲做几样可口的饭菜。王前老早就给韩菊豆打了招呼，说："妈，我岳父岳母年纪大了，带不了孩子。我跟何娟都说好了，你大孙子一出生，就交给你了。"王进说："妈，蒋雨菲父母在外地，她爸工作忙，她妈给她哥看孩子，根本指望不上。将来蒋雨菲坐月子，产假满了带孩子的事儿，只能靠你了。"韩菊豆对王天理说："我正发愁退休后没事干呢，想不到你两个儿子早都'预谋'好了，一个个争着让我帮他们带孩子呢。"王天理说："不行，这件事儿我不同意！他们的孩子，让他们自己带……韩菊豆，你可不许背着我答应他们。"韩菊豆说："为什么？那可是咱的亲孙子……"王天理说："你也不想想，两个儿子你帮谁？除非把你劈成两半儿，一半帮老大，一半帮老二。"韩菊豆说："我都想好了，等他们生了以后，把两个孩子都接过来，再请一个保姆给我帮忙……"王天理连连摆手，说："根本不可能！现在的孩子都金贵得跟啥似的，谁能舍得把孩子放到你这儿？"韩菊豆说："那咋办？"王天理说："咱们把儿子养大，就已经完成了任务。儿子的事情咱不管，让他们自己想办法解决，你把我伺候好就行了。"韩菊豆说："伺候你还不如伺候我孙子呢。"王天理说："我的《古城记忆》快完稿了，现在已经到了最后的冲刺阶段，你不想'军功章上也有你的一半'吗？"韩菊豆撇了撇嘴，小声说："喊……"

韩菊豆退休的头一天，大儿子王前邀请她和王天理去他们饭店吃饭，说是新推出了几样特色菜，请父母尝个新鲜。小儿子王进新买了汽车，要拉着父母出去郊游。韩菊豆想去王前的饭店"过过嘴瘾"，王天理对吃饭不感兴趣，主张跟王进出去散散心。两个人相持不下，韩菊豆说："干脆分开行动。"王天理说："别介……我是跟着你沾光呢。俩儿子都想巴结你，我一个人去了，儿子会失望的。"韩菊豆说："那你就听我的……"王天理说："为什么听你的……你不会听我的？"两人正在争论，张迎春打来电话，说是请韩菊豆过去聚一聚，韩菊豆不假思索地答应了。随即给两个儿子打了电话，拒绝了他们的邀请。王天理说："韩菊豆，你这是重友轻夫呀……要不，你带上我一块儿去，我正好有事请教雨荷呢。"韩菊豆说："几个老女人聚会，你凑啥热闹呢？"见王天理满脸不悦，又说，"你想见雨荷，可以去单位找她，或者把她请到家里来，今天就不要干扰我们了。"说完，径自走了。

王天理坐在写字台前，铺开一堆稿纸，正准备一头扎进《古城记忆》中，门外响起了一阵敲门声。王天理以为是韩菊豆，嘟囔着："马大哈，又忘记带什么东西了？"打开门，却是小弟王天俊。王天理感到有点诧异，把小弟让进门，问他有什么事儿，王天俊四处打量着，说："我嫂子怎么不在家？"王天理说："你找她？"王天俊说："哦。"王天理说："有啥事儿，你跟我说。"王天俊说："就怕你做不了主。"王天理说："笑话，我是一家之主，有啥事儿做不了主的？"王天俊说："听说嫂子退休了？"王天理说："消息倒挺灵通的。你嫂子昨天才办了退休手续，今天是退休头一天，你就找上门了。说吧，找她什么事儿？"王天俊难以启齿的样子，说："我、我想……"王天理急了，说："有啥话你就直说！"王天俊这才支支吾吾地说明了他的来意。

王天理兄弟姊妹七人，王天理是老大，王天俊是老七。上边的哥哥姐姐成家后，相继从家里搬了出去，老七王天俊一直和父母生活在一起。王天俊十八岁那年，接了父亲的班，后来娶了父亲的徒弟为妻。再后来，工厂倒闭，夫妻双双下岗。王天俊想开一家小超市，父母亲拿出所有的积蓄支持他。王天俊说资金差得远，父母亲给所有的子女分配任务，让哥哥姐姐们捐款资助老七。王天理是老大，韩菊豆又是"当官的"，两口子被公认为是姊妹伙里最有钱的主儿。父母亲分派给他的捐款任务自然也是最重的，居然比其他五家捐款数的总和还要多。王天理抱怨父母偏心眼，为了老七开超市，居然不顾老大一家的死活。当时王前和王进刚上中学，各种课外辅导班花光一个人的工资还不够，再加上韩菊豆娘家的七事八事，还有一家四口的吃喝拉撒，王天理和韩菊豆几乎月月入不敷出。王天理想找父母去论理，韩菊豆拦住了他。韩菊豆说："你没看咱爸咱妈为老七两口子下岗的事儿，都急成啥样了？你是老大，就应该替父母分担。你若带头反对，弟妹们看了你的样儿，谁还肯听父母的话？真是那样的话，你让咱爸咱妈还怎么活？话说回来，咱俩比弟妹们工资都高，多出点儿钱也在情理之中。众人拾柴火焰高，大家帮老七两口子把商店开起来，他们有了固定的收入，日子过好了，爸妈省心了，咱们也就放心了。"王天理说："你说得轻松，爸妈的心也太沉了，一下子给咱摊派了这么多，钱从哪儿来呢？"韩菊豆说："咱们节衣缩食，再从朋友那儿借一点，渡过这个难关，再慢慢还给人家。"韩菊豆东凑西借的，很快凑齐了钱数，交给了老七。

有了大家的帮助，老七的超市很快开了张。两口子心眼活泛，经营有方，生意越做越大，钱也越赚越多。"吃饭穿衣亮家当"，王天俊两口子动辄不是下馆子，就是进饭店。媳妇穿衣服讲究名牌，化妆品也都是国外进口的。而当时王天理一家人的餐桌上，有时十天半个月都见不到荤腥，穿衣服也只能买些地摊货。王天理的父母把自己的退休工资，全部交给了老七。老两口就像老七家雇佣的"长工"一样，每天起早贪黑地帮老七打理生意、做家务、带孩子。可是老七两口子并不领情，经常话里话外的抱怨着，说老两口生了七个孩子，那六个都不管老人，把老人甩给了他一家。两个老人为了巴结老七两口子，经常找各种理由向其他的子女们要钱，攒多了再悄悄塞给老七。王天理每月就那点儿死工资，架不住父母亲一次次明里暗里地"割韭菜"。王天理母亲生病住院直到去世后的丧葬花费，老七两口子一分钱不出，全部由其他六个人分摊。王天理身为长子，自不必说是要挑大头的。经济上的压力，让他时常感到喘不过气儿来。

半年前，王天理父亲帮老七卸货时，不小心从门口的台阶上摔下来，住了一个多月医院。王前花钱给爷爷雇了护工，王进承担了爷爷住院期间的所有费用。老人因脊椎骨骨折下肢瘫痪，从此坐上了轮椅。那天，办完出院手续，老七媳妇对老七说："爸现在成了残疾人，生活都不能自理，咱们要做生意，谁有时间管他？"老七说："那怎么办？"老七媳妇说："你爸生了七个孩子，又不是生了你一个。咱们伺候老人这么多年了，轮也轮到你的哥哥姐姐们了。"在媳妇的撺弄下，老七打电话，通知哥哥姐姐们来到了医院。大家原以为是接老人回家，到了医院才知道，老七两口子不想要老人了，想把老人推给其他人。一群人愤愤不平，就在大厅里争吵起来。老二媳妇说："老七，你们两口子还有没有一点人性，你们一家住着老人的房子，花着老人的工资，还让老人给你们当牛做马。现在看老人没用了，成了你们的负担，就想把他一脚踢开？"老三媳妇说："是呀，谁心里没有一本账，别以为我们都是傻子！俗话说，'有利不吃，有害不受。'谁得了老人的便宜，谁就该管老人，这是天经地义的事情。"老七媳妇说："凭什么？爸那么多孩子，凭什么让我们一家管？身为子女，人人都有赡养老人的义务。"老五媳妇说："你还好意思说？这么多年，老人跟你们一起生活，我们谁家没出钱？婆婆在世时，动不动向我们摊派，你家开超市，也是大家出的钱。你们现在发财了，成了大款，是不是该把钱还给我们了？利息就不说了，我们只要本金。"几个人随声附和道："对呀，早该把钱还给我们了！"老七媳妇见说不过妯娌几个，哭号着对老七说："王天俊，你个窝囊废，我要跟你离婚！"护士几次劝阻，也无济于事，只好请来保安，把一群人驱赶出去。兄弟妯娌们拉扯到花园里，继续争吵着。王天理的四妹王天英对六妹王天凤说："咱俩嫁出去的女子泼出去的水，管不了娘家的事儿，早点儿走吧，省得招惹是非。"两人悄悄溜走了。

王天理和韩菊豆因工作忙没有到场，派了王前和王进去接爷爷。王前和王进用轮椅推着爷爷在花园里散步，老远看见叔叔婶婶们吵闹不休，王前让王进把爷爷推进病房，自己走过去，问清了缘由，说："叔叔婶婶，你们都别吵了，得想办法解决问题。我提一个方案，你们看能不能行得通。"几个人同时问："什么方案？"王前说："爷爷目前这种状况，肯定需要有人专门照顾。我跟王进掏钱给爷爷请个保姆，至于今后爷爷跟谁生活，那得征求爷爷的意见。"几个人都说："这个办法可行。"于是一块儿去了病房。果然不出所有人的预料，老人说："我哪儿也不去，死也要死在自己的家里。"老七两口子听说王前王进出钱请保姆，也不好再说什么，只好把老人接了回去。事后，几个叔叔都给王天理打了电话，夸他们大哥大嫂教子有方，夸王前和王进继承了父母的优良品德，为人厚道，做事仗义。

老人的事情，总算得到圆满解决。后来的几个月，大家相安无事。老七今天突然造访，提出把父亲送到大哥王天理家，理由是大嫂已经办了退休手续，完全有时间照顾老人了。老七两口子做出过很多出格的事情，让王天理忍无可忍。韩菊豆一直劝他，说长兄如父，你怎么能跟当弟弟的一般见识呢？说为了老人，咱们多付出一些也是应该的。说吃亏是福，权当是给自己积攒福报呢，等等。王天理一直对韩菊豆心存感激。可是今天，当老七提出让韩菊豆照顾老人时，王天理为妻子感到不平，一下子火冒三丈，说："王天俊，你手拍胸口想一想，这么多年你大嫂为这个家付出的

353

还少吗？人家昨天才办了退休手续，你好意思今天就找上门来？……王前王进的媳妇都快生孩子了，我们家的事儿还忙不过来呢。"又说，"不是我们不想管老人，咱爸说过，他哪儿也不去，死也要死在自己家里，你让我们怎么办？你们霸占着老人的房子，又想把老人推出门外，天底下哪有这样的道理？你们要是不想管他，趁早从爸的房子里搬出去，我回去陪老爸！"老七一声不吭，悻悻地走了。

韩菊豆赶到雁翔广场的"紫云楼"时，张迎春和雨荷已经在包间里喝茶聊天呢。韩菊豆问，还有谁？张迎春说，卢秀萍一会儿就到。自从卢秀萍"黏"上张迎春以后，自然而然地成了几人组合中的一员。在别人眼里，几个"道不同，不相为谋"的女人能走到一起，简直有点儿不可思议。其实，稍加分析，也在情理之中。年轻时，受名利所惑，人与人之间的关系错综复杂。到了五十多岁，临近退休的年龄，一切尘埃落定，参透了人生，早把一切看得云淡风轻，人跟人的关系也就变得简单多了。卢秀萍跟韩菊豆本来也没有什么大不了的矛盾，只不过是韩菊豆看不上卢秀萍的为人罢了。卢秀萍做了对不起雨荷的事情，可雨荷一直蒙在鼓里。卢秀萍一辈子也没有勇气向雨荷承认错误，那件事儿也就永远烂在了她的肚子里，雨荷不知情，自然也就没有了跟卢秀萍过不去的理由。卢秀萍能"黏"上张迎春，一方面是因为她需要寻求精神依托，更重要的是张迎春的人格魅力吸引了她。卢秀萍成了张迎春的朋友，自然也就成了雨荷和韩菊豆的朋友。张迎春还在忙给老同志建立艺术档案的事情，几个人几乎天天在单位见面。可她们并不满足在单位的那种"蜻蜓点水"式的接触，隔三岔五地总要找个由头聚一聚，有时吃饭，有时喝茶。其实吃什么喝什么并不重要，几个人最在乎的，是痛快淋漓地畅谈。渐渐地，这种聚会成了一种习惯，一直延续了很多年。

韩菊豆问："今天怎么想起来要聚一聚呢？"

雨荷说："祝贺你光荣退休。"

韩菊豆说:"退休有什么好祝贺的?"

雨荷说:"退休多好呀!卸掉身上所有的工作重担,没有了职务,也没有了烦恼,无官一身轻,想干什么就干什么。真让人羡慕!"

张迎春说:"那是你萧雨荷的感受,你是作家,退不退休,没什么两样。可对大多数人来说,退休毕竟是一件让人伤感的事情。"又说,"当年,由于老寇的身体原因,我急于从工作岗位上退下来。过了五十五岁生日,我几乎每年都要向组织上递交两份退休申请。可真正到了退休的那一天,我却忍不住哭了。"

韩菊豆说:"那天,是我亲自把'免职退休'的通知送到你办公室的,看到你哭了,我还感觉有点莫名其妙呢。"

张迎春说:"那天,我心乱如麻——想到退休后就标志着你已经退出了主流社会,变成了一个没用的人。想到你的人生开启了新的阶段,可这新的阶段意味着什么呢?意味着你将无所作为,混吃等死,一步步走向风烛残年,走向人生的终点……"

韩菊豆说:"张姐,你想得太多了,怪不得活得那么累呢!我这人头脑简单,我可没想那么多。"

张迎春说:"那你想什么呢?"

韩菊豆说:"王前、王进的媳妇都快生了,两个人都争着让我帮他们带孩子,我不知道该怎么办呢。"

张迎春说:"这还真是个难题,手心手背都是肉,两个儿子都应该帮,又不能把你分成两半儿。"

雨荷说:"这还不好办?两个儿子都不帮,你把王天理伺候好就行了。"

韩菊豆说:"你怎么说了跟王天理一样的话呢?他一个大男人,有手有脚的,为什么要我伺候他呢?"又说,"伺候他,还不如伺候我孙子呢。"张迎春和雨荷都被她的话逗笑了。

这时,卢秀萍提着一个装满了各种餐具和茶具的特制的手提包,急匆匆赶到了。不得不说,卢秀萍这个人在这方面还是很自觉的。自从查出了"乙肝",她从未跟大伙儿一起吃过饭。遇到"文代会"等重大活动,需要集体用餐时,她或者单独行动,或者自带碗筷。卢秀萍很看重跟张迎春、萧雨荷、韩菊豆她们的聚会,每次来的时候,总是自觉地带上自备的餐具。正因为她的"谨小慎微",才让别人消除了很多顾虑。

卢秀萍说:"你们聊什么呢,一个个笑得这么开心?"

韩菊豆说:"开心什么呀,我都快烦死了!"顺口说了自己家里的事儿。

卢秀萍说:"我看你是身在福中不知福。多好的两个儿子,马上又要添两个孙子了。一家人热热闹闹,日子过得红红火火的。我要是你呀,就是累死了也心甘!"

韩菊豆说:"吃苦受累我都不怕,可眼下的矛盾怎么解决呢?两个儿子都需要,我该帮谁呢?"

卢秀萍说:"这事儿好办,你把'球'踢给两个儿子,让他俩自己协商解决。"

雨荷说:"这倒不失为一个好办法。"

张迎春说:"人到齐了,咱们先点菜。还是老规矩,每个人点两个菜。"她说完,点了一个"琉璃茄子",一个"糖醋排骨",把菜谱递给韩菊豆。韩菊豆刚翻开菜谱,手机突然响了,韩菊豆一边接电话,一边把菜谱推给了雨荷。雨荷和卢秀萍点完菜,韩菊豆的电话也打完了。张迎春让韩菊豆点菜,韩菊豆哭丧着脸说:"你们吃吧,我就不吃了。家里有点事儿,我得赶快回去。"几个人忙问,到底出了什么事儿?韩菊豆说:"好像是老爷子出了什么状况。王天理喝了不少酒,说话舌根子有些发硬,也没说清楚。"张迎春说:"那你赶快回去吧。"雨荷说:"有什么需要帮忙的,只管告诉我们一声。"卢秀萍说:"要不,我陪你一块儿去看看?"韩菊豆说:"不用。要是真有什么事儿,我会打电话告诉你们的。"她说完,匆匆走了出去。

韩菊豆做梦也想不到,还有更大的烦恼在等待着她呢。

第三十七章

  韩菊豆推开门，一股酸腐味夹杂着酒精味扑面而来。只见王天理四仰八叉地躺在沙发上，茶几上摆放着半瓶白酒和一包花生米，沙发和茶几之间的空地上，是王天理吐下的一堆污物。王天理没酒量，沾酒就醉。韩菊豆猜想他一定遇到了烦心事，一个人在家里借酒消愁呢。韩菊豆推了他几下，说："王天理，你快起来！"王天理烂醉如泥，一动不动。韩菊豆不再理他，取来拖把笤帚，把一堆脏污打扫干净，又给几个弟弟妹妹打了电话，询问公公的情况，几个人都说不知道。韩菊豆以为是王天理出书的事情出了什么差错。王天理对出书的事情太过投入，太急于求成，一旦发生什么意外，无异于要了他的命！韩菊豆打算等王天理醒了以后，再好好劝劝他。她想把他搀扶到卧室去，可是拼尽全身力气，却怎么也弄不动他。只好取来被子，给他盖在身上。一番折腾，韩菊豆累得腰酸背痛，再加上没吃午饭，肚子早已饿得前心贴上了后背。可一想到刚才的满地脏污，不由恶心得干呕了几下，顿时没有了食欲。不知为什么，心里七上八下的，总感觉要出什么事情。

韩菊豆想出去透个气儿，于是就下了楼，在小区院子里漫无目的地转悠着。走到大门口，一抬头却见老七王天俊推着父亲正向这边走来。韩菊豆快步迎上前去，打着招呼，说："爸，老七，你们来了！"老七紧绷着脸，说："大嫂，我把咱爸交给你了。"说完转身就走。韩菊豆不知发生了什么事情，想问个明白，忙追赶着老七，说："老七，你等等！"老七头也不回，逃也似地走了。韩菊豆回过头来，见公公早已是老泪纵横了。韩菊豆忙把老人推到僻静的角落，问他到底发生了什么。公公告诉她，自打出院后，老七两口子就没给过他好脸色。王前、王进出了钱，让请保姆，可老七两口子嫌家里地方小，人多住不下，收了两个侄子的钱，却并没有请保姆的意思。老七两口子早都打听好了韩菊豆退休的时间，今天让老七过来先探一下口风，没想到被王天理一口回绝了。老七回到家，跟媳妇嘀嘀咕咕商量了半天，干脆直接把老人送了过来。老人哽咽着说："老大媳妇，爸知道，这辈子最对不起的，就是你们两口子……"韩菊豆本来就心软，见公公伤心落泪的样子，不由得也跟着小声啜泣着，说："爸，你什么都不用说，你能养大七个儿女，儿女们不会不管你的。从今往后，你就跟我们一起生活，我们一定会好好孝敬你的。"

韩菊豆把公公推回家的时候，王天理还在昏睡中。韩菊豆做了公公最喜欢吃的"糊汤面"，伺候公公吃了饭，收拾好床铺，扶公公躺下休息，又给两个儿子打了电话。

王前和王进前后脚赶到家，王天理也终于酒醒了。一家人围坐在一起，商量着家里的事情。王前和王进都主张请个保姆照顾爷爷，以便减轻母亲的负担。韩菊豆说："你爸写书，需要安静。家里就这点儿地方，请个保姆，确实不好安排。我现在已经退休了，有时间照顾你爷爷。只是你们俩的媳妇都快生了，妈没有办法帮你们了。"王前说："你照顾好爷爷，我们的事情，自己想办法解决。"王进说："妈，你认识的人多，帮我们找一个可靠的保姆就行了。"韩菊豆想了想，说："我突然想到，你两个姑姑现在都没事可干，前一段时间，两人还让我帮忙找工作呢。不如请她俩帮你们，刚好一家一个。"王前说："好呀，姑姑能来当然最好不过了！"王进说："妈，你现在就打电话，跟她们联系。"韩菊豆说："虽说都是自家人，也不能稀里糊涂的就让人家过来。咱得说好了工钱，让人家考虑。"王前说："姑姑又不是外人，应该高于市场价。"王进说："我同意。只要姑姑能来，我们可以多出点钱，反正肥水也没流入外人田。"韩菊豆当即就给四妹王天英和六妹王天凤打了电话，因为开的工钱高，两个人当时就毫不犹豫地答应了。想不到压在心头的麻烦事，就这样轻而易举地解决了，韩菊豆紧皱的眉头，一下子舒展开了。

晚上，韩菊豆找来一颗铃铛，放在公公的床头，叮咛着："爸，你想上厕所，就摇一下铃，听见铃声，我们就会过来的。"公公说："我有夜壶，晚上不用麻烦你们。"韩菊豆问："夜壶在哪儿呢?"公公说："在老七家，走得急，忘了拿，还有一包衣服，也在老七家……要不，你打个电话，让他送过来。"韩菊豆说："不用了，今晚先这样吧。明天，咱们出去买个新夜壶。放在老七家的那些东西，也都不要了，你需要啥衣服和用的东西，我给你买新的。"公公说："那得花多少钱呀?"韩菊豆说："不管花多少钱，该买的东西都得买。"又说，"爸，你辛苦了一辈子，也该好好享几天清福了。你那俩孙子王前和王进，挣钱都不少，我跟你大儿子现在也没啥负担了。以后需要啥，你只管吭声，千万不要说钱不钱的事情。"

韩菊豆安顿好公公，走出小房子，却见王天理正站在门口，向里边窥视着。韩菊豆满脸疑惑，差点儿喊出声来。王天理示意她不要说话，拉着她走进他们自己的房间。韩菊豆说："你干什么，鬼鬼祟祟的?"王天理说："老七冷不丁把咱爸送过来，我这心里有一种说不出的滋味。我怨恨老七两口子，也怨恨咱爸……一辈子就知道偏向小儿子，临老了让小儿子扫地出门了。我甚至想，咱爸活该，他这是自作自受！还有王天英和王天凤，两人整天无所事事，放着自己的老爸不管，倒争着去给王前和王进当保姆。王前和王进要是不出钱，你问问他俩姑姑还肯不肯去帮忙？现在的人怎么都变成这样了，一个个恨不能钻进钱眼去，还有没有一点儿亲情了？他们都不管老爸，凭什么就该我管？天地良心，我觉得我做得够可以的了！说老实话，我心里过不去这道坎儿，我还没想好要不要接受咱爸呢。"韩菊豆说："你胡说什么？那可是你爸……"王天理说："我刚才脑子一发热，就想把咱爸给老七送回去。可是当我站在门口，望着风烛残年的老爸，心一下就软了。老婆，你对老爸说的话，我都听见了。我这个当儿子的没想到的，你这个当媳妇的都做到了……老婆，我的傻豆、憨豆，真不知该怎样感谢你？！"王天理说着，泪光闪闪。

韩菊豆很快完成了角色转换，变成了一个地地道道的家庭妇女。为了支持王天理出书，韩菊豆主动承担了家中所有的事务，包括照顾老人。别看她平时对王天理热讽冷刺的，其实心里比谁都盼望着那本饱含着王天理心血的《古城记忆》，能够早点儿跟读者见面。

韩菊豆每天早上起来，做好了早餐，就伺候公公起床。韩菊豆是个大大咧咧、不拘小节的人，见公公行动不便，就动手帮他穿衣服。一开始，老人感到不好意思，不让韩菊豆帮忙。韩菊豆说："爸，你就把我当作你的女儿，女儿伺候爸爸，没啥难为情的。"其实，韩菊豆心里，早把公公当成了自己的亲生父亲。韩菊豆知道老人爱热闹，怕他在家里闷得慌，每天早饭后，就把老人推下楼，在小区周围四处转转。午饭后，是老人雷打不动的午休时间。下午三点以后，再把老人推下楼，去看一群老头们下象棋。上楼、下楼在正常人眼里，根本不叫事儿。可韩菊豆每天用轮椅推着老人上上下下的，可就不是那么简单的了。下楼时，需要先把轮椅拿下去，放在楼梯口，再上楼来，搀扶着老人顺着台阶走下去，坐在轮椅上。上楼时也一样，而且比下楼时更费力气一些。难能可贵的是，这已经成了韩菊豆和老人的生活常态，她绝不是偶然为之，而是一直坚持做了下来。小区一帮大爷大妈们，一开始还为韩菊豆到底是老人的女儿还是儿媳妇争论不休，后来得知韩菊豆确实是儿媳妇，有的老人竟然感动得流下了眼泪。翁媳俩成了小区一道独特的风景，说起韩菊豆，人们无不交口称赞。

  韩菊豆退休两个多月后，王前的媳妇生了个女孩，取名"茜茜"。又过了一周，王进的媳妇生了个大胖小子，取名"贝贝"。王天理的《古城记忆》也正好写完了，王天理打趣地对韩菊豆说："咱们的孩子，也快出生了！"韩菊豆说："王天理，你老不正经，胡说八道什么呢？"王天理说："出版社马上就要把我的书稿送到印刷厂了，你说，这是不是咱们的孩子？"韩菊豆恍然大悟，说："是呀，咱们家这可是三喜临门了！"韩菊豆跟儿子和媳妇们商量，等王天理的书出版后，再给两个孩子一起"过满月"，到时候好好庆祝一番。

  到了"三喜临门"的那一天，王进开车来接父母亲和爷爷。让人想不到的是，老人说啥也不肯去赴宴。问他为什么，老人说他不想见那几个不孝的儿女。王天理和王进磨破了嘴皮子，老人竟然烦躁地捂住了自己的两只耳朵。王天理只好央求韩菊豆去劝说老人。韩菊豆说："你们亲儿子亲孙子说话都不管用，我说了也是白搭。"王天理说："咱爸现在最信任的人就是你了，你的话一句顶一万句。你先试试看，实在不行的话，咱们再另做打算。"韩菊豆本来也没抱多大希望，直截了当地说："爸，你要是不想去，咱就不去了，我在家陪你。"王进一听急了，说："妈，今天这么重要的场合，你不去怎么行？"韩菊豆说："有啥不行的，地球离开谁不转？你们都走吧，我在家陪你爷爷。"说完，给王进使了个眼色。王进有点懵懂，对王天理说："爸，你看这……"王天理生气了，低声吼道："行行行，不去就不去，王进，咱们走！"老人对韩菊豆说："你跟他们去吧，我一个人在家就行了。"韩菊豆说："爸，你别说了，我怎么可能把你一个人放在家里呢？"老人嘟囔着："真拿你没办法……王进，今天看在你妈的面子上，我跟你们去。"王进悄悄对母亲竖起了大拇指。

"三喜临门"的庆贺活动，是王天理和两个儿子共同筹办的。王天理历经几年的呕心沥血，一百多万字的《古城记忆》终于问世。他内心激情燃烧，恨不能让全世界的人都能看到他的作品。王天理平时为人低调，唯独在这件事儿上"锋芒毕露"。两个儿子理解父亲，也跟着"推波助澜"。年轻人做事张扬，不吝惜花钱。活动定在市中心的盛龙大酒店，开始是一个高规格的《古城记忆》发布会。发布会由出版社领导主持，雨荷代表作家协会讲话，王天理致答谢词。接下来的宴会过程中，专门请了民间歌舞团演出助兴。

王天理的弟弟、妹妹们从来没有出席过如此隆重的家庭宴会，又听到出版社领导和知名作家萧雨荷对《古城记忆》大加赞赏，都以为王天理出书赚了大钱。言谈议论中，有羡慕，也有嫉妒。吃饭时，王天理忙前忙后地招呼客人，韩菊豆陪公公跟王天理的弟弟、妹妹们坐在一起。一群人对王天理"发了大财"的兴趣，远远超过了对自己老爹的关注。王天理过来敬酒，二弟举起酒杯说："哥，你这一下子成了有钱人，往后可得好好帮帮弟弟、妹妹们呢！"三弟说："大哥，你大侄子好不容易谈成了对象，可是凑不够彩礼钱，女方家硬拖着，不让领结婚证。你能不能借我些钱，先解了这燃眉之需？"四妹说："你大外甥单位集资建房，机会难得，可是他钱不够。来的时候，他还一再嘱咐我，让我找他大舅帮帮忙呢。"五弟说："我有一个开饭馆的哥们儿，跟人合伙搞了一个建筑队，想把他的饭馆转让给我，可我一下子拿不出那么多的钱……大哥，不如咱俩合伙，你出钱我出力，把那个饭馆盘下来。"六妹刚说了句："家家都有一本难念的经……"就被七弟打断了。七弟说："我的超市货物品种太单调，都快经营不下去了，我想请大哥帮忙，注入点资金，扩大一下经营范围呢……"

王天理苦不堪言。他的《古城记忆》属于自费出书，高昂的出书费用，曾让他望而却步。王天理和韩菊豆都是姊妹伙里的老大，要照顾双方的老人和弟妹，日子一直过得紧紧巴巴的。也就是两个儿子工作以后，情况有了好转，多少有了些积蓄。可离自费出书，相差甚远。韩菊豆找王前、王进商量，两个儿子纷纷慷慨解囊，一人出一半，帮父亲补齐了差额，《古城记忆》才得以顺利出版。可这本书的市场前景如何，能否收回成本，还都是未知数。王天理周围的人，包括他的弟弟、妹妹们，没有一个懂行的。他们只看到王天理人前风光的一面，哪里知道王天理心里的苦衷？王天理享受着别人的吹捧与夸赞，加之虚荣心作祟，怎么好意思道出实情？他顺话搭话，含糊其辞地说："以后再说……以后再说！今天大伙高兴，一定要吃好喝好！"王天理父亲坐在所谓的"上席"，可他感觉备受冷落，一直板着脸，一言不发。老人这时突然发话，说："你们除了认钱，还认得什么？……你们想借钱，得先过了我这一关。"他对王天理说，"老大，你给我听着，一分钱都不许给这帮白眼狼！"又对韩菊豆说，"你们要是真有钱，就全部交给我，我替你们保管。"韩菊豆见老人情绪激动，忙说："爸，你别生气，我们都听你的。"老人厉声道："你送我回去！"韩菊豆面呈难色，说："爸，你消消气儿，吃完饭咱们照一张全家福……"老人说："你送不送？你不送我就自个儿回去。"说着颤颤巍巍地站了起来。韩菊豆忙扶他坐到轮椅上，推着轮椅走了出去。

"三喜临门"的另外两喜，也都热闹非凡。王前两口子的亲朋好友们，围着小公主"茜茜"，众星捧月一般。王进的媳妇蒋雨菲娘家在外地，没有多少亲戚，来的都是同事。一帮青年男女，抱着小皇帝"贝贝"，争相要给他当干爹和干妈。王前和王进安顿好各自的客人，领着媳妇，抱着孩子来看太爷爷。太爷爷却早已不见了踪影。宴会结束后，因缺了太爷爷和奶奶两个人，只好取消了照"全家福"的议程安排。

老人回到家以后，一下子变得郁郁寡欢。经常一个人坐着发痴发呆，有时就莫名其妙地哭起来。韩菊豆问他咋了，感觉哪里不舒服，他竟然说："活着没意思，阎王爷瞎了眼，为啥还不叫我走呢？"晚上睡不着觉，就把收音机的音量开到最大，那些乱七八糟的的医疗信息，有时一听就是一整夜。韩菊豆两口子带着老人去医院检查，诊断结论为："老年抑郁征"。王天理对这个病并不陌生。几年前，他的二姨就是得了这种病自杀身亡的。王天理认为，老人跟老七在一起生活时，长期心情压抑，才得了"抑郁症"。韩菊豆说："也不对呀！爸来咱家这些日子，一直都好好的，怎么突然就抑郁了呢?"两个人分析来分析去，也找不出一个合理的答案。

第三十八章

卢秀萍不知自己是怎么晕晕乎乎地走出医院大门,坐上公交车的。她脑子里反复闪现出刚才跟医生对话的情景——医生看完化验单,皱着眉头说:"你已经由乙肝发展成肝硬化了,再不注意,就有可能……"卢秀萍问:"可能怎样?"医生摇着头,不再吭声。卢秀萍从他凝重的表情上,读懂了他没有说出的后半截话,即:再不注意,就有可能发展成肝癌。从乙肝到肝硬化,再到肝癌,这是肝病发展的基本规律,可也并不是所有的乙肝病人都会演变成肝癌的。这点肝病常识,卢秀萍还是懂的。医生说,再不注意……注意什么呢?饮食、睡眠、定期检查,都注意到了,唯独没法控制的,就是情绪了。卢秀萍刚得上乙肝那阵儿,就把"怒则伤肝"几个字写成条幅,挂在床头,为的就是时时警示自己,保持良好的心情。可现实中发生的所有事情,没有一件是顺心顺意的,她每天陷入无穷无尽的烦恼而不能自拔，哪里来的好心情呢？

　　回到家，到了午饭时刻。她懒得动，随便泡了一包方便面，刚吃了一口，就干呕了几下，顿时没有了食欲。她躺在沙发上，打开电视机，眼睛盯着屏幕，心里却想着自己的病。感觉死亡随时都有可能降临，不由倒抽一口冷气。卢秀萍回想自己的一生，认为办得最失败的一件事儿，就是跟傅翔结婚。还是上大三的那一年，学校邀请傅翔进行为期一周的专题讲座。卢秀萍听了傅翔的课，不知怎么就爱上了他。她不择手段地接近他，以"怀孕"为由，威逼他抛妻弃女，跟自己结了婚。可卢秀萍得到了什么？爱情？傅翔从来就没有跟自己的前妻何凤梅断了联系，现在居然公开生活在了一起；儿子？要说儿子，确实优秀，可那跟自己有什么关系，人家已经在美国结婚生子，早跟你断了一切瓜葛，你卢秀萍有儿子跟没儿子有什么两样呢；财富？傅翔家境殷实，可那不过都是些水中月、镜中花。老太太生前做了周密安排，一样也到不了你卢秀萍手中。现在除了这要命的肝病，你卢秀萍还有什么？想想真是悲哀呀。

　　电视里播完一集乱七八糟的狗血连续剧，又接着播出广告，周而复始，没完没了。卢秀萍躺在沙发上，根本没有注意到电视里播出的节目内容，甚至连人物关系都没弄清。她长期失眠，养成了开着电视睡觉的不良习惯。有时候困得睁不开眼睛，可是一旦关掉电视，立马又睡意全无。也许没吃午饭，体内缺少热能，卢秀萍冻得浑身瑟瑟发抖，顺手拉开被子，盖在身上，迷迷糊糊地进入了梦境。

　　耳旁突然传来傅翔的声音："卢秀萍，你怎么睡到这儿？"那声音很近，又似乎很远，像在梦里，又好像在现实中。卢秀萍努力睁开眼睛，却见傅翔真的坐在一旁的单人沙发上。卢秀萍慵懒地坐起来，说："好久不见，真是稀客呀！"傅翔说："卢秀萍，我想跟你好好谈谈。"卢秀萍说："有话就直说，不要拐弯抹角。"傅翔说："那好，我就直说了。你看啥时候方便，咱们去办一下离婚手续？"卢秀萍说："啥时候都方便，现在就可以。"傅翔说："今天太晚了，不等咱们赶到，人家就该下班了。"又说，

"我起草了一份离婚协议,你看看还有什么不妥的。"卢秀萍接过"协议"撕成碎片,摔在傅翔脸上,一声低吼:"你做梦去吧!"傅翔愣了愣,说:"卢秀萍,你这是何苦呢?"卢秀萍没理他,抱起被子,走进了卧室。原以为傅翔会跟进来,但听见"咔"的一声门响,却不见他的身影。卢秀萍走出卧室,打开大门,只听见傅翔下楼梯的脚步声渐行渐远。

再回到屋里,胸中怒火难按,她早把医生一再嘱咐,让控制情绪的话忘到了九霄云外。卢秀萍捡起散落一地的离婚协议的碎片,放在餐桌上重新拼接在一起,看了一遍又一遍。"协议"中,除了第一条"现居住的房子归女方"一句话外,其他的满纸废话,没有一点实际意义。原来卢秀萍一直掌控着傅翔的工资,后来傅翔说单位换了工资卡,可他既没有把新领的工资卡交给她,也没有给过她一分钱。看来,这只老狐狸,早就给自己留了一手。

卢秀萍咬牙切齿地骂道:"傅翔,你算个什么东西?要离婚也应该是我卢秀萍先提出来,是我不要你!……凭什么是你先提出来,是你不要我?……傅翔,你玩弄我的青春,你毁了我的一生,我跟你不共戴天!……"叫骂了一阵子,累得气喘吁吁。刚消停了不到一刻钟,突然又觉得胸口堵得慌,抓起话筒,拨通了大洋彼岸儿子的电话。卢秀萍说:"儿子,我告诉你,你爸要跟我离婚呢……"傅翀不等母亲把话说完,就抢过话头,说:"离了好呀!……你不觉得你们早该离了吗?早离早解脱,我祝贺你们!"卢秀萍想不到儿子竟然会这样说,情急之中,竟找不到合适的语言反驳他。正在支吾着,儿子那头说:"行了,不跟你说了。时间到了,我该上班去了。"卢秀萍叫了声:"儿子!"傅翀那头已经挂上了电话。卢秀萍抬头看了一眼墙上的挂钟,时间已经到了晚上七点钟。猛然想起来,两地时差十二个小时多一点,儿子没骗她,现在正是他该上班的时间了。

卢秀萍一时茫然无措,想出去透透气,浑身却没有一丝力气。躺在床上,头像炸开了一样疼痛难忍,拉开床头柜,想找止痛片,却发现了一包安眠药。卢秀萍平时睡眠不好，每次去医院，总要想办法多开一些安眠药，吃不完就悄悄攒了起来。她自己也弄不明白，为什么要积攒那么多的安眠药。不过，潜意识里似乎有一种力量驱使着她，一直坚持这么做了下来。此刻见到安眠药，顿觉眼前一亮——只要把这些白色的药片一口吞下，你卢秀萍就彻底解脱了！什么痛苦、烦恼，统统见鬼去吧！卢秀萍倒了一杯水，尝了一下水温，正要把一掬药片送进嘴里，电话铃声突然响了。卢秀萍本能地放下手里的水杯和药片，去接电话。

电话是傅甜甜打来的，她邀请卢秀萍明天中午去"皇城大酒店"吃饭。卢秀萍脑子里一片空白，稀里糊涂就答应了。放下电话，转过身来，看见一杯水和刚才没来得及服下的安眠药，突然打了个激灵，人一下就清醒过来了。卢秀萍想想，好一阵后怕：刚才怎么就鬼迷心窍了呢？如果把那些安眠药全部服下，你卢秀萍死在家中，不知什么时候才能被人发现？……发现了又能怎样？死了你这样一个无名之辈，跟死了一只蚂蚁又有什么两样呢？……你死了不正合了傅翔的意？人家少了离婚的环节，跟何凤梅复婚不是更加顺理成章了？你卢秀萍以生命的代价成全了别人，你死得值吗？……多亏了傅甜甜，不失时机地打来了那个电话，是她关键时刻救了你一命……不，生死在天，是我卢秀萍命不该死！那么，傅甜甜为什么要请你吃饭呢？……想不清楚，索性什么也不想了。

卢秀萍思虑过度，心力交瘁，此刻最大的奢望，就是能好好睡上一觉。安眠药不敢吃，看一眼都心里直打哆嗦，只好抱了被子，躺在沙发上，开着电视催眠了。

卢秀萍按照傅甜甜电话上说的，找到了"皇城大酒店"的"碧水云天"包厢。傅甜甜点好了茶点，正在等着她。卢秀萍走进门，傅甜甜热情地跟她打着招呼，说："姨，你来了！"

卢秀萍打量着四周，说："就你一个？"

傅甜甜说："就我一个。"她把菜谱推到卢秀萍跟前，说，"姨，你点菜吧，喜欢吃啥，随便点。"

卢秀萍说："我没有一点食欲，喝茶就行了。"

傅甜甜说："那怎么行？喝茶顶不了吃饭，还会越喝越饿的……这样吧，咱们先喝茶，我点几样这里的招牌菜，让他们先做着。"点了几样菜，又叮嘱服务员，一个小时以后再上菜。

卢秀萍说："你把我约到这儿来，不光是为了吃饭喝茶吧？有啥事儿，你就直说吧。"

傅甜甜喝着茶，沉吟片刻，说："姨，我想劝你，还是跟我爸把离婚手续办了吧。"

卢秀萍对傅甜甜的话十分反感，她想说："这件事儿跟你有关系吗？"可话到嘴边，就是说不出口。在这个继女儿面前，她永远都有一种矮人一头的感觉。

傅甜甜说："本来，这是你跟我爸的事情，轮不上我这个当晚辈的多嘴。可咱们都是女人，我想站在女人的立场上，谈一点我的看法。姨，我理解，离婚对一个女人意味着什么。婚姻失败，家庭破裂，无异于要了一个女人的命！当年我爸抛妻弃女，给我们母女俩造成了多大的伤害？时隔多年，你又重蹈我们的覆辙，承受着跟我们当年一样的痛苦。这一切怪谁呢？都怪我爸。我爸作为一个男人，对家庭没有丝毫的责任心，一时兴起，随心所欲，从来都不考虑别人的感受。我曾经恨过我爸，不瞒你说，我不止一次地用最恶毒的语言诅咒过他。可那毕竟是我爸，无论怨也罢恨也罢，血缘关系是无法改变的。"

卢秀萍平静地倾听着傅甜甜的讲述，十分投入的样子。

傅甜甜说："姨，我想告诉你，我爸跟我妈已经生活在一起了。作为女儿，这无疑是我最想看到的结果。可是将心比心，我觉得这件事儿对你太不公平。你再这么拖下去，只能让自己深陷在巨大的痛苦之中。以你目前的身体状况，能经得起这样的折磨吗？……我奶奶一直不待见你，她去世前嘱咐过我和我爸，傅家的祖产，一样也不许落在你的名下。我们答应了奶奶，自然也不能违背她老人家的遗愿……不过，我想，这件事咱们可以变通处理。我可以给你一大笔钱，或者你有看上的房产，我出面给你买下来。姨，你大可放心，即便是你跟我爸离了婚，你是我弟弟傅翀的亲妈，咱们还是一家人。往后，你有什么事情需要帮忙的，我跟毛家齐保证随叫随到。"

听了傅甜甜的话，卢秀萍心里有一种说不出的滋味。眼泪差点儿流出来，可她还是忍住了。

傅甜甜喊服务员上菜，几样招牌菜很快就摆上了桌。卢秀萍推说身体不舒服，没动筷子就告辞了。傅甜甜把卢秀萍送出包间，卢秀萍满以为傅甜甜会纠缠不休，甚至会威逼她跟傅翔尽快去办离婚手续。可是傅甜甜却出乎意料地说了句："姨，无论你做出什么样的决定，我都支持你。"

卢秀萍走出"皇城大酒店"，信步走到不远处的城河边上。回想刚才傅甜甜说过的话，句句有礼有节。有些话居然像春风化雨一般，让卢秀萍感动不已。傅甜甜彬彬有礼的言谈举止，几乎让人挑不出任何毛病来。可她毕竟是傅翔"阵营"里的人，她能设身处地地为你着想？……不，绝不可能！傅甜甜是换了一种方式逼你就范！那么，是她自己想要来找你，还是受了傅翔的指使？如果是受傅翔的指使，父女俩一定早就设好了一个大大的"局"，让傅甜甜来给你灌迷魂汤，可这到底是一个什么样的"局"呢？……思绪纷乱如麻，一时理不出头绪来。一阵冷风吹过，浑身上下像浇了凉水一般。打了几个喷嚏，似乎耗尽了全身的力气，卢秀萍感觉情况不妙，忙挡了一辆出租车，直奔医院。

医生给卢秀萍开了住院证，让她立即通知家属来医院。卢秀萍犯了难，她一时抹不下脸来求傅翔。卢秀萍娘家父母早已去世，两个弟弟都不在本市，儿子傅翀又远隔重洋，不求傅翔还能求谁呢？本来想找医生开点药，没想到医生告诉她，她的病情正在急速恶化，再不抓紧治疗，随时都有生命危险。她是从"皇城大酒店"直接来到医院的，身上的钱不够交押金，也没带洗漱用品和换洗的内衣。傅翔有家里的钥匙，这些事儿只能由他来办。卢秀萍安慰自己：反正又没办离婚手续，傅翔是你的合法丈夫，他有责任和义务照顾你。这样想着，消除了心理障碍，心安理得地给傅翔打了电话。

傅翔及时赶到医院，帮卢秀萍办理了住院手续。晚上，卢秀萍高烧引起肝昏迷，连夜转入抢救室。医生跟傅翔谈话，让他做好最坏的心理准备。傅翔心里惴惴不安，右手颤抖着在"病危通知书"上签上自己的名字。虽然说夫妻关系已经破裂，可毕竟共同生活了二十多年，没有爱情，还有亲情。想到卢秀萍将不久于人世，满腹的愧疚之情，像一块巨石一样压在他的心头。

卢秀萍肝昏迷的第三天，医院又一次下了病危通知。傅翔做了最坏的打算，分别给萧雨荷、张迎春她们和卢秀萍的两个弟弟打了电话。萧雨荷是单位领导，傅翔公事公办地向她报告了卢秀萍的病情。给卢秀萍的弟弟和张迎春他们打电话，算是通知了亲朋好友。傅翀离得太远，傅翔打算不到最后一刻，先不惊动他。

张迎春、萧雨荷、韩菊豆她们赶到医院时，卢秀萍仍在昏迷中。傅翔耷拉着脑袋，坐在抢救室外边的长椅上。张迎春问卢秀萍的病情，傅翔叹息着说，只怕是凶多吉少。韩菊豆忍不住抱怨起了傅翔，说："老傅，你这人不够意思，明知卢秀萍有病，你还跟何凤梅……你知道吗，你都快要把她逼疯了！要不是心情不好，她的病也不会这么快就发展到这种地步。"她说着，气不打一处来，竟然气呼呼地怒吼道，"你们这些老男人，一个个自私透顶！当初看人家年轻漂亮，上杆子把人追到手。现在看她老了、病了，就想把她一脚踢开？……"傅翔的头垂得更低了，一言不发，任由韩菊豆数落着。张迎春瞪了韩菊豆一眼，韩菊豆好像没看见，仍在说着，"老傅，你背着卢秀萍都做了些什么？我劝你手拍胸口想一想，你对得起她吗？"雨荷悄悄扯了一下韩菊豆的衣角，小声说："你能不能少说两句？"韩菊豆这才打住。

这时，抢救室的门打开了，一位医生从里边走了出来。几个人忙围拢上前，询问卢秀萍的病情。医生说："病人仍在昏迷中，至于还能不能醒过来，什么时候醒过来，都不好说。因为每个病人的病情和身体状况都不一样，病情的发展趋势因人而异，不好一概而论。"雨荷问："医生，像她这种情况的病人，有醒过来的先例吗？"医生说："有！前一阵子，我们科室住了一个肝昏迷患者，是个七十多岁的老年妇女，病情十分危重。家属买好了寿衣，通知了所有的亲属，听说她儿子连火葬场那边的事情都联系好了。可患者昏迷了一个月后，竟然奇迹般地醒过来了。"

听医生这么一说，韩菊豆等人稍微松了一口气儿。张迎春说："既然有希望，大家就都不要太悲观了，要相信卢秀萍一定能好起来的。"雨荷说："是的，我相信她一定会渡过这一难关。"韩菊豆说："我听说'祥云寺'的菩萨很灵验，咱们不如去烧几炷香，求菩萨保佑卢秀萍早日脱离危险？"雨荷捅了她一下，说："老党员，说话注意点儿。"韩菊豆说："我这不是心里着急吗？"

……

卢秀萍在肝昏迷的第九天，终于醒了过来。当时，只有傅甜甜一个人在场。卢秀萍昏迷的这些日子，傅甜甜一直跟父亲轮流守在医院，陪护着她。傅甜甜给卢秀萍擦脸时，发现她眼珠子转动了几下，忙唤来医生和护士。医生告诉她，病人已经苏醒，基本脱离了生命危险。傅甜甜趴在卢秀萍耳旁，轻声说："姨，医生说了，你没事了。"卢秀萍眼角流下几滴泪珠，哽咽着说不出话来。

晚上，傅翔来守夜，换傅甜甜回去休息。卢秀萍望着眼前这个既熟悉又陌生的男人，竟有一种恍若隔世的感觉。卢秀萍说："老公，辛苦你了……"傅翔不敢相信自己的耳朵，一下愣住了。卢秀萍说："老公，谢谢你……"傅翔半天才回过神来，说："跟我还客气什么？"卢秀萍说："老公，我有好多话……"傅翔说："你刚醒过来，身体还很虚弱，现在什么也不用说。等你身体恢复了，咱们有大把的时间，有啥话再慢慢说。"

卢秀萍闭目养神，不再吭声。脑子里却一刻也不能平静，往事如云烟，若隐若现。

不知过了多长时间，卢秀萍睁开眼睛，却见傅翔趴在病床边，已经沉沉入睡了。看着他面容憔悴，胡子拉碴，不禁鼻子一酸，抽搭起来。傅翔被惊醒，问卢秀萍怎么了，是不是哪里不舒服？卢秀萍摇了摇头。她挪动了一下身体，让傅翔躺到床上来。傅翔说："床太小，我挤上去会影响你休息的。"又说，"刚才眯了一会儿，现在没有一点睡意了。"卢秀萍让傅翔靠近点儿，对他说："老公，我这个人有很多毛病，过去都是我对不起你……大病一场，我把什么都想明白了。人世间，什么金钱、地位、名利，都是身外之物，只有亲情是最宝贵的……所以，我想求求你，以后不要再跟我提离婚的事儿了。"见傅翔模棱两可的样子，又说，"我知道，你心里放不下甜甜她妈……不过，没关系的，她是你的亲人，也是我的亲人。往后，你可以照顾她，哪怕跟她生活在一起，我也没意见。只要你不跟我离婚，你想怎样都可以。"傅翔说："卢秀萍，你胡说些什么？你现在需要好好养病，再不要胡思乱想了。"

张迎春、萧雨荷、韩菊豆几个人，几乎每天都打电话，问卢秀萍的情况。傅翔担心卢秀萍见到她们情绪激动，不利于身体恢复。所以，一直没有告诉她们，卢秀萍已经醒过来了。直到几天后，卢秀萍已经完全行走自如了，傅翔才打电话告诉了她们。

张迎春几个人相约着下午三点一起赶到医院。卢秀萍嫌病房里说话不方便，就带着她们去了医院的后花园。傅翔也跟了过来。卢秀萍说："我们几个女同胞聊天，你来干什么？"傅翔："你是病人，我得照顾你。"韩菊豆瞟了他一眼，酸溜溜地说："你俩老夫老妻的，这是在我们面前秀恩爱呢？"张迎春说："老傅，这儿有我们呢，你只管放心好了。"卢秀萍说："病床空着，你赶快去躺一会儿。"傅翔说："那我就走了。"

傅翔走后，韩菊豆拉起卢秀萍一只手，不等开口，眼泪就"哗哗"地流了下来。雨荷说："韩菊豆，你是水做的，动不动就'梨花带雨的'？"

韩菊豆抹了一把眼泪，说："我这是高兴的眼泪……卢秀萍，你都快把我们吓死了！这些天一直提心吊胆的，现在好了，有惊无险！你大难不死，必有后福，一切都会好起来的。"卢秀萍受了韩菊豆的情绪感染，也忍不住流了几滴眼泪。不过，她很快就控制住了自己，说："我也算是死过一回的人了！这些日子，我想了很多，把什么事情都想开了。对人生，也有了新的感悟。"几个人异口同声问："什么感悟？"卢秀萍说："大家都是好朋友，说了也不怕你们笑话……"韩菊豆说："你就别绕圈子了，快说吧，我们都等着听呢。"卢秀萍说："对于咱们女人来说，一辈子最重要的，就是嫁个好老公。我这一病才体会到，关键时刻，只有老公才靠得住。"韩菊豆说："真想不到，你会发出这样的人生感慨？这么说，你跟老傅的关系彻底改善了？……那，你们离婚的事儿？"卢秀萍说："我跟老傅说好了，今后谁也不许再提离婚的事儿了！"韩菊豆说："你不怕老傅跟她前妻藕断丝连？"卢秀萍说："我跟老傅说了，往后，他可以跟何凤梅随便交往，他们俩就是住到一起，我也没意见。只要不离婚就行。"张迎春、萧雨荷、韩菊豆几个人面面相觑，一时都不知道说什么好。

第三十九章

雨荷应邀写一篇文章,不知不觉在电脑前坐了两个多小时,直到画上最后一个句号,以邮件方式把作品发给《秦岭》杂志的编辑。对于雨荷来说,每完成一件作品,就好像结束了一场战斗。在别人眼里,写作是一件极其枯燥且又十分艰辛的工作,可雨荷认为,写作本身是一种妙不可言的享受。坐在电脑前,匠心独运,妙笔生辉,塑造着诸多不同的人物形象,掌控着这些人物的悲欢离合和生杀大权,时而文思如涌泉,一泻千里;时而涓涓细流,润物无声。当然也有才思枯竭、搜肠刮肚的时候,可那不过是暂时的"战略相持"。当你攻克难关,转败为胜时,恰似驰骋沙场的将士高歌凯旋——那种获胜后的喜悦,那种如释重负般的轻松,是别人无法体味到的。

雨荷伸了伸腰,压了压腿,又做了几节自编的体操。母亲急慌慌地走进来说:"小雨,我手机不见了,你快帮我找找。"雨荷顺手拿起自己的手机，翻出母亲的电话号码，按下通话键，母亲的手机即刻响了起来。雨荷回头一看，不禁笑了，说："妈，你这不是骑驴找驴吗？"罗静芝这才发现，手机就在自己手里，不由得皱起了眉头，喃喃道："真是老糊涂了。"

半年前，由于身体原因，罗静芝辞掉了单位的所有工作，包括每周两次的专家门诊，变成了一个彻头彻尾的退休老太太。忙忙碌碌一辈子，一下子变得无所事事，罗静芝整日失魂落魄、神不守舍。雨荷几次发现，母亲对着父亲的遗像，喃喃自语道："活着真没意思……老萧，你能不能叫上我，我想去那边，好好陪陪你……"

雨荷以为母亲一时适应不了退休后的生活，时间长了，慢慢就会好起来的。可母亲日复一日，精神萎靡，对什么事情都提不起兴趣。最近一段日子，无论干什么事情，总是丢三落四，有时出门忘了换鞋，穿着拖鞋就下了楼；做饭时不是忘了放盐，就是重复放了好几次。有一次，母亲出门忘了带钥匙，把自己锁在门外回不了家，只好给雨荷打电话，让雨荷赶快回来给她开门。雨荷跟她开玩笑，说："幸亏我没出远门，我要是在外地，你今天就要露宿街头了。"母亲拉下脸，语气中带着强烈的不满，说："咋，让你跑一趟还不高兴？要是哪天我走不了、动不了，让你伺候着，你还不得烦死了？"雨荷说："妈，我没不高兴呀……你想到哪儿去了？妈，你放心，要是真的到了那一天，我一定好好伺候你！"母亲说："你不要给我上眼药了，鬼才信你的话呢。"雨荷一下怔住了，她不相信这句话是从母亲嘴里说出来的。母亲一向温文尔雅，说话柔声细语。在雨荷的记忆中，母亲无论跟自己说什么，从来没有像今天这样夹枪带棒的。直到晚上，母亲的情绪都没有缓过来。雨荷做好了晚饭，端给母亲吃，母亲却说："我有手有脚的，还没到让人伺候的份儿上。"她硬是不吃雨荷做的饭，自己泡了一碗方便面。

雨荷满腹委屈，一个人躲到书房里，悄悄哭了一鼻子。雨荷的性格内柔外刚，人面前很少流眼泪。父亲去世后，母女俩相依为命。雨荷经常调侃，说自己跟母亲的关系，更像一对情侣，相互依恋，无话不谈。雨荷反思自己的言行，实在想不出哪里得罪了母亲，以至于让母亲大为光火。联想母亲最近的表现，跟以前那个思维缜密、言行谨慎的母亲，简直判若两人。"是老年健忘，还是……"她脑子里刚刚闪现出那几个可怕的字眼，便吓得浑身哆嗦，心脏也不由"突突突"狂跳不止——阿尔茨海默病？……这是多么可怕的事情！母亲失去思维能力后的种种可能，在她脑子里幻化出一幅幅清晰的画面：母亲正在行走，突然找不到回家的路；母亲在垃圾堆里捡拾水果和霉变了的饼干；母亲躺在病床上，瘦骨嶙峋的身体渐渐变成一具骷髅……越是不敢想，越是由不得去想。

母亲本身是医生，可这种涉及她本人的敏感话题，怎么能向她讨教呢？雨荷在手机的通讯录里翻了半天，"吴敏阿姨"几个字，让她眼前一亮。吴敏阿姨是母亲的大学同学，毕业后，分配到省人民医院工作。吴敏阿姨是全省有名的神经内科病专家，也是前不久才离开工作岗位的。雨荷怕被母亲听见，悄悄溜出门，到楼下的僻静处给吴敏阿姨打了电话。吴敏阿姨说："根据你说的这些情况，你妈很有可能是早期阿尔茨海默病。不过，你最好带她去医院检查一下。如果能确诊，就要早点儿用药物控制，这样可以延缓病情的发展。"雨荷说："我妈跟我情绪对立，我说话她肯定不会听的。"吴敏阿姨说："这事儿交给我，我来想办法。"

第二天中午，吴敏阿姨如约来到家中，雨荷故作惊喜状，说："阿姨，你怎么有空来我家？"吴敏阿姨说："我现在不上班了，有大把的时间。在家闲得心慌，来找你妈聊聊天。"雨荷端茶倒水，又洗了一盘圣女果和几个苹果。吴敏阿姨说："小雨，你去忙吧，不用管我们。"雨荷躲进书房里，虚掩着门，偷听母亲和吴敏阿姨的谈话。

两个老同学寒暄几句，吴敏阿姨直奔主题，说："老同学，我们医院最近给离退休的老同志体检，特别增加了一项脑功能测试。我觉得挺有意思的，想请你跟我一块儿去体验一下。"

"脑功能测试？"母亲不以为然，说，"我的脑子好着呢，有什么可测试的？"

"静芝呀，咱们毕竟是七十多、奔八十的人了，脑功能退化，是正常的生理现象。"吴敏阿姨说。

"老同学，咱俩都是学医的，一辈子从事脑力劳动，而且是高强度的脑力劳动。你我都懂得，大脑越用越灵活，咱们的脑子是绝对不会有什么问题的。"母亲自信满满。

"当然不会有问题的！"吴敏阿姨随话搭话，说，"咱们可以用事实告诉周围的人，多用脑，就能有效预防脑功能的衰退。"又说，"你若不去测试，怎么能够证实你的脑功能没有问题呢？"

罗静芝默不作声，似乎有点儿心动了。

雨荷从书房走出来，说："阿姨，做什么脑功能测试，能不能带上我一个？"

吴敏阿姨说："小雨，你才多大呀，凑什么热闹呢？"

雨荷说："阿姨，我也是五十多岁、奔六十的人了。我就是想证实一下，我的脑功能一点儿也不比年轻人差。"

吴敏阿姨说："好呀！阿姨虽然退休了，可在我们医院，这点特权还是有的。那咱们约个时间，一块儿去测试一下。"

雨荷察言观色，见母亲并没有反对的意思，就说："阿姨，我这两天正好没事，要不……明天？明天我跟我妈一块儿去你们医院？"

吴敏阿姨说："那好，明天早上八点，我在医院大门口等你们。"

雨荷跟母亲来到省医院时，吴敏阿姨已经安排好了所有的检查事项，怕引起罗静芝反感，省去了医生问诊的环节。吴敏阿姨直接领着她们母女俩去了神经内科的医生办公室。护士拿来"简易精神状态检查量表""长谷川痴呆量表""认知能力筛查测验""阿尔茨海默病评定量表"等测试表，吴敏阿姨说："做这些测试，跟做游戏一样，好玩得很。"雨荷说："我提议，咱们三个人来个比赛，看谁答题又快又准确。"罗静芝从护士手里拿过一张测试量表，看了一眼，不屑地说："这种测试也太简单了，拿我们当三岁小孩呢？"雨荷随声附和，说："就是嘛，这些题怎么能难住咱们这些高级知识分子？妈，咱得认真答题，必须得个满分。"吴敏阿姨给护士递了个眼色，护士即刻会意，宣布测试开始。

护士问："请问，今年是哪一年？现在是什么季节？"

罗静芝说："这是侮辱我们的智商，我拒绝回答。"

护士说："罗老师，咱们的测试先易后难。请听下一题——临摹四种几何图形，顺序是：圆形、两个重复的长方形、菱形和立方形。"

吴敏阿姨早就料到了这一点，嘱咐护士，现场要随机应变，见机行事。护士有意颠倒了提问顺序，挑了一道稍有难度的题来考罗静芝。罗静芝稍一迟疑，说："你说什么？再说一遍。"护士又重复了一遍。罗静芝的脸拉得老长，极不情愿地在试卷上开始画圆圈，不知不觉地投入测试中了。雨荷和吴敏阿姨坐在她两旁，陪着她一起临摹几何图形。两人不时用眼睛的余光瞟一眼罗静芝的试卷，待罗静芝交了卷，两人才装模作样地交上自己的答案。

三人做完各种测试量表，又做了头颅CT、核磁共振、血管造影、脑电图、超声波等一系列检查。罗静芝表现出极大的不耐烦，几次想"逃"走，雨荷和吴敏阿姨想方设法，哄着劝着，总算陪她做完了所有检查。

几天后，吴敏阿姨打电话约雨荷去省医院拿检查结果。她告诉雨荷，根据检查结果和那日罗静芝的种种表现，基本上可以断定，她确实患了轻度阿尔茨海默病。吴敏阿姨还告诉雨荷，说雨荷的超声检查结果表明，颈动脉粥样硬化，并有斑块形成。她说："你妈的病，不可能治愈，只能延缓。不过，说老实话，我们已经到了这个岁数，生命开始倒计时了。得上这种病，也没有什么可怕的。可是你还年轻……小雨，你一定得重视自己的病呀！你们家的这种情况，万一你的身体出现什么问题，谁来照顾你们母女俩？……"

吴敏阿姨的话，让雨荷想起来就惶恐不安。

这是继当年失恋和父亲去世之后，雨荷遭受的最为残酷的打击了。她无心写作，满脑子都是母亲的阿尔茨海默病和自己的颈动脉斑块。关于母亲的病，吴敏阿姨推荐了几种药，说是可以有效地控制病情。雨荷怕母亲得知真情，煞费苦心地请药店的人帮忙更换了药品的包装。可母亲坚持说自己没病，拒绝用药。雨荷无奈，又请吴敏阿姨来劝说母亲，可吴敏阿姨好说歹说，她一句也听不进去。吴敏阿姨只好据实相告，不料母亲恼羞成怒，竟然把她从家里推了出去。

母亲是心血管病专家，雨荷从小耳濡目染，对自己的颈动脉斑块略知一二。她懂得，人体内的血管，像纵横交错的沟渠，把宝贵的血液输向身体的四面八方。血管内的斑块，就好像水渠里淤积的杂物一样，颈动脉斑块形成，会引起血管狭窄，导致脑供血不足，出现头晕头疼；斑块脱落，就有可能发生脑梗死，甚至会危及生命。雨荷担心自己哪一天真的出现了脑梗死，眼斜嘴歪，肢体瘫痪。那样活着，生不如死！她想，如果真的到了那种地步，可以考虑果断地结束生命……可是，母亲怎么办？

雨荷越想越害怕，突然觉得头部像针扎了一样疼痛。她立马意识到可能是颈动脉斑块脱落，堵塞了血管……刹那间，魂飞魄散，六神无主。活动了一下四肢，并没有什么异常，雨荷对自己说："萧雨荷，你这不是自己吓自己吗？……你害怕有用吗？该来的，早晚都得来，不如顺其自然，坦然面对……"

聚会安排在城墙西南角的"春韵茶舍"。沉重的心理负担，压得雨荷寝食难安。雨荷需要排解压力，想找人倾诉，于是就打电话通知了张迎春和韩菊豆。知道卢秀萍刚出院，身体虚弱，就没有通知她。卢秀萍在家闷得心慌，想找人聊天，正好给张迎春打了电话，张迎春便约她一起来到了"春韵茶舍"。

雨荷诉说了自己的烦心事。讲述过程中，她少有的几度哽咽，少有的在人面前泪流不止，让韩菊豆陪着她也流了好一阵眼泪。张迎春说："雨荷，你是作家，是研究人的人。你什么道理都懂，真不知道该怎么劝你。

人生不如意的事十之八九，咱们都不信命，可冥冥之中好像一切都是命运的安排。既然摊上这些事了，想躲也躲不开。你母亲已经年近八旬，前不久刚从工作岗位上退下来，她这一生都在忙事业，实现着自己的人生价值。看看咱们周围的人，有谁能在工作岗位上干到七十多快八十岁呢？她这一生，值了！……所以雨荷，你一定要想开一点儿。生老病死是自然规律，谁也无法抗拒。你母亲刚发病，属于轻症。我听说，像她这种情况，可以用药物控制，延缓病情，也可以带她出去走走看看，散散心。保持良好的心态，对控制病情有好处。"又说，"雨荷，单位交给我的给老同志建立艺术档案的工作，已经告一段落。以后，我有的是时间，我可以帮你照顾你母亲。"

雨荷说："那怎么行？……张姐，你也是六十多奔七十的人了！"

"正因为我年龄大，跟你妈有共同语言，沟通起来才更方便。"张迎春说，"其实，我帮你，也是在帮我自己。雨荷你是知道的，我这人闲下来，就容易胡思乱想。"见雨荷未置可否，又说，"这事儿就这么定了，我明天就去你家。至于你的颈动脉斑块……"

"这算什么病？"韩菊豆迫不及待地抢过张迎春的话，说："雨荷，真的没你想得那么严重。我四十多岁时就查出颈动脉斑块，这都过了十几年了，我不还活得好好的？雨荷，我看你就是太敏感了，懂得一点肤浅的医学知识，就以为自己成了医生，整天疑神疑鬼的，没病也会把自己吓出病来。"

雨荷说："我跟你情况不一样。你有王天理，有两个儿子，还有一大帮的兄弟姐妹。可我呢，孤家寡人一个！万一真的发生脑梗死，落下终身残疾，成了半身不遂……我倒是可以想办法自我了断。可是，老娘怎么办，指谁靠谁去？"

韩菊豆说："我看你是陷入了一种思维怪圈，跳不出来了。雨荷，你为什么要把一种潜在的可能性，当作已经发生了的事实呢？这种可能性到底有多大，千分之一，还是万分之一？"

雨荷说："即使只有万分之一，你怎么能保证你就是那'万分'，而不是'之一'呢？"

"雨荷，我看你……"韩菊豆还想说什么，却被张迎春用眼神制止了。张迎春说："雨荷是独生子女，想得自然比别人多。也许，咱们没有她的那些特殊经历，也体会不到她此时的心境吧。"

雨荷长长叹息了一声，说："这两天，我老是在想，我出生在新中国成立后的第一个生育高峰期。我的同龄人大多数都姊妹好几个，可我爸我妈为什么就生了我一个呢？从小到大，别人只看到我锦衣玉食的一面，有谁了解到我的寂寞和孤独呢？我要是有个哥哥姐姐或者弟弟妹妹，也不会像现在这么恓惶。至少有事还有人能替我分担，哪怕出个主意或者听我唠叨几句……"

卢秀萍听着几个人的谈论，不时悄悄地抹一把眼泪。也许是大病初愈，神经脆弱，这时竟忍不住呜呜哭出声来，说："……雨荷，我对不起你。要不是当年……如果汪明辉跟你结了婚，你也不至于像现在这样……"

几个人一起向她投去惊疑的目光。雨荷说："当年怎么了？"

卢秀萍打了个激灵，一下清醒了。年轻时做了对不起雨荷的事情，她一直心存愧疚。随着年龄的增长，特别是大病一场，这种愧疚之情变成了解不开的心结，牢牢地盘踞在她的心头。有好几次话到嘴边，差一点就脱口而出，一吐为快了，可她还是控制住了自己。卢秀萍担心一旦说出真情，遭到别人厌弃。其实，别人怎么看自己都无所谓，最可怕的是朋友们离她而去。

韩菊豆追问道："卢秀萍，你到底想说什么？"

"我想说……"卢秀萍沉吟了好一会儿，说，"我想说，虽然我跟傅翔之间，早都没有了什么爱情，不过是凑凑合合搭伴儿过日子罢了。其实，我心里早就有了离婚的打算。可我生病住院的时候，老傅他一直不离不弃地守护着我，让我真真切切地感受到了家的温暖。我想说的是，如果当年雨荷跟汪明辉结了婚，也不至于像现在这样孤立无援、无依无靠……雨荷呀，你真得好好考虑一下你和汪明辉的事情了。"

卢秀萍巧妙地引开了话题，几个人又开始议论雨荷和汪明辉的事情。

张迎春说："卢秀萍说得对，你是该认真考虑一下这个问题了。年轻时，你们俩失之交臂。时隔二十多年，你俩现在都还单着，还能多次相逢，说明你俩还有缘分。雨荷，你可再不敢优柔寡断，错失良机了。"

韩菊豆说："雨荷，你不但跟汪明辉有缘，跟他女儿汪欣然缘分也不浅呀！要不然，你怎么能那么喜欢汪欣然呢？你俩要是重新走到一起，白捡一个那么大的女儿，多好的事儿呀？"

雨荷说："行了行了，别说我的事儿了，烦死人了！"

第四十章

母女俩正在吃早餐,忽然外边传来敲门声。雨荷打开门,原来是张迎春。雨荷说:"张姐,怎么这么早呀?"张迎春说:"多年养成的习惯,每天早上六点钟起床。我已经在环城公园转悠好一阵了,估计你们也该起床了,这才溜溜达达走过来的。"雨荷原以为张迎春只是随口一说,没想到她还真的来了,一时感动得不知说什么好。她把张迎春让进屋,对母亲说:"妈,你看谁来了?"罗静芝热情地跟张迎春打着招呼,说:"张书记,快坐下,一块儿吃早餐。"张迎春坐下来,说:"刚才路过包子店,顺便吃过了……罗老师,以后就叫我张迎春,这样亲切。"罗静芝说:"好!好!"来的路上,张迎春就想到了对罗静芝的称谓问题。按说她是雨荷的朋友,应该称呼她母亲为"阿姨"。可那样称呼,就有了"代沟",不利于相互之间的沟通。如果称她为"大姐",跟雨荷的辈分又有点乱套。思来想去的,觉得还是称她"罗老师"比较合适。

吃完早餐,雨荷说要参加一个重要的活动,匆匆忙忙走了。罗静芝问张迎春:"你不是来找雨荷的?"张迎春说:"我是来找雨荷的……其实,也没啥要紧的事情,就是一个人在家闷得慌,想找她聊聊天。"罗静芝说:"是这样?那……你就在这儿等她,估计她午饭前就该回来了。"张迎春根本就没有想走的意思,嘴上却说:"就怕打扰你。"罗静芝说:"哪里话?我一个人闲得无聊,巴不得有人陪陪我呢。"张迎春说:"那可太好了,我就不走了,好好陪陪你。"

罗静芝烧水沏茶,张罗着招呼张迎春。张迎春此时脑子飞快地转动着,寻找着跟罗静芝谈话的切入点。张迎春做了大半辈子思想政治工作,跟人谈话是她的拿手好戏。过去当文联党组书记的时候,靠的就是促膝谈心,化解了单位不少复杂的矛盾。可今天面对的是一位阿尔茨海默病患者,不得不做一些策略上的调整。张迎春很快理清了思路,决定从罗静芝非同寻常的人生经历说起。张迎春说:"罗老师,听雨荷说,她舅舅家在偏远山区,你从小受了不少的苦?"

"可不是吗?"罗静芝说,"在我童年的记忆里,印象最深刻的就是——饥饿。"

张迎春说:"在那样的环境中,你居然能考上大学……罗老师,你是怎样做到的?"

"我小时候,家里穷,经常吃了上顿没下顿。我记得,村头的祠堂,是一所私人学堂,村里有钱人家的孩子,都在那里上学。我也想上学,可家里供不起我。先生讲课的时候,我就扒在窗户外边偷着听。先生让写字,我就用树枝在地上划拉。有一次,先生让学生们集体背诵《弟子规》,我站在窗外也跟着背。背着背着,里边的学生背不下去了,只有我一个人还在坚持着。先生让我进去背,我一字不差地背完了《弟子规》。先生又出了几道题,我全都答对了。先生问了我的情况,免了我的学费,让我进了学堂。就这样,我成了村里唯一的女学生……先生是我的贵人,是他改变了我的人生。"罗静芝沉浸在回忆之中。

"罗老师,那你后来怎么又当上了医生?"张迎春问。

罗静芝又讲了她新中国成立初当干部,后来经过自学考取了医学院的经历。罗静芝说:"那时候,在我们老家方圆几十里,说起'罗家大女子',几乎没有人不知道的。我成了青年们特别是女青年们心中的偶像。很多思想观念落后的老人也大发感慨,说生男生女都一样,女孩只要有出息,一点儿也不比男孩差。"

张迎春说:"罗老师,你真了不起!"

"好汉不提当年勇……现在老了,不中用了。"罗静芝说着动了情,眼眶里的泪水在打旋儿。

张迎春说:"罗老师,咱俩目前的境况有很多相似之处,所以,我特别能理解你的心情。一辈子忙忙碌碌,突然离开工作岗位,难免有些不适应,甚至会产生一些失落感。可是,咱们得接受现实,适应这个过程。人这一辈子,说长也长,说短也短,留给我们的,还能有多少时间呢?所以,我们要珍惜余生,善待自己。愁也一天,乐也一天,为什么不高高兴兴过好每一天呢?咱们不妨换一种活法,做一些自己喜欢做的事情……罗老师,你要是不介意的话,我可以陪你出去四处走走,散散心。"

罗静芝说:"好呀!我想去我的母校看看,你能陪我一起去吗?"

"当然没问题了!"张迎春说,"你想啥时候去都没问题。"又说,"罗老师,你这么优秀,上大学时肯定特别引人注目吧?"

"那可不是!"罗静芝好像又回到了年轻时代,神采飞扬、不无得意地说,"我是农村出来的,特别能吃苦,每次考试成绩在全年级都是名列前茅的……那时候,追我的男生,少说也有一个排。我几乎每周都要收到几封情书呢!"

"那,你是怎样认识雨荷的父亲萧老师的?"

"我们医学院跟他们美院离得不远,两个学校经常在一起搞联谊活动,我们俩是在舞会上认识的。"

张迎春惊呼:"好浪漫呀!"

"往事如云烟,一眨眼,人就老了。"罗静芝叹息道,"人老了,就不招人待见了……"

"罗老师,你怎么能这样说呢?"张迎春不大明白她的意思,追问道,"家里就你们母女俩,谁会不待见你呢?"

罗静芝摇了摇头,缄默不语。

张迎春疑惑不解,有意试探地说:"罗老师,雨荷小时候是不是也像你一样,学习成绩特别优秀呢?"

罗静芝表情有些怪异。她没有回答张迎春的问题,却说:"我累了,想休息一会儿。"

张迎春说:"你去休息吧,我再等等雨荷。"

雨荷回到家里,见张迎春一个人坐在客厅看报纸,就问道:"我妈呢?"张迎春朝卧室方向努了一下嘴,雨荷会意。两人就坐在客厅,小声说着话。张迎春告诉雨荷,她母亲谈起过去的经历,思维清晰,层次分明,根本不像什么阿尔茨海默病患者,可一旦谈及雨荷,情绪就有些不大正常。张迎春说:"我感觉你母亲对你有些积怨,甚至是反感。"

雨荷说:"这怎么可能?我是她唯一的孩子,她心疼我还来不及呢,怎么会怨我?我们母女俩相依为命这么多年,从来没有发生过任何的不愉快,她怎么会反感我?"

张迎春说:"你这是正常人的思维……别忘了,你母亲现在是病人,你不能用正常人的思维去衡量一个病人。"

第二天,张迎春照旧一大早就来到雨荷家。罗静芝说:"张书记……"张迎春说:"罗老师,咱不是说好了叫名字吗?你叫我迎春,这样亲切。"罗静芝说:"好,好,迎春,你今天还找雨荷吗?"张迎春说:"我不找雨荷,我找你。罗老师,你不是说想去你的母校看看吗?我今天就陪你去。"罗静芝说:"我不想回母校了,我想回草籽镇。"张迎春心里一阵嘀咕,说:"怎么突然想回草籽镇?你跟雨荷说了吗?"罗静芝说:"不用跟她说,我自己回去就行了。"张迎春说:"那怎么行?"罗静芝说:"怎么不行?我又不是不认识路。"语气中明显带有几分不耐烦。她说着,走进卧室,把张迎春晾在了一旁。

这时,雨荷正好晨练完回到家,她穿一身藏蓝色运动装,头上冒着热汗,嘴里喘着粗气,说:"在院子里跑了两圈,累得受不了了!"张迎春小声告诉雨荷,她母亲想回草籽镇。雨荷说:"也好,回草籽镇转转,换个环境,也许心情就变好了。"张迎春说:"要不,我陪你们回去?"雨荷说:"你看我妈现在这个样子,像个老小孩似的,想一出是一出,没准一会儿又变卦了呢?……张姐,你还是先回去吧,我一会儿见机行事。有啥情况,我再跟你联系。"张迎春说:"那好,我先走了。"

张迎春刚走出门,又被雨荷叫了回去。只见罗静芝拎了手提包,正要往外走。雨荷把她堵在门口,说:"妈,我也想回草籽镇,咱们吃完早餐马上就走,行不?"张迎春明白了雨荷叫她回来的意思,忙说:"罗老师,你们要坐几个小时的长途汽车,不吃早饭怎么能行?"罗静芝说:"要赶头趟车,得抢时间!"雨荷说:"那你等等我,我换身衣服就好。"罗静芝说:"你忙你的,我一个人回去,不要你陪。"说完,推开雨荷,走了出去。雨荷手忙脚乱地从衣柜里取出几件衣服,塞进旅行包,对张迎春说:"张姐,我走了,你帮我检查一下房间,关好门窗水电。"张迎春说:"你得赶快换身衣服……"雨荷说:"来不及了,算了!"急匆匆跑了出去。走到楼梯口又折转身跑回来,叮咛张迎春:"张姐,冰箱里有昨天才买的肉和蔬菜,你拿回去吃了吧,我们说不定什么时候才能回来呢。"张迎春说:"好的。"

雨荷着急忙慌,提鞋掉帽子地一路小跑,直到小区大门外,才追上了母亲。

到了草籽镇,罗静芝一下车就坐在车站旁边的小吃摊上不走了。小吃摊上卖的是"神仙粉",就是用山上的一种野生植物"神仙草"做成的凉粉。看上去黑黢黢的,吃起来清凉爽口,带点苦涩味儿,据说还有清热解毒的食疗效果。雨荷特别喜欢这种味道，可每次遇到这种场合，罗静芝总是说，地摊上的东西不卫生，吃了会生病的。她自己不吃，也不许雨荷吃。此时此刻，罗静芝没有了往日的斯文，像个赶集的农妇一样，坐在小吃摊，大口吃着"神仙粉"。雨荷馋得只想流口水，一抬头却发现摊主蓬头垢面，一双手又黑又瘦，指甲缝里塞满了一层厚厚的脏污，顿时没有了食欲。罗静芝一口气吃了两大碗，雨荷付了款，搀扶着母亲离开了小吃摊。雨荷说："妈，你过去可是从来不吃这些东西的。"罗静芝矢口否认，说："谁说的？我从小就爱吃你外婆做的'神仙粉'。"雨荷说："可这儿是地摊……你不是嫌地摊上的东西不干净吗？"罗静芝说："不干不净，吃了没病！"雨荷无言以对。这是外婆过去常说的一句话，也是母亲身为医生，最为反感、最不能接受的一句话。母女俩经常为此争吵得面红耳赤。可今天，这句话怎么就变成了母亲的挡箭牌？

雨荷想坐车回去，可母亲却说吃得太饱，想走着回去，消消食儿，顺便再看看沿途的风景。雨荷早已饿得饥肠辘辘，可她不敢犟嘴，只能勉为其难地陪着母亲蜗行牛步般走到了松树沟。

回到舅舅家，雨荷又饿又累，躺到炕上一动也不想动了。舅妈看着雨荷狼狈不堪的样子，问她发生了什么事，雨荷说："舅妈，你别问了，赶快弄点吃的，我都快饿死了！"舅妈下了一碗挂面，碗里卧了两个荷包蛋。来不及炒菜，切了些葱末和生姜末，调了酱油和醋，就端给雨荷吃。一碗面下肚，雨荷才慢慢缓过劲儿来。她问舅妈："我妈呢？"舅妈说："好像去了大顺家。"雨荷告诉舅妈，母亲得了阿尔茨海默病，舅妈不解其意，眼睛直愣愣地望着雨荷。雨荷解释说，就是"老年痴呆症"。舅妈紧张得张开嘴巴，呆呆地立在一旁，半晌才说："这不可能，绝对不可能！你妈怎么能得这种病呢？"雨荷说："舅妈，这是真的。"又说了母亲近期种种不正常的表现。舅妈哇的一声哭了，说："我的姐呀，你咋能得上这种病……"雨荷忙安慰舅妈，说："舅妈，你别这样。医生说了，我妈这病发现得及时，吃点药，保持良好的心态，就能控制住。"舅妈这才止住了哭声。

不大一会儿，罗静芝兴冲冲地回来了。她在村里转了一圈，带回来不少"新闻"——什么张老三家大儿子承包了村里的荒山种树苗，这几年发了大财，什么罗家户族里最远的一支，出了五服的罗佳慧考上了民办教师，什么宝柱媳妇赵腊梅把引弟告上了法庭，等等。雨荷对别人家的事情一点儿都不感兴趣，唯独对大顺哥家的事儿特别上心。雨荷说："妈，你见到大顺哥了吗？"

罗静芝说："大顺家门锁着，人都不知道跑到哪儿去了。村里人把他们家的事情炒得沸沸扬扬，有人说今天法院开庭，也不知是真是假。"

雨荷舅妈说："自从宝柱娶了媳妇，大顺家七事八事的，一天也没安生过。家里那么有钱，日子却过成了一团乱麻，村里人说啥的都有。"

雨荷问："到底咋回事？"

雨荷舅妈刚开口，大顺两口子就急三火四地进了门。大顺说，他和爱英刚走到村头，听人说大姑和雨荷回来了，没顾上回家，就直接过来了。雨荷问他们两口子干啥去了，大顺说了句"刚从草籽镇法庭回来……"爱英就抢过话头，说："也不知上辈子造了啥孽，这辈子生了几个冤家对头，一个个都是阎王爷派来的催命鬼……"雨荷端来两杯水，递给大顺和爱英，说："别着急，慢慢说。"爱英却呜咽着说不出话来。大顺喝了几口水，向大姑和雨荷道出了一肚子的苦水——

引弟和"装卸工"贺北斗确定了恋爱关系，爱英嫌贺北斗家条件太差，死活都不同意。引弟不顾父母的反对，和贺北斗领了结婚证。爱英气不过，叫了几位罗家的长辈作证，宣布跟引弟断绝了关系。引弟另立门户，注册了以贺北斗为法人代表的水泥经销公司。引弟跟父亲跑了多年生意，积累了大量的人脉关系和客户资源。她和贺北斗的公司开张以来，生意做得风生水起。大顺带着宝柱和赵腊梅经营自家的公司。宝柱人懒，每天早睡晚起的，耽误了不少事情；赵腊梅刁蛮任性，动不动就与人发生口舌之争。大顺每天忙得焦头烂额，可生意却是半死不活的，没有起色。

几个月前，引弟两口子在县城买了一套商品房。这件事儿像一根导火索,引爆了一场家庭战争。原来,这套房子的开发商因拖欠水泥款,以房子抵了债。赵腊梅认为引弟是嫁出去的女子,不该侵占娘家的财产。她让宝柱出面要回房子,可以宝柱的能力,人面前连几句囫囵话都说不了。赵腊梅回到娘家,在父母面前哭了一鼻子,赵腊梅的父母就怂恿宝柱和赵腊梅,把引弟两口子告到了草籽镇法庭。

法庭经过调查了解,基本弄清了事情原委和当事人双方的诉求。

开发商所欠的水泥款仅占全部房款的二分之一。而这部分欠款,既有欠大顺公司的,也有欠贺北斗公司的;剩下的房款是引弟两口子交的现款。

赵腊梅和她娘家人认为,大顺公司的钱,就是宝柱的钱。开发商欠下的水泥款,其债权人应该是宝柱两口子,引弟凭什么用这笔钱抵了购房款?他们还一口咬定引弟贪污了大顺公司的钱。不然,贺北斗的公司才开张了几天,怎么能交得起剩下的房款呢?赵腊梅以此为由,要求引弟两口子,归还商品房或者赔偿购房的全部款项。

引弟则认为,自己给父亲的公司打工,创造了巨额利润,而父亲的公司从未给她开过一分钱的工资。引弟同意替开发商把欠下的水泥款还给大顺公司,但前提是大顺公司必须一次性付清这么多年所欠自己的所有工资。这样一颠一倒,大顺公司反倒欠下引弟近十万元。引弟说,除了抵债,所交的房款,全是她通过各种关系,想尽各种办法筹集来的。法庭经过调查认为,引弟所说基本属实。这部分款项,有的是借来的,有的是客户预支给贺北斗公司的水泥款。

面对这样一起典型的家庭财产纠纷案,法庭做了大量的调解工作。处理结果为:引弟所购商品房,属于引弟和贺北斗的私人财产,与大顺公司无关;用大顺公司所欠引弟的工资款,抵消开发商所欠大顺公司的水泥款。

对于这样的处理结果,引弟一方欣然接受。引弟原本也没打算真的向父亲的公司讨要工资,只不过是"以攻为守"罢了。引弟虽然心里满意,嘴上却说："看在爸妈的面子上，就让弟弟和弟媳一回，以前家里欠自己的工资，权当是给娘家做了贡献。"赵腊梅一方又是托关系，又是请客送礼，加上诉讼费、律师费等，花了不少钱。没想到输了官司，又丢了人。其实，以调解的方式解决问题，避免亲姐弟对簿公堂，已经是最好的结局了。也无所谓谁输谁赢，民间早就有"清官难断家务事"的说法嘛。可大顺是方圆几十里赫赫有名的"罗百万"，这桩官司又是罕见的"亲情厮杀"案，于是一传十、十传百，越传越邪乎。按照大多数人的看法，引弟作为被告一方，毫发无损，而赵腊梅及她的娘家人，闹出了那么大的动静，却没捞到一分钱的好处，这不就是输了官司吗？

  赵腊梅的娘家人岂能咽下这口窝囊气？赵腊梅的父母带了一帮人来大顺家闹事，把家里砸了个稀巴烂。赵腊梅威胁公公婆婆，说如果不给她在县城买一套跟引弟一样的房子，她马上就跟宝柱离婚。大顺和爱英两口子早就受够了赵腊梅的折磨，巴不得她提出离婚呢！反正大顺有的是钱，宝柱离了婚，根本不愁找不到媳妇。可宝柱却死活离不开赵腊梅，赵腊梅抓住宝柱的弱点，故意虚张声势，硬逼着他去镇政府办离婚手续。宝柱连气带吓的，居然一口气喝下了半瓶农药，幸亏发现及时，才幸免于难。赵腊梅成了一个烫手的山芋，谁也奈何不了她。

  大顺埋怨爱英，听信"朱半仙"的一派胡言，给儿子找媳妇，挑来拣去的，结果娶回一个"母夜叉"！爱英埋怨大顺不该催宝柱和赵腊梅补办结婚证，说如果当初不领证，现在事情倒好办了。两口子心情不好，都把火往对方身上撒，一天到晚争吵不休，眼看着日子都没法过了……

  听完大顺的讲述，雨荷的心情变得沉重起来。几个孩子小的时候，雨荷就看出大顺和爱英的教育方法有问题，没想到竟会酿成如此严重的后果。事到如今，再说什么还有用吗？雨荷保持了沉默。

  罗静芝说："大顺、爱英，你们俩有没有反思一下自己，事情怎么就发展到了今天这种地步？孩子们小的时候，你们两口子重男轻女，厚此薄彼，对宝柱一味地娇惯，从来不懂得教育他如何做人。你们想想看，宝柱如果是个有本事、有担当的人,你们当父母的,能受这么大的难场?你俩辛苦了这么多年,挣下那么多的钱,早该享清福了!可现在,却把日子过成了这般模样……怪谁呢?"

大顺一言不发,垂着头,搓着手,听凭大姑数落着。

爱英说:"大姑,你说得对,我俩现在都后悔死了!"

"世上没有后悔药!早知今日,何必当初!"罗静芝说。

爱英说:"大姑,我俩现在没有主意了,想请你跟雨荷帮我们想想办法。"

罗静芝说:"办法倒是有一个,不知你们是不是愿意听。"

爱英说:"什么办法?大姑,你快说!"

大顺也抬起头,用期盼的眼光看着罗静芝。

罗静芝说:"其实很简单——分家!让宝柱两口子自己过,留给他们半年过渡期。也就是说,再养活他们半年时间。在这期间,让他俩自谋出路或者继续跟着你做水泥生意。如果他们愿意跟你干,那就要讲清楚工资待遇,要制定一些规矩,制度化管理,真正体现按劳取酬,多劳多得,不劳不得。我还不信了,凭你俩这么精明的人,还能治不了他俩?"

"大姑,你说得都对……可是,"爱英欲言又止,停了一会儿,忍不住又说,"你也知道,宝柱从小是惯大的,没吃过苦,也没受过委屈。赵腊梅那人太强势,让他俩单独过,就怕她欺负宝柱。"

罗静芝说:"宝柱不想离婚,那就只能跟赵腊梅一起过。你能陪他一辈子?……不能吧?早晚有一天你得放手让人家自己过!再说了,让宝柱受点儿委屈吃点儿苦,也未必是啥坏事情。那样的话,有利于他的成长。你身边就有现成的例子——招弟、引弟,还有来弟,你们两口子从来没有娇惯过这三个女娃子,相反是把姐妹三个从小就当大人用。结果呢?三个女娃子一比一个厉害!宝柱要是有三个姐姐一半的出息,你俩还会像现在这样发愁吗?"

罗静芝一席话,说得大顺和爱英哑口无言。

雨荷心里既欢喜又忧愁。欢喜的是，母亲口若悬河，说话极具逻辑性，根本不像个阿尔茨海默病患者，她给大顺和爱英出主意，让他俩跟宝柱和赵腊梅分开另过，真不失为一个好办法！至少雨荷自己还没想出别的更好的办法来；忧愁的是，爱英根本不可能接受母亲的建议。母亲刚才说话的时候，雨荷从爱英满脸疑惑的表情中，就得出了这样的结论。以爱英的思想观念和处事方式，无论如何也不可能跟宝贝儿子分开过。可是如果继续维持现状，设身处地地为他们想一想，那种日子还不把人逼疯？

大顺和爱英走后，舅妈悄悄对雨荷说："听你妈说话，句句都在理。那脑子转得像陀螺一样快，怎么会得上'老年痴呆症'呢？……小雨，是不是医院搞错了？"

雨荷说："舅妈，一般情况下，医院是不会搞错的。"又说，"也许是回来以后心情好了，症状也减轻了。"

舅妈说："那就让你妈别走了。"又抬高了声音，对罗静芝说，"姐，这回回来，就别走了……"

罗静芝说："谁说我要走了？小雨有事就先回去，我还得再住上几个月呢。"

舅妈高兴地说："那可太好了！"

雨荷问起引弟和来弟的情况，舅妈告诉她，引弟跟贺北斗领了结婚证，也没办酒席，就住到了一起。雨荷说："舅妈，引弟还回来陪你一起住吗？"舅妈说："有时回来，有时就跟贺北斗住在镇上的水泥经销点。来弟每晚都回来，她跟引弟一样，宁愿绕道走，也不肯进大顺家的门。"

直到晚上，罗静芝仍处于亢奋状态，跟自己的弟媳说东道西的，没有一点儿睡意。雨荷困得上眼皮打下眼皮，倚在被子上打着盹儿。一阵摩托车的突突声由远及近，好像在大门外停了下来。稍顷，来弟推开门走了进来。她看见大姑婆和雨荷姑姑，惊喜地说："大姑婆，姑姑，你们回来了！"雨荷说："这么晚了，你一个人回来的？"来弟说："师哥把我送回来的。"雨荷说："师哥……人呢？"来弟说："走了。"雨荷竖起耳朵，依稀听见外边远去的摩托声。雨荷说:"你这孩子,也不请人家进来坐一会儿,喝口水。"又问,"你师哥家住哪儿,离得远不远?"来弟说:"他是我师傅的儿子。"说完,脸一下红到了脖子根。

雨荷狡黠地笑了笑,说:"姑姑明白了。"

来弟说:"姑姑,求求你,千万不要告诉我爸妈。"

第四十一章

　　这次的聚会是卢秀萍发起的。约好了上午十一点在文艺路十字东南角的丝绸店门口集合,张迎春、萧雨荷、韩菊豆三人前后相差不到十分钟,全都赶到了。韩菊豆四处张望着说:"卢秀萍怎么把咱们约到了这儿?你看这附近,既没吃的,也没喝的,除了卖服装的就是卖布匹的。"张迎春说:"没准她想让咱们陪她逛街买衣服呢。"雨荷说:"这不也挺好嘛,好长时间没逛街了,身上就是这老虎上山一张皮,连件换洗的衣服都没有。"张迎春笑道:"天下女人都一样,衣柜里永远都缺一件衣服。"

　　一辆出租车在几个人面前的路边停下来,卢秀萍下了车,一见面就说:"对不起,来晚了!"又说,"姐妹们,先吃饭还是先转转?"

　　韩菊豆说:"这才十一点多,吃的哪门子饭呀?还是先转转吧。"

　　卢秀萍说:"那好,我想做几件衣服,想请姐儿几个给参谋一下。"

雨荷说:"你想做什么衣服?"

卢秀萍说:"想做一件旗袍……"

雨荷说:"好呀!我这辈子还没穿过旗袍呢,早都想做一件了!"

卢秀萍说:"我是做寿衣,你凑什么热闹?"

三人都愣住了。韩菊豆问:"你……给谁做寿衣?"

卢秀萍说:"当然是给我自己呀!"

张迎春觉得事情有些不大对劲,抬起手腕看了一下表,说:"我看这样吧,咱们还是找个地方坐一会儿。很快也就到十二点了,咱先吃饭,吃完饭再转吧。"

卢秀萍说:"我早就安排好了,这条街背后的小巷里,有一家名叫"静雅斋"的素食馆,环境不错,咱们就去那里吧。"

三个人就跟卢秀萍去了小巷深处的"静雅斋"。

卢秀萍说:"还是老规矩,每人点两个自己喜欢吃的菜。"张迎春说:"咱先喝茶,等会儿再点菜。"便点了一壶菊花茶。三个人喝着茶,张迎春说:"卢秀萍,你得把话说清楚,为什么好端端的要来买寿衣呢?"雨荷说:"是不是你的身体又出现了什么状况?"韩菊豆说:"就是呀,你不把话说清楚,弄得人疑神疑鬼的,谁还有心思逛街呀?"卢秀萍说:"你们不用担心,其实啥事儿也没有,我就是想趁自己头脑还清楚,行动也利索,抓紧时间把自己的后事办停当了。万一哪天'肝昏迷',醒不过来了,那还不得麻烦别人?再说了,到时候临阵抱佛脚,买来的衣服也不一定合我的心意,穿到身上多别扭呀?"张迎春说:"你说得也对。我们家老寇当年走的时候,事先没有一点儿征兆,说不行就不行了。要不是我事先给他预备好了寿衣,当时真不知道该咋办呢!"又说,"其实,当年给老寇准备寿衣的时候,我给自己也准备了几件。人嘛,早晚都有这么一回事儿,早点儿准备也没啥坏处。"

话题有点沉重,现场的气氛也变得沉闷起来。

"好好的聚会,怎么就聊到了'死'呢?"韩菊豆突然嘤嘤哭了。她

397

说:"我感觉自己还没长大,怎么就开始准备'死'了呢？……你说,这人活得好好的,为什么还会死呢？"

雨荷说:"瞧你这点儿出息,怎么还哭了呢？"

卢秀萍说:"不瞒你们说,我刚生病那阵儿,也像韩姐一样,想不通人为什么会死呢,特别是夏丹阳去世,对我的刺激很大。我每天都被死亡的恐惧包围着,不知哭过多少次呢。上次'肝昏迷',也算是死过一回了,我把什么都看开了。人这一辈子,早晚都得死。古代的皇帝——秦始皇嬴政、汉武帝刘彻,还有唐太宗李世民,个个都想长生不老,又是拜神山,又是炼仙丹的,不仅没能长寿,反而加速了死亡……"

"呵,懂的还不少呢!"雨荷的语气中,略带几分嘲讽。

卢秀萍也不介意,说:"我这不是为了寻求安慰嘛。我想,皇帝都得死,何况咱一个小老百姓!既然人左右不了'死',不如顺其自然,坦然面对。我已经活了五十多岁,比起那些早逝的人,算是很幸运的了。即使明天就死了,也没啥遗憾的了。"

张迎春说:"在我们老家……哦,我说的是老寇的老家,五十多岁的人死了,就算是'老丧'了。"

雨荷说:"我舅舅家那一带,也有这种说法。意思是说,人活到五十多岁,就到了该死的年龄了。"

"我的妈呀!"韩菊豆惊呼道,"照这么说,我们几个人都是'老丧'了？"

张迎春说:"你胡说八道什么？我们活得好好的,怎么就成了'老丧'呢？"

韩菊豆嗫嚅道:"我的意思是说,如果我们现在死了的话……"

雨荷敲着桌子,大声喝道:"干什么干什么？……今天这都是咋了,一开口就说到了'死',怎么就绕不开这个倒霉的字眼呢？"

卢秀萍说:"都怪我,开了个头,把大家都引到了'糜子地里'。不如换个轻松一点的话题？……要不,咱们还是先吃饭吧。"几个人都说,点菜吧,边吃边聊。卢秀萍唤来服务员,每个人点了一道或两道自己喜欢吃的菜。

服务员很快上齐了饭菜。韩菊豆品尝了两样菜,直呼:"味道好极了!"雨荷也说:"咸淡适中,风味独特,不错,真不错!"张迎春说:"卢秀萍,你怎么发现的这个地方?"卢秀萍说:"我不是想做旗袍嘛,都来过好几次了,是丝绸店的老板娘告诉我的。"雨荷说:"你那么喜欢旗袍,为什么非要等到……等到那一天呢?瞧我,差点儿又说出那个倒霉的字眼。姐姐们,我突发奇想,吃完饭咱们就去丝绸店,每人做一件旗袍!"又说,"旗袍被誉为中国国粹和女性国服。咱们都是'老衰'级别的人了,这辈子还没穿过旗袍呢,你们说,这该是多大的遗憾呢?"

张迎春说:"我都快奔七十的人了,穿啥都不好看了,就别糟践国粹了。"

韩菊豆说:"我人胖,也不适合穿旗袍。"

雨荷说:"你俩想好,确定不要?"

张迎春和韩菊豆同时说:"不要。"

雨荷说:"我昨天刚收到一笔稿费,本来想着今天我请客呢!"

卢秀萍说:"咱不是说好了,今天我请客吗,你跟我抢什么呀?"

雨荷说:"谁跟你抢了?吃饭你请客,买旗袍我请客!"

韩菊豆瞪大了眼睛,正在夹菜的手停在了半空,说:"买旗袍你请客?你的意思,我买旗袍你掏钱?……我当然得要了,不要白不要!"又说,"谁规定胖人就不能穿旗袍了?"对张迎春说,"张姐,吃完饭一块儿去看看,你还不到七十岁,人家百岁老人照样穿旗袍呢!"

雨荷说:"话都让你说了。"

几个人都笑了。匆匆吃完饭,她们就一块儿去了丝绸店。

雨荷一眼就看上了玻璃橱柜中陈列的一件灰蓝色暗花旗袍,穿在身上试了试,竟然像量身定做的一般。雨荷说:"我就要这件。"导购小姐忙给她叠好,包起来。韩菊豆试了一件紫色小团花的,花色款式都满意,只可惜有点儿瘦了，穿在身上紧绷绷的，只好定做了一件同款式的。卢秀萍喜欢红底大花的，没有现货，也需要定做。张迎春真心不想要，她劝雨荷她们："我劝你们几个人，不要一时心血来潮。想想看，这种衣服什么时候才能派上用场？买回去也是压箱底的，充其量也不过时不时地拿出来看看，自我欣赏一下，饱饱眼福罢了。"

韩菊豆说："张姐，你说得不对，现在条件好了，人也想得开，穿旗袍的人多了去了。再说了，也不是没有场合穿，比方参加婚礼、聚会……对了，咱们几个聚会的时候就可以穿嘛！"

卢秀萍说："咱们几个人要是同时穿旗袍，别人还以为是老年模特队呢！……没准还能引领一场古城服装新潮流呢！"

张迎春说："你们喜欢就买吧，反正我不要！"

雨荷说："张姐，你今天是咋了？记得有一年去上海开会，咱俩利用休息时间去逛街，看见一位穿旗袍的时髦女人，你的眼珠子都快转不动了。眼看着人家走远了，你似乎还不过瘾，又拉着我进了旁边的旗袍店。你敢说你不喜欢旗袍？"

"此一时，彼一时。那时还年轻，现在老了，对什么都提不起兴趣了。"张迎春凑近雨荷耳朵旁，小声说，"再说了，我也不想让你破费嘛。"

"张姐，你千万不要这么想。我的情况你都了解，替玉莲还清欠款以后，这么多年攒下了不少钱。我可不想这些钱有朝一日全都变成遗产。大家能聚在一起，相互陪伴，那是多大的缘分？只要玩得开心，花点钱算什么呢？难得大家兴致这么高，你可不能让人扫兴呀……"雨荷费尽口舌，说服张迎春定做了一件黑底橘色碎花旗袍。

雨荷刚回到家，就接到爱英打来的电话。爱英说："雨荷，你赶快回来吧！大姑也不知咋了，吃完晌午饭，就闹着要回城里去。刚才一个人跑到了村外，幸好遇上了你大顺哥。你大顺哥告诉她，今天太晚了，草籽镇早都没有开往省城的班车了，可她就是不听，说是走也要走到省城去。你大顺哥费了好大的劲，才把她劝回来。这会儿人在我家，又闹开了，说你不要她了，把她放到乡下就不管了，说着说着，还急哭了呢。"雨荷说："嫂子，你跟我大顺哥好好劝劝她，我现在就想办法，争取尽快回去。"

雨荷放下电话，看了看腕上的手表，已经是下午四点多了。即便是马上出发，也赶不上最后一班车了。雨荷心急如焚。如果明早赶回去，母亲这一夜不定会闹成什么样子呢？雨荷只要打个电话，让单位派辆车，几个小时以后便可回到母亲身旁，可她不愿意这么做。当领导这么多年，她坚守自己的"为官之道"，不贪不占，从来没做过一件违规的事情。以她的社会影响力和她的人脉关系，随便说句话，托人找辆车，也根本不在话下，可她从来不想麻烦别人，求人的事对她来说，比登天还难。可今天的事情非同寻常，自打接到爱英的电话，她就一刻钟也待不住了。如果不想办法回去，她担心接下来这难捱的分分秒秒，会把她急疯的！

雨荷想了想，给韩菊豆打了个电话。韩菊豆让她稍等片刻，说她马上跟小儿子王进联系。过了几分钟，韩菊豆打来电话，说王进跟同事倒了班，马上就可以送雨荷回去。雨荷这才松了一口气，翻箱倒柜地帮母亲找了几件换洗衣服，又一想，母亲不想在乡下待了，索性直接把她接回来，还带什么换洗衣服，又把衣服放进了柜子里。她想给舅妈带点儿吃的，可冰箱里什么也没有。估计王进过来最快也得半个多小时，于是去附近的一家副食品商店买了些糕点和水果。再看看手表，时间才过去了二十多分钟，人越心急，就越显得时间过得慢。雨荷站在小区外边的十字路口等王进，一边踱步，一边想象着母亲此时的情景。王进把车停在她身旁，叫了声"阿姨！"雨荷愣了愣才回过神来。坐进车内，她一迭声说："王进，谢谢，谢谢……你可真是雪中送炭呀！"王进说："阿姨，千万别客气，以后需要用车，只管告诉我。我跟同事倒个班，很方便的！"

晚上九点多，雨荷到了舅舅家。一脚跨进门，只见母亲和舅妈不知聊着什么，母亲竟然笑得前仰后合。舅妈发现了雨荷，有点儿诧异地说："小雨，这么晚了，还以为你今儿个回不来了呢。"雨荷说："爱英嫂子打电话说，我妈想回城里去。怕她着急，我找了个车，回来接她。"母亲却说："谁说我想回去了？这才回来几天，我还没待够呢！"雨荷说："今儿个有顺车……要不，咱先回去待几天，我再把你送回来？"母亲摇着头，一口回绝，说："我不回！"雨荷手头还压着几件重要的事情，本来打算连夜赶回去的，可母亲不想回，她也只能留下来。她担心母亲明天突然变卦，又闹腾着要回去——雨荷再也经不起这样的折腾了。

雨荷说天太晚了，让王进留下来住一晚，明早再回去。王进说，明早还要上班，晚上必须赶回去。雨荷一再叮咛，路上小心，开慢点儿。她让他到家发个信息。王进嘱咐雨荷早点儿休息，让她有事随时告诉他。

送走了王进，雨荷感到心里一阵莫名的惆怅。天色已晚，还有好几个小时的车程，想想孩子真够辛苦的，潜意识里感觉到王进竟然像自己的儿子一样亲，不由得对他牵肠挂肚的，又是心疼，又是担心。

母亲已经安然入睡，发出均匀的呼吸声。雨荷躺在炕上，又累又困，却没有一点儿睡意。舅妈也睡不着，凑到雨荷身旁，两人小声说着话。舅妈告诉雨荷，吃完晌午饭，她去地里干活，一眨眼的工夫，爱英就在场畔大声喊她。到了大顺家，才知道她母亲闹着要回城里去。舅妈说："你没见你妈那个样子，哭得像个孩子似的。后来爱英给你打完电话，告诉她你一会儿就回来了，她才止住了哭声。整整一下午，你妈就站在场畔等你……雨荷，我看你妈是想你了！"雨荷说："我才走了几天，怎么就想我了？过去，我经常一走好几个月……"舅妈说："你妈老了，跟过去不一样了，她现在一刻也离不开你了！"雨荷说："到底还是有病……"不觉鼻子酸酸的，又说："我外婆活了九十多岁，临走脑子都那么清醒，可是我妈她、她怎么就得了这种病呢？"舅妈看着雨荷，眼泪吧嗒吧嗒掉了下来，说："小雨，我可怜的娃呀，一眨眼，你也老了！……你妈现在这个样子，往后的日子可怎么过呀？"雨荷怕舅妈哭出声来，吵醒母亲，忙岔开话题，问："舅妈，玉田和仙慧最近回来了没有？"舅妈鼻子齉齉地说："他们两个前几天到草籽镇进货，顺路回来看我，软磨硬缠的，让我跟他们一块儿去城里，我没答应。"又说，"乡下多好的？你妈在城里待了一辈子，临了还不是喜欢回老屋？"雨荷说："我妈现在想一出是一出的，估计也待不了几天……舅妈，干脆你跟我们一块儿走。不想去玉田他们那儿，就跟我妈住一起，我会好好孝敬你们的。"舅妈说："舅妈这辈子，死也要死在老屋，哪儿也不想去了！"

大约凌晨一点钟，收到王进发来的信息，说已经安全到达，雨荷这才放下心来。舅妈还在耳旁唠叨着，让她好歹找个人嫁了，说老了有个伴儿，也免得太孤单……说着说着，不知怎么又扯到了玉莲身上，骂玉莲的心是石头长的，说这辈子算是白养了这个女儿……雨荷早已困得睁不开眼睛了，不知什么时候就进入了梦乡。她梦见自己驾驶着一辆大卡车，在陡峭的悬崖上行驶着。突然一个急转弯，方向盘失控，汽车一头撞向深渊。正在奋力挣扎着，人就醒了。雨荷惊魂未定，睁大眼睛，却见太阳光透过窗户，铺满了一炕。翻身坐起来，觉得刚才的梦好生奇怪，便又仔细回忆了梦的全过程。感觉到冥冥之中有一种暗示，心中涌起一阵莫名的冲动："我要学开车！"刚才梦中的情景又浮现在脑海，心里便有些犯怵。毕竟自己年龄大了，对机械又是一窍不通，还能不能学会呢？

第二天，引弟开了一辆小面包车回来，雨荷一见面就告诉她自己的想法。雨荷说："引弟，你说姑姑都这么大年龄了，还能学会开车吗？"引弟说："没问题！七十岁以前都可以考驾照的。"又说，"开车本来就是我们这些'弱智'干的事情，姑姑那么聪明，肯定一看就会了。"雨荷说："你胡说些什么，开车是技术活，怎么就成了'弱智'干的事情？"引弟说："这些年，我带过好几个徒弟了，都跟我一样，念书不行，早早辍了学。你说这不是'弱智'是什么？"雨荷笑道："那好，从今天起，我也加入'弱智'的行列。引弟，你愿意收我这个徒弟吗？"引弟说："当然没问题了，保证包教包会……姑姑，你上车吧，咱们现在就开始。"

雨荷坐上车，引弟把车开到了空旷地段，跟她调换了位置，让她坐到了驾驶台上。引弟首先介绍了方向盘、离合器、变速杆、手刹、后视镜等重要部件,接着教给她"一踏、二挂、三开、四按、五放、六看、七松加"的开车口诀,雨荷很快就烂熟于心。引弟惊怔地说:"姑姑真是天才!"雨荷说:"哪有什么天才?姑姑不过是用心罢了。"引弟教雨荷实际操作,雨荷有些胆怯,不敢来真的。引弟说:"我在旁边坐着,你怕什么?"雨荷稳定一下情绪,在引弟的指导下,开左转灯、踩离合、挂挡、松手刹……汽车缓慢地向前驶去。雨荷紧张地屏住呼吸,心脏也"咚咚咚"跳了起来。引弟在一旁提醒她:"姑姑,放松点儿。"雨荷也在心里给自己加油打气:"萧雨荷,稳住,你一定能行的!"紧张的情绪渐渐缓解了,不经意间,汽车行驶到了一个急转弯处。雨荷停下车,引弟坐上驾驶台,动作娴熟地调转了车头,又把驾驶台让给了雨荷,自己却站在路旁,没有上车的意思。雨荷说:"引弟,你快上车呀!"引弟说:"我不上去了,你自己开吧。"雨荷稍一犹豫,把车开走了。不过车速很慢,后视镜里始终能看见引弟的身影。

雨荷把车停在刚才起步的位置,从车里下来,老远就看见引弟对她竖起了大拇指,嘴里说着:"姑姑真棒!"雨荷嗔怪道:"你还说呢,差点儿没把我吓死呢。"引弟嘻嘻笑着,说:"闯过这一关,以后就好了。姑姑你记着,开车没什么诀窍,只要胆大心细就行了。"雨荷说:"明天我还跟你学。"引弟说:"没问题,再跟着练几天,你就可以出师了。"雨荷说:"真的?"引弟说:"真的。"

跟引弟学习了几天,雨荷对开车产生了浓厚的兴趣。在她看来,驾驭那样一个庞然大物,不过像驾驭手中的笔一样轻松自如。当你手握方向盘的那一刻,你就会排除一切杂念,心无旁骛,全身心地投入。一脚油门,汽车已过几重山——这种惬意的感觉,是其他任何时候、任何场合都无法体味到的。

引弟告诉雨荷,可以花点钱买个驾照,雨荷不同意,说:"那样做,骗得了别人,可骗不了自己。即使拿了驾照,心里也不踏实。开车这事儿,责任重大,一点儿马虎不得。回到城里以后,还是报个驾校,认真学习,严格考试……我还不信了,考驾照就那么难?"引弟说:"对姑姑来说，一点儿都不难。我敢保证，姑姑肯定一次就能过关。"问雨荷："姑姑想买什么样的车呢?"雨荷说："我还没想好，等拿了驾照，再说买车的事儿。"

雨荷手头本来就有一摊子事情，加上有了上驾校和买车的打算，便急着想回城里去。怕母亲不想走，便试探着问："妈，你回来有些日子了，想不想回城里转转?"母亲说："想呀，咱明天就回。"雨荷喜出望外，忙告诉舅妈，明天就回城里，央求舅妈一同前往。舅妈还是那句话："死也要死在老屋，哪儿也不想去了！"

第四十二章

雨荷回到城里,在离家不远的一家驾校报了名。每天下午四点到六点,跟着教练学开车。教练发现雨荷不慌不忙,操作老练,问她以前是否学过,雨荷说,学过一点。教练告诉她,一周后有一次考试机会,动员她报名参加。雨荷婉言谢绝,说自己底气不足,还是等学习期满再参加考试,那样更有把握一些。教练说:"你怕什么?这次考不过,下次还可以补考,错过一次机会多可惜的?"见雨荷满脸疑虑,又说,"你是担心交了钱,没学够课时?……你大可放心,你拿了照,还可以跟我练车的,直到用完所有的课时为止。"雨荷心有所动,说:"那……就试一下?"教练随即调整了课程,利用周末一整天时间,专门对雨荷进行应试训练,如:半坡起步、侧位停车、移库倒库等。雨荷晚上回到家,加班加点,学习交通法规及相关知识,准备科目一的笔试部分。

转眼到了"驾考"的日子。雨荷一路"过五关斩六将",顺利通过了所有科目的考试,轻而易举地拿到了驾照。雨荷不敢相信自己的眼睛,感觉像做梦一样。不知怎么就想起了引弟自我调侃的一句话:"开车本来就是我们这些'弱智'干的事情……"竟然有些忍俊不禁。雨荷第一时间把这个好消息告诉了王进,一再嘱咐他暂时保密,说要给韩菊豆她们一个惊喜。雨荷说想买一辆车,让王进给参谋一下。王进说,买车并不是一件简单的事情,要考虑到品牌、外观、空间、配置、用料、动力、油耗、质保等因素。电话上不好说,得去汽车城现场感受一下。于是,两人就约好了星期天一起去西郊汽车城看看。

雨荷相信第一感觉。平日里买衣服抑或是买别的什么东西,只要一眼看上,就当机立断,立马拿下,绝不拖泥带水。买汽车也一样,刚走了两家4S店,她便相中了一款上汽大众生产的白色"帕萨特",对王进说:"就是它了。"王进说:"这里有几十家汽车专卖店,各种品牌应有尽有,要不要再看看?"雨荷说:"这款车不好吗?"王进说:"这款车挺好的。"又说,"这车呀,跟人一样。每款车都有自己的优点和缺点,没有哪款车是十全十美的。"雨荷说:"既然这样,看来看去也没啥意义,咱不浪费时间了,干脆下单吧。"随即唤来销售人员,立马办理了购车的相关手续。王进说:"阿姨好爽呀!我以前陪朋友来买车,不跑上三五次,就下不了决心,没有一个人像你这么干脆利落的。"

雨荷没想到,看上的这款车刚好有现货,当时就可以把车开走。王进来的时候开了自己的车,刚买的新车,只能由雨荷一个人往回开了。自从学开车以来,副驾驶的位置上一直有师傅,雨荷从来没有单独驾驶过。况且还要经过郊区复杂的路段和城里拥堵的大街小巷,雨荷难免有些胆怯,表现出迟疑的样子。王进看出了雨荷的心思,说:"阿姨,现在时间还早,我先把你和新买的车送回去,再来开我的车。"雨荷说:"不,阿姨不想让你多跑一趟。再说了,早晚得闯过这一关,师傅不可能永远跟着你的。"王进说:"那,这样吧,咱把车开到公路上,先适应一下,看看情况再做决定。"雨荷说:"好。"两个人一人开一辆车,王进走在前边,雨荷紧随其后。大约行驶了五六公里的样子,王进把车停在路边,下车问雨荷:"阿姨,感觉怎么样?"雨荷说:"刚开始紧张得不行,现在好多了。"王进说:"那咋办?继续前进,还是……"雨荷说:"继续前进!"

大约用了一个多小时,雨荷终于把车开进了小区的地下车库里。一路上由于精神高度紧张,从车内走出时,头上冒着热汗,浑身的衣服都湿透了。不过她心里却是无比地爽快:毕竟战胜了困难,也战胜了自己。"从今往后,便可车行天下,纵横驰骋了!"雨荷心里豪情涌动,竟有几分抑制不住的小得意了。

回到家,雨荷高兴地告诉母亲:"妈,我买了一辆车,也考了驾照,以后出门就方便多了……"她学车和买车的事儿,一直都瞒着母亲,原想给她一个惊喜,没想到母亲听完,大发雷霆,说:"你一个女同志,买车干什么?……你以为开车是那么好玩的?你大顺哥开了一辈子车,不知怎么就出了车祸……"雨荷打断母亲的话,说:"你说什么,大顺哥出车祸了?啥时候的事儿?"母亲说:"你刚出门,引弟就给你打电话。你手机没开,她就把电话打到了家里。"雨荷这才想起来,早上走得急,忘了带手机。连忙找来手机,打开一看,果然有信息提示,引弟打过好几个电话。

雨荷忙给引弟回了电话,引弟哭着说,我爸正在城东的唐都医院抢救呢。雨荷意识到问题比较严重,一刻也不敢耽搁,准备立马开车带着母亲去唐都医院。到了地下车库,母亲看了一眼新买的"帕萨特",脸上一下子阴云密布。雨荷拉开车门,让母亲上车,母亲却一声不吭地转身走了。雨荷锁上车门,追上母亲,在小区门外挡了一辆出租车。母亲一路上长吁短叹,雨荷问话,也不搭理。雨荷想,自己买车,正赶上大顺哥出了车祸,母亲难免心里恐惧。也怪自己考虑不周——技术不老练,路况也不熟悉,再加上跑了大半天,身心疲惫,诸多的不利因素,确实不宜开车。

到了唐都医院,只见爱英和引弟两口子都在抢救室门外等候着。爱英一见雨荷，就抱着她哭了起来，说："都是我不好，是我害了你大顺哥，我宁愿那里边躺的人是我呀！雨荷，我对不起你大顺哥，我好后悔呀……"引弟走过来，狠狠地剜了爱英一眼，小声抱怨着："你现在后悔有什么用？"雨荷把引弟拉到一旁，问她到底咋回事儿，大顺开车那么老练，怎么就出了车祸？引弟气咻咻地诉说了事情的经过，当然，这些都是事情发生后，爱英告诉她的。

原来，宝柱媳妇赵腊梅经过那场官司，心里憋了一肚子怨气，整天在家里无事生非，闹得鸡飞狗跳的。大顺提出来干脆分家，各过各的，只求落得个眼不见心不烦，爱英却坚决不同意。昨天吃完晌午饭，大顺开着面包车，拉着爱英，准备去凤凰岭一带催收货款。汽车行驶到村外，大顺突然接到宝柱的电话。宝柱让等等他，说他也要一块儿去催收货款。爱英心里直犯嘀咕：平时这种事，宝柱是怎么也叫不上场的。今天倒好，太阳从西边出来了？宝柱一上车，爱英就把副驾驶位置让给了他，自己坐到了脏兮兮的装过水泥的车厢里。爱英什么时候都忘不了替宝贝儿子着想。

跑了整整一个下午，要回来五万多现金。回来的路上，宝柱提出来要把这五万块钱借给赵腊梅的娘家哥。大顺一听就火了，说："有本事你自己去挣钱，你挣了钱爱给谁给谁，我的钱一分也不会给你。"宝柱说："你的钱早晚都是我的，你死了也不可能带到阴间去。"大顺气得破口大骂，说："你狗日的，屁本事没有，说话还这么恶毒。老子告诉你，我死以前，把钱全部捐出去，一分也不会留给你！……我上辈子也不知造了啥孽，这辈子生了你这个不争气的东西！我早都受够了，明天就分家！"宝柱说："分不分家，你说了不算，得听我媳妇的……"大顺怒不可遏，把车停在路旁，大声吼道："你给我滚！"宝柱嘟囔着："滚就滚。"说着就拉开车门，下了车。大顺猛踩油门，面包车飞速向前驶去。

爱英心疼儿子，嘴里不住地抱怨着大顺，说："你把他扔到这儿，前不着村后不着店的，你让他怎么办？"大顺说："一个大小伙子，活人还能让尿憋死了？"爱英说："你一个当爸的，心咋就这么狠？儿子整天受媳妇的窝囊气,连你也不给他好脸色。你让他可怎么活?!"大顺说:"你还有脸说?如果不是你从小宠着、惯着,宝柱能变成现在这个样子?那赵腊梅可是你相中的吧?……你就是个糊涂蛋!家里的事情,哪样不坏在你身上?"爱英不服气地说:"家里的事情怎么就坏在我身上了?你一个大男人,你就没有一点责任?"大顺说:"你还知道我是一个大男人?家里的事情什么时候轮得上我做主?我有责任?……我的责任就是啥事都听你的,由着你在家里一手遮天,横行霸道!我今儿个就把话撂到这儿,明儿个就找人分家,我说到做到!"爱英急了,说:"要分家就把你一个人分开,反正我离不开儿子。"大顺怒吼道:"过不成就离婚!"爱英说:"离就离,谁不离就不是人生的!"两人正在吵闹,迎面开来一辆大卡车——大顺来不及躲避,面包车直接撞上了大卡车。

事故发生后,过往的行人中有认识大顺的,也有认识引弟的,有人当即给引弟打了电话。引弟两口子第一时间赶到现场,把大顺和爱英送到了县医院。爱英不过受了点皮外伤,医生给她做了包扎处理。大顺伤势严重,县医院建议他们转到省城的大医院,他们就连夜赶到了唐都医院。在这期间,引弟两口子用几部手机轮番给宝柱和赵腊梅打电话,可宝柱和赵腊梅一个也不接……

雨荷问引弟,来弟怎么没来?引弟告诉她,来弟和师傅的儿子谈恋爱,爱英不同意这门亲事,就把来弟锁进柴房里。来弟从窗户"逃"了出去,跟师傅的儿子和师傅一起去了他们的老家江苏盐城。引弟说,她爸伤势严重,生死未卜,她想给姐姐和妹妹打电话,可她妈说,死也不想见那两个冤家。引弟左右为难,不知该怎么办。雨荷劝引弟,说:"事已至此,索性再等等,等弄清了你爸的情况,再考虑下一步该怎么办。"引弟说:"我妈遇事光会哭,姑姑来了,我就有了主心骨。"

爱英还在有气无力地呜咽着,嘴里反复喃喃着一句话:"都是我害了他呀……"

抢救室的大门终于打开,医生从里边走出来,告诉他们,大顺已经脱离生命危险。不过，由于脊柱损伤，有可能造成下肢瘫痪。引弟也可能一直硬撑着，充当着一家之主的重要角色，表现得处事不惊，方寸不乱。此时得知父亲脱离了生命危险，心里松了一口气，一下子软瘫在丈夫贺北斗的怀里，想着体魄健壮的父亲，今后有可能下肢瘫痪，忍不住哽咽起来。爱英听说大顺还活着，连声说："活着就好，活着就好，瘫痪了不怕，我伺候他……"

眼看着天色已晚，大顺也从抢救室转到了重症监护室。雨荷带着他们几个人在医院大门外的小餐馆吃了饭，又在附近的小旅馆开了两间房，安排爱英和引弟两口子休息。雨荷问母亲要不要开间房，晚上就不用回去了，罗静芝摇着头，却不说话。雨荷见母亲反应迟钝，不知是病情发作，还是被现场的气氛吓着了，后悔自己刚才顾此失彼，忽视了母亲的存在和她的感受。此刻看着母亲形容憔悴的样子，心里不由泛起一阵酸楚。

雨荷拦住一辆出租车，扶母亲坐了进去。

第二天下午，雨荷又去了一趟医院。走的时候母亲正在午睡，她没有唤醒她，一个人悄悄出了门。刚走几步，又有点犹豫不决，母亲一个人在家，她不放心，医院那边不去又不行。想了想，还是给张迎春打了电话，让她过来陪母亲。

雨荷来到医院时，大顺仍在重症监护室，爱英和引弟两口子坐在病房门外的走廊里。雨荷说："重症监护室不许家属进去，几个人轮流值班就行了，没有必要都守在这儿。"爱英说："我哪儿也不去，待在这儿心里踏实。"

雨荷给引弟使了个眼色，引弟跟着她穿过走廊，来到医院的后花园里。雨荷把一个银行卡塞到引弟手里，告诉她密码就是卡号最前边和最后边的三位数字。引弟说："姑姑真是及时雨！来的时候没带多少钱，医院刚才催着缴费，我正在发愁呢。"雨荷说："来的路上我一直在想，你爸现在这个情况，如果真像医生说的那样，下肢瘫痪，落下终身残疾，今后的生活就成了问题。宝柱能指望得上吗?"引弟使劲摇着头,说:"根本不可能!"雨荷说:"所以嘛,我想还是应该把招弟和来弟都叫回来,你们姐妹三个得好好商量一下。"引弟说:"我也是这么想的,昨天晚上到现在,给来弟打了几十个电话,一直没有联系上。也不知是那个地方没有信号,还是来弟怕家里人找上门去,故意不接电话?"雨荷说:"那这样,你继续跟来弟联系,我给招弟打电话。"

雨荷很快打通了招弟的电话。招弟听说父亲出了车祸,电话那头声音都变了调,拖着哭腔问:"我爸他……到底咋样了?"雨荷说:"招弟,你不要着急,你爸已经脱离了生命危险。"招弟说:"姑姑,我现在就想办法,尽快赶到医院去。"雨荷收起手机,又去给爱英做工作。爱英对招弟和来弟有怨气,心里的疙瘩解不开。任凭雨荷说得口干舌燥,爱英咬定一句话:"我死也不想见她俩!"雨荷的耐心被消耗殆尽,冲着爱英大声吼了起来,说:"你这人咋就这么油盐不进的?你能不能为大顺哥想想?他受了那么重的伤,好在保住了一条命。他现在最需要的是亲情、是抚慰!等他出了重症监护室,要是见不到自己的女儿,心里该有多难受?你这样阻止人家父女相见,于心何忍?……还有,医生说大顺哥有可能下肢瘫痪,今后的生活就成了问题……哦,你现在可以伺候他,等你老了,干不动了,你自己还需要有人照顾呢!到时候谁管你俩?宝柱能靠住吗?你不靠几个女儿,还能靠谁?……招弟和来弟都是你亲生的,你跟她们有多大的仇、多大的恨?事情已经到了这种地步,你不给自己找个台阶下,难道还要把心里的这点怨气带到棺材里去?原以为你是一个明白人,想不到竟然是一脑子浆糊,听不进人话,掂不来轻重……我受不了你了!你家的事我不管了,爱咋咋地!"她说完,气呼呼地坐到一旁的长椅上。

想不到雨荷的一番话,一下把爱英给镇住了,她目瞪口呆,痴愣了好长时间。也许是雨荷的话如醍醐灌顶,让她突然想明白了,爱英一改常态,坐到雨荷身旁,拉着她的手说:"雨荷,你说的道理我都懂,可就是过不了心里这道坎儿……妹子,嫂子就是一个乡下女人,没见过多少世面，你千万不要跟我一般见识。从今往后，嫂子都听你的，你说咋办就咋办！"

雨荷还在生气，盯着爱英的脸看了好一阵儿，说："那好，我告诉你，我已经打通了招弟的电话，她可能很快就回来了。引弟正在联系来弟……"话没说完，引弟就走过来，小声告诉雨荷，来弟的电话也打通了。雨荷说："你妈同意她俩回来了，你大声说，来弟到底咋回事儿？"引弟还是不敢直面自己的母亲，对雨荷说："来弟跟男朋友外出游玩，去的地方没有信号。看到信息后，立马把电话回过来了，说是立刻就回来。我姐也打来电话，说她已经在回来的路上了。"

雨荷对爱英说："你听到了吧，招弟和来弟很快就回来了。你说你都听我的，我就再嘱咐你几句：见到孩子们以后，可不能带搭不理的，一定要亲热些，像个当妈的样子，就当过去什么事情也没发生过一样。"

爱英目光有些迟疑，嗫嚅道："我……"

雨荷说："咋，刚说过的话就想反悔？"

爱英说："我听你的。"

雨荷还没来得及喘口气，就接到了张迎春打来的电话。张迎春说，她母亲不停地催问："雨荷怎么还不回来？"楼上楼下跑了好几次，就是不肯睡觉。雨荷抬腕看了看手表，已经是夜里十一点钟了。早上走的时候，给张迎春打过招呼，说如果有事走不开，晚上有可能回不去，让张迎春就住在她家里。雨荷想，肯定是母亲在家闹腾得厉害，张迎春实在招架不住了，才给她打的电话。本来想等招弟回来，再嘱咐她几句的。这娘儿俩，脾气一个比一个拗，雨荷担心她们母女相见，几句话说不好，又起冲突。可现在一分钟也待不住了，给爱英和引弟交代了几句，就匆匆忙忙离开了医院。

回到家，已经是凌晨一点多了，母亲正趴在窗口向外张望。张迎春说："雨荷，你可回来了，老太太说啥也不肯睡觉，你晚上要是回不来，我看这一夜都够呛。实在没辙了，我才给你打的电话。"雨荷走到母亲身

413

后，轻轻拍打着她的肩膀，说："妈，我回来了，咱去睡觉吧。"母亲回过头，看见雨荷，不无惊喜。她询问医院那边的情况，雨荷简单说了几句，特意告诉她，已经做通了爱英的工作，她同意见招弟和来弟了。母亲说："这个爱英，终于想通了……这一下，事情就好办了。"

雨荷见母亲行为和语言都正常，搞不清她究竟是病情发作，还是因为自己迟迟未归，牵挂大顺那边的情况，以至于烦躁不安、难以入睡的。

第四十三章

　　韩菊豆几次打来电话，说是在家闷得慌，想尽快跟姐妹们聚一聚。雨荷因大顺的事情忙得分不开身，一直抽不出时间，推了一天又一天。雨荷把大顺家的事情完全当成了自己的事情，太过投入，所以搞得她人疲心累。招弟和来弟回来以后，她费尽口舌，说服她们谅解母亲，并主动向母亲认错。孩子们都按她的话做了，爱英也算识大体，母女们彼此原谅了对方，和好如初……

　　直到大顺出院，雨荷亲眼看着招弟、引弟、来弟姐妹三人一起陪同父母亲乘车离开唐都医院，这件事总算告一段落。

　　让雨荷感到欣慰的是，母亲已经习惯了一日三次按时吃药，她的病情一直还算稳定。前几天，吴敏阿姨来家里，两个老同学抚今追昔，母亲侃侃而谈，竟看不出丝毫的病态来。雨荷高度紧张的神经，渐渐松弛下来。

她给韩菊豆打电话，说家里的事情都处理好了，让她安排聚会的时间。韩菊豆说："那就明天吧。卢秀萍早都等不及了。我现在就给她和张姐打电话。"雨荷说："能不能明天早上十点钟在体育场东门外集合？"韩菊豆说："没问题……不过，为什么要在体育场东门外集合？"雨荷说："别问那么多，到了你就知道了。"韩菊豆说："好，那就这样说定了。明天十点，不见不散！"雨荷说："不见不散。"放下电话，雨荷告诉母亲，她们明天有个聚会，邀请她一起参加，母亲欣然应允。雨荷打算开车拉着母亲和韩菊豆她们车游环山路，然后再去秦岭山下的农家乐吃饭。她想象着张迎春、韩菊豆、卢秀萍几个人看见她驾驶一辆新车出现在她们面前时那惊喜的样子，竟然像个孩子似的激动不已。女人爱嘚瑟，就像女人爱臭美一样，萧雨荷也不例外——雨荷这样想着，不由暗自笑了。

雨荷心情不错，想好好捯饬一下自己。她打开衣柜，首先映入眼帘的是那件还未拆封的蓝底暗花旗袍，不觉眼前一亮，心想：明天聚会就穿它！她一边哼着小曲儿，一边拆开包装，把旗袍穿在身上，站在穿衣镜前，左顾右盼了一番，走到母亲跟前，说："妈，你看！"罗静芝打量着女儿，说："不错，真漂亮！"雨荷说："明天聚会，我就穿这件衣服，可以吗？"罗静芝说："当然可以。"雨荷说："可我觉得太扎眼了，有点穿不出去。"罗静芝说："有什么穿不出去的？现在是个多元开放的时代，你往大街上看，穿啥衣服的没有？你只管放心大胆地穿，没人注意你的。"雨荷说："可我还是不好意思……再说，现在已经是深秋季节了，早晚温差大，穿旗袍也有点儿凉。"母亲瞥了她一眼，说："这还不好办？外边穿一件薄风衣，不就结了？"雨荷说："对呀，我怎么就没想到呢？"她马上取出一件米白色真丝长款风衣套在身上，照了照镜子，不无得意地说："妈，这两件衣服真是绝配！你瞧这气质，这风度，天下女人，哪个比得上你女儿？"罗静芝撇了撇嘴，说："你以为我看不出来，想显摆你的旗袍，又没那么大的勇气，不显摆又不甘心。穿一件风衣，既掩盖了旗袍，也掩盖了你的羞怯心理。"雨荷说："妈，你真神了，竟然能一眼看到我的心里去。"

罗静芝说:"那当然了,你是我女儿,我还不了解你?"

第二天早上,罗静芝让雨荷陪着去美发店做了头发,回到家化了淡妆,翻箱倒柜地找出一件浅灰色薄羊绒外套穿在身上。雨荷望着眼前的母亲,故作惊讶状,惊呼道:"这哪里是我的老妈,分明是当年风华正茂的罗大夫嘛!"罗静芝说:"今天要见你的朋友,我可不想给你丢人。再说了,爱美是女人的天性,又不是你们年轻人的专利。"雨荷脸上露出一丝苦笑,说:"妈,我纠正一下你的说法,你女儿年近六旬了,早已不是什么年轻人了。"罗静芝说:"在我眼里,你永远都是个还没长大的孩子。"雨荷心里一热,扑进母亲的怀里,母女俩紧紧拥抱在一起。

雨荷觉得母亲的精神状态、行为方式、语言表达已完全恢复了退休前的样子,以为药物抑制了病情,母亲的状态正在好转。可她哪里知道,一场灾难正在悄然袭来。

母女俩正准备出发,雨荷突然接到韩菊豆的电话,说她已经到了体育场东门外。雨荷说:"说好的十点集合,你去那么早干啥?"韩菊豆说:"好久没在一起聚了,想起来就有点激动,在家待不住,所以早早出发了。"雨荷说:"你稍等,我马上就到。"雨荷挂上电话,还没转过身,电话铃又响了。这一次是吴敏阿姨打来的。吴敏阿姨说:"前几天就跟你妈约好了今天一起去母校看看的。"这倒让雨荷左右为难了,两个老太太出行多有不便,本应开车送她们去,可这边的聚会也无法推辞,况且韩菊豆已经到了集合的地点。雨荷征求母亲的意见,母亲说:"我当然要跟你吴敏阿姨回母校了。你们聚会,我就不去凑热闹了。"雨荷搞不清母亲昨天答应和自己一块去见张迎春她们,是忘记了跟吴敏阿姨的约定,还是故意逗她玩儿呢。如果是前者,说明母亲记忆力减退,阿尔茨海默病仍在隐隐作祟;如果是后者,则说明母亲病情好转,性格也随之变得活泼开朗起来。雨荷想试探一下,故意说:"妈,你们想回母校,怎么不早点儿告诉我呢?我今天……"话没说完,电话铃又响了起来,吴敏阿姨说她打了车,很快就到了,让罗静芝在小区门外等她。罗静芝说:"雨荷,你快走吧，别让张迎春她们几个人等你。"雨荷说："我必须亲手把你交给吴敏阿姨才放心。"罗静芝笑道："你把我当成了三岁的娃娃了？"

雨荷把母亲送上车，又给吴敏阿姨叮咛了几句，目送着出租车消失在车流中，方才匆匆回到小区，准备开车出发。她看看手表，已经十点多了，便给韩菊豆打电话简单解释了几句，说自己可能会晚点儿到。韩菊豆说："没关系的，我们仨在这儿正聊着呢，你不用太着急。"

已经错过了上班的早高峰，路上车辆不算太多，雨荷用了二十多分钟就到了体育场东门外。她老远就看见韩菊豆她们仨围拢在一起，嘻嘻哈哈有说有笑的，就把车停在路旁，按了一下喇叭，可她们谁也没有注意到她。她只好把头伸到车窗外，大声喊道："姐妹们，上车了！"她们这才发现了雨荷，一个个惊喜万状，好像定在了原地，傻愣着不动。雨荷说："还愣什么？快上车呀！"三个人这才先后钻进了车内。张迎春坐在副驾驶的位置，韩菊豆和卢秀萍坐在后排。张迎春问："雨荷，你啥时买的车？"雨荷说："才买的。"韩菊豆问："你有驾照吗？"雨荷故意说："没有。"韩菊豆说："天哪，你这唱的哪一出？我还没活够呢，可不想跟着你稀里糊涂地去阎王爷那里报到……雨荷，你停车，快停车！"张迎春说："韩菊豆，你能不能安静一会儿？你以为雨荷是那么不靠谱的人吗，没有驾照就敢开车？"韩菊豆说："有照也是新手呀，你没听人说，新手就是马路杀手？"

说话间汽车行驶到十字路口，一辆摩托车横冲直撞地从雨荷的车前飞驰而过。雨荷一个急刹车，引起车内猛烈震动，韩菊豆捂住胸口，惊呼道："我的妈呀，吓死我了！"雨荷惊魂未散，却故作镇定地说："你怕什么？摩托车闯红灯，属于违章行为。本司机处理得当，没有任何问题。"张迎春说："现在最可怕的就是这些摩托车、三轮车，还有电动自行车，很多人根本无视或不懂得交通规则。别说开车，走路也得提防着他们。"卢秀萍说："张姐说得对。前几天我买菜回来过马路的时候，跟一辆闯红灯的电动车擦肩而过，手里拎的几斤鸡蛋被撞得粉碎，还好，人没事。"她对韩菊豆说，"韩姐，你别紧张，雨荷那么大的作家，她的命比咱的命值钱，她都不怕，咱怕什么呀？"韩菊豆说："刚开始害怕，这会儿好多了。"她问雨荷，"雨荷，你要把我们拉到哪里去？"雨荷说："本来计划先去环山路上溜一圈，然后再去'农家乐'吃饭。时候不早了，干脆先去吃饭，吃完饭再决定下午去哪儿玩。"

汽车行驶了四十多分钟，来到了秦岭山脚下的沣峪口。雨荷停好车，几个人先后下车。雨荷说："对不起，本想给你们一个惊喜，没想到给了你们一个惊吓。"张迎春说："没什么惊吓，我一点儿都不害怕。雨荷你别听韩菊豆瞎咋呼，其实你的车开得挺好的。"雨荷说："我也是刚拿到驾照，心里没底，缺乏自信。你没看我一路上紧张得连话也不敢说嘛？"张迎春说："我年轻时也跟老寇学过开车，只是一直没考驾照。开车这件事儿并不复杂，只要做到胆大心细就行。雨荷你没问题的，慢慢就适应了。"

这边两人聊着车，站在不远处的韩菊豆和卢秀萍正在评头论足地议论着她俩的服饰。张迎春也穿了一件旗袍，不知出于什么心理，也像雨荷一样，给旗袍外边套了一件卡其色长款风衣。雨荷一抬头，发现韩菊豆正对着自己指指点点的说着什么，忙拉着张迎春走到她们跟前。雨荷说："韩姐，你说我什么坏话呢？"韩菊豆说："没有。我们俩在议论，你和张姐今天穿了一样的衣服，都是旗袍套风衣，是不是事先商量好的？"雨荷这才注意到张迎春也穿了旗袍和风衣，问她："张姐，为什么要给旗袍外边穿风衣呢？"张迎春说："我怕冷……你呢？"雨荷说："我也怕冷。"两个人都笑了，她们彼此心里明白，谁也无需把话挑明。雨荷问韩菊豆："韩姐，你今天为啥不穿旗袍呢？"韩菊豆说："我没想到。"雨荷说："那咱说好，下次聚会，大家都穿旗袍。"韩菊豆说："没问题！"卢秀萍说："我有问题。我那件旗袍，本来就是有特殊用途的……我不想说得那么直白，你懂的。那么鲜艳的颜色，怎么好意思穿出来？"雨荷说："现在不好意思穿出来了？当初是谁说的，聚会时一块穿旗袍，别人还以为是老年模特队呢，没准还能引领古城服装新潮流呢？"卢秀萍说："还说我呢，你那么喜欢旗袍，为什么要用风衣遮住它呢？"雨荷说："你问张姐呀。"张迎春说："敢买不敢穿呗！老了，赶不了时髦了！"几个人都笑了。

雨荷领着几个人，找到一家掩藏在竹林之中的农家小院。小院门前，小桥流水，曲径通幽，环境十分优美。三个人都说，想不到离古城这么近的地方，竟有这样一处世外桃源。雨荷经常和文学界的朋友来这里聚会，跟老板一家都很熟悉。老板娘让点菜，雨荷说："不用点了，跟以前一样，把你的拿手好饭好菜随便上。"老板娘说了声"好勒！"转身走入厨房。不大一会儿，老板娘就端出"山药炖土鸡""腊肉炒西芹""凉拌山野菜""豆腐丝拌粉条"四道农家菜和凉皮、煎饼、锅盔等几样主食，外加一壶自酿的糯米稠酒。四个人吃着聊着，一顿饭足足吃了三个多小时。

四个人各有各的烦恼——张迎春盼儿子和儿媳早点儿生个孙子或孙女，可小两口一直不见动静，不知是工作太忙不想生，还是儿子或媳妇生理上有问题，想生也生不了，张迎春想问又觉得不好开口，为此感到十分郁闷。雨荷最大的担心，就是母亲的阿尔茨海默病。不过最近还好，病情没有发展，雨荷甚至认为母亲已经完全恢复了正常。卢秀萍最大的烦恼，是她和傅翔的婚姻关系，到底还有没有继续存在下去的必要，这两天终于想明白了，这种有名无实的夫妻关系，对自己有害无益，不如早点儿离了，成全了别人，也解脱了自己。对张迎春和雨荷，大家表示同情，却也无可奈何，只能说上几句宽心话。关于卢秀萍的婚姻，别人不好多说什么，让她跟着感觉走，咋样舒服咋样来。

韩菊豆家里的情况就复杂多了，吃饭的过程中，大多数时间都是听她在"诉苦"——

自从王天理的七弟把老人送到韩菊豆家，韩菊豆家就一天也没有消停过。王天理的弟弟妹妹、侄子侄女、外甥外甥女，还有王天理的远亲近邻以及老人的同事和徒弟们，轮番来家里看望老人。两口子要照顾老人，还得招呼应酬，迎来送往。王天理的弟弟妹妹们，都认为大哥家的日子过得滋润，来时总是拖家带口，连吃带拿。家里的花销明显增加了不少，人也累得够呛。可是到头来，不仅没落下好，反倒落下不少埋怨。这个说老人的饮食太清淡,那个说不该让老人戒了烟酒。老七王天骏竟然说,老人跟他们一起生活时,身体健壮得像个小伙子,到了大哥家,一下苍老了几十岁。说大哥大嫂虐待老人,老人心情不好,才得上抑郁症的。

老七推说要带老人出去逛街,结果用轮椅把老人推到了公证处,逼着老人在事先拟定好的遗嘱上签字。遗嘱的主要内容是,老人百年以后,自己名下的房子归老七王天俊。关键时刻,老人一点儿都不糊涂,说遗嘱上的名字写错了,让把王天俊改成王天理。老七一气之下,拔腿就走,把老人一个人扔在公证处不管了。公证处的人看出了端倪,当即打电话把王天理叫到现场,重新打印了遗嘱,办理了公证手续。王天理本来没打算要老人的房产,可他被老七的行为激怒了。再加上老人一再声明,说房子必须留给老大。老人说:"你不要我的房产,就是不想要我这个老爸。从今往后,我再也不会进你的家门!"又说,"这套房子迟早是个祸害,我死后,那些白眼狼准能打出人命来。不如趁我头脑还清醒,早点儿把这件事做个了结。"王天理经不住老人的软磨硬缠,只好遵从了他的意愿。

老七逢人便说王天理赡养老人目的不纯,其实就是为了那套房产。他鼓动老二、老三和老五,一起把老大王天理告上了法庭,要求老人更改遗嘱,公平分配遗产。王天理的两个妹妹王天英和王天凤也来凑热闹,姐妹俩找上门来,质问自己的老爹,说男女都一样,凭什么把房产给了儿子,不给女儿,难道女儿不是亲生的?老人受了刺激,病情日益严重,整天寻死觅活。前两天说在家闷得慌,让王天理陪他下楼看一帮老头下象棋,王天理稍不留神,他竟然自己摇着轮椅向一辆货运车撞去。幸亏司机发现及时,否则后果不堪设想……

韩菊豆还没说完,早已哭成了泪人。张迎春叹息道:"老寇走了以后,这些年我一个人形单影只的,老羡慕你们家人气旺,日子红火。谁知道你们家竟有那么多的烦心事,想起来都让人头疼。真不知你深陷其中,一天天是怎么熬过来的?"停了一下又说,"要我说,干脆放弃那套房产,省得跟那帮人搅和在一起,你争我抢的。"韩菊豆说:"我也是这么想的,可我们家王天理不同意，说哪怕变卖了房产捐给慈善机构，也不能便宜了那帮混账东西。王天理本来心情就不好，我也不想再跟他争吵，只能由着他去了。"雨荷说："王天理这么做也有他的道理，那帮人贪得无厌，就不应该让他们得逞。"卢秀萍说："我一个人'独'惯了，觉着还是人少好。现在退休了，也没多少事儿，一个人自由自在的，想怎么着就怎么着，把自己管好就行了。"雨荷说："我觉得你应该去美国住一段时间，那里医疗条件好……"卢秀萍说："我一个病入膏肓的人，哪里也不想去了。再说了，我也离不开你们呀！我现在最重要的事情，就是跟你们聚会，几天不见，寝食难安。"张迎春说："我也有这种感觉。"

"生理学上有异性相吸一说，想不到同性也是如此地相吸呢。我想……"雨荷话没说完，手机突然响了。电话是吴敏阿姨打来的，吴敏阿姨拖着哭腔说："雨荷，我跟你妈从学校出来，走到十字路口，不小心走散了。我在附近找了两个多小时，到处都找不见你妈的身影……"雨荷说："阿姨，你别着急，我马上就过来。"

雨荷听说母亲走丢了，顿时乱了方寸，掏出一沓现金交给韩菊豆，说："韩姐，你去结账，我去把车开过来。"遂在兜里包里到处翻着，怎么也找不到车钥匙，急得头上冒出一层细汗。卢秀萍一低头，却发现车钥匙就在雨荷座位下边的地面上。张迎春说："雨荷，看你慌乱的样子，今天不适合开车的。"雨荷说："也是的，我去找老板，让他想办法送我们回去。"话音刚落，韩菊豆领着老板走了过来。韩菊豆结账时，跟他说了雨荷的事情，老板主动提出把她们送回城里。

第四十四章

"农家乐"老板直接把车开到吴敏阿姨所说的她和雨荷母亲走散了的那个十字路口。雨荷老远看见吴敏阿姨坐在公交车站牌下边的长椅上,一副失魂落魄、狼狈不堪的样子。雨荷叫了声:"阿姨!"吴敏阿姨一把攥住雨荷的手,声音沙哑地说:"雨荷,你可来了……阿姨没看好你妈,阿姨对不起你……"说着,竟然老泪纵横。雨荷安慰了她几句,又问了问两个人走散时的情况。吴敏阿姨说:"我俩规规矩矩站在路边,等到绿灯亮了,一块沿着斑马线横穿马路。走到马路那头,我发现你妈不见了。她明明跟我一块走了的,不知怎么就不见人了?我抬头向马路对面望去,发现你妈还在原地站着呢。这时红灯亮了,我没法过去。只好等到下一个绿灯亮了,才折转身过去找你妈,你妈却不见了踪影。我又转回学校,把我俩走过的路、到过的地方,齐齐找了一遍,到处也找不见你妈……雨荷,你说她能去哪里呢?"

雨荷让"农家乐"老板送吴敏阿姨回家去,吴敏阿姨说啥也不肯走。张迎春和韩菊豆一再劝说,才把她扶上了车。卢秀萍不知是衣服单薄还是身体的原因,冻得直打哆嗦,雨荷让她也一块上了车。老板问:"萧老师,把两位送到家以后,你的车停放在哪里?"雨荷说:"你把车开回去,我哪天抽时间去你那儿再把车开回来。"

送走老板、吴敏阿姨和卢秀萍,雨荷和张迎春、韩菊豆商量,决定三个人分头行动,在周围的各个路口再仔细找找。

大约两个钟头后,三个人一无所获地回到了十字路口。不大一会儿,王前、王进也赶到了。兄弟俩接到母亲的电话,下班后没顾上回家,直接赶过来了。几个人分析了一下情况,调整了寻找方案——张迎春在十字路口留守;王前和韩菊豆去罗静芝曾经供职过的医院寻找;雨荷和王进回到雨荷家附近寻找。

时间一分一秒地流逝着。又过了两个多小时,几路人马在十字路口会合,仍然一无所获。雨荷筋疲力尽,一屁股坐在马路边上,嘴里喃喃着:"这可怎么办呀?!……"

"雨荷,我想起来了……"张迎春脑子里突然冒出一种想法,说:"你妈会不会去了美院呢?"

雨荷打了个激灵,立马回过神来,说:"对呀!我妈跟我爸谈恋爱时,我爸正在美院读研究生。美院离医学院不远,两个人经常你来我往地穿梭于两个学校之间。我妈极有可能想起了那些美好的往事,去美院寻找当年的踪迹去了。"

听雨荷这么一说,本来一筹莫展的几个人,一下子提起了精神,马不停蹄地赶往不远处的美术学院。雨荷向门卫说明来意,门卫热情地介绍了美院内部区域分布及道路走向。几个人当即分了工:王前、王进绕大圈走马观花,快速寻找;雨荷、张迎春、韩菊豆几个人直奔宿舍区一带,重点巡查。

雨荷她们逢人便问,有人说在篮球场东边的小花园里,见到过一位老太太，几个人连忙赶了过去。雨荷老远就看见路灯下的石椅上躺着一个人，那熟悉的身影，像极了母亲。雨荷连滚带爬地跑过去，近距离观看，果然是她！雨荷搀扶起母亲，把她揽进怀里，呼唤着："妈，你怎么跑到这儿来了？"罗静芝睁开眼睛，打量着四周，说："雨荷，这是哪里呀？"雨荷说："这儿是美院，爸爸的母校。妈，你怎么跑到这儿来了？"罗静芝皱起眉头，说："是呀，我怎么跑到这儿来了？"雨荷说："妈，你应该给我打个电话，我也好早点儿过来接你呀。"罗静芝说："打电话？……我的手机呢？还有我的包，怎么都不见了？"雨荷说："妈，你别着急，咱慢慢找。"这时，张迎春和韩菊豆也走了过来，几个人一起在周围寻找着。找了半天，什么也没找见。韩菊豆提议，再去医学院那边找找看。雨荷说："咱不找了，只要老妈平安无事，什么东西丢了都无所谓。"韩菊豆给王前和王进打电话，告诉他们，人已经找到了。让王进把车开到美院门口，直接送雨荷和母亲回家。

回到家，罗静芝一下彻底清醒过来了。她想起了早上跟老同学一块出去的点点滴滴，甚至连吴敏身上穿的衣服，脖子上戴的项链都记得一清二楚，可就是想不起来自己是怎么跟她走散的。雨荷劝她早点儿休息，什么也别想了，罗静芝却呜咽道："小雨呀，妈这辈子完了，剩下的日子，将会是生不如死的煎熬呀！"

雨荷说："妈，你不要胡思乱想，我问过吴敏阿姨，她是这方面的专家。吴敏阿姨说，你的病情控制得不错，只要坚持服药，慢慢就会好转的。"

罗静芝摇着头，说："妈是学医的，妈懂的。这种病不可逆转，情况只能越来越糟糕。妈这么大年纪了，死不足惜，就怕一时半会儿死不了，活罪难熬……小雨，妈不想拖累你，妈想住养老院……"

"妈，你胡说什么？"雨荷急忙打断母亲的话，说："我怎么能让你住养老院呢？"搂住母亲的脖子，又说，"妈，你放心，女儿会陪在你身边，咱娘儿俩永远都不会分开的。"

罗静芝泪水涟涟地说："小雨，你也不年轻了，又是一个人，势单力薄的……"哽咽着说不下去。

这一刻，雨荷觉得母亲仿佛又回到了发病前的状态，思维竟是那样地清晰，语气中充满了柔情与爱怜。不过，这一次雨荷再也不敢盲目乐观了。母亲病情的几次反复，让她再也不敢奢望母亲能够完全康复。面对残酷的现实，她不得不重新规划自己和母亲未来的日子了。

雨荷一夜没合眼，思前想后的想得头痛欲裂，也没想出个好办法来。第二天早上起来，头昏脑涨的，浑身没有一丝力气。罗静芝状态还好，一大早起来神清气爽，居然哼着小曲儿跟雨荷一块做好了早餐。雨荷没有一点食欲，她怕影响母亲的情绪，如嚼蜡般勉强喝下了半碗菜粥。

吃完饭，雨荷躺在床上，想再睡一会儿，母亲却说想下楼转转。尽管她一再说自己一个人能行，让雨荷躺着别动，可雨荷怎么能放心？她爬起来，穿好外衣，跟母亲一块儿下了楼。可实在是体力难支，她就随便坐在道路旁的石凳上盯着母亲，确保她在自己的视线以内活动。一种从未有过的孤独和悲凉感，悄然涌上心头，雨荷不觉潸然泪下。母亲到了风烛残年，且患有阿尔茨海默病，已经到了寸步不能离人的地步。自己也已年近六旬，母亲昨日的一次走失，搞得自己筋疲力尽。倘若母亲病情恶化，自己一个人肯定是力不从心的。"如果有汪明辉陪伴在身边，该有多好……"这种想法刚一闪现，大脑立马短路，变成了一团乱麻。

雨荷稍一走神，发现母亲突然不见了踪影，顿时吓出一身冷汗。幸亏小区院子不大，很快就转了两圈，却到处找不见人。雨荷三步并作两步，急匆匆地跑到大门外，却见母亲正在和张迎春说着话，心里一块石头才落了地。她忙问张迎春怎么来了，张迎春说："韩菊豆有事找你，让我过来陪你母亲。"

雨荷问："韩姐找我什么事儿？"

"肯定是重要的事情。"张迎春诡秘地笑了笑，说，"去了不就知道了？"

雨荷说:"必须要去吗?"

张迎春说:"必须要去。韩菊豆十点半在兴庆宫公园东门外等你。"

雨荷说:"我妈她……"

张迎春说:"放心吧,我会寸步不离地跟着她。"

雨荷看了看手表,说:"时间不早了,我现在就去。"她说完,转身就走。

"你回来!"张迎春喊住她,说,"看看你这副尊容,昨晚没睡好吧?一对黑眼圈儿,脸色也不好。赶快回去照照镜子,简单捯饬一下。"

雨荷一丝苦笑,说:"我现在哪有这个心情?再说是去见韩姐,有必要搞得那么隆重吗?"

"当然有必要了!"张迎春说,"你是名人,一出门不知有多少双眼睛盯着呢?你可不能自毁形象呀。"

雨荷平日里最看重的就是自己的形象,张迎春看似无意的几句话,一下就说服了她。她回到家,站在衣柜前照了照镜子,自言自语道:"萧雨荷,瞧你这副模样,怎么好意思走出家门呢?"她换了身衣服,又化了淡妆,再去照镜子,果然焕然一新了,便不无得意地笑了笑,说:"这才是你萧雨荷嘛!"

雨荷没开车。为了安全起见,她给自己定下几个原则,即:心绪烦乱不开车;身体不适不开车;休息不好不开车。昨晚没有休息好,今天是不能开车的,只好打车去了兴庆宫公园东门外。

韩菊豆老早就到了,看见雨荷从出租车里下来,忙迎上前去。雨荷问:"韩姐,有啥事儿,你这么急着召见我?"

"雨荷,你母亲现在这情况,没人帮扶不行……我听说汪欣然快要结婚了,汪明辉也想见见你……我就擅自做主,约好了今天见面……"韩菊豆语无伦次,说出的话没头没脑的。

雨荷说:"韩姐,你到底想说什么?"

"我约了汪明辉、汪欣然父女俩中午一块吃饭……对、对不起,事先没有征得你的同意,是我、我考虑不周。"韩菊豆完全是一片好心,她了解雨荷和汪明辉彼此心里都忘不了对方,想趁此机会促成两人冰释前嫌,言归于好。早上刚起床,脑子一发热,就给汪明辉父女俩分别打了电话,约好了这次饭局。冷静下来又觉得自己做事太莽撞,担心雨荷怪罪,结果弄得事与愿违。于是又打电话跟张迎春商量,张迎春说,这是好事,你既然已经安排了,就放心大胆地去做,我来配合你。张迎春挂了电话,就着急忙慌地来到雨荷家,碰巧在小区大门外遇见了罗静芝和雨荷。有了张迎春的支持,韩菊豆心里有了底,她安慰自己:韩菊豆,你没有错,张姐都说了,这是好事,你应该放心大胆地去做!可是一见到雨荷,她还是有些"做贼心虚"的感觉,说话也变得结结巴巴的不利索了。

　　雨荷说:"韩姐,我明白你的一番苦心。"

　　韩菊豆这才放下心里的包袱,一下变得如沐春风般轻松快乐起来,说:"约好了在马路对面的'聚福楼'饭店用餐,也不知那爷儿俩到了没有……走,咱们过去看看。"搀着雨荷的胳膊,向"聚福楼"走去。

　　汪明辉父女俩早已在大门口等候着,简单寒暄了几句,便一同上了三楼来到订好的包间。韩菊豆让汪明辉点菜,汪明辉点了几道菜,把菜谱推到雨荷面前。雨荷见汪明辉点的都是自己喜欢吃的菜,不知怎么一下子百感交集,眼泪差点流出来。她赶忙把菜谱推给韩菊豆,径自去了洗手间。韩菊豆随便点了两个菜、一瓶丹凤葡萄酒,一壶西湖龙井茶。

　　雨荷调整好情绪,再回到包间来的时候,韩菊豆正在和汪欣然聊她的婚事。雨荷坐下来,汪欣然倒了一杯茶,双手递给她,说:"阿姨,我下个月初结婚,欢迎你来参加我的婚礼。"随即掏出一份请柬递给她。雨荷看了看请柬,关切地问汪欣然,未婚夫是哪里人、干什么工作的?汪欣然告诉她,未婚夫是她的大学同学,也是古城人,毕业后去了深圳,在一家合资企业工作。这次专门请假回来举办婚礼,结婚后,两人准备一块去澳洲发展。汪欣然说:"其实我现在心里也很纠结,往后我爸一个人生活,我担心他……"

"我会照顾好自己的!"汪明辉赶忙抢过话头,说,"年轻人应该以事业为重,你们既然已经选择好了未来的发展方向,就应该义无反顾地走下去,不要考虑太多。"汪明辉怕女儿的话引起雨荷的敏感甚或是误会,忙岔开话题,问雨荷:"雨荷,伯母最近身体还好吗?"

"一言难尽!"雨荷说了母亲的阿尔茨海默病和近期的种种表现,叹息道,"没办法,只能听天由命了。"

几个人一时无语。

沉默了一阵儿,汪明辉小心翼翼地说:"雨荷,我想去家里看看伯母,不知方便不方便?"

"这……"雨荷嗫嚅道,"你去……不大合适吧?"

"有啥不合适的?"韩菊豆立刻反驳,说,"阿姨目前这种状况,需要有更多的人去关心她。不管咋说,汪明辉也算是个老熟人,他去看阿姨,陪她说说话、聊聊天,也没什么不好呀。"

雨荷不再吭声。

韩菊豆怕冷场,催促服务员赶快上菜。饭菜上齐后,韩菊豆给每个人斟上葡萄酒,说:"为我们的久别重逢干杯!"四个人举起酒杯。雨荷说:"我今天借花献佛,祝福汪欣然婚姻幸福美满,爱情天长地久!"韩菊豆接着雨荷的话,很自然地把话题转移到汪欣然身上,问她:婚礼规模大不大?请了哪家婚庆公司?汪欣然回答说婚礼规模不大,只请了双方的知己亲戚。一位老同学自告奋勇主持婚礼,没有必要再请婚庆公司了。韩菊豆又问汪欣然订了哪家的婚纱?汪欣然说她不喜欢穿婚纱,定做了一套旗袍。韩菊豆说:"看来,女人没有不喜欢穿旗袍的。到时候,我跟你雨荷阿姨也一块穿着旗袍,去参加你的婚礼。"对雨荷说,"雨荷,咱们的旗袍这回可派上用场了。"雨荷冲着汪欣然笑了笑,说:"你韩姨早就盼着有机会显摆她的旗袍呢。"这时,韩菊豆的手机响了,她一边接电话,一边走出包间。不大一会儿,又返身回来说:"对不起,我家里有点事儿,得先走一步，你们慢用。"

韩菊豆走后，汪欣然也推说单位有事，急匆匆地走了，包间里只剩下雨荷和汪明辉两个人。雨荷恍惚觉得，时光回到了三十多年前——两个意气风发的年轻人，把酒言欢，共话未来……忽然一抬头，看到汪明辉两鬓的白发，思绪又回到了现实中。不由感叹岁月如梭，物是人非。

汪明辉明白韩菊豆组织这次饭局的良苦用心，自然也了解韩菊豆和汪欣然借故离开，是想给他创造一个与雨荷单独接触的机会。这些年，多少次擦肩而过，多少次梦里相逢——汪明辉有一肚子的话想对雨荷说。可是这一刻，千言万语却不知从何说起。

足足几分钟，谁也不肯开口说话。包间里异常寂静，两个人彼此都能听到对方的呼吸声。不知又过了多长时间，雨荷站起身，轻声说道："我想出去走走。"汪明辉说："好。"其实，汪明辉并没有搞清楚，雨荷是想一个人出去走走，还是邀请他一块出去走走。

两人走出"聚福楼"，横穿马路，进入兴庆宫公园东门。彼此心照不宣，一路上默不作声，走着走着就走到了兴庆湖畔。雨荷触景生情，泪水盈满了眼眶。她不想在汪明辉面前掩饰，任由眼泪滴落在面颊上。汪明辉一时冲动，张开双臂，想要把她揽进怀里。可他瞬间克制住了自己，从衣兜里掏出一包纸巾递给她。汪明辉声音颤抖着，说："雨荷，过去的事都是我不好，是我对不起你……"

雨荷说："你什么也不用说，过去的就让它过去吧。"

汪明辉说："雨荷，请你给我一个机会，让我跟你一块承担起照顾伯母的义务。"

雨荷冷冰冰道："不需要！"话一出口，立马意识到不该以这种拒人于千里之外的口吻跟汪明辉说话。她在心里责问自己："萧雨荷，你为什么不能态度温和些？为什么要口是心非，折磨别人、也折磨自己呢？"

第四十五章

卢秀萍一觉醒来,已是早上十点多了。最近一段时间,她身体多有不适:面色晦暗、精神不振、食欲减退、消化不良……种种迹象表明,肝硬化症状日趋严重,甚或已经开始向肝癌转变。多年的患病经历,让卢秀萍积累了不少医学常识,也让她看淡了生与死。她恐惧吃药和打针,"谈医色变",一步也不想踏进医院的大门。自从上次"肝昏迷"以后,她就做了最坏的打算,抱着顺其自然、活一天算一天的消极心理,消磨时间混日子。

想一想,这世上也没啥值得留恋的。父母早已离世,病情加重一分,离他们就更近一步。两个弟弟平时基本上没啥来往,上次"肝昏迷"病情垂危,傅翔分别给他们打了电话。大弟在她清醒后来医院探视过一次,待了不到十分钟就走了;二弟不闻不问,连个电话都没打过。最让她牵挂的是儿子傅翀,可那小子早已把他的娘老子忘到了九霄云外。起初,卢秀萍还隔三岔五地给儿子打个电话,可儿子言语中表现出的不耐烦,极大地伤害了她的自尊心。时间久了,心也淡了,一年半载的也难得联系一次。没有了亲情的牵绊,没有了世俗的欲念,对这个世界还有什么可留恋的?卢秀萍住院时,见过几个肝癌病人临终前惨不忍睹的样子:有拧作一团,痛苦挣扎的;有龇牙咧嘴,面目狰狞的;有疼痛难忍,大声号叫的。卢秀萍最担心最恐惧的,就是自己也像那些人一样,"不得好死"。她现在唯一的奢求,就是能够好好地安详地离开这个世界。

要说还有什么必须要办、还未来得及办的,那就只剩下和傅翔离婚这一件事了。一个多月前,也就是上个月十号,她打电话约傅翔回家,向他表明了自己的态度:可以随时去办离婚手续。事后,卢秀萍才想到,那一天正好是他们的结婚纪念日。

傅翔当时脸上的表情让她捉摸不定。他并没有表现出些许的惊喜,而是满脸狐疑,惊诧地看着她。卢秀萍说:"老傅,你不要用这种眼神看着我,我说的是真心话。"又说,"人之将死,其言也善。我一个将死之人,把什么都想明白了。我想成全你,真心地希望你和甜甜妈晚年幸福。"傅翔没说话,点燃一支烟抽着。卢秀萍明显看到他的手在微微颤抖着。也许是她的真诚打动了他,也许是他那一刻对她动了恻隐之心。傅翔嘴角蠕动了两下,轻声说:"我怎么能在这种时候跟你离婚呢?你不要胡思乱想,要对自己有信心。现在医疗条件这么好,你的病一定能治好的。"卢秀萍没想到傅翔不仅不同意离婚,还说出了那么贴心的一番话,顷刻间对这个男人充满了感激之情。

疾病悄然改变了卢秀萍的一切,包括性格、爱好以及生活习惯,等等。她现在晚上睡不着,早上起不来,起来后慵慵懒懒的,什么也不想干,也没有食欲。可她心里明白,早餐是一日三餐中最重要的一餐,不仅要吃,而且要吃好。只有早餐摄取了充足的营养和能量,才能在一整天保持一个较好的状态。对于她这样的病人来说,早餐提供的,那可是生命的支撑，不想吃也得吃！她用电饼铛加热了两片面包，煎了一个鸡蛋；烧了一壶开水，冲了一杯羊奶粉。刚咬了一口面包就感到恶心，欲吐不能，欲罢不止，她喘息了一阵儿，闭着眼睛，一口气喝完了一杯羊奶，就再也不敢碰面包，也不想吃鸡蛋了。她找出一包苏打饼干，勉强吃下两块。

几乎每顿都有吃不完的残羹剩饭，餐桌上杯盘狼藉。屋子里，所有的台面上都落下一层厚厚的灰尘，到处凌乱不堪。卢秀萍想收拾一下，又懒得动。反正一个人在家，打扫得再干净给谁看呢？不如由着性子，不想动就不动了。

所谓的家，其实也就是这套房子。偌大的空间，除了一个半死不活的病人，再也看不到别的生机。卢秀萍每天待在这样的环境里，陪伴她的，只有孤独和寂寞。

她现在最想做的，就是跟朋友聊聊天。她拿起手机，拨通了张迎春的电话。本来是想发起一次四人聚会的，可转念一想，自己病体难支，恐多有不便，当即放弃了聚会的念头。两个人寒暄了几句，张迎春问她身体怎么样，她回答说，一切都好。卢秀萍怕朋友担忧，一向都是报喜不报忧的。放下电话，抬头看了一眼墙上的挂钟，时针指向十一点半。刚吃过早餐，午饭至少要等到下午两点以后了。人在无聊中，时间像蜗牛行走一样缓慢，真不知道剩下的分分秒秒该怎样打发了。卢秀萍打开电视机，调了几个台，找到一档综艺节目。尽管兴趣不大，倒也能凑合着看。到底是体力不支，一个小品都没看完，就困得睁不开眼了。朦胧中，听到有人敲门，一下子清醒过来，打开门，只见傅甜甜站在门外。

卢秀萍没想到有人来造访，更没想到来者竟是傅甜甜。顿时显得狼狈不堪，说："昨天睡得晚，刚起床，还没来得及打扫……甜甜，你快坐。"

傅甜甜根本没注意到屋子里的脏乱不堪，径自坐在沙发上，说："姨，我来告诉你，我爸得了脊髓炎，做了手术，已经脱离了生命危险。不过现在还有些感觉障碍和运动障碍，简单说就是行动不方便。"

"啊？"卢秀萍惊诧道："你爸他……啥时候生病的？"

傅甜甜说:"上个月十三号。"

"上个月十三号?"卢秀萍想了想,说,"十号那天,我还见了你爸的。这么说,三天以后,你爸就生病了?"又说,"这孩子……你怎么才告诉我?"

傅甜甜说:"我爸是突然发病的,'120'把他拉到医院,医生说他呼吸循环衰竭,当即就下了病危通知。当时情况危急,没顾上告诉你。我爸脱离危险后,我征求他的意见,要不要给你打电话,我爸考虑到你身体不好,不让告诉你。"

"你爸现在出院了?"卢秀萍问。

傅甜甜说:"我爸病情平稳了,昨天转到了医院的康复中心。"

卢秀萍说:"甜甜,你稍等一会儿,我下楼买点儿东西,跟你一块去看看你爸。"

傅甜甜说:"姨,你啥都不用买,人去就行了。"

傅甜甜把卢秀萍领到康复中心傅翔的病房里。傅翔正在用一部多功能手扶助行器练习走路,看见卢秀萍来了,就势坐在了助行器上,跟她打着招呼,说:"你来了?"卢秀萍坐在床边,傅甜甜倒了一杯水递给她,说:"姨,你坐。"又对傅翔说,"爸,我先走了,有事你打电话。"傅翔说:"甜甜,让你妈下午来的时候,帮我带上那件蓝格子衬衫。"傅翔不知疏忽了,还是根本不介意卢秀萍就在当面。要是在以前,卢秀萍听到这句话,肯定会醋意大发,非得闹个鸡飞狗跳不可。可现在的卢秀萍,经过重病的洗礼,早已参透了人生,且能做到置身事外、心如止水了。

卢秀萍望着傅翔消瘦的面颊,忍不住鼻子发酸,她想到了自己几次住院,这个男人总是不离不弃地守护在自己的病榻前。那次"肝昏迷"住院前,傅翔就已经提出了离婚,两个人之间早已没有了夫妻情分。而她当时不同意离婚,完全是出于一种阴暗的报复心理。可当她住院后,傅翔仍然一如既往地照顾着她,让她在一场生死攸关的危难中,感受到了如父如兄般的殷殷亲情。人心换人心,现在,这个如同父兄的男人病了,怎能不让她情凄义切呢?

这一刻,两个病人,惺惺相惜,泪眼相望。

"老傅,你怎么……突然就病了?"卢秀萍刚一开口,眼泪就夺眶而出。

傅翔说:"秀萍……不要这样,你身体不好,要克制点自己。我没事了,医生说只要坚持锻炼,是可以完全康复的。"

卢秀萍哽咽道:"我几次生病住院,都是你在照顾我……可你病了,为什么不告诉我一声呢?"

傅翔说:"秀萍,你是个病人,我不想让你担心。你的身体状况,是经不起折腾的。"

卢秀萍说:"我没事,一时半会儿死不了。"

"唉……"傅翔叹息道,"你呀,不要太过消极悲观了,这样对身体不利。医生反复强调,肝病与人的情绪密切相关。你要注意保持良好的心态……对了,给你说点开心的事儿吧,傅翀前几天打电话说,他获得了一项科研大奖,在业界引起了不小的轰动。据说,还能得到一大笔奖金呢!"

卢秀萍表现得无动于衷,说:"傅翀再优秀,那也是'别人家的孩子',跟我有什么关系呢?"

傅翔知道卢秀萍对儿子怨气不小,他也曾婉转批评过儿子。可不知为什么,母子俩的关系,不仅没有得到丝毫的改善,反而渐行渐远。儿大不由爹,傅翔同情卢秀萍,却也爱莫能助。

傅翔想劝卢秀萍,可一时又想不出合适的话语来。很长一段时间里,两个人谁也不吭声,就那么静静地干坐着。卢秀萍可能坐困了,窝蜷着倚在被子上,很快就打起了盹儿。傅翔陪卢秀萍住院时,见到过病人家属咨询医生,知道嗜睡是肝硬化病症加重的预兆。再看看卢秀萍的脸色,黝黑暗淡,发紫发青。想到卢秀萍的病已是回天乏术了,不由心里攥成了一团。他怕她着凉,想拉开被子给她盖上。可被子被她压在了身子下边,拽了几下拽不动,又怕动作大了惊醒她,就把自己的一件外衣搭在她身上。

傅甜甜来送饭,保温饭盒里盛满了何凤梅精心制作的、指头蛋儿大小的三鲜味儿的酸汤水饺。傅翔小声问:"你妈怎么没来?"傅甜甜朝着卢秀萍努了一下嘴。傅翔小声说:"没关系,你姨早已不介意这些事了。"傅甜甜爬到卢秀萍耳朵旁,轻声叫着:"姨,起来吃点儿饭。"卢秀萍揉着眼睛坐起来,说:"我这两天也不知咋搞的,一坐下就打瞌睡。"傅翔说:"这家医院有个肝病科,吃完饭咱们去那里,找个医生给你看看。"傅甜甜盛了一小碗热汤饺子,双手递给卢秀萍,说:"姨,你尝尝我妈的手艺。"卢秀萍一口吞下一个饺子,喝了两口热汤,说:"不错,好久都没吃到这么香的饺子了,这汤也好喝。"傅甜甜说:"好吃你就多吃点儿,我妈知道你在这儿,专门给你和我爸做了她最拿手的三鲜珍珠酸汤水饺。"卢秀萍只吃了三个饺子,就把碗推到了一边。傅甜甜说:"姨,你怎么不吃了?"卢秀萍说:"吃饱了,不能再吃了。吃多了,肚子胀得难受。"傅甜甜问父亲:"我姨怎么就吃这点儿饭?"傅翔说:"别问了,带你姨去肝病科,让医生给她检查一下。"傅甜甜说:"好。"

到了肝病科,医生给卢秀萍做了检查,当即就开了住院通知单,让傅甜甜去缴费。卢秀萍拦住傅甜甜,说:"我不想住院,我的身体我知道,住不住院都一样,我不想再花钱买罪受了。"傅甜甜陪卢秀萍走到院子里,让她坐在石椅上稍等一会儿,折转身又去了医生办公室。傅甜甜问医生,卢秀萍的病到底怎么样了?医生告诉她,卢秀萍病情危重,随时都有生命危险。傅甜甜介绍了卢秀萍和傅翔的关系,要求安排他们同居一室。医生当即打电话跟相关部门协调,同意了她的诉求。傅甜甜没有征求卢秀萍的意见,直接给她办好了住院手续。

再回到傅翔的病房时,卢秀萍一进门就一头扎在了病床上,去了一趟肝病科,似乎已经耗尽了她全身所有的力气。房间里,正好有一张空床位,护士很快铺好了被褥。傅甜甜告诉她,已经办好了住院手续,卢秀萍不再说什么。她躺在傅翔的病床上,一动也不想动了。傅翔只好让傅甜甜把他的衣物、书籍等东西，挪到了新铺好的床位上。卢秀萍让傅甜甜帮她回去拿换洗衣服和洗漱用品，特意关照她，把大衣柜靠左手最上边一层的蓝花包袱拿来。蓝花包袱里，装着她早已为自己准备好的寿衣。

卢秀萍住院后，傅甜甜专门请了个护工照顾她和傅翔。傅翔吃不惯医院食堂的饭，就跟卢秀萍商量，能不能让何凤梅做好饭送到医院来？卢秀萍说："只要甜甜妈愿意，我有什么好说的？我是秃子跟着月亮沾光，感激人家还来不及呢！"何凤梅本就是个贤妻良母型的女人，性格温和，心地善良。面对病病恹恹的卢秀萍，她早已忘却了当年的"夺夫之恨"，对她更多的是同情与怜悯。何凤梅每天变着花样，做好了饭菜，送到医院来。她对傅翔的饮食喜好，自不必说是了如指掌的。每次走的时候，总是忘不了问一声卢秀萍想吃什么，她想方设法满足卢秀萍的要求，时常带给她意想不到的惊喜。卢秀萍心存感激，一口一个"大姐"，叫得十分亲昵。医护人员看到他们一家人亲密无间的样子，却搞不清他们之间的真实关系。

在医院住了一段时间，卢秀萍的身体状况有了明显好转。刚刚看到了一线生机，脑子里不知怎么就闪现出"回光返照"这个词，情绪突然一落千丈。她不知道发生在自己身上的，是医生的"妙手回春"，还是短暂的"残灯复明"。她把自己的想法告诉给傅翔，傅翔说："我看你就是太敏感了。前一阵子，你不吃药不打针，病情自然就加重了。住院后，坚持治疗，这不就初见成效了？"他的话有道理，也符合逻辑。可卢秀萍还是由不得胡思乱想，越想越觉得自己的"末日"将要来临了。本来已经做了最坏的打算，可是事到临头，还是表现得慌乱不安。也难怪，谁能不怕死呢？

卢秀萍打开蓝花包袱，那件红艳艳的丝绒旗袍，一下就锁住了她的目光。心想，身为女人，没穿过旗袍，怕是此生最大的遗憾吧？又一想，不觉有些好笑：你卢秀萍这辈子就这点儿出息？再一想，也没什么好笑的——男人好吃，女人好穿。你卢秀萍已经快要走到人生的尽头了，你别无他求，想穿一件旗袍有什么好笑的？一边想着，一边就把旗袍穿在了身上。

衣服讲究成套搭配，单穿一件旗袍，再看看脚上的拖鞋，显得不伦不类的。索性穿上了连体裤袜，脚上换上一双浅圆口黑色坡跟皮鞋，再戴上耳环项链。穿戴齐毕，又从蓝花包袱里取出化妆盒，为自己描眉施粉抹口红。傅翔坐在对面的病床上，默默地注视着卢秀萍。他不明白卢秀萍为什么要把自己捯饬成这副鬼样子——深陷的双眼，隆起的颧骨，再加上夸张的浓妆艳抹，活脱脱舞台上古装戏中的老媒旦！他感觉她的行为有些反常，甚至有些怪异。

卢秀萍站在傅翔面前，说："好看吗？"

"好、好看。"傅翔口是心非，他不想扫她的兴。

何凤梅正好这时推门进来，见状不由愣住了，嘴张了几张，却说不出话来。

卢秀萍说："大姐，怎么……吓到你了？"

何凤梅说："没有，我只是……没见过你这样打扮……"

"大姐，这是我给自己准备下的寿衣。"卢秀萍有意在她面前走了两步，说："寿衣店的衣服，我一件也看不上，就想标新立异一回。你看，到时候穿成这样，行吗？"

何凤梅不知该怎样回答她，眼泪却像泉水一样奔流不止。

"大姐，你别哭呀。人活百岁，总有一死，我这不是有备无患嘛！"卢秀萍反倒劝起了何凤梅。

第四十六章

　　那日,兴庆湖畔匆匆一别,又勾起了雨荷对汪明辉的思念之情。雨荷似乎又回到了初恋时的状态:汪明辉的身影挥之不去,他说过的话,余音绕梁,让她回味无穷。她后悔当时对人家态度生硬,语气冰冷。她知道汪明辉是个自尊心极强的人,生怕得罪了人家,从此断了联系。她想打个电话,解释一下,又抹不下脸来。她希望汪明辉能主动联系她,每当电话铃响起,总是迫不及待地去接听,可一次又一次地让她失望至极。心里便不由得抱怨起了韩菊豆,不该莫名其妙地安排了那次"聚福楼"的饭局。想想人家也是一片好心,可既然你想"成人之美",就应该把好事做到底呀!像这样刚开了个头,就戛然而止,算咋回事儿呢?感情又不是自来水,想关就能关得住的。

　　雨荷想来想去,还是忍不住给韩菊豆打了电话。不过,她只字未提汪明辉，拐弯抹角地问，汪欣然结婚，不知送个什么礼物好。韩菊豆说，送啥礼物呢？不如送个大大的红包，显得大方得体还实用。雨荷说，我听你的，就送一个大红包。通话结束时，韩菊豆突然问："汪明辉最近跟你联系了没有？"雨荷说："没有。"挂了电话，雨荷想，韩菊豆既然能问汪明辉最近跟她联系了没有，说明她还惦记着这件事儿。这通电话也算没白打，至少提醒了韩菊豆，她不至于把这件事忘到脑后。

雨荷哪里知道，韩菊豆几乎每天都打电话，催汪明辉去看望罗静芝和雨荷。汪明辉备好了礼物，准备出发时，汪欣然让父亲等等她，说她也想去看看雨荷阿姨和奶奶。汪欣然忙着筹办婚礼，还要接待那些在外地工作、专程赶来贺喜的同学，再加上办理出国护照，等等，整天忙得不亦乐乎。这件事就一天一天地拖了下来。汪明辉等不及女儿，就一个人前去拜访。他了解雨荷的日常习惯，专门挑选了下午三点多的时间段去了雨荷家。他知道，如果没有特殊安排，这个时间，雨荷一般都会宅在家里喝茶的。

汪明辉敲了几下门，想不到前来开门的竟是罗静芝。三十几年未曾相见，岁月沧桑，两个人的变化都让对方感到吃惊——当年仪态万方、气度不凡的罗大夫，变成了腰蜷背驼的垂垂老妪；当年器宇轩昂、玉树临风般的英俊青年，变成了华发苍颜的小老头儿。汪明辉痴愣片刻，叫了声："伯母！"

罗静芝也认出了汪明辉，说："你来干什么？"

"我来看看您。"汪明辉说。

"你还有脸来？"罗静芝把他堵在门口，怒斥道，"你这个无情无义的卑鄙小人，这辈子害惨了我的小雨……你知道不知道，我女儿这些年是怎么过来的？"

汪明辉说："伯母，能不能让我先进去？"

"你进来干什么？这个家不欢迎你，我女儿也不想见到你。你给我滚……"罗静芝说着，就把汪明辉向外推。

雨荷最近晚上老是失眠，全靠午饭后美美地补上一觉。她睡得正香着，忽然被母亲的嚷嚷声吵醒了。走到门口，看到的却是让人非常尴尬的一幕。罗静芝还在把汪明辉向外推着，雨荷拦住她，说："妈，你别这样，让邻居看见多不好的？"

罗静芝抬高了声音，说："我又没干啥见不得人的事情，我怕什么？"

雨荷说："妈，你消消气儿……你没听人说，有理不打上门客吗？你先让人进来，咱有话在家里慢慢说，行吗？"

罗静芝说："跟这种流氓无赖有什么好说的？我看见他就一肚子的火！你让他走，走得越远越好！"又对汪明辉大声吼着，"你走不走？……再不走，我就报警了！"

雨荷看到，汪明辉脸上表情复杂，有愤懑，有屈辱，更多的却是无奈。

汪明辉迟疑片刻，转身走了。

雨荷扶母亲坐到沙发上，来不及换下身上的睡衣和拖鞋，就追了出去。

还好，汪明辉没走，他有意在小区院子里磨蹭着，显然是在等雨荷。雨荷走到他身旁，说："对不起，我妈有病，你不要跟她一般见识。"

"不会的。"汪明辉一丝苦笑，说，"都是我不好，做了对不起你的事情。伯母对我有怨气，我能理解。"

雨荷不好再说什么，就问："孩子的婚礼筹办得怎么样了？"汪明辉说："基本一切都就绪了。"两人才说了两句话，雨荷突然听见了母亲的喊叫声。一抬头，只见母亲正站在窗口，向楼下喊着："萧雨荷，你给我回来！"

雨荷跟汪明辉匆匆告辞，一路小跑上了楼。她没拿钥匙，一边敲门一边说："妈，你开一下门。"母亲在屋里大声吼道："瞧你那点儿出息，离不开汪明辉，就跟他走呀，还回来干什么？"雨荷说："妈，你快开门呀！"屋里却没有了动静。雨荷怕惊动四邻，不敢踹门，也不敢大声喊，只好又

441

下了楼。发现汪明辉已经走了，自己身上穿着睡衣，哪里也去不了，就在小区花园里，找了个僻静的地方坐了一会儿。雨荷一直在琢磨：母亲见到汪明辉为什么会有那么强烈的反应？自己朝思暮想地盼来了汪明辉，不料却被母亲棒打了鸳鸯。汪明辉会怎么想？是知难而退，还是迎难而上？……想着想着，不由得对母亲生出了几分怨气。

一阵冷风吹来，雨荷冻得起了一身鸡皮疙瘩，不敢再在外边逗留，急忙上了楼。母亲不知什么时候已把门打开了一道缝儿，气呼呼地坐在沙发上，眼睛却一直盯着门口。雨荷走进来，顺手关了门，坐到母亲身旁，说："妈，你干吗生那么大的气呢？"

母亲骂骂咧咧地说："你还要脸不要脸了，怎么就把汪明辉勾引到家里来了？想男人想疯了，是不是？……"

雨荷赶紧捂住耳朵，活了几十岁，还是头一回听到从母亲嘴里说出这么恶毒这么粗俗的话来。那些话如芒刺在背，如万箭穿心，雨荷气得差点晕了过去。她眼中的母亲一下变得面目狰狞，丑陋不堪。

那一刻，她完全忘记了母亲是个阿尔茨海默病患者。

张迎春和韩菊豆来到雨荷家时，母女俩还在僵持着。

雨荷把自己关进书房里，两只眼睛都哭肿了。韩菊豆进去时，她竟然毫无察觉。听到韩菊豆叫她，赶忙用餐巾纸擦干了脸上的泪水，说："韩姐，你咋来了？"韩菊豆说："我给汪明辉打电话，催他赶快来你家一趟。他说刚从你家里出来，说阿姨很生气，把他堵在门口不让进去……他倒是说得轻描淡写的，可我感到事情不妙，就约了张姐一块过来看看。"雨荷问："张姐呢？"韩菊豆说："在客厅陪老太太呢。"雨荷又问："汪明辉他……是不是很生气？"韩菊豆说："电话里听不出他有多生气的。倒是你，还真的跟老娘较上劲儿了？"雨荷说："韩姐，你不知道，我妈她骂我……我都不好意思说出口。"韩菊豆说："雨荷，你别忘了，老娘得了'老年痴呆症'，你怎么能跟一个病人计较呢？"雨荷说："我看她头脑清醒得很，哪里像个病人？……我想不通，她为什么那样对我？"韩菊豆说："你不想想，她要是没病，心疼你还来不及呢，怎么能拿那些不中听的话来刺激你？怎么舍得让自己的宝贝女儿受这么大的委屈？"

韩菊豆平时说话，不大注意方式方法，也谈不上语言技巧，想不到这几句话，却句句都说到了点子上。雨荷顿时豁然开朗，说："韩姐，你说得对，我怎么能用正常人的思维要求老娘呢？我听吴敏阿姨说过，阿尔茨海默病存在一定的遗传倾向，你说我会不会也……"韩菊豆说："呸呸呸，你瞎说什么？像你这样的超强大脑，要是得了那种病，全世界的人都该痴呆了。"雨荷被韩菊豆那副认真的样子惹笑了。韩菊豆说："你笑了？……你没事了，咱们该去看看老太太了。"

张迎春和罗静芝一直在客厅闲聊着。张迎春刚进来时，看见罗静芝怒气难平的样子，当时就在心里盘算：必须想办法，把老太太哄开心了。罗静芝口口声声骂汪明辉是个无耻小人，张迎春就顺着她的话说："是的，他不该辜负了雨荷对他的一片真心。"罗静芝说："雨荷是鬼迷心窍了，竟然为了一个负心汉终身未嫁。"张迎春说："雨荷就是太痴情了！"罗静芝说："什么痴情不痴情的？我看她就是犯贱！"张迎春说："回头我再好好劝劝她。"罗静芝说着，呜呜哭了起来。抹了一把眼泪，又说，"我都这么大年纪了，活不了几天了。我死了，小雨怎么办？……"张迎春搞不清老太太的表现，像不像个正常人。可她能感觉到，老太太不管明白着，还是糊涂着，骨子里都是心疼自己的女儿的。

雨荷和韩菊豆从书房走出来，雨荷站在一旁察言观色，见母亲的情绪已经平静下来了，就坐在她身旁，说："妈，你不要生气，我听你的话，今后再也不会跟汪明辉有任何的联系了。"母亲说："你的事情，我以后再也不管了，你爱咋咋地。"雨荷心里"咯噔"了一下，看样子，母亲还在生气。张迎春见状，忙打圆场，对罗静芝说："这就对了嘛！罗老师，你都这么大年纪了，管好自己就不错了。雨荷也不是小孩子了，你就不要再为她操心了。"

443

晚上，送走张迎春和韩菊豆以后，雨荷想跟母亲搭讪几句，可母亲要么爱答不理，要么凶巴巴表现出极大的不耐烦。雨荷知道，母亲还在跟她置气，就不再理她。闲得无聊，掏出手机翻看最近的通话记录。看来看去，发现联系最多的竟是黄仙慧。要说这个表弟媳妇还真不错，生意忙走不开，隔三岔五地总要打个电话闲聊几句，问候一下大姑和表姐。每次挂断电话以前，都要说上一句："有事儿一定要告诉我一声！"

雨荷心里想："有事儿……有什么事儿？母亲得了阿尔茨海默病，这算不算是有事儿呢？"这件事情，除了舅妈，再没人知道。上次回松树沟时，母亲的病情并不严重，她的言谈举止跟正常人没有什么两样。母亲突然闹着要回城里，大顺两口子只当是人老了，耍小孩子脾气，压根就没往别的地方想。舅妈也不相信母亲生了病，甚至怀疑是医院搞错了。

母亲生病的这些日子，雨荷感受最深的就是，身为独生女儿的孤立无援。若论血缘关系，玉莲和玉田是她最亲近的人。玉莲实在是蚂蚁穿豆腐，提不起来。自从跟黄仙慧闹掰了以后，她就销声匿迹，不知去了哪里。至于玉田，不知为什么，雨荷从小就不喜欢这个被外婆和舅妈惯坏了的小表弟。她几乎没有正眼瞧过他，更谈不上相互间的挂牵和情感上的依恋。不管遇上什么事情，雨荷也不会想到他的。雨荷与黄仙慧同为家中独女，感情上十分亲近。在黄仙慧最困难的时候，雨荷帮助过她。黄仙慧知恩图报，早就把雨荷当成了自己的亲姐姐。可黄仙慧上有老下有小的，还要经营那么大一摊子生意，什么事儿不得靠她支撑着？要说玉田是一家之主，不如说他就是个打杂的，或者是个帮工的。离开黄仙慧的指拨，他啥事也干不了。雨荷一直没有把母亲生病的事情告诉黄仙慧，就是不想打扰她。可是这一刻，雨荷不知怎么一时冲动，特别想跟黄仙慧通个电话，说说母亲的病情。

雨荷拿起手机，又有些犹豫不决。正在考虑该怎么跟黄仙慧说，手机响了，显示屏上出现了"汪明辉"几个字。母亲坐在当面，雨荷不敢造次，只好挂断了汪明辉的电话。嘴里假模假样地嘟囔着："这帮推销化妆品的，没完没了的，烦死人了！"

母亲困了，哈欠连连的，没有洗漱就躺在床上了。母亲原来是有洁癖的，每晚睡觉前，必须刷了牙，洗了脸，烫了脚，才肯上床。生病以后，就像变了一个人，再也没有过去那么多的穷讲究了。雨荷开始说过她几次，后来发现母亲有强烈的抵触情绪，加之自己精力有限，管也管不过来，只好由着她去了。雨荷坐在床边，看着母亲已经安然入睡，正要走出去，手机又响了。一看，还是汪明辉打来的。雨荷把手机塞到衣襟下，快步走到客厅，压低声音接电话，说："这么晚了，你有事吗？"汪明辉说："我现在就在你们小区院子里，你如果方便的话，就请下楼来一下。"雨荷稍一迟疑，说："你稍等。"挂了电话，蹑手蹑脚走到卧室门口，"侦察"了一下。母亲已在熟睡中。

雨荷走出单元门洞，看见不远处的树丛中有一团黑影，知道那便是汪明辉了。汪明辉躲在暗处，看见雨荷走出来，忙迎上前，说："伯母睡了吗？"雨荷说："睡了。她不睡，我能出来吗？"又说，"你怎么这么晚来找我？"汪明辉说："来得再早些，你也出不来呀。"雨荷说："有事吗？"汪明辉说："我下午从你这儿走了以后，专门去省医院咨询了一下。医生说，像伯母这种情况，药物治疗，基本上没啥效果，病情只会越来越严重。"雨荷说："我知道，吴敏阿姨是这方面的专家，我已经咨询过她很多次了。"汪明辉说："你想过没有，未来的日子会越来越艰难。"雨荷说："想有什么用？该来的总会来，不会以人的意志为转移的……汪明辉，你到底想说什么？"汪明辉说："我想替你分担。"雨荷说："我妈压根就不想见你，你怎么替我分担？"汪明辉说："我不会跟一个病人计较的，更何况这个病人还是你的母亲呢。只要你不介意，我什么都不怕。我想，我会让她接受我的。"雨荷说："我看难。"汪明辉说："再难也得去做。不然，你一个人根本招架不住的。雨荷，希望你能给我一个机会……"

雨荷跟汪明辉说话的过程中，不时抬头向楼上望一眼。忽然发现自己家窗户亮了，来不及给汪明辉打声招呼，撒腿就走。回到家里，只见母亲正站在客厅，四处张望着。雨荷说："妈，你起来干啥？"母亲说："起来上厕所，发现你不见了……深更半夜的，你上哪儿去了？"雨荷支吾道："我、我正在构思一篇文章，脑子里乱哄哄的，理不出个头绪来，就下楼去转了两圈儿。"母亲愠怒，说："你也不看几点了，还睡不睡了？"雨荷说："睡，睡，马上就睡。"她说着，跟母亲回到卧室里。自从父亲去世后，雨荷就搬进母亲的卧室，几十年了，一直跟母亲睡在一张床上。

  雨荷脱了衣服，躺在母亲身边，心里却一直想着此刻还在楼下徘徊着的汪明辉。夜晚天凉，不知他身上穿的衣服，能不能抵御风寒？汪明辉又一次提出，想要为她分担，以她对汪明辉的了解，他是认真的，说到也能做到的。可母亲现在跟汪明辉水火不相容，母亲是病人，智商和情商都降到了"冰点"，自己真是拿她没有一点办法。汪明辉已经领教过一次了，可他并没有知难而退，而是选择了迎难而上。他晚上能来，带给雨荷的不仅是意外，更多的是惊喜。要说母亲目前行动还自如，无需耗费更多的体力照顾她。自己现在最需要的，是情感上的慰藉。汪明辉百分之百能做到这一点……可是，难道两个人永远要像今天一样，在夜幕的掩护下，偷偷摸摸地见面吗？

  雨荷听到母亲鼻子里发出均匀的呼吸声，给她掖了掖被子，又把她晾在外边的两只胳膊塞进被子里，轻轻喊了两声："妈……妈！"母亲没有反应，雨荷断定她已经睡着了。看了看手表，时间已经过去了一个多小时。不知汪明辉走了，还是一直在楼下等她？他刚才似乎言犹未尽，雨荷还想知道，他到底想说什么。她怕惊醒母亲，抱着一堆衣服走到客厅。不敢开灯，摸着黑穿戴齐整，屏住呼吸，走了出去。

  汪明辉还在楼下踱着步，雨荷走到他跟前，说："你怎么还没走？"汪明辉说："你这么长时间没下来，不知发生了什么事情，我不放心。"雨荷说："没什么。我妈醒了……"一抬头，发现家里的灯又亮了，忙说，"汪明辉，我妈又醒了。你快走吧，我得回去……"话没说完，就着急忙慌地跑回家去了。

第四十七章

　　转眼就到了汪欣然结婚的日子。张迎春和韩菊豆一大早就来到雨荷家，两人早就商量好了，张迎春在家陪老太太，韩菊豆跟雨荷一块去参加汪欣然的婚礼。韩菊豆问雨荷："你准备给汪欣然送多大的红包？"雨荷说："六千六，少不少？"韩菊豆说："天哪，六千六还少？到底是有钱人，出手大方。咱们这里是有六六大顺的说法，一般人出个六百六就了不起了，你已经是别人的十倍了，还问少不少？"张迎春说："雨荷是大作家，不差钱。再说了，她跟汪欣然关系特殊，太少了也拿不出手。"韩菊豆说："我这红包里，装了五百块，跟雨荷一比，是不是显得太贫气了？"张迎春说："你跟她比什么？作为一般的亲戚朋友关系，五百块钱就不少了。"雨荷说："你跟汪明辉和汪欣然素昧平生，都是为了我，才扯上关系的。我看，干脆在我的红包上写上咱俩的名字，你就不用另外出钱了。"韩菊豆说:"雨荷,你太瞧不起人了。我是没有你钱多,可也不差这五百块钱。你说你喜欢汪欣然,我也喜欢她,世上那么多人,我为什么能跟她扯上关系?这是缘分……缘分你懂不懂?"雨荷说:"韩姐,你听我说……"张迎春说:"行了,你俩都别说了。就这样,各行各的礼,挺好的。时间不早了,你俩赶紧走吧。"韩菊豆说:"雨荷,快换衣服吧。咱俩说好的,一块穿着旗袍参加汪欣然的婚礼呢。"雨荷注意到,韩菊豆的黑色薄毛呢大衣下面,穿着那件紫色旗袍,雨荷左右打量着她,说:"韩姐今天好漂亮!那……我今天就不穿旗袍了,免得抢了你的风头。"韩菊豆说:"咱俩说好了的,你可不许说变就变。"雨荷说:"谁跟你说好了?那是你自己想嘚瑟……"韩菊豆还想反驳,却被张迎春拦住了,张迎春说:"行了,你俩也不看看几点了?……雨荷赶快去梳妆打扮吧。"

雨荷没有穿旗袍,穿了一件浅灰色针织羊毛绒大衣。韩菊豆有点失望,说:"雨荷,你真让人扫兴。"雨荷说:"我怕冷,万一冻感冒了,岂不得不偿失?"韩菊豆说:"哪里就冷了,你没看我头上还冒汗呢?"雨荷说:"你身上脂肪有多厚,谁能跟你比呀?"张迎春说:"你俩还有完没完?赶快走吧。"雨荷给母亲叮咛了几句,就跟韩菊豆出了门。

汪欣然穿了一件玫红色旗袍,盘了头,化了淡妆,和新郎官站在酒店大门口迎接客人。看见雨荷和韩菊豆,惊喜万状,跟两个人分别拥抱后,领着她们进入婚礼现场,跟汪明辉坐到同一张桌上。汪欣然说,请的客人不多,大概也就十七八桌,不到二十桌吧。婚礼减掉了一些常规项目,比如"改口""交换戒指""喝交杯酒"等,增加了自由发言的环节。因为来的大多数都是同学、同事,年轻人好热闹,大家可以即兴发言,或者表演一些独唱、诗朗诵等短小节目。雨荷听了,连声称赞,说:"好,好,这样既显得超凡脱俗,又显得轻松活泼。"汪欣然说:"阿姨,我想请你们俩一会儿上去随便说几句话。"韩菊豆说:"我就免了,让你雨荷阿姨上去讲话,能给你的婚礼增光添彩。"雨荷说:"不行不行,这种场合,我还真不知道说什么好呢。"汪欣然说:"阿姨,你想怎么说就怎么说,说什么都可以的。"雨荷看着汪欣然期待的目光，不好再推辞，就说："那好吧，我一会儿看情况。"

一帮年轻人嘻嘻哈哈地走过来，老远就大声喊着："新娘子，你快看看谁来了？"汪欣然赶忙过去招呼客人。雨荷和韩菊豆把红包交给汪明辉，汪明辉说："你俩能来就已经很赏光了，还送什么红包呢？"雨荷说："孩子结婚是一辈子的大事，这是我们当阿姨的一点心意，请你务必收下。"汪明辉不再推辞，收下两人的红包，说："回头我交给孩子。"问雨荷："伯母这两天情况咋样？"雨荷说："就那样。"汪明辉说："忙完孩子的婚礼，我还想去看看伯母。"雨荷说："你千万不能去。"韩菊豆在一旁插嘴，说："有什么不能去的？老娘是病人，不管做出什么事儿，也没人跟她计较的。"问汪明辉，"你说是吧？"汪明辉说："是的……反正我是不会计较的。"

中午十一点半，司仪（汪欣然的同学）宣布婚礼开始。新郎挽着新娘的胳膊，款款走上台，向来宾施礼。司仪说："婚礼第一项，新娘新郎互相表白——"对新郎说，"新郎官，你先来。"

新郎官说："我想借用唐代诗人元稹的几句诗来表达我的心意：曾经沧海难为水，除却巫山不是云。取次花丛懒回顾，半缘修道半缘君。"

司仪对新娘汪欣然说："新娘子，你想说什么？"

汪欣然说："与君两心悦，真情坚如铁。今生爱不够，来世再相约。"

新郎问新娘："这是谁的诗？"

汪欣然说："这是我对你的真情表白！"

新郎带头鼓掌，台下一片狂呼："拥抱！拥抱！拥抱！"

新娘新郎紧紧拥抱在一起。

雨荷参加过无数次的婚礼，明显感到汪欣然的婚礼别开生面，惊艳四座，让人充满了期待。不像往常的婚礼，千篇一律，看了开头，就知道结尾。

接下来，汪明辉代表双方家长讲话。他以"百年修得同船渡，千年修得共枕眠"两句话作为引子,大讲"缘"的真谛。说同船而渡,同衾而眠,是千百年修来的缘分。任何美好的爱情,都是因"缘"而起,心中有爱,就要大胆地去追求。说人生在世,悲欢离合,个中契机,全在一个"缘"字!说相见是"缘",别离是"缘",重逢也是"缘"!既然"缘"给了你灵魂深处的感动,那就要用一生来守候……

  雨荷开始觉得汪明辉的话,有点莫名其妙,好像跟女儿结婚的事情,并不搭界。仔细一琢磨,茅塞顿开——原来,汪明辉的话,句句都是讲给她听的。他在向她表白:两个人此生的"缘",早已铭刻在他的灵魂深处,他会用一生来守候的!

  恍惚中,时光倒流几十年。两人卿卿我我的片段,一幕幕闪现在雨荷面前,雨荷沉浸在幸福的回忆之中。接下来台上的表演,她再也无心观看了。韩菊豆发现她目光游离的样子,小声问她:"雨荷,你在想什么呢?"雨荷说:"没想什么。"韩菊豆说:"汪欣然希望你能上台说几句话呢,你准备好了吗?"雨荷一愣,彻底回过神来,说:"是呀,我该讲些什么呢?"雨荷立刻开始紧张地思考。作为公众人物,雨荷在任何场合都不会信口开河的。刚想了个开头,手机突然响了,一看,是张迎春打来的电话,赶忙接听。张迎春告诉她,她母亲不小心扭伤了腰,让她赶快回去。

  雨荷发现汪明辉正在跟邻桌的客人说着什么,不想打扰他。给韩菊豆打了声招呼,就心急火燎地走了。汪明辉再回到自己的座位上,发现不见了雨荷,问韩菊豆,韩菊豆说,雨荷接了个电话,就急急忙忙地走了,也不知道发生了什么事情。

  雨荷回到家,只见母亲躺在床上,已经睡着了。张迎春给雨荷述说了事情的经过——

  雨荷刚走出门,罗静芝就开始嚷嚷着要找她十几年前发表过的一篇论文底稿。张迎春陪着她,翻遍了所有的书柜,没有找到。张迎春让她等雨荷回来后再找,可罗静芝不听,说她自己的东西,雨荷根本找不到。她又开始在大衣柜里翻腾，累得腰酸腿疼的，还是没有找到。张迎春扶她坐到沙发上，想转移一下她的注意力，就从书房里拿来一本影集，问照片是哪年照的，上面的人是谁？可她对影集上的照片根本就不感兴趣，看也不看一眼，就又开始寻找她的论文底稿。让人匪夷所思的是，罗静芝这次是去厨房里寻找的。她把橱柜、消毒柜以及所有的抽屉都翻了个底儿掉，最后把目光盯在了吊在半空的壁柜上，找来一个折叠梯子，就要往上爬。张迎春拦住她，说："罗老师，你不敢上去，太危险了！"可她根本就不听，推开张迎春，颤颤巍巍地爬到了梯子最上边一层。张迎春只好扶着梯子，站在一旁招呼着。罗静芝打开壁柜，里边放的都是些平日用不上的酒杯、茶碗、保温饭盒一类的东西。一不小心，一只酒杯从壁柜里掉下来，摔得粉碎。罗静芝稍一走神儿，打了个趔趄，差点儿从梯子上跌下来，幸亏张迎春站在一旁，扶住了她。问她怎么样，伤到哪儿了没有？罗静芝说，腰拧了一下，疼得厉害，动不了了。张迎春忙给雨荷打了电话，正要打"120"，罗静芝却说感觉不太疼了，缓一阵儿再说。张迎春搀扶着她，走进卧室，躺在床上。可能折腾累了，不大一会儿，她就睡着了。

听完张迎春的讲述，雨荷双眉紧皱，说："张姐，你说我妈咋就变成了这个样子？前几天，她就在家里翻箱倒柜地找她的论文底稿，折腾了好几天，终于在一堆旧报纸里边找到了。她当时如获至宝，把几页皱皱巴巴的稿纸装进包里，说开会时要用的……也不知，她怎么就想起了要开会？即便是要开会，论文已经发表了，还要底稿做什么？"雨荷从母亲的包里取出那篇论文底稿，拿给张迎春看。

张迎春说："雨荷，你怎么就忘了你妈是个病人呢？"又说，"都怪我，没看好你妈。"

雨荷说："张姐，你可不能这么说。像我妈这样闹腾，早晚会出事的，躲也躲不过去。换作我在家，也是一样的。这不过就是个意外，你千万不要多想。我妈生病以后，给你添了不少麻烦，我这心里，一直过意不去。"

张迎春说："雨荷，你这么说就见外了……"

这时，罗静芝醒了，"哎哟……哎哟！"地大声呻吟着。两人忙走进卧室，扶她坐起来，雨荷问："妈，你咋了，哪儿不舒服？"罗静芝说："腰疼得厉害。"雨荷说："妈，咱得去医院检查一下。"罗静芝连连摆手，说："不去不去，我死也不想进医院。"雨荷说："看你疼成这样儿，不去医院怎么能行？……你当了一辈子医生，怎么能讳疾忌医呢？"说着，就拨通了"120"电话。

救护车很快把罗静芝拉到了省红十字会医院。做了一系列检查后，被诊断为"腰椎骨裂"。医生告诉雨荷，她母亲腰椎椎体出现轻度裂纹，可以采取药物配合保守治疗的方法。还好，情况不算太严重，雨荷终于松了一口气。医生开了几样药，叮咛了注意事项，又给雨荷留了联系方式，说有事可以随时打电话。

回家时，雨荷让出租车一直开到了单元门口。罗静芝一动弹就腰疼，上楼梯成了一道难题。雨荷想找人帮忙，可当时真是邪了门，院子里一个人也没有。雨荷让母亲半个身子爬在自己身上，张迎春在另一旁搀扶着她。刚上了没几个台阶，雨荷就腿发软，迈不开步了。张迎春跟她交换一下位置，还是上不了几个台阶，就得停下来，喘息一阵。两个人就这么走走停停，换来换去的，好不容易把老太太弄回家。雨荷让张迎春在家招呼母亲，自己去楼下的药店里买了成人尿不湿、卧式便盆、痰盂等急需用品。

韩菊豆参加完汪欣然的婚礼，就急三火四地赶到了雨荷家。她抱怨雨荷，家里出了事情，不该瞒着她。雨荷说："当时情况不明，不好告诉你。再说，我也怕惊动了汪明辉……"话一出口，就吓得一吐舌头。她急忙走到卧室门口看了看，见母亲并没有多大的反应，压低了声音问韩菊豆："汪明辉问我了吗？"韩菊豆说："问了，我说你接了个电话就走了，我也不知道发生了什么事情。"雨荷说："汪明辉要是给你打电话，千万不能告诉他，我不想让他到家里来。"韩菊豆说："知道了。"又说："雨荷，家里这情况，你一个人肯定是顾不过来的，得想办法请个保姆。"雨荷说："我早都想请保姆呢，可我妈一直不同意。"韩菊豆说，"顾不了那么多了，我现在就帮你联系。"

韩菊豆给她乡下的亲戚们，一气儿打了十几个电话。这些人有的说家里忙，走不开；有的说过两天再给回话；有的答应帮忙在村里打听，看有没有愿意去城里当保姆的。韩菊豆倒是自信满满，说托了那么多人，总有一个能落实的。张迎春说："远水解不了近渴，这两天怎么办？雨荷一个人肯定不行的。"她跟韩菊豆商量，一人一天，轮流陪雨荷，先渡过这几天难关。雨荷说："张姐年龄大了，跟我折腾了大半天，我都累得够呛，更别说你了。韩姐家里也有老人，待在我这儿不合适的。"韩菊豆说："有什么不合适的？我公公有王天理照顾，我在这儿陪你，让张姐回去休息。"雨荷说："我妈这情况，医生一再强调要卧床休息。反正她也动不了，我一个人没问题的。"又说："我表弟媳妇黄仙慧打电话说，这两天生意不忙，想过来住几天，可能一会儿就到了。"后面这句话是雨荷编出来的假话，骗张迎春和韩菊豆的。不过，这善意的谎言，关键时刻还是起作用的。张迎春和韩菊豆听雨荷这么说，也就不再坚持了。两人临走的时候一再叮咛，有事就打电话，她们会随叫随到的。

张迎春和韩菊豆走后，雨荷觉得腰酸背疼，口干舌燥。她想喝口水，发现暖水瓶是空的，懒得动，顺手端起茶几上的水杯，喝了几口早晨剩下的凉茶，胃部马上隐隐作疼。她猛然想起，胃有毛病，一口凉水也不敢喝的，于是赶忙烧了一壶开水，倒了一杯，端着顶在胸口，胃疼渐渐有了缓解。雨荷刚消停下来，就听到母亲在喊她，忙走进卧室。母亲说："小雨，你怎么还不做饭呢，我都快饿死了。"雨荷说："我给你泡一碗面……"母亲说："我不想吃方便面。"雨荷说："那你想吃什么？"母亲说："想喝小米粥。"雨荷说："我这就去做。"母亲又说："不要用电饭锅煲粥，铁锅熬的粥才好喝呢。"雨荷说："知道了。"母亲生病以后，吃饭变得特别挑剔，经常会提一些莫名其妙的要求。雨荷没办法，只能尽量满足她。

雨荷把淘好的小米倒进铁锅里，刚打开火，就听到母亲又在喊她，赶忙跑过去。母亲说想尿了。雨荷拿来卧式便盆，母亲说躺在床上尿不出来，让雨荷扶她上卫生间去。雨荷说："妈，医生说了，你需要卧床休息，尽量不要下床……"母亲说："狗屁医生，那么年轻一个生瓜蛋子，他懂什么？……听他的还是听我的？"雨荷说："妈，你腰上有伤，不能动的。"母亲说："那我也不能尿到床上！"又说，"你不扶我，我就自个儿爬到卫生间去。"雨荷拗不过她，只好搀扶着她去了卫生间。

　　雨荷费了九牛二虎之力，扶母亲回到卧室。母亲刚躺下，又要吐痰，雨荷让她吐在痰盂里。母亲吐了痰，要去卫生间漱口。雨荷端来一杯温水，让她漱了口就吐到痰盂里。母亲不听，非要去卫生间。雨荷有些不耐烦了，说："妈，咱能不能安生一会儿？要不是你在家瞎折腾，也不会把腰扭伤的。"不料母亲勃然大怒，哭号着说："我腰扭伤了，我受罪，我活该，我死了都不要你管！……你个没良心的，处处跟我作对……我想喝碗粥，咋就这么难？……老天爷，你还让不让人活了？"

　　母亲说到想喝粥，雨荷猛然想起来，小米粥还在铁锅里熬着。跑进厨房，一下就傻了眼：锅里的水和小米溢出来了一大半儿，从灶台一直流到了地面上。天然气早已被湮灭，厨房里散发着一股难闻的臭鸡蛋味儿。雨荷突然觉得一阵眩晕，胃部又开始剧烈地疼痛。她捂着胸口，跌跌撞撞地关掉天然气，打开窗户。母亲还等着喝粥，厨房的烂摊子也无力收拾，自己体力不佳，颇有些"老虎吃天，没处下爪"的感觉。雨荷有点后悔，刚才不该编假话支走了张迎春和韩菊豆。如果她俩有一个人在，也不至于狼狈到如此地步。她又想到了汪明辉，他说过想替她分担，如果有他在身边，至少能助她一臂之力……

　　正想汪明辉，汪明辉就打来了电话。汪明辉说他在楼下，让雨荷出来一下。雨荷看看表，已经是晚上九点多了。雨荷说："你去小区外边的药店，帮我买点治胃疼的药。"汪明辉问："你咋了？"雨荷说："别问了，你赶快去买药，回来后直接来家里……哦，你记着，不要敲门，也不要说话，给我发信息就行了。"汪明辉答应了一声："知道了。"就挂了电话。

很快地，就收到汪明辉发来的信息："药已买，我在你家门口。"雨荷拉开门，给汪明辉使了个眼色，两人走到楼梯口，小声说着话。雨荷说："我妈腰扭伤了，她想喝小米粥，我想麻烦你……"汪明辉打断她，说："没问题，有啥事儿，你只管吩咐。"雨荷说："你先不要进去，等我关上卧室门，千万不能让我妈看见你。"汪明辉点了点头。雨荷关上卧室门，给汪明辉招招手，汪明辉踮着脚尖走进来，把几包治胃疼的药放到茶几上，然后走进厨房里。

雨荷服了几片药，一下软瘫在沙发上。手机响了一下，一看是汪明辉发来的信息："小米粥需要放碱面吗？"雨荷回复他："少放一点儿。"汪明辉又发来一条信息："我好像听见伯母在喊你。"雨荷回复："知道了。"又加上一句，"你关上厨房门，不要弄出声响来。"汪明辉回复："我知道。"

雨荷推开卧室门，见母亲坐在床沿，忙说："妈，你怎么不好好躺着，起来干什么？"母亲说："躺着浑身都难受，想坐一会儿。"又说："你上哪儿去了，为什么要关上卧室门？我那么大声喊你，你都听不见？"雨荷支吾道："哦……楼下不知谁家在装修，噪音太大，我怕吵到你。"母亲说："小米粥熬好了吗？"雨荷说："快了，一会儿就好。"说着话，就一头扎在了床上。母亲说："正做饭呢，怎么就躺着不动了，不怕锅溢了？"雨荷说："开的小火，溢不了。"看了一眼手机，没有信息，就想迷瞪一会儿。母亲在一旁唠叨着，先是说玉莲没良心，早把她这个大姑忘到了九霄云外，又说玉田幸亏娶了黄仙慧，才活得像个人样……雨荷听着听着，就睡着了。不知过了多长时间，手机的信息提示音吵醒了她。一看汪明辉发了几条信息，说小米粥熬好了。雨荷说："妈，我去看看，小米粥该熬好了，我给你盛一碗。"母亲却说："我不想喝粥了，想吃西红柿鸡蛋挂面。"雨荷给汪明辉发了一条信息："我妈说不想喝小米粥了，想吃挂面。挂面在橱柜里，西红柿、鸡蛋在冰箱里。"汪明辉回复："知道了。"雨荷躺下来，母亲大发雷霆："你想饿死我呀！小雨，你怎么又躺下了？"雨荷爬起来，感觉头晕目眩，举步维艰。她不想让母亲看出破绽，硬撑着走到客厅，歪在沙发上。

大约过了二十多分钟，汪明辉发来信息："饭做好了。"雨荷去厨房，盛了一碗挂面，端到母亲面前，说："妈，挂面好了。"母亲说："在卧室吃饭不习惯，你扶我去餐厅吃吧。"雨荷有气无力地说："妈，我身体不舒服，浑身没有一丝力气，我动不了了，你就在这儿将就着吃吧。"母亲惊怔，说："小雨，你咋了？"雨荷说："没事儿，可能就是太累了。"母亲不再吭声，很快吃完了一碗挂面。雨荷说："锅里还有，要不要再盛一碗？"母亲说："够了。"问雨荷："你怎么不吃？"雨荷说："我不想吃。"母亲眼泪汪汪，说："都是妈不好，把我的小雨害成了这样。"雨荷搂住母亲的脖子，说："妈，你千万不要这样说。"

汪明辉发来信息："你身体咋样，要不要去医院看看？"雨荷回信息："我没事儿，你可以走了。今天特别感谢你。"汪明辉又发来信息："我不放心你……"雨荷回复："你快走吧，如果被我妈发现，麻烦就大了！"放下手机，听到入户门"咔"的响了一下。雨荷知道，是汪明辉走了。母亲十分警觉，说："门怎么响了？"雨荷说："没有……咱俩都在家，门怎么能响呢？"母亲满脸狐疑，小声嘟囔着："我分明听到门响了的。"

晚上睡觉前，雨荷跟母亲商量，能不能戴上尿不湿？母亲愠怒，说："我能行能走的，戴什么尿不湿？你想咒我，盼我瘫痪了，是不是？"雨荷不想分辩，她知道，母亲又开始犯糊涂了。果然，母亲睡不着觉，躺下又起来，起来又说腰疼，一会儿要喝水，一会儿又要上卫生间，折腾了整整一夜。

雨荷一夜没眨眼，走起路来双腿都发软。天刚亮就给黄仙慧发了一条信息："我这边有事，收到信息速来。"

第四十八章

  黄仙慧见到雨荷的那一刻，一下愣住了：雨荷面色苍白，两鬓如霜。黄仙慧抱住雨荷，眼泪就流了下来，说："姐，几天不见，你咋就变成了这样？"听雨荷说大姑得了"老年痴呆症"，黄仙慧更是泣不成声，抱怨道："姐呀，你咋不早点儿告诉我呢？"雨荷说："知道你忙，不忍心打扰你。"黄仙慧说："做生意嘛，有啥忙不忙的？无非是多挣或少挣俩钱的事儿，哪有大姑和表姐重要？"几句话，说得雨荷心里热乎乎的。黄仙慧泼辣能干，很快把凌乱不堪的房间打扫得干干净净。她来时带了食材，做了大姑和表姐爱吃的干槐花鸡蛋蒸饺。

  几个人一边吃饭一边拉着家常。雨荷问："仙慧，你最近回松树沟了没有？舅妈身体还好吗？"黄仙慧说："我前两天刚回去了一次，我妈身体挺好的。"又说，"我妈年纪也不小了，让她一个人待在老家，我这心里挺不是滋味的。"罗静芝说："你妈跟你婆一样，一辈子离不开大山。我工作以后，老想接你婆来城里跟我一块生活，可你婆说啥也不肯来，我拿她一点儿办法也没有。你妈不愿意来就随她去，人年纪大了，咋样舒服咋样来，不要勉强她。"雨荷问："大顺哥情况咋样？"黄仙慧说："大顺哥身体恢复得不错，他现在跟引弟两口子一块生活。那人闲不住，虽然坐在轮椅上，还忙着帮引弟两口子照看店面，打理生意呢。"雨荷又问："那，爱英嫂子呢？"黄仙慧说："嫂子离不开她的宝贝儿子，在家伺候那小两口呢。听村里人说，嫂子见人就哭天抹泪的，可怜得很。"罗静芝说："给她说过不知多少次，惯子如杀子，她就是不听。这叫什么？……自食其果！"见到侄媳妇，罗静芝心情一下豁然开朗，话也多了起来，又说："仙慧呀，大姑给你说，你们从小就要对牛牛严格要求，可不敢把他惯坏了。咱也不求娃今后能有多大的出息，但至少要懂得做人的道理，要懂得责任与担当。"雨荷对母亲竖起大拇指，黄仙慧说："大姑，你说的话，我都记下了。"小声对雨荷说："大姑说话头头是道的，哪里像个病人？"母亲在当面，雨荷不好说什么，轻轻地摇了摇头。

晚上，黄仙慧说由她来照顾大姑，让雨荷睡到小房子里，好好休息一下。雨荷躺在床上，全身心彻底放松下来。刚有几分睡意，汪明辉发来一条信息："我在你家门外。"雨荷忙爬起来，穿好外衣，悄悄出了门，跟汪明辉一块走到院子里。雨荷说："你怎么来了？"汪明辉说："你身体不好，我不放心，过来看看……咦，你怎么敢出来，不怕伯母发现了？"雨荷说："我表弟媳妇来了，有她照顾我妈呢。"又说，"我没事，主要是太累了。"汪明辉说："你……能不能陪我走走？"雨荷说："可以。"

两人从小区院子走出来，一直走到二环路边的花园里。汪明辉说："雨荷，有句话……不知该不该说？"

雨荷说："你说。"

"我想，我想……咱俩到了这把年纪，老天爷安排咱们重逢，说明你我缘分未尽。我不想带着遗憾离开这个世界……"汪明辉欲言又止，停顿片刻，脱口而出，"我想咱俩明天就去领证。"

"这怎么可能？"

"怎么不可能？与其这样偷偷摸摸地相见，不如领了证，大大方方地生活在一起。"

"我也想呀！说实话，我没有一天不想的。可是，我妈她……她跟你水火不相容，你让我怎么办？"

"伯母是病人……"

"正因为她是病人，没有道理可讲，也无法沟通，只能依着她了。"雨荷声音哽咽着，说，"汪明辉，咱俩这辈子有缘无分……"

汪明辉也哭了，是男人的那种低沉的哀号。他说："萧雨荷，我今生为什么要遇见你呀……"

一对苦命的鸳鸯，紧紧地相拥着，彼此都能感受到对方心脏的狂跳。

雨荷回到家时，已经是凌晨一点多了。听见母亲还在说话，不知她已经睡醒了一觉，还是见了侄媳妇，兴奋得睡不着。母亲生病以后，见了自己总是没好气儿，很少能说到一块去。可她见了黄仙慧，好像总有说不完的话题。雨荷有点好奇，不知她跟黄仙慧在说些什么。

雨荷悄悄走到卧室门外，门大开着，透过小夜灯暗淡的灯光，可以清楚地看到，母亲和黄仙慧并排躺在床上。黄仙慧好像已经睡着了，鼻子里发出轻微的打鼾声。母亲还在不停地说话，她骂了汪明辉几句，又开始骂雨荷。她用了一句松树沟一带乡下女人常说的粗俗话，说："母狗不摇尾，公狗不跳墙！要不是她勾引，汪明辉能找上门来？……这辈子嫁不出去，连个寡妇都不如……"雨荷捂住耳朵，气得浑身哆嗦，忙用牙齿咬住嘴唇。突然听到黄仙慧说了一句什么，禁不住好奇，又放下双手。黄仙慧好像在说呓语，翻个身又睡了。雨荷看到，母亲用胳膊肘捅了一下黄仙慧，说："哪来这么多的瞌睡，正跟你说话呢，怎么就睡着了？"黄仙慧被惊醒，说："大姑，你说，我听着呢。"母亲说："你知道我这辈子最后悔的事情是什么？"黄仙慧说："不知道……大姑，你说。"

"我这辈子最后悔的,就是不该生下那个冤家!"

雨荷简直不敢相信自己的耳朵——这么恶毒的话,居然出自母亲之口。"那个冤家",除了你萧雨荷,还能是谁?

"大姑,你真的老糊涂了?"黄仙慧坐起来,嘤嘤哭了。

"那一年,她得了急性肾炎,我抱着她几天几夜没合眼。她病好了,我却累得住进了医院。早知道她现在这么对我,我当年就不该管她,让她自生自灭去。"

"大姑,你可不敢胡说,我姐对你有多好,我可是亲眼看见的。"

"好什么好?成天对我咧鼻子瞪眼睛的,巴不得我明天就死了呢!……"

雨荷回到小房子里,翻来覆去,怎么也睡不着。母亲是病人,不应该跟她计较。可她为什么对自己的女儿恨之入骨,还说了那么伤感情的话呢?反思以往的所作所为,雨荷认为,自己有时候对母亲的"胡搅蛮缠",表现出极大的不耐烦,这才导致了母亲的耿耿于怀。雨荷追悔莫及,暗自告诫自己:萧雨荷,老娘都八十多岁了,又得了这种病,你为什么不能对她宽容一些?……今后,再不许你惹她生气,否则,你就是忤逆不孝,是犯罪!

雨荷一夜无眠。

黄仙慧也没睡好,一大早起来,就钻到小房子里跟雨荷嘀咕了半天。她说,大姑真的是病了,病得还不轻呢。昨天夜里,张口就胡说。雨荷也没问母亲都说了些什么,估计也不会有比自己听到的更伤人的话了。黄仙慧说,农村人不懂得什么阿尔茨海默病或"老年痴呆症",把这种情况都叫作"老瓜(糊涂)了"。她听过也见过这样"老瓜了"的老人,这些老人有一个特点:越来越容不下身边最亲近的人。她们村里有一个七十多岁的老汉,儿子和媳妇都很孝顺,可老汉逢人就说,儿子两口子不管他,还给他碗里下了老鼠药。老汉找到草籽镇派出所,让警察赶快抓走自己的儿子和儿媳。黄仙慧劝雨荷想开点儿,不要跟大姑一般见识。

黄仙慧来的第六天，韩菊豆介绍的保姆也到了。黄仙慧给保姆叮咛了几句，就匆匆告辞了。黄仙慧在的这些日子，母亲的心情明显好多了，性格也变得温顺体贴了。雨荷舍不得表弟媳妇走，想让她多待几天。那样的话，母亲和新来的保姆也好互相适应一下。可是话到嘴边，又咽了回去。雨荷知道，黄仙慧也是实在走不开的人，人家抛家舍业的，帮了自己这些日子，已经够意思了。

新来的保姆是韩菊豆的远房表嫂，韩菊豆称呼她"翠嫂"。咋一看，这个乡下女人满头银发，脸上沟壑纵横，年龄差不多七十岁上下。雨荷心里直犯嘀咕，小声问韩菊豆："你表嫂多大年纪了？"韩菊豆说："我表嫂比我小十几岁呢，也就五十刚出头。你放心，她啥活都能干，是个大大咧咧的人，非常好相处。"雨荷不好再说什么，家中急着用人，"饥不择食"，哪里容得你挑挑拣拣？

翠嫂长得人高马大，说话声音粗重，像个男人一样。罗静芝一点儿都不喜欢这个保姆，对人家百般挑剔。翠嫂做好了饭，罗静芝却躺着不动。翠嫂喊了几声，罗静芝不理她，翠嫂抬高了声音，说："姨，起来吃饭了！"罗静芝满脸恼怒，不耐烦地说："吵死人了！我又不是聋子，你那么大声干什么？"翠嫂要扶罗静芝去餐厅，罗静芝不让人家碰她，说："我看见你就饱了，还吃什么饭呢？"雨荷只好自己扶母亲到餐厅。怕翠嫂生气，钻进厨房，小声对她说："翠嫂，我妈有病，你不要跟她计较。"翠嫂说："来以前，菊豆给我介绍了姨的情况。我知道，姨是老瓜了，脑子不正常，我不会跟她计较的。"没承想，这几句话让罗静芝听见了，罗静芝骂雨荷，胳膊肘向外拐，跟一个外人作践自己的老妈。

晚上，雨荷躺在小房子里。看了几页书，才有了几分睡意，忽然听到母亲在喊她。雨荷走到母亲房间，见母亲坐在床边，就问道："妈，你怎么还不睡呢？"罗静芝指着翠嫂，咬着牙说："你看她，睡得跟死猪一样，打鼾声能掀翻屋顶，我怎么能睡呢？"雨荷这才注意到，翠嫂已在熟睡中，一长一短的打鼾声,像拉风箱一样。雨荷不忍心叫醒她,小声说:"妈,你跟我睡小房子里吧。"说着,就去搀扶母亲。罗静芝推开她,大声嚷嚷着:"凭什么让我走?你花钱请的保姆,是来伺候我的,你倒把她像祖宗一样供起来了?"翠嫂被惊醒,一骨碌爬起来,连声说道:"对不起,对不起,我没小心睡着了……姨,你要上厕所吗?"罗静芝说:"我要睡觉!"翠嫂不解其意,说:"要睡觉?姨,那你睡呀。"罗静芝气咻咻剜了她一眼。翠嫂说:"是不是我打呼噜,吵到你了?……姨,你睡吧,我坐着,等你睡踏实了,我再睡。"她说着,端来一把椅子,坐到一旁,对雨荷说:"大姐,你去睡吧。"雨荷跟着韩菊豆把"翠嫂"叫翠嫂,可翠嫂觉得雨荷比自己年龄大得多,不好意思叫她"妹子",也不好意思直呼其名,索性就称呼她为"大姐"。雨荷心想,名字不过就是个代号,没必要太较真,也就听之任之了。

　　雨荷回到小房子,睡了不到一个小时,又听到母亲在那边大呼小叫,忙跑了过去。只见翠嫂靠在椅子上,耷拉着脑袋,鼾声如雷。罗静芝拖着哭腔说:"小雨,你这是想要我的命呀,从哪里弄来了这么个怪物?……我受不了了,你明天就让她走!"雨荷叫醒翠嫂,说:"你睡小房子里去吧。"翠嫂说:"那咋行?我听菊豆说了,你的工作是写书,晚上睡不好,脑子成了一团浆糊,白天就没法工作。你花钱请我来,这就是我的工作。我的事情都让你干了,要我还有什么用呢?"雨荷说:"你的身体又不是铁打的,你也需要休息。"翠嫂说:"我来想办法……大姐,你去找一截绳子来。"雨荷搞不清她要绳子有何用,懵里懵懂地找来一截长长的晾衣绳。翠嫂把绳子一头拴在椅背上,一头拴在自己的胳膊上,说:"姨,我睡沙发上,你要有事儿,就拽一下绳子。"雨荷说:"这怎么行?"翠嫂说:"咱先试一下。"雨荷也实在想不出别的更好的办法了,只好由着翠嫂。翠嫂沏了一杯茶,打开电视,说喝了茶就没瞌睡了,让雨荷放心地去睡觉。

　　雨荷本来睡眠就不好,经不住这么一折腾,就再也睡不着了。心里乱糟糟的——母亲当年是多么精明、多么睿智的一个人,刚从工作岗位上退下来没多久，就变成了现在的样子。假如母亲不退休，一直保持着高强度的脑力劳动，还会得阿尔茨海默病吗？……再或者，母亲一到年龄就辞职，早些适应退休后的晚年生活，又会是怎样的情形呢？自然而然地就联想到了自己。自己年逾花甲，也面临着母亲当年一样的境况，会不会也像母亲一样，不定哪天就变痴呆了呢？……该怎么办呢？继续潜心创作，让脑子高速运转起来，还是就此搁笔，过几天自己想要的日子？……可是，自己想要的究竟是什么样的日子呢？你能放下视作生命一般、为之奋斗了一生的文学事业？……放不下又能怎样呢？母亲患病的这些日子，别说写作了，她几乎都很少能在电脑旁安安静静地坐上一会儿。她感觉脑子里一片荒芜，整个人都快要废掉了……金钱地位应有尽有，可这一切无论如何也填补不了内心的空白，改变不了惶惶不可终日的心理状态。人说五十知天命，可你活了六十多岁，竟然搞不清自己这辈子到底想要什么。不说这辈子了，眼下的日子怎么过？……

雨荷想了一夜，也理不出个头绪来。第二天一大早，头像针扎一般疼痛。再看看翠嫂，人家到底年轻，身体素质也好，竟像个没事人一样，早早烙好了鸡蛋饼，煮好了小米粥。雨荷问她，昨晚睡着了没有？翠嫂说，后半夜迷糊了一会儿。雨荷让她吃完早餐再去补个觉。翠嫂说，不用，乡下人没有那么娇气。翠嫂人实诚，性格大大咧咧，非常好相处。雨荷对这个保姆十分满意，言谈中巧妙地询问了她的身高、体重、胸围、鞋码等信息。专门去商场给她买了一身内衣，一身外衣，一条纱巾，还有一双牛筋底坡跟皮鞋。翠嫂高兴得不知说什么好。可罗静芝却为此闹起了情绪，说雨荷对保姆比对自己的亲妈还要好，说自己老了没用了，不招人待见，真想一头撞死算了。雨荷说，我这么做，还不是为你好嘛。罗静芝说，你要真想为我好，就让她走，走得越远越好！雨荷好话说了一箩筐，母亲不但不听劝，反而越闹越来劲儿。她要上厕所，翠嫂赶忙来搀扶，她一把推开翠嫂，宁肯自己扶着墙壁走，也不让翠嫂碰她一下。翠嫂怕她摔倒了，只好喊来雨荷。弄得雨荷不敢出门，全天候在家陪护老娘。

翠嫂见自己帮不了雨荷，反倒给她添麻烦，便提出辞工不干了。雨荷舍不得让翠嫂走，好说歹说地竭力挽留她。翠嫂却说："大姐，我知道你是好人，待我就像亲姐妹一样。我也是真心不想走，可是我姨她见不得我，我留到这儿，除了惹我姨生气，啥事也干不了。"又说，"大姐，你放心，我回去就帮你打听，如果有人愿意来，我立马就给你打电话。"翠嫂满打满算，干了不到十天，临走时雨荷给她付了一个月的工资。

翠嫂走了刚三天，韩菊豆又帮雨荷找了一个保姆，名叫周慧，跟韩菊豆娘家是同一个村的。按照村里的辈分，周慧把韩菊豆叫姑，所以也把雨荷叫姑。周慧嘴甜，说话柔声细语，一口一个"奶奶"，叫得罗静芝满心欢喜。可是相处没几天，罗静芝就对周慧横挑鼻子竖挑眼。周慧看一会儿报纸，罗静芝说人家得空就偷懒，让她把家里所有的门窗玻璃都擦一遍。活儿还没干完，又说人家没眼色，快到饭点了还磨蹭着不去做饭。周慧做的饭，不是谈嫌盐太重，就是抱怨味儿太淡，没有一次合胃口的。周慧几次提出不干了，雨荷背着老娘央求人家留下来。周慧答应再坚持一段时间，等雨荷找到新的保姆再走。可罗静芝却哭闹不依，动不动以"绝食"威逼雨荷，让周慧马上走。周慧正好有了借口，干了不到半个月就走了。

第三个保姆是翠嫂介绍来的，名叫兰兰，是翠嫂邻居家的孩子。兰兰刚满十八周岁，有眼色，人也勤快，乖巧可爱。兰兰的父亲是他们当地有名的厨师，兰兰从小得到父亲的真传，烧得一手好菜。雨荷发现，母亲对兰兰跟前两任保姆的态度明显不一样。母亲身体素质不错，腰伤已经基本痊愈，每天下午三四点，都要让兰兰搀扶着去楼下散步。有人问起，罗静芝不说兰兰是保姆，说她是娘家侄孙女。一次，雨荷无意中发现母亲在给兰兰讲人体解剖，兰兰听得很认真，还不时地提问。比方什么是五脏、什么是六腑？母亲解释道，五脏包括心、肝、脾、肺、肾五个器官，六腑包括胆、胃、大肠、小肠、膀胱、三焦六个器官。她又讲了五脏六腑的功能和作用。兰兰问这些器官大概在什么部位，母亲撩起兰兰的衣服，告诉她心、肝、脾、胃在人体内的大概位置。她不小心触碰到兰兰的咯吱窝，兰兰痒痒得"咯咯"笑了,母亲也忍不住开怀大笑。看到两人相处得水乳相融,雨荷总算松了一口气。

这种日子持续了一个多月,母亲对兰兰的态度悄然发生了变化。开始爱答不理,后来看见她就勃然变色。兰兰不知自己做错了什么,委屈得躲在厨房里小声哭泣。雨荷劝完老的哄小的,整天提心吊胆,生怕重蹈覆辙。后来接二连三发生的几件事情,很快让雨荷的担心变成了现实——

罗静芝从大衣柜里翻出一件多年没穿过的黑色羊绒大衣,说样式过时了,让兰兰扔进垃圾箱去。兰兰见那件衣服几乎是里外全新的,舍不得扔,放进洗衣机里洗了一下,熨烫平整了又交给罗静芝。不料,罗静芝却勃然大怒,说兰兰洗坏了她的高档衣服,要扣掉兰兰当月的工资。雨荷当着母亲的面,装腔作势地把兰兰"训斥"了一通。背过母亲,不仅给兰兰发了足月的工资,还多给了她几百块钱,算是精神补偿。这场风波刚平息,罗静芝又说她的戒指丢了,怀疑被兰兰偷了去。她不顾雨荷的劝阻,对兰兰搜了身,还把她所有的衣物、包包都搜了个遍,甚至连枕头也不肯放过。结果一无所获,罗静芝还不依不饶,非要让兰兰交代把戒指藏到哪里去了。兰兰为了证明自己的清白,下了决心,挖地三尺,也要找到那枚戒指。雨荷放下手里的工作,陪兰兰在家找了好几天,终于在罗静芝一堆获奖证书里找到了那枚戒指。又过了几天,罗静芝说兰兰偷了她一千块钱。雨荷当然不会相信母亲说的话,为了息事宁人,悄悄塞给兰兰一千块钱,让她随便编个理由,就说是钱找到了。兰兰按雨荷的话做了,虽然平息了事态,可兰兰却坚决辞工不干了。

第四十九章

卢秀萍的病情又一次加重,抢救过来以后,在重症监护室住了几天,又转到了傅翔的病房里。傅翔的身体已经基本恢复,医生告诉他,随时都可以办理出院手续。可他并不想出院,他知道卢秀萍剩下的日子不多了,他想陪她走完人生最后的旅程。

卢秀萍不吃不喝,靠打点滴维持生命,身体十分虚弱。傅翔俯下身,嘴巴贴在她耳旁,问她还有什么未了的心事,卢秀萍轻轻地摇了摇头;问她要不要通知儿子回来,卢秀萍还是摇头。她抬起手,在空中划拉了几下,傅翔不明白她的意思,轻声问:"你想说什么?"卢秀萍从嘴里艰难地吐出几个字:"想、见、她们……"

傅翔心里明白,"她们"指的是张迎春、雨荷和韩菊豆几个人。他当即给她们分别打了电话。张迎春放下电话,就跟韩菊豆联系,两个人都知道雨荷母亲离不开人，决定先不告诉她。可她们并不知道，傅翔已经通知了雨荷。

张迎春和韩菊豆各自打车赶到医院，在大门口碰面后，疾步赶到了病房。卢秀萍已经穿好了寿衣，干瘪的躯体，活像一具木乃伊。卢秀萍拉着她俩一人一只手，嘴角蠕动着，却说不出话来，几滴眼泪缓缓地流出了眼眶。张迎春泪水模糊了双眼，但她竭力克制着自己，不让眼泪流出来；韩菊豆哭得抬不起头来，大颗的泪珠滴落在卢秀萍的衣襟上。张迎春捅了她一下，她转过身去，低声呜咽着。

"谢谢、你、们……"卢秀萍话没说完，好一阵儿呼吸急促，喘不过气来。

张迎春攥紧她的手，说："你什么都不用说……"

"我想、想见雨荷……对她说、说声对不起……"卢秀萍使出全身的力气，说出了这句话。

张迎春跟韩菊豆面面相觑，一时都有些茫然无措。张迎春不想让卢秀萍留下遗憾，想打车去雨荷家，把雨荷换过来，可又觉得卢秀萍生命垂危，随时都有"走"的可能，实在不忍心离开。

卢秀萍气若游丝，嘴里含混不清地说着："雨……荷……"

傅翔轻声告诉她："你再等等，雨荷很快就到了。"

张迎春以为傅翔是在安慰卢秀萍，把他拉到一旁，小声说："雨荷家里走不开……要不，我现在去把她换过来。"

傅翔说："给你打完电话，我就给雨荷打了电话，雨荷说她一定要来的。"

"可是她……"张迎春把后边的话咽了回去，以她对雨荷的了解，她说到就一定能做到的。

雨荷果然没有食言，半个小时后来到了病房。她接到傅翔的电话，就去找邻居马嫂，敲了几下门，无人应声，估计马嫂不在家。怕马嫂回来自己看不到，她就打开房门，坐到沙发上，盯着楼梯口。马嫂的身影刚一出现，她就立马迎上前去，说明了情况。马嫂顾不上回自己家，直接进了雨荷家的门，雨荷这才得以脱身。马嫂是个退休工人，过去跟雨荷家倒没有多少来往，只不过见面互相打个招呼而已。雨荷母亲生病后，经常闹出很大的响动，搅扰得四邻不安。一天深夜，罗静芝在家里"发飚"，一气儿摔碎了几只碗。马嫂气咻咻地找上门来，兴师问罪。雨荷连声道歉，又说了母亲患病的情况。马嫂原本就是刀子嘴豆腐心，得知罗大夫患了可怕的阿尔茨海默病，惊怔之余，只剩下同情与体贴了。当即表示，自己在家闲着没事儿，雨荷如果有什么需要，她会随叫随到的。没有保姆的这些日子，马嫂确实帮了雨荷不少的忙。雨荷平时轻易不想麻烦马嫂，可今天情况特殊，卢秀萍已在弥留之际，无论如何也要见上她最后一面的。

　　雨荷拉着卢秀萍的手，小声说："秀萍，对不起，我来晚了……"

　　卢秀萍却没有了任何声息，她已经"驾鹤西去"了。卢秀萍生前一直对雨荷心怀愧疚，她曾多次想对雨荷讲出当年汪明辉跟她分手的真实原因，可每次话到嘴边又咽了回去。卢秀萍以自己的心理揣测雨荷，认为她是无论如何都不会原谅自己的。她本来朋友就不多，不想失去她们其中的任何一个。直到傅翔问她还有什么未了的心事时，她首先想到的就是要对雨荷当面说声对不起。可这句话至死也没有机会说出来。卢秀萍带着遗憾走了，却把这一团迷雾留给了几个朋友。她们谁都知道，卢秀萍以前做过对不起雨荷的事情，可谁都不知道当年是卢秀萍亲手拆散了雨荷和汪明辉。几个人猜来猜去，谁也猜不出卢秀萍究竟要为曾经做过的哪件事情向雨荷道歉。

　　雨荷更是如坠五里云雾中。

　　几天后，在殡仪馆最小的一间"告别厅"里，傅翔为卢秀萍举办了简单的遗体告别仪式。文联机关来的是现任党组副书记、办公室主任、组联部主任和两名干事。家属和亲朋好友方面，除了傅翔和他的女儿傅甜甜，以及他的前妻何凤梅以外，就是雨荷、张迎春、韩菊豆她们了。韩菊豆带着责怪的语气问傅翔：为什么不通知儿子傅翀赶回来？傅翔说，这是卢秀萍的意思。韩菊豆也就无话可说了。

　　参加卢秀萍遗体告别仪式的，总共不过十一个人。虽说规模不大，可应有的程序一样都不少。文联党组副书记介绍了卢秀萍的生平，傅翔代表家属讲了话。傅翔眼里噙着泪水，声音低沉而沙哑。他感谢单位领导和同事在百忙中抽出时间，前来参加卢秀萍的遗体告别仪式；感谢雨荷、张迎春、韩菊豆几位朋友，给了卢秀萍亲人般的关怀与温暖。接下来，他讲了卢秀萍病情危重后的心理变化，从她对生的渴望和对死的恐惧，引发出一番人生感慨——他说人生苦短，如白驹过隙，人一辈子，不过昙花一现；他说上天无情，祸福难测，生命脆弱，不堪一击；他说活着不易，死亦艰难……讲到最后，他居然当着前妻何凤梅和女儿傅甜甜的面，说："秀萍，我的爱妻，你就这么悄无声息地走了……你带走了我的天堂……从此以后，你没有了病痛的折磨，没有了烦恼和忧伤，我却如跌进了地狱一般，在无边的思念中煎熬着……秀萍，你在天堂等我，他日相会时，你我夫妻再续前缘……"

　　尽管傅翔说得声泪俱下，表现出肝肠寸断般的悲伤，可在场的人们似乎没有一个为之动容的。韩菊豆小声对张迎春说："我看他这是在作秀，演戏给谁看呀？"

　　张迎春瞥了她一眼，小声说："别说话。"

　　雨荷望着灵柩里的卢秀萍，脑子里不知怎么就闪现出当年夏丹阳遗体告别仪式的情景，泪水一下模糊了双眼。

　　告别仪式结束后，卢秀萍的遗体被推进焚尸炉。张迎春、萧雨荷、韩菊豆几个人，站在殡仪馆一个偏僻的角落，望着焚尸炉里冒出的青烟，渐渐升腾着，飘散着。当年，夏丹阳的遗体告别仪式结束后，卢秀萍也是站在这个角落，目睹着夏丹阳的遗体化成缕缕青烟，被一阵风吹得倏然消散。此时此刻，卢秀萍如果泉下有知，一定会想起《红楼梦》中林黛玉所吟诵的《葬花吟》里面最有名的两句诗：奴今葬花人笑痴，他年葬奴知是谁？也一定会大发一通人生感慨的。

从殡仪馆回到家，雨荷一下就被眼前的景象看傻了眼：母亲平躺在卧室门外的地板上，邻居马嫂双臂塞到她的身子下面，拼尽全力，想把她抱起来。母亲使劲儿挣扎着，马嫂就是不松手。母亲一着急，竟然抓过马嫂一只胳膊，在她的手臂上咬了一口。雨荷快步走到跟前，说："马嫂，对不起，我回来晚了。"又说，"你快看看，咬伤了没有？"马嫂轻描淡写地说："没事儿。"却把那只手藏到了背后。雨荷顾不得自己的母亲，把马嫂扶到沙发旁，让她坐下来，拽过她那只被咬过的手看着。只见她手臂上被咬出了几颗牙印，牙印上流出了几滴鲜血。雨荷取出家里常备的保健箱，给马嫂的伤口消了毒，敷上药，用纱布包扎起来。

　　雨荷为了去参加卢秀萍的遗体告别仪式，请马嫂过来照顾母亲，没想到竟发生了这样的事情。雨荷心里过意不去，却又不知道该怎样表达自己的歉意，嘴里不停地喃喃着："马嫂，对不起，真是对不起……"马嫂却说："雨荷，你千万别这样说，大家都是好邻居，就应该互相帮衬着。"又说，"我这点小伤没事的，你千万不要把这点事挂在心上。我还是那句话，往后有事你只管吭声，千万不要因为今天的事情，不好意思跟我开口。那样的话，就太见外了，我会生气的。"雨荷眼里噙着泪花，点了点头，说："我会的。"

　　雨荷把马嫂送出门外，再回到自己家时，母亲仍在地板上躺着。雨荷说："妈，躺那儿多难受的，我扶你起来。"伸手去扶母亲，母亲的身体却使劲儿往下坠，雨荷使出吃奶的力气，也奈何不了她。一不小心，闪了一下腰，不敢动弹，就势坐在了地板上，喘着粗气问："妈，你到底想怎样？"

　　母亲说："我想我妈……"

　　"你……"雨荷话未出口，手机响了，是出版社一位年轻编辑打来的。出版社准备出一套丛书，年轻编辑半年前就向雨荷约了稿，雨荷被母亲的病折腾得早已把这件事忘到了脑后。年轻编辑问雨荷，能不能加班加点，在三个月以内完成初稿？如果放到以前，雨荷会不假思索地回答：没问题！可现在不行，母亲的病情随时有可能发作，自己的时间根本无法保证。雨荷如实回答，说三个月肯定完不成初稿。不料，年轻编辑大发雷霆，说雨荷身为著名作家，根本就没把出版社放在眼里，说她不讲信用，出尔反尔，人品有问题，等等。雨荷想解释，对方滴里嘟噜，不容她插嘴。

雨荷放下电话，心里窝了一肚子火。看着躺在地板上的母亲，不由得迁怒于她，低声吼道："闹什么闹？你可把我害惨了！"

母亲哭号着说："我不想活了……我想死！"

"想死你就死，没人拦着你！"此刻，雨荷脑子里闪现出的，全是母亲患病以来，折磨人的种种画面。想到自己这么长时间，居然没有写出一篇像样的作品。事业上毫无进展，生活上一塌糊涂……感情方面，更是一言难尽！原以为此生跟汪明辉有缘无分，不料历经九九八十一难，两人又重新走到了一起。雨荷活了六十多岁，一辈子为汪明辉守身如玉，至今听别人议论或者看书看到男欢女爱的情节，仍然免不了脸红心热。她渴望爱情，渴望相敬如宾的夫妻生活，然而这一切，只有汪明辉能够给她。曾经朝思暮想、原以为遥不可及的事情，即将变为现实，雨荷好几次晚上做梦，梦见自己和汪明辉一块住进了上帝的"伊甸园"……谁料想，母亲却像一座大山，横亘在两个人中间。

雨荷不知怎么就想起了夏丹阳和卢秀萍——那么鲜活的生命，顷刻间就消失了。再看看眼前的母亲，完全失去了正常人的思维和理智，活成了一具行尸走肉……这样的生命还有什么意义？"人活百岁终须死"，像母亲这样活着，害人又害己，不如早死早解脱……

雨荷一阵神情恍惚，脑子里交替出现的躺在灵柩里的夏丹阳和卢秀萍，突然就变成了自己的母亲。

"我不想活了……阎王爷，你是不是把我忘了？……妈，我的妈呀，你在哪里？我要跟你一起走……"母亲见雨荷无动于衷，竟然用头撞起了地板。

雨荷回过神儿来，没好气地呵斥道："你到底起不起来？"

母亲说："我不起！"

雨荷从卧室抱来一床被子扔给她，说："我管不了你……爱躺就躺那儿吧。"气咻咻地坐到沙发上。

这时，从外边传来敲门声，雨荷第一反应就是楼下的邻居找上门了。打开门，原来是邻居马嫂。马嫂是来送饭的，保温饭盒里盛着八宝粥和几个香菇青菜包子。马嫂说："我知道你没法做饭，特意熬了八宝粥。"雨荷说："你手破了，怎么还包了包子？"马嫂说："包子是买来的。"见雨荷母亲还躺在地板上，又说："雨荷，你先吃饭，我来招呼阿姨。"

雨荷确实饿了。卢秀萍遗体告别仪式结束后，傅翔特意安排了一桌饭，要招待雨荷她们几个卢秀萍的生前好友。雨荷不放心母亲，急急忙忙赶了回来，一进门，正赶上母亲在"浑闹"，折腾了半天，早已是饥肠辘辘了。雨荷洗了手，抓起一个包子，就大口吃了起来。

马嫂蹲在罗静芝身旁，说："阿姨，起来吃点饭，我熬了八宝粥，还买了几个包子。"

罗静芝咽了咽口水，不知是看着雨荷狼吞虎咽的吃相馋得食欲顿开，还是被雨荷只顾自己而不顾老娘的做法气得发指眦裂？她撑起胳膊，想爬起来，马嫂见状，赶忙上前搀扶她。雨荷也放下手中的包子，跑过来搀扶母亲的另一只胳膊。母亲可能在地板上躺得太久，浑身软瘫着，没有一丝力气，一步也挪动不了。雨荷跟马嫂费了很大的劲儿，才把母亲扶到餐桌旁。雨荷取出湿巾纸，想帮母亲擦擦手，母亲一把推开了她，自己抓起一个包子，就要往嘴里送。可是拿着包子的那只手却抖得厉害，举在面前的包子，怎么也送不到嘴里去。雨荷在一旁看着，再也忍不住，涕泪交流。她接过母亲手里的包子，掰下一小块，喂进母亲嘴里。马嫂盛了一碗粥，从厨房里找出一只小勺子，对雨荷说："雨荷，你快吃吧，我来喂阿姨。"

雨荷心里堵得慌，再也吃不下一口饭了。

母亲吃了两个包子，喝了一碗八宝粥，就回卧室躺下休息了。

马嫂临走的时候，一再劝雨荷，千万不要跟自己的老娘怄气。她说病得到身上由不得人，老娘又不是故意的。她说人生娃养娃为了啥？不就为的是老了动不了，有人伺候吗？雨荷把她送到门外，她转过身来，又说："雨荷，你是有知识有文化的人，嫂子跟你说这些，不成了鲁班门前要斧头吗？"

马嫂的几句话，犹如一记重锤，砸在了雨荷心上。雨荷玩了一辈子文字游戏，对语言有一种特殊的敏感。她仔细琢磨马嫂的话，特别是最后一句话，貌似"自嘲"，实则"讥讽"。马嫂用最朴实的语言，阐明了最简单的道理。雨荷理解最后那句话的潜台词是：你读了那么多的书，难道不懂得这些做人的基本道理？还要我这个没文化的人教你不成？

雨荷觉得自己一时失态，让马嫂见笑了。又一想，人家并没有什么恶意……不，这样表达极不准确。人家跟老娘非亲非故，在老娘最需要的时候，主动伸出援手，被老娘咬伤了也不计较，还像亲人一样哄着老娘，给老娘喂饭……相比之下，自己作为亲生女儿，对老娘没有一丁点的耐心，不仅冷言冷语，甚至盼望着老娘早点儿死去……萧雨荷，你还是人嘛!？

雨荷重重地抽了自己一记耳光。

第五十章

韩菊豆又开始张罗着帮雨荷找保姆,雨荷婉言拒绝了她。雨荷咨询过几家专科医院,知道母亲的阿尔茨海默病,不可能好转,只会越来越严重。母亲发病时,变得面目狰狞,自己深受其苦,有时候真的不想多看她一眼——亲生女儿尚且如此,更何况别人?母亲已经逼走了三任保姆,雨荷对她再也不抱任何希望了。雨荷对韩菊豆说:"韩姐,你就不要再费心了。我妈的这种情况,你就是再找多少个保姆,结果都是一样的。"韩菊豆说:"那怎么办?我担心你时间长了受不了呀!"雨荷说:"受不了也得受,这就是我的宿命,谁也救不了我。"又说,"也许我上辈子作恶多端,老天爷用这种方式来惩罚我吧。"语气中充满了怨气和无奈。韩菊豆想安慰雨荷几句,想了想,觉得说啥都没用。放下电话,就约张迎春一块儿去了雨荷家。

张迎春跟罗静芝也算是老熟人了,见面后寒暄了几句,罗静芝就说她困了,想睡觉。张迎春陪她去了卧室,她让张迎春把门关上,神神秘秘地对她说:"我想告诉你一个秘密。"张迎春问:"什么秘密?"罗静芝说:"我们家老萧,不是病死的,是被雨荷害死的。"张迎春说:"罗老师,你不敢胡说,雨荷怎么可能害死自己的亲生父亲呢?"罗静芝说:"怎么不可能?雨荷不仅害死了她的亲爸,还想害死我这个亲妈呢!"又说:"你别看萧雨荷在外边人五人六的,其实那女人一肚子坏水,阴险得很。"张迎春暗自吃惊,才几天不见,罗静芝的病情又明显加重了。她不再接罗静芝的话茬,任她控诉着雨荷的种种"罪行"。

韩菊豆和雨荷待在客厅里,说着话。韩菊豆说:"照顾一个老人有多难,我可是深有体会的。我公公的情况比你老娘好多了,至少他不会没事找事地瞎胡闹,折腾人。我们家还有王天理,我们两个人伺候他老爹,再加上洗衣服做饭这些家务事儿,一天到晚忙得团团转,累得要死要活的。你一个人,要是不请保姆,怎么顾得过来?就你这身体,能扛几天?你要是累垮了,老娘指谁靠谁去?……"说到动情处,不由抽搭着,哭了起来。

韩菊豆的话刺痛了雨荷。"你要是累垮了,老娘指谁靠谁去?"——这是个沉重的话题,让雨荷一想起来就头疼,却又不能不去想。雨荷说:"韩姐,你别哭……"自己却哽咽着,说不出话来。

韩菊豆说:"雨荷,你想过没有,实在不行,就把老娘送到养老院去。我打听了一下,市工会下属的南山庭院养老中心条件不错,不过收费也高……"

"韩姐,这可不是钱的问题……我怎么忍心把老娘送走?"雨荷鼻子一酸,感觉眼眶发潮,忙咬住嘴唇,不让眼泪流下来。缓了一阵儿,对韩菊豆说,"韩姐,趁你和张姐都在,我想去一趟电子商城。"

"你去吧。"韩菊豆突然想起了什么,又问:"对了,晚上吃啥饭?"

"你问我妈,看她想吃啥?"雨荷说,"家里的事儿就拜托你俩了,我很快就回来。"

雨荷开车去了一趟电子市场，买了一个感应式电子报警器。第三任保姆兰兰走了以后，雨荷又搬进母亲的卧室里。白天的日子还好打发，到了晚上，母亲睡不着觉，就一趟一趟地往卫生间跑。雨荷说："妈，你晚上起夜，一定要叫醒我，我扶你去卫生间。"罗静芝嘴上答应着，可不知为什么，晚上起来，既不开灯，也不叫醒雨荷。弄得雨荷精神高度紧张，整夜不敢睡觉。母亲的腰伤虽说已经基本痊愈，可腿脚还是不利索，一个人走路根本不行。黑灯瞎火的，雨荷生怕母亲摔倒。雨荷在网上发现了这款电子报警器，浏览了一下说明书，觉得非常适合晚上给母亲用。报警器只有拳头大小，雨荷打算把它安放到母亲睡觉一侧的脚地上。这样，母亲晚上只要一下床，报警器就会发出声响，雨荷自然会被叫醒。雨荷为自己的"创意"，颇有几分小得意。

两个小时以后，雨荷回到家。见张迎春和韩菊豆陪着母亲聊天，几个人有说有笑，十分开心的样子。韩菊豆看见雨荷，忙站起身，说："你回来得正好，我做了两个凉菜，还有阿姨爱吃的手擀酸汤面，我现在就去下面。"雨荷脱掉外衣，洗了手，走进厨房，问韩菊豆还有什么需要帮忙的，韩菊豆说："不用，你跟张姐陪阿姨聊天，饭马上就好。"雨荷回到客厅，听到母亲正在给张迎春讲她当年抢救病人的传奇经历。那位患者是一位卡车司机，送到医院时，心跳骤停已经十几分钟了。罗静芝以她精湛的医术，愣是把病人从死亡线上拉了回来。这件事在当时曾引起不小的轰动，也让刚过而立之年的罗静芝声名鹊起。罗静芝一向为人低调，过后很少提及此事，倒是患了阿尔茨海默病以后，一有机会，总想在别人面前炫耀一番。雨荷不敢吱声，悄悄坐在一旁，听着母亲不无夸张地侃侃而谈。

母亲心情不错，饭也比平时吃得多，还直夸韩菊豆厨艺高，说她比那几个保姆强多了。

送走张迎春和韩菊豆，雨荷有些迫不及待地拿出从电子市场买来的微型报警器，调试好声音和位置，又试着从跟前走动过几次，效果果然不错。雨荷心想：但愿今晚能睡个安稳觉。

晚上十点多，雨荷跟母亲躺在了床上。好些天了，晚上从来没睡过一个囫囵觉，可能是太困了，雨荷头一挨上枕头，就睡着了。十一点多，被报警器吵醒，扶着母亲去了一趟卫生间。刚躺下一会儿，警报器又响了。雨荷看了看时间，是半夜十二点。再后来，十二点半，一点多，两点半，三点钟……雨荷算了一下，不到四个小时，母亲上了六次卫生间，有两次不知怎么竟然尿不出来，在马桶上坐了一会儿，又让雨荷扶了回去。直到凌晨三点以后，母亲才踏踏实实地睡着了，雨荷却没有了一丝睡意。

连着几个晚上，雨荷被报警器特有的"吱呀"声，搞得神经严重过敏。好几次被"这种声音"惊醒，睁眼一看，母亲躺在自己身旁，正在熟睡中。才知道原来是朦胧中出现的幻觉。雨荷对黑夜产生了恐惧，一到天黑就开始"度夜如年"般地焦虑着、煎熬着。

这种日子大概持续了十几天。一天早上，雨荷正要起床，突然感到天旋地转，整个房屋都在摇晃。她还以为是地震了，可母亲还在呼呼大睡，安然无恙。再看看窗帘和衣架上的衣服，纹丝不动，自然就排除了地震的可能。雨荷试着爬起来，但一动弹就觉得头晕得厉害，这才意识到是自己出了问题。母亲刚发病时，雨荷曾经与她一块去省医院做过几项检查，结果表明，她患有颈动脉粥样硬化，并有斑块形成。当时确实紧张了一阵子，后来母亲的病情越来越严重，经常顾此失彼，她就把自己的身体忘在了脑后。现在，吴敏阿姨的身影又一次出现在眼前，她的声音在耳旁萦绕："……小雨，你一定得重视自己的病呀！你们家这种情况，万一你的身体出现什么问题，谁来照顾你们母女俩？"雨荷吓得冒出一身冷汗：是颈动脉斑块脱落，堵塞了血管，导致大脑供血不足，引起的头晕吗？……最担心、最可怕的事情，还是不可避免地发生了。

雨荷一时六神无主，竟然忘记了母亲是个病人，急促地喊道："妈，妈你快醒醒！"

罗静芝睁开眼睛，见躺在身旁的女儿脸色苍白，忙问："雨荷，你咋了？"

雨荷说："我头晕得厉害，是不是脑血管堵塞了？"

罗静芝说："你起来，咱们马上去医院！"

"妈，我动不了了。"

"赶快给汪明辉打电话！"

"为什么……给他打电话？"雨荷不解地看着母亲。

"让你打，你就打，磨磨蹭蹭干什么？"罗静芝见雨荷还在发愣，又说，"快把手机给我。"

雨荷从枕头下取出手机，交给母亲。罗静芝翻出汪明辉的手机号，给他拨通了电话，让他马上来家里一趟。雨荷在一旁听得很清楚，汪明辉当时什么也没说，什么也没问，"哦"了一声，就挂了电话。大约过了十几分钟，母亲又给"120"打了电话。

汪明辉和"120"的人几乎是同时赶到雨荷家的。"120"来的医生是罗静芝的学生，罗静芝给他交代了几句，让汪明辉陪着，把雨荷送到骨科医院去。雨荷说："妈，我是脑血管堵塞，为什么要去骨科医院？"

罗静芝说："咱俩谁是医生？你平时就有颈椎病，我怀疑你是'颈椎寰枢椎半脱位'。"

雨荷不再吭声，乖乖地跟汪明辉上了救护车。

到了骨科医院，拍了片子，果然是罗静芝所说的"颈椎寰枢椎半脱位"。医生给做了复位处理，让回家静养。

又是一场虚惊！

回到家，雨荷遵照医嘱，卧床休息。汪明辉自动承担了照顾两个病人的任务，罗静芝也毫不客气地对他指手画脚，安排他买菜做饭、打扫房间。晚饭后，汪明辉招呼母女俩分别服了药，对罗静芝说："伯母，你要看电视，还是我扶你去楼下走走？"罗静芝说："我哪也不去，就在这儿陪小雨。"雨荷说："汪明辉，晚上没啥事了，你也早点儿回去休息吧。"汪明辉说:"你俩这种情况,我怎么能放心走呢?"对罗静芝说,"伯母,你看这样行不行,我晚上住小房子,或者睡沙发上,你们有事,也方便随时叫我?"罗静芝说:"这怎么行?我们家平时就两个女人,让你个大男人留宿在这里,别人看见会说闲话的。"汪明辉说:"可你们……"罗静芝说:"我俩没事,家里有备用的尿不湿,晚上一人用一片,也就不用起夜了。"汪明辉说:"那好,我现在就走。"汪明辉是个细心人,临走时,还特意把暖水瓶和水杯放到了雨荷枕头旁边的床头柜上。

汪明辉走后,罗静芝坐到雨荷身旁,轻轻抚摸着她的面颊,柔声说道:"小雨呀,汪明辉那小伙子不错……"

雨荷脸上露出一丝苦笑,说:"什么小伙子……妈,你忘了,汪明辉比我还大三岁呢!"

罗静芝说:"在妈眼里,你们都是孩子。"

雨荷感觉母亲完全恢复到了患病前的状态,竟是那么的慈祥,那么的和蔼可亲。她不知母亲究竟想说什么,于是问道:"妈,你想起什么了,怎么突然说那小伙子不错呢?"

罗静芝说:"我跟你爸当年就看好汪明辉,谁知后来发生了那样的事情……"

"妈,你到底想说什么?"

"小雨呀,妈想告诉你,过去的就让它过去吧。你已经错过了一回,再不能错过这一回了……时间过得真快呀!一眨眼的工夫,我的小雨也是六十多岁的人了。看着你一个人形单影只的,妈死也不能瞑目呀!妈希望有人陪伴你,汪明辉就是最佳的人选。小雨,听妈的话,等你病好了,就去跟他领证。至于办不办婚礼,办什么样的婚礼,不过是走个形式而已,都无关紧要,只要两个人在一起就行……"

雨荷简直不敢相信,这些话居然能出自母亲之口。再想想今天发生的事情,很多都让人感到十分费解。自己突然发病,母亲第一时间想到了给汪明辉打电话,看似无心,实则有意。她算准了时间,给"120"打电话,以至于"120"和汪明辉几乎同时赶到家里。还有，自己疑神疑鬼地老是怀疑脑血管堵塞，导致了头晕，可母亲一眼就看出是"颈椎寰枢椎半脱位"。医院的检查结果，证实了母亲的判断是准确无误的。母亲的一反常态说明了什么？是看到女儿发病，受到惊吓，突然变清醒了，还是阿尔茨海默病经过治疗，大脑恢复正常了？……可吴敏阿姨说过多次，阿尔茨海默病只能延缓，不可能治愈！雨荷提醒自己，不可盲目乐观。

雨荷打算试探一下母亲，故意说："妈，汪明辉当年背叛了我，我心里过不去这道坎儿。"

"小雨，你就别在妈面前演戏了。"罗静芝狡黠地笑了笑，说，"你背着我和汪明辉见过多少次了？……大半夜的在小区院子里约会，还悄没声儿地把他弄到家里来，你以为我是瞎子、是聋子？"

雨荷大吃一惊。自以为这些事做得天衣无缝，怎么就被母亲"抓了现行"呢？……是哪里出了纰漏，还是母亲犯病时，间或头脑清醒，碰巧就发现了蛛丝马迹？

一切不得而知。

"妈，你真的……不反对我跟他在一起？"雨荷进一步试探。

"傻孩子，妈正求之不得呢，怎么会反对？"罗静芝说。

这时，雨荷手机的信息铃声响了一下。罗静芝说："你快看吧，肯定是汪明辉发来的信息。"

雨荷打开手机一看，母亲说得一点儿没错，信息就是汪明辉发来的。

罗静芝说："他是不放心你，没准这会儿正在楼下转悠呢。"

"妈，你真神了！"雨荷说，"我念给你听——你感觉咋样？我在小区外边散步，若有需要，可随时召唤。"

罗静芝说："你赶快给人家回信息，就说咱们已经睡了，没事了，让他早点儿回去休息。"

"好。"雨荷就按母亲说的，给汪明辉回了信息。

罗静芝说："时间不早了，咱们也该睡了。"

雨荷说:"妈,我头晕,晚上不方便起来扶你,你还是用上尿不湿吧。"

罗静芝说:"我的腰伤已经痊愈了,晚上起来,自己当心点,扶着墙壁走到卫生间,没有一点问题。倒是你,下不了床,必须得用上尿不湿。"

"妈,你一个人上卫生间我不放心,"雨荷故意撒娇,说,"你若不用,我也不用!"

"好好好,咱俩都用。"罗静芝顺手从枕头下边拽出两片尿不湿,扔给雨荷一片,自己用上一片。

雨荷刚睡着,就被报警器的声音吵醒。不过,报警器只响了一下,就戛然而止。雨荷忍不住好奇,扭过头向母亲一侧瞥了一眼。只见母亲关掉了报警器,摸摸索索地向卫生间走去。雨荷自己动不了,又不敢惊动母亲,只好由着她走去又走回来。母亲刚躺下,自己又想起夜。屁股上垫着尿不湿,却怎么也尿不出来。那玩意儿不透气,捂着它,浑身都燥热不宁的,睡也睡不踏实。好不容易等母亲睡着了,雨荷悄悄爬起来,感觉还是眩晕得厉害。小心翼翼地转了转脖子,发现头部侧向左边,眩晕立马减轻了许多,于是就梗着脖子,走进卫生间。再回到卧室时,母亲打开了床头灯,坐在床上。雨荷说:"妈,你怎么不睡?"母亲紧绷着脸,生气地说:"用的尿不湿,为啥还要往卫生间跑,摔倒了怎么办?"雨荷说:"你不也一样嘛……妈,我发现你把那玩意儿扔到垃圾桶里了?"母亲说:"好端端的一个人,垫上那个东西确实不舒服。"雨荷说:"可是,你刚才为啥要当着我的面,垫上它呢?……哦,我明白了,是想引诱我'上钩',对不对?"两个人都笑了。

第二天早晨,母亲对雨荷说:"小雨呀,以我对汪明辉的了解,他今天还会来的。"雨荷说:"可能吧。"虽然嘴上说得不肯定,可她心里也跟母亲一样,认定了汪明辉一定会来的。

果然,刚过了一会儿,汪明辉就打来了电话,说他正在赶来的路上。他说:"雨荷,我感到伯母的情况有点不大正常,想路过脑病医院时,咨询一下这方面的权威专家。要不,我给韩菊豆打个电话,让她先过去帮你们做早餐?"雨荷说:"不用。我妈生病的这些日子,已经习惯了一日两餐,十点左右才吃早餐呢。"又说,"你不用着急,路上小心点儿。"

十点刚过,汪明辉拎着包子、油条、豆浆等几样早点,疾步赶到雨荷家。母女俩吃完早餐,罗静芝说她想出去晒会儿太阳,汪明辉搀扶着她去了楼下的小花园里。罗静芝碰见几个熟人,对汪明辉说:"你回去陪雨荷吧,我在这儿跟他们聊一会儿。"汪明辉答应着:"好的,我一会儿下来接你。"就转身上了楼。

汪明辉问雨荷感觉怎么样,雨荷说,比昨天好多了,不过头还是有点儿晕,动弹不了。汪明辉安慰了她几句,很快就切入了正题。汪明辉说:"昨天早上,接到伯母的电话,我就感到很疑惑,来到你家,发现伯母对我的态度来了个一百八十度的大转弯。雨荷,你没发现伯母的表现不大正常吗?"

雨荷说:"咋没发现?我妈不知怎么突然就变清醒了。我想打电话问一下吴敏阿姨,可我妈一直跟我在一起,电话也没法打。汪明辉,你快说说,这到底是怎么回事儿?是不是我妈已经恢复正常了?"

"不是这样的,"汪明辉说,"专家的解释是:痴呆症有多种类型,伯母属于路易体痴呆。路易体痴呆是波动性的认知功能障碍,每个人的波动期是不一样的;或长或短,在一日内或者一月内甚至几个月内,异常与正常状态交替出现,时轻时重。"

雨荷的心情一下又变得沉重起来。本来是做了最坏的打算的,可母亲的一反常态,误导了雨荷。雨荷不由得抱了几分侥幸心理,以为母亲身上出现了奇迹……可此时,心里燃烧起的一束希望之光,顷刻间被汪明辉的一席话熄灭了。回想起母亲发病后的种种表现,确实是波动性的,时而清醒,时而糊涂。说明母亲并没有逃出痴呆症的魔咒,而是沿着它的分支——路易体痴呆的固有规律发展着、变化着,泪水顿时盈满了眼眶。雨荷哽咽道:"汪明辉,你说我该怎么办呀?"

汪明辉说："雨荷，你不要难过，这本来就是预料中的事情。咱们现在能做的，就是趁伯母还清醒着，尽量满足她的心愿。"

雨荷说："你说我妈会不会很快又犯糊涂了？会不会像上一次一样，对你恶语相加，再把你赶走？"

汪明辉说："当然会的。不过你放心，我有足够的心理准备。"

第五十一章

　　汪明辉开着车，送罗静芝和雨荷回松树沟去。母女俩相拥着坐在后排，罗静芝显得精神亢奋，一路上说东说西，直说得口干舌燥。雨荷几次提醒她，让她不要再说了，闭上眼睛养养神，可罗静芝好像根本控制不了自己的情绪，把刚说过的话，一遍又一遍地重复着。雨荷意识到母亲又开始犯病了，一下子紧张得心脏狂跳不止，呼吸也变得急促起来。汪明辉把这一切看在眼里，他加快速度把车开到加油站停了下来，问罗静芝："伯母，你要不要下去透透气？"罗静芝瞪了他一眼，生气地说："这才走了几步路，就停下来了，猴年马月才能开到松树沟！"汪明辉给雨荷使个眼色，雨荷会意，两个人一同下了车。雨荷问："怎么了？"汪明辉说："伯母又犯病了，你看还要不要回松树沟呢？"雨荷说："不回咋办？我妈这几天一直念叨着想我舅妈了，昨天半夜里被噩梦惊醒，说梦见我外婆的房子塌陷了。好长时间没回去了,我妈做梦想的都是那里的人和事,不回去怕是不得安生。"汪明辉说:"既然这样,回去一趟也好。不过,你要调整好自己的心态,不要过分紧张和担忧。"雨荷说:"我也不知是咋搞的,发现我妈出现异常,自己就先乱了阵脚。"

两个人回到车上,罗静芝一张脸拉得老长,说:"你俩背着我,叽叽咕咕说什么呢?"雨荷说:"妈……是这样,我想开车,汪明辉说我颈椎病还没好利索,不让我开。"罗静芝说:"就那两句话,还怕我听见?"雨荷说:"妈,你别多想,我俩在车上闷得慌,想下去透透气儿。"罗静芝瞪了她一眼,不再吭声。

一路上还算顺利。到了草籽镇,雨荷让汪明辉停下车,说找个小吃店,吃完饭再回村里去。汪明辉左手拉开罗静芝一侧的车门,右手挡住车门上杠,说:"伯母,你小心点儿。"罗静芝一脸惊怔,说:"你来干什么?……汪明辉,你怎么像狗皮膏药一样,黏上我女儿了?"雨荷一边扶母亲下车,一边对她说:"妈,他是我请来的司机。"吃饭时,罗静芝坚决不跟汪明辉坐一桌,说看见他就饱了。汪明辉自己另买了一碗臊子面,端到小吃店门外的廊檐下,狼吞虎咽地吃了。

罗静芝突然变得像个无知孩童,她指着汪明辉对雨荷说:"那个男人不怀好意,他想图财害命,你让他赶快走吧,我不想看见他。"雨荷说:"妈,他是我请来的司机,你让他走了,谁来开车呢?"罗静芝说:"你自己开呀!"雨荷说:"我有颈椎病,不敢开车。"罗静芝说:"那……咱俩往回走。"她说着,径自走了。雨荷愣了愣,追上她。汪明辉开着车,走一段停一会儿,始终保持一定的距离,跟在母女俩身后。

走出草籽镇,罗静芝累得满头大汗,大口喘着粗气。她坐在路旁的石头上,不远处是一个污水沟,蚊蝇乱飞,臭气熏天。雨荷说:"妈,这儿太脏了,你能不能坚持一下,走到前边再休息?"罗静芝说:"你还有没有一点人性了?我腰疼,腿也疼,一步也走不了了。"

汪明辉把车停在罗静芝身旁,雨荷说:"妈,上车吧。"罗静芝瞌睡借枕头，也就不再推辞，顺从地上了车。雨荷想单独和汪明辉说几句话，可又无法躲开母亲，只好压低了声音，含糊其辞地说："汪明辉，今天情况不妙，把我们送到以后，你不要停留，直接回去吧。"汪明辉立刻会意，说："万一有什么事情，你一个人应付不了，我留下来，也能搭把手。"雨荷说："农村跟城里不一样，一点风吹草动，会闹得满城风雨。我怕你下不了台，落个自讨没趣。"汪明辉说："我都不怕，你怕什么？"罗静芝用胳膊捅了一下雨荷，说："别理他！跟那个陈世美有啥好说的？"雨荷笑了，笑得比哭还难看。

当年，汪明辉和雨荷谈恋爱时，曾经来过松树沟。几十年后，故地重游，眼前这个小山村发生的巨大变化，让汪明辉目不暇接——过去光秃秃的山岭，如今树木葱茏，峰峦叠翠；一排排宽敞明亮的两层小楼，取代了风雨飘摇的茅屋草舍；崎岖的山间小路，变成了宽敞的柏油马路……汪明辉不由得大发感慨："这里的变化可真大！"他小声对雨荷说："我想在这儿待两天呢。"雨荷摇着头说："不行，你必须马上就走！"

雨荷舅妈见到汪明辉，心里一阵阵悲喜交加。悲的是外甥女为了这个男人终生未嫁，喜的是她六十多岁，终于找到了自己的归宿。雨荷舅妈按照当地招待"新女婿"的习俗，打了一碗荷包蛋，双手递给汪明辉。汪明辉刚把碗接到手里，就被罗静芝恶狠狠地推搡了一把，汪明辉一不小心，手里的碗掉到了脚地，几颗荷包蛋散落一地。罗静芝怒不可遏，破口大骂："汪明辉，你算什么东西，还想吃我家的荷包鸡蛋？……你个流氓无赖，追我女儿居然追到这儿来了？我告诉你，我女儿这辈子哪怕嫁给猪、嫁给狗，也不会嫁给你！"汪明辉尴尬得无地自容。雨荷说："汪明辉，你别生气，赶快走吧。"汪明辉说："好，我现在就走。"

雨荷舅妈知道大姑姐得了"老年痴呆症"，可从未看见过她犯病时的样子，一时慌了手脚，吓得浑身哆嗦着，喃喃道："天哪，这可咋弄？"雨荷安慰她："舅妈，你别害怕，我妈这病就这样，一会儿清醒，一会儿糊涂。"舅妈忍不住小声啜泣了几下，后来就索性放声号哭起来。罗静芝猞了她一眼，说："我还没死，你哭什么？"雨荷舅妈抱住她，哭得更凶了。雨荷怎么也劝不住她，故意说："舅妈，我饿了，你快去做饭吧。"舅妈这才抹了一把眼泪，甩了一把鼻涕，说："小雨，你想吃啥？"雨荷说："随便，家里有啥就吃啥。"舅妈说："家里有挂面。"雨荷说："那就吃挂面。"罗静芝先骂雨荷："你是猪呀，刚吃完饭又饿了？"又骂弟媳："你这个人，一辈子抠抠索索，到老也改不了这贱毛病。我俩大老远的从城里跑回来，你就好意思拿挂面招待客人？"雨荷舅妈说："姐，你想吃啥，我给你做。"罗静芝说："我啥也不吃，气都气饱了。"

　　过了不大一会儿，雨荷看到手机上汪明辉的微信留言："我在草籽镇登记了个小旅馆，打算住几天。想去附近旅游，请介绍一下，有什么好看的景点？"雨荷明白，汪明辉说想旅游，不过是托词。他是不放心自己，住在草籽镇，等待自己随时召唤的。母亲的情况反复无常，没准明天又闹着要回城里呢。本来回微信想说："让你费心了，谢谢！"可是想了想，又觉得不妥。以她和他之间的关系，说这种客套话，显得既生分，又有些虚伪。她索性什么也不说了，直接告诉了他几个当地有名的景点——什么"孝子泉"，什么"烟粉台"，什么"刘秀石"，等等。光听名字，就能想象出，这些地方都是有故事和传说的。

　　第二天早上，雨荷找了个借口去了草籽镇。尽管汪明辉微信里并没有说他在镇上住的哪家小旅馆，雨荷问也没问，凭直觉一下就在"四季青"找到了他。草籽镇共有三四家小旅馆，其他的都在背街，不容易找到。只有"四季青"在十字路口，地方宽敞，后院还有停车场。汪明辉需要停车，也只有住这家旅馆了。雨荷找到汪明辉时，汪明辉正在洗车。雨荷问他今天有什么打算，汪明辉说，已经规划好了旅游路线，今天打算开车去路程最远的"烟粉台"。他问雨荷："你不在家陪伯母，跑来干什么？"雨荷说："我妈有舅妈陪着，我想陪你去几个景点看看。不过，你得先陪我去看看大顺哥……对了，你还记得大顺哥吗？"汪明辉说："当然记得……他在哪里呢？"雨荷说："就在草籽镇。"汪明辉说："咱们现在就去。"

雨荷一大早就给引弟打了电话，让引弟暂时保密，说想给大顺一个惊喜。雨荷领着汪明辉来到水泥经销点，一位长着络腮胡子的中年汉子，显然把他们当成了顾客，热情地端茶递水，问他们需要什么型号的水泥。雨荷说："我们不买水泥，是专门来找老板的。"络腮胡子说："你稍等。"转身进了里屋，很快用轮椅推着大顺走了出来。

大顺见到雨荷的那一刻，一下愣住了。雨荷看见他的泪水在眼眶里打转，脸上却还挤出了几分笑容。大顺说："小雨，你怎么才来看我？……我有一肚子的话，想要对你说呢。"

雨荷说："我这次回来，打算多住些日子，有话咱们慢慢说。"她把汪明辉推到大顺面前，说，"大顺哥，你看我把谁带来了？"

大顺眯起眼睛，打量了半天，终于认出了汪明辉。他一把攥住汪明辉的手，说："是明辉兄弟……明辉呀，我妹子这一辈子没白等，把她交给你，哥放心。"大顺看到汪明辉，不用雨荷多说，心里一下全都明白了。他为雨荷心酸，也为雨荷高兴，忍不住抹了一把眼泪。大顺自从出了那场车祸，性格一下变得十分脆弱，一个大男人，动不动就眼泪汪汪的。雨荷说："哥，咋不见爱英嫂子呢？"大顺叹息道，"别提了，一言难尽！"又说，"这样吧，咱们找个安静的地方，听哥慢慢给你说。"雨荷问："上哪儿找个安静的地方？"大顺说："镇东头新开了一家'三鲜泡馍馆'，咱上那儿去。"雨荷说："好！咱们走。"

络腮胡子赶忙过来推大顺，汪明辉从他手中接过轮椅，说："还是我来吧。"

大顺让络腮胡子留下来照看生意，又给他叮咛了几件事情。络腮胡子一一点头应允，十分顺从的样子。

走到半路上，雨荷问："那个络腮胡子，是不是引弟雇来的员工？"

"是员工，也是保姆，"大顺说，"引弟出了双份工资，雇来打理生意和照顾我的。"

"三鲜泡馍馆"地方偏僻，生意萧条，显得冷冷清清的。大顺说，要谈重要的事情，不希望别人打扰，老板专门给他们安排了一个小包间。大顺点了几个菜，要了几瓶啤酒，几个人就吃着、喝着、聊着。

大顺问大姑最近怎么样，雨荷早就憋了满肚子的委屈，无处诉说，无处宣泄，在大顺哥面前，没有什么好顾忌的，就放纵了自己，把母亲患病后的种种表现，以及自己的郁闷、无奈、反感，甚至是绝望的心里话……核桃栗子枣，统统倒了出来。大顺听着、哭着、感慨着，说："妹子，真是应了世人那句话——家家都有一本难念的经！别人只看到你风光的一面，谁知道，你也活得这么艰难……"又对汪明辉说，"明辉兄弟，你可得替我妹子分担呢。"

汪明辉说："哥，你放心，我会一直陪在雨荷身边的。"

一阵沉默后，大顺讲述了他家的情况，那声音苍凉沙哑，如泣如诉。

大顺出院后，一时接受不了自己突然变成残疾人的残酷现实，整天唉声叹气，心情沮丧，情绪低落。宝柱和赵腊梅经营不善，导致公司倒闭。两口子索性搬回家，赵腊梅一天到晚泡在麻将桌上，宝柱要么跟在媳妇屁股后边，要么东游西转。家里的活儿，地里的活儿，全部压在了爱英一个人身上。赵腊梅从来不进厨房，吃饭还挑三拣四，稍不随心就摔碟子拌碗，动不动以离婚来威胁宝柱。宝柱放出狠话，说媳妇要是离了婚，他马上就去死。大顺实在忍受不了了，多次提出分家。爱英还是那句老话，说要分就把你一个人分开，反正我是离不开儿子的。大顺刚出车祸那阵子，爱英对丈夫满怀愧疚之心，发誓要好好伺候他一辈子。可是时间久了，伺候一个残疾人的苦累，加上诸多的烦心事，早把她的耐心消磨殆尽。爱英舍不得儿子，又不敢招惹儿媳妇，遇事只能冲大顺发火。

大顺想死，又不想死在家里。思来想去，竟然条条"死路不通"——跳崖、撞车、触电、悬梁……对于一个坐在轮椅上的人来说，简直比登天还要难！

引弟的生意倒是越做越大，后来在县城开了公司，就把镇上的水泥经销点交给父亲打理。引弟懂得，要拯救父亲，就必须让他看到自身的价值和活着的意义。她不惜重金雇用了络腮胡子，络腮胡子尽心尽力，对大顺体贴入微，两个人把生意做得红红火火。

大顺住到镇上后，很少回家。宝柱两口子经常怂恿爱英去镇上找大顺要钱，大顺少不了要把爱英数落一通，爱英也少不了哭得泪人一般。大顺心一软，就打开保险柜，取了钱交给爱英，每次都说："下不为例！"可是过不了几天，爱英受儿子指使，又来要钱，大顺数落完了还得给。爱英走后，大顺设身处地地为她想想，不禁心生怜悯，久而久之，也不忍心说了，但凡爱英要钱，总是有求必应。

引弟问起小店的"资金漏洞"，大顺只好编个理由来搪塞。其实，引弟心里跟明镜似的，她怕父亲难堪，有意不揭穿。后来，引弟发现，父亲见到自己，竟有些窘迫，就索性把话挑明了直说，她告诉父亲，今后小店的账目不必上报，盈利也无需上缴。倘若出现入不敷出的现象，只要知会一声，她会立马调集货款，补齐亏空的。大顺明白，在资金管理方面，引弟是有意给小店"放水"的。引弟在县城开公司以后，曾三番五次动员父亲跟自己一块去县城生活，可父亲说啥也不肯去。引弟把小店交给父亲打理，为的是让父亲有个营生干，能活得自信一些、充实一些。本来就没指望小店能赚多少钱、创造多少利润，只要父母用钱方便就行。在引弟心里，早把小店当成了送给父母亲的"小金库"。

引弟自从跟弟弟、弟媳对簿公堂后，早已跟他们之间的感情淡漠得形同陌路，甚至见都不想见他们。可是对自己的父母亲，断然不能像对待弟弟两口子一样。引弟太了解他们了——不管父亲的话说得有多硬、多绝情，不管母亲受了多大的委屈，可他们心里永远也放不下自己的宝贝儿子！更何况，儿子是几个孩子中最小的，也是过得最不好的、最让人揪心的一个。引弟理解他们，同情他们，经常以自己独特的方式，明里暗里地帮扶着他们。大顺在对雨荷的讲述过程中，一再地夸赞引弟，说她憨厚善良，做事大气。说三个女儿中，引弟是最孝顺、最贴心的一个。

雨荷问起招弟和来弟的情况，大顺告诉她，表面上看，母女们之间的关系，比以前改善了不少，可实际上，心里的疙瘩一直没有解开，而且矛盾越来越深。前一阵子，招弟和来弟相约着回来看父亲，姐妹俩不想见宝柱两口子，引弟就在县招待所包了几间房子。引弟开车回来接父母，爱英当时就气炸了，说世上哪有这样的道理，你们不回来看我，反倒要我去县上看你们！她自己不去，也不许大顺去。大顺思女心切，哪里肯听她的，不管不顾地跟着引弟去了县城，爱英怒火填胸，一下气病了。宝柱媳妇见婆婆躺在炕上呻吟着，也不去做饭，故意拿话怼她，说有本事你去找她们论理，躺在自家炕上哼哼唧唧的，算什么本事。又骂宝柱，笨得像头猪，啥也不会干。说你不做饭，想让老娘喝风屁屁不成。宝柱噘嘴吊脸，吓得不敢吭声。爱英悄悄塞给他几十块钱，让他去村里的小卖部买点吃的。宝柱买回几桶方便面、几瓶啤酒和一堆零食。小两口在自己房间，关起门有吃有喝的，谁也不去搭理爱英。爱英躺在炕上，几天水米没打牙，实在扛不住了，给引弟打了电话。引弟把她接到县上，可招弟和来弟已经走了，母女们也没能见上一面。

大顺说："世上这事，真是一物降一物。你嫂子那么强势一个人，现在让儿媳妇给制服了。她倒不是怕媳妇，主要是怕媳妇拿儿子撒气。"

雨荷说："嫂子为什么不跟你住到镇上呢？"

大顺说："舍不得她的宝贝儿子！……不过，这样也好，省得在一起老吵架。"又说，"你嫂子那人没救了，反正我是拿她没有一点办法了。她现在能行能走的，啥活儿都能干，还要看儿媳妇的脸色，万一哪天干不动了，指谁靠谁去？"

雨荷说："不是还有三个女儿嘛？"

"三个女儿？"大顺摇了摇头，说，"要不是我在前边挡着，招弟早把宝柱两口子告上法庭了。要是哪天我不在了，姊妹几个不一定闹成啥样呢？你嫂子不听我的话，往后有她受的罪呢，想起来都让人头疼。"

雨荷说："哥，你别想那么多，想多了也没用。车到山前必有路，到啥时候说啥话。咱活在当下，要紧的是要照顾好你自己，开开心心过好每一天，这就行了。"

　　一顿饭吃了几个小时，饭局快要结束时，引弟风风火火闯了进来。雨荷忙让坐，引弟说刚陪客户吃过饭，顺便过来看看姑姑。雨荷喊服务员过来买单，引弟说她已经结过账了。

　　大顺想回去看大姑，引弟也想回去看大姑婆，雨荷让汪明辉回小旅馆休息，自己坐上引弟的车，跟他们一块回到了松树沟。

第五十二章

　　引弟把车停在场畔，跟雨荷两个人一左一右把大顺扶下车。雨荷发现，舅舅家房前屋后站了不少大人和孩子，人们三三两两交头接耳，不时向屋里窥视着。

　　刚走到大门外，就听见从屋里传来罗静芝的叫骂声："……这个白眼狼，良心让狗吃了，扔下老娘，自己跑去找野男人！还要不要那张脸了？……"

　　雨荷三步并作两步，冲进屋里。罗静芝看见雨荷，气咻咻地背过身去。雨荷说："妈，怎么又生气了？你看谁来了……"

　　引弟把父亲推到大姑婆跟前，大顺叫了声"大姑……"就忍不住流下眼泪来。

　　罗静芝拉着大顺的手，说："大顺呀，小雨不要我了，大姑这次回来就不走了，以后就靠你养活了。"

大顺说:"大姑,你想哪儿去了,小雨怎么能不要你了?……她是去镇上看我,我们一块吃了顿饭。"

"你就不要给她打掩护了,她那点'小九九',瞒不过我的眼睛。"罗静芝趴到大顺耳朵旁,小声说,"汪明辉是不是也去了?"又咬牙切齿道,"这个没出息的东西,一天也离不开那个野男人……"

舅妈把雨荷拉到一旁,劝她不要生母亲的气,还没说上几句话,自己就哭得喘不上气来了,反倒让雨荷劝了她好一阵子。

罗静芝骂骂咧咧诉说着雨荷的种种不是——说雨荷不给她吃饭,导致她长期营养不良,严重贫血;说雨荷打得她遍体鳞伤,还把她头发揪下一大片,等等。大顺根本不相信她说的每一句话,还得装出一副洗耳恭听的姿态。引弟并不知道大姑婆得了阿尔茨海默病,搞不懂一向彬彬有礼的大姑婆,怎么一下就变成了粗俗不堪的"疯婆子",傻愣愣站在一旁,一会儿看看大姑婆,一会儿看看雨荷姑姑。

罗静芝骂了半天,声音沙哑着说不出话来了。雨荷舅妈端来一杯水递给她,说:"姐,喝口水,歇一会儿,咱不说话了,行不?"

"为什么不说……我又不是哑巴!"罗静芝立刻把矛头对准了雨荷舅妈,说,"小雨见不得我,你也见不得我,你们都巴不得我死呢!"说着,号啕大哭起来,"阎王爷,你怎么还不叫我走呢?……我的妈呀,你在哪儿,我要去找你!"

大顺也跟着大把地抹着眼泪,他心疼大姑,也心疼雨荷。临走的时候,雨荷把他送到场畔,他拉着雨荷的手说:"妹子,听哥的话,回去就跟汪明辉领证结婚。有个人帮衬着,日子总会好过些。"

雨荷说:"哥,你放心,我自有安排。"

晚上,雨荷铺好了床,伺候母亲睡觉。罗静芝却说:"我不想睡在这荒山野洼,我要回城里,我要回家!"

雨荷舅妈说:"姐,天这么晚了,班车早都停了。咱先睡觉,明早再回去。"

雨荷也说:"妈,明早天一亮,咱们就走。"

"骗子,你们都是骗子!天黑怕什么?鼻子下面就是大路,走也能走回去。"罗静芝说着,就向外走去。

雨荷舅妈拿了手电筒,也跟着走出去。

雨荷情急之中,突然想到汪明辉还住在草籽镇的小旅馆里,赶忙给他打了电话。汪明辉说:"雨荷,你别着急,我现在就开车过来接你们。"

雨荷追上母亲和舅妈,几个人靠着手电筒发出的微弱的光亮,深一脚浅一脚地向村外走去。

汪明辉的车迎面驶来,看见雨荷她们,立即停了车,下来搀扶罗静芝。罗静芝见是汪明辉,大为光火,说:"怎么又是你?……汪明辉,你阴魂不散,我女儿走到哪儿,你追到哪儿,你到底想干什么?"

雨荷说:"妈,你不是想回城里吗,我请汪明辉来接咱们的。"

罗静芝把雨荷拉到一旁,小声说:"小雨,你好糊涂,他的车你也敢坐?汪明辉是强奸犯,刚从监狱放出来的,你可不能引火烧身呀!"

雨荷说:"我知道,我会提高警惕的……妈,你快上车吧。"

"坐他的车等于羊入虎口,太可怕了!"罗静芝说着,竟然打了个寒战,拽住雨荷的胳膊,嘴唇哆嗦着说,"咱晚上不走了,明早坐班车回去。"

雨荷知道拗不过母亲,对汪明辉说:"你回镇上休息吧,明早再联系。"

汪明辉没有走,他担心罗静芝再出什么状况,雨荷一个人应付不了。

汪明辉把车停在场畔,雨荷舅妈让他锁好车门,回屋休息。罗静芝手里拿着一把斧头堵在门口,说汪明辉胆敢跨进一步,就要打断他的狗腿。汪明辉只好回到车上,雨荷舅妈抱了一床被子扔给他,汪明辉就蜷曲着睡在了车上。

雨荷躺在炕上,脑子里翻江倒海,想着母亲生病以来,给汪明辉添了不少的麻烦。汪明辉那么要强、那么爱面子的一个人,在母亲面前竟然失

495

去了做人的尊严。人家受了那么多的屈辱，从来没有一句怨言，而是一如既往地守护着自己。汪明辉凭什么要这样付出？他能得到什么？是爱情？……雨荷承认，自己矢志不移地爱着汪明辉，一辈子也不曾改变。可母亲的病情越来越严重，这份虚无缥缈的爱，带给汪明辉的，只会是无穷无尽的烦恼……你凭什么这样折磨人家？汪明辉心甘情愿地为你付出，你可不能心安理得地去领受。汪明辉应该有自己幸福温馨的晚年生活，可你却什么也给不了他……萧雨荷，做人不能这么自私，既然爱他，就得设身处地的为他着想……

雨荷一夜没合眼，渐渐理清了思路，明确了当下必须要办的两件事情——第一件事情也是当务之急，是托韩菊豆亲自去南山庭院养老中心考察一下，如果那里条件不错，自己就和母亲一块儿住进去。当下就给韩菊豆微信里留了言。

第二件事情，是找个适当时间，跟汪明辉做个了断。这是个艰难而又痛苦的抉择，雨荷一时还没有想好该怎样向汪明辉开口。

罗静芝一觉睡到大天亮，拉开窗帘，清晨柔和的阳光，铺满了大炕。罗静芝穿好衣服，走到门外，呼吸着大山里的新鲜空气，做了几下扩胸运动，忽然发现停在场畔的小轿车，不禁心生疑惑。她走到跟前，只见车门拉开一道缝儿，雨荷和汪明辉坐在车厢里说着话。雨荷看见母亲，忙下了车，说："妈，你起来这么早，怎么不多睡一会儿？"罗静芝没接她的话茬，只顾往车里打量着。她看见后排座位上的被子，喃喃自语："怎么……明辉昨晚睡在车上了？"对雨荷说："小雨，山里天凉，你咋不让人家住到屋里？"雨荷和汪明辉交换了一下眼色，两人都意识到，罗静芝的状态，又恢复正常了。

雨荷舅妈做好了早饭，摆好了碗筷，等大姑姐和外甥女回来吃饭。她正在考虑，怎样躲开大姑姐，给汪明辉把饭送到车上去，却见汪明辉抱着被子走了进来，雨荷搀扶着母亲，紧随其后。罗静芝不知想起了什么，不依不饶地问雨荷:"小雨,你还没回答我呢,家里这么大的房子,玉田、仙慧他们的房间都是现成的,昨晚怎么让明辉睡到车上了?"

雨荷舅妈听到大姑姐的话,有点喜出望外,抢着说:"我的姐呀,你可算清醒了!"雨荷忙给舅妈使眼色,示意她不要再说下去。可舅妈根本就没有看她,只顾说着,"昨晚,你犯了病,手里拿了一把斧头堵在门口,说汪明辉要是敢进去,就要打断他的狗腿。你当时凶神恶煞的样子,把我的魂儿都快吓掉了,谁还敢让他进去?"

罗静芝立马沉下脸,声音颤抖着问:"我还干了什么出格的事?"

舅妈还想说什么,雨荷忙制止她:"舅妈,你别说了,我来告诉我妈。"对母亲说,"妈,你听我说,舅妈跟你开玩笑呢,事情没有那么严重。你犯病时,不爱说话,也不闹腾,就喜欢睡觉。"

罗静芝脸上的表情急遽地变化着,两行眼泪悄悄地顺着面颊流下来。舅妈意识到自己说错了话,可又无法挽回,傻愣在一旁,不知该怎么办。雨荷招呼母亲吃饭,母亲说她还没洗漱呢。雨荷给她打来洗脸水和刷牙的水,还给牙刷上挤了牙膏。母亲洗脸时,不停地流着眼泪。很长一段时间,她用毛巾捂着脸,低声呜咽着。雨荷看着母亲痛苦不堪的样子,心如刀绞一般,忍不住泪如泉涌。

吃饭时,几个人都不说话。罗静芝只喝了半碗玉米糊糊,雨荷舅妈硬塞给她半颗蒸熟了的土豆。她刚咬了一口,就干呕了几下,说实在吃不下去了。雨荷舅妈以为是自己的原因,酿成了如此严重的后果,内心十分自责,眼泪吧嗒吧嗒地直往下掉。雨荷小声说:"舅妈,别这样,快吃饭吧。"舅妈抹了一把眼泪,强装笑颜,说:"小雨,你们中午想吃啥饭,舅妈给你们做。"罗静芝说:"不用了,吃完饭我们就走。"雨荷舅妈还想挽留,雨荷用眼神制止了她。

几个人走的时候,雨荷舅妈依依不舍地把他们送上车。罗静芝坐在车内,拉着弟媳的手,叫着她的小名,说:"娥,姐以后再也不会回来了⋯⋯"

雨荷舅妈一下慌乱了，说："姐，你是不是老糊涂了，咋能这样说呢……"话一出口，立马意识到不妥，怎么能说姐老糊涂了呢？这不是变相说她犯了病吗？她拍打着自己的头，说，"瞧我这脑子，咋就记不住呢？……姐，你别生我的气。"

"姐咋能生你的气呢？"罗静芝不无伤感地说，"姐老了，回不来了……娥，你要照顾好自己。"她说着，老泪纵横。

雨荷舅妈更是泣不成声。

想不到，罗静芝和弟媳的这次离别，竟成了此生的永别！罗静芝当时说给弟媳的话，也成了留给弟媳的临终遗言。

送走他们，雨荷舅妈怅然若失，一种不祥之感，悄然掠过心头。她心疼姐姐和外甥女，为自己几次说错话而后悔不已，甚至认为是自己害惨了姐姐。她担心母女俩今后的日子不好过，想跟她们一块儿进城去，也好照顾姐姐。可又一想，自己已经快八十岁了，万一有个病病灾灾，岂不成了外甥女的负担？雨荷也是六十多岁的老人了，她要照顾自己的老娘，再加上自己一个老舅妈，你让她还怎么活呀？……儿子那里断然去不得，那里有黄仙慧的老爸黄继轩，她不想见到他……

雨荷舅妈愁肠百结。她想去墓地，坐在婆婆或丈夫的坟头大哭一场。这是她排解心中块垒的最好方式。刚走了几步，却被迎面走来的爱英挡住了去路。爱英说，她一大早去医疗站买药，听村里人议论，说雨荷勾引了野男人，竟然把自己的老娘逼疯了！

雨荷舅妈气得浑身哆嗦，说："你别听这帮人满嘴胡咧咧，你大姑是得了病！"

爱英问："大姑得了什么病？"

雨荷舅妈说："是什么阿、兹、海？我也说不清，反正……就是老糊涂了。"

爱英拔腿就走。雨荷舅妈问她干什么去，她说要去看看大姑和雨荷。雨荷舅妈告诉她，几个人吃完早饭就走了，抱怨她为啥不早点过来。爱英说:"我听村里人议论,才知道大姑他们回来了。"

雨荷舅妈说:"大顺和引弟昨天回来看你大姑,他们没告诉你?"

"什么,大顺和引弟昨天回来了?"爱英惊怔得张大了嘴巴,说不出话来。父女俩路过家门而不入,令她大为光火。

雨荷舅妈不再理她,一个人走到墓地,坐在婆婆和丈夫两座坟墓的中间,放声号哭起来。

不大一会儿,身旁传来另一个女人的哭声。雨荷舅妈抹了一把眼泪,止住了哭声,扭头向一旁望去,原来是爱英。她没有打断侄媳妇,听她絮絮叨叨地哭诉着自己的满腹委屈。

"这个爱英……是借着别人的坟场,哭自己的恓惶呀!"——雨荷舅妈想。

汽车开出村,罗静芝让停一下,汪明辉就把车停在了路旁。罗静芝下了车,沿着一条小路向山坡上走去。小路不过一尺来宽,两旁荆棘遍布,只能走过一个人。雨荷问母亲想要干什么,母亲不理她,只顾向前走着。雨荷跟在她身后,走到了一片开阔地带。从这里俯瞰松树沟,整个村庄尽收眼底。雨荷发现,母亲的眼里饱含泪水,目光盯着舅舅家的方向,久久不肯离开。

母女俩回到车上,雨荷说:"妈,是不是还没待够?"

母亲喟然长叹,说:"这是生我养我的地方,怎么能待够呢?"

雨荷说:"那,咱今天就不走了?"

母亲说:"走!"

雨荷说:"也好。回城里待几天,你要是想回来,我们再陪你回来。"

"回来干什么?"母亲摇着头说,"我再也不想丢人现眼了……"

雨荷心里明白,母亲身为医生,对自己的病情了如指掌,她能想象出自己犯病时"丑态百出"的情形。更何况,舅妈口无遮拦地多了几句嘴。母亲的自尊心受到沉重打击,对这次贸然回到松树沟,懊悔不已。雨荷安慰母亲，说："妈，你听我说，生病这事儿由不得人，也没啥丢人的，是你自己想多了。"

母亲神情忧郁，不再吭声。

汽车在坑坑洼洼的山道上颠簸着，母亲的头紧紧地靠在了雨荷的肩膀上。雨荷就势抱住母亲，说："妈，你睡一会儿吧。"母亲说："我睡不着。"雨荷也睡不着。她在考虑，要不要趁母亲清醒着，赶快把住养老院的打算告诉她，征求一下她的意见。一转念又觉得不妥：母亲万一不同意怎么办？你不能违背她的意愿。可除此而外，你还有别的什么办法吗？……既然没有别的办法，不管母亲同意不同意，都必须得去住养老院，告诉她不告诉她又有什么两样呢？……可是，母亲现在完全恢复了正常人的思维，她有权利对自己未来的生活方式做出选择，你不告诉她，于情于理都说不过去……怎么办呢？

雨荷正在纠结着，母亲突然开口说道："小雨，妈想跟你商量一件事儿。"

"什么事儿？"

"回到城里后，你们就把妈送到养老院去。妈想了很久，那里应该是妈最好的归宿……"

雨荷没想到，事情就这样发生了逆转。母亲的想法跟自己不谋而合，可她不敢表现出丝毫的喜悦来，更不能说自己早有此意，并且已经让韩菊豆去南山庭院养老中心考察去了。那样有先斩后奏之嫌。母亲是个特别敏感的人，她会认为女儿把她当成了包袱向外甩呢。这样想着，就冒出一句："妈，你想什么呢，我怎么能把你送到养老院去呢！"话一出口，就为自己的言不由衷而感到羞愧难当。她在心里骂自己："萧雨荷，你成什么人了，在自己母亲面前竟是这样的虚伪？"

母亲说："我主意已定，不管你同意不同意，我是非去不可的！"

雨荷说："那我就跟你一块儿去住养老院……反正，我是不可能让你一个人去的。"

"傻孩子，胡说什么呢？"母亲爱怜地抚摸着女儿的面颊，说，"妈一个将死之人，用你外婆的话讲，就是'狂风地里一盏灯'，说不定什么时候就熄灭了，住到养老院，那就是混吃混喝等死呢。可你不一样，你有自己挚爱的事业，你可以用自己的聪明才智，多写几部作品，最好是传世之作。"

母亲的话，让雨荷产生了一种莫名的不祥之感，心里不由泛起一阵酸楚。她把自己的想法和盘托出，说："妈，我是不可能跟你分开的，更不可能让你一个人去住养老院。我听说秦岭脚下的南山庭院养老中心环境优美，条件不错。那里边有诊所，聘用了几个退休的老大夫，看病都不用出大门。我想，咱俩一块儿住进去，先待上一两个月，权当是旅游度假去了……咱先感受一下，万一住不习惯，随时都可以回来。"见母亲若有所思的样子，又说，"妈，我带着电脑，在那里一样可以写作的。"

母亲说："看样子，你是经过深思熟虑的？"

雨荷说："我怎样考虑不重要，关键要看你的想法。"

母亲未置可否。

这时，雨荷的手机响了，电话是韩菊豆打来的。韩菊豆说："雨荷，我们现在就在南山庭院养老中心呢，已经跟领导谈妥了你的事情……"雨荷怕母亲起疑心，忙说："韩姐，我跟我妈都在车上呢，估计再有两个多小时，就该到家了。有什么事儿，咱们见面再说，好吗？"

韩菊豆也意识到雨荷当着母亲的面，说话不方便，回答着"好，好，见面再说。"就挂断了电话。

第五十三章

  一路长途跋涉,母亲有些晕车,一进门就躺在了床上。雨荷洗了把脸,走到客厅,用家里的座机给韩菊豆回电话。刚叫了声"韩姐……"对方就打断了她,说:"雨荷,你在家等我,咱们见面说。"雨荷对着话筒"喂、喂……"了几声,电话那头已经挂断了。

  半个小时以后,韩菊豆来到了雨荷家。雨荷说:"什么事儿这么着急,还不能在电话上说?"韩菊豆说:"人家想你了,迫不急待地想见到你……不行吗?"说着,声音哽塞,眼泪也掉了下来。雨荷意识到一定发生了什么不好的事情——韩菊豆是个心里搁不住事的人,她急于向自己倾诉一番。

  雨荷扶韩菊豆坐到沙发上,想要沏茶,发现暖水瓶是空的,这才想起来刚进家门,还没来得及烧开水呢,于是给电热壶里接了水,打开电源开关。她问韩菊豆:"张姐最近怎么样?"韩菊豆再也忍不住,泪水涌出眼眶,呜咽着说:"张姐她儿子……"

"你是说寇钧……他怎么了?"雨荷屏住呼吸,一颗心提到了嗓子眼。

韩菊豆说:"寇钧在执行科研任务中,发生意外,负了重伤……"

雨荷急问:"伤到哪儿了?有没有生命危险?"

韩菊豆说:"好像还在抢救中,生死未卜。"

泪水模糊了雨荷的双眼,她喃喃自语道:"怎么会这样?张姐她……"

"部队派人来,接走了张姐。"韩菊豆擦了擦眼泪,说,"雨荷,你说,张姐的命,咋就这么苦?"

"这是啥时候的事儿?"雨荷问。

韩菊豆说:"大概十天前。"

"你怎么才告诉我?"雨荷的语气中不无抱怨。

韩菊豆说:"最近我家里事儿多,也没跟张姐联系。几天前,我给张姐打电话,没想到,电话是寇钧的同事接的。我才知道寇钧出事了,张姐已经到了部队。"停了一会儿,又说,"你有老娘的事儿,已经够烦心的了……再说了,告诉你,你也走不开,干着急也没办法呀。"

雨荷沉默片刻,说:"韩姐,你想过没有,你给张姐打电话,为什么是寇钧的同事接的?张姐情况怎么样,为什么不能亲自接你的电话?"

韩菊豆说:"我这心里也七上八下的,就怕张姐受不了这么大的打击,万一……"

雨荷打断她的话,说:"不行,咱们无论如何得去部队看看张姐。"她问韩菊豆,"我让你打听南山庭院养老中心的事儿……"

韩菊豆说:"养老中心已经联系好了,阿姨随时都可以入住。"

雨荷一脸愕然,说:"这么快?"

韩菊豆给她说了事情的来龙去脉——

自从王天理父亲的那套房产过户到王天理名下,王天理一下子变成了弟弟妹妹们的众矢之的。父亲卸下了心里的一块大石头,食欲大增,性格也比以前开朗了,可这块石头却压在了王天理的心上。王天理原本就没有独吞父亲房产的野心,只不过是想了却父亲的心愿。在王家兄弟姐妹中,长子王天理是被公认为"首富"的——两口子端着铁饭碗,退休后,有一份固定的工资作保障,在经济方面,没有任何后顾之忧;两个儿子王前和王进,工作好,收入也高;关键是兄弟二人都十分孝顺,经常买了好吃好穿好用的,往家里送,惹得叔叔婶婶姑姑们,一个个羡慕嫉妒恨,大骂自己的子女没出息。

王天理原本打算卖了父亲的那套房产,自己一分不要,把钱全部分给弟弟妹妹们。他认为,作为王家长子、弟弟妹妹们的大哥,做事就应该大气一些,韩菊豆也不想为了那点房产,搞得姊妹间剑拔弩张的,两口子一拍即合。征求两个儿子的意见,王前和王进也都支持他们的想法。王天理把自己的打算告诉父亲,父亲起初并不同意。王天理弟弟妹妹们的不当言行,伤透了父亲的心,老人一直对他们心存芥蒂。

王天理耐心开导父亲,说:"爸,弟弟妹妹们都是你的亲生儿女,他们过得都不如我,可你把房产给了我一个人,他们难免会有意见。我不想为了这点钱财,闹得姊妹几个成了仇人。我想,你也一定不愿意看到这样的局面……爸,手心手背都是肉,我的情况你也清楚,我不缺钱,你给我那么大一笔财产,不过是往'肥处贴膘'。你把钱给了他们,那就等于是雪中送炭,他们会感激你一辈子的。孔子讲过,'不患寡而患不均'。这句话的意思……简单说,就是不怕钱少,就怕分配不公。爸,你这一碗水端不平,我夹在中间也不好做人呀!"

王天理的话,说得父亲动了心。老人并不糊涂,他之所以这么做,基于两点考虑:一是这辈子亏欠长子王天理太多,现在老了,靠王天理养活,担心他们两口子心里不平衡;二是一群儿女你争我抢的,自己年岁大了,没有能力摆平这件事儿,不如一把给了老大,自己图个清净。可当真的如自己所愿,把房产过户到老大名下,老人好长一段时间寝食难安,又觉得对不起其他的子女们。现在,大儿子主动提出,变卖房产,把钱分给弟弟妹妹们，老人除了感动，还能说什么呢？

父亲低头不语，王天理猜不透他的真实想法，又说："爸，你如果一时想不通，咱也不着急，你再慢慢想着，啥时候想通了，你告诉我……"

"儿呀，你都这样说了，爸还有什么想不通的？"父亲一边用衣袖擦着眼泪，一边说，"这件事就交给你了，你愿意咋办，爸都没有意见。"

王天理当下就找到一家房屋中介公司，签订了委托协议。因为房子地段好，很快就交易成功。他正准备把钱分给弟弟妹妹时，两口子先后病倒了。王天理陪父亲去医院看病，背着父亲走上楼梯台阶，由于老人身体沉重，他用力过猛，导致腰椎间盘脱出。王天理疼痛难忍，只能卧床休息，什么也干不了了。韩菊豆一个人伺候公公和丈夫，几天下来，累得头晕目眩，血压骤升。韩菊豆打了几十个电话，央求乡下的亲戚们帮忙找保姆，可一时半会儿，哪有合适的人选。

王天理无奈，只好给自己的弟弟妹妹们打电话，让他们来家里帮忙照顾老父亲。二弟说："我凭什么管他？两个老的从小就不待见我，我是石头缝里蹦出来的，没爹也没妈……他死也罢活也罢，跟我没关系！"不知为什么，老二对父母积怨很深，言谈中连爸妈都不肯称呼。老三说："我们穷家穷日子，一天到晚穷忙穷忙的，哪有那闲工夫？……这年头，有钱能使鬼推磨，你家又不缺钱，你可以花钱雇人呀！"老五倒是嘴甜，说："大哥，你辛苦了！老爸生了七个孩子，临老让你一个人管着，我这心里真是过意不去。可我在外地，鞭长莫及，有心无力呀！"其实，老五从来都没有离开过本市，他承包了一家饭店，不过是怕父亲的事情黏上自己，影响做生意赚钱，因而故意瞒天过海，信口胡说的。老七本来跟老人生活在一起，他认为那套房子顺理成章就应该归自己所有，不料父亲却把房子过户给了老大。老七心里怒气难平，接到大哥王天理的求助电话，自然也没有什么好话。老七说："抢房产的时候，你跑得比谁都快，房产到手了，就想把老人踢出门，天底下哪有这么便宜的事情？"王天理还想分辩，老七早已挂断了电话。两个妹妹王天英和王天凤像是事先商量好的，口径完

505

全一致，都说娘家的事情该由哥哥弟弟们承担，自己是嫁出去的女儿，没有这方面的责任与义务……

一圈电话打下来，王天理气得都快吐血了。盛怒之下，王天理改变了最初的想法，把变卖父亲房产得到的那笔巨款，全部捐给了南山庭院养老中心，两口子带着老父亲一块儿住了进去。养老中心给他们一家三口安排了一套两居室的住房，还派了专人照顾他们。养老中心的医护人员，每天按时按点上门给他们送医送药，韩菊豆很快恢复了健康，王天理的病情也日渐好转……

韩菊豆一口气说了这么多话，咽喉有些不舒服，干咳了几声。雨荷忙把沏好的一杯茶递到她手里，韩菊豆喝了几口，又说："昨天夜里看到你的微信留言，今天一大早，我跟王天理一起跟养老中心的领导谈了你的情况，没想到那位领导是你的忠实读者，他对你的事情非常重视，当下就让人给阿姨安排好了房间……雨荷，你看有了你这名人效应，事情办得多顺当的？"

"什么名人效应？"雨荷笑道，"你们捐了那么多钱，说话当然是一言九鼎了，我这不过是沾了你们的光。"

韩菊豆说："不管咋说，反正事情已经办妥了。我当时给你打电话，你说再有两个多小时就到家了，我就急忙从'南山庭院'赶回来了。正在家里打扫卫生，接到你的电话，放下手里的活儿，打了个车就跑过来了。"她又说，"我想这么多的事情，电话上怎么说得清楚。再说了，这么长时间不见，我也想你了。"

"是呀，好些日子没见了，想不到你们家竟然发生了那么多的事情。"雨荷说。

韩菊豆说："事情都过去了，现在王天理陪他爸住在养老中心，有专人照顾着，比在家里强多了。我也解脱了，想去哪儿都行。"

雨荷说："我想，咱俩明天就带我妈去'南山庭院'看看，只要把我妈安排好了，咱俩就可以去部队看张姐。"

"好，咱们明天就去。"韩菊豆欣然应允。

第二天一大早，养老中心派专车把雨荷她们接到了"南山庭院"。这里依山傍水，环境十分优美。汽车驶入大门，韩菊豆关照随行的工作人员，直接把行李送到事先安排好的"福星楼"308房间，她要领罗静芝和雨荷熟悉一下这里的环境。雨荷边走边目不暇接地四处张望，脸上露出喜悦的笑容。她循着潺潺的流水声，找到一条掩藏在灌木丛中的小溪流，高兴得像个孩子似的跳了起来，对母亲和韩菊豆喊道："你们快来看，水里有不少的鱼，还有小蝌蚪。"向前走了几步，抬高了声音，又喊道，"这儿有蝴蝶，还有蜻蜓……鸟，快看，这是什么鸟？"

韩菊豆说："快走吧，别让人家等得太久了。"又说，"以后有的是时间，让你看个够！"

几个人来到308房间时，工作人员早已等候在那里。这是一套南北通透的五十多平米的大开间，有独立的厨房和卫生间。靠南边摆放着两张一米二的单人床，北边摆放着双人沙发、茶几、电视机柜以及一张餐桌和四把椅子。整个房间宽敞明亮，布局合理，让人感觉十分舒适、温馨。美中不足的是，缺少一个能放电脑的写字台。雨荷作为一名作家，写作等同于她的生命，假若陪母亲住在这里，没有电脑怎么能行？心里正在犯嘀咕，工作人员推开通往阳台的玻璃隔断，让雨荷过去看看。雨荷走到阳台上，抬眼望去，只见几股溪流汇集成一大片池塘。池塘内，荷花盛开；池岸边，是茂密的芦苇丛。一阵山风吹来，水面上泛起层层涟漪，几只水鸟从荷叶下窜起，叽叽喳喳地叫着飞到阳台外边的树枝上。再看看这个阳台，面积足有十平方米。雨荷想，如果把写字台安放到这里，在这如诗如画的环境中，呼吸着富含负氧离子的新鲜空气，享受着大自然的馈赠，进行构思和创作，该是多么惬意的事情呀！

工作人员问罗静芝和雨荷，对这套房子是否满意，说如果不满意，可以带她们再去看别的房间。罗静芝说自己很满意，又把目光投向雨荷。雨荷说了自己的想法，工作人员当即打电话，让人抬过来一张写字台，摆放在阳台上。又问雨荷还有什么要求，雨荷说，没有了，对这里的一切都很满意。工作人员介绍了养老中心的大致情况，令雨荷最感兴趣的是，这里的用餐方式可以自由选择。你可以去餐厅，也可以让服务员把饭菜送到房间里来，还可以根据你的要求，把食材送过来，供你自己烹饪加工。工作人员告诉她们，关于陪护，大约分为三种方式，即：全陪（二十四小时陪护）、半陪（白天或者晚上陪护）、钟点陪（根据需要，预约时间）。问雨荷，需要哪种陪护方式，雨荷说，暂时不需要，由自己陪护母亲，先适应一下，根据情况再做决定。

韩菊豆当天也没有回家去，她帮雨荷铺好床铺，就带着娘儿俩去看王天理和他父亲。父子俩居住的那栋楼叫"佳欣苑"，全是清一色的两室一厅，是专为那些高端用户设计的。外观跟普通的居民住宅倒没啥两样，房间里的设置却处处彰显出设计者的匠心独具，充满了对老年人的人性化关怀。卫生间有特制的全自动洗澡机。需要洗澡的人，可以直接从轮椅上挪到座位上，再通过导轨滑入浴缸并关门、上锁。按一下放水按钮，淋浴头便可自动放水。老人只要在座位上静坐十几分钟，就可以完成洗澡、按摩、烘干的全过程。屋内的摄像头，直接与服务台联网，如发现老人跌倒或突发疾病等异常情况，工作人员可在第一时间赶到现场。床头柜上装有可视电话，老人有什么要求，可以直接告诉服务总台，总台就会安排相关人员，快速上门服务……

雨荷参观完房间，直呼："考虑得也太周到了！"王天理告诉她，"佳欣苑"门槛高，价格昂贵，可仍是一房难求。他们因为捐了款，才得到优先居住的特殊照顾。雨荷说，"福星楼"那边也很好，特别是站在阳台上看风景，犹如仙境一般，令人不禁浮想联翩，才思泉涌，容易产生创作的灵感。她说母亲现在能行能走的，没有那些特殊需要。等以后动不了了，再跟养老中心协商，看能不能调换过来。

罗静芝很快就适应了养老中心的生活，得知张迎春家里出了事，催促雨荷和韩菊豆赶快去部队看看她。雨荷不放心母亲，想给她找一位"全陪"，母亲却推三阻四地说："来到这儿以后，我心情好了，身体也好了，完全可以照顾好自己，根本不需要什么'全陪'。"她向雨荷保证说："你放心，在你回来之前，那个可怕的病症是不可能突然发作的。"雨荷满脸疑惑。母亲似乎看透了她的心思，淡然一笑，说："我知道你在想什么……你是想，我怎么知道什么时候发病，什么时候不发病呢？……别忘了，你妈是医生！这个病，说到底是属于精神方面的疾病，你走了以后，妈会心无旁骛，集中精力去想你，盼望你早点儿回来。这叫……精神转移法，很管用的。"

母亲是医生，同时也是病人。她的话说得云里雾里的，雨荷怎敢轻易相信？假如按她所说，精神转移法可以控制疾病发作，那她为什么不早点儿使用这样的方法控制自己，阻止自己的痴呆症屡屡发作呢？雨荷实在走不开，可又不能不走。张姐家出了那么大的事情，让雨荷牵肠挂肚，如坐针毡，恨不能立刻飞到部队去看她。

雨荷跟韩菊豆商量了半天，也没想出个好办法来，只好一块儿去找护理部经理。雨荷如实向经理说明了母亲的情况，经理爽快地说："我正要去找你们呢。我们护理部有位金牌护理师，名叫米春燕，不知听谁说罗大夫住进了我们'南山庭院'，主动找到我，说她可以不要工资和奖金，希望能为你母亲做免费的'全陪'服务。"雨荷问："她认识我母亲？"经理说："你母亲当年救过米春燕父亲的命，她想用这种方式，报答你母亲的救命之恩。"雨荷说："我母亲是医生，救死扶伤是她的职责所在。"经理说："这个米春燕脑瓜子灵活，性格也开朗，爱说爱笑的，你母亲一定不会排斥她的。"雨荷说："那就让她尽快过来，先跟我母亲磨合一下。"经理答应道："没问题！"

米春燕当时正在陪护别的老人，经理出面，给老人和她的家人做了半天工作，他们才勉强同意，由护理部安排别人替换米春燕。

米春燕见到罗静芝，叫了声"罗妈妈！"罗静芝一下愣住了。米春燕说:"罗妈妈,你还记得十几年前,你抢救过一位名叫米东强的病人吗?"

罗静芝摇了摇头。也难怪,罗静芝作为一名资深的心血管病专家,一辈子挽救过无数的濒临死亡的生命,怎么能都记住呢?

"当年,我们家穷,没有钱。我爸住院,还是你给垫付的医疗费呢。"米春燕深情地回忆着当年的情景,说,"那一年,我才十三岁,我妈带着我在医院陪我爸,你给我们母女俩买过好几次饭呢!临走时,还送给我们一大堆吃的用的东西。"

罗静芝打量着米春燕,若有所思,突然说道:"你们家在二道岭……你叫燕燕?"

"罗妈妈,你想起来了?"米春燕显得异常兴奋,说,"我是燕燕,大名叫米春燕。"

罗静芝问起米春燕父母的情况,米春燕告诉她,她父母身体情况都不错,家里承包了几十亩果园,两个人整天忙得不亦乐乎。还说有机会,请罗妈妈一定去她们家里看看。

简单的沟通,一下拉近了两个人之间的感情距离。按照事先设计好的,米春燕说她是专门负责这栋楼的安保和卫生检查的,每天楼上楼下的四处巡查,说罗妈妈要是不嫌弃,她可以经常过来陪罗妈妈说说话,陪她解解闷儿的。罗静芝说:"我是求之不得,怎么会嫌弃呢?"雨荷煞有介事地说:"燕燕,我有事需要出去几天,你能不能晚上过来陪我妈睡觉?"米春燕说:"当然没问题呀!"罗静芝却说:"不就晚上睡个觉嘛?我一个人可以的,你不要动不动就麻烦别人。"米春燕连声说道:"不麻烦,不麻烦!我们员工宿舍人多嘈杂,洗澡也不方便,我巴不得住到这儿享几天福呢。"雨荷也说:"妈,你不同意,我是不会走的。"罗静芝沉吟了一阵儿,勉为其难地说:"那好吧。"

安排好母亲,雨荷没有了后顾之忧,当即就跟韩菊豆一起在网上购买了飞机票。

雨荷给米春燕千叮咛万嘱咐,说母亲随时都有可能犯病,让她一定多加小心。米春燕也一再表示，说她会见机行事，想办法寸步不离地守护在罗妈妈身旁。

雨荷临走的时候，米春燕陪罗静芝一直把她和韩菊豆送到"南山庭院"大门外。雨荷一步三回头，跟母亲挥手道别。母亲眼里饱含泪水，望着远去的女儿，突然向前追赶了几步，说："小雨，让妈抱抱你。"雨荷转身走过来，跟母亲紧紧地拥抱在一起。

谁也想不到，这一次拥抱，竟成了母女俩今生今世的"最后一抱"。此后许多年，每当回忆起这段往事，雨荷总是情难自已。

第五十四章

雨荷和韩菊豆是在医院重症监护室门外的走廊里见到张迎春的。寇钧因伤势过重,一直处于昏迷状态。他的头部被一层纱布包裹得严严实实,鼻孔里插着氧气管,嘴里插着胃管,身上插着导尿管。张迎春站在玻璃窗外,神情专注地望着躺在病床上的儿子。雨荷和韩菊豆走到她跟前,她竟然毫无察觉。雨荷轻轻叫了声"张姐……"就哽咽着说不出话来。韩菊豆不敢直面张迎春,只透过窗户瞥了一眼寇钧,就转过身站在一旁哭得停不下来。

也许是饱经沧桑的切身体验,让张迎春看淡了人生的沟沟坎坎;也许是经历过老寇去世的沉重打击,张迎春的心理变得强大起来,见到两位好朋友,张迎春表现得出奇地冷静。她先是跟雨荷拥抱了一下,然后款款地走到韩菊豆跟前,说:"菊豆,别哭了,把眼泪擦干……"韩菊豆忍住哭泣，跟张迎春紧紧地拥抱在一起。

雨荷和韩菊豆询问寇钧的病情，张迎春轻声叹息道："医生说，有可能变成植物人……"继而又语气坚定地说，"不会的，不会的……我相信，寇钧一定会醒过来的！"

"张姐……"雨荷一时语塞，不知该怎样安慰张迎春。

沉默片刻，张迎春说："走，回家去！"

雨荷和韩菊豆一左一右挽着张迎春的胳膊，默默地走出病房大楼。

接下来的时间，雨荷和韩菊豆与张迎春寸步不离、朝夕相伴。两个人作为寇钧的亲属，受到部队领导的热情接待。部队派了专人和一辆专车随时支应着，寇钧媳妇马茜茜建议两个阿姨在周边旅游一下，可雨荷和韩菊豆哪儿也不想去，在这样特殊的日子里，两个人一分钟也舍不得离开她们的好大姐张迎春呀！

……

寇钧果然以无比顽强的生命力创造了奇迹——就在雨荷和韩菊豆来到部队的第四天下午，他出乎所有医护人员的意料，突然苏醒了过来。从未在人面前流过一滴眼泪的张迎春，此时已是泪水滂沱了。雨荷和韩菊豆几天来一直悬着的心，也终于放了下来。

当天晚上，雨荷十一点多躺在床上，睡到半夜被惊醒。她好像做了噩梦，却怎么都想不起来梦见了什么。

她的心脏狂跳不止，胸口闷得慌，呼吸也不顺畅了。她马上想到自己的母亲，继而又想到当年外婆去世时，母亲是有"心灵感应"的。"难道母亲她……"雨荷打了个寒战，不敢再往下想。她看了看手机，显示时间是一点四十分。她翻出米春燕的手机号码，却有些犹豫不决，觉得深更半夜的，不好惊动人家。想了想，给米春燕微信上发了一条信息："我妈情况怎么样，晚上睡得还好吗？"然后就不停地打开手机看着，可始终不见米春燕回信息。

雨荷不由得胡思乱想，而且越想越害怕。时间过得太慢，好不容易熬到凌晨两点多,离天亮还有好几个钟头,雨荷心急如焚,不知该怎样捱过这漫漫长夜。对面床上的韩菊豆,一下一下有节奏地打着呼噜,睡得正香,雨荷不忍心叫醒她,就围着她的床来来回回地踱步,还故意跺了几下脚,希望能惊醒她。可韩菊豆无动于衷,照样酣睡如泥。雨荷终于忍不住推了推她,韩菊豆却翻了个身,继续呼呼大睡。雨荷不禁有点儿羡慕韩菊豆了,不管何时何地,也不管遇上什么事情,人家只要头一挨上枕头,顷刻间便可沉沉入睡。雨荷顾不了那么多了,爬在她耳朵旁连声呼唤道:"韩姐!韩姐!韩姐你醒醒……"

　　韩菊豆终于被唤醒,一骨碌爬了起来。见雨荷正站在自己身旁,她吃惊地问:"咋了雨荷?……出什么事了?"

　　雨荷说了自己的情况,韩菊豆却不以为然地说:"雨荷,你不要胡思乱想,只管把心放到肚子里。啥事儿也没有,你就不要自己吓唬自己了……快睡吧!"

　　雨荷说:"我这心里忐忑不安的,怎么能睡得着呢!"

　　韩菊豆说:"人说'梦从心中起',日有所思,夜里才有所梦。你想想看,自从阿姨生病以来,你从来没出过远门,也没跟她分开过这么久。你是不放心把她一个人留在'南山庭院',心里太焦虑,才不由得胡思乱想的。"

　　雨荷想了想,觉得韩菊豆的话也有道理,心里果然轻松了一些。

　　韩菊豆看了看手机,说:"现在才凌晨三点多,再睡几个小时,等到天亮,打个电话问一下,不就清楚了?"

　　"好,我听你的,睡吧。"雨荷躺到床上,还是睡不着,就打开手机,点开"喜马拉雅",找到《百家讲坛》,听王立群讲《史记》。直到清晨六点多,她才有了几分睡意,不料却听到手机响了一下,赶忙翻身坐起来一看,果然是米春燕发来的一条微信:"姐,你起床了吗?"雨荷来不及多想,立马拨通了米春燕的电话。米春燕叫了声"姐"就哽咽着说不出话来。雨荷急得大声喊着:"……春燕!是不是我妈她……哎呀!到底发生什么事情了？……春燕，你快说话呀！"电话那头传来的却是护理部经理的声音。经理说："萧老师，你千万不要着急，听我说……你母亲昨天夜里突发心脏病……"雨荷的身体开始剧烈地抖动着，急切地问道："我妈她……到底怎么了？"经理说："还在抢救中……萧老师，你今天能不能赶回来？"雨荷说："能！我马上就出发！"

雨荷放下电话，就去找张迎春辞行。张迎春不顾劝阻，坚持要跟马茜茜一块把雨荷和韩菊豆送到机场。从部队到机场，大约两个半小时的车程，张迎春紧挨雨荷坐着，一路上，两个人脸上的表情都很凝重，谁也没说一句话。两个人的手紧紧地握在一起，似乎都在努力以这种方式给对方以慰藉和力量。

雨荷和韩菊豆赶到"南山庭院"时，罗静芝的遗体已经停放在了养老中心的太平间里。罗静芝是服用了大量的安眠药自杀身亡的。自从雨荷走后，罗静芝就想出各种理由和借口，企图支走米春燕。雨荷走后的第三天中午，罗静芝对食堂送来的饭菜百般挑剔，并以"绝食"来抗议。米春燕问她想吃什么，罗静芝说，想吃干槐花饺子。可食堂偏偏没有干槐花。米春燕答应她，下午就去附近的农贸市场买一些，保证让罗妈妈下午饭一定吃上干槐花饺子。罗静芝这才勉强吃了几口食堂送来的午饭。

米春燕陪罗静芝睡了午觉。起床后，罗静芝就不停地催促米春燕赶快去农贸市场买干槐花。米春燕答应过雨荷，要想办法寸步不离地守护在罗妈妈身旁，哪敢轻易走开？再说了，自己当时是想哄罗妈妈开心，也就顺口那么一说，附近的农贸市场到底有没有卖干槐花的，她也说不清。这可怎么办呢？米春燕想了想，决定去找食堂管理员老张帮忙。米春燕先去了食堂，有人告诉她，老张去了总务科，米春燕去总务科找他，人家又说他去了护理部，兜兜转转的，最后在楼下的小路上碰到了老张。老张听米春燕说明了情况，当即满口答应，说马上就出去采购干槐花。

米春燕回到308房间，只见罗静芝躺在床上，仍是昏昏欲睡的样子。

米春燕看了看表,已经下午四点半了。她算了算时间,自己出去了也就二十几分钟,不到半小时。米春燕说:"罗妈妈,刚起床怎么又睡了?"

"困了……想睡。"罗静芝说着,抬起手指了指床头柜。

米春燕发现床头柜上有一张纸条,拿起来一看,纸条上写着:我困了,需要好好睡一觉,请不要打搅我,也不要喊我吃晚饭。六个小时以后,我会睡到自然醒的。

米春燕哪里能想到,这原本就是罗静芝早已精心策划好的一场"自杀阴谋"!遵照罗静芝的嘱咐,米春燕不敢惊动她,抬脚动手都小心翼翼的。老老实实等到六个小时以后,也就是晚上十点半时,罗静芝并没有"睡到自然醒"。米春燕轻声呼唤她:"罗妈妈,六个小时到了,你该起来了。"罗静芝没有丝毫动静,她伸手摸了一下罗静芝的鼻子和嘴巴,却感受不到丝毫的气息。米春燕一下慌了,赶忙打电话叫来了医生。医生通过察看瞳孔、测量血压、听心跳等常规检查,确定罗静芝已经死亡。

米春燕连惊带吓的,当时就哭得昏死过去了。医生又开始对她实施抢救。一直忙到后半夜,米春燕的情绪才渐渐平静下来,罗静芝的遗体也被转移到了太平间。养老中心的领导们商定,等天亮后由护理部经理打电话通知雨荷。清晨六点多,护理部经理让米春燕给雨荷发个信息,问一下她起床了没有,没想到雨荷立马给米春燕回了电话。米春燕听到雨荷的声音,再也无法控制自己的情绪,急忙把手机递给了护理部经理。护理部经理怕雨荷一时接受不了这突如其来的打击,想缓冲一下,就告诉她罗静芝突发心脏病,还在抢救中。

服务员整理罗静芝的床铺时,发现她枕头下边压着两封信。一封是写给养老中心领导的,一封是写给雨荷的。在写给养老中心领导的信中,她主要强调自己患了阿尔茨海默病,早已忍受不了病痛的折磨,一直在寻找机会结束自己的生命。她说安眠药是她早已准备好了的,她借口想吃干槐花饺子,其实是故意支走了米春燕。如果此次"自杀成功",也算是临终"夙愿得偿"了。她说这件事跟米春燕没有任何关系,米春燕没有任何责任。相反，她还要感激米春燕几天来对她的精心照顾和百般呵护。这封信字迹潦草，有好几处涂抹得乱七八糟。估计是支走米春燕以后，匆匆而就的。

而写给雨荷的那封信，显然是经过精心打磨的：字体秀丽柔美，语句顺畅，如行云流水。字里行间，依稀可见斑斑泪痕。信中内容分为四个部分。首先她表明了自己渴望结束生命的意愿。她说作为医生，她懂得阿尔茨海默病的严重后果，也能想象出自己犯病时"丑态百出"、狼狈不堪的样子。有灵魂的生命已经结束，剩下的不过是一具行尸走肉，活着还有什么意义？既然无法做到有尊严地活着，自己宁肯选择有尊严地死去。她希望雨荷能理解她并尊重她的选择。第二部分，说她希望雨荷跟汪明辉的马拉松式的爱情，能够尽快修成正果。那样的话，她会含笑九泉的。第三部分，交代雨荷，丧事要从简。特别关照，一定要请汪明辉到场。亲朋好友方面，通知一下吴敏阿姨和几个要好的老闺蜜，还有玉田和黄仙慧，举办一个小型的遗体告别仪式就可以了。至于雨荷舅妈和大顺，尽量先瞒着他们，等雨荷以后回老家去，再当面告诉他们。第四部分，专门提到玉莲。说她从小把玉莲视若己出，没想到玉莲长大后却走入歧途。反思自己的教育方法，过去对玉莲太过溺爱，而疏于管理，玉莲变成今天这个样子，自己有很大的责任。说她临死见不到玉莲，将是此生最大的遗憾。她让雨荷想办法打听玉莲的下落，能帮尽量帮帮她，因为玉莲毕竟是她们的骨肉至亲……

雨荷流着眼泪读完母亲的遗书，脑子里涌满了团团迷雾，许多问题百思不得其解——母亲什么时候有了自杀的念头？她用了什么办法、在什么地方买到了足以致人死亡的安眠药？安眠药平时放在哪里，又是怎么带进"南山庭院"的？记得临出发前，所有的衣物、洗漱用具和药品，都是自己帮母亲收拾整理的，特别是药品，是自己一样一样认真核对检查过的……还有，自己跟母亲形影不离，即使有事临时出去一下，也会安排人陪伴母亲的，母亲没有一个人独自在家的机会，怎么就写成了洋洋洒洒数千字的遗书呢？

汪明辉接到韩菊豆的电话，风驰电掣般赶到"南山庭院"，帮雨荷料理母亲的后事。

玉田和黄仙慧两口子，也是接到韩菊豆的电话后，立即赶到"南山庭院"的。黄仙慧走进太平间，一下扑倒在罗静芝身上，放声号哭起来："……大姑！糊涂的大姑，你咋就走了这条路呢？……大姑，我的亲人！……你好狠心呀，丢下我们、说走就走了……从今往后，阴阳两隔，你娃想你，再也不得见面……大姑呀，你走了，这世上还有谁操心你的傻侄子和我呀？……"站在黄仙慧身旁的玉田，忍不住也号哭起来。

雨荷强压心中的悲痛，抱住黄仙慧说："弟妹，你忍着点儿，城里不比乡下，不兴大声号哭的。"黄仙慧止住了哭声，眼泪却像雨帘一般滚落下来。汪明辉用同样的话劝导玉田，玉田很快就止住了哭声。

几个人回到308房间，商量罗静芝的后事。其实也没啥好商量的，罗静芝在遗书中已经把所有的事情都交代清楚了。让雨荷感到为难的是，遗体告别仪式那天，要不要通知舅妈和大顺哥到场。雨荷明白，母亲的安排，自有她的道理。可舅妈和大顺哥都是母亲的至亲至爱，若不通知他们来送母亲最后一程，日后肯定会落埋怨的。玉田和黄仙慧也不知该怎么办。汪明辉见几个人一时拿不定主意，就说："我想，伯母写这封遗书的时候，头脑肯定是清醒的。她主要考虑到舅妈年纪大了，大顺哥行动不方便，才做了这样的安排。不如就遵从老人的遗愿，先不要惊动舅妈和大顺哥。"他又说，"舅妈和大顺哥都是明事理的人，他们一定会理解的。"几个人都赞同汪明辉的说法，这件事就这么确定下来。

雨荷又提到玉莲的事情，说母亲生前一直牵挂着玉莲，可临死也未能见上她这个亲侄女一面。她特别希望玉莲能来参加母亲的遗体告别仪式，可又不知怎样才能找到她。玉田瞟了黄仙慧一眼，黄仙慧支支吾吾地说，其实她和玉田已经知道了玉莲的下落。雨荷催促她赶快说，黄仙慧告诉她，大概两个多月前，玉田收到了深圳监狱发来的一封信，拆开一看，原来是罗玉莲的"入监通知书"。玉莲因犯金融诈骗罪，被判处有期徒刑三年。当时考虑到大姑有病，表姐已经够糟心的了，不想再给她添堵，所以就把这件事暂时压了下来。雨荷听后连连摇头，根本不相信这是真的。黄仙慧不得已从包里掏出深圳监狱发来的那封信交给她。雨荷看完，一下惊呆了……

几天后，罗静芝的遗体告别仪式在"三爻殡仪馆"举行。参加的人，除了罗静芝在遗书中点到的汪明辉、玉田、黄仙慧、吴敏阿姨和几位老闺蜜以外，还有南山庭院养老中心的几位领导、米春燕和韩菊豆两口子。

送走了母亲，雨荷从"南山庭院"搬回了家。母亲走得太突然，她从部队回来，就全身心地忙于处理母亲的后事。现在，母亲已"入土为安"，跟父亲合葬在"凤凰山墓园"。雨荷作为家中独女，卸下了为父母亲养老送终的人生重担，可她并没有感受到丝毫的轻松与解脱。相反，巨大的悲伤和恐慌，像魔咒一般，紧紧地攥着她的心，占据着她的灵魂。偌大的房间里，母亲的身影无处不在，有时竟然能听见她说话的声音："萧雨荷，你枉为人子，我做鬼都不能原谅你！"

"妈，我对不起你，请你给我一个机会，来世我们还做母女，这辈子欠你的，我下辈子一定加倍偿还！"雨荷一遍又一遍地在心里说着。

往事不堪回首——身为独生女儿，从小享受着父母亲全部的爱，可你萧雨荷，为你的父母亲做了些什么？父亲为你而死，母亲这么多年，默默守护着你。可她到了风烛残年，你又是怎么"报答"她的？……在她最需要你的时候，你本应尽"人女之责"，好好孝敬她、侍奉她，让她颐养天年……可你，何曾关心过她的冷暖、她的想法、她的需求？由于你的淡然和漠视，导致母亲早就有了自杀的念头——她悲观厌世、买安眠药、写遗书……可你，竟然对这一切毫无察觉！上次回松树沟，临走的时候，母亲爬上山坡，俯瞰生她养她的小山村，表现出对家乡的无比眷恋……你为什么就没有想到,那是母亲在和家乡做最后的告别?母亲是多么要强的一个人,患上可怕的阿尔茨海默病,已经够不幸的了……可你,对母亲没有一点耐心,反而讨厌她、嫌弃她,甚至盼望她早点儿死去……萧雨荷,你为什么会有如此恶毒的想法?……有这样的想法,无异于是犯罪……不,你就是在犯罪,你已经犯下了不可饶恕的滔天大罪。乌鸦尚懂得反哺,羔羊从小就会跪乳,你萧雨荷连禽兽都不如——悲痛、懊悔、内疚、惭愧、遗憾、无奈……各种负面情绪,像一条条毒蛇,轮番吞噬着雨荷的心。雨荷陷入痛苦中不能自拔。白天,她像丢了魂儿似的,不知自己想要干什么;晚上,只要一闭上眼睛,母亲就在身边躺着,伸手可及。长夜难眠,辗转反侧,一次次被噩梦惊醒。

从部队回来后,韩菊豆一直如影随形地陪伴着雨荷。说老实话,当年她母亲去世,韩菊豆都没有像雨荷母亲去世这么悲伤、这么忧虑过。她母亲活到八十八岁,无疾而终。在乡下人看来,这种"寿终正寝",是求之不得的人生之大幸。韩菊豆也认同这种说法,因此便没有了多少生离死别的哀伤。可雨荷母亲是自杀身亡的,这是多么残酷的事实!韩菊豆本来就眼软心也软,跟雨荷待在一起,本想好好劝劝她,结果受她的情绪影响,弄得自己也整日以泪洗面。眼看着快一个月了,只见雨荷日渐消瘦,人都脱了形,韩菊豆心急如焚,不知怎样才能帮她尽快走出这黯淡无边的日子。

一天晚上,韩菊豆打开手机,突然看到朱凌霄的微信留言:"韩姨,久未联系,十分想念!若有时间,欢迎你来深圳游玩。"当年,郭小磊去世后,朱凌霄就把孟云灿接到深圳跟他们一起生活。最初几年,韩菊豆一直跟孟云灿和朱凌霄母女俩保持着联系,后来,孟云灿"脑梗塞"复发,朱凌霄经常用书信的方式,向韩菊豆报告母亲的情况。再后来,有了微信,联系就更方便了。朱凌霄曾多次邀请韩菊豆去深圳玩儿,可韩菊豆总是七事八事的走不开。

韩菊豆盯着朱凌霄的微信留言,不由得怦然心动。她想,如果带着雨荷一起去深圳，换个环境，也许对医治她的心灵创伤有好处。不过，她心里也没底，就怕雨荷像张迎春一样，哪里也不想去。于是，就试探着问："雨荷，很长时间没有见到咱们老大了，我都想她了……我想，咱们能不能一块儿去深圳看看她？不知你……"

雨荷沉吟了好一会儿，说："去！一定去！看看老大，再看看我表妹玉莲。"又说，"我妈一直牵挂着玉莲，玉莲现在就在深圳的监狱里服刑，我想去看看她，也算是了却一下我妈的遗愿。"

韩菊豆有点喜出望外了，忙问雨荷："那你看咱们什么时候动身呢？"

雨荷看了看日历说："再过几天，我妈去世就'五七'了。过完'五七'，咱们就出发。"

韩菊豆说："好！"

第五十五章

到了深圳,在朱凌霄家的别墅里,雨荷和韩菊豆见到了孟云灿。孟云灿瘦得皮包骨头,满头白发,躺在床上一动不动,除了微弱的呼吸,跟死人没啥两样。孟云灿的前夫、也就是朱凌霄的父亲朱国栋,几年前已经去世。朱凌霄的养母苗青艳已经八十五岁高龄,依然精神矍铄,身体硬朗。苗青艳告诉她们,孟云灿这种植物人状态,已经整整十六年了。专门伺候她的保姆,已经记不清换了多少个了。

恍惚中,雨荷仿佛看见了当年聚光灯下的孟云灿。她所塑造的各种经典的艺术形象——白娘子、秦香莲、窦娥、韩英、吴琼花……一个个交替出现在雨荷的眼前。彼时的孟云灿,风姿绰约,仪态万方,不知倾倒过多少男人和女人。不过弹指一挥间,她竟然变成了一具活着的僵尸……

雨荷感叹生命之坚韧——孟云灿已经捱过了九十八岁生日!而后来的十

六年,虽然是没有感觉、没有意识、没有认知功能的植物人状态,可她仍然坚强地活着。雨荷转念又想:这样的活法有意义吗?如果让孟云灿自己做一个生与死的选择,她会选择"好死不如赖活着",还是"赖活不如早点死"?毫无疑问,她一定是会选择后者的。任何一个心智正常的人,大概都不会例外吧?她自然就联想到自己的母亲。母亲在遗书中写道:"……有灵魂的生命已经结束,剩下的不过是一具行尸走肉,活着还有什么意义?既然无法做到有尊严地活着,毋宁选择有尊严地死去……"自己当时并不能理解母亲,甚至怨恨她。看着眼前的孟云灿,雨荷竟有些释然放怀了。

来之前,雨荷就给韩菊豆打了预防针,让她控制好情绪,千万不能再流眼泪了。韩菊豆因为爱哭,已经落下了严重的眼疾。韩菊豆也一再告诫自己,见到"老大"时,一定要表现得坚强些。可是见到病榻上的孟云灿,韩菊豆还是忍不住哭泣了好一阵儿。雨荷小声提醒她:"韩姐,咱们该走了。"韩菊豆这才停了下来。

两人起身告辞,苗青艳和朱凌霄说啥也不肯让她们走。朱凌霄拦着她们,比比画画的,一着急,脸都涨红了。苗青艳充当她的翻译,说:"霄霄说,家里有这么多房子,为什么要住到外边去?"她又说,"房间早都给你们准备好了,我带你们去看看。"说着,带雨荷和韩菊豆去了二楼的客房。两人见主人诚心挽留,也就不再推辞。

朱凌霄在一张信纸上写下长长的一段话,说两位阿姨千里迢迢来看她的母亲,她们全家人都十分感激。她告诉雨荷和韩菊豆,她的父亲朱国栋去世以后,她的爱人李腾接替了父亲的职务,负责公司的全盘工作,整天忙得不可开交。她的女儿可心也是学财会的,现在已经接替了她的职务,担任公司财务总监。她现在已经回归家庭,每天的主要任务,就是陪伴好两位母亲。朱凌霄问雨荷和韩菊豆,在深圳还有什么事情要办,说她可以陪她们一块去。雨荷用文字跟她交流,告诉她想去深圳监狱看一个人。朱凌霄问她什么时候去,雨荷说,明天买些东西,后天正好是探视的日子。朱凌霄说,我明天陪两位阿姨逛街、买东西,后天让公司派车,送两位阿姨去深圳监狱探视。

　　第二天，朱凌霄陪雨荷和韩菊豆去逛街。雨荷给玉莲买了几件衣服，还有床单、被罩、卫生巾、卫生纸、牙膏牙刷等生活用品和一个旅行箱，又去新华书店买了几本文学名著。韩菊豆给两个儿媳妇一人买了一件衣服；给孙子和孙女一人买了一台学习机；给两个儿子一人买了一条领带；给王天理买了进口的电动剃须刀，还给老公公买了一对健身球。她给自己相中了一条裙裤，让雨荷给参谋一下。雨荷也说不错，动员她买下来，可她却犹豫不决，迟迟下不了决心，直到去收银台付款时，才决定不买了。

　　晚上回到家，两个人都把白天买的大包小包的东西掏出来，摆在床铺上，整理装箱。韩菊豆又有些后悔没买那条裙裤了。雨荷说："没关系，明天咱们去看玉莲，后天我陪你去，再把那条裙裤买回来。"韩菊豆说："我能穿的码，只剩下那一条了，只怕被别人买了去呢。"雨荷说："那……咱现在就去，那个商场离这儿不远，打个车很快就到了。"见韩菊豆一时拿不定主意，又说："不过你可想好了，别到时候又舍不得掏钱……"韩菊豆说："算了算了，还是不买了。"雨荷说："瞧你那点儿出息。"

　　雨荷把给玉莲买的东西，装了满满当当一整箱，想了想，凡是能带进去的物品，基本上是应有尽有了。雨荷担心探视时间不够用，又怕见了面，哭哭啼啼的说不上几句话，于是，连夜写了一封几千字的长信。信的前半部分，主要是说家里的情况。母亲的事情，自然是绕不过去的。不过，她没说母亲是服了过量的安眠药自杀身亡的，而是一笔带过地说，母亲一个多月前已经去世，让玉莲节哀顺变。信的后半部分，都是劝导玉莲的，鼓励她重拾信心，在监狱里好好服刑，积极改造，争取早日出狱。

　　第三天，朱凌霄让公司派了车，专门送雨荷和韩菊豆去监狱探视玉莲。一路上，玉莲的身影不时浮现在雨荷眼前。玉莲小学刚毕业，母亲就把她接到了城里。父亲和母亲把她当作亲生女儿对待，雨荷也把她当作亲妹妹一般。玉莲不知怎么就染上了一身坏毛病，以至于最终走上了犯罪道路。雨荷对这个表妹是既怜惜又憎恶。屈指一算，玉莲也已经是五十多岁的人了，很长时间没见面，也不知她变成了什么样子。雨荷心中五味杂陈，百感交集。她急于见到玉莲，不知为什么，却有几分害怕见到她。雨荷想象不出，待会儿表姐妹相见，玉莲是喜出望外，是情难自已，还是淡然冷漠，抑或是……

到达目的地，雨荷按规定办好了会见手续，就开始焦急地等待着。大概二十多分钟以后，一位女民警告诉她，犯人拒绝家属探视。来之前，雨荷把什么都想到了，唯独没想到，玉莲压根儿不想见自己。雨荷一下子瞠目结舌僵在了一旁。韩菊豆见状，忙央求女民警再给玉莲好好说说。女民警告诉她，该说的话都说了，罗玉莲执意不想见任何人。雨荷无奈，只得把带来的东西和昨晚写的那封信交给女民警，让她转交给玉莲。

回来的路上，雨荷怅然若失，一句话也不想说，韩菊豆却忍不住叨叨起来："这个玉莲……啥人嘛？咱们大老远地跑来看她，人家居然来了个'拒绝探视'，你说这人到底是咋想的？……你把她当亲人，可她却对你这么冷酷无情！雨荷，我劝你还是想开点儿，以后，把这个表妹看淡点儿，不要被所谓的亲情给绑架了！……我都替你感到不值！"

"其实，我也没什么想不开的。"雨荷叹息道，"毕竟是骨肉至亲，打断骨头还连着筋呢……也不是被亲情绑架了，于情于理，我这个当表姐的，都应该来看看她的。"她停了一下又说，"咱们换位思考一下，玉莲是个正在服刑的犯人，她也许是感到没脸见亲人呢？"

"只要你不生气就好。"韩菊豆说，"你说得也有道理，玉莲也许就是觉得没脸见人。"

雨荷和韩菊豆哪里知道，此时此刻的玉莲，正在捶胸顿足地痛哭着。一开始，女民警通知她有家属来探望时，她望着自己身上蓝白条纹的囚服，心里想：罗玉莲，你没脸见人……于是不假思索地说："不见！"女民警耐心地劝导她，可她一句也听不进去，只顾说道："不见不见，谁也不见！"口气十分坚决。当她打开表姐的信，得知大姑一个多月前已经去世时，一下子惊呆了，半天才回过神来。往事历历涌上心头，悔恨和愧疚的心情交织在一起，导致她情绪失控，精神几近崩溃……

接下来的日子，朱凌霄陪着雨荷和韩菊豆游览了"锦绣中华""世界之窗""大梅沙"等有名的景点。韩菊豆发现，雨荷的精神状态有了明显的好转。

回到古城后，韩菊豆专门安排了一场"茶局"，邀请雨荷和汪明辉参加。她的目的很明确，就是要尽快促成两个人的婚事。一开始，三个人以茶代酒碰了杯，韩菊豆开门见山，连珠炮似地发问：什么时候领证？什么时候办婚礼？办什么样的婚礼？……汪明辉笑道："一切都听雨荷的。"雨荷却说："按照我们老家松树沟的风俗，老人去世后不满三年，是不能办喜事的。"韩菊豆说："咱们是城里人，不用考虑乡下的那些风俗习惯。再说了，松树沟是你舅舅家，也算不上你的老家，你不过从小在那里长大，对那里熟悉罢了。"雨荷说："可是，毕竟我母亲刚去世不久，我这心里……"她说着，一阵语塞。

汪明辉给韩菊豆递了个眼色，让她不要再说下去。以他对雨荷的了解，大凡她认准的事情，是轻易不会改变的，别人说多了，只会适得其反。韩菊豆装作没看见的样子，只顾说道："你俩又不是那些小年轻，等上个三五年，甚至等十年，都没有问题的……雨荷，我的傻妹妹，年龄不饶人，不能再等了！"见雨荷无动于衷，又说，"阿姨临终前给你的那封信中，专门对这件事儿做了交代，你俩能走到一起，也算是了却了她老人家的一桩心愿，这正是她老人家想要的结果呀！"

雨荷一时无语，陷入沉思。

从深圳回来以后，韩菊豆要留下来继续陪伴雨荷，雨荷却说自己要搞创作，需要绝对的安静，硬是将韩菊豆支走了。雨荷说搞创作不过是托词，以她目前的状态，是根本无法静下心来的。母亲去世后，韩菊豆与她朝夕相伴，陪她走过了那段最艰难的日子。韩菊豆俨然以"大姐"的身份自居，照顾着雨荷的饮食起居。雨荷对她产生了一种深深的依恋，怎么舍得让她走呢？雨荷主要是站在韩菊豆的角度替她着想的。韩菊豆老老少少一大家子，有多少事情在等着她呢！两个儿子和儿媳，谁不希望母亲或婆婆能助自己一臂之力？老公公虽然住进了"南山庭院"，两口子没有了后顾之忧，可王天理也需要有人陪伴呀！设身处地地为别人想想，自己总不能"霸"着韩菊豆不放手吧。

可当她一个人独自待在家里时，心里顿觉空空荡荡的，寂寞和孤独如影随形。她不知怎么又增添了心悸心慌的毛病，一天到晚惶恐不安，总感觉有什么灾难将要降临。开始她以为是悲伤过度引起的精神紧张，仔细想了想，又觉得不对。自从在深圳见到孟云灿以后，她改变了以往的生死观，理解了母亲的临终抉择，悲伤的心情，随之有了很大程度的缓解。那么，这毛病又是什么原因造成的呢？她突然想到了自己"颈动脉粥样硬化，并有斑块形成"的病症，不觉心头一颤。上网"百度"了一下，有医学专家解释，"心血管疾病是导致心悸心慌的常见原因……"，证明自己的想法是有一定的科学道理的。本想今天去医院看病的，可韩菊豆安排了这场"茶局"，她又不好推辞。

雨荷明白韩菊豆的一番苦心，以自己目前的状况，又何尝不想让汪明辉陪伴在身边呢？可她现在还不能明确表态，万一有"心梗"或"脑梗"的潜在风险，岂不是要连累汪明辉的余生吗？母亲在世时，她怕连累汪明辉，曾经想过要跟他做个了断。母亲走了，自己的身体又不时发出"警告"——难道，这是冥冥之中命运的安排，这辈子注定跟汪明辉有缘无分吗？

韩菊豆哪里看得清雨荷如此复杂的心境，见她半晌不说话，催问道："雨荷，你心里到底是咋想的？这里又没有外人，有啥想法，你就说出来，也好让我们心里明白。"

雨荷沉吟道："还是再等等吧。"

韩菊豆满脸愠怒地说："有什么好等的……你这人，让我说什么好！"

"又不是少男少女了，着什么急呀？就听雨荷的，再等等吧。"汪明辉给每个人斟上茶水说，"好了，咱们还是聊点儿别的吧。"

要说此时的雨荷，面对这份迟到的情缘，是犹豫彷徨、是举棋不定……那么，紧接着发生的事情，让她终于下定了决心，打算立马跟汪明辉分手。

"茶局"的第二天，雨荷就联系好了市上一家中西医结合的三甲医院，准备住上一段时间，好好用中医药调理一下。与此同时，她接到了省文联的电话通知，邀请她参加"作家、艺术家老区行"采风活动。雨荷毫不犹豫地做出了决定：先去参加采风活动，活动结束后，再去住院。母亲生病以后，雨荷基本上过着"与世隔绝"的生活，很少参加这样的集体活动。好不容易有了这样的机会，她岂能轻易放过？

正如雨荷所愿，久别重逢的文坛老友们，一个个热情奔放、开怀畅叙。"曲艺家协会"的几个"大活宝"，一路上总有讲不完的充满民间智慧的幽默"段子"，逗得大伙一阵阵开怀大笑。雨荷的情绪受到强烈的感染，早已把所有的烦恼忘得一干二净。心悸心慌的毛病，竟然也不治而愈了。采风活动的最后一天，主办方特意安排与会者参观浏览城郊一处新开发的"温泉小镇"。雨荷跟几位女友一块儿泡了温泉，又去蒸了桑拿。在那密闭的高温环境里，雨荷很快就大汗淋漓，感觉到了一种前所未有的轻松和惬意。从桑拿房出来，她准备去洗浴更衣，刚走了几步，突然一阵眩晕，跌倒在地。同行的几位女友，一下慌了手脚，急忙打电话叫了"120"。几分钟后，"120"赶到了，雨荷也苏醒过来了。她活动了一下肢体，转动了一下脖子，发现并无大碍，就有些犹豫，不想坐"120"车去医院了。女友们都劝她，还是去检查一下，不管有病没病，也好做到心里有数。几个人不容分说地把雨荷送上了车。

医生告诉雨荷，她的病，属于"一过性脑缺血"。医生说，引起"一过性脑缺血"发作的原因很多，但一般公认最常见的原因是脑内及脑外动脉粥样硬化。她的病可能和脑血管痉挛，颈内动脉粥样硬化斑块溃破引起脑动脉阻塞有关。

雨荷一直担心的事情，真的发生了。尽管早有心理准备，但她还是表现得有些心慌意乱、惴惴不安。医生建议她住几天院，做个全面检查，但她借故"还有重要的事情"，婉言推辞了。

回到家后，雨荷就开始筹办她的所谓的"重要的事情"——跟汪明辉立即分手！身体接二连三地出现状况，她认为这是上天不停地向她发出警告，是在催促她。雨荷的心在滴血，可理智告诉她，必须忍痛割爱！雨荷不敢直面汪明辉，打算采用微信留言的方式。打开手机，脑子里像一团乱麻，不知该从何说起——分手的原因是什么？假如据实相告，汪明辉断然是不会接受的，其结果，肯定事与愿违……那么，说自己崇尚不婚主义？说自己"单"了一辈子，不想被婚姻所束缚？抑或说自己"另有所爱"？……扯淡！这些理由连自己都骗不过，怎么骗得了别人？

满腹心事，不知向谁倾诉。茫茫人海，关键时刻能掏心掏肺说上几句知心话的，不过也就那么三两个人。她不由地想起了张姐，可张姐远在几千里外，远水解不了近渴；还有韩菊豆……这个韩姐，古道热肠，是那种"要鞋都能连袜子一块给你"的人。可在这件事上，她跟汪明辉是站在同一条战线上的，你跟她说什么，她转过身就会告诉汪明辉……

雨荷又一次来到了兴庆湖畔，这是多年来养成的习惯。以往生活中、创作中不管遇到什么难题，她总喜欢沿着湖畔的林荫小道，一边踱步，一边思考。而往往在不经意间，总能灵机一动，计上心头，难题便随之而解。

汪明辉那熟悉的身影，突然出现在前面那棵大柳树下。雨荷感到有些措手不及——她还没有想好怎么跟他说。

雨荷一闪身，躲进了树丛里。

汪明辉显然已经发现了她，快步迎上前来……

完稿于2022年4月21日

后　记

　　人生如戏，有启幕，就有谢幕。启幕的形式大致相同，而谢幕的形式却大相径庭，其中充满了未知、悲凉和无奈。我朝夕相伴、寸步不离地陪母亲走过了她人生最后的岁月，目睹了她一步步走向"谢幕"的艰难过程。理智告诉我，人活百岁，终有一死，母亲活到九十五岁，无灾无病，寿终正寝，也算是人生一大幸事了！可感情上，我怎么也接受不了母亲故去的事实。作为家中独女，我与母亲相依相伴近七十年，从此却阴阳两隔，永世不得相见……这种痛，是痛彻心扉的。

　　母亲上了九十岁后，即处于半失能状态。生性要强的她，无法接受生活不能自理的残酷现实。她不想拖累家人，想早点儿结束自己的生命，却因"求死不能"而渐渐变得固执、任性，不可理喻——每每发作起来，寻死觅活，哭闹不止，怎样哄劝都无济于事。久而久之，我的耐心被消磨殆尽，有时竟忍不住对母亲发脾气。事情过后，虽有悔意，却总以"久病床前无孝子"的老话宽慰自己、原谅自己。母亲去世后，巨大的愧疚感、负罪感，如一座大山般，压在了我的心头，压得我喘不过气来。我默默地祈求上苍再给我一次机会，让我以乖顺女儿的形象，出现在老娘身边，精心侍奉她，以弥补心中的亏欠……可是，时光不会倒流，母女相见，除非在梦里。

……思念、悲伤、追悔，还有陪同母亲在绝望中挣扎以及面对母亲"谢幕"所产生的莫名的恐惧——各种负面情绪困扰着我、压抑着我，折磨得我心神不宁，惶惶不可终日。

处理完母亲的后事，正赶上新冠疫情大爆发，小区动辄被封控，整日无所事事，正好闭门静思。

我当时思考得最多的，是两个看似简单、实则深不可测的人生命题——

其一，老人是个宝。过去我并不理解这句话的真正含义，人到中年后，父母亲开始步入老年。我经常看到周围的朋友或同事，家有老人，不堪重负。我的一位老闺蜜，母亲患有阿尔茨海默病，公公又不幸因脑卒中偏瘫，她丈夫在外地工作，她一个人既要照顾孩子，又要两头奔波，照顾母亲和公公，苦不堪言，几次向我表露出想"一死了之"。现实生活中，很多事例证明，老人分明就是儿女的负担，那么，"宝"从何来呢？我百思不得其解。母亲在世时，我永远觉得自己是个孩子。母亲走后，我一下子觉得自己老了，今生不可能再当"娃"，只能扮演为人母、为人祖母的角色了。直到此时，我才突然想明白：父母亲原是我生命的屏障！有了这道屏障，你看到的是人生旅途中的风景；没有了这道屏障，你看到的只有人生的终点站了。中国人讲究四世同堂，共享天伦，其内涵就在于：老人所聚拢起来的人脉气场是不可或缺的，也是无法替代的——这便是我所体味到的"老人是个宝"这句话的真谛。

其二，活在当下。生命是短暂的，"谢幕"是自然规律。纵观大千世界，芸芸众生，有人顺风顺水，功成名遂；有人苟且偷安，碌碌无为；有人时运不济，命运多舛……无论以什么方式在世上走过一遭，最终都会"殊途同归"。漫漫人生路，其实不过三天，即：昨天、今天和明天。昨天一去不复返，无论是荣耀还是不堪，都是过去式；明天是未知数，无法预测；我们能做的，就是活在当下，珍惜今天。活在当下，不仅是一种人生感悟，更是一种客观的人生态度。活在当下，首先要搞清楚当下的责任与义务，以及个人的角色担当；要珍惜时间，不虚度年华，"莫等闲，白了少年头，空悲切"；要脚踏实地，不幻想，不奢望，行可行之事，活出属于自己的人生精彩……

而今，我已年届七旬，早已白了少年头。我不想沉沦，更不想空悲切！我想拯救自己，想尽快走出丧母之痛的阴影……于是，我想到了写作。以往的经验告诉我，只要全身心投入写作之中，心灵便有了归属，一切烦恼自然也就云消雾散了。

构思作品的过程中，尘封的记忆被打开，很多熟悉的人、熟悉的事，一一浮现在眼前。渐渐地，他们变成了孟云灿、萧雨荷、张迎春、韩菊豆、卢秀萍……我们生长在同一个时代，他们是我的老同事、老朋友、老闺蜜，我对他们了如指掌。这些人物的命运牵引着我，我与他们同喜同悲。他们在我的脑海里扎下了根，形象也变得越来越清晰，一个个召之即来，却挥之不去。

于是，就有了这部名为《谢幕》的长篇小说。

王晓玲
写于2023年5月18日夜